PIERRE CHODERLOS DE LACLOS

LES LIAISONS DANGEREUSES

Introduction, notes et bibliographie
par René Pomeau,
de l'Institut

GF Flammarion

INTRODUCTION

En 1960, lors des discussions sur le film de Roger Vadim et Roger Vailland, deux griefs peu compatibles se mêlaient : ou bien on reprochait aux cinéastes une infidélité flagrante à l'œuvre de Laclos ; ou bien on accusait l'indécence de personnages et de séquences tirés du roman. Ce qui impliquait que les *Liaisons* relevaient d'une « classe X » de la littérature. Ainsi se perpétuait une longue tradition, résumée par Petit de Julleville, lorsqu'il soupirait, en 1898 : « On a hâte de fermer ce livre, malgré le talent de l'auteur »... Ce livre qui avait été au moins quatre fois condamné pour atteinte aux bonnes mœurs. C'est par provocation que Maupassant avait choisi de signer certaines de ses chroniques : Guy de Valmont. Seuls, au siècle dernier, des non-conformistes, un Stendhal, un Baudelaire, osaient exalter l'ouvrage qu'il était de bon ton de considérer, avec Charles Nodier, comme « un *Satiricon* de garnison ». *Les Liaisons dangereuses*, dangereuses pour l'innocence des lecteurs, et surtout des lectrices : en fonction d'une telle appréciation, un personnage de Louis Guilloux (*Le Sang noir*, 1935), pour séduire une jeune fille, lui donne encore à lire le roman de Laclos (conjointement avec *Lamiel*).

Le fait est pourtant qu'au XXᵉ siècle les réactions hostiles s'atténuent, jusqu'à disparaître. La société ayant changé, le public apparemment ne se sent plus

concerné par le tableau de ce que Laclos appelait,
avec Rousseau, « les mœurs de [son] temps ». Non que
nous soyons devenus plus moraux. Mais dans le
monde d'aujourd'hui aucun homme, assurément, ni
aucune femme ne se trouve plus dans les conditions
qui permirent au vicomte de Valmont et à la marquise
de Merteuil d'être ce qu'ils furent.

En outre, depuis le début de ce siècle, on a commencé à mieux connaître Laclos. La publication
d'inédits, la découverte de textes oubliés ont révélé
une figure singulièrement plus complexe que celle
qu'on imaginait à partir des seules *Liaisons dangereuses* : ce travail a eu son couronnement dans l'édition
en 1979 de ses *Œuvres*, pour la première fois véritablement *complètes*. Simultanément s'est opérée une
relecture du célèbre roman. Après la publication des
notes de Baudelaire [1], Gide, Giraudoux, Malraux,
Vailland y font apparaître une signification et une
portée qui ont retiré l'œuvre de l'enfer des *curiosa* bien
écrits.

Le roman de Laclos, en un sens, a gagné à se détacher de son temps. Il reste cependant qu'on appauvrit
cette œuvre, comme toute autre, qu'on accroît les risques de contresens, quand on fait abstraction de la
personnalité de son auteur, quand on l'isole du
contexte d'époque et de la littérature ambiante, à
commencer par les autres œuvres du romancier.

Nous nous proposons ici de retrouver ce que furent
Les Liaisons dangereuses en 1782, pour Laclos et pour ses
contemporains, persuadé qu'à partir de là nous mesu-
rerons mieux ce qu'elles sont aujourd'hui pour nous.

« *Un météore désastreux, sous un ciel enflammé.* »

Longtemps, dans la société française du
XVIIIe siècle, le théâtre avait été le lieu où se créait

---

1. Parues en 1903, par les soins d'Edouard Champion, avec le
traité de Laclos sur *L'Education des femmes*.

l'événement littéraire. Bientôt la première du *Mariage de Figaro* devait encore attester que la scène restait le foyer d'une vie parisienne très animée, remarquablement sensible aux vertus de la littérature. Mais déjà, quelque vingt ans plus tôt, la sortie à sensation de *Candide*, puis celle de *La Nouvelle Héloïse* avaient manifesté la promotion des romans dans la faveur publique : ouvrages toujours méprisés ; mais il n'en est pas, écrira Laclos, « de plus généralement recherchés et plus avidement lus [1] ».

L'auteur des *Liaisons dangereuses* le savait mieux que personne. Car au XVIIIe siècle, et peut-être jusqu'à nos jours, nul roman n'a fait à sa publication plus de fracas que celui-là. Les dates et les chiffres sont ici parlants. Le 16 mars 1782, le libraire Durand signe avec un certain « Delaclos, capitaine d'artillerie », un contrat pour l'édition d'un livre qui s'intitule alors *Le Danger des liaisons*. Durand, sans doute peu persuadé du succès de cette nouveauté, avait pris ses sûretés en cas d'échec. Les 1 200 premiers exemplaires vendus le seraient au profit exclusif de l'éditeur. L'auteur ne toucherait de droits que sur les 800 autres. Le tirage en effet était fixé à 2 000. Chiffre modeste, à notre estime, mais correspondant au marché du livre de l'époque, et d'autre part déterminé par les conditions encore artisanales de l'impression (il fallait défaire la composition des feuilles tirées pour composer les suivantes).

Le livre sort des presses dans les premiers jours d'avril 1782. Or voici qu'immédiatement il suscite une immense clameur. Mme Riccoboni, romancière sentimentale, amie de la famille Laclos, écrit vers le 10 au « fils de M. de Chauderlos » pour lui dire son émotion indignée. « Tout Paris, lui mande-t-elle, s'empresse à vous lire, tout Paris s'entretient de vous. » A tel point que la reine Marie-Antoinette elle-même, qui aimait jouer avec le feu, fait acheter l'ouvrage scanda-

---

1. *Œuvres*, p. 447 : par l'abréviation *Œuvres* nous renvoyons à Laclos, *Œuvres complètes*, « texte établi, présenté et annoté par Laurent Versini », Paris, Bibliothèque de la Pléiade, 1979.

leux : elle le place dans sa bibliothèque habillé d'une reliure muette à ses armes. Autre lecteur qu'on peut repérer dans la foule : Beaumarchais, qui conservera aussi dans sa bibliothèque un exemplaire de la première édition ; occupé à écrire, ou à réviser, *Le Mariage de Figaro*, il transfère à Suzanne une réflexion de la marquise de Merteuil [1]. « C'est un bonheur, concède Mme Riccoboni, d'occuper les habitants de cette immense capitale. » Voilà précisément le mal : le succès répand le poison dans l'« immense capitale ». La page de titre annonce que le roman, fictivement imprimé à Amsterdam, « se trouve à Paris, chez Durand neveu, libraire, à la Sagesse, rue Galande ». On l'y « trouve » si bien, en effet, qu'en quelques jours les deux mille exemplaires sont épuisés. Le 21 avril, Durand signe un avenant avec Laclos pour une nouvelle édition. Il procède en toute hâte, incorporant dans la nouvelle impression des cahiers restant de la précédente. Durand tirera encore, dans cette même année 1782, neuf autres éditions (en oubliant, semble-t-il, d'en informer Laclos et de lui verser des droits). A quoi s'ajoutent cinq éditions, piratées par divers libraires.

Il est connu qu'à l'époque le succès d'un livre à sa sortie s'évaluait d'après le nombre des rééditions et contrefaçons. Avec seize éditions en 1782, *Les Liaisons dangereuses* sont à rapprocher de *Candide* qui avait obtenu en 1759 un chiffre équivalent d'impressions faites en diverses villes d'Europe. Le choc ici est plus violent encore en ce sens que le scandale, en un premier temps, se limite à Paris même. L'ouvrage est porté d'abord par la rumeur orale. Les *Liaisons* font « la matière des conversations », dans les cercles, aux foyers des théâtres, dans les cafés. On invente des anecdotes, que la réputation du livre rend vraisemblables. Laclos invoquait l'attestation d'une « bonne mère », recommandant à sa fille la lecture des *Liaisons*

---

1. L'exemplaire de Marie-Antoinette, de la première édition, est aujourd'hui à la Bibliothèque nationale.

« le jour de son mariage ». A quoi Rétif oppose un autre exemple : une mère, mais celle-ci « imprudente », avait laissé traîner le roman de Laclos. Elle doit l'arracher des mains de sa fille, déjà parvenue à la troisième partie. Or la demoiselle, âgée de quinze ans (l'âge de Cécile), accorde à un homme de quarante-cinq ans (l'âge de Rétif ?) les « dernières faveurs » pour qu'il lui procure la fin du roman. Rétif conclut, benoîtement : « O mères, soyez prudentes [1] ! »

On colporte d'autres histoires. La marquise de Coigny a fermé sa porte à Laclos. « Vous connaissez, a-t-elle dit à son suisse, ce grand monsieur maigre et jaune qui vient souvent chez moi ; je n'y suis plus pour lui. » « Si j'étais seule avec lui, j'aurais peur », ajoute cette dame, pourtant, nous dit-on, « plus que galante ». C'est que justement elle avait cru se reconnaître en la marquise de Merteuil [2].

Car la malignité mondaine s'applique à identifier parmi les personnes en vue les originaux dont Laclos se serait inspiré. En mai, on fait circuler dans Paris une « clef générale ». A ce moment l'autorité intervient. On arrête la vente du livre (qui continuera cependant à être débité « sous le manteau ») ; on interdit toute publicité dans les catalogues des libraires ; on le fait retirer des cabinets de lecture. Enfin le ministre de la Guerre, le vieux maréchal de Ségur, s'inquiète de tout ce bruit que fait un officier en congé. Le 24 mai, il lui intime l'ordre de rejoindre son corps, présentement en garnison à Brest. Laclos obéit. Alors prennent fin pour lui ces semaines enivrantes, pendant lesquelles il avait été à Paris l'homme qu'on craint, qu'on admire, qu'on fête (ce sont les termes de la *Correspondance littéraire*). Mais le tumulte se prolonge, lui absent : les *Mémoires secrets* continuent à

---

1. Rétif de la Bretonne, *Monsieur Nicolas ou le Cœur humain dévoilé*, cité par A. et Y. Delmas, *A la recherche des « Liaisons dangereuses »*, Mercure de France, 1964, p. 16.
2. Comte Alexandre de Tilly, *Mémoires*, édition Ch. Melchior-Bonnet, Paris, Jonquières, 1929, t. I, p. 201-202.

parler des *Liaisons*, quelque temps encore, comme
étant le livre du jour.

Les nouvelles à la main et les correspondances littéraires avaient pris le relais des conversations pari-
siennes. Leurs relations font comprendre les pourquoi
du scandale. Ce roman cruel blessait l'opinion
contemporaine en ses plus chères complaisances.
D'entrée de jeu, Laclos ironisait sur l'autosatisfaction
de « ce siècle de philosophie, où les lumières, répandues de toutes parts, ont rendu, comme chacun sait,
tous les hommes si honnêtes et toutes les femmes si
modestes et si réservées [1] ». L'histoire de Valmont et
de Mme de Merteuil est ressentie comme une dénon-
ciation insupportable. Après coup on y reconnaîtra un
signe précurseur du cataclysme révolutionnaire : « un
de ces météores désastreux qui ont apparu sous un
ciel enflammé, à la fin du XVIIIe siècle », écrira le
comte de Tilly, en avouant avoir été, en son temps, un
« admirateur passionné » de ce roman [2].

Dans l'émotion du scandale, on oppose à Laclos
plusieurs réponses, parfois contradictoires. On sou-
tient ou bien que des caractères aussi infâmes « ne
peuvent exister [3] » ; ou bien que, s'ils existent, ils ne
sont pas représentatifs : il ne fallait pas donner pour
les mœurs du siècle « ce qui n'est au fond que l'histoire d'une vingtaine de fats et de catins [4] ». Enfin, en
admettant même que le romancier ait raison, il n'avait
pas le droit de montrer de telles horreurs. Il l'avait
d'autant moins qu'il le fait avec infiniment de talent.
Le scandale en effet s'accroît de la perfection de
l'ouvrage, qu'on reconnaît « digne, dans son genre,
d'occuper une place classique dans les meilleures
bibliothèques [5] ». Le roman du libertinage n'est certes
pas en 1782 une nouveauté. Mais ni Crébillon, ni
Dorat, ni leurs innombrables émules n'avaient jamais

1. Dans l'« Avertissement de l'éditeur », t. I, p. 65.
2. Edition citée, t. I, p. 227.
3. C'est l'opinion de Mme Riccoboni.
4. La Harpe.
5. Tilly, *op. cit.*, t. I, p. 221.

exposé les mœurs libertines avec cette force qui donne aux *Liaisons* l'apparence d'une création sans précédent. On admire donc, mais « avec humeur », comme l'écrit bientôt le protestant Chaillet, lequel, après en avoir longuement entretenu ses lecteurs de Neuchâtel, conclut qu'il faut mettre le livre de Laclos « à l'index ».

Sur la moralité ou l'immoralité des *Liaisons dangereuses*, sur la conformité ou non aux « mœurs du temps », sur l'art avec lequel est agencée cette histoire, la presse contemporaine du scandale entamait un débat qui allait longtemps se poursuivre.

Laclos avant Les Liaisons dangereuses.

L'auteur était resté jusqu'alors à peu près un inconnu. Aujourd'hui encore, malgré les recherches biographiques, l'homme qu'il fut avant 1782 nous échappe. Ce que nous savons de sa vie : la séduction à La Rochelle de Marie-Soulange Duperré, la naissance de leur fils, leur mariage régularisant la situation, le conflit de l'officier avec le ministère de la Guerre au sujet de Vauban, l'engagement de Laclos au service de la cause orléaniste, la part qu'il prit aux événements ayant suivi le 10 août 1792, son incarcération sous la Terreur, puis après un temps de retraite le concours apporté dans la coulisse à Bonaparte le 18 Brumaire ; ce dont il est récompensé par une réintégration dans l'armée avec le grade de général d'artillerie ; enfin ses deux campagnes en Italie, qui devaient le conduire à Tarente, où il mourut le 5 septembre 1803 : tous ces épisodes, assez bien connus, sont postérieurs à la publication de son roman.

La première lettre personnelle de lui qui nous soit parvenue date du 8 avril 1794 : il écrit à sa femme de la prison de Picpus, à la veille, croit-il, d'être guillotiné. Suit une correspondance assez abondante, aujourd'hui intégralement publiée par les soins de Laurent Versini. S'adressant à sa femme et à ses enfants, il s'y révèle sans défaillance le meilleur des époux et des pères : un « sentimentaire », ne vivant que pour l'affection des siens. On ne cesse de s'étonner : le même homme a-t-il pu tracer de telles lettres et inventer celles des *Liaisons dangereuses* ? Si toutes sortes d'évidences ne s'y opposaient, on imaginerait que Laclos fut l'un de ceux dont on prétend qu'ils prêtèrent leur nom à un écrivain d'une tout autre envergure, soucieux de demeurer dans l'ombre. Rarement l'incompatibilité a paru aussi totale entre l'individu, dont le biographe relate les sentiments et les actions, et l'auteur, créateur d'une œuvre puissante.

Sur Laclos avant 1782, nous ne sommes guère renseignés que par son dossier aux archives anciennes de la Guerre. On ne s'attend pas que des états de service nous révèlent ses secrètes pensées. On le voit « avancer » lentement. Sous-lieutenant en 1761, il n'est encore que capitaine vingt ans après. Ce qui ne saurait surprendre en temps de paix, s'agissant d'un officier de toute petite noblesse, sans protection.

Quand il écrit son roman, il doit avoir derrière lui un certain nombre de « liaisons » féminines. Il le confirme, quand il répond à Mme Riccoboni qu'il s'est « beaucoup occupé » des femmes : « Et comment s'en occuper et ne les aimer pas ? » Dans sa vie de garnison, il a passé six années à Grenoble (1769-1775) : on prétend que son roman doit quelque chose aux relations nouées pendant ce long séjour. Or, vingt-cinq ans après, général d'artillerie, en route pour l'Italie, il s'arrête quelque temps dans cette même ville. Il écrit à sa femme, qu'il sent inquiète à cause de ses « liaisons » d'autrefois. Il l'assure qu'il n'a revu « que deux de [ses] anciennes connaissances, toutes deux hommes [1] ». Il en revoit pourtant aussi deux autres, qui sont des femmes, « la fine fleur de l'aristocratie » ; il s'empresse d'ajouter : « Cela s'est passé très poliment, mais c'est tout [2]. » Sa discrétion ne nous

1. *Œuvres*, p. 911.
2. *Œuvres*, p. 930.

permettra pas d'en savoir davantage. Ses expériences
amoureuses, autant qu'on peut les deviner, n'eurent
rien que de fort banal. On ne lui attribue aucun
exploit comparable à ceux de Valmont ou de Prévan.
Comme on le voit par ce qui advient à celui-ci dans le
roman, une aventure galante faisant scandale ne laissait pas alors indifférente l'autorité militaire. Mais le
dossier de Laclos ne conserve aucune trace d'un éclat
de cette sorte.

Quelques aspects cependant sont à retenir, non
certes comme explication des *Liaisons*, mais comme
ayant du rapport avec l'œuvre. Laclos eut pour vocation première et définitive l'armée. Il entre dans
l'artillerie parce que, a-t-on dit, cette arme où la
compétence est exigée s'ouvrait à ceux qui, comme
lui, ne possédaient pas les quatre quartiers de
noblesse obligatoires. Mais on peut penser aussi qu'il
l'a choisie par goût. Il se distingue de la foule des
militaires, exerçant le métier par routine. Il se montre
un novateur, attiré par la recherche. Pendant qu'il
rédige son roman, il est affecté à l'île d'Aix, avant-
poste de Rochefort. Il a mission d'y construire un
fort, contre une éventuelle attaque anglaise. Or
l'ouvrage dessiné par son patron, le marquis de Montalembert, est d'une conception révolutionnaire, rompant avec la tradition de Vauban. Les forts à
l'ancienne mode laissaient les soldats exposés au feu
de l'ennemi, plus meurtrier par suite des récents progrès de l'armement. Montalembert et Laclos veulent
leur substituer la fortification « perpendiculaire »,
mettant les défenseurs à couvert sous des casemates.
En outre, ils avaient mis au point un nouveau modèle
d'affût, assurant aux pièces d'artillerie un champ de
tir plus étendu. Toutes nouveautés mal vues du
ministère : l'esprit de recherche entraîne Laclos dans
une polémique contre la mémoire de Vauban, qui
brise sa carrière militaire. Lorsqu'il revient aux
choses de la guerre sous la Révolution, il s'occupe
encore d'une innovation, promise à un bel avenir. A
plusieurs reprises, et même incarcéré sous la Terreur,

il procède à des essais sur le « boulet creux », qui
deviendra l'obus.

Par là se manifeste chez Laclos un tour d'esprit à la
fois inventif, minutieux et calculateur. L'influence du
métier ne se traduit pas seulement dans son roman
par l'abondance du vocabulaire militaire, inévitable
d'ailleurs sous la plume de personnages menant des
entreprises de conquête amoureuse. Il est plus important de noter que l'imagination combinatrice qui est la
sienne trouve à s'employer dans la mise au point
d'une intrigue aux mécanismes bien ajustés. Occupé
professionnellement de plans de défense et d'attaque,
l'artilleur Laclos fait l'histoire des « campagnes » de
Valmont, de la Merteuil, le choc des stratégies abou-
tissant, comme il arrive souvent à la guerre, à des
résultats non prévus.

Un autre aspect de sa personnalité est son goût des
lettres. Le cas de Laclos illustre la diffusion de la culture littéraire dans la société de son temps. Il s'est
donné à lui-même une formation que ne lui avait certainement pas dispensée l'École militaire de La Fère.
Il prêtera à ses héros, Valmont et Mme de Merteuil, sa
propre pratique des œuvres. Comme eux, il lit pour le
plaisir, et aussi pour chercher des précédents, des
règles à suivre. Les citations ou allusions de ses personnages, complétées par les données de ses autres
écrits, permettent de dresser l'inventaire de ce qu'il
aime, ou de ce qu'il connaît. Il est au fait des livres à
la mode : le *Dictionnaire philosophique* de Voltaire [1], les
Contes moraux de Marmontel ; de Rousseau l'*Émile*, et
assurément les *Discours* dont s'inspireront ses essais
sur *L'Éducation des femmes*. Il est évidemment amateur
de romans. Relit-il, comme sa Merteuil, les érotiques
(*Le Sopha* de Crébillon, l'*Aloïsia*, et d'autres) pour se
préparer à un rendez-vous ? On ne doute pas en tout
cas, après l'enquête de Laurent Versini, qu'il ne
connaisse fort bien la copieuse production des romans

---

1. Il en cite, dans une lettre à sa femme, la définition de l'amour :
« étoffe de la nature que l'imagination a brodée », *Œuvres*, p. 1058.

libertins du temps. Mais sa préférence avouée va au
roman sentimental et moralisant : en premier lieu à
Julie ou la Nouvelle Héloïse. Si son Valmont la cite
volontiers « en la profanant », selon le « rédacteur »,
lui-même s'y réfère, à travers son personnage, pour
honorer cette œuvre sous le patronage de laquelle il
place son texte, par l'épigraphe du titre. Après la *Julie*
de Rousseau vient dans son estime la *Clarisse* de
Richardson : à cette héroïne vertueuse et malheureuse
Mme de Tourvel au bord de l'abîme aura vainement
recours.

Laclos n'est certes par un homme de bibliothèque.
Pour lui comme pour ses contemporains, c'est le théâtre
qui ouvre l'accès le plus direct à la littérature. Ses
personnages, à Paris, vont à peu près tous les soirs au
spectacle : Comédie-Française, Comédie-Italienne,
Opéra. Mme de Merteuil y a sa loge, comme sans doute
Mme de Volanges. On se rend dans les théâtres pour se
montrer, pour rencontrer les gens du monde ; on ne
laisse pas pourtant de retenir quelque chose de ce qui se
joue sur la scène, lorsque la pièce est bonne. Aussi,
conformément aux vraisemblances, la mémoire de ses
personnages est-elle meublée de réminiscences, comme
l'était la sienne. Que Laclos ait suivi assidûment les
spectacles parisiens pendant ses permissions, qu'il ait
tiré profit en province d'une vie théâtrale fort active,
c'est l'évidence même. Au fil de son texte on repère des
références aux classiques : à Racine (mais non Corneille), Molière, Regnard ; à des comédies de la première moitié du siècle, alimentant les répertoires pro-
vinciaux : Piron, Gresset, la *Nanine* de Voltaire ; parmi
les nouveautés, *On ne saurait penser à tout* de Sedaine,
remis en vogue grâce à Beaumarchais, et le patriotique
Siège de Calais de Du Belloy. Laclos cite toujours de
mémoire, plus ou moins inexactement. Il arrive même
que se présente sous sa plume un vers nerveux, frappé
comme un alexandrin tragique de Voltaire :

Ses bras s'ouvrent encor quand son cœur est fermé
ou bien :

Ces tyrans détrônés devenus mes esclaves.

Réminiscence ? ou invention du romancier, « à la manière de »... ? Laclos, qui a l'habitude de signaler en note l'origine de ses citations, avoue ici qu'il hésite [1]. Une étude de son style montre en tout cas à quel point il s'est imprégné du langage théâtral. A l'analyse, *Les Liaisons dangereuses* se révèlent un texte nourri de littérature. Ce roman d'un amateur des lettres doit son origine peut-être à tel ou tel épisode vécu, mais plus certainement aux œuvres qui enrichissent l'univers intérieur de Laclos.

Assez tôt, il s'était essayé à écrire, dans les formes que favorise l'ambiance de l'époque. Rien de plus banal au XVIIIe siècle que l'homme de bonne compagnie s'exerçant à versifier pour divertir les sociétés qu'il fréquente. L'*Almanach des Muses* et les périodiques similaires remplissent leurs fascicules de ces productions mondaines. Laclos apporte sa contribution, ni pire ni meilleure que tant d'autres : « A Mademoiselle de Saint-S... en lui envoyant des mirabelles de Metz », « A Mademoiselle... : Dois-je croire ce qu'on m'écrit ?... », « A Mademoiselle... : Jeune Aglaé », etc. Esprit, galanterie, grivoiserie parfois (*La Procession*, *Le Bon Choix*, dans le goût des contes en vers de La Fontaine) : le registre étroit de ces bagatelles confirme au moins que Laclos dit vrai quand il s'avoue à Mme Riccoboni « fort occupé des femmes ». On soupçonne que ces Aglaé, Eglé, Rosire (*sic*), Zélis, et autres, ne furent point pour lui des êtres de pure fiction.

Vers 1777, on le voit se risquer à des entreprises plus ambitieuses : une réponse en vers à une question posée dans le *Mercure* sur la jalousie, à propos de la *Zaïre* de Voltaire. Le ton ironique qu'il adopte lui réussit assez bien. Mais quand il vise plus haut, il trébuche. Son *Epître à la mort* (1777), dans le genre sentencieux, aligne avec peine les lieux communs. La même année, il tente de s'imposer par un brillant succès : il fait jouer à l'Opéra-Comique une adap-

---

1. Lettre LXXXI.

tation d'*Ernestine*, roman de Mme Riccoboni, sur la
musique d'un compositeur à la mode. Pour la première, il a réuni un auditoire de choix : la reine est
présente, ainsi que Madame sœur du roi, et la comtesse d'Artois, belle-sœur de Louis XVI. Hélas !
la pièce est « huée du commencement jusqu'à la
fin ».

Il est à la veille alors de commencer son roman ; il
se souviendra de plusieurs situations et épisodes
d'*Ernestine*. Mais rien dans ces productions, et surtout
dans les plus travaillées d'entre elles, qui annonce un
auteur capable d'écrire une œuvre telle que les
Liaisons.

La rédaction des Liaisons dangereuses.

Pour éclairer les origines de l'œuvre, il n'est pas
superflu de préciser la chronologie de sa composition.

Pariset, dans une notice nécrologique inspirée par
la famille, écrit que Laclos « était, lorsqu'il fit [son
roman], relégué dans l'île d'Aix [à l'embouchure de
la Charente], qui n'est habitée que par des
pêcheurs ». Il avait reçu son affectation à ce poste le
30 avril 1779. Il y reste pendant vingt-trois mois,
coupés par une permission, de janvier à juin 1780,
qu'il passe à Paris.

Nous pouvons nous représenter ce que fut la tâche
militaire du capitaine de Laclos, pendant qu'il élabo-
rait *Les Liaisons dangereuses*. Son chef, le marquis de
Montalembert, a publié en 1790 des *Observations sur
les nouveaux forts qui ont été exécutés* : l'un de ces forts,
qu'il décrit en détail, est celui d'Aix. Il en ressort que
Laclos avait à commander un détachement assez
important, environ 500 hommes. Sans doute devait-il
résider sur l'île, pendant que son supérieur avait son
poste de commandement sur le continent. Laclos est
l'un de ces écrivains pour qui le monde extérieur
n'existe pas. Dans l'abondante correspondance qu'il

adressera aux siens au cours de ses deux campagnes en Italie, à peu près rien n'a trait aux paysages ou à l'aspect des villes : parmi tous les « voyages d'Italie » du XVIII⁵ siècle, le sien se distingue par une absence totale non seulement de pittoresque, mais d'attention aux particularités du pays. A Aix, île sablonneuse et plate, assez éloignée de la côte, il n'eut certainement aucun effort à faire pour s'abstraire du paysage marin, pendant les trois étés, les trois automnes, le printemps et l'hiver qu'il y passa. On l'imagine exclusivement occupé, sur le terrain, de sa fortification « perpendiculaire », et, dans sa chambre, de son manuscrit des *Liaisons*.

La rédaction devait être très avancée, sinon achevée, le 4 septembre 1781, lorsqu'il demanda un nouveau congé de six mois. Le 10 octobre, il sollicite une permission tacite, accordée le 12 décembre : à cette date, il est à Paris, ou sur le point d'y arriver pour l'ultime mise au point de son ouvrage.

Ce calendrier est à confronter avec un document capital : le manuscrit autographe des *Liaisons dangereuses*. Les papiers de Laclos étaient passés entre les mains de son troisième enfant, Charles : en 1849, la veuve de celui-ci les dépose à la Bibliothèque nationale, où ils sont conservés sous la cote F. fr. 12845. Dans ce dossier, 93 feuillets donnent le texte du roman. A l'apparence matérielle du document, le lecteur, sans être graphologue, a l'intuition de ce qu'était la personnalité du scripteur. De petits caractères, fins et déliés, très serrés sur la page, qu'ils remplissent, recto et verso, en réduisant presque à rien les intervalles et les marges. On a l'impression d'un Laclos minutieusement économe de son papier, appliqué à réaliser sur sa page une densité maximale de l'écriture.

Le manuscrit se présente comme une mise au net, supposant l'existence de brouillons antérieurs. Certaines des erreurs s'expliquent comme des fautes de copie. Ce n'est pas non plus l'exemplaire remis à l'imprimeur. Outre qu'il ne porte aucune marque en vue de l'impression, il donne un texte et un classement des lettres sensiblement différents de l'édition originale. Laclos a certainement établi un autre manuscrit, plus net et plus lisible, destiné au libraire Durand.

Le manuscrit prévoyait seulement deux parties, assez déséquilibrées, puisque la première s'arrêtait après la lettre 70 [1] ; la seconde commençait au moment où Valmont revient chez sa tante pour achever la conquête de la Présidente : elle contenait ainsi cent cinq lettres. L'édition réalisera, en quatre parties, une répartition plus harmonieuse. Laclos a utilisé successivement deux sortes de papier : un papier blanc jusqu'à la lettre 79 inclusivement, ensuite un papier bleuté, un peu plus grand, sur lequel sont aussi écrits l'Avertissement de l'éditeur et la Préface du rédacteur (manifestement rédigés en dernier lieu). Le passage du papier blanc au papier bleu correspond, non pas exactement, mais à peu près, au passage de la première à la deuxième partie du manuscrit. On est ainsi amené à supposer une rédaction en deux phases : peut-être la première en 1779, la seconde à partir de juin 1780, après la permission parisienne de six mois.

On remarque sur le manuscrit, du point de vue chronologique, une bizarrerie. On sait que dans l'édition Laclos a renoncé à préciser l'année où se situe l'action. Chaque personnage, même la légère Cécile, date avec soin le jour et le mois, mais le millésime est laissé dans le vague : « 17.. ». C'est seulement d'après la circonstance qui retient Gercourt au loin, à savoir les opérations militaires en Corse, qu'on peut déduire que nous sommes en 1768-1769, ce qui s'accorde avec la référence à une pièce de Du Belloy de 1765. Mais sur le manuscrit certaines lettres por-

1. Les lettres sont, dans le manuscrit, numérotées en chiffres arabes : nous emploierons cette numérotation pour renvoyer au manuscrit. Les renvois à l'édition se feront par des numéros de lettres en chiffres romains.

tent une date complète (ou plus complète). En voici
le relevé :

lettre 11	13 août 1778	lettre 86	25 septembre 1780
lettre 33	22 août 177. (sic)	lettre 90	27 septembre 1780
lettre 83	23 septembre 1780	lettre 113	15 octobre 1781
lettre 84	24 septembre 178. (sic)	lettre 130	4 novembre 1780
lettre 85	25 septembre 1780		

En outre la lettre 125, datée du jeudi 28 octobre, se
situerait en 1779, année où cette date tombe un jeudi.

Il est impossible d'admettre que Laclos ait jamais
conçu l'action de son roman comme devant s'étendre
sur trois ou quatre années. Le sujet même implique que
le drame se noue et se dénoue en une durée n'excédant
pas six mois : d'un mois d'août au mois de janvier
suivant. Les dates du manuscrit signifient seulement
que le romancier, initialement, eut parfois l'idée de
placer les événements à l'époque exactement contemporaine de la rédaction. Les mois et les jours sont
nécessairement déterminés par la situation de la lettre
dans la trame chronologique du roman. Mais l'année
est sans doute celle où Laclos écrit (ou recopie) cette
lettre : l'hypothèse avancée par Laurent Versini paraît la
seule explication plausible des datations complètes du
manuscrit. En ce cas il faudrait faire remonter le début
de la rédaction à 1778, au moment où Laclos après une
mission à Valence est de retour en sa garnison de
Besançon. Il est même possible de préciser davantage
l'hypothèse. Les deux lettres 11 et 33, datées de la
décennie 1770, seraient antérieures à la permission de
Laclos de janvier à juin 1780 : elles appartiennent à la
partie du manuscrit sur papier blanc. Toutes les autres
se trouvent dans la section à papier bleu : Laclos les
aurait rédigées (ou recopiées) après son retour à l'île
d'Aix, à l'automne de 1780. Seule la lettre 113, datée de
1781 à l'intérieur d'une séquence de 1780, pose un
problème dont on voit mal la solution.

La chronologie ainsi établie fait imaginer un Laclos

se concentrant sur l'élaboration de son roman à l'écart de toute influence externe. Le décor maritime dans lequel il écrit est effacé. Les souvenirs de Grenoble, que certains ont prétendus déterminants, sont en tout cas lointains : Laclos a quitté sa garnison dauphinoise depuis quatre ans. Seules des motivations intérieures peuvent expliquer que Laclos ait créé cette œuvre, si supérieure à tout ce qu'il a écrit auparavant, comme à tout ce qu'il écrira par la suite.

Le témoignage de Tilly.

Pourquoi *Les Liaisons dangereuses* ? Selon Pariset, Laclos aurait voulu sur son chantier insulaire « distraire l'ennui de sa solitude par le charme de la composition ». Une telle motivation, non dénuée de vraisemblance, a le tort d'être purement négative. Un autre contemporain nous a laissé un témoignage plus détaillé : le comte de Tilly, dans ses *Mémoires*.

Tilly, né en 1764, avait été, on l'a vu, l'un de ceux que le roman avait fascinés, à son apparition. Il avait « souhaité démesurément » connaître Laclos. Mais c'est seulement en 1790, à Londres, qu'il peut lui parler à loisir. Tilly a émigré, et Laclos accompagne son patron le duc d'Orléans, envoyé dans la capitale anglaise pour une mission qui est en fait un exil.

J'essayai donc à Londres, raconte Tilly, une ou deux fois de savoir de lui-même tout le mystère de son livre, parce que j'étais persuadé qu'un tel ouvrage ne vient dans la tête de personne sans des données préliminaires. Mais il se défendait avec politesse et ne m'apprenait rien de satisfaisant.

Enfin l'ennui me le livra et me servit mieux que son amour-propre et ma curiosité ne l'auraient fait.

Nous étions au lever de M. le prince de Galles, qui, suivant sa coutume de prince et sa toilette d'un des plus beaux hommes de l'Europe, se faisait démesurément attendre ; M. de Laclos, qui n'avait pas une grande tactique de cour, mais toute l'impatience sombre d'un philosophe ou d'un conspirateur, malgré son flegme apparent, aima mieux causer que de tirer sa montre et de s'agiter intérieurement.

Voici à peu près ce qu'il me dit :

« J'étais en garnison à l'île de Ré, et après avoir écrit quelques élégies de morts qui n'en entendront rien, quelques épîtres en vers, dont la plupart ne seront jamais imprimées, très heureusement pour le public et pour moi, étudié un métier qui ne devait me mener ni à un grand avancement ni à une grande considération, je résolus de faire un ouvrage qui sortît de la route ordinaire, qui fît du bruit, *et qui retentît encore sur la terre quand j'y aurai passé* *. Un de mes camarades, qui porte un nom célèbre dans les sciences, avait eu plusieurs aventures d'un grand éclat auxquelles il ne manquait qu'un autre théâtre. C'était un homme né spécialement pour les femmes et pour les perfidies dans lesquelles elles sont maîtresses passées : en un mot, *si ç'eût été un homme de cour*, il aurait eu la réputation de Lovelace, et aurait été de meilleure compagnie que lui. Il m'avait pris pour son confident ; je riais de ses *espiègleries et l'aidais quelquefois de mes conseils*. Je lui avais connu une maîtresse qui valait bien Mme de Merteuil, mais c'est à Grenoble que je vis l'original dont la mienne n'est qu'une faible copie, une marquise de L.T.D.P.M., dont toute la ville racontait des traits dignes des jours des Impératrices romaines les plus insatiables. Je pris ces notes et je me promis bien de les réaliser en temps et lieu. L'histoire de Prévan était arrivée il y a longtemps à M. de Rochech..., officier supérieur des mousquetaires : il en fut déshonoré ; on en rirait à présent. J'avais bien par-devers moi quelques petites historiettes de ma jeunesse, qui étaient assez piquantes ; je fondis ensemble toutes ces parties hétérogènes ; j'inventai le reste, le caractère de Mme de Tourvel surtout, qui n'est pas commun. Je soignai mon style autant que j'en suis capable, et après quelques mois d'un dernier travail, je jetai mon livre dans le public ; *je n'ai presque pas su depuis sa fortune, mais on me dit qu'il vit encore.* »

J'ai oublié ce que je lui répondis ; ce qu'il me dit, je m'en souviens : je l'ai répété [1].

---

* Ces expressions un peu oratoires et dont je me rappelle comme si c'était hier, me frappèrent d'autant plus que sa conversation froide et méthodique n'était nullement de cette couleur-là. (*Note de Tilly.*)

1. Tilly, *op. cit.*, t. I, p. 223-225.

Il convenait de citer ce texte, souvent commenté. C'est en effet le plus explicite qui nous soit parvenu sur la genèse des *Liaisons dangereuses*. Il n'est pas d'une autorité indiscutable. Tilly ne mérite guère la confiance [1]. Page de la reine à quinze ans, il court les aventures galantes, il tombe dans d'assez vilaines débauches, en se croyant l'émule de Valmont. Hostile à la Révolution, il erre en Europe et jusqu'en Amérique. Là-bas il ne craint pas de recourir à l'expédient de l'escroquerie au mariage. Il finira par un suicide, à Bruxelles, en 1816, à la suite d'une affaire de jeu. Un tel homme, dans ses *Mémoires*, ne se fait assurément aucun scrupule d'enjoliver, ou d'inventer. On peut admettre cependant qu'il a bien rencontré Laclos à Londres en 1790, et que celui-ci a parlé de son roman. Mais Tilly écrit longtemps après (il commence la rédaction de ses *Mémoires* en 1804), selon ses seuls souvenirs, sans aucune note, comme il le reconnaît dans son texte. Il reconstitue donc le discours de son interlocuteur. Il commet ainsi des erreurs certaines. Laclos n'a jamais été affecté à l'île de Ré. Tilly confond avec l'île d'Aix. Laclos n'a jamais écrit d'« élégies de morts qui n'en entendront rien » : il a dû parler de son *Epître à la mort* ; Tilly a mal compris ou mal retenu. Laclos de même n'a pu dire que ses épîtres en vers ne seraient jamais publiées : la plupart avaient paru dans des périodiques et dans l'édition de 1787 des *Liaisons dangereuses*.

Compte tenu de ces erreurs, quel crédit accorder à ce que rapporte Tilly sur les modèles réels des personnages du roman ? Comment se fier aux initiales qu'il donne ? On n'a pu identifier le « camarade qui porte un nom célèbre dans les sciences » : Monge, Meusnier, Dolomieu, qu'on a proposés, ne ressemblent guère à Valmont. Même incertitude sur ce

---

1. De plus les *Mémoires* ne furent publiés qu'en 1828, douze ans après la mort de Tilly. Les éditeurs, sous la Restauration, exploitant la vogue des *Mémoires* d'Ancien Régime, ne se gênaient pas pour remanier les manuscrits, ou pour susciter des apocryphes. On souhaiterait disposer du manuscrit de Tilly.

« M. de Rochech., officier supérieur des mousquetaires », original supposé de Prévan. Seul ce qui est dit
des sources grenobloises peut présenter quelque
consistance. D'autres que Tilly en ont parlé. Le prince
de Ligne, dans une lettre de 1811, mentionne, sans
indiquer de nom, « quelques personnes de Grenoble
qui avaient donné lieu aux *Liaisons dangereuses* ». Il
répète dans ses *Mélanges* que « la société grenobloise a
donné lieu au roman... Une partie des caractères et
aventures s'est trouvée dans une société de Grenoble
que je connais. Mme de Merteuil est un composé de
plusieurs femmes dont on a réuni sur elle toute la
méchanceté. » Le prince de Ligne a séjourné dans
cette ville en 1763 et en 1766. Mais peut-être n'a-t-il
pas d'autre informateur que Tilly qui lui fit lire ses
Mémoires manuscrits en 1806.

Stendhal de son côté se montre fort affirmatif sur les
origines grenobloises des *Liaisons*. Il a dans son enfance
« connu Mme de Merteuil, c'était Mme de Montmaur »,
une boiteuse qui lui donnait des noix confites. Stendhal,
qui écrit après avoir lu Tilly, peut en avoir été influencé.
Mais le nom qu'il avance ne correspond pas exactement
aux initiales des *Mémoires* : d'autres déchiffrent celles-ci
comme désignant la marquise de L[a] T[our] d[u] P[in]
M[ontauban], petite-nièce de Mme de Tencin, maîtresse de Dolomieu, capitaine des carabiniers et miné-
ralogiste. Stendhal ajoute aux indications de Tilly une
« clef » pour Cécile de Volanges : une demoiselle de
Blacons, de Voreppe, non moins problématique. La
tradition des sources grenobloises se perpétue
aujourd'hui encore par une rumeur au sujet de certains
documents restés secrets, qui apporteraient des révéla-
tions. M. Yves Le Hir, en tête de son édition parue en
1961, nous assure que Laclos « a réellement eu sous les
yeux une correspondance d'où il a tiré son roman [...]
Un jour ou l'autre on dira les noms ; dès que les questions d'héritiers n'auront plus d'importance [1]. » Peu
après, A. et Y. Delmas, préparant leur livre *A la*

---

1. *Les Liaisons dangereuses*, édition Garnier frères, 1961, p. X.

recherche des « Liaisons dangereuses » (1964), nous disent avoir reçu une invitation, de la part sans doute de ces mêmes « héritiers », les priant de garder le silence sur les modèles grenoblois. Après deux siècles, on doit considérer que la prescription est largement acquise. On demande donc que les mystérieux documents, s'ils existent, soient enfin rendus publics.

Du récit de Tilly, on peut accepter comme vraisemblables quelques points. On croira volontiers que Laclos a soigneusement préparé son roman en prenant « des notes ». Il n'a rien d'un improvisateur. On ne peut nier que *Les Liaisons dangereuses* soient une œuvre très travaillée : on demeure plus que sceptique devant l'assertion qu'il se serait contenté de « tirer son roman » d'une correspondance qu'il aurait eue « sous les yeux ». Qu'il ait retenu certains éléments de réalité, on l'admettra, quoique ceux-ci soient aujourd'hui impossibles à identifier. Il l'écrit lui-même à Mme Riccoboni : « Il ne pourrait effacer aucun des traits qu'il a rassemblés dans la personne de Mme de Merteuil sans mentir à sa conscience, sans taire, au moins, une partie de ce qu'il a vu. » Il maintient dans la lettre suivante à la même correspondante qu'il a en son personnage « rassemblé [...] les traits épars du même caractère ». Les notes préparatoires ont dû exister. En procédant ainsi, Laclos n'aurait rien fait d'autre que de pratiquer la méthode suivie par maints romanciers. Mais faut-il reconnaître ce dossier initial dans le cahier que Stendhal aurait vu à Naples : « Liste des grands seigneurs de 1778 avec des notes sur leur moralité, [...] vue à Naples chez le marquis Berio ; manuscrit de plus de trois cents pages bien scandaleux. » Le marquis Berio (1765-1820) recevait effectivement en son salon napolitain les voyageurs étrangers. Il accueillit Goethe, Kotzebue, lady Morgan, et beaucoup d'autres. Mais Laclos, contrairement à ce que croit Stendhal [1], n'est jamais allé à Naples. Et

1. *De l'Amour*, ch. LI, en note : « Il faut avoir entendu parler l'aimable général Laclos, Naples, 1802. »

pourquoidonc, quelque vingt années après la publication de son roman, en aurait-il, en 1801 ou 1803,
transporté les matériaux préparatoires dans ses
bagages de général d'artillerie ? Pourquoi les aurait-il
remis à ce marquis Berio qui n'était nullement l'une
de ses connaissances [1] ? La note de *De l'Amour* sur la
liste « bien scandaleuse » semble relever de la fabula-
tion stendhalienne sur Laclos, de même peut-être que
la rencontre à la Scala de Milan du sous-lieutenant
Henry Beyle avec « le vieux général » Laclos, alléguée
dans les *Souvenirs d'égotisme*.

On aura remarqué enfin le désir de « faire du bruit »
dans le domaine des lettres, faute de pouvoir s'illustrer
par les armes, qui aurait incité Laclos à écrire *Les
Liaisons dangereuses*. Il a certes poursuivi avec constance le projet de faire parler de lui, fût-ce par le
scandale : à ses débuts par une *Epître à Margot* où il
avait glissé une allusion à la courtisane royale
Mme Du Barry ; par la malheureuse *Ernestine* ; par la
réponse en forme de « bombe » qu'il avait eu l'intention d'adresser à l'Académie de Châlons-sur-Marne,
sur l'éducation des femmes ; par la *Lettre sur Vauban*.
Mais tout écrivain ne vise-t-il pas au succès ? Il
n'aurait pas suffi à Laclos d'y aspirer pour l'obtenir,
une seule fois, mais alors au-delà de toute espérance,
avec son roman de 1782.

Le dessein de Laclos.

Parmi les motivations attribuées au romancier on
écartera celles qui sont hors de proportion avec une
œuvre comme *Les Liaisons dangereuses* : par exemple
les rancœurs d'un officier aigri d'avancer trop lentement, révolté par l'idée qu'en raison de sa modeste

---

1. La bibliothèque du marquis Berio fut vendue en Angleterre et
dispersée après 1918 : des recherches effectuées en ce pays n'ont
pas permis de retrouver la moindre trace du « manuscrit de plus de
trois cents pages » (A. et Y. Delmas, *A la recherche des « Liaisons
dangereuses »*, p. 14).

naissance aucun commandement important n'était à
sa portée. La création d'un tel roman suppose des
ressorts psychologiques autrement puissants.

L'effort pour atteindre les sources de l'invention,
dans la mesure où elles nous sont accessibles, passe
d'abord par l'examen des intentions affichées par
Laclos. Il a voulu faire œuvre d'utilité morale et
sociale. Son titre, *Le Danger des liaisons* ou *Les Liaisons
dangereuses*, l'épigraphe, « J'ai vu les mœurs de mon
temps et j'ai publié ces lettres », inscrivent le livre dans
la lignée rousseauiste du retour à la nature et à la
vertu. Comme si les choses n'étaient pas encore assez
claires, Laclos met en tête une « Préface du rédacteur »
ajoutée sur son manuscrit : le « rédacteur » déclare
qu'il entend « rendre un service aux mœurs », en
dévoilant « les moyens qu'emploient ceux qui en ont
de mauvaises pour corrompre ceux qui en ont de
bonnes ». Suit l'énoncé de « deux vérités importantes », sur le « danger des liaisons » pour les femmes
et les jeunes filles : la double leçon est corroborée par
le témoignage de cette mère qui se promet de « rendre
un vrai service à sa fille » en lui donnant le roman le
jour de son mariage.

La précaution est de règle au XVIIIe siècle, ne
serait-ce que pour écarter le soupçon d'infamie qui
pèse sur le genre romanesque. En préambule d'un
récit comportant des scènes libres et des personnages
moralement répréhensibles, l'auteur proteste de ses
vertueuses intentions. Ainsi Prévost présentait *Manon
Lescaut* comme « un traité de morale, réduit agréablement en exercice ». Laclos se conforme-t-il, ironique-
ment, à la clause de style ? L'ironie alors, reprise du
titre et de l'épigraphe par la Préface et par les notes du
« rédacteur », paraîtrait lourdement insistante.

Tout ce qu'on sait de lui confirme qu'il fut un
caractère honnête en même temps qu'un écrivain soucieux de moralisation. Dans les mois qui suivent *Les
Liaisons dangereuses*, il séduit à La Rochelle une jeune
fille de bonne famille, Marie-Soulange Duperré ; il en
a un enfant. Mais dans l'affaire, il se conduit comme

un Saint-Preux — séducteur aussi de sa Julie —, non comme son Valmont. Le ministère l'avait informé qu'il devait se tenir prêt à rejoindre son régiment à Brest. Il lui était facile de provoquer cet ordre. Mais au lieu d'abandonner sa maîtresse et son fils, il s'applique à rester à La Rochelle (sous le prétexte d'y construire une médiocre bâtisse, l'Arsenal). Il s'emploie à surmonter les obstacles, pour épouser, au bout de trois ans, Marie-Soulange, en reconnaissant leur fils. On sait comment ensuite, mieux partagé que Saint-Preux (et que Rousseau), il a vécu toute sa vie dans la félicité conjugale et familiale.

Dans ses autres écrits, il se montre un moralisateur non moins compassé que le « rédacteur » de sa Préface. Rendant compte en 1784 de *Cécilia*, roman sentimental de miss Burney, il stigmatise sans la moindre intonation d'ironie ou d'humour « tous ces séducteurs prétendus redoutables », assurant qu'« il serait utile et facile de montrer combien on peut aisément [s'en] jouer, en n'employant contre eux que les seules ressources de l'honnêteté et de quelque justesse d'esprit [1] ». A la fin de sa vie, revenant aux questions d'éducation féminine, en pensant à sa propre fille, il s'interroge scrupuleusement sur l'utilité morale des romans, notamment de la *Clarisse* de Richardson. Tant il est éloigné d'admettre que l'écrivain, en pur artiste, n'a pas à se soucier de moralité.

Il reste qu'en dépit de ses protestations on n'a cessé de mettre en doute l'effet moral de son roman. Les contemporains de 1782 l'accusaient de corrompre les mœurs par une peinture complaisante de monstres tels que Valmont et la Merteuil. Les méchants à la fin sont punis ? Mais incomplètement, et moins par leurs crimes que par leur imprudence et leur malchance. Et si Valmont avait tué en duel Danceny, au lieu d'en être tué ? Quant à Mme de Merteuil, comme le remarque La Harpe, « la plus honnête femme peut être défigurée par la petite vérole et ruinée par un

---

1. *Œuvres*, p. 458-459.

procès » ; par conséquent, « dénouement sans moralité ».

Laclos a esquivé le finale habituel des romans édifiants : la conversion du libertin, se jetant au pied des
autels pour réparer désormais par de saintes péni-
tences ses égarements passés. Valmont jusqu'à son
dernier souffle ne renie rien de ses « principes », non
plus que Mme de Merteuil. Bien plus, Laclos tourne
en dérision ce genre de dénouement, par la fausse
conversion de Valmont. Il exerce une ironie voltai-
rienne sur le bon père Anselme qui se laisse attraper
aux discours édifiants de l'hypocrite, sur Mme de
Rosemonde qui croit aux miracles de la grâce. En
regard, il nous fait admirer la fermeté d'âme de ses
libertins dans la défaite. Le beau rôle leur revient à ce
moment-là, et non pas aux deux confidentes chargées
de tirer la morale, en écho au « rédacteur » de la Préface. « Si on était éclairé sur son véritable bonheur, on
ne le chercherait jamais hors des bornes prescrites par
les Lois et la Religion [1]. » Qui parle ainsi ? Mme de
Rosemonde, honnête et charmante vieille dame, mais
qui pendant tout le drame s'est cantonnée dans la
non-intervention. Retirée en son château, clouée dans
son fauteuil, elle a suivi avec indulgence l'entreprise
de son neveu qu'elle aime. Défaitiste souriante, elle ne
croit pas que Mme de Tourvel pourra lui résister. Le
sort des femmes, selon elle, c'est d'être conquises ; il
en était ainsi au temps de sa jeunesse ; elle-même
peut-être... Après la chute de la Présidente, elle refuse
de la blâmer, laissant ce soin à « celui-là seul qui lit
dans les cœurs » ; elle conseille seulement à son amie
de se garder des « résolutions violentes » où se laissent
entraîner les femmes qui prennent l'amour au
tragique [2]. Une sagesse aussi résignée ne prête pas
beaucoup de force à la morale que tire Mme de Rosemonde après le drame. Quant à l'autre confidente,
Mme de Volanges, la moralité finale qu'elle énonce

1. Lettre CLXXI, p. 501.
2. Lettre CXXX, p. 417.

pâtit également des faiblesses de son caractère. La
mère de Cécile, si clairvoyante pourtant à l'égard de
Valmont, n'a rien vu de ce qui arrivait à sa fille,
presque sous ses yeux. Elle n'a pas compris le trouble
de la malheureuse enfant ; en présence de ses crises de
larmes, elle n'a pas tenté de gagner sa confiance, de la
confesser. Et c'est cette mère aveugle qui s'exclame
après coup sur les « malheurs que peut causer une
seule liaison dangereuse », sur les peines qu'on s'évi-
terait « en y réfléchissant davantage [1] ». Mme de Rosemonde a la charité de lui laisser ignorer au dénouement, sur le sort de sa fille, la vérité qu'elle n'a pas
même entrevue.

Il y a plus grave : en face de la faiblesse des honnêtes
gens, éclate la supériorité des méchants. En Valmont,
en Merteuil, brillent toutes les qualités d'esprit,
d'adresse, de caractère, qui font défaut aux tenants du
bien. Laclos, qu'il l'ait voulu ou non (sans doute ne
l'a-t-il pas voulu), a laissé s'établir entre lui et ses
protagonistes une connivence. Ses deux machinateurs
tiennent comme lui les fils de l'intrigue ; ils connaissent
comme il les connaît les dessous des événements. Il leur
communique, outre toutes les ressources de sa culture,
son tour d'esprit, calculateur jusqu'au machiavélisme.
Il déploie avec eux tous ses dons d'écrivain, les faisant
même bénéficier de l'étonnante aptitude au mimétisme
qui est la sienne. Valmont écrit avec la plus grande
aisance des lettres de Cécile, à la manière de Cécile. Il
nous est donné d'admirer, dans la séquence CIV-CV-
CVI, l'étourdissante virtuosité de Mme de Merteuil,
traçant de la même plume une sévère lettre morale à
Mme de Volanges, une exhortation badine à Cécile
séduite, une confidence cynique à Valmont. Les deux
héros ont à l'instar du romancier ce talent d'écriture qui
se plie à tous les tons. « Un homme qui sait présenter le
vice sous une forme si neuve, si ingénieuse, peut-il avoir
une âme honnête ? » demandait un contemporain [2].

1. Lettre CLXXV, p. 510.
2. Bombelles.

N'est-il pas aussi « noir » que les êtres qu'il a créés et qui lui ressemblent ?

Laclos et son double ?

Pour sortir d'embarras, on a proposé une solution : Laclos était double. « Le vrai Laclos, explique Jean Giraudoux, n'est nulle part dans les *Liaisons* ; il est dans ses autres œuvres, déclamatoire, maladroitement badin, terriblement plat et sensible, mais le faux Laclos y est partout, avec son vice et son adresse, avec son imagination de dévergondage et ses raffinements d'impiété, bref tel qu'il s'imposera toute sa vie aux côtés de l'inoffensif et vrai Laclos pour les yeux du monde, jumeau diabolique, inexistant et invisible pour son propre jumeau, et qui lui valait les courbettes et aussi les affronts [1]. »

Le jeu « giralducien » amuse. Mais il esquive la difficulté qui tient au fait que les deux Laclos ne font qu'un.

L'idée a été reprise, sur une base plus solide, par le recours à la psychologie dite « des profondeurs ». Paul Vernière, dans un article suggestif, recense tout ce qui dans *Les Liaisons dangereuses* blesse la moralité. Il estime cependant que Laclos « probablement s'est cru moral et vertueux [2] ». Comment expliquer l'antinomie ? Il faut « soupçonner derrière une œuvre ambiguë un inquiétant personnage qui peignait trop bien le mal pour n'avoir jamais subi ses atteintes et ses tentations ». Ceci au niveau subconscient. On peut penser que « les *Liaisons* lui ont permis de libérer ses propres démons, que grâce à ce livre il put devenir un honnête homme, bon père et bon époux [3] ».

L'explication a le mérite d'être à la mesure de

1. Jean Giraudoux, *Littérature*, Paris, Grasset, 1941, p. 73.
2. « *Les Liaisons dangereuses* : d'une morale des faits à une morale de la signification », *Studies in eighteenth century French Literature*, Exeter, 1975, p. 295-305.
3. *Ibid.*, p. 296, 305.

l'œuvre. Elle rend compte de la complexité de l'écrivain, non par un fantaisiste dédoublement, mais par
les forces profondes du moi, dont on admettra qu'elles
durent intervenir dans la création des *Liaisons dangereuses*. Cependant, Paul Vernière le reconnaît, l'interprétation psychanalytique, toujours aléatoire en critique littéraire, ici n'est pas vérifiable. Le maître Freud
psychanalysant lui-même Dostoïevsky, ou Charles
Baudoin psychanalysant Victor Hugo, ainsi que leurs
émules, étayent les considérations tirées de l'œuvre
par des données biographiques, par des éléments de
comportement. Chez Laclos rien de tel, ni avant ni
après les *Liaisons*. Aucun fait ne permet d'affirmer
qu'il ne fut pas avant 1782 un « honnête homme », et
qu'il l'est devenu seulement après cette date. De sa
part, nul scandale de la vie privée, à aucun moment,
pas la moindre bizarrerie. Il faut l'avouer : Laclos fut
un homme banalement « normal ». Son dossier psychanalytique est vide, à moins qu'on ne veuille y
verser la pièce unique des *Liaisons dangereuses*. Mais
on s'expose au vice du raisonnement circulaire, si à
partir du roman on postule l'existence d'un subconscient sulfureux, pour expliquer en retour, par ce
même subconscient, le roman.

La perspective ouverte par Paul Vernière paraît
néanmoins éclairante. Peut-être n'est-il pas nécessaire
de faire intervenir les « démons ». Il faut ici considérer
le problème de l'œuvre unique. Laclos par la note
finale s'était réservé la possibilité d'écrire des suites
des *Liaisons dangereuses*. En réalité, ce qu'il envisageait
ne conduisait qu'à des impasses. « Faire connaître les
sinistres événements qui ont comblé les malheurs ou
achevé la punition de Mme de Merteuil » : mais quel
parti tirer désormais d'une héroïne qui a perdu avec sa
beauté l'essentiel de ses pouvoirs ? Elle exerçait son
action grâce aux charmes d'un visage, d'un physique
dont elle savait admirablement jouer, pour séduire et
tromper. Borgne, hideusement grêlée, elle avait
conservé sans doute sa diabolique intelligence : mais
sa méchanceté sans fard ferait d'elle maintenant un

personnage tout « négatif ». Quant à « la suite des aventures de Mlle de Volanges », malgré l'ingéniosité de ce qu'a imaginé sur ce thème en 1926 Lucas de Peslouan, on voit qu'elle ne pouvait guère inspirer un romancier. Cécile, évadée de son couvent, parcourant le monde ? Laclos aurait dû consentir à ce romanesque facile qu'il refusait et pour lequel, peu imaginatif, il était mal doué.

Pas davantage n'aboutira un projet mieux mûri, conçu à la fin de sa vie : après le roman sur « le danger des liaisons », écrire celui des « liaisons heureuses », afin de « rendre populaire cette vérité qu'il n'existe de bonheur que dans la famille [1] ». Il s'en est entretenu avec son ami Dolomieu [2]. Il y revient en rédigeant un long compte rendu du *Roman théâtral* de Lacretelle. Est-ce la mort de Laclos, deux ans plus tard, qui nous a privés de son second roman ? L'âge plutôt. En novembre 1800, les opérations militaires terminées, il se trouve de loisir à Milan. Il se remet à lire. Il voudrait écrire. Mais il fait à sa femme cet aveu : « Je loue des livres... Si j'avais plus de courage, j'en ferais ; mais je suis devenu si bête que je n'ai pas la moindre idée. » Qu'est-ce qui le paralyse ? Précisément « le bonheur des liaisons » : « Je suis, comme toi, absorbé dans [l'idée] de ma famille, et je m'y trouve si bien que je n'ai pas le courage d'en sortir [3]. »

Les *Liaisons*, on l'oublie parfois, furent le livre d'un homme de quarante ans. Des tensions, des frustrations qu'on devine y trouvèrent une issue, et un apaisement. Ensuite le vieillissement fait qu'il s'en tient à des écrits de critique et de polémique. Dans le même temps, il avait rencontré le bonheur. Lui jusqu'alors si « occupé des femmes », il n'avait encore atteint, comme son maître Jean-Jacques, « l'être selon son cœur » que dans la fiction : il avait inventé Mme de Tourvel ; sur ce point on peut accorder foi au récit de Tilly. Or après coup il reconnaît en Marie-Soulange

1. A sa femme, 8 avril 1801, *Œuvres*, p. 1064.
2. En qui on a voulu voir l'original de Valmont...
3. 5 novembre 1800, *Œuvres*, p. 985.

une femme semblable à sa Tourvel. Plus heureux ou
mieux avisé que Rousseau (qui avait cru aimer sa Julie
en Mme d'Houdetot), il s'attache à elle. Au lieu de
l'immoler, comme Valmont sa Présidente, il l'épouse.
Il obtient près d'elle une durable félicité qui efface les
échecs de sa vie, mais où « s'absorbent » (le mot est de
lui) ses facultés d'écrivain créateur.

Le roman par lettres.

Au temps où il était en pleine possession de ses
moyens, il avait choisi la difficulté. Il ne s'était pas
donné une de ces formes dans lesquelles le récit romanesque se coule comme de lui-même : soit la narration
linéaire à la troisième personne, comme il l'avait ren-
contrée dans l'*Ernestine* de Mme Riccoboni, soit le
roman-mémoire à la première personne pratiqué par
Prévost, par Marivaux [1]. De même qu'en entrant dans
la carrière militaire il avait opté pour l'arme savante,
quand il entreprend sa grande œuvre il préfère le
genre épistolaire : un roman où le récit ne peut pro-
gresser que par une stratégie complexe.

Au moment où Laclos l'adopte, ce roman avait derrière lui toute une tradition. Le genre avait été inau-
guré, dès 1669, par les *Lettres de la religieuse portugaise*,
puis illustré par les romans de Richardson, notamment sa *Clarisse Harlowe* adaptée en français par Prévost, enfin définitivement imposé par le succès de *La
Nouvelle Héloïse* (1762). Laclos va le porter à ce que
l'esthétique classique considérait comme « le point de
perfection ». Il en élimine toutes les facilités. Dans les
Lettres portugaises, et encore dans les *Lettres de la marquise de* *** par Crébillon (1732), une correspondante
unique s'adressait à un seul destinataire : ce qui
s'écarte peu du roman-mémoire. Une commodité
inverse consiste à multiplier les correspondants. La

---

1. En particulier dans *La Vie de Marianne*, roman que Laclos a
commenté par deux fois, *Œuvres*, p. 449, 811.

Clarisse de Richardson en fait intervenir jusqu'à vingt-six : la plupart n'écrivent que pour raconter des événements ou péripéties, en simples spectateurs qu'ils sont. Laclos réduit l'effectif des *Liaisons* à treize personnages, tous utiles à l'action. Encore parmi ceux-ci quatre (Valmont, Mme de Merteuil, Mme de Tourvel, Cécile) écrivent-ils cent vingt-huit des cent soixante-quinze lettres du recueil : l'effort de concentration est évident. Laclos évite également les licences que s'octroyaient ses prédécesseurs, fussent-ils Montesquieu (dont les *Lettres persanes* sont aussi un roman par lettres), ou Rousseau : point de ces interminables lettres-dissertations sur la démographie, le suicide, le théâtre, l'économie domestique, l'éducation des enfants, etc. A la limite le roman tournait au pot-pourri philosophique à la manière des *Lettres juives* du marquis d'Argens. Aucun des personnages de Laclos n'inflige au destinataire, et donc au lecteur, un traité en forme débattant une question d'actualité. Même l'ample lettre autobiographique de Mme de Merteuil (LXXXI) n'est qu'en apparence une digression.

Les Liaisons dangereuses nous donnent à admirer un beau mécanisme. L'art combinatoire de Laclos fait que chaque pièce apparaît nécessaire. Notre plaisir, né d'une impression d'ensemble, se trouve justifié pour peu qu'on pénètre dans les agencements de détail. On s'aperçoit que l'artilleur devenu romancier a minutieusement calculé ses trajectoires. Il tient compte du temps qu'il faut pour qu'une lettre parvienne à destination. D'où des effets de décalage. Celui-ci par exemple : Valmont a conquis Mme de Tourvel le 28 octobre ; il l'annonce à Mme de Merteuil le 29 (CXXV) ; mais le 30 encore Mme de Rosemonde, bien éloignée de prévoir un tel dénouement, félicite sa jeune amie d'avoir si bien résisté au séducteur, et remercie le Ciel. Mme de Tourvel lit ces félicitations et actions de grâce quatre jours après sa chute... A juste titre, la critique s'est plu à louer l'efficacité des rapprochements, juxtapositions, ou retards, judicieusement ménagés par le romancier. La plupart des déplacements qu'il introduit entre le manuscrit et l'édition visent à perfectionner encore le dispositif. Grâce à quoi, l'effet, comme le sens, se dégage de l'ordre de succession tout autant que du contenu de chaque lettre considérée isolément.

Souvent une lettre conserve de l'opacité pour ceux à qui elle n'est pas adressée. Les éditeurs de correspondances ne le savent que trop. Mais Laclos a eu soin de faire tout comprendre à son lecteur : car celui-ci lit toutes les lettres [1]. Il l'installe dans le poste d'un observateur découvrant d'un lieu élevé la totalité du champ de manœuvre où opèrent des unités dont chacune n'a qu'une vue limitée de la situation. Il lui accorde le privilège que Stendhal refusera à son Fabrice égaré dans la bataille de Waterloo. Nous sommes donc en mesure de discerner les significations multiples. Ainsi celles qui se surajoutent dans la célèbre lettre XLVIII, écrite sur le dos de la fille Emilie. Nous comprenons pourquoi la destinataire, l'honnête Tourvel, ne peut rien comprendre à ces phrases pour elle délirantes. Nous comprenons que Valmont, en envoyant ce spécimen à Mme de Merteuil, prétend lui prouver qu'il ne tient nullement à sa Présidente. Nous comprenons aussi qu'il entend se le prouver à lui-même, lorsqu'il s'applique à souiller le sentiment que lui inspire cette femme. Lettre provocatrice : Laclos prévoit que le lecteur, en s'étonnant de la prouesse libertine, s'en indignera. Ce qui est encore une manière de solliciter sa complicité. Car l'intelligence de toute les implications est réservée par le romancier à son lecteur seul, à l'exclusion des personnages [2].

Laclos apparemment est entièrement absent de son roman par lettres. Même les notes en bas de page sont attribuées au « rédacteur », lequel appartient à la fiction de l'encadrement. La méthode épistolaire offre l'avantage de mettre le lecteur immédiatement en face

---

1. Ou presque toutes : Laclos lui refuse en effet de lire l'ultime lettre de Valmont.
2. Ici pourtant Mme de Merteuil a dû deviner ce que signifiait cette « gaieté » de Valmont.

des personnages, rendant inutile l'interposition du narrateur. Si *Les Liaisons dangereuses* développent sans confusion aucune plusieurs intrigues imbriquées, le résultat est obtenu sans recours aux explications d'un romancier omniscient.

En réalité Laclos est présent. Mais c'est à la manière de l'Etre suprême des philosophes. Au XVIIIe siècle, on découvrait Dieu dans l'ordre de l'univers. De même Laclos romancier se manifeste dans l'ordonnancement de son roman. C'est lui, souverain démiurge, qui a tout agencé. Un démiurge ironique. Du haut d'un empyrée romanesque, sans se montrer il nous désigne les erreurs de ses créatures : il lui suffit de les laisser parler. Nous voyons clair dans l'aveuglement des victimes. Que Danceny presse « sa Cécile » de remettre la clef de sa chambre à Valmont, comme s'il avait hâte de livrer la jeune fille au libertin, n'est-ce pas bien plaisant ? Même les personnages qui ne sont nullement des sots n'échappent pas à l'ironie. Nous perçons à jour les inconscients sophismes de Mme de Tourvel, s'efforçant de concilier les impératifs de la vertu et les intérêts de son amour. Valmont lui-même se laisse surprendre par nous plus d'une fois en flagrant délit de forfanterie. Sous-estimant les capacités de résistance de son « austère dévote », le voici qui se vante de « prédire avec certitude le moment de [sa] chute », « pas plus tard qu'à notre première entrevue » (XCIX). Or, tandis qu'il se complaît dans ces flatteuses perspectives, Mme de Tourvel vient de lui échapper : à son insu elle a quitté précipitamment le château. Simultanément Cécile lui a fermé sa porte. On sourit de la fureur que laisse éclater le séducteur doublement berné (C). De tous les personnages, Mme de Merteuil est peut-être celui qu'atteint le moins l'ironie cachée du romancier. Encore ne sort-elle pas indemne des sarcasmes de Valmont sur sa liaison avec Danceny, et sur « l'éducation » qu'elle entreprend de donner à de petits jeunes gens. La lucidité supérieure dont nous sommes redevables au maître du jeu ne va pas pourtant sans malaise. Tous ces êtres que nous voyons en proie à l'illusion, nous savons qu'ils courent à leur perte. Et l'ironie de Laclos dans *Les Liaisons dangereuses* s'assombrit de nuances tragiques.

A quel point la structure épistolaire détermine le sujet même de l'œuvre, on l'appréciera par les adaptations qui en ont été tentées : cinq pièces de théâtre, trois films, un opéra, une transposition télévisuelle [1]. Mais on ne peut transformer en dialogue l'échange des lettres, sans altérer profondément le roman de Laclos. A tel point que souvent ces mises en scène doivent recourir au procédé, bien peu scénique, de la lecture de lettres. Les adaptateurs se sont heurtés à une difficulté majeure : dans le roman, depuis le début de l'action, les deux partenaires Valmont et Merteuil sont séparés. Ils ne se retrouvent face à face qu'au bout de quatre mois, alors que tout est joué [2]. Jusque-là ils n'ont communiqué, ils ne se sont affrontés que par lettres, jamais par le dialogue.

Dans la société du XVIIIe siècle, la pratique épistolaire est une forme de la sociabilité. L'art d'écrire procède de l'art des relations mondaines. Aussi les plus brillants épistoliers de Laclos, son Valmont, sa Merteuil, ont-ils dans la conversation la même aisance parfaite. « Écrire et me cacher », disait Rousseau, qui était le contraire d'un mondain [3]. La formule des héros de Laclos serait plutôt : « Écrire et se montrer ». Pour conquérir la Présidente, Valmont ne se fie pas à sa seule plume. Il a prélude à la séduction par des entretiens dans le château de Mme de Rosemonde. Il

---

1. Voir *Œuvres*, p. 1388, note 2. Après *Les Liaisons dangereuses 1960*, Roger Vadim a donné un second film en 1976, *Une femme fidèle*. L'opéra de Claude Prey, créé à Strasbourg en février 1974, a été repris à Aix-en-Provence en juillet 1980. Le 28 mai de la même année, la chaîne de télévision TF1 a proposé une présentation originale : Laclos étant incarcéré sous la Terreur, une femme entre dans sa cellule : Mme de Merteuil ; ils évoquent les scènes du roman.

2. Le 2 décembre (lettre CLI). Au cours de son voyage à Paris en octobre, Valmont et Mme de Merteuil ont tenté de se rencontrer, sans y réussir.

3. *Les Confessions*, livre III, édition J. Voisine, Classiques Garnier, 1964, p. 129.

a déjà disposé favorablement la prude Mme de Tourvel lorsqu'il commence à lui écrire. Il n'en est pas moins vrai que la forme épistolaire du roman suppose nécessairement des situations de séparation. La séparation la plus radicale est évidemment créée par l'absence. Si Valmont et Mme de Merteuil pouvaient se voir chaque jour, le roman s'anéantirait, ce qui en fait la trame, c'est-à-dire la correspondance entre les deux complices, disparaissant. Laclos a eu soin de prévoir aussi des séparations entre les deux amoureux juvéniles, Danceny et Cécile, entre les amies et confidentes, Mme de Rosemonde, Mme de Volanges et la présidente de Tourvel. Il est cependant des obstacles, autres que l'absence, qui peuvent susciter la communication par lettres. Dans le roman de Rousseau, Saint-Preux entreprend d'écrire à Julie alors que, précepteur de la jeune fille, il la voit et l'entretient chaque jour de longues heures durant. Pareillement, entre Valmont et Mme de Tourvel les premières lettres sont échangées pendant qu'ils vivent ensemble sous le toit de Mme de Rosemonde. Voyant la jeune femme émue, à la suite d'une promenade où il l'a serrée dans ses bras (pour lui faire franchir un fossé), il a osé se déclarer : Mme de Tourvel s'est dérobée, prétextant une migraine. Valmont s'empresse d'exploiter son avantage : il lui écrit le soir même. L'honnête Présidente craint de s'expliquer oralement : elle répond par une lettre. A partir de là la correspondance entre le séducteur et sa victime ne va plus s'interrompre, sinon pendant la brève période où les deux amants se rejoignent quotidiennement. Elle reprendra, mais heurtée et dramatique, lorsque s'amorce la rupture.

Le roman épistolaire tient une gageure : celle d'insérer dans l'échange de correspondance tout le narratif de l'œuvre. Poursuivre un récit, comme Sade dans *Aline et Valcour*, à travers les lettres successives (au surplus fort longues) du même au même, réduit la forme épistolaire à n'être plus qu'une fiction inutile. Laclos ne se laisse pas aller à cette facilité. Sans doute, lorsque Valmont raconte la scène de charité (XXI), il

doit renvoyer la fin de l'épisode, comme il dit, « à
l'ordinaire prochain ». Mais dans l'intervalle Laclos
nous donne à lire le récit de la même scène par
Mme de Tourvel. Au lieu d'une narration platement
suivie de lettre en lettre, il nous présente l'événement
sous l'éclairage contrasté de deux témoins qui, littéralement, le *voient* différemment. Ainsi dans la quatrième partie le tête-à-tête interrompu et l'affont
d'Emilie sont relatés successivement dans les optiques
opposées de Mme de Tourvel (CXXXV) et de Valmont, celui-ci même présentant une version double :
l'une à Mme de Tourvel en vue de se réconcilier
(CXXXVII), l'autre à Mme de Merteuil pour se dis-
culper de l'accusation d'aimer (CXXXVIII). De ces ver-
sions diverses, l'une habituellement est la plus vraie :
de la scène de charité, le lecteur retient le récit de
Valmont, où s'avoue le dessein du metteur en scène ;
de l'affront d'Emilie, les motivations apparaissent le
plus clairement lorsque l'amant s'adresse à sa complice Mme de Merteuil. Grâce à ces dispositifs qu'on
a qualifiés de « binoculaires », les inévitables narrations
contribuent à faire ressortir les illusions des victimes
en même temps que les machinations de leurs bour-
reaux.

Laclos ne cède guère non plus à la tendance narcis-
sique inhérente au genre épistolaire. Celle-ci, fort
marquée dans *La Nouvelle Héloïse*, ne se manifeste ici
que dans les lettres des jeunes amoureux Cécile et
Danceny, et dans certaines de Mme de Tourvel à sa
confidente Mme de Rosemonde. Lorsque Danceny
soupire qu'une correspondance est « un portrait de
l'âme » (CL), il dénote son ignorance de l'art épistolaire. Laclos, pour sa part, en a énoncé les principes,
par la plume de ses personnages, égrenant ici et là des
réflexions sur les lettres qu'ils écrivent ou qu'ils reçoi-
vent. A un moment, Mme de Merteuil, agacée par le
« petit radotage » de Cécile, lui fait la leçon : «... quand
vous écrivez à quelqu'un, c'est pour lui et non pas
pour vous : vous devez donc moins chercher à lui dire
ce que vous pensez, que ce qui lui plaît davantage »

(CV). Telle est la règle des règles. Chaque lettre de
Valmont ou de Mme de Merteuil tend à séduire : elle
dit au destinataire « ce qui lui plaît davantage », afin de
l'orienter dans le sens souhaité. Même les lettres nar-
ratives ne sont pas exemptes de ce genre de calcul.
Valmont à son retour au château envoie à Mme de
Merteuil la lettre LXXVI, en apparence pour faire le
point. Mais au simple exposé de la situation se mêle le
dessein de détourner sa complice du dangereux
Prévan : il la met en garde au début, y revient en
conclusion ; et quand il souligne que Cécile sera
bientôt prise, que Mme de Tourvel est sur le point de
se rendre, il sous-entend qu'il sera rapidement dispo-
nible pour renouer avec son ancienne maîtresse : dans
l'intervalle donc, point de Prévan. Pareillement,
lorsque Mme de Merteuil narre par le détail une nuit
de « petite maison » en compagnie de Belleroche, son
partenaire du moment, c'est afin d'aguicher Valmont,
tenté par les charmes honnêtes de sa Présidente. La
correspondance des *Liaisons dangereuses* ne se limite
donc pas à refléter l'action, à la manière dont les récits
dans la tragédie font écho à ce qui se passe en coulisse. La lettre est elle-même un moteur de l'action.
Evidemment écrite pour être lue, elle obtient un effet
qui se prolonge au-delà de l'instant de la lecture. Et
même non lue, par sa seule présence matérielle elle
peut apporter du réconfort, si du moins l'on en croit
Danceny (CL).

Le roman démontre, de plusieurs façons, l'efficacité de l'écriture épistolaire, et par là le « danger » de
cette sorte de « liaison » qu'est la correspondance.
Avec un gros bon sens, Mme de Merteuil représente
qu'on ne séduit pas une femme par lettres : le séducteur parviendrait-il à émouvoir, il ne serait pas présent « pour en profiter » (XXXIII). Mais la suite
prouve que Mme de Merteuil a tort. Son conseil,
encore une fois, était orienté : elle voudrait dissuader
Valmont d'écrire à sa Présidente. En fait, c'est bien
par les douze lettres qu'il lui a fait lire, parfois par
ruse et presque par contrainte, qu'il a triomphé de

sa vertu. Le charme de sa personne n'aurait pas, seul, suffisamment agi auprès d'elle. Fugitive, l'impression physique se dissipe. Mais les lettres restent. Mme de Tourvel les conserve comme un cher trésor. Celle qu'elle a ostensiblement déchirée, elle l'a ensuite recollée et trempée de ses larmes. Celle qu'elle a rendue, elle l'a préalablement recopiée. Toutes, elle les lit et relit. Elle en savoure longuement le poison. Par la faute de ces phrases tracées sur le papier, elle est possédée par Valmont, bien avant de se rendre effectivement à lui.

Autre effet des lettres, celui-là totalement imprévu des scripteurs. Au dénouement, Valmont est perdu par sa correspondance, communiquée à Danceny par Mme de Merteuil. Celle-ci à son tour est perdue par la sienne, diffusée par Danceny. Et comme ultime effet, la circulation des lettres produit le roman lui-même, puisque c'est l'ensemble des correspondances finalement réunies entre les mains de Mme de Rosemonde que le « rédacteur » est censé avoir recueilli et publié.

Un drame à trois personnages.

Entre les correspondants des *Liaisons*, Laclos a établi une hiérarchie qui fait penser à l'esthétique théâtrale. Sophie Carnay, la maréchale de..., le lointain Gercourt ne sont guère plus que des figurants. Azolan, le Père Anselme, M. Bertrand jouent les utilités. Les confidentes, Mme de Rosemonde et Mme de Volanges, interviennent peu dans l'action. Le couple de Danceny et Cécile a surtout une fonction de faire-valoir. La séduction de Cécile, parallèle à celle de la Présidente, est disposée en contrepoint. Il arrive aussi que la jeune écervelée rehausse par comparaison la scélératesse de Mme de Merteuil : le romancier a soin de nous faire lire sa lettre LXXXII, maladroite et désarmée, immédiatement après la longue lettre autobiographique de la marquise. Symétriquement le naïf

Danceny fait contraste avec Valmont qui le manipule
à sa guise. C'est une surprise lorsque au dénouement
le fade amoureux se révèle soudain homme de caractère et homme d'honneur : il tire vengeance des tra-
hisons de Valmont, il divulgue les scandaleux secrets
de la Merteuil. Mais sursaut sans lendemain. Danceny
quitte ensuite ce monde trop fort pour lui : il va faire
profession à Malte, pendant que Cécile prend le voile
au couvent où elle s'est réfugiée. Laclos fait prononcer
le mot qui juge ce couple trop juvénile : ils n'ont pas
de « consistance » (CLI). La « consistance » est au
contraire le lot des deux libertins, Valmont et Mme de
Merteuil, et aussi de Mme de Tourvel, femme d'une
tout autre étoffe que la pauvre Cécile. Le géomètre
Laclos a construit son intrigue autour de la relation
triangulaire entre ces trois personnages.

Plus précisément, c'est Valmont qui occupe la posi-
tion centrale. Il bénéficie du privilège que la société
accorde au rôle masculin. Lui seul communique avec
les trois femmes en âge d'être aimées. Il en résulte
qu'il est de loin l'auteur du plus grand nombre de
lettres dans le recueil : cinquante et une. Mme de
Merteuil (vingt-sept lettres), Mme de Tourvel (vingt-
cinq lettres) viennent loin derrière. Il s'affirme le protagoniste de l'action. Le « danger des liaisons », ce sont
ses entreprises qui le créent. Au début du roman, il
compte parmi les quelques libertins de grande réputation qui règnent sur la société parisienne. Car on se
tromperait de confondre l'art du libertin avec la vul-
gaire débauche. Le libertinage se pratique comme un
sport — pour employer notre vocabulaire — des plus
difficiles, exigeant infiniment d'adresse, beaucoup de
sang-froid, avec tous les dons de l'homme du monde.
Les talents que déploie Valmont pour séduire les
femmes auraient fait de lui, appliqués à d'autres
objets, un diplomate accompli ou un puissant stratège.
Mais il n'a pas voulu sortir de sa spécialité. Il préfère
à tout la « gloire » qu'elle lui procure. Il met son point
d'honneur à soutenir la compétition perpétuelle dans
laquelle, comme chaque libertin, il se trouve engagé.

Exécutant ses prouesses sur le « théâtre » du monde, il a le souci de son public. Pour peu qu'il faiblisse, ses concurrents à l'affût lui raviront son titre de champion : Mme de Merteuil ne manque pas de le lui répéter, lorsqu'il s'attarde sans résultat auprès de Mme de Tourvel.

Reproches non tout à fait immérités. Les premières lettres de Valmont laissent entrevoir un libertin qui ne réalise plus en tout point la perfection du type. Piètres exploits, se dit-il, que de conquérir celles qui jouent le même jeu du libertinage : des femmes faciles, ou des coquettes faisant semblant de se défendre. Auprès de Mme de Tourvel il se sent attiré par une tout autre sorte de femme. Au cours de l'action, il ne conservera pas non plus, en chaque circonstance, le sang-froid imperturbable du vrai libertin. Il s'en faut qu'il soit doté du tempérament purement cérébral et sensuel qu'exigeraient ses entreprises. Trop souvent il se montre irritable, émotif. Lors de la fuite inopinée de la Présidente, il a peine à se dominer. Il en a conscience : « ... il faudrait être plus calme, et mon sang bout dans mes veines » (C). Parce qu'il se connaît bien, il sait comment en user avec lui-même en cet état : écrire l'aide à reprendre son contrôle. L'analyse du sentiment tend à neutraliser le tumulte intérieur. C'est l'une des raisons pour lesquelles il se confie, plume à la main, à Mme de Merteuil. Mais il craint toujours ses réactions spontanées : « Où nous mène pourtant un premier mouvement ! » soupire-t-il (XCIX). Parfois, jouant la comédie du sentiment, il lui arrive de se laisser prendre au jeu. Il a monté, avec une arrière-pensée de dérision, une scène de bienfaisance pour l'édification de sa Présidente. Or voici que le spectacle « sensible » agit sur lui : il ressent, à l'improviste, le plaisir de faire le bien. De même, en interprétant le personnage de l'amoureux auprès de Mme de Tourvel, il va être gagné par le sentiment de l'amour. Sur sa route de libertin triomphant, il a rencontré en cette femme vertueuse sa liaison la plus dangereuse.

Quelle est-elle, celle qui va désormais le captiver ?

Elle ne semble point avoir de famille : elle n'a pas de protection à attendre de ce côté-là. C'est son amie Mme de Volanges qui l'a mariée, avec un président à mortier au parlement. Grande dame donc, qui a reçu en son couvent une éducation bien meilleure que Cécile dans le sien. On lui a inspiré des habitudes de piété : elle se sent à l'aise dans le milieu plus austère de la haute société auquel elle appartient par la profession de son mari. Mais quelle religion est la sienne ? On en juge par la rhétorique de son confesseur : conventions et lieux communs. A l'heure de la détresse, le Dieu qu'on lui a enseigné la laissera sans secours. Après deux années de mariage, elle attend encore l'éveil à une vie méritant d'être vécue. Son mari, haut magistrat doté certainement de toutes sortes de mérites, l'a laissée, du point de vue affectif, fort indifférente. Affrontée à l'épreuve, elle n'aura rien à espérer de lui, non plus que de son Dieu. En outre, comme la princesse de Clèves, et à la différence de la Mme Arnoux de Flaubert, elle n'a pas d'enfant pour l'aider à combattre la tentation de l'adultère. Sa puissance d'aimer, qui la destine à une grande passion, demeurait latente, insoupçonnée d'elle-même, lorsqu'elle a rencontré Valmont.

Ce fameux séducteur, dans les tête-à-tête quotidiens que permet la vie au château de Mme de Rosemonde, elle lui trouve du charme. Son esprit enjoué l'amuse ; elle ne le juge pas du tout aussi pervers, ni même aussi dangereux que le prétendent la rumeur publique et Mme de Volanges. Elle se sent flattée d'être distinguée par un tel expert en relations féminines — ce que n'est pas, apparemment, le grave président de Tourvel. Quand il se déclare, elle se doit à elle-même de le repousser. Mais sans rompre. Elle voudrait maintenir leurs rapports sur le pied d'une décente amitié. Même après avoir pris le parti violent de fuir, elle se laisse engager ensuite à renouer. Lorsqu'elle croit que Valmont, converti, a renoncé à l'amour, elle en souffre tout autant que s'il l'avait abandonnée (CXXIV). Car progressivement elle s'est

livrée à un amour passionné, au point d'être, avoue-
t-elle, « enivrée du plaisir de le voir, de l'entendre, de
la douceur de le sentir auprès de moi » (CII).

Les savantes manœuvres du séducteur ont donc
réussi. De cette prude, de cette « austère dévote », il a fait
une femme follement éprise de lui. Mais lui-même,
est-il vrai qu'il n'éprouve pour elle, ainsi que le prescrit
l'éthique du libertinage, pas le moindre sentiment ?
N'a-t-il envers cette très belle femme qu'une attirance
érotique, comme celle qu'il ressent lorsque l'apercevant
installée dans une chaise longue, « dans un abandon
délicieux », il détaille, « de la tête aux pieds et des pieds
à la tête », « les contours et les formes à travers un
vêtement léger, mais toujours importun » (LXXVI) ?
Mme de Tourvel, qui parle de « l'âme sensible » de
Valmont, qui se croit aimée de lui, est-elle dupe d'une
mise en scène sentimentale ? Son projet de régénérer le
libertin par un amour sincère n'est-il rien d'autre qu'un
alibi de sa passion, sans répondant du côté de Valmont ?

Une erreur aussi grossière, de la part d'une femme
intuitive et fine, manquerait de vraisemblance. Et le
roman n'atteindrait pas l'ambiguïté qui fait sa
richesse, si Laclos s'était contenté d'y appliquer au
domaine de l'amour le thème de l'imposture — banal
au XVIIIᵉ siècle. Pour en juger, nous n'avons que les
lettres du séducteur. Certes, « une lettre d'amour est
toujours un mensonge [1] ». Mais il est rare qu'elle ne
soit que mensonge. Pour devenir crédible, la feinte
doit s'appuyer sur la vérité, en reprendre les éléments
en vue de les adapter à ses fins. Si les déclarations,
orales [2] et écrites, de Valmont obtiennent un tel
succès, c'est qu'une sincérité, plus ou moins involontaire, s'y mêle au mensonge. Le séducteur, revenu au
château de sa vieille tante, se hâte d'écrire le soir

1. Formule de Laurent Versini, *Œuvres*, p. XIII.
2. Ainsi la déclaration de la lettre XXIII : Valmont aux pieds de
Mme de Tourvel, lui serrant les mains dans les siennes, joue à dire
presque la vérité sur la scène de la bienfaisance. Il s'engage à tel
point dans un sentiment éloquemment exprimé qu'il se met à verser
des larmes.

même une longue lettre à sa Présidente (LXXXIII).
Pour avancer ses affaires ? Pour le plaisir de dire à
cette femme qu'il l'aime ? L'un et l'autre. Il éprouve
une délectation à tracer des phrases caressantes. Il se
livre au sentiment lorsqu'il parle à Mme de Tourvel
de « cette puissance invincible, [...] ce charme irrésistible, qui vous rend souveraine de mes pensées
comme de mes actions » ; il en sent le danger, lorsqu'il
ajoute : «... il m'arrive quelquefois de les craindre ».
Prudent et habile, il évite de brusquer une amoureuse
qui en est à sa première aventure. Mais c'est aussi
qu'il ne veut rien devoir à l'occasion (XCIX) : il veut
être aimé. Parce qu'il aime, plus qu'il ne se l'avoue ?
Sans doute. Il n'est point pressé de mettre fin à une
phase préliminaire pour lui délicieuse. « Le plus beau
moment d'une femme, explique-t-il avec une lucidité
non exempt de cynisme, le seul où elle puisse produire cette ivresse de l'âme, dont on parle toujours et
qu'on éprouve si rarement, est celui où, assurés de son
amour, nous ne le sommes pas de ses faveurs » (XLIV).
« Ivresse » qui a des accès violents : «... cette femme
que je hais et que j'aime avec une égale fureur »,
s'écrie-t-il, énonçant une ambivalence bien
connue (c). Assurément, il « aime ». Le séducteur s'est
lui-même laissé prendre à l'entreprise de conquête
qu'il a menée à bien.

Le roman aurait pu aboutir à un autre dénouement : le libertin mettant un terme à son libertinage
pour avoir rencontré une femme qui a réussi à le
retenir. Laclos évite une conclusion aussi plate, par le
schéma ternaire. Entre Valmont et la Présidente,
Mme de Merteuil va intervenir, à la fois comme per-
turbatrice et comme révélatrice.

Personnage hors du commun. De tous ceux des
Liaisons dangereuses la marquise de Merteuil est celui
qui fait la plus forte impression, en notre époque de
féminisme volontiers agressif. Elle s'assure une supériorité évidente sur son partenaire Valmont. Ne
serait-ce que par la difficulté, combien plus grande
pour une femme, de mener la carrière libertine. Inlas-

sablement perspicace, souple, habile, active, c'est
grâce à elle que Laclos donne la pleine mesure de son
talent. Ses lettres brillent comme les plus vivement
tournées, les plus riches en saillies heureuses. C'est un
régal que de lire la prose de cette femme, que d'après
son style on imagine délicieusement piquante, variée,
constamment séduisante, dans les entretiens du
monde comme dans le commerce intime. Elle est par
là suprêmement femme, *superwoman*, a-t-on dit [1].
Mais, à d'autres égards, elle paraît bien peu féminine.
« Des sens actifs et un cœur incapable d'amour »,
selon Laclos lui-même [2]. Chez elle, note Baudelaire,
« tout ce qui est humain est calciné ». Nulle trace de la
douceur qui chez la femme s'épanouit en amour
maternel. Dans ses relations avec Cécile, cette enfant
si avide d'affection, elle met un esprit de calcul hypocrite, dont la dureté révolte. Ses affaires galantes, elle
les mène « à la hussarde » : « je veux l'avoir, et je
l'aurai », dit-elle du partenaire sur lequel elle a jeté son
dévolu (LXXXI). Elle aimerait s'arroger les droits du
sexe masculin. Intimement révoltée contre la nature,
même biologique, de la femme, elle veut « toujours
faire l'homme », « signe, ajoute Baudelaire, de grande
dépravation ». « Monstre », certes, elle n'est pas née
telle : elle l'est devenue. Aussi Laclos a-t-il estimé
nécessaire de lui faire écrire son autobiographie. Son
récit de la lettre LXXXI nous fait comprendre, et par
conséquent nous fait accepter, qu'elle se soit faite ce
que nous la voyons, au terme d'un impitoyable travail
sur elle-même.

La Marquise, menant dans la clandestinité une vie
de parfaite libertine, et Valmont, libertin glorieux,
s'étaient trouvés à l'unisson. Leur liaison avait pleinement contenté l'un et l'autre. Ils s'étaient quittés
cependant : car, comme le dira la Marquise, « on
s'ennuie de tout », et la morale du libertinage exige
que ses adeptes passent continuellement à de nou-

1. Ronald C. Rosbottom, *Choderlos de Laclos*, Twayne, 1978,
p. 85.
2. A Mme Riccoboni.

veaux exercices. Mais ils s'étaient séparés à l'amiable, « scellant » l'événement sur une ottomane. La possibilité subsistait d'un « réchauffé ». Jusque-là, ils restaient complices, s'entraidant dans leurs entreprises respectives. Le roman commence au moment où, dans cette belle entente, une faille s'ouvre, par la faute de Mme de Tourvel. Désormais la Présidente va s'interposer entre Valmont et la Marquise, comme inversement la Marquise entre la Présidente et Valmont. Mme de Merteuil s'irrite que son ami, occupé de sa dévote, ne puisse servir son dessein de la venger de Gercourt, par la séduction de Cécile. Elle tente de le détourner de cette femme qui n'appartient pas à l'élite libertine. Les arguments employés montrent combien déjà ils ont cessé de s'entendre. Elle fait valoir un point de vue féminin qu'elle croit décisif : la Présidente ne sait pas s'habiller, elle a des manières gauches. En quoi Mme de Merteuil méconnaît la psychologie masculine : l'œil de Valmont voit la femme à travers ses toilettes, sans accorder à celles-ci une attention primordiale. Ensuite la Marquise prend le parti de patienter. Recevant les confidences de son complice, elle feint de le conseiller impartialement ; ils conviennent même qu'ils célébreront tous deux la défaite de la prude en renouant leur liaison. Mais, secrètement désireuse d'éliminer cette femme, elle insinue des suggestions perfides. Elle le presse d'attaquer hardiment : ce qui le conduirait à un échec certain. Elle lui fait honte, au nom des « principes » libertins. S'éterniser auprès d'une femme qui, même vaincue, ne lui ferait pas honneur ! Pire : en être amoureux ! Car Mme de Merteuil bientôt s'ingénie à tourmenter Valmont par ce reproche, infâmant pour un libertin : il aime sa dévote. Il s'en défend, comme il peut, avec mauvaise conscience.

Les deux femmes n'ont pas de relations entre elles (ce qui n'est pas très vraisemblable, puisqu'elles fréquentent le même monde). Mais si Mme de Tourvel ignore tout à fait combien la Marquise lui nuit auprès de Valmont, Mme de Merteuil sait tout des états

d'âme de celle que son correspondant a entrepris de
conquérir. Or ce qu'elle apprend éveille en elle une
exaspération croissante, puis une haine sourde mais
féroce. Serait-ce qu'en dépit de ses prétentions
Mme de Merteuil éprouve elle-même de l'amour pour
Valmont ? Elle affirmera l'avoir aimé jadis (CXXXI).
Sans doute le dit-elle pour contrebalancer la passion
de Mme de Tourvel. Ou peut-être s'imagine-t-elle
rétrospectivement qu'au temps de leur liaison ses sentiments à elle valaient bien ceux de cette odieuse
Tourvel. Il est certain en tout cas qu'une femme peut
être jalouse sans être tendre. Telle est la disposition de
Mme de Merteuil. Elle souffre de se sentir exclue, par
la liaison de Valmont avec la Présidente. Du début à
la fin elle lutte pour conserver son ascendant sur son
ancien amant. Mais elle sent qu'il lui échappe. Combien blessantes pour elle les louanges que fait Valmont
de celle à qui « pour être adorable il suffit d'être elle-
même » (VI). Trop souvent il oublie le grand principe
épistolaire : il écrit pour lui-même, sans penser à ce
qu'en ressentira la destinataire. Autrement, il n'aurait
pas, dès sa première lettre, mis en parallèle la complaisance de la « femme facile », qu'est la Marquise,
avec la « délicieuse jouissance » que lui procure l'honnêteté de la Présidente. Il n'aurait pas, narrant la
chute de celle-ci, exalté le « charme inconnu » de la
vertu, laquelle « augmente le prix d'une femme dans le
moment même de sa chute » (CXXV). Que signifient
ces propos, sinon que Valmont a découvert chez sa
nouvelle amante des supériorités auxquelles ne peut
accéder son ancienne maîtresse. Mme de Merteuil est
encore une jeune femme, à peu près du même âge que
sa rivale [1] : mais elle est, elle, « usagée » : marquée par
le nombre non des ans, mais des aventures galantes.
Mme de Tourvel possède des séductions qu'elle a
irrémédiablement perdues, ou qu'elle n'a jamais eues :
la beauté que donnent à une femme la droiture de

1. Cf. lettre XCVIII : Mme de Volanges la consultant sur le
mariage de Cécile écrit : « Ces objets sévères [...] ne paraissent
guère de votre âge. »

l'âme, une nature simple et sincère, capable d'un grand amour. En regard, ce que Mme de Merteuil peut offrir fait triste figure. Valmont le lui dit d'emblée, avec une cruelle franchise : des « arrangements aussi froids que faciles », d'où il résulte que « ce que nous appelons bonheur est à peine un plaisir » (VI). Le choix de Valmont, la personnalité même de Mme de Tourvel démontrent à la Marquise la faillite de toute son existence vouée à l'option libertine.

Elle attend donc son heure : « l'espoir de [se] venger rassérène [son] âme » (LII). L'opportunité se présente lorsque Valmont, ayant conquis la Présidente, la somme de tenir sa promesse. Elle se refuse. Elle fait pis : elle nargue son ancien amant en se donnant à Danceny, dont elle affecte de louer l'innocence, comme Valmont louait naguère celle de « l'austère dévote ». Cela tout en lui répétant le reproche lancinant : « Vous aimez votre Présidente ». Avec une adresse diabolique, elle aggrave le malaise du libertin, déchiré entre ses « principes » qu'il ne veut pas renier et son attachement à sa nouvelle maîtresse, cette femme « adorable ». Pour concilier les inconciliables, il risque des initiatives hasardeuses. L'affront d'Émilie n'atteste-t-il pas qu'il reste libre de tout lien du côté de Mme de Tourvel ? Et puisqu'il a fait ses preuves, il se hâte de renouer avec elle. Il en appelle au jugement de Mme de Merteuil. Mais celle-ci n'est pas persuadée. Elle ne veut pas l'être. Elle exige davantage : qu'il expédie à sa chère Tourvel le « petit modèle épistolaire » qu'elle lui envoie : « on s'ennuie de tout, mon ange, [...] ce n'est pas ma faute ». Alors Valmont cède au « premier mouvement » ; il n'a pas « perdu un moment » : il a recopié le billet infâme et l'a fait tenir à son amante. Après quoi, encore une fois, il voudrait rattraper la chose. Mais le coup était trop meurtrier. « Ah ! croyez-moi, Vicomte, lui mande la Marquise, quand une femme frappe dans le cœur d'une autre,

elle manque rarement de trouver l'endroit sensible, et
la blessure est incurable » (CXLV).

La Marquise ne songe pas à réfréner sa joie. Elle
lance à la face de Valmont ses insultantes ironies : elle
a mis à mort sa rivale par les mains précisément de
celui qui continue d'aimer cette femme, de l'aimer
« comme un fou ». « Vous en auriez sacrifié mille,
plutôt que de souffrir une plaisanterie. Où nous
conduit pourtant la vanité ! » (CXLV). Odieusement
bafoué, Valmont ne peut répliquer que par un « ultimatum ». C'est au tour de la Marquise de céder à un
« premier mouvement » ; elle répond : « la guerre ».
Chacun disposant d'une arme de dissuasion totale
contre l'autre, la sagesse conseillerait d'en venir à un
compromis. Mais ils sont montés à un tel degré de
fureur qu'abolissant toute prudence ils se précipitent
dans l'anéantissement mutuel.

La crise finale va-t-elle révéler les sentiments vrais
de Valmont ? La situation le met en demeure de
choisir entre le libertinage et l'amour. Les démarches
qu'il multiplie envers Mme de Tourvel ne sont-elles
pas autant d'indices de sa passion pour elle ? Le personnage risquait d'échapper à son créateur. Pris par
l'amour, n'est-il pas capable de se sauver, au moins
moralement, par la « sensibilité » ? Laclos le voit suivre
cette pente, mais refuse de ratifier une telle évolution.
Quand Valmont a écrit une suprême lettre à Mme de
Tourvel, Mme de Volanges, pourtant si hostile, se
demande maintenant s'il ne faut pas croire à sa sincérité (CLIV). Laclos alors coupe court. Lui qui, dans ses
notes, par le truchement de son « rédacteur », s'en
était tenu jusqu'ici à des appréciations littéraires,
intervient cette unique fois pour se prononcer sur le
fond : il veut que nous restions dans « le doute » sur
l'amour de Valmont ; c'est pourquoi il a « pris le parti
de supprimer sa lettre ». Laclos a écarté parmi les
lectures possibles de son roman une certaine lecture
« rousseauiste » : Les Liaisons dangereuses ne se
concluent pas par un triomphe indubitable de la sensibilité dans l'âme du libertin.

Les significations.

Confronté au contenu du roman, le titre de Laclos
(sous sa forme première comme dans son énoncé définitif) invite à poser une question. De quelle nature est
le « danger » qu'entraîneraient les « liaisons » ? Veut-on
mettre en garde contre l'infraction à la loi divine
qu'est le péché ? Ou bien le danger est-il d'ordre
social, le roman prétendant faire apparaître des effets
pernicieux pour la communauté ? Faut-il penser
plutôt que les « liaisons dangereuses » nuisent à l'individu : la leçon aurait alors trait à l'éthique personnelle ? La réflexion sur l'œuvre de Laclos s'est en fait
portée sur ces divers plans, se référant tour à tour, en
général sans exclusive, à la métaphysique, à la socio-
logie et à la politique, à la morale.

L'interprétation métaphysique peut se réclamer
d'une illustre autorité. Baudelaire, en faisant du
roman une lecture historique, le place dans la perspective où selon Joseph de Maistre la Révolution française
prendrait son sens [1]. Il y reconnaît « l'énergie du mal »
qui allait détruire l'ancienne société. Un mal qui est *le
Mal*. Baudelaire en ses notes nomme plusieurs fois
Satan : ce n'est point sous sa plume une métaphore
sans portée. Une Merteuil déploie de prodigieux
efforts, une savante stratégie de manœuvres et de
ruses, et tout cela à quelle fin ? « Pour gagner un prix
très frivole », à savoir faire de Gercourt un mari par
avance trompé. Une telle disproportion ne prouve-
t-elle pas que le génie du Mal est à l'œuvre en cette
« Ève infernale » ? Elle et ses complices révèlent comment, dès ici-bas, selon Baudelaire, « la détestable
humanité se fait un enfer préparatoire ».

Une philosophie affirmant l'existence d'une structure transcendantale du Mal se plaira à découvrir dans

---

1. Les notes de Baudelaire renvoient expressément aux *Considérations sur la France* de Joseph de Maistre.

Les Liaisons dangereuses une confirmation de son principe. A une interprétation de cette sorte, qui relève de l'*a priori*, tout ce qu'on peut opposer, c'est qu'elle est certainement étrangère à la pensée de Laclos. On sait comment il ironise sur le « coup de la Providence » salué par des personnages abusés. Un autre passage suggère que dans son roman l'explication par le Prince des ténèbres paraît tout aussi erronée que celle qui fait intervenir une Providence tutélaire. Dans une des lettres du dénouement, où les personnages tirent la moralité du drame, Danceny s'interroge sur la déchéance de Cécile. Or, tout chevalier de Malte qu'il est, l'idée ne l'effleure pas qu'il faudrait accuser la faiblesse de la nature humaine exposée au péché. Il est au contraire convaincu que ce « cœur si simple, ce caractère si doux et si facile » était de naissance « porté au bien » (CLXXIV). Les responsables de sa dépravation ? L'éducation de Cécile, le milieu où elle fut jetée sans préparation, et les « coupables artifices » auxquels son innocence n'a pas su résister. Nous sommes fort éloignés de l'interprétation du même personnage par Baudelaire : une jeune fille « niaise, stupide et sensuelle » et, ose-t-il écrire, en conséquence du premier péché, « tout près de l'ordure originelle [1] ».

Laclos, homme des lumières, situe sa critique au niveau social. Il cherche l'origine et les effets du mal dans les mœurs, ainsi que dans les institutions. Plus précisément, puisque ici « le danger des liaisons » fait deux victimes qui sont des femmes, il met en cause la condition féminine. Le roman déjà est sous-tendu par des analyses que développeront ses essais sur l'éducation des femmes. Les premières lettres de Cécile à sa camarade de pension font ressortir l'insuffisance de la formation reçue en son couvent. Il n'existait pas pour les jeunes filles, dans la France du XVIIIᵉ siècle, d'établissements comparables aux collèges, de jésuites ou d'oratoriens, fréquentés par les garçons. C'était un premier facteur d'inégalité entre

---

1. « Tout près du péché originel », avait d'abord noté Baudelaire.

les sexes. Inégalité ensuite aggravée, à l'âge adulte :
la société exige de la femme une vertu rigoureuse,
pendant qu'elle accueille avec indulgence les fre-
daines masculines. Ce qu'illustre l'anecdote des *inséparables* : les trois femmes sont « perdues [1] », alors
qu'on applaudit l'exploit de Prévan, responsable du
scandale (LXXIX). De son côté, Mme de Merteuil,
pour mener la même vie que ses partenaires mâles,
doit s'assurer le secret par tout un appareil de précautions dont l'efficacité, à la réflexion, tient du
miracle. C'est dans le mariage surtout, tel que le pratique la bonne société, que la femme paraît sacrifiée.
Laclos fait énoncer par la mondaine Mme de
Volanges, bien placée pour en juger, la critique de
ces unions dites de convenance, « où tout se convient
en effet hors les goûts et les caractères », ce qui produit « ces éclats scandaleux qui deviennent tous les
jours plus fréquents » (XCVIII). C'est un mariage de
ce genre, œuvre d'ailleurs de Mme de Volanges, qui
est à l'origine des malheurs de la présidente de
Tourvel. La mère de Cécile pourrait pousser plus
loin son autocritique. Elle ne songe pas que sa fille,
si enfantine encore, n'est guère préparée à épouser
un libertin faisant une fin comme Gercourt. Mme de
Volanges ne s'occupe que des questions de toilette et
de présentation à la Cour. Elle n'a pas le temps de
parler à Cécile, qu'elle avoue « ne pas connaître »
(XCIX). Inconsciente du « danger », elle la laisse sans
protection, exposée aux intrigues de la Merteuil et de
Valmont. Par là se vérifie l'opportunité de la leçon
annoncée par le « rédacteur » : « que toute mère est
au moins imprudente, qui souffre qu'une autre
qu'elle ait la confiance de sa fille ».

Dans le texte ultérieur sur l'éducation des femmes,
Laclos radicalisera sa critique. Il dénoncera dans la
condition féminine un esclavage, qu'il est sans doute
le premier à comparer à l'esclavage des Noirs dans les

---

1. « Une d'elles est au couvent, et les deux autres languissent
exilées dans leurs terres » (lettre LXXIX).

colonies. A cela, quel remède ? Le plus violent :
« Apprenez, dit-il aux femmes, qu'on ne sort de
l'esclavage que par une grande révolution [1]. » C'est
donc à bon droit que le féminisme le plus intransi-
geant peut revendiquer Laclos comme un précurseur.
Notons cependant que dans *Les Liaisons dangereuses* la
marquise de Merteuil ne se déclare nullement une
militante de la cause des femmes. Elle a fait sa révolution, mais pour elle seule, et clandestinement.
Envers ses compagnes, qui n'ont pas comme elle
l'intelligence et l'énergie de se libérer, elle n'éprouve
que du mépris. Le roman ne laisse prévoir aucune
possibilité de changement dans les rapports conflic-
tuels entre les sexes.

A défaut d'une révolution féministe, on a cherché
dans *Les Liaisons dangereuses* les prémices de la révolution politique et sociale qu'avec le recul nous voyons
poindre à l'horizon de 1782. Laclos sans doute pas
plus que ses contemporains ne devinait le tour
qu'allaient prendre les événements. Mais il partage
leur état d'esprit prérévolutionnaire, et son roman en
porte la marque. On se gardera pourtant d'appliquer
ici des schémas adaptés aux sociétés industrielles des
XIXᵉ et XXᵉ siècles, dont il ne pouvait avoir aucune
idée. Roger Vailland, trop soucieux de retrouver chez
Laclos un modèle de son œuvre personnelle, s'est
efforcé d'interpréter les relations entre Valmont et
Mme de Tourvel comme une lutte de classes. Le
Vicomte, représentant la noblesse d'épée, aurait « mis
à mort » la Présidente, femme d'un « simple magistrat », donc une « bourgeoise », appartenant à la classe
dominée mais « montante ». Ces assertions, inspirées
par un marxisme sommaire au point d'en devenir cari-
catural, sont inacceptables. Il est évident que Mme de
Tourvel est exactement du même monde que ses
amies Mme de Volanges et Mme de Rosemonde et
que le neveu de celle-ci, Valmont. Roger Vailland
semble ignorer qu'à la fin de l'Ancien Régime un pré-

1. *Œuvres*, p. 391.

sident à mortier se situe au sommet de la hiérarchie sociale : la noblesse parlementaire constitue avec l'aristocratie de cour, le haut clergé et la grande finance roturière, la classe dominante. Les parlements venaient même de s'illustrer dans la défense des privilèges en faisant échouer la réforme tentée par le « triumvirat » dans les dernières années de Louis XV.

Il est bien vrai que le roman de Laclos présente une société très inégalitaire. Mais ce n'est pas entre Mme de Tourvel et son séducteur que s'établit la différence des rangs. On n'a pas toujours suffisamment remarqué la place qu'occupe la domesticité dans *Les Liaisons dangereuses*. Les gens de service peuplent, en grand nombre, les hôtels parisiens de Mme de Merteuil, du président de Tourvel. En outre, les activités de la vie libertine imposent le recours à la complicité de quelques domestiques de confiance. Valmont ne peut se passer de son « chasseur » Azolan, non plus que la Marquise de Victoire, sa femme de chambre. Or ces subalternes, à force de vivre avec leurs maîtres, participent de leur corruption. Azolan joue à l'office les séducteurs. Victoire a derrière elle une vilaine affaire, par laquelle sa maîtresse la tient. Ce n'est certes pas dans la valetaille des *Liaisons* qu'on rencontrera les vertus du peuple. Avilis, les serviteurs sont traités avec le plus hautain mépris. « Il faut que vous soyez bien imbécile »... : voilà le ton de Valmont s'adressant à son Azolan (CI). Celui-ci, devant son maître, rampe, ne se permettant qu'une insolence sournoise. Jamais il n'oserait risquer les traits que lancera bientôt Figaro, son homologue auprès du comte Almaviva. « Les maîtres sont les maîtres » (CVII) : cet aphorisme d'Azolan énonce la loi d'une société où rien ne semble annoncer l'avènement prochain de l'égalité.

Le roman laisse apercevoir quelques aspects de l'injustice sociale. Cécile, qui s'est seulement « donné la peine de naître », possède à quinze ans soixante mille livres de rentes. En regard, on rappellera que son roman à succès n'a rapporté à Laclos que trois mille deux cents livres. Mais voici un abus encore plus criant. A combien monte l'imposition que le paysan de la lettre XXI est incapable de payer ? A cinquante-six livres. La somme fait mesurer la misère de ces pauvres gens : pour ce prix, les meubles et outils étant saisis, toute une famille va être réduite « à la paille » et à la mendicité. Valmont leur bienfaiteur juge ridicules les actions de grâce de ces malheureux « prosternés à ses genoux », et sans doute ce peuple n'a-t-il « guère d'esprit ». Mais ailleurs Laclos fait apparaître, parmi les petites gens, une figure d'une grande dignité : M. Bertrand, le régisseur qui a consacré sa vie au service de la maison de Valmont. Sur le fils d'une grande famille, qu'il a vu naître et qui meurt entre ses bras, il pleure : car, écrit-il à Mme de Rosemonde, « dans tous les états on a un cœur et de la sensibilité » (CLXIII). Laclos fait entendre ici la protestation rousseauiste en faveur des humbles, contre la dureté aristocratique.

C'est de Rousseau que procède sa critique sociale. D'un Rousseau limité à ses éléments négatifs. *Les Liaisons dangereuses* omettent la contrepartie que présente si volontiers la littérature contemporaine : ces vertus bourgeoises célébrées avec plus ou moins de bonheur, mais sans discrétion, par *La Nouvelle Héloïse*, par les drames « bourgeois » de Diderot, Sedaine, Mercier, Beaumarchais. Laclos, caustique et amer, ignore dans son roman les évocations complaisantes où pourtant se dessine la société de l'avenir. Il reste néanmoins que comme son maître Rousseau il ne sépare pas la politique de la morale. Il a souligné lui-même cette solidarité. En 1791, dans le journal jacobin des *Amis de la Constitution*, il rend compte d'une biographie du maréchal de Richelieu. Il ne nomme pas Valmont, mais l'allusion est assez claire pour que ses observations sur l'illustre libertin puissent s'appliquer au protagoniste de son roman. Si son personnage, né comme Richelieu « avec toutes les qualités aimables, beaucoup d'utiles, et quelques-unes de grandes », devint lui aussi « le héros des mauvaises mœurs », la faute incombait à une société corrompue. Il se flatte maintenant que les Richelieu et les Valmont futurs seront tout autres. Puisque « chez un peuple libre où les honneurs [sont] le prix de l'estime, et l'estime celui des talents et des vertus », des individus aussi brillamment doués se mettront au service du bien. En 1791, dans une phase encore euphorique, Laclos adhère à l'espérance habituelle des révolutions : que le changement radical va produire l'émergence d'un homme nouveau, libéré des vices imputables, croit-on, à l'ancien ordre des choses.

Il est convaincu que « la Révolution n'était pas moins nécessaire pour le rétablissement des mœurs que pour celui de la liberté ». Ce qui revient à conférer après coup une portée prérévolutionnaire au roman de 1782. Il est de fait que dans l'histoire racontée par Laclos les « liaisons » mettent en « danger » à travers les individus les valeurs de la société. Les héros libertins usent de la sexualité comme d'un moyen de dominer et de détruire. Valmont a ruiné en Mme de Tourvel ce qui faisait la base de son existence, disloquant sa personnalité jusqu'à la conduire à la folie et à la mort. Plus révoltant encore est le traitement infligé à Cécile. Qui ne s'indignerait de la technique de dépravation qu'expose tranquillement son séducteur et qu'il met en pratique (CX) ? Si par la jouissance érotique s'affirme l'indépendance du libertin, c'est au prix d'une immolation des victimes. Et c'est au détriment de la collectivité. La sexualité est vécue par Valmont et par Mme de Merteuil comme une négation des valeurs de la société à laquelle ils appartiennent. L'honnête famille des Choderlos avait une devise proclamant son attachement aux autorités fondamentales de la France traditionnelle : *Pro Deo et Rege* [1]. Dieu et le roi ? Les deux libertins narguent Dieu dans la personne de ses ministres. Quant au roi, ils n'en ont cure,

---

1. La devise se lit sur les armes des Choderlos, dans le manuscrit F. fr. 12845, fol. I.

ce qui est grave de la part de nobles dont les privilèges devraient se justifier par le service du souverain. Pas plus qu'eux Laclos ne fait sien le double culte, s'écartant en cela de la ligne familiale. La question se pose de savoir s'il ne leur attribue pas sa propre incrédulité, en religion et en politique. Mais les deux libertins, à sa différence, dissidents de l'ancienne civilisation, n'adoptent pas pour autant les valeurs nouvelles des lumières. Les écrits des philosophes ne les intéressent que par leur côté littéraire. L'amour de l'humanité, le désir d'éclairer les hommes, la volonté de perfectionner la société, tout ce qui enflamme les meilleurs esprits de leur temps leur demeure totalement indifférent. Chez eux, « l'intelligence ne s'exalte que dans la joie de nuire [1] ».

Laclos propose donc dans son roman non la défense et l'illustration du libertinage, mais son procès. Il ne peut s'empêcher d'éprouver de la sympathie pour ses brillants héros, et d'en inspirer. Pourtant c'est leur échec qu'il raconte. Un échec ayant pour signes les malheurs contingents qu'arbitrairement il leur inflige : duel, petite vérole, ruine... Stendhal a prononcé sur l'œuvre l'un des jugements les plus pénétrants, lorsqu'il remarque que dans la chasse au bonheur seule Mme de Tourvel parvient à l'atteindre : elle est « plus heureuse que [Valmont] » et, ajouterons-nous, que Mme de Merteuil et que les autres libertins. Selon Stendhal, Laclos aurait dû tirer de là « la moralité de son ingénieux ouvrage ». Mais nous pensons que cette moralité y est effectivement incluse. Mme de Tourvel est heureuse, non seulement « tout le long du roman », mais à un suprême degré pendant le court laps de temps où elle est la maîtresse comblée de Valmont : période pendant laquelle les amants cessent d'échanger des lettres. Car, en dépit de ce qu'imaginera Laclos vieillissant, le roman des « liaisons heureuses » ne peut pas être écrit. Mme de Tourvel a

---

1. Jean Fabre, « *Les Liaisons dangereuses*, roman de l'ironie », *Mélanges offerts à Jacques Vier*, Rennes, 1973, p. 652.

obtenu le bonheur lorsqu'elle a laissé s'épanouir sa puissance d'aimer. Le malheur de Valmont fut au contraire de refuser d'aimer tout en aimant. Et Mme de Merteuil, qui a en elle « calciné » tout ce qui est sentiment, s'est en cela cruellement mutilée : la conscience qu'elle prend de sa dégradation se tourne en haine contre Mme de Tourvel, la femme aimante et aimée, et en dessein de détruire ce Valmont, en proie au « charme inconnu » de l'amour. Dans les destinées de ses trois personnages, Laclos a inscrit la conviction profonde de toute sa vie : que la sensibilité, composante essentielle de la nature humaine, est la source du bonheur des individus comme des sociétés.

Mais la leçon reste implicite. Laclos n'est pas parvenu à écrire le roman à thèse qu'il avait projeté. Ses *Liaisons dangereuses* : un « livre de moraliste [1] », non un livre de morale. Dans le processus de création, l'œuvre s'est enrichie au point d'effacer l'épure simpliste de la conception première. Et dans sa forme achevée elle ne peut plus être résumée par une formule qui en énoncerait indubitablement la conclusion. C'est pourquoi *Les Liaisons dangereuses* sollicitent toujours la réflexion, sans qu'on puisse prétendre qu'après deux siècles de commentaires tout soit dit sur un ouvrage qui déconcerte tout autant qu'il fascine.

Ainsi s'est réalisée la prévision de Mme Riccoboni : les « derniers neveux » continuent à s'occuper du scandaleux roman, et son auteur, comme il l'avait voulu, n'a pas cessé de « faire du bruit sur la terre ».

René POMEAU.

---

1. L'expression est de Baudelaire.

NOTE
SUR LA PRÉSENTE ÉDITION

Le 19 juillet 1802, répondant à une question de son fils Etienne sur les exemplaires des *Liaisons dangereuses* [1], Laclos nous apprend qu'il n'a participé qu'à deux éditions de son roman, assurément celles pour lesquelles il a passé contrat avec le libraire Durand : l'édition originale prévue par l'acte du 16 mars 1782, parue en avril, quatre volumes in-12 de 248, 242, 231, 257 pages et un errata des « fautes essentielles à corriger avant la lecture », et la deuxième édition, en application de l'avenant du 21 avril 1782, comportant les mêmes nombres de pages, parue en mai. Celle-ci constitue une révision de l'originale, en ce sens que les fautes ont été, pour la plupart, corrigées. C'est cette seconde édition, plus correcte que la première, que nous reproduisons. L'exemplaire collationné est celui de la Bibliothèque nationale, Rés. p. Y2 2325 (I-2) [2].

Aucune des éditions ultérieures n'a d'autorité. En effet, les termes de la lettre du 19 juillet 1802 ne doivent pas induire en erreur. Si Laclos y signale comme « la moins mauvaise » l'édition de 1787, le contexte indique qu'il la retient seulement comme « la moins mauvaise » parmi celles qui sont encore dispo-

---

1. *Œuvres*, p. 1079.
2. Exemplaire identifié par Gérard Willemetz, appartenant à l'édition B dans le classement de Max Brun.

nibles en librairie, les deux éditions originales de 1782 étant à cette date épuisées. Il est certain que l'édition de 1787 fut publiée avec son accord : l'éditeur, resté anonyme, avait reçu de lui la correspondance échangée avec Mme Riccoboni, qui paraît alors pour la première fois, ainsi que diverses pièces fugitives. Mais Laclos, pour reprendre son expression, ne l'a pas « faite », peut-être parce qu'elle ne fut pas imprimée à Paris [1].

Le même passage de la lettre à son fils dénonce comme « la plus fautive des mille et une contrefaçons » l'édition « à estampes », en deux volumes in-8°, datée de Londres, 1796. Cette illustration, copieuse et fort soignée, a cependant pour nous l'intérêt de placer sous nos yeux une interprétation d'époque des principales scènes du roman.

Nous avons pris le parti de moderniser l'orthographe de l'édition reproduite. Nous en avons usé de même pour la ponctuation, mais avec une grande prudence, afin d'en préserver la valeur expressive.

Laclos n'ayant pas revu son texte après la deuxième édition de 1782, toutes les variantes données ci-dessous sont celles du manuscrit, désigné par l'abréviation *Ms.* Un relevé exhaustif des hésitations, repentirs, changements divers figurant dans cet autographe, n'entrait pas dans le cadre de notre édition. Un tel travail a d'ailleurs été réalisé, avec une précision admirable, par Laurent Versini dans les *Œuvres complètes* de Laclos. Nous ne proposons ici que les variantes significatives. Nous y joignons des notes, soit pour éclairer des mots ou passages qui peuvent arrêter un lecteur d'aujourd'hui, soit pour attirer l'attention sur certains aspects du texte.

---

1. *Œuvres*, p. 1080. L'édition ne porte aucun nom de lieu ni de libraire. On la désigne comme « l'édition de Nantes », un des rares exemplaires subsistants se trouvant à la bibliothèque de cette ville.

publié, en français, le texte d'une édition originale de 1782 dans une autre collection. Il est certain que l'édition de 1782 fut publiée avec son accord. Par là, de nombreux avant-textes de toute correspondance échangée avec Alexis Piccionet, qui parut sans doute importante pour situer quelques pages intérieures Mais encore, pour retrouver son apport encore établis jadis, qu'il faut repérer au fil d'une longue lecture, à partir de 1782.

La preuve passage, où la lettre à son fils relatant l'origine. Jean Jaurès publia et lui et son ouvrage, partit le coq roux examiné alors dans son volume in-8° ; dont de Londres 1779 ; C'est illustration copieuse et son poignante, à cependant pour nous l'éclat et de plaisir sous nos yeux une interprétation d'une époque donnée et des scènes du roman.

Nous avons pris le parti de reproduire l'ortho-graphe de l'édition complète. Nous y avons aussi été même pour la ponctuation, nous avons dû rendre plus intelligible, en préservant la valeur expressive.

Disons l'avoir par ailleurs toute ceux-là de la même édition de 1782, pour les variantes données toutes sous une forme du manuscrit d'après nos notes, les nombreuses corrections consignées. La trace nous est encore apparente, alors figurent dans cet autographe, à cet endroit, dans sa carrière, elle frappé. Il n'est qu'à l'indiquer ici-celles avec une précision admirable. Ajoutons que l'écrivain n'était dans les desseins constants qu'il y a, nous ne proposons ni que de variantes aussi diverses. Nous y donnons des notes, soit en relevant des mots ou passages qui peuvent avoir à en éclairer d'autant d'écho sont par certains aspects du texte.

LES LIAISONS DANGEREUSES [1]

OU

LETTRES

*Recueillies dans une Société, et publiées
pour l'instruction de quelques autres.*

Par M.C... DE L... [2]

J'ai vu les mœurs de mon temps, et j'ai publié ces lettres.
J.- J. ROUSSEAU, Préf. de *La Nouvelle Héloïse* [3].

AVERTISSEMENT DE L'ÉDITEUR

Nous croyons devoir prévenir le public, que, malgré le titre de cet ouvrage et ce qu'en dit le rédacteur dans sa préface, nous ne garantissons pas l'authenticité de ce recueil et que nous avons même de fortes raisons de penser que ce n'est qu'un roman.

Il nous semble de plus que l'auteur, qui paraît pourtant avoir cherché la vraisemblance, l'a détruite lui-même et bien maladroitement par l'époque où il a placé les événements qu'il publie. En effet, plusieurs des personnages qu'il met en scène ont de si mauvaises mœurs, qu'il est impossible de supposer qu'ils aient vécu dans notre siècle ; dans ce siècle de philosophie, où les lumières, répandues de toutes parts, ont rendu, comme chacun sait, tous les hommes si honnêtes et toutes les femmes si modestes et si réservées.

Notre avis est donc que si les aventures rapportées dans cet ouvrage ont un fond de vérité, elle n'ont pu arriver que dans d'autres lieux ou dans d'autres temps ; et nous blâmons beaucoup l'auteur, qui, séduit apparemment par l'espoir d'intéresser davantage en se rapprochant plus de son siècle et de son pays, a osé faire paraître sous notre costume et avec nos usages, des mœurs qui nous sont si étrangères.

Pour préserver au moins, autant qu'il est en nous, le lecteur trop crédule de toute surprise à ce sujet, nous appuierons notre opinion d'un raisonnement que nous lui proposons avec confiance, parce qu'il nous paraît victorieux et sans réplique ; c'est que sans doute les mêmes causes ne manqueraient pas de produire les mêmes effets, et que cependant nous ne voyons point aujourd'hui de demoiselle, avec soixante mille livres de rente, se faire religieuse, ni de présidente, jeune et jolie, mourir de chagrin.

PRÉFACE DU RÉDACTEUR

Cet ouvrage, ou plutôt ce recueil, que le public
trouvera peut-être encore trop volumineux, ne
contient pourtant que le plus petit nombre des lettres
qui composaient la totalité de la correspondance dont
il est extrait. Chargé de la mettre en ordre par les
personnes à qui elle était parvenue, et que je savais
dans l'intention de la publier, je n'ai demandé, pour
prix de mes soins, que la permission d'élaguer tout ce
qui me paraîtrait inutile ; et j'ai tâché de ne conserver
en effet que les lettres qui m'ont paru nécessaires, soit
à l'intelligence des événements, soit au développement
des caractères. Si l'on ajoute à ce léger travail, celui de
replacer par ordre les lettres que j'ai laissé subsister,
ordre pour lequel j'ai même presque toujours suivi
celui des dates, et enfin quelques notes courtes et
rares, et qui, pour la plupart, n'ont d'autre objet que
d'indiquer la source de quelques citations, ou de
motiver quelques-uns des retranchements que je me
suis permis, on saura toute la part que j'ai eue à cet
ouvrage. Ma mission ne s'étendait pas plus loin *.

J'avais proposé des changements plus considérables,

* *Je dois prévenir aussi que j'ai supprimé ou changé tous les noms des
personnes dont il est question dans ces lettres et que si, dans le nombre de
ceux que je leur ai substitués, il s'en trouvait qui appartinssent à
quelqu'un, ce serait seulement une erreur de ma part, et dont il ne faudrait
tirer aucune conséquence.*

et presque tous relatifs à la pureté de diction ou de style, contre laquelle on trouvera beaucoup de fautes. J'aurais désiré aussi être autorisé à couper quelques lettres trop longues, et dont plusieurs traitent séparément, et presque sans transition, d'objets tout à fait étrangers l'un à l'autre. Ce travail, qui n'a pas été accepté, n'aurait pas suffi sans doute pour donner du mérite à l'ouvrage, mais en aurait au moins ôté une partie des défauts.

On m'a objecté que c'étaient les lettres même qu'on voulait faire connaître, et non pas seulement un ouvrage fait d'après ces lettres ; qu'il serait autant contre la vraisemblance que contre la vérité, que de huit à dix personnes qui ont concouru à cette correspondance, toutes eussent écrit avec une égale pureté. Et sur ce que j'ai représenté que, loin de là, il n'y en avait au contraire aucune qui n'eût fait des fautes graves, et qu'on ne manquerait pas de critiquer, on m'a répondu que tout lecteur raisonnable s'attendait sûrement à trouver des fautes dans un recueil de lettres de quelques particuliers, puisque dans tous ceux publiés jusqu'ici de différents auteurs estimés, et même de quelques Académiciens, on n'en trouvait aucun totalement à l'abri de ce reproche. Ces raisons ne m'ont pas persuadé, et je les ai trouvées, comme je les trouve encore, plus faciles à donner qu'à recevoir ; mais je n'étais pas le maître, et je me suis soumis. Seulement je me suis réservé de protester contre, et de déclarer que ce n'était pas mon avis ; ce que je fais en ce moment.

Quant au mérite que cet ouvrage peut avoir, peut-être ne m'appartient-il pas de m'en expliquer, mon opinion ne devant ni ne pouvant influer sur celle de personne. Cependant ceux qui, avant de commencer une lecture, sont bien aises de savoir à peu près sur quoi compter, ceux-là, dis-je, peuvent continuer : les autres feront mieux de passer tout de suite à l'ouvrage même ; ils en savent assez.

Ce que je puis dire d'abord, c'est que si mon avis a été, comme j'en conviens, de faire paraître ces lettres,

je suis pourtant bien loin d'en espérer le succès : et
qu'on ne prenne pas cette sincérité de ma part pour la
modestie jouée d'un auteur ; car je déclare avec la
même franchise que, si ce recueil ne m'avait pas paru
digne d'être offert au public, je ne m'en serais pas
occupé. Tâchons de concilier cette apparente contra-
diction.

Le mérite d'un ouvrage se compose de son utilité
ou de son agrément, et même de tous deux, quand il
en est susceptible : mais le succès, qui ne prouve pas
toujours le mérite, tient souvent davantage au choix
du sujet qu'on son exécution, à l'ensemble des objets
qu'il présente, qu'à la manière dont ils sont traités. Or
ce recueil contenant, comme son titre l'annonce, les
lettres de toute une société, il y règne une diversité
d'intérêt qui affaiblit celui du lecteur. De plus,
presque tous les sentiments qu'on y exprime, étant
feints ou dissimulés, ne peuvent même exciter qu'un
intérêt de curiosité toujours bien au-dessous de celui
de sentiment, qui, surtout, porte moins à l'indulgence,
et laisse d'autant plus apercevoir les fautes qui s'y
trouvent dans les détails, que ceux-ci s'opposent sans
cesse au seul désir qu'on veuille satisfaire.

Ces défauts sont peut-être rachetés, en partie, par
une qualité qui tient de même à la nature de
l'ouvrage : c'est la variété des styles ; mérite qu'un
auteur atteint difficilement, mais qui se présentait ici
de lui-même, et qui sauve au moins l'ennui de l'uniformité. Plusieurs personnes pourront compter encore
pour quelque chose un assez grand nombre d'observations, ou nouvelles, ou peu connues, et qui se trouvent éparses dans ces lettres. C'est aussi là, je crois,
tout ce qu'on y peut espérer d'agréments, en les
jugeant même avec la plus grande faveur.

L'utilité de l'ouvrage, qui peut-être sera encore plus
contestée, me paraît pourtant plus facile à établir [1]. Il
me semble au moins que c'est rendre un service aux
mœurs, que de dévoiler les moyens qu'emploient ceux
qui en ont de mauvaises pour corrompre ceux qui en
ont de bonnes, et je crois que ces lettres pourront

concourir efficacement à ce but. On y trouvera aussi la preuve et l'exemple de deux vérités importantes qu'on pourrait croire méconnues, en voyant combien peu elles sont pratiquées : l'une, que toute femme qui consent à recevoir dans sa société un homme sans mœurs, finit par en devenir la victime ; l'autre, que toute mère est au moins imprudente, qui souffre qu'un autre qu'elle ait la confiance de sa fille. Les jeunes gens de l'un et de l'autre sexe pourraient encore y apprendre que l'amitié que les personnes de mauvaises mœurs paraissent leur accorder si facilement, n'est jamais qu'un piège dangereux, et aussi fatal à leur bonheur qu'à leur vertu. Cependant l'abus, toujours si près du bien, me paraît ici trop à craindre ; et, loin de conseiller cette lecture à la jeunesse, il me paraît très important d'éloigner d'elle toutes celles de ce genre. L'époque, où celle-ci peut cesser d'être dangereuse et devenir utile, me paraît avoir été très bien saisie, pour son sexe, par une bonne mère qui non seulement a de l'esprit, mais qui a du bon esprit. « Je croirais », me disait-elle, après avoir lu le manuscrit de cette correspondance [2], « rendre un vrai service à ma fille, en lui donnant ce livre le jour de son mariage. » Si toutes les mères de famille en pensent ainsi, je me féliciterai éternellement de l'avoir publié.

Mais, en partant encore de cette supposition favorable, il me semble toujours que ce recueil doit plaire à peu de monde. Les hommes et les femmes dépravés auront intérêt à décrier un ouvrage qui peut leur nuire ; et comme ils ne manquent pas d'adresse, peut-être auront-ils celle de mettre dans leur parti les rigoristes, alarmés par le tableau des mauvaises mœurs qu'on n'a pas craint de présenter.

Les prétendus esprits forts ne s'intéresseront point à une femme dévote, que par cela même ils regarderont comme une femmelette, tandis que les dévots se fâcheront de voir succomber la vertu, et se plaindront que la Religion se montre avec trop peu de puissance.

D'un autre côté, les personnes d'un goût délicat seront dégoûtées par le style trop simple et trop fautif de plusieurs de ces lettres, tandis que le commun des lecteurs, séduit par l'idée que tout ce qui est imprimé est le fruit d'un travail, croira voir dans quelques autres la manière peinée d'un auteur qui se montre derrière le personnage qu'il fait parler.

Enfin, on dira peut-être assez généralement, que chaque chose ne vaut qu'à sa place ; et que si d'ordinaire le style trop châtié des auteurs ôte en effet de la grâce aux lettres de société, les négligences de celles-ci deviennent de véritables fautes, et les rendent insupportables, quand on les livre à l'impression.

J'avoue avec sincérité que tous ces reproches peuvent être fondés : je crois aussi qu'il me serait possible d'y répondre, et même sans excéder la longueur d'une préface. Mais on doit sentir que, pour qu'il fût nécessaire de répondre à tout, il faudrait que l'ouvrage ne pût répondre à rien ; et que si j'en avais jugé ainsi, j'aurais supprimé à la fois la préface et le livre.

PREMIÈRE PARTIE

LETTRE PREMIÈRE

CÉCILE VOLANGES [1] À SOPHIE CARNAY

aux Ursulines de...

Tu vois, ma bonne amie, que je tiens parole, et que les bonnets et les pompons ne prennent pas tout mon temps ; il m'en restera toujours pour toi. J'ai pourtant vu plus de parures dans cette seule journée que dans les quatre ans que nous avons passés ensemble ; et je crois que la superbe Tanville * aura plus de chagrin à ma première visite, où je compte bien la demander, qu'elle n'a cru nous en faire toutes les fois qu'elle est venue nous voir *in fiocchi* [2]. Maman m'a consultée sur tout ; elle me traite beaucoup moins en pensionnaire que par le passé. J'ai une femme de chambre à moi ; j'ai une chambre et un cabinet dont je dispose, et je t'écris à un secrétaire très joli, dont on m'a remis la clef, et où je peux renfermer tout ce que je veux. Maman m'a dit que je la verrais tous les jours à son lever ; qu'il suffisait que je fusse coiffée pour dîner [3], parce que nous serions toujours seules, et qu'alors elle me dirait chaque jour l'heure où je devrais l'aller joindre l'après-midi. Le reste du temps est à ma disposition, et j'ai ma harpe, mon dessin et des livres

* *Pensionnaire du même couvent* [4].

comme au couvent ; si ce n'est que la mère Perpétue n'est pas là pour me gronder, et qu'il ne tiendrait qu'à moi d'être toujours à rien faire : mais comme je n'ai pas ma Sophie pour causer et pour rire, j'aime autant m'occuper.

Il n'est pas encore cinq heures ; je ne dois aller retrouver Maman qu'à sept : voilà bien du temps, si j'avais quelque chose à te dire ! Mais on ne m'a encore parlé de rien ; et sans les apprêts que je vois faire, et la quantité d'ouvrières qui viennent toutes pour moi, je croirais qu'on ne songe pas à me marier, et que c'est un radotage de plus de la bonne Joséphine *. Cependant Maman m'a dit si souvent qu'une demoiselle devait rester au couvent jusqu'à ce qu'elle se mariât, que puisqu'elle m'en fait sortir, il faut bien que Joséphine ait raison.

Il vient d'arrêter un carrosse à la porte, et Maman me fait dire de passer chez elle tout de suite. Si c'était le Monsieur ? Je ne suis pas habillée, la main me tremble et le cœur me bat. J'ai demandé à la femme de chambre si elle savait qui était chez ma mère : « Vraiment, m'a-t-elle dit, c'est M. C ***. » Et elle riait. Oh ! je crois que c'est lui. Je reviendrai sûrement te raconter ce qui se sera passé. Voilà toujours son nom. Il ne faut pas se faire attendre. Adieu, jusqu'à un petit moment.

Comme tu vas te moquer de la pauvre Cécile ! Oh ! j'ai été bien honteuse ! Mais tu y aurais été attrapée comme moi. En entrant chez Maman, j'ai vu un monsieur en noir, debout auprès d'elle. Je l'ai salué du mieux que j'ai pu, et suis restée sans pouvoir bouger de ma place. Tu juges combien je l'examinais ! « Madame », a-t-il dit à ma mère, en me saluant, « voilà une charmante demoiselle, et je sens mieux que jamais le prix de vos bontés. » A ce propos si positif, il m'a pris un tremblement tel, que je ne pouvais me soutenir ; j'ai trouvé un fauteuil, et je m'y suis assise, bien rouge et bien déconcertée. J'y étais à peine, que voilà cet homme à mes genoux. Ta pauvre Cécile alors a perdu la tête ; j'étais, comme a dit Maman, tout effarouchée. Je me

---

* *Tourière du couvent.*

suis levée en jetant un cri perçant ;... tiens, comme ce
jour du tonnerre. Maman est partie d'un éclat de rire, en
me disant : « Eh bien ! qu'avez-vous ? Asseyez-vous et
donnez votre pied à Monsieur. » En effet, ma chère
amie, le monsieur était un cordonnier [5]. Je ne peux te
rendre combien j'ai été honteuse : par bonheur il n'y
avait que Maman. Je crois que, quand je serai mariée, je
ne me servirai plus de ce cordonnier-là.

Conviens que nous voilà bien savantes ! Adieu. Il
est près de six heures, et ma femme de chambre dit
qu'il faut que je m'habille. Adieu, ma chère Sophie ! je
t'aime comme si j'étais encore au couvent.

P.S. Je ne sais par qui envoyer ma lettre : ainsi
j'attendrai que Joséphine vienne.

Paris [6], *ce 3 août 17**.*

LETTRE II

LA MARQUISE DE MERTEUIL AU VICOMTE
DE VALMONT

au château de...

Revenez, mon cher Vicomte, revenez : que faites-
vous, que pouvez-vous faire chez une vieille tante dont
tous les biens vous sont substitués [1] ? Partez sur-le-
champ ! j'ai besoin de vous. Il m'est venu une excellente idée, et je veux bien vous en confier l'exécution.
Ce peu de mots devrait suffire ; et, trop honoré de
mon choix, vous devriez venir, avec empressement,
prendre mes ordres à genoux : mais vous abusez de
mes bontés, même depuis que vous n'en usez plus ; et
dans l'alternative d'une haine éternelle ou d'une
excessive indulgence, votre bonheur veut que ma
bonté l'emporte. Je veux donc bien vous instruire de
mes projets : mais jurez-moi qu'en fidèle chevalier,
vous ne courrez aucune aventure que vous n'ayez mis

celle-ci à fin. Elle est digne d'un héros : vous servirez l'amour et la vengeance ; ce sera enfin une *rouerie* * de plus à mettre dans vos Mémoires : oui, dans vos Mémoires, car je veux qu'ils soient imprimés un jour, et je me charge de les écrire. Mais laissons cela, et revenons à ce qui m'occupe.

Madame de Volanges marie sa fille : c'est encore un secret ! mais elle m'en a fait part hier. Et qui croyez-vous qu'elle ait choisi pour gendre ? le comte de Gercourt. Qui m'aurait dit que je deviendrais la cousine de Gercourt [2] ? J'en suis dans une fureur !... Eh bien ! vous ne devinez pas encore ? oh ! l'esprit lourd ! Lui avez-vous donc pardonné l'aventure de l'Intendante ? Et moi, n'ai-je pas encore plus à me plaindre de lui, monstre que vous êtes ** ? Mais je m'apaise, et l'espoir de me venger rassérène mon âme.

Vous avez été ennuyé cent fois, ainsi que moi, de l'importance que met Gercourt à la femme qu'il aura, et de la sotte présomption qui lui fait croire qu'il évitera le sort inévitable. Vous connaissez ses ridicules préventions pour les éducations cloîtrées, et son préjugé, plus ridicule encore, en faveur de la retenue des blondes. En effet, je gagerais que, malgré les soixante mille livres de rente de la petite Volanges, il n'aurait jamais fait ce mariage, si elle eût été brune, ou si elle n'eût pas été au couvent. Prouvons-lui donc qu'il n'est qu'un sot [4] : il le sera sans doute un jour ! ce n'est pas là ce qui m'embarrasse : mais le plaisant serait qu'il débutât par là. Comme nous nous amuserions le lendemain en l'entendant se vanter ! car il se vantera ! et puis, si une fois vous formez cette petite fille, il y aura bien du malheur si le Gercourt ne devient pas, comme un autre, la fable de Paris.

* *Ces mots* roué *et* rouerie, *dont heureusement la bonne compagnie commence à se défaire, étaient fort en usage à l'époque où ces lettres ont été écrites* [3].

** *Pour entendre ce passage, il faut savoir que le comte de Gercourt avait quitté la marquise de Merteuil pour l'Intendante de ***, qui lui avait sacrifié le vicomte de Valmont, et que c'est alors que la marquise et le vicomte s'attachèrent l'un à l'autre. Comme cette aventure est fort antérieure aux événements dont il est question dans ces lettres, on a cru devoir en supprimer toute la correspondance.*

Au reste, l'héroïne de ce nouveau roman mérite tous vos soins : elle est vraiment jolie ! cela n'a que quinze ans, c'est le bouton de rose ; gauche, à la vérité, comme on ne l'est point, et nullement maniérée : mais, vous autres hommes, vous ne craignez pas cela ; de plus, un certain regard langoureux qui promet beaucoup en vérité : ajoutez-y que je vous la recommande ; vous n'avez plus qu'à me remercier et m'obéir.

Vous recevrez cette lettre demain matin. J'exige que demain à sept heures du soir, vous soyez chez moi. Je ne recevrai personne qu'à huit, pas même le régnant chevalier : il n'a pas assez de tête pour une aussi grande affaire. Vous voyez que l'amour ne m'aveugle pas. A huit heures je vous rendrai votre liberté, et vous reviendrez à dix souper avec le bel objet ; car la mère et la fille souperont chez moi. Adieu, il est midi passé : bientôt je ne m'occuperai plus de vous.

Paris, ce 4 août 17**.

LETTRE III

CÉCILE VOLANGES À SOPHIE CARNAY

Je ne sais encore rien, ma bonne amie. Maman avait hier beaucoup de monde à souper. Malgré l'intérêt que j'avais à examiner, les hommes surtout, je me suis fort ennuyée. Hommes et femmes, tout le monde m'a beaucoup regardée, et puis on se parlait à l'oreille ; et je voyais bien qu'on parlait de moi : cela me faisait rougir ; je ne pouvais m'en empêcher. Je l'aurais bien voulu, car j'ai remarqué que quand on regardait les autres femmes, elles ne rougissaient pas ; ou bien c'est le rouge qu'elles mettent, qui empêche de voir celui que l'embarras leur cause ; car il doit être bien difficile de ne pas rougir quand un homme vous regarde fixement.

Ce qui m'inquiétait le plus, était de ne pas savoir ce qu'on pensait sur mon compte. Je crois avoir entendu

pourtant deux ou trois fois le mot de *jolie* : mais j'ai
entendu bien distinctement celui de *gauche* ; et il faut
que cela soit bien vrai, car la femme qui le disait est
parente et amie de ma mère [1] ; elle paraît même avoir
pris tout de suite de l'amitié pour moi. C'est la seule
personne qui m'ait un peu parlé dans la soirée. Nous
souperons demain chez elle.

J'ai encore entendu, après souper, un homme que je
suis sûre qui parlait de moi, et qui disait à un autre :
« Il faut laisser mûrir cela, nous verrons cet hiver. »
C'est peut-être celui-là qui doit m'épouser ; mais alors
ce ne serait donc que dans quatre mois ! Je voudrais
bien savoir ce qui en est.

Voilà Joséphine, et elle me dit qu'elle est pressée. Je
veux pourtant te raconter encore une de mes *gauche-*
ries. Oh ! je crois que cette dame a raison !

Après le souper on s'est mis à jouer. Je me suis placée
auprès de Maman ; je ne sais pas comment cela s'est
fait, mais je me suis endormie presque tout de suite. Un
grand éclat de rire m'a réveillée. Je ne sais si l'on riait de
moi, mais je le crois. Maman [2] m'a permis de me retirer,
et elle m'a fait grand plaisir. Figure-toi qu'il était onze
heures passées. Adieu, ma chère Sophie ; aime toujours
bien ta Cécile. Je t'assure que le monde n'est pas aussi
amusant que nous l'imaginions.

Paris, ce 4 août 17 **.

LETTRE IV

LE VICOMTE DE VALMONT À LA MARQUISE
DE MERTEUIL

à Paris.

Vos ordres sont charmants ; votre façon de les
donner est plus aimable encore ; vous feriez chérir le
despotisme. Ce n'est pas la première fois, comme

vous savez, que je regrette de ne plus être votre
esclave ; et tout *monstre* que vous dites que je suis, je
ne me rappelle jamais sans plaisir le temps où vous
m'honoriez de noms plus doux. Souvent même je
désire de les mériter de nouveau, et de finir par
donner, avec vous, un exemple de constance au
monde. Mais de plus grands intérêts nous appellent ;
conquérir est notre destin ; il faut le suivre : peut-être
au bout de la carrière nous rencontrerons-nous
encore ; car, soit dit sans vous fâcher, ma très belle
marquise, vous me suivez au moins d'un pas égal ; et
depuis que, nous séparant pour le bonheur du monde,
nous prêchons la foi chacun de notre côté, il me
semble que dans cette mission d'amour, vous avez fait
plus de prosélytes que moi. Je connais votre zèle, votre
ardente ferveur ; et si ce Dieu-là nous jugeait sur nos
œuvres, vous seriez un jour la patronne de quelque
grande ville, tandis que votre ami serait au plus un
saint de village. Ce langage vous étonne, n'est-il pas
vrai ? Mais depuis huit jours, je n'en entends, je n'en
parle pas d'autre ; et c'est pour m'y perfectionner, que
je me vois forcé de vous désobéir.

Ne vous fâchez pas et écoutez-moi. Dépositaire de
tous les secrets de mon cœur, je vais vous confier le
plus grand projet que j'aie jamais formé [1]. Que me
proposez-vous ? de séduire une jeune fille qui n'a rien
vu, ne connaît rien ; qui, pour ainsi dire, me serait
livrée sans défense ; qu'un premier hommage ne manquera pas d'enivrer, et que la curiosité mènera peut-
être plus vite que l'amour. Vingt autres peuvent y
réussir comme moi. Il n'en est pas ainsi de l'entreprise
qui m'occupe ; son succès m'assure autant de gloire
que de plaisir. L'amour qui prépare ma couronne,
hésite lui-même entre le myrte et le laurier [2], ou plutôt
il les réunira pour honorer mon triomphe. Vous-
même, ma belle amie, vous serez saisie d'un saint respect, et vous direz avec enthousiasme : « Voilà
l'homme selon mon cœur. »

Vous connaissez la présidente Tourvel [3], sa dévotion, son amour conjugal, ses principes austères. Voilà

ce que j'attaque ; voilà l'ennemi digne de moi ; voilà le
but où je prétends atteindre ;

> Et si de l'obtenir je n'emporte le prix,
> J'aurai du moins l'honneur de l'avoir entrepris [4].

On peut citer de mauvais vers, quand ils sont d'un
grand poète *.

Vous saurez donc que le président est en Bourgogne, à la suite d'un grand procès [5] (j'espère lui en
faire perdre un plus important). Son inconsolable
moitié doit passer ici tout le temps de cet affligeant
veuvage. Une messe chaque jour, quelques visites aux
pauvres du canton, des prières du matin et du soir,
des promenades solitaires, de pieux entretiens avec ma
vieille tante, et quelquefois un triste wisk [6], devaient
être ses seules distractions. Je lui en prépare de plus
efficaces. Mon bon ange m'a conduit ici, pour son
bonheur et pour le mien. Insensé ! je regrettais vingt-
quatre heures que je sacrifiais à des égards d'usage.
Combien on me punirait, en me forçant de retourner
à Paris. Heureusement il faut être quatre pour jouer
au wisk ; et comme il n'y a ici que le curé du lieu, mon
éternelle tante m'a beaucoup pressé de lui sacrifier
quelques jours [7]. Vous devinez que j'ai consenti. Vous
n'imaginez pas combien elle me cajole depuis ce
moment, combien surtout elle est édifiée de me voir
régulièrement à ses prières et à sa messe. Elle ne se
doute pas de la divinité que j'y adore.

Me voilà donc, depuis quatre jours, livré à une passion forte. Vous savez si je désire vivement, si je dévore
les obstacles : mais ce que vous ignorez, c'est combien la
solitude ajoute à l'ardeur du désir. Je n'ai plus qu'une
idée ; j'y pense le jour, et j'y rêve la nuit. J'ai bien besoin
d'avoir cette femme, pour me sauver du ridicule d'en
être amoureux : car où ne mène pas un désir contrarié ?
O délicieuse jouissance ! Je t'implore pour mon bonheur et surtout pour mon repos. Que nous sommes
heureux que les femmes se défendent si mal ! nous ne

* *La Fontaine.*

serions auprès d'elles que de timides esclaves. J'ai dans ce moment un sentiment de reconnaissance pour les femmes faciles, qui m'amène naturellement à vos pieds. Je m'y prosterne pour obtenir mon pardon, et j'y finis cette trop longue lettre. Adieu, ma très belle amie : sans rancune.

Du château de..., 5 août 17 **.

LETTRE V

LA MARQUISE DE MERTEUIL AU VICOMTE DE VALMONT

Savez-vous, Vicomte, que votre lettre est d'une insolence rare, et qu'il ne tiendrait qu'à moi de m'en fâcher ? mais elle m'a prouvé clairement que vous aviez perdu la tête, et cela seul vous a sauvé de mon indignation. Amie généreuse et sensible, j'oublie mon injure pour ne m'occuper que de votre danger ; et quelque ennuyeux qu'il soit de raisonner, je cède au besoin que vous en avez dans ce moment.

Vous, avoir la présidente de Tourvel ! mais quel ridicule caprice ! Je reconnais bien là votre mauvaise tête qui ne sait désirer que ce qu'elle croit ne pas pouvoir obtenir. Qu'est-ce donc que cette femme ? des traits réguliers si vous voulez, mais nulle expression : passablement faite, mais sans grâces : toujours mise à faire rire ! avec ses paquets de fichus sur la gorge, et son corps [1] qui remonte au menton ! Je vous le dis en amie, il ne vous faudrait pas deux femmes comme celle-là, pour vous faire perdre toute votre considération. Rappelez-vous donc ce jour où elle quêtait à Saint-Roch, et où vous me remerciâtes tant de vous avoir procuré ce spectacle. Je crois la voir encore, donnant la main à ce grand échalas en che-

veux longs, prête à tomber à chaque pas, ayant toujours son panier de quatre aunes sur la tête de
quelqu'un, et rougissant à chaque révérence [2]. Qui
vous eût dit alors : vous désirerez cette femme ?
Allons, vicomte, rougissez vous-même, et revenez à
vous. Je vous promets le secret.

Et puis, voyez donc les désagréments qui vous
attendent ! quel rival avez-vous à combattre ? un
mari ! Ne vous sentez-vous pas humilié à ce seul mot ?
Quelle honte si vous échouez ! et même combien peu de
gloire dans le succès ! Je dis plus, n'en espérez aucun
plaisir. En est-il avec les prudes ? j'entends celles de
bonne foi : réservées au sein même du plaisir, elles ne
vous offrent que des demi-jouissances. Cet entier
abandon de soi-même, ce délire de la volupté où le
plaisir s'épure par son excès, ces biens de l'amour, ne
sont pas connus d'elles. Je vous le prédis ; dans la plus
heureuse supposition, votre Présidente croira avoir tout
fait pour vous en vous traitant comme son mari, et dans
le tête-à-tête conjugal le plus tendre, on reste toujours
deux. Ici c'est bien pis encore ; votre prude est dévote,
et de cette dévotion de bonne femme qui condamne à
une éternelle enfance. Peut-être surmonterez-vous cet
obstacle, mais ne vous flattez pas de le détruire : vainqueur de l'amour de Dieu, vous ne le serez pas de la
peur du Diable ; et quand, tenant votre maîtresse dans
vos bras, vous sentirez palpiter son cœur, ce sera de
crainte et non d'amour. Peut-être, si vous eussiez connu
cette femme plus tôt, en eussiez-vous pu faire quelque
chose ; mais cela a vingt-deux ans, et il y en a près de
deux qu'elle est mariée. Croyez-moi, vicomte, quand
une femme s'est *encroûtée* à ce point, il faut l'abandonner à son sort ; ce ne sera jamais qu'une *espèce* [3].

C'est pourtant pour ce bel objet que vous refusez de
m'obéir, que vous vous enterrez dans le tombeau de
votre tante, et que vous renoncez à l'aventure la plus
délicieuse et la plus faite pour vous faire honneur. Par
quelle fatalité faut-il donc que Gercourt garde toujours quelque avantage sur vous ? Tenez, je vous en
parle sans humeur : mais, dans ce moment, je suis

tentée de croire que vous ne méritez pas votre réputation ; je suis tentée surtout de vous retirer ma confiance. Je ne m'accoutumerai jamais à dire mes secrets à l'amant de madame de Tourvel.

Sachez pourtant que la petite Volanges a déjà fait tourner une tête. Le jeune Danceny en raffole. Il a chanté avec elle ; et en effet elle chante mieux qu'à une pensionnaire n'appartient. Ils doivent répéter beaucoup de duos, et je crois qu'elle se mettrait volontiers à l'unisson : mais ce Danceny est un enfant qui perdra son temps à faire l'amour [4], et ne finira rien. La petite personne de son côté est assez farouche ; et, à tout événement, cela sera toujours beaucoup moins plaisant que vous n'auriez pu le rendre : aussi j'ai de l'humeur, et sûrement je querellerai le chevalier à son arrivée. Je lui conseille d'être doux ; car, dans ce moment, il ne m'en coûterait rien de rompre avec lui. Je suis sûre que si j'avais le bon esprit de le quitter à présent, il en serait au désespoir ; et rien ne m'amuse comme un désespoir amoureux. Il m'appellerait perfide, et ce mot de perfide m'a toujours fait plaisir ; c'est, après celui de cruelle, le plus doux à l'oreille d'une femme, et il est moins pénible à mériter. Sérieusement, je vais m'occuper de cette rupture. Voilà pourtant de quoi vous êtes cause ! aussi je le mets sur votre conscience. Adieu. Recommandez-moi aux prières de votre présidente.

Paris, ce 7 août 17 **.

LETTRE VI

LE VICOMTE DE VALMONT À LA MARQUISE
DE MERTEUIL

Il n'est donc point de femme qui n'abuse de l'empire qu'elle a su prendre ! Et vous-même, vous que je nommai si souvent mon indulgente amie, vous cessez enfin de l'être, et vous ne craignez pas de m'attaquer dans l'objet de mes affections ! De quels traits vous osez peindre madame de Tourvel !... quel homme n'eût point payé de sa vie cette insolente audace ? à quelle autre femme qu'à vous n'eût-elle pas valu au moins une noirceur ? De grâce, ne me mettez plus à d'aussi rudes épreuves ; je ne répondrais pas de les soutenir. Au nom de l'amitié, attendez que j'ai eu cette femme, si vous voulez en médire. Ne savez-vous pas que la seule volupté a le droit de détacher le bandeau de l'amour ?

Mais que dis-je ? Madame de Tourvel a-t-elle besoin d'illusion ? non ; pour être adorable il lui suffit d'être elle-même. Vous lui reprochez de se mettre mal ; je le crois bien : toute parure lui nuit ; tout ce qui la cache la dépare : c'est dans l'abandon du négligé qu'elle est vraiment ravissante. Grâce aux chaleurs accablantes que nous éprouvons, un déshabillé de simple toile me laisse voir sa taille ronde et souple. Une seule mousseline couvre sa gorge ; et mes regards furtifs, mais pénétrants, en ont déjà saisi les formes enchanteresses. Sa figure, dites-vous, n'a nulle expression. Et qu'exprimerait-elle, dans les moments où rien ne parle à son cœur ? Non, sans doute, elle n'a point, comme nos femmes coquettes, ce regard menteur qui séduit quelquefois et nous trompe toujours. Elle ne sait pas couvrir le vide d'une phrase par un sourire étudié ; et quoiqu'elle ait les plus belles dents du monde, elle ne rit que de ce qui l'amuse. Mais il faut voir comme, dans les folâtres jeux, elle offre l'image d'une gaieté naïve et franche ! comme, auprès d'un malheureux qu'elle s'empresse de secourir, son regard annonce la joie pure et la bonté compatissante ! Il faut voir, surtout au moindre mot d'éloge ou de cajolerie, se peindre, sur sa figure céleste, ce touchant embarras d'une modestie qui n'est point jouée !... Elle est prude et dévote, et de là vous la jugez froide et inanimée ? Je pense bien différemment. Quelle étonnante sensibilité ne faut-il pas avoir pour la répandre jusque sur son mari, et pour aimer toujours un être toujours absent. Quelle preuve plus forte pourriez-vous désirer ? J'ai su pourtant m'en procurer une autre.

J'ai dirigé sa promenade de manière qu'il s'est trouvé un fossé à franchir ; et, quoique fort leste, elle est encore plus timide : vous jugez bien qu'une prude craint de sauter le fossé *. Il a fallu se confier à moi. J'ai tenu dans mes bras cette femme modeste. Nos préparatifs et le passage de ma vieille tante avaient fait rire aux éclats la folâtre dévote : mais, dès que je me fus emparé d'elle, par une adroite gaucherie, nos bras s'enlacèrent mutuellement. Je pressai son sein contre le mien ; et, dans ce court intervalle, je sentis son cœur battre plus vite. L'aimable rougeur vint colorer son visage, et son modeste embarras m'apprit assez *que son cœur avait palpité d'amour et non de crainte*. Ma tante cependant s'y trompa comme vous, et se mit à dire : « L'enfant a eu peur » ; mais la charmante candeur de *l'enfant* ne lui permit pas le mensonge, et elle répondit naïvement : « Oh non, mais [1]... » Ce seul mot m'a éclairé. Dès ce moment, le doux espoir a remplacé la cruelle inquiétude. J'aurai cette femme ; je l'enlèverai au mari qui la profane : j'oserai la ravir au dieu même qu'elle adore. Quel délice d'être tour à tour l'objet et le vainqueur de ses remords ! Loin de moi l'idée de détruire les préjugés qui l'assiègent ! ils ajouteront à mon bonheur et à ma gloire. Qu'elle croie à la vertu, mais qu'elle me la sacrifie ; que ses fautes l'épouvantent sans pouvoir l'arrêter ; et qu'agitée de mille terreurs, elle ne puisse les oublier, les vaincre que dans mes bras. Qu'alors j'y consens, elle me dise : « Je t'adore », elle seule, entre toutes les femmes, sera digne de prononcer ce mot. Je serai vraiment le Dieu qu'elle aura préféré.

Soyons de bonne foi ; dans nos arrangements, aussi froids que faciles, ce que nous appelons bonheur est

---

* *On reconnaît ici le mauvais goût des calembours, qui commençait à prendre, et qui depuis a fait tant de progrès.*

à peine un plaisir. Vous le dirai-je ? Je croyais mon cœur flétri, et ne me trouvant plus que des sens, je me plaignais d'une vieillesse prématurée. Madame de Tourvel m'a rendu les charmantes illusions de la jeunesse. Auprès d'elle, je n'ai pas besoin de jouir pour être heureux. La seule chose qui m'effraie, est le temps que va me prendre cette aventure ; car je n'ose rien donner au hasard. J'ai beau me rappeler mes heureuses témérités, je ne puis me résoudre à les mettre en usage. Pour que je sois vraiment heureux, il faut qu'elle se donne ; et ce n'est pas une petite affaire.

Je suis sûr que vous admireriez ma prudence. Je n'ai pas encore prononcé le mot d'amour ; mais déjà nous en sommes à ceux de confiance et d'intérêt. Pour la tromper le moins possible, et surtout pour prévenir l'effet des propos qui pourraient lui revenir, je lui ai raconté moi-même, et comme en m'accusant, quelques-uns de mes traits les plus connus. Vous ririez de voir avec quelle candeur elle me prêche. Elle veut, dit-elle, me convertir. Elle ne se doute pas encore de ce qu'il lui en coûtera pour le tenter. Elle est loin de penser qu'*en plaidant*, pour parler comme elle, *pour les infortunés que j'ai perdues*, elle parle d'avance dans sa propre cause. Cette idée me vint hier au milieu d'un de ses sermons, et je ne pus me refuser au plaisir de l'interrompre, pour l'assurer qu'elle parlait comme un prophète. Adieu, ma très belle amie. Vous voyez que je ne suis pas perdu sans ressource.

P.S. A propos, ce pauvre chevalier, s'est-il tué de désespoir ? En vérité, vous êtes cent fois plus mauvais sujet que moi, et vous m'humilieriez si j'avais de l'amour-propre.

Du château de..., ce 9 août 17 **.

LETTRE VII

CÉCILE VOLANGES À SOPHIE CARNAY *

Si je ne t'ai rien dit de mon mariage, c'est que je ne suis pas plus instruite que le premier jour. Je m'accoutume à n'y plus penser et je me trouve assez bien de mon genre de vie. J'étudie beaucoup mon chant et ma harpe ; il me semble que je les aime mieux depuis que je n'ai plus de maître, ou plutôt c'est que j'en ai un meilleur. M. le chevalier Danceny, ce monsieur dont je t'ai parlé, et avec qui j'ai chanté chez madame de Merteuil, a la complaisance de venir ici tous les jours, et de chanter avec moi des heures entières. Il est extrêmement aimable. Il chante comme un ange, et compose de très jolis airs dont il fait aussi les paroles. C'est bien dommage qu'il soit chevalier de Malte [1]. Il me semble que s'il se mariait, sa femme serait bien heureuse... Il a une douceur charmante. Il n'a jamais l'air de faire un compliment, et pourtant tout ce qu'il dit flatte. Il me reprend sans cesse, tant sur la musique que sur autre chose : mais il mêle à ses critiques tant d'intérêt et de gaieté, qu'il est impossible de ne pas lui en savoir gré. Seulement, quand il vous regarde, il a l'air de vous dire quelque chose d'obligeant. Il joint à tout cela d'être très complaisant. Par exemple, hier, il était prié d'un grand concert ; il a préféré de rester toute la soirée chez Maman. Cela m'a fait bien plaisir ; car quand il n'y est pas, personne ne me parle, et je m'ennuie : au lieu que quand il y est, nous chantons et nous causons ensemble. Il a toujours quelque chose à me dire.

---

* Pour ne pas abuser de la patience du lecteur, on supprime beaucoup de lettres de cette correspondance journalière : on ne donne que celles qui ont paru nécessaires à l'intelligence des événements de cette société. C'est par le même motif qu'on supprime aussi toutes les lettres de Sophie Carnay et plusieurs de celles des autres acteurs de ces aventures.

Lui et madame de Merteuil sont les deux seules personnes que je trouve aimables. Mais adieu, ma chère amie : j'ai promis que je saurais pour aujourd'hui une ariette dont l'accompagnement est très difficile, et je ne veux pas manquer de parole. Je vais me remettre à l'étude jusqu'à ce qu'il vienne.

De..., ce 7 août 17**.

LETTRE VIII

LA PRÉSIDENTE DE TOURVEL À MADAME DE VOLANGES

On ne peut être plus sensible que je le suis, Madame, à la confiance que vous me témoignez, ni prendre plus d'intérêt que moi à l'établissement de mademoiselle de Volanges. C'est bien de toute mon âme que je lui souhaite une félicité dont je ne doute pas qu'elle ne soit digne, et sur laquelle je m'en rapporte bien à votre prudence. Je ne connais point M. le comte de Gercourt ; mais, honoré de votre choix, je ne puis prendre de lui qu'une idée très avantageuse. Je me borne, Madame, à souhaiter à ce mariage un succès aussi heureux qu'au mien, qui est pareillement votre ouvrage, et pour lequel chaque jour ajoute à ma reconnaissance. Que le bonheur de mademoiselle votre fille soit la récompense de celui que vous m'avez procuré ; et puisse la meilleure des amies être aussi la plus heureuse des mères !

Je suis vraiment peinée de ne pouvoir vous offrir de vive voix l'hommage de ce vœu sincère, et faire, aussitôt que je le désirerais, connaissance avec mademoiselle de Volanges. Après avoir éprouvé vos bontés vraiment maternelles, j'ai droit d'espérer d'elle l'amitié tendre d'une sœur. Je vous prie, Madame, de vouloir bien la lui demander de ma part, en attendant que je me trouve à portée de la mériter.

Je compte rester à la campagne tout le temps de l'absence de M. de Tourvel. J'ai pris ce temps pour jouir et profiter de la société de la respectable madame de Rosemonde. Cette femme est toujours charmante : son grand âge ne lui fait rien perdre ; elle conserve toute sa mémoire et sa gaieté. Son corps seul a quatre-vingt-quatre ans ; son esprit n'en a que vingt.

Notre retraite est égayée par son neveu le vicomte de Valmont, qui a bien voulu nous sacrifier quelques jours. Je ne le connaissais que de réputation, et elle me faisait peu désirer de le connaître davantage : mais il me semble qu'il vaut mieux qu'elle. Ici, où le tour-billon du monde ne le gâte pas, il parle raison avec une facilité étonnante, et il s'accuse de ses torts avec une candeur rare. Il me parle avec beaucoup de confiance, et je le prêche avec beaucoup de sévérité. Vous qui le connaissez, vous conviendrez que ce serait une belle conversion à faire : mais je ne doute pas, malgré ses promesses, que huit jours de Paris ne lui fassent oublier tous mes sermons. Le séjour qu'il fera ici sera au moins autant de retranché sur sa conduite ordinaire : et je crois que, d'après sa façon de vivre, ce qu'il peut faire de mieux est de ne rien faire du tout. Il sait que je suis occupée à vous écrire, et il m'a chargée de vous présenter ses respectueux hommages. Recevez aussi le mien avec la bonté que je vous connais, et ne doutez jamais des sentiments sincères avec lesquels j'ai l'honneur d'être, etc.

Du château de..., ce 9 août 17 **.

LETTRE IX

MADAME DE VOLANGES À LA PRÉSIDENTE
DE TOURVEL

Je n'ai jamais douté, ma jeune et belle amie, ni de l'amitié que vous avez pour moi, ni de l'intérêt sincère que vous prenez à tout ce qui me regarde. Ce n'est pas pour éclaircir ce point, que j'espère convenu à jamais entre nous, que je réponds à votre *réponse* : mais je ne crois pas pouvoir me dispenser de causer avec vous au sujet du vicomte de Valmont.

Je ne m'attendais pas, je l'avoue, à trouver jamais ce nom-là dans vos lettres. En effet, que peut-il y avoir de commun entre vous et lui ? Vous ne connaissez pas cet homme ; où auriez-vous pris l'idée de l'âme d'un libertin ? Vous me parlez de sa *rare candeur* : oh ! oui ; la candeur de Valmont doit être en effet très rare. Encore plus faux et dangereux qu'il n'est aimable et séduisant, jamais, depuis sa plus grande jeunesse, il n'a fait un pas ou dit une parole sans avoir un projet, et jamais il n'eut un projet qui ne fût malhonnête ou criminel. Mon amie, vous me connaissez ; vous savez si, des vertus que je tâche d'acquérir, l'indulgence n'est pas celle que je chéris le plus. Aussi, si Valmont était entraîné par des passions fougueuses ; si, comme mille autres, il était séduit par les erreurs de son âge, blâmant sa conduite je plaindrais sa personne, et j'attendrais, en silence, le temps où un retour heureux lui rendrait l'estime des gens honnêtes. Mais Valmont n'est pas cela : sa conduite est le résultat de ses principes. Il sait calculer tout ce qu'un homme peut se permettre d'horreurs sans se compromettre ; et pour être cruel et méchant sans danger, il a choisi les femmes pour victimes. Je ne m'arrête pas à compter celles qu'il a séduites : mais combien n'en a-t-il pas perdues ?

Dans la vie sage et retirée que vous menez, ces scandaleuses aventures ne parviennent pas jusqu'à vous. Je pourrais vous en raconter qui vous feraient frémir ; mais vos regards, purs comme votre âme, seraient souillés par de semblables tableaux : sûre que Valmont ne sera jamais dangereux pour vous, vous n'avez pas besoin de pareilles armes pour vous défendre. La seule chose que j'ai à vous dire, c'est que, de toutes les femmes auxquelles il a rendu des soins, succès ou non, il n'en est point qui n'aient eu à s'en plaindre. La seule marquise de Merteuil fait l'exception à cette règle générale ; seule, elle a su lui résister et enchaîner sa méchanceté. J'avoue que ce trait de sa vie est celui qui lui fait le plus d'honneur à mes yeux : aussi a-t-il suffi pour la justifier pleinement aux yeux de tous, de quelques inconséquences qu'on avait à lui reprocher dans le début de son veuvage *.

Quoi qu'il en soit, ma belle amie, ce que l'âge, l'expérience et surtout l'amitié, m'autorisent à vous représenter, c'est qu'on commence à s'apercevoir dans le monde de l'absence de Valmont ; et que si on sait qu'il soit resté quelque temps en tiers entre sa tante et vous, votre réputation sera entre ses mains ; malheur le plus grand qui puisse arriver à une femme. Je vous conseille donc d'engager sa tante à ne pas le retenir davantage ; et s'il s'obstine à rester, je crois que vous ne devez pas hésiter à lui céder la place. Mais pourquoi resterait-il ? que fait-il donc à cette campagne ? Si vous faisiez épier ses démarches, je suis sûre que vous découvririez qu'il n'a fait que prendre un asile plus commode, pour quelques noirceurs qu'il médite dans les environs. Mais, dans l'impossibilité de remédier au mal, contentons-nous de nous en garantir.

Adieu, ma belle amie ; voilà le mariage de ma fille un peu retardé. Le comte de Gercourt, que nous attendions d'un jour à l'autre, me mande que son régiment passe en Corse ; et comme il y a encore des mouvements de guerre, il lui sera impossible de s'absenter avant l'hiver [1]. Cela me contrarie ; mais cela me fait espérer que nous aurons le plaisir de vous voir à la noce, et j'étais fâchée qu'elle se fît sans vous. Adieu ; je suis, sans compliment comme sans réserve, entièrement à vous.

P.S. Rappelez-moi au souvenir de madame de Rosemonde, que j'aime toujours autant qu'elle le mérite.

*De..., ce 11 août 17**.*

---

* *L'erreur où est madame de Volanges, nous fait voir qu'ainsi que les autres scélérats, Valmont ne décelait pas ses complices.*

LETTRE X

LA MARQUISE DE MERTEUIL AU VICOMTE
DE VALMONT

Me boudez-vous, Vicomte ? ou bien êtes-vous
mort [1] ? ou, ce qui y ressemblerait beaucoup, ne vivez-
vous plus que pour votre Présidente ? Cette femme,
qui vous a rendu *les illusions de la jeunesse,* vous en
rendra bientôt aussi les ridicules préjugés. Déjà vous
voilà timide et esclave ; autant vaudrait être amoureux. Vous renoncez à *vos heureuses témérités.* Vous
voilà donc vous conduisant sans principes, et donnant
tout au hasard, ou plutôt au caprice. Ne vous sou-
vient-il plus que l'amour est, comme la médecine, *seulement l'art d'aider la nature ?* Vous voyez que je vous
bats avec vos armes : mais je n'en prendrai pas
d'orgueil ; car c'est bien battre un homme à terre. *Il
faut qu'elle se donne,* me dites-vous : eh ! sans doute, il
le faut ; aussi se donnera-t-elle comme les autres, avec
cette différence que ce sera de mauvaise grâce. Mais,
pour qu'elle finisse par se donner, le vrai moyen est de
commencer par la prendre. Que cette ridicule distinction est bien un vrai déraisonnement de l'amour ! Je
dis l'amour ; car vous êtes amoureux. Vous parler
autrement, ce serait vous trahir, ce serait vous cacher
votre mal. Dites-moi donc, amant langoureux, ces
femmes que vous avez eues, croyez-vous les avoir vio-
lées ? Mais, quelque envie qu'on ait de se donner,
quelque pressée que l'on en soit, encore faut-il un
prétexte ; et y en a-t-il de plus commode pour nous,
que celui qui nous donne l'air de céder à la force ?
Pour moi, je l'avoue, une des choses qui me flattent le
plus, est une attaque vive et bien faite, où tout se
succède avec ordre quoique avec rapidité ; qui ne nous
met jamais dans ce pénible embarras de réparer nous-
mêmes une gaucherie dont au contraire nous aurions

dû profiter ; qui sait garder l'air de la violence jusque
dans les choses que nous accordons, et flatter avec
adresse nos deux passions favorites, la gloire de la
défense et le plaisir de la défaite. Je conviens que ce
talent, plus rare que l'on ne croit, m'a toujours fait
plaisir, même alors qu'il ne m'a pas séduite, et que
quelquefois il m'est arrivé de me rendre, uniquement
comme récompense. Telle dans nos anciens tournois,
la beauté donnait le prix de la valeur et de l'adresse.

Mais vous, vous qui n'êtes plus vous, vous vous
conduisez comme si vous aviez peur de réussir. Eh !
depuis quand voyagez-vous à petites journées et par
des chemins de traverse ? Mon ami, quand on veut
arriver, des chevaux de poste et la grande route ! Mais
laissons ce sujet, qui me donne d'autant plus
d'humeur, qu'il me prive du plaisir de vous voir. Au
moins écrivez-moi plus souvent que vous ne faites, et
mettez-moi au courant de vos progrès. Savez-vous que
voilà plus de quinze jours [2] que cette ridicule aventure
vous occupe, et que vous négligez tout le monde ?

A propos de négligence, vous ressemblez aux gens
qui envoient régulièrement savoir des nouvelles de
leurs amis malades, mais qui ne se font jamais rendre
la réponse. Vous finissez votre dernière lettre par me
demander si le chevalier est mort. Je ne réponds pas,
et vous ne vous en inquiétez pas davantage. Ne savez-
vous plus que mon amant est votre ami-né ? Mais ras-
surez-vous, il n'est point mort ; ou s'il l'était, ce serait
de l'excès de sa joie. Ce pauvre chevalier, comme il est
tendre ! comme il est fait pour l'amour ! comme il sait
sentir vivement ! la tête m'en tourne. Sérieusement, le
bonheur parfait qu'il trouve à être aimé de moi,
m'attache véritablement à lui.

Ce même jour, où je vous écrivais que j'allais travailler à notre rupture, combien je le rendis heureux !
Je m'occupais pourtant tout de bon des moyens de le
désespérer, quand on me l'annonça. Soit caprice ou
raison, jamais il ne me parut si bien. Je le reçus cependant avec humeur. Il espérait passer deux heures avec
moi, avant celle où ma porte serait ouverte à tout le

monde. Je lui dis que j'allais sortir : il me demanda où
j'allais ; je refusai de le lui apprendre. Il insista ; *où
vous ne serez pas*, repris-je, avec aigreur. Heureusement pour lui, il resta pétrifié de cette réponse ; car,
s'il eût dit un mot, il s'ensuivait immanquablement
une scène qui eût amené la rupture que j'avais pro-
jetée. Étonnée de son silence, je jetai les yeux sur lui
sans autre projet, je vous jure, que de voir la mine
qu'il faisait. Je retrouvai sur cette charmante figure
cette tristesse, à la fois profonde et tendre, à laquelle
vous-même êtes convenu qu'il était si difficile de
résister. La même cause produisit le même effet ; je
fus vaincue une seconde fois. Dès ce moment, je ne
m'occupai plus que des moyens d'éviter qu'il pût me
trouver un tort. « Je sors pour affaire, lui dis-je avec un
air un peu plus doux, et même cette affaire vous
regarde ; mais ne m'interrogez pas. Je souperai chez
moi ; revenez, et vous serez instruit. » Alors il retrouva
la parole ; mais je ne lui permis pas d'en faire usage.
« Je suis très pressée, continuai-je. Laissez-moi ; à ce
soir. » Il baisa ma main et sortit.

Aussitôt, pour le dédommager, peut-être pour me
dédommager moi-même, je me décide à lui faire
connaître ma petite maison [3] dont il ne se doutait pas.
J'appelle ma fidèle *Victoire*. J'ai ma migraine ; je me
couche pour tous mes gens ; et, restée enfin seule avec
la véritable, tandis qu'elle se travestit en laquais, je fais
une toilette de femme de chambre. Elle fait ensuite
venir un fiacre à la porte de mon jardin [4], et nous voilà
parties. Arrivée dans ce temple de l'amour, je choisis
le déshabillé le plus galant. Celui-ci est délicieux ; il
est de mon invention : il ne laisse rien voir, et pourtant
fait tout deviner. Je vous en promets un modèle pour
votre Présidente, quand vous l'aurez rendue digne de
le porter.

Après ces préparatifs, pendant que Victoire
s'occupe des autres détails, je lis un chapitre du
Sopha, une lettre d'Héloïse et deux contes de La Fontaine [5], pour recorder les différents tons que je voulais
prendre. Cependant mon chevalier arrive à ma porte,

avec l'empressement qu'il a toujours. Mon Suisse la
lui refuse, et lui apprend que je suis malade : premier
incident. Il lui remet en même temps un billet de moi,
mais non de mon écriture, suivant ma prudente règle.
Il l'ouvre, et y trouve de la main de Victoire : « A neuf
heures précises, au Boulevard, devant les cafés. » Il s'y
rend ; et là, un petit laquais qu'il ne connaît pas, qu'il
croit au moins ne pas connaître, car c'était toujours
Victoire, vient lui annoncer qu'il faut renvoyer sa voiture et le suivre. Toute cette marche romanesque lui
échauffait la tête d'autant, et la tête échauffée ne nuit
à rien. Il arrive enfin, et la surprise et l'amour causaient en lui un véritable enchantement. Pour lui
donner le temps de se remettre, nous nous promenons
un moment dans le bosquet ; puis je le ramène vers la
maison. Il voit d'abord deux couverts mis ; ensuite un
lit fait. Nous passons jusqu'au boudoir, qui était dans
toute sa parure. Là, moitié réflexion, moitié sentiment, je passai mes bras autour de lui, et me laissai
tomber à ses genoux. « O mon ami ! lui dis-je, pour
vouloir te ménager la surprise de ce moment, je me
reproche de t'avoir affligé par l'apparence de
l'humeur ; d'avoir pu un instant voiler mon cœur à tes
regards. Pardonne-moi mes torts : je veux les expier à
force d'amour. » Vous jugez de l'effet de ce discours
sentimental. L'heureux chevalier me releva, et mon
pardon fut scellé sur cette même ottomane où vous et
moi scellâmes si gaiement et de la même manière
notre éternelle rupture.

Comme nous avions six heures à passer ensemble,
et que j'avais résolu que tout ce temps fût pour lui
également délicieux, je modérai ses transports, et
l'aimable coquetterie vint remplacer la tendresse. Je ne
crois pas avoir jamais mis tant de soin à plaire, ni avoir
été jamais aussi contente de moi. Après le souper, tour
à tour enfant et raisonnable, folâtre et sensible, quelquefois même libertine, je me plaisais à le considérer
comme un sultan au milieu de son sérail, dont j'étais
tour à tour les favorites différentes. En effet, ses hommages réitérés, quoique toujours reçus par la même

femme, le furent toujours par une maîtresse nouvelle.

Enfin au point du jour il fallut se séparer ; et, quoi qu'il dît, quoi qu'il fît même pour me prouver le contraire, il en avait autant de besoin que peu d'envie. Au moment où nous sortîmes et pour dernier adieu, je pris la clef de cet heureux séjour et la lui remettant entre les mains : « Je ne l'ai eue que pour vous, lui dis-je ; il est juste que vous en soyez maître : c'est au sacrificateur à disposer du temple. » C'est par cette adresse que j'ai prévenu les réflexions qu'aurait pu lui faire naître la propriété, toujours suspecte, d'une petite maison. Je le connais assez, pour être sûre qu'il ne s'en servira que pour moi ; et si la fantaisie me prenait d'y aller sans lui, il me reste bien une double clef. Il voulait à toute force prendre jour pour y revenir ; mais je l'aime trop encore, pour vouloir l'user si vite. Il ne faut se permettre d'excès qu'avec les gens qu'on veut quitter bientôt. Il ne sait pas cela, lui ; mais, pour son bonheur, je le sais pour deux.

Je m'aperçois qu'il est trois heures du matin, et que j'ai écrit un volume, ayant le projet de n'écrire qu'un mot. Tel est le charme de la confiante amitié : c'est elle qui fait que vous êtes toujours ce que j'aime le mieux ; mais, en vérité, le chevalier est ce qui me plaît davantage.

*De..., ce 12 août 17**.*

LETTRE XI

LA PRÉSIDENTE DE TOURVEL À MADAME
DE VOLANGES

Votre lettre sévère m'aurait effrayée, Madame, si, par bonheur, je n'avais trouvé ici plus de motifs de sécurité que vous ne m'en donnez de crainte. Ce redoutable M. de Valmont, qui doit être la terreur de toutes les femmes, paraît avoir déposé ses armes meurtrières, avant d'entrer dans ce château. Loin d'y

former des projets, il n'y a pas même porté de prétentions ; et la qualité d'homme aimable que ses ennemis
mêmes lui accordent, disparaît presque ici, pour ne lui
laisser que celle de bon enfant. C'est apparemment
l'air de la campagne qui a produit ce miracle. Ce que
je vous puis assurer, c'est qu'étant sans cesse avec
moi [1], paraissant même s'y plaire, il ne lui est pas
échappé un mot qui ressemble à l'amour, pas une de
ces phrases que tous les hommes se permettent, sans
avoir, comme lui, ce qu'il faut pour les justifier. Jamais
il n'oblige à cette réserve, dans laquelle toute femme
qui se respecte est forcée de se tenir aujourd'hui, pour
contenir les hommes qui l'entourent. Il sait ne point
abuser de la gaieté qu'il inspire. Il est peut-être un peu
louangeur ; mais c'est avec tant de délicatesse qu'il
accoutumerait la modestie même à l'éloge. Enfin, si
j'avais un frère, je désirerais qu'il fût tel que M. de
Valmont se montre ici. Peut-être beaucoup de femmes
lui désireraient une galanterie plus marquée ; et
j'avoue que je lui sais un gré infini d'avoir su me juger
assez bien pour ne pas me confondre avec elles.

Ce portrait diffère beaucoup sans doute de celui que
vous me faites ; et, malgré cela, tous deux peuvent être
ressemblants en fixant les époques. Lui-même convient
d'avoir eu beaucoup de torts, et on lui en aura bien aussi
prêté quelques-uns. Mais j'ai rencontré peu d'hommes
qui parlassent des femmes honnêtes avec plus de respect, je dirais presque d'enthousiasme. Vous
m'apprenez qu'au moins sur cet objet il ne trompe pas.
Sa conduite avec madame de Merteuil en est une
preuve. Il nous en parle beaucoup ; et c'est toujours
avec tant d'éloges et l'air d'un attachement si vrai, que
j'ai cru, jusqu'à la réception de votre lettre, que ce qu'il
appelait amitié entre eux deux était bien réellement de
l'amour. Je m'accuse de ce jugement téméraire, dans
lequel j'ai eu d'autant plus de tort, que lui-même a pris
souvent le soin de la justifier. J'avoue que je ne regardais
que comme finesse ce qui était de sa part une honnête
sincérité. Je ne sais ; mais il me semble que celui qui est
capable d'une amitié aussi suivie pour une femme aussi

estimable, n'est pas un libertin sans retour. J'ignore au reste si nous devons la conduite sage qu'il tient ici à quelques projets dans les environs, comme vous le supposez. Il y a bien quelques femmes aimables à la ronde ; mais il sort peu, excepté le matin, et alors il dit qu'il va à la chasse. Il est vrai qu'il rapporte rarement du gibier ; mais il assure qu'il est maladroit à cet exercice. D'ailleurs, ce qu'il peut faire au-dehors m'inquiète peu ; et si je désirais le savoir [2], ce ne serait que pour avoir une raison de plus de me rapprocher de votre avis ou de vous ramener au mien.

Sur ce que vous me proposez de travailler à abréger le séjour que M. de Valmont compte faire ici, il me paraît bien difficile d'oser demander à sa tante de ne pas avoir son neveu chez elle, d'autant qu'elle l'aime beaucoup. Je vous promets pourtant, mais seulement par déférence et non par besoin, de saisir l'occasion de faire cette demande, soit à elle, soit à lui-même. Quant à moi, M. de Tourvel est instruit de mon projet de rester ici jusqu'à son retour, et il s'étonnerait, avec raison, de la légèreté qui m'en ferait changer.

Voilà, Madame, de bien longs éclaircissements : mais j'ai cru devoir à la vérité un témoignage avantageux à M. de Valmont, et dont il me paraît avoir grand besoin auprès de vous. Je n'en suis pas moins sensible à l'amitié qui a dicté vos conseils. C'est à elle que je dois aussi ce que vous me dites d'obligeant à l'occasion du retard du mariage de mademoiselle votre fille. Je vous en remercie bien sincèrement : mais, quelque plaisir que je me promette à passer ces moments avec vous, je les sacrifierais de bien bon cœur au désir de savoir mademoiselle de Volanges plus tôt heureuse, si pourtant elle peut jamais l'être plus qu'auprès d'une mère aussi digne de toute sa tendresse et de son respect. Je partage avec elle ces deux sentiments qui m'attachent à vous, et je vous prie d'en recevoir l'assurance avec bonté.

J'ai l'honneur d'être, etc.

De [3]*..., ce 13 août 17* **.

LETTRE XII

CÉCILE VOLANGES À LA MARQUISE DE MERTEUIL

Maman est incommodée, Madame ; elle ne sortira point, et il faut que je lui tienne compagnie : ainsi je n'aurai pas l'honneur de vous accompagner à l'Opéra. Je vous assure que je regrette bien plus de ne pas être avec vous que le spectacle. Je vous prie d'en être persuadée. Je vous aime tant ! Voudriez-vous bien dire à M. le chevalier Danceny que je n'ai point le recueil dont il m'a parlé, et que s'il peut me l'apporter demain, il me fera grand plaisir. S'il vient aujourd'hui, on lui dira que nous n'y sommes pas ; mais c'est que maman ne veut recevoir personne. J'espère qu'elle se portera mieux demain.

J'ai l'honneur d'être, etc.

De..., ce 13 août 17 **.

LETTRE XIII

LA MARQUISE DE MERTEUIL À CÉCILE VOLANGES

Je suis très fâchée, ma belle, et d'être privée du plaisir de vous voir, et de la cause de cette privation. J'espère que cette occasion se retrouvera. Je m'acquitterai de votre commission auprès du chevalier Danceny, qui sera sûrement très fâché de savoir votre maman malade. Si elle veut me recevoir demain, j'irai lui tenir compagnie. Nous attaquerons, elle et moi, le chevalier de Belleroche * au piquet ; et, en lui gagnant son argent, nous aurons, pour surcroît de plaisir, celui

---

* *C'est le même dont il est question dans les lettres de madame de Merteuil.*

de vous entendre chanter avec votre aimable maître, à qui je le proposerai. Si cela convient à votre maman et à vous, je réponds de moi et de mes deux chevaliers. Adieu, ma belle ; mes compliments à ma chère madame de Volanges. Je vous embrasse bien tendrement.

De..., ce 13 août 17 **.

LETTRE XIV

CÉCILE VOLANGES À SOPHIE CARNAY

Je ne t'ai pas écrit hier, ma chère Sophie : mais ce n'est pas le plaisir qui en est cause ; je t'en assure bien. Maman était malade, et je ne l'ai pas quittée de la journée. Le soir, quand je me suis retirée, je n'avais cœur à rien du tout ; et je me suis couchée bien vite, pour m'assurer que la journée était finie : jamais je n'en avais passé de si longue. Ce n'est pas que je n'aime bien maman ; mais je ne sais pas ce que c'était. Je devais aller à l'Opéra avec madame de Merteuil ; le chevalier Danceny devait y être. Tu sais bien que ce sont les deux personnes que j'aime le mieux. Quand l'heure où j'aurais dû y être aussi est arrivée, mon cœur s'est serré malgré moi. Je me déplaisais à tout, et j'ai pleuré, pleuré, sans pouvoir m'en empêcher. Heureusement maman était couchée, et ne pouvait pas me voir. Je suis sûre que le chevalier Danceny aura été fâché aussi ; mais il aura été distrait par le spectacle et par tout le monde : c'est bien différent.

Par bonheur, maman va mieux aujourd'hui, et madame de Merteuil viendra avec une autre personne et le chevalier Danceny : mais elle arrive toujours bien tard, madame de Merteuil ; et quand on est si longtemps toute seule, c'est bien ennuyeux. Il n'est encore qu'onze heures. Il est vrai qu'il faut que je joue de la harpe ; et puis ma toilette me prendra un peu de temps, car je veux être bien coiffée aujourd'hui. Je crois que la mère Perpétue a raison, et qu'on devient coquette dès qu'on est dans le monde. Je n'ai jamais eu tant d'envie d'être jolie que depuis quelques jours, et je trouve que je ne le suis pas autant que je le croyais ; et puis, auprès des femmes qui ont du rouge, on perd beaucoup. Madame de Merteuil, par exemple, je vois bien que tous les hommes la trouvent plus jolie que moi : cela ne me fâche pas beaucoup, parce qu'elle m'aime bien ; et puis elle assure que le chevalier Danceny me trouve plus jolie qu'elle. C'est bien honnête à elle de me l'avoir dit ! elle avait même l'air d'en être bien aise. Par exemple, je ne conçois pas ça [1]. C'est qu'elle m'aime tant ! et lui !... oh ! ça m'a fait bien plaisir ! aussi, c'est qu'il me semble que rien que le regarder suffit pour embellir. Je le regarderais toujours, si je ne craignais de rencontrer ses yeux : car, toutes les fois que cela m'arrive, cela me décontenance, et me fait comme de la peine ; mais ça ne fait rien.

Adieu, ma chère amie ; je vais me mettre à ma toilette. Je t'aime toujours comme de coutume.

Paris, ce 14 août 17 **.

LETTRE XV

LE VICOMTE DE VALMONT À LA MARQUISE
DE MERTEUIL

Il est bien honnête à vous de ne pas m'abandonner à mon triste sort. La vie que je mène ici est réellement fatigante, par l'excès de son repos et son insipide uniformité. En lisant votre lettre et le détail de votre charmante journée, j'ai été tenté vingt fois de prétexter une affaire, de voler à vos pieds, et de vous y demander, en ma faveur, une infidélité à votre chevalier, qui, après tout, ne mérite pas son bonheur. Savez-vous que vous m'avez rendu jaloux de lui ? Que me parlez-vous d'éternelle rupture ? J'abjure ce serment, prononcé dans le délire : nous n'aurions pas été dignes de le faire, si nous eussions dû le garder [1]. Ah ! que je puisse un jour me venger dans vos bras, du dépit involontaire que m'a causé le bonheur du chevalier ! Je suis indigné, je l'avoue, quand je songe que cet homme, sans raisonner, sans se donner la moindre peine, en suivant tout bêtement l'instinct de son cœur, trouve une félicité à laquelle je ne puis atteindre. Oh ! je la troublerai... Promettez-moi que je la troublerai. Vous-même n'êtes-vous pas humiliée ? Vous vous donnez la peine de le tromper, et il est plus heureux que vous. Vous le croyez dans vos chaînes ! C'est bien vous qui êtes dans les siennes. Il dort tranquillement, tandis que vous veillez pour ses plaisirs. Que ferait de plus son esclave ?

Tenez, ma belle amie, tant que vous vous partagez entre plusieurs, je n'ai pas la moindre jalousie : je ne vois alors dans vos amants que les successeurs d'Alexandre, incapables de conserver entre eux tous cet empire où je régnais seul. Mais que vous vous donniez entièrement à un d'eux ! qu'il existe un autre homme aussi heureux que moi ! je ne le souffrirai pas ; n'espérez pas que je le souffre. Ou reprenez-moi, ou au moins prenez-en un autre ; et ne trahissez pas, par un caprice exclusif, l'amitié inviolable que nous nous sommes jurée.

C'est bien assez, sans doute, que j'aie à me plaindre de l'amour. Vous voyez que je me prête à vos idées, et que j'avoue mes torts. En effet, si c'est être amoureux que de ne pouvoir vivre sans posséder ce qu'on désire, d'y sacrifier son temps, ses plaisirs, sa vie, je suis bien réellement amoureux. Je n'en suis guère plus avancé. Je n'aurais même rien du tout à vous apprendre à ce sujet, sans un événement qui me donne beaucoup à réfléchir, et dont je ne sais encore si je dois craindre ou espérer.

Vous connaissez mon chasseur, trésor d'intrigue, et vrai valet de comédie : vous jugez bien que ses instructions portaient d'être amoureux de la femme de chambre et d'enivrer les gens. Le coquin est plus heureux que moi ; il a déjà réussi. Il vient de découvrir que madame de Tourvel a chargé un de ses gens de prendre des informations sur ma conduite, et même de me suivre dans mes courses du matin, autant qu'il le pourrait, sans être aperçu. Que prétend cette femme ? Ainsi donc la plus modeste de toutes ose encore risquer des choses qu'à peine nous oserions nous permettre ! Je jure bien... Mais, avant de songer à me venger de cette ruse féminine, occupons-nous des moyens de la tourner à notre avantage. Jusqu'ici ces courses qu'on suspecte n'avaient aucun objet ; il faut leur en donner un. Cela mérite toute mon attention, et je vous quitte pour y réfléchir. Adieu, ma belle amie.

*Toujours du château de..., ce 15 août 17 ** .*

LETTRE XVI [1]

CÉCILE VOLANGES À SOPHIE CARNAY

Ah ! ma Sophie, voici bien des nouvelles ! je ne devrais peut-être pas te le dire : mais il faut bien que j'en parle à quelqu'un ; c'est plus fort que moi. Ce chevalier Danceny... Je suis dans un trouble que je ne peux pas écrire : je ne sais par où commencer. Depuis que je t'avais raconté la jolie soirée * que j'avais passée chez maman avec lui et madame de Merteuil, je ne t'en parlais plus : c'est que je ne voulais plus en parler à personne ; mais j'y pensais pourtant toujours. Depuis il était devenu si triste, mais si triste, si triste que ça me faisait de la peine ; et quand je lui demandais pourquoi, il me disait que non : mais je voyais

---

* La lettre où il est parlé de cette soirée ne s'est pas retrouvée. Il y a lieu de croire que c'est celle proposée dans le billet de madame de Merteuil, et dont il est aussi question dans la précédente lettre de Cécile Volanges.

bien que si. Enfin hier il l'était encore plus que de
coutume. Ça n'a pas empêché qu'il n'ait eu la complaisance de chanter avec moi comme à l'ordinaire ;
mais, toutes les fois qu'il me regardait, cela me serrait
le cœur. Après que nous eûmes fini de chanter, il alla
renfermer ma harpe dans son étui ; et, en m'en rap-
portant la clef, il me pria d'en jouer encore le soir,
aussitôt que je serais seule. Je ne me défiais de rien du
tout ; je ne voulais même pas : mais il m'en pria tant,
que je lui dis qu'oui. Il avait bien ses raisons. Effectivement, quand je fus retirée chez moi et que ma
femme de chambre fut sortie, j'allais pour prendre ma
harpe. Je trouvais dans les cordes une lettre pliée seulement, et point cachetée, et qui était de lui. Ah ! si tu
savais tout ce qu'il me mande ! Depuis que j'ai lu sa
lettre, j'ai tant de plaisir, que je ne peux plus songer à
autre chose. Je l'ai relue quatre fois tout de suite, et
puis je l'ai serrée dans mon secrétaire. Je la savais par
cœur ; et, quand j'ai été couchée, je l'ai tant répétée,
que je ne songeais pas à dormir. Dès que je fermais les
yeux, je le voyais là, qui me disait lui-même tout ce
que je venais de lire. Je ne me suis rendormie que bien
tard ; et aussitôt que je me suis réveillée (il était
encore de bien bonne heure), j'ai été reprendre sa
lettre pour la relire à mon aise. Je l'ai emportée dans
mon lit, et puis je l'ai baisée comme si... C'est peut-
être mal fait de baiser une lettre comme ça, mais je
n'ai pas pu m'en empêcher.

A présent, ma chère amie, si je suis bien aise, je suis
aussi bien embarrassée ; car sûrement il ne faut pas
que je réponde à cette lettre-là. Je sais bien que ça ne
se doit pas, et pourtant il me le demande ; et, si je ne
réponds pas, je suis sûre qu'il va encore être triste.
C'est pourtant bien malheureux pour lui ! Qu'est-ce
que tu me conseilles ? mais tu n'en sais pas plus que
moi. J'ai bien envie d'en parler à madame de Merteuil
qui m'aime bien. Je voudrais bien le consoler ; mais je
ne voudrais rien faire qui fût mal. On nous recommande tant d'avoir bon cœur ! et puis on nous défend
de suivre ce qu'il inspire, quand c'est pour un

homme ! Ça n'est pas juste non plus. Est-ce qu'un homme n'est pas notre prochain comme une femme, et plus encore ? car enfin n'a-t-on pas son père comme sa mère, son frère comme sa sœur ? il reste toujours le mari de plus. Cependant si j'allais faire quelque chose qui ne fût pas bien, peut-être que M. Danceny lui-même n'aurait plus bonne idée de moi ! Oh ! çà, par exemple, j'aime encore mieux qu'il soit triste. Et puis, enfin, je serai toujours à temps. Parce qu'il a écrit hier, je ne suis pas obligée d'écrire aujourd'hui : aussi bien je verrai madame de Merteuil ce soir, et si j'en ai le courage, je lui conterai tout. En ne faisant que ce qu'elle me dira, je n'aurai rien à me reprocher. Et puis peut-être me dira-t-elle que je peux lui répondre un peu, pour qu'il ne soit pas si triste ! Oh ! je suis bien en peine.

Adieu, ma bonne amie. Dis-moi toujours ce que tu penses.

De..., ce 19 août 17 **

LETTRE XVII

LE CHEVALIER DANCENY À CÉCILE VOLANGES

Avant de me livrer, Mademoiselle, dirai-je au plaisir ou au besoin de vous écrire, je commence par vous supplier de m'entendre. Je sens que pour oser vous déclarer mes sentiments, j'ai besoin d'indulgence ; si je ne voulais que les justifier, elle me serait inutile. Que vais-je faire après tout, que vous montrer votre ouvrage ? Et qu'ai-je à vous dire, que mes regards, mon embarras, ma conduite et même mon silence, ne vous aient dit avant moi ? Eh ! pourquoi vous fâche-riez-vous d'un sentiment que vous avez fait naître ? Emané de vous, sans doute il est digne de vous être offert ; s'il est brûlant comme mon âme, il est pur comme la vôtre. Serait-ce un crime d'avoir su appré-

cier votre charmante figure, vos talents séducteurs, vos
grâces enchanteresses, et cette touchante candeur qui
ajoute un prix inestimable à des qualités déjà si précieuses ? non, sans doute : mais, sans être coupable,
on peut être malheureux ; et c'est le sort qui m'attend,
si vous refusez d'agréer mon hommage. C'est le premier que mon cœur ait offert. Sans vous je serais
encore, non pas heureux, mais tranquille. Je vous ai
vue ; le repos a fui loin de moi, et mon bonheur est
incertain. Cependant vous vous étonnez de ma tristesse ; vous m'en demandez la cause : quelquefois
même j'ai cru voir qu'elle vous affligeait. Ah ! dites un
mot, et ma félicité sera votre ouvrage. Mais, avant de
prononcer, songez qu'un mot peut aussi combler mon
malheur. Soyez donc l'arbitre de ma destinée. Par
vous je vais être éternellement heureux ou malheureux. En quelles mains plus chères puis-je remettre un
intérêt plus grand ?

Je finirai, comme j'ai commencé, par implorer votre
indulgence. Je vous ai demandé de m'entendre ;
j'oserai plus, je vous prierai de me répondre. Le
refuser, serait me laisser croire que vous vous trouvez
offensée, et mon cœur m'est garant que mon respect
égale mon amour.

P. S. Vous pouvez vous servir, pour me répondre,
du même moyen dont je me sers pour vous faire parvenir cette lettre ; il me paraît également sûr et commode.

De..., ce 18 août 17 **.

LETTRE XVIII
CÉCILE VOLANGES À SOPHIE CARNAY

Quoi ! Sophie, tu blâmes d'avance ce que je vas
faire ! J'avais déjà bien assez d'inquiétudes ; voilà que
tu les augmentes encore. Il est clair, dis-tu, que je ne

dois pas répondre. Tu en parles bien à ton aise ; et d'ailleurs, tu ne sais pas au juste ce qui en est : tu n'est pas là pour voir. Je suis sûre que si tu étais à ma place, tu ferais comme moi. Sûrement, en général, on ne doit pas répondre ; et tu as bien vu, par ma lettre d'hier, que je ne le voulais pas non plus : mais c'est que je ne crois pas que personne se soit jamais trouvé dans le cas où je suis.

Et encore être obligée de me décider toute seule ! Madame de Merteuil, que je comptais voir hier au soir, n'est pas venue [1]. Tout s'arrange contre moi : c'est elle qui est cause que je le connais. C'est presque toujours avec elle que je l'ai vu, que je lui ai parlé. Ce n'est pas que je lui en veuille du mal : mais elle me laisse là au moment de l'embarras. Oh ! je suis bien à plaindre !

Figure-toi qu'il est venu hier comme à l'ordinaire. J'étais si troublée, que je n'osais le regarder. Il ne pouvait pas me parler, parce que maman était là. Je me doutais bien qu'il serait fâché, quand il verrait que je ne lui avais pas écrit. Je ne savais quelle contenance faire. Un instant après il me demanda si je voulais qu'il allât chercher ma harpe. Le cœur me battait si fort, que ce fut tout ce que je pus faire que de répondre qu'oui. Quand il revint, c'était bien pis. Je ne le regardai qu'un petit moment. Il ne me regardait pas, lui ; mais il avait un air qu'on aurait dit qu'il était malade. Ça me faisait bien de la peine. Il se mit à accorder ma harpe, et après, en me l'apportant, il me dit : Ah ! Mademoiselle !... Il ne me dit que ces deux mots-là ; mais c'était d'un ton que j'en fus toute bouleversée. Je préludais sur ma harpe, sans savoir ce que je faisais. Maman demanda si nous ne chanterions pas. Lui s'excusa, en disant qu'il était un peu malade ; et moi, qui n'avais pas d'excuse, il me fallut chanter. J'aurais voulu n'avoir jamais eu de voix. Je choisis exprès un air que je ne savais pas ; car j'étais bien sûre que je ne pourrais en chanter aucun, et on se serait aperçu de quelque chose. Heureusement il vint une visite ; et, dès que j'entendis

entrer un carrosse, je cessai, et le priai de reporter ma
harpe. J'avais bien peur qu'il ne s'en allât en même
temps ; mais il revint.

Pendant que maman et cette dame qui était venue
causaient ensemble, je voulus le regarder encore un
petit moment. Je rencontrai ses yeux, et il me fut
impossible de détourner les miens. Un moment après
je vis ses larmes couler, et il fut obligé de se
retourner pour n'être pas vu. Pour le coup, je ne pus
y tenir ; je sentis que j'allais pleurer aussi. Je sortis,
et tout de suite j'écrivis avec un crayon sur un
chiffon de papier : « Ne soyez donc pas si triste, je
vous en prie ; je promets de vous répondre. » Sûrement, tu ne peux pas dire qu'il y ait du mal à cela ;
et puis c'était plus fort que moi. Je mis mon papier
aux cordes de ma harpe, comme sa lettre était, et je
revins dans le salon. Je me sentais plus tranquille. Il
me tardait bien que cette dame s'en fût. Heureusement, elle était en visite ; elle s'en alla bientôt après.
Aussitôt qu'elle fut sortie, je dis que je voulais
reprendre ma harpe, et je le priai de l'aller chercher.
Je vis bien, à son air, qu'il ne se doutait de rien. Mais
au retour, oh ! comme il était content ! En posant ma
harpe vis-à-vis de moi, il se plaça de façon que
maman ne pouvait voir, et il prit ma main qu'il
serra... Mais d'une façon !... ce ne fut qu'un
moment : mais je ne saurais te dire le plaisir que ça
m'a fait. Je la retirai pourtant ; ainsi je n'ai rien à me
reprocher.

A présent, ma bonne amie, tu vois bien que je ne
peux pas me dispenser de lui écrire, puisque je le lui
ai promis ; et puis, je n'irai pas lui refaire du chagrin ;
car j'en souffre plus que lui. Si c'était pour quelque
chose de mal, sûrement je ne le ferais pas. Mais quel
mal peut-il y avoir à écrire, surtout quand c'est pour
empêcher quelqu'un d'être malheureux ? Ce qui
m'embarrasse, c'est que je ne saurai pas bien faire
ma lettre : mais il sentira bien que ce n'est pas ma
faute ; et puis je suis sûre que rien que de ce qu'elle
sera de moi, elle lui fera toujours plaisir.

Adieu, ma chère amie. Si tu trouves que j'ai tort, dis-le-moi ; mais je ne crois pas. A mesure que le moment de lui écrire approche, mon cœur bat que ça ne se conçoit pas. Il le faut pourtant bien, puisque je l'ai promis. Adieu.

De..., ce 20 août 17 **.

LETTRE XIX

CÉCILE VOLANGES AU CHEVALIER DANCENY

Vous étiez si triste, hier, Monsieur, et cela me faisait tant de peine, que je me suis laissée aller à vous promettre de répondre à la lettre que vous m'avez écrite. Je n'en sens pas moins aujourd'hui que je ne le dois pas : pourtant, comme je l'ai promis, je ne veux pas manquer à ma parole, et cela doit bien vous prouver l'amitié que j'ai pour vous. A présent que vous le savez, j'espère que vous ne me demanderez pas de vous écrire davantage. J'espère aussi que vous ne direz à personne que je vous ai écrit ; parce que sûrement on m'en blâmerait, et que cela pourrait me causer bien du chagrin. J'espère surtout que vous-même n'en prendrez pas mauvaise idée de moi, ce qui me ferait plus de peine que tout. Je peux bien vous assurer que je n'aurais pas eu cette complaisance-là pour tout autre que vous. Je voudrais bien que vous eussiez celle de ne plus être triste comme vous étiez ; ce qui m'ôte tout le plaisir que j'ai à vous voir. Vous voyez, Monsieur, que je vous parle bien sincèrement. Je ne demande pas mieux que notre amitié dure toujours ; mais, je vous en prie, ne m'écrivez plus.

J'ai l'honneur d'être,

CÉCILE VOLANGES.

De..., ce 20 août 17 **.

LETTRE XX

LA MARQUISE DE MERTEUIL AU VICOMTE
DE VALMONT [1]

Ah ! fripon, vous me cajolez, de peur que je ne me moque de vous ! Allons, je vous fais grâce : vous m'écrivez tant de folies, qu'il faut bien que je vous pardonne la sagesse où vous tient votre Présidente. Je ne crois pas que mon chevalier eût tant d'indulgence que moi ; il serait homme à ne pas approuver notre renouvellement de bail, et à ne rien trouver de plaisant dans votre folle idée. J'en ai pourtant bien ri, et j'étais vraiment fâchée d'être obligée d'en rire toute seule. Si vous eussiez été là, je ne sais où m'aurait menée cette gaieté : mais j'ai eu le temps de la réflexion et je me suis armée de sévérité. Ce n'est pas que je refuse pour toujours ; mais je diffère, et j'ai raison. J'y mettrais peut-être de la vanité, et, une fois piquée au jeu, on ne sait plus où l'on s'arrête. Je serais femme à vous enchaîner de nouveau, à vous faire oublier votre Présidente ; et si j'allais, moi indigne, vous dégoûter de la vertu, voyez quel scandale ! Pour éviter ce danger, voici mes conditions.

Aussitôt que vous aurez eu votre belle dévote, que vous pourrez m'en fournir une preuve, venez, et je suis à vous. Mais vous n'ignorez pas que dans les affaires importantes, on ne reçoit de preuves que par écrit. Par cet arrangement, d'une part, je deviendrai une récompense au lieu d'être une consolation ; et cette idée me plaît davantage : de l'autre votre succès en sera plus piquant, en devenant lui-même un moyen d'infidélité. Venez donc, venez au plus tôt m'apporter le gage de votre triomphe : semblable à nos preux chevaliers qui venaient déposer aux pieds de leurs dames les fruits brillants de leur victoire. Sérieusement, je suis curieuse de savoir ce que peut écrire une prude après un tel moment, et quel voile elle met sur ses discours, après n'en avoir plus laissé sur sa personne. C'est à vous de voir si je me mets à un prix trop haut ; mais je vous préviens qu'il n'y a rien à rabattre. Jusque-là, mon cher Vicomte, vous trouverez bon que je reste fidèle à mon chevalier, et que je m'amuse à le rendre heureux, malgré le petit chagrin que cela vous cause.

Cependant si j'avais moins de mœurs, je crois qu'il aurait dans ce moment, un rival dangereux ; c'est la petite Volanges. Je raffole de cet enfant : c'est une vraie passion. Ou je me trompe, ou elle deviendra une de nos femmes les plus à la mode. Je vois son petit cœur se développer, et c'est un spectacle ravissant. Elle aime déjà son Danceny avec fureur ; mais elle n'en sait encore rien. Lui-même, quoique très amoureux, a encore la timidité de son âge, et n'ose pas trop de lui apprendre. Tous deux sont en adoration vis-à-vis de moi. La petite surtout a grande envie de me dire son secret ; particulièrement depuis quelques jours je l'en vois vraiment oppressée et je lui aurais rendu un grand service de l'aider un peu : mais je n'oublie pas que c'est un enfant, et je ne veux pas me compromettre. Danceny m'a parlé un peu plus clairement ; mais, pour lui, mon parti est pris, je ne veux pas l'entendre. Quant à la petite, je suis souvent tenté d'en faire mon élève ; c'est un service que j'ai envie de rendre à Gercourt. Il me laisse du temps, puisque le voilà en Corse jusqu'au mois d'octobre. J'ai dans l'idée que j'emploierai ce temps-là, et que nous lui donnerons une femme toute formée, au lieu de son innocente pensionnaire. Quelle est donc en effet l'insolente sécurité de cet homme, qui ose dormir tranquille, tandis qu'une femme, qui a à se plaindre de lui, ne s'est pas encore vengée ? Tenez, si la petite était ici dans ce moment, je ne sais ce que je ne lui dirais pas.

Adieu, Vicomte ; bonsoir et bon succès : mais, pour Dieu, avancez donc. Songez que si vous n'avez pas cette femme, les autres rougiront de vous avoir eu.

*De..., ce 20 août 17 **.*

LETTRE XXI

LE VICOMTE DE VALMONT À LA MARQUISE
DE MERTEUIL

Enfin, ma belle amie, j'ai fait un pas en avant, mais un grand pas, et qui, s'il ne m'a pas conduit jusqu'au bout, m'a fait connaître au moins que je suis dans la route, et a dissipé la crainte où j'étais de m'être égaré. J'ai enfin déclaré mon amour ; et quoiqu'on ait gardé le silence le plus obstiné, j'ai obtenu la réponse peut-être la moins équivoque et la plus flatteuse : mais n'anticipons pas sur les événements, et reprenons plus haut.

Vous vous souvenez qu'on faisait épier mes démarches. Eh bien ! j'ai voulu que ce moyen scandaleux tournât à l'édification publique, et voici ce que j'ai fait. J'ai chargé mon confident de me trouver, dans les environs, quelque malheureux qui eût besoin de secours. Cette commission n'était pas difficile à remplir. Hier après-midi, il me rendit compte qu'on devait saisir aujourd'hui dans la matinée, les meubles d'une famille entière qui ne pouvait payer la taille. Je m'assurai qu'il n'y eût dans cette maison, aucune fille ou femme dont l'âge ou la figure pussent rendre mon action suspecte ; et, quand je fus bien informé, je déclarai à souper mon projet d'aller à la chasse le lendemain. Ici je dois rendre justice à ma Présidente : sans doute elle eut quelques remords des ordres qu'elle avait donnés ; et, n'ayant pas la force de vaincre sa curiosité, elle eut au moins celle de contrarier mon désir. Il devait faire une chaleur excessive ; je risquais de me rendre malade ; je ne tuerais rien et me fatiguerais en vain ; et, pendant ce dialogue, ses yeux, qui parlaient peut-être mieux qu'elle ne voulait, me faisaient assez connaître qu'elle désirait que je prisse pour bonnes ces mauvaises raisons. Je n'avais garde de m'y rendre, comme vous pouvez croire, et je résistai de même à une petite diatribe contre la chasse et les chasseurs, et à un petit nuage d'humeur qui obscurcit, toute la soirée, cette figure céleste. Je craignis un moment que ses ordres ne fussent révoqués, et que sa délicatesse ne me nuisît. Je ne calculais pas la curiosité d'une femme ; aussi me trompais-je. Mon chasseur me rassura dès le soir même, et je me couchai satisfait.

Au point du jour je me lève et je pars. A peine à cinquante pas du château, j'aperçois mon espion qui me suit. J'entre en chasse, et marche à travers champs vers le village où je voulais me rendre ; sans autre plaisir, dans ma route, que de faire courir le drôle qui me suivait, et qui n'osant pas quitter les chemins, parcourait souvent, à toute course, un espace triple du mien. A force de l'exercer, j'ai eu moi-même une extrême chaleur, et je me suis assis au pied d'un arbre. N'a-t-il pas eu l'insolence de se couler derrière un buisson qui n'était pas à vingt pas de moi, et de s'y asseoir aussi ? J'ai été tenté un moment de lui envoyer mon coup de fusil, qui, quoique de petit plomb seulement, lui aurait donné une leçon suffisante sur les dangers de la curiosité : heureusement pour lui, je me suis ressouvenu qu'il était utile et même nécessaire à mes projets ; cette réflexion l'a sauvé.

Cependant j'arrive au village ; je vois de la rumeur ; je m'avance : j'interroge ; on me raconte le fait. Je fais venir le collecteur ; et, cédant à ma généreuse compassion, je paie noblement cinquante-six livres [1], pour lesquelles on réduisait cinq personnes à la paille et au désespoir. Après cette action si simple, vous n'imaginez pas quel chœur de bénédictions retentit autour de moi de la part des assistants ! Quelles larmes de reconnaissance coulaient des yeux du vieux chef de cette famille, et embellissaient cette figure de patriarche, qu'un moment auparavant l'empreinte farouche du désespoir rendait vraiment hideuse ! J'examinais ce spectacle, lorsqu'un autre paysan, plus jeune, conduisant par la main une femme et deux enfants, et s'avançant vers moi à pas précipités, leur dit : « Tombons tous aux pieds de cette image de Dieu » ; et dans le même instant, j'ai été entouré de cette famille, prosternée à mes genoux. J'avouerai ma faiblesse ; mes yeux se sont mouillés de larmes, et j'ai senti en moi un mouvement involontaire, mais délicieux. J'ai été étonné du plaisir qu'on éprouve en faisant le bien ; et je serais tenté de croire que ce que nous appelons les gens vertueux, n'ont pas tant de mérite qu'on se plaît à nous le dire. Quoi qu'il en soit, j'ai trouvé juste de payer à ces pauvres gens le plaisir qu'ils venaient de me faire. J'avais pris dix louis [2] sur moi ; je les leur ai donnés. Ici ont recommencé les remerciements, mais ils n'avaient plus ce même degré de pathétique : le nécessaire avait produit le grand, le véritable effet ; le reste n'était qu'une simple expression de reconnaissance et d'étonnement pour des dons superflus.

Cependant, au milieu des bénédictions bavardes de cette famille, je ne ressemblais pas mal au héros d'un drame, dans la scène du dénouement. Vous remarquerez que dans cette foule était surtout le fidèle espion. Mon but était rempli : je me dégageai d'eux tous, et regagnai le château. Tout calculé, je me félicite de mon invention. Cette femme vaut bien sans doute que je me donne tant de soins ; ils seront un jour mes titres auprès d'elle ; et l'ayant, en quelque sorte, ainsi payée d'avance [3], j'aurai le droit d'en disposer à ma fantaisie, sans avoir de reproche à me faire.

J'oubliais de vous dire que pour mettre tout à profit, j'ai demandé à ces bonnes gens de prier Dieu pour le succès de mes projets. Vous allez voir si déjà leurs prières n'ont pas été en partie exaucées... Mais on m'avertit que le souper est servi, et il serait trop tard pour que cette lettre partît si je ne la fermais qu'en me retirant. Ainsi, *le reste à l'ordinaire prochain*. J'en suis fâché, car le reste est le meilleur. Adieu, ma belle amie. Vous me volez un moment du plaisir de la voir.

*De..., ce 20 août 17 **.*

LETTRE XXII

LA PRÉSIDENTE DE TOURVEL À MADAME
DE VOLANGES

Vous serez sans doute bien aise, Madame, de connaître un trait de M. de Valmont, qui contraste beaucoup, ce me semble, avec tous ceux sous lesquels on vous l'a représenté. Il est si pénible de penser désavantageusement de qui que ce soit, si fâcheux de ne trouver que des vices chez ceux qui auraient toutes les qualités nécessaires pour faire aimer la vertu ! Enfin vous aimez tant à user d'indulgence, que c'est vous obliger que de vous donner des motifs de revenir sur un jugement trop rigoureux. M. de Valmont me paraît fondé à espérer cette faveur, je dirais presque cette justice ; et voici sur quoi je le pense.

Il a fait ce matin une de ces courses qui pouvaient faire supposer quelque projet de sa part dans les environs, comme l'idée vous en était venue ; idée que je m'accuse d'avoir saisie peut-être avec trop de vivacité. Heureusement pour lui, et surtout heureusement pour nous, puisque cela nous sauve d'être injustes, un de mes gens devait aller du même côté que lui * ; et c'est par là que ma curiosité répréhensible, mais heureuse, a été satisfaite. Il nous a rapporté que M. de Valmont, ayant trouvé au village de... une malheureuse famille dont on vendait les meubles, faute d'avoir pu payer les impositions, non seulement s'était empressé d'acquitter la dette de ces pauvres gens, mais même leur avait donné une somme d'argent assez considérable. Mon domestique a été témoin de cette vertueuse action ; et il m'a rapporté de plus que les paysans, causant entre eux et avec lui, avaient dit qu'un

_____
* *Madame de Tourvel n'ose donc pas dire que c'était par son ordre* [1] *?*

domestique, qu'ils ont désigné, et que le mien croit être celui de M. de Valmont, avait pris hier des informations sur ceux des habitants du village qui pouvaient avoir besoin de secours. Si cela est ainsi, ce n'est même plus seulement une compassion passagère, et que l'occasion détermine : c'est le projet formé de faire du bien ; c'est la sollicitude de la bienfaisance ; c'est la plus belle vertu des plus belles âmes : mais, soit hasard ou projet, c'est toujours une action honnête et louable, et dont le seul récit m'a attendrie jusqu'aux larmes. J'ajouterai de plus, et toujours par justice, que quand je lui ai parlé de cette action, de laquelle il ne disait mot, il a commencé par s'en défendre, et a eu l'air d'y mettre si peu de valeur lorsqu'il en est convenu, que sa modestie en doublait le mérite.

A présent, dites-moi, ma respectable amie, si M. de Valmont est en effet un libertin sans retour ? S'il n'est que cela et se conduit ainsi, que restera-t-il aux gens honnêtes ? Quoi ! les méchants partageraient-ils avec les bons le plaisir sacré de la bienfaisance ? Dieu permettrait-il qu'une famille vertueuse reçût, de la main d'un scélérat, des secours dont elle rendrait grâce à sa divine Providence ? et pourrait-il se plaire à entendre des bouches pures répandre leurs bénédictions sur un réprouvé ? Non. J'aime mieux croire que des erreurs, pour être longues, ne sont pas éternelles ; et je ne puis penser que celui qui fait du bien soit l'ennemi de la vertu. M. de Valmont n'est peut-être qu'un exemple de plus du danger des liaisons [2]. Je m'arrête à cette idée qui me plaît. Si, d'une part, elle peut servir à le justifier dans votre esprit, de l'autre, elle me rend de plus en plus précieuse l'amitié tendre qui m'unit à vous pour la vie.

J'ai l'honneur d'être, etc.

P.S. Madame de Rosemonde et moi nous allons, dans l'instant, voir aussi l'honnête et malheureuse famille, et joindre nos secours tardifs à ceux de M. de Valmont. Nous le mènerons avec nous. Nous donnerons au moins à ces bonnes gens le plaisir de revoir leur bienfaiteur ; c'est, je crois, tout ce qu'il nous a laissé à faire.

De..., ce 20 août 17 **.

LETTRE XXIII

LE VICOMTE DE VALMONT À LA MARQUISE
DE MERTEUIL

Nous en sommes restés à mon retour au château : je reprends mon récit.

Je n'eus que le temps de faire une courte toilette, et je me rendis au salon, où ma belle faisait de la tapisserie, tandis que le curé du lieu lisait la gazette à ma vieille tante. J'allai m'asseoir auprès du métier. Des regards, plus doux encore que de coutume, et presque caressants, me firent bientôt deviner que le domestique avait déjà rendu compte de sa mission. En effet, mon aimable curieuse ne put garder plus longtemps le secret qu'elle m'avait dérobé ; et, sans crainte d'interrompre un vénérable pasteur dont le débit ressemblait pourtant à celui d'un prône [1] : « J'ai bien aussi ma nouvelle à débiter [2] », dit-elle ; et tout de suite elle raconta mon aventure, avec une exactitude qui faisait honneur à l'intelligence de son historien. Vous jugez comme je déployai toute ma modestie : mais qui pourrait arrêter une femme qui fait, sans s'en douter, l'éloge de ce qu'elle aime ? Je pris donc le parti de la laisser aller. On eût dit qu'elle prêchait le panégyrique d'un saint. Pendant ce temps, j'observais, non sans espoir, tout ce que promettaient à l'amour son regard animé, son geste devenu plus libre, et surtout ce son de voix qui, par son altération déjà sensible, trahissait l'émotion de son âme. A peine elle finissait de parler : « Venez, mon neveu, me dit madame de Rosemonde ; venez, que je vous embrasse. » Je sentis aussitôt que la jolie prêcheuse ne pourrait se défendre d'être embrassée à son tour. Cependant elle voulut fuir ; mais elle fut bientôt dans mes bras ; et, loin d'avoir la force de résister, à peine lui restait-il celle de se soutenir. Plus j'observe cette femme, et plus elle me paraît désirable. Elle s'empressa de retourner à son métier, et eut l'air, pour tout le monde, de recommencer sa tapisserie ; mais moi, je m'aperçus bien que sa main tremblante ne lui permettait pas de continuer son ouvrage.

Après le dîner [3], les dames voulurent aller voir les infortunés que j'avais si pieusement secourus ; je les accompagnai. Je vous sauve l'ennui de cette seconde scène de reconnaissance et d'éloges. Mon cœur, pressé d'un souvenir délicieux, hâte le moment du retour au château [4]. Pendant la route, ma belle Présidente, plus rêveuse qu'à l'ordinaire, ne disait pas un mot. Tout occupé de trouver les moyens de profiter de l'effet qu'avait produit l'événement du jour, je gardais le même silence. Madame de Rosemonde seule parlait et n'obtenait de nous que des réponses courtes et rares. Nous dûmes l'ennuyer : j'en avais le projet, et il réussit. Aussi, en descendant de voiture, elle passa dans son appartement, et nous laissa tête à tête ma belle et moi, dans un salon mal éclairé ; obscurité douce, qui enhardit l'amour timide.

Je n'eus pas la peine de diriger la conversation où je voulais la conduire. La ferveur de l'aimable prêcheuse me servit mieux que n'aurait pu faire mon adresse. « Quand on est si digne de faire le bien, me dit-elle, en arrêtant sur moi son doux regard : comment passe-t-on sa vie à mal faire ? — Je ne mérite, lui répondis-je, ni cet éloge, ni cette censure ; et je ne conçois pas qu'avec autant d'esprit que vous en avez, vous ne m'ayez pas encore deviné. Dût ma confiance me nuire auprès de vous, vous en êtes trop digne, pour qu'il me soit possible de vous la refuser. Vous trouverez la clef de ma conduite dans un caractère malheureusement trop facile. Entouré de gens sans mœurs, j'ai imité leurs vices ; j'ai peut-être mis de l'amour-propre à les surpasser. Séduit de même ici par l'exemple des vertus, sans espérer de vous atteindre, j'ai au moins essayé de vous suivre. Eh ! peut-être l'action dont vous me louez aujourd'hui perdrait-elle tout son prix à vos yeux, si vous en connaissiez le véritable motif ! (Vous voyez, ma belle amie, combien j'étais près de la vérité.) Ce n'est pas à moi, continuai-je, que ces malheureux ont dû mes secours. Où vous croyez voir une action louable, je ne cherchais qu'un moyen de plaire. Je n'étais, puisqu'il faut le dire, que le faible agent de la divinité que j'adore (ici elle voulut m'interrompre ; mais je ne lui en donnai pas le temps). Dans ce moment même, ajoutai-je, mon secret ne m'échappe que par faiblesse. Je m'étais promis de vous le taire ; je me faisais un bonheur de rendre à vos vertus comme à vos appas un hommage pur que vous ignoreriez toujours ; mais, incapable de tromper, quand j'ai sous les yeux l'exemple de la candeur, je n'aurai point à me reprocher avec vous une dissimulation coupable. Ne croyez pas que je vous outrage, par une criminelle espérance. Je serai malheureux, je le sais ; mais mes souffrances me seront chères ; elles me prouveront l'excès de mon amour ; c'est à vos pieds, c'est dans votre sein que je déposerai mes peines. J'y puiserai des forces pour souffrir de nouveau ; j'y trouverai la bonté compatissante, et je me croirai consolé, parce que vous m'aurez plaint. O vous que j'adore ! écoutez-moi, plaignez-moi, secourez-moi. » Cependant j'étais à ses genoux, et je serrais ses mains dans les miennes : mais elle, les dégageant tout à coup, et les croisant sur ses yeux avec l'expression du désespoir : « Ah ! malheureuse ! » s'écria-t-elle ; puis elle fondit en larmes. Par bonheur je m'étais livré à tel point, que je pleurais aussi ; et, reprenant ses mains, je les baignais de pleurs. Cette précaution était bien nécessaire ; car elle était si occupée de sa douleur, qu'elle ne se serait pas aperçue de la mienne, si je n'avais pas trouvé ce moyen de l'en avertir. J'y gagnai de plus de considérer à loisir cette charmante figure, embellie encore par l'attrait puissant des larmes. Ma tête s'échauffait, et j'étais si peu maître de moi, que je fus tenté de profiter de ce moment.

Quelle est donc notre faiblesse ? quel est l'empire des circonstances, si moi-même, oubliant mes projets, j'ai risqué de perdre, par un triomphe prématuré, le charme des longs combats et les détails d'une pénible défaite ; si séduit par un désir de jeune homme, j'ai pensé exposer le vainqueur de madame de Tourvel à ne recueillir, pour fruit de ses travaux, que l'insipide avantage d'avoir eu une femme de plus ! Ah ! qu'elle se rende, mais qu'elle combatte ; que, sans avoir la force de vaincre, elle ait celle de résister ; qu'elle savoure à loisir le sentiment de sa faiblesse, et soit contrainte d'avouer sa défaite. Laissons le braconnier obscur tuer à l'affût le cerf qu'il a surpris ; le vrai chasseur doit le forcer [5]. Ce projet est sublime, n'est-ce pas ? mais peut-être serais-je à présent au regret de ne l'avoir pas suivi, si le hasard ne fût venu au secours de ma prudence.

Nous entendîmes du bruit. On venait au salon. Madame de Tourvel, effrayée, se leva précipitamment, se saisit d'un des flambeaux, et sortit. Il fallut bien la laisser faire. Ce n'était qu'un domestique. Aussitôt que j'en fus assuré, je la suivis. A peine eus-je fait quelques pas, que, soit qu'elle me reconnût, soit un sentiment vague d'effroi, je l'entendis précipiter sa marche, et se jeter plutôt qu'entrer dans son appartement dont elle ferma la porte sur elle. J'y allai ; mais la clef était en dedans. Je me gardai bien de frapper ; c'eût été lui fournir l'occasion d'une résistance trop facile. J'eus l'heureuse et simple idée de tenter de voir à travers la serrure, et je vis en effet cette femme adorable à genoux, baignée de larmes, et priant avec ferveur. Quel Dieu osait-elle invoquer ? en est-il d'assez puissant contre l'amour ? En vain cherche-t-elle à présent des secours étrangers : c'est moi qui réglerai son sort.

Croyant en avoir assez fait pour un jour, je me retirai aussi dans mon appartement et me mis à vous écrire. J'espérais la revoir au souper ; mais elle fit dire qu'elle s'était trouvée indisposée et s'était mise au lit. Madame de Rosemonde voulut monter chez elle, mais la malicieuse malade prétexta un mal de tête qui ne lui permettait de voir personne. Vous jugez qu'après le souper la veillée fut courte, et que j'eus aussi mon mal de tête. Retiré chez moi, j'écrivis une longue lettre pour me plaindre de cette rigueur, et je me couchai, avec le projet de la remettre ce matin. J'ai mal dormi, comme vous pouvez voir par la date de cette lettre. Je me suis levé, et j'ai relu mon épître. Je me suis aperçu que je ne m'y étais pas assez observé, que j'y montrais plus d'ardeur que d'amour, et plus d'humeur que de tristesse. Il faudra la refaire ; mais il faudrait être plus calme.

J'aperçois le point du jour, et j'espère que la fraîcheur qui l'accompagne m'amènera le sommeil. Je vais me remettre au lit ; et, quel que soit l'empire de cette femme, je vous promets de ne pas m'occuper tellement d'elle, qu'il ne me reste le temps de songer beaucoup à vous. Adieu, ma belle amie.

De..., ce 21 août 17 **, 4 heures du matin [6].

LETTRE XXIV

LE VICOMTE DE VALMONT À LA PRÉSIDENTE
DE TOURVEL

Ah ! par pitié, Madame, daignez calmer le trouble de mon âme ; daignez m'apprendre ce que je dois espérer ou craindre. Placé entre l'excès du bonheur et celui de l'infortune, l'incertitude est un tourment cruel. Pourquoi vous ai-je parlé ? que n'ai-je pu résister au charme impérieux qui vous livrait mes pensées ? Content de vous adorer en silence, je jouissais au moins de mon amour ; et ce sentiment pur, que ne troublait point alors l'image de votre douleur, suffisait à ma félicité : mais cette source de bonheur en est devenue une de désespoir, depuis que j'ai vu couler vos larmes ; depuis que j'ai entendu ce cruel

Ah ! malheureuse ! Madame, ces deux mots retentiront longtemps dans mon cœur. Par quelle fatalité, le plus doux des sentiments ne peut-il vous inspirer que l'effroi ? Quelle est donc cette crainte ? Ah ! ce n'est pas celle de le partager : votre cœur que j'ai mal connu, n'est pas fait pour l'amour ; le mien, que vous calomniez sans cesse, est le seul qui soit sensible ; le vôtre est même sans pitié. S'il n'en était pas ainsi, vous n'auriez pas refusé un mot de consolation au malheureux qui vous racontait ses souffrances ; vous ne vous seriez pas soustraite à ses regards, quand il n'a d'autre plaisir que celui de vous voir ; vous ne vous seriez pas fait un jeu cruel de son inquiétude, en lui faisant annoncer que vous étiez malade sans lui permettre d'aller s'informer de votre état ; vous auriez senti que cette même nuit, qui n'était pour vous que douze heures de repos, allait être pour lui un siècle de douleurs.

Par où, dites-moi, ai-je mérité cette rigueur désolante ? Je ne crains pas de vous prendre pour juge : qu'ai-je donc fait ? que céder à un sentiment involontaire, inspiré par la beauté et justifié par la vertu ; toujours contenu par le respect, et dont l'innocent aveu fut l'effet de la confiance et non de l'espoir : la trahirez-vous cette confiance que vous-même avez semblé me permettre, et à laquelle je me suis livré sans réserve ? Non, je ne puis le croire ; ce serait vous supposer un tort, et mon cœur se révolte à la seule idée de vous en trouver un : je désavoue mes reproches ; j'ai pu les écrire, mais non pas les penser. Ah ! laissez-moi vous croire parfaite, c'est le seul plaisir qui me reste. Prouvez-moi que vous l'êtes en m'accordant vos soins généreux. Quel malheureux avez-vous secouru, qui en eût autant de besoin que moi ? ne m'abandonnez pas dans le délire où vous m'avez plongé : prêtez-moi votre raison, puisque vous avez ravi la mienne ; après m'avoir corrigé, éclairez-moi pour finir votre ouvrage.

Je ne veux pas vous tromper, vous ne parviendrez point à vaincre mon amour ; mais vous m'apprendrez à le régler : en guidant mes démarches, en dictant mes discours, vous me sauverez au moins du malheur affreux de vous déplaire. Dissipez surtout cette crainte désespérante ; dites-moi que vous me pardonnez, que vous me plaignez ; assurez-moi de votre indulgence. Vous n'aurez jamais toute celle que je vous désirerais ; mais je réclame celle dont j'ai besoin : me la refuserez-vous ?

Adieu, Madame ; recevez avec bonté l'hommage de mes sentiments ; il ne nuit point à celui de mon respect.

De..., ce 20 août [1] *17 ** *.

LETTRE XXV

LE VICOMTE DE VALMONT À LA MARQUISE
DE MERTEUIL

Voici le bulletin d'hier [1].

A onze heures j'entrai chez madame de Rose-monde ; et, sous ses auspices, je fut introduit chez la feinte malade, qui était encore couchée. Elle avait les yeux très battus ; j'espère qu'elle avait aussi mal dormi que moi. Je saisis un moment, où madame de Rosemonde s'était éloignée, pour remettre ma lettre : on refusa de la prendre ; mais je la laissai sur le lit, et allai bien honnêtement approcher le fauteuil de ma vieille tante, qui voulait être auprès de *son cher enfant* : il fallut bien serrer la lettre pour éviter le scandale. La malade dit maladroitement qu'elle croyait avoir un peu de fièvre. Madame de Rose-monde m'engagea à lui tâter le pouls, en vantant beaucoup mes connaissances en médecine. Ma belle eut donc le double chagrin d'être obligée de me livrer son bras, et de sentir que son petit mensonge allait être découvert. En effet, je pris sa main que je serrai dans une des miennes, pendant que, de l'autre, je

parcourais son bras frais et potelé ; la malicieuse personne ne répondit à rien, ce qui me fit dire en me
retirant : « Il n'y a pas même la plus légère émotion. »
Je me doutai que ses regards devaient être sévères, et,
pour la punir, je ne les cherchai pas : un moment
après, elle dit qu'elle voulait se lever, et nous la laissâmes seule. Elle parut au dîner qui fut triste ; elle
annonça qu'elle n'irait pas se promener, ce qui était
me dire que je n'aurais pas occasion de lui parler. Je
sentis bien qu'il fallait placer là un soupir et un
regard douloureux : sans doute elle s'y attendait, car
ce fut le seul moment de la journée où je parvins à
rencontrer ses yeux. Toute sage qu'elle est, elle a ses
petites ruses comme une autre. Je trouvai le moment
de lui demander *si elle avait eu la bonté de m'instruire
de mon sort*, et je fus un peu étonné de l'entendre me
répondre : *Oui, Monsieur, je vous ai écrit.* J'étais fort
empressé d'avoir cette lettre ; mais soit ruse encore,
ou maladresse, ou timidité, elle ne me la remit que
le soir, au moment de se retirer chez elle. Je vous
l'envoie ainsi que le brouillon de la mienne ; lisez et
jugez : voyez avec quelle insigne fausseté elle affirme
qu'elle n'a point d'amour, quand je suis sûr du
contraire ; et puis elle se plaindra si je la trompe
après, quand elle ne craint pas de me tromper avant !
Ma belle amie, l'homme le plus adroit ne peut
encore que se tenir au niveau de la femme la plus
vraie. Il faudra pourtant feindre de croire à tout ce
radotage, et se fatiguer de désespoir, parce qu'il plaît
à madame de jouer la rigueur ! Le moyen de ne pas
se venger de ces noirceurs-là !... ah ! patience... mais
adieu. J'ai encore beaucoup à écrire.

A propos, vous me renverrez la lettre de l'inhumaine ; il se pourrait faire que par la suite elle voulût
qu'on mît du prix à ces misères-là, et il faut être en
règle.

Je ne vous parle pas de la petite Volanges ; nous en
causerons au premier jour.

Du château, ce 22 août[2] *17* **.

LETTRE XXVI

LA PRÉSIDENTE DE TOURVEL AU VICOMTE
DE VALMONT

Sûrement, Monsieur, vous n'auriez eu aucune lettre de moi, si ma sotte conduite d'hier au soir ne me forçait d'entrer aujourd'hui en explication avec vous. Oui, j'ai pleuré, je l'avoue : peut-être aussi les deux mots, que vous me citez avec tant de soin, me sont-ils échappés ; larmes et paroles, vous avez tout remarqué ; il faut donc vous expliquer tout.

Accoutumée à n'inspirer que des sentiments honnêtes, à n'entendre que des discours que je puis écouter sans rougir, à jouir par conséquent d'une sécurité que j'ose dire que je mérite, je ne sais ni dissimuler ni combattre les impressions que j'éprouve. L'étonnement et l'embarras où m'a jetée votre procédé ; je ne sais quelle crainte, inspirée par une situation qui n'eût jamais dû être faite pour moi ; peut-être l'idée révoltante de me voir confondue avec les femmes que vous méprisez, et traitée aussi légèrement qu'elles ; toutes ces causes réunies ont provoqué mes larmes, et ont pu me faire dire, avec raison je crois, que j'étais malheureuse. Cette expression, que vous trouvez si forte, serait sûrement beaucoup trop faible encore, si mes pleurs et mes discours avaient eu un autre motif ; si au lieu de désapprouver des sentiments qui doivent m'offenser, j'avais pu craindre de les partager.

Non, Monsieur, je n'ai pas cette crainte ; si je l'avais, je fuirais à cent lieues de vous ; j'irais pleurer dans un désert le malheur de vous avoir connu. Peut-être même, malgré la certitude où je suis de ne point vous aimer jamais, peut-être aurais-je mieux fait de suivre les conseils de mes amis ; de ne pas vous laisser approcher de moi.

J'ai cru, et c'est là mon seul tort, j'ai cru que vous respecteriez une femme honnête, qui ne demandait pas mieux que de vous trouver tel et de vous rendre justice, qui déjà vous défendait, tandis que vous l'outragiez par vos vœux criminels [1]. Vous ne me connaissez pas ; non, Monsieur, vous ne me connaissez pas. Sans cela, vous n'auriez pas cru vous faire un droit de vos torts : parce que vous m'avez tenu des discours que je ne devais pas entendre, vous ne vous seriez pas cru autorisé à m'écrire une lettre que je ne devais pas lire : et vous me demandez de *guider vos démarches, de dicter vos discours !* Hé bien, Monsieur, le silence et l'oubli, voilà les conseils qu'il me convient de vous donner, comme à vous de les suivre ; alors, vous aurez, en effet, des droits à mon indulgence : il ne tiendrait qu'à vous d'en obtenir même à ma reconnaissance... Mais non, je ne ferai point une demande à celui qui ne m'a point respectée ; je ne donnerai point une marque de confiance à celui qui a abusé de ma sécurité. Vous me forcez à vous craindre, peut-être à vous haïr : je ne le voulais pas ; je ne voulais voir en vous que le neveu de ma plus respectable amie ; j'opposais la voix de l'amitié à la voix publique qui vous accusait. Vous avez tout détruit ; et, je le prévois, vous ne voudrez rien réparer.

Je m'en tiens, Monsieur, à vous déclarer que vos sentiments m'offensent, que leur aveu m'outrage, et surtout que, loin d'en venir un jour à les partager, vous me forceriez à ne vous revoir jamais, si vous ne vous imposiez sur cet objet un silence qu'il me semble avoir droit d'attendre, et même d'exiger de vous. Je joins à cette lettre celle que vous m'avez écrite [2], et j'espère que vous voudrez bien de même me remettre celle-ci ; je serais vraiment peinée qu'il restât aucune trace d'un événement qui n'eût jamais dû exister. J'ai l'honneur d'être, etc.

De..., ce 21 août [3] 17 **.

LETTRE XXVII

CÉCILE VOLANGES À LA MARQUISE DE MERTEUIL

Mon Dieu, que vous êtes bonne, Madame ! comme vous avez bien senti qu'il me serait plus facile de vous écrire que de vous parler ! Aussi, c'est que ce que j'ai à vous dire, est bien difficile ; mais vous êtes mon amie, n'est-il pas vrai ? Oh ! oui, ma bien bonne amie ! Je vais tâcher de n'avoir pas peur ; et puis, j'ai tant besoin de vous, de vos conseils ! J'ai bien du chagrin, il me semble que tout le monde devine ce que je pense ; et surtout quand il est là, je rougis dès qu'on me regarde. Hier, quand vous m'avez vue pleurer, c'est que je voulais vous parler, et puis, je ne sais quoi m'en empêchait ; et quand vous m'avez demandé ce que j'avais, mes larmes sont venues malgré moi. Je n'aurais pas pu dire une parole. Sans vous, maman allait s'en apercevoir, et qu'est-ce que je serais devenue ? Voilà pourtant comme je passe ma vie, surtout depuis quatre jours !

C'est ce jour-là, Madame, oui je vais vous le dire, c'est ce jour-là que M. le chevalier Danceny m'a écrit : oh ! je vous assure que quand j'ai trouvé sa lettre, je ne savais pas du tout ce que c'était ; mais, pour ne pas mentir, je ne peux pas dire que je n'aie eu bien du plaisir en la lisant ; voyez-vous, j'aimerais mieux avoir du chagrin toute ma vie, que s'il ne me l'eût pas écrite. Mais je savais bien que je ne devais pas le lui dire, et je peux bien vous assurer même que je lui ai dit que j'en étais fâchée : mais il dit que c'était plus fort que lui, et je le crois bien ; car j'avais résolu de ne lui pas répondre, et pourtant je n'ai pas pu m'en empêcher. Oh ! je ne lui ai écrit qu'une fois, et même c'était, en partie, pour lui dire de ne plus écrire : mais malgré cela il m'écrit toujours ; et comme je ne lui réponds pas, je vois bien qu'il est triste, et ça m'afflige encore davantage : si bien que je ne sais plus que faire, ni que devenir, et que je suis bien à plaindre.

Dites-moi, je vous en prie, Madame, est-ce que ce serait bien mal de lui répondre de temps en temps ? Seulement jusqu'à ce qu'il ait pu prendre sur lui de ne plus m'écrire lui-même, et de rester comme nous étions avant : car, pour moi, si cela continue, je ne sais pas ce que je deviendrai. Tenez, en lisant sa dernière lettre, j'ai pleuré que ça ne finissait pas ; et je suis bien sûre que si je ne lui réponds pas encore, ça nous fera bien de la peine.

Je vais vous envoyez sa lettre aussi, ou bien une copie, et vous jugerez ; vous verrez bien que ce n'est rien de mal qu'il demande. Cependant si vous trouvez que ça ne se doit pas, je vous promets de m'en empêcher ; mais je crois que vous penserez comme moi, que ce n'est pas là du mal.

Pendant que j'y suis, Madame, permettez-moi de vous faire encore une question : on m'a bien dit que c'était mal d'aimer quelqu'un ; mais pourquoi cela ? Ce qui me fait vous le demander, c'est que M. le chevalier Danceny prétend que ce n'est pas mal du tout, et que presque tout le monde aime ; si cela était, je ne vois pas pourquoi je serais la seule à m'en empêcher ; ou bien est-ce que ce n'est un mal que pour les demoiselles ? car j'ai entendu maman elle-même dire que madame D... aimait M. M... et elle n'en parlait pas comme d'une chose qui serait si mal ; et pourtant je suis sûre qu'elle se fâcherait contre moi, si elle se doutait seulement de mon amitié pour M. Danceny. Elle me traite toujours comme un enfant, maman ; et elle ne me dit rien du tout. Je croyais, quand elle m'a fait sortir du couvent, que c'était pour me marier ; mais à présent il me semble que non : ce n'est pas que je m'en soucie, je vous assure ; mais vous, qui êtes si amie avec elle, vous savez peut-être ce qui en est, et si vous le savez, j'espère que vous me le direz.

Voilà une bien longue lettre, Madame, mais puisque vous m'avez permis de vous écrire, j'en ai profité pour vous dire tout, et je compte sur votre amitié.

J'ai l'honneur d'être, etc.

Paris, ce 23 août 17 **.

LETTRE XXVIII

LE CHEVALIER DANCENY À CÉCILE VOLANGES [1]

Eh ! quoi, Mademoiselle, vous refusez toujours de me répondre ! rien ne peut vous fléchir ; et chaque jour emporte avec lui l'espoir qu'il avait amené [2] ! Quelle est donc cette amitié que vous consentez qui subsiste entre nous, si elle n'est pas même assez puissante pour vous rendre sensible à ma peine ; si elle vous laisse froide et tranquille, tandis que j'éprouve les tourments d'un feu que je ne puis éteindre ; si loin de vous inspirer de la confiance, elle ne suffit pas même à faire naître votre pitié ? Quoi ! votre ami souffre et vous ne faites rien pour le secourir ! Il ne vous demande qu'un mot, et vous le lui refusez ! et vous voulez qu'il se contente d'un sentiment si faible, dont vous craignez encore de lui réitérer les assurances !

Vous ne voudriez pas être ingrate, disiez-vous hier : ah ! croyez-moi, Mademoiselle, vouloir payer de l'amour avec de l'amitié, ce n'est pas craindre l'ingratitude, c'est redouter seulement d'en avoir l'air. Cependant je n'ose plus vous entretenir d'un sentiment qui ne peut que vous être à charge, s'il ne vous intéresse pas ; il faut au moins le renfermer en soi-même, en attendant que j'apprenne à le vaincre. Je sens combien ce travail sera pénible ; je ne me dissimule pas que j'aurai besoin de toutes mes forces ; je tenterai tous les moyens ; il en est un qui coûtera le plus à mon cœur, ce sera celui de me répéter souvent que le vôtre est insensible. J'essaierai même de vous voir moins, et déjà je m'occupe d'en trouver un prétexte plausible.

Quoi ! je perdrais la douce habitude de vous voir chaque jour ! Ah ! du moins je ne cesserai jamais de la regretter. Un malheur éternel sera le prix de l'amour le plus tendre ; et vous l'aurez voulu, et ce sera votre ouvrage ! Jamais, je le sens, je ne retrouverai le bonheur que je perds aujourd'hui ; vous seule étiez faite pour mon cœur ; avec quel plaisir je ferais le serment de ne vivre que pour vous. Mais vous ne voulez pas le recevoir ; votre silence m'apprend assez que votre cœur ne vous dit rien pour moi ; il est à la fois la preuve la plus sûre de votre indifférence, et la manière la plus cruelle de me l'annoncer. Adieu, Mademoiselle.

Je n'ose plus me flatter d'une réponse ; l'amour l'eût écrite avec empressement, l'amitié avec plaisir, la pitié même avec complaisance : mais la pitié, l'amitié et l'amour, sont également étrangers à votre cœur.

Paris, ce 23 août 17 **.

LETTRE XXIX

CÉCILE VOLANGES À SOPHIE CARNAY

Je te le disais bien, Sophie, qu'il y avait des cas où on pouvait écrire ; et je t'assure que je me reproche bien d'avoir suivi ton avis, qui nous a tant fait de peine, au chevalier Danceny et à moi. La preuve que j'avais raison, c'est que madame de Merteuil, qui est une femme qui sûrement le sait bien, a fini par penser comme moi. Je lui ai tout avoué. Elle m'a bien dit d'abord comme toi : mais quand je lui ai eu tout expliqué, elle est convenue que c'était bien différent ; elle exige seulement que je lui fasse voir toutes mes lettres et toutes celles du chevalier Danceny, afin d'être sûre que je ne dirai que ce qu'il faudra ; ainsi, à présent, me voilà tranquille. Mon Dieu, que je l'aime madame de Merteuil ! Elle est si bonne ! et c'est une femme bien respectable. Ainsi il n'y a rien à dire.

Comme je m'en vais écrire à M. Danceny, et comme il va être content ! il le sera encore plus qu'il ne croit ; car jusqu'ici je ne lui parlais que de mon amitié, et lui voulait toujours que je dise mon amour. Je crois que c'était bien la même chose ; mais enfin je n'osais pas, et il tenait à cela. Je l'ai dit à madame de Merteuil ; elle m'a dit que j'avais eu raison, et qu'il ne fallait convenir d'avoir de l'amour, que quand on ne pouvait plus s'en empêcher : or je suis bien sûre que je ne pourrai pas m'en empêcher plus longtemps ; après tout c'est la même chose, et cela lui plaira davantage.

Madame de Merteuil m'a dit aussi qu'elle me prêterait des livres qui parlaient de tout cela, et qui m'apprendraient bien à me conduire, et aussi à mieux écrire que je ne fais : car, vois-tu, elle me dit tous mes défauts, ce qui est une preuve qu'elle m'aime bien ; elle m'a recommandé seulement de ne rien dire à maman de ces livres-là, parce que ça aurait l'air de trouver qu'elle a trop négligé mon éducation, et ça pourrait la fâcher. Oh ! je ne lui en dirai rien.

C'est pourtant bien extraordinaire qu'une femme qui ne m'est presque pas parente prenne plus de soin de moi que ma mère ! c'est bien heureux pour moi de l'avoir connue !

Elle a demandé aussi à maman de me mener après-demain à l'Opéra, dans sa loge ; elle m'a dit que nous y serions toutes seules, et nous causerons tout le temps, sans craindre qu'on nous entende : j'aime bien mieux cela que l'Opéra. Nous causerons aussi de mon mariage : car elle m'a dit que c'était bien vrai que j'allais me marier ; mais nous n'avons pas pu en dire davantage. Par exemple, n'est-ce pas encore bien étonnant que maman ne m'en dise rien du tout ?

Adieu, ma Sophie, je m'en vas écrire au chevalier Danceny. Oh ! je suis bien contente.

*De..., ce 24 août 17 ***.*

LETTRE XXX

CÉCILE VOLANGES AU CHEVALIER DANCENY

Enfin, Monsieur, je consens à vous écrire, à vous assurer de mon amitié, de mon *amour*, puisque, sans cela, vous seriez malheureux. Vous dites que je n'ai pas bon cœur ; je vous assure bien que vous vous trompez, et j'espère qu'à présent vous n'en doutez plus. Si vous avez du chagrin de ce que je ne vous écrivais pas, croyez-vous ça ne me faisait pas de la peine aussi ? Mais c'est que, pour toute chose au monde, je ne voudrais pas faire quelque chose qui fût mal ; et même je ne serais sûrement pas convenue de mon amour, si j'avais pu m'en empêcher : mais votre tristesse me faisait trop de peine. J'espère qu'à présent vous n'en aurez plus, et que nous allons être bien heureux.

Je compte avoir le plaisir de vous voir ce soir, et que vous viendrez de bonne heure ; ce ne sera jamais aussi tôt que je le désire. Maman soupe chez elle, et je crois qu'elle vous proposera d'y rester : j'espère que vous ne serez pas engagé comme avant-hier. C'était donc bien agréable, le souper où vous alliez ? car vous y avez été de bien bonne heure. Mais enfin ne parlons pas de ça : à présent que vous savez que je vous aime, j'espère que vous resterez avec moi le plus que vous pourrez ; car je ne suis contente que lorsque je suis avec vous, et je voudrais bien que vous fussiez tout de même.

Je suis bien fâchée que vous êtes encore triste à présent, mais ce n'est pas ma faute. Je demanderai à jouer de la harpe aussitôt que vous serez arrivé, afin

que vous ayez ma lettre tout de suite. Je ne peux
mieux faire...

Adieu, Monsieur. Je vous aime bien, de tout mon
cœur ; plus je vous le dis, plus je suis contente ;
j'espère que vous le serez aussi.

De..., ce 24 août 17 **.

LETTRE XXXI

LE CHEVALIER DANCENY À CÉCILE VOLANGES

Oui, sans doute, nous serons heureux. Mon bonheur est bien sûr, puisque je suis aimé de vous ; le
vôtre ne finira jamais, s'il doit durer, autant que
l'amour que vous m'avez inspiré. Quoi ! vous
m'aimez, vous ne craignez plus de m'assurer de votre
amour ! Plus vous me le dites, et plus vous êtes contente !
Après avoir lu ce charmant *je vous aime*, écrit de votre
main, j'ai entendu votre belle bouche m'en répéter
l'aveu. J'ai vu se fixer sur moi ces yeux charmants,
qu'embellissait encore l'expression de la tendresse. J'ai
reçu vos serments de vivre toujours pour moi. Ah !
recevez le mien de consacrer ma vie entière à votre
bonheur ; recevez-le, et soyez sûre que je ne le trahirai
pas.

Quelle heureuse journée nous avons passée hier !
Ah ! pourquoi madame de Merteuil n'a-t-elle pas tous
les jours des secrets à dire à votre maman ? pourquoi
faut-il que l'idée de la contrainte qui nous attend,
vienne se mêler au souvenir délicieux qui m'occupe ?
pourquoi ne puis-je sans cesse tenir cette jolie main
qui m'a écrit *je vous aime !* la couvrir de baisers, et me
venger ainsi du refus que vous m'avez fait d'une
faveur plus grande !

Dites-moi, ma Cécile, quand votre maman a été
rentrée ; quand nous avons été forcés, par sa présence,
de n'avoir plus l'un pour l'autre que des regards indif-

férents ; quand vous ne pouviez plus me consoler par l'assurance de votre amour, du refus que vous faisiez de m'en donner des preuves, n'avez-vous donc senti aucun regret ? ne vous êtes-vous pas dit : Un baiser l'eût rendu plus heureux, et c'est moi qui lui ai ravi ce bonheur ? Promettez-moi, mon aimable amie, qu'à la première occasion vous serez moins sévère. A l'aide de cette promesse, je trouverai du courage pour supporter les contrariétés que les circonstances nous préparent ; et les privations cruelles seront au moins adoucies par la certitude que vous en partagez le secret.

Adieu, ma charmante Cécile : voici l'heure où je dois me rendre chez vous. Il me serait impossible de vous quitter, si ce n'était pour aller vous revoir. Adieu, vous que j'aime tant ! vous, que j'aimerai toujours davantage !

De..., ce 25 août 17 **.

LETTRE XXXII

MADAME DE VOLANGES À LA PRÉSIDENTE
DE TOURVEL

Vous voulez donc, Madame, que je croie à la vertu de M. de Valmont ? J'avoue que je ne puis m'y résoudre, et que j'aurais autant de peine à le juger honnête, d'après le seul fait que vous me racontez, qu'à croire vicieux un homme de bien reconnu, dont j'apprendrais une faute. L'humanité n'est parfaite dans aucun genre, pas plus dans le mal que dans le bien. Le scélérat a ses vertus, comme l'honnête homme a ses faiblesses. Cette vérité me paraît d'autant plus nécessaire à croire, que c'est d'elle que dérive la nécessité de l'indulgence pour les méchants comme pour les bons ; et qu'elle préserve ceux-ci de l'orgueil, et sauve les autres du découragement. Vous trouverez sans doute que je pratique bien mal dans ce moment cette indulgence que je prêche ; mais je ne vois plus en elle qu'une faiblesse dangereuse, quand elle nous mène à traiter de même le vicieux et l'homme de bien.

Je ne me permettrai point de scruter les motifs de l'action de M. de Valmont ; je veux croire qu'ils sont louables comme elle : mais en a-t-il moins passé sa vie à porter dans les familles le trouble, le déshonneur et le scandale ? Ecoutez, si vous voulez, la voix du malheureux qu'il a secouru ; mais qu'elle ne vous empêche pas d'entendre les cris de cent victimes qu'il a immolées. Quand il ne serait, comme vous le dites, qu'un exemple du danger des liaisons, en serait-il moins lui-même une liaison dangereuse ? Vous le supposez susceptible d'un retour heureux ? allons plus loin ; supposons ce miracle arrivé. Ne resterait-il pas contre lui l'opinion publique, et ne suffit-elle pas pour régler votre conduite ? Dieu seul peut absoudre au moment du repentir ; il lit dans les cœurs : mais les hommes ne peuvent juger les pensées que par les actions ; et nul d'entre eux, après avoir perdu l'estime des autres, n'a droit de se plaindre de la méfiance nécessaire, qui rend cette perte si difficile à réparer. Songez surtout, ma jeune amie, que quelquefois il suffit, pour perdre cette estime, d'avoir l'air d'y attacher trop peu de prix ; et ne taxez pas cette sévérité d'injustice : car, outre qu'on est fondé à croire qu'on ne renonce pas à ce bien précieux quand on a droit d'y prétendre, celui-là est en effet plus près de mal faire, qui n'est plus contenu par ce frein puissant. Tel serait cependant l'aspect sous lequel vous montrerait une liaison intime avec M. de Valmont, quelque innocente qu'elle pût être.

Effrayé de la chaleur avec laquelle vous le défendez, je me hâte de prévenir les objections que je prévois. Vous me citerez madame de Merteuil, à qui on a pardonné cette liaison [1] ; vous me demanderez pourquoi je le reçois chez moi ; vous me direz que loin d'être rejeté par les gens honnêtes, il est admis, recherché même dans ce qu'on appelle la bonne compagnie. Je peux, je crois, répondre à tout.

D'abord madame de Merteuil, en effet très estimable, n'a peut-être d'autre défaut que trop de confiance en ses forces ; c'est un guide adroit qui se plaît à conduire un char entre les rochers et les précipices, et que le succès seul justifie : il est juste de la louer, il serait imprudent de la suivre ; elle-même en convient et s'en accuse. A mesure qu'elle a vu davantage, ses principes sont devenus plus sévères ; et je ne crains pas de vous assurer qu'elle penserait comme moi.

Quant à ce qui me regarde, je ne me justifierai pas plus que les autres. Sans doute, je reçois M. de Valmont, et il est reçu partout ; c'est une inconséquence de plus à ajouter à mille autres qui gouvernent la société. Vous savez, comme moi, qu'on passe sa vie à les remarquer, à s'en plaindre et à s'y livrer. M. de Valmont, avec un beau nom, une grande fortune, beaucoup de qualités aimables, a reconnu de bonne heure que pour avoir l'empire dans la société, il suffisait de manier, avec une égale adresse, la louange et le ridicule. Nul ne possède comme lui ce double talent ; il séduit avec l'un, et se fait craindre avec l'autre. On ne l'estime pas ; mais on le flatte. Telle est son existence au milieu d'un monde qui, plus prudent que courageux, aime mieux le ménager que le combattre.

Mais ni madame de Merteuil elle-même, ni aucune autre femme, n'oserait sans doute aller s'enfermer à la campagne, presque en tête à tête avec un tel homme. Il était réservé à la plus sage, à la plus modeste d'entre elles, de donner l'exemple de cette inconséquence ; pardonnez-moi ce mot, il échappe à l'amitié. Ma belle amie, votre honnêteté même vous trahit, par la sécurité qu'elle vous inspire. Songez donc que vous aurez pour juges, d'une part, des gens frivoles, qui ne croiront pas à une vertu dont ils ne trouvent pas le modèle chez eux ; et de l'autre, des méchants qui feindront de n'y pas croire, pour vous punir de l'avoir eue. Considérez que vous faites, dans ce moment, ce que quelques hommes n'oseraient pas risquer. En effet, parmi les jeunes gens, dont M. de Valmont ne s'est que trop rendu l'oracle, je vois les plus sages craindre de paraître liés trop intimement avec lui ; et vous, vous ne le craignez pas ! Ah ! revenez, revenez, je vous en conjure... Si mes raisons ne suffisent pas pour vous persuader, cédez à mon amitié ; c'est elle qui me fait renouveler mes instances, c'est à elle à les justifier. Vous la trouvez sévère, et je désire qu'elle soit inutile ; mais j'aime mieux que vous ayez à vous plaindre de sa sollicitude que de sa négligence.

De..., ce 24 août 17 **.

LETTRE XXXIII

LA MARQUISE DE MERTEUIL AU VICOMTE DE VALMONT

Dès que vous craignez de réussir, mon cher Vicomte, dès que votre projet est de fournir des armes contre vous et que vous désirez moins de vaincre que de combattre, je n'ai plus rien à dire. Votre conduite est un chef-d'œuvre de prudence. Elle en serait un de sottise dans la supposition contraire ; et pour vous parler vrai, je crains que vous ne vous fassiez illusion.

Ce que je vous reproche n'est pas de n'avoir point profité du moment. D'une part, je ne vois pas clairement qu'il fût venu ; de l'autre, je sais assez, quoi qu'on en dise, qu'une occasion manquée se retrouve, tandis qu'on ne revient jamais d'une démarche précipitée.

Mais la véritable école [1] est de vous être laissé aller à écrire. Je vous défie à présent de prévoir où ceci peut vous mener. Par hasard, espérez-vous prouver à cette femme qu'elle doit se rendre [2] ? Il me semble que ce ne peut être là qu'une vérité de sentiment, et non de

démonstration ; et que pour la faire recevoir, il s'agit
d'attendrir et non de raisonner ; mais à quoi vous servirait d'attendrir par lettres, puisque vous ne seriez pas
là pour en profiter ? Quand vos belles phrases produi-
raient l'ivresse de l'amour, vous flattez-vous qu'elle
soit assez longue pour que la réflexion n'ait pas le
temps d'en empêcher l'aveu ? Songez donc à celui
qu'il faut pour écrire une lettre, à celui qui se passe
avant qu'on la remette ; et voyez si, surtout une
femme à principes comme votre Dévote, peut vouloir
si longtemps ce qu'elle tâche de ne vouloir jamais.
Cette marche peut réussir avec les enfants, qui, quand
ils écrivent « je vous aime », ne savent pas qu'ils disent
« je me rends ». Mais la vertu raisonneuse de madame
de Tourvel, me paraît fort bien connaître la valeur des
termes. Aussi, malgré l'avantage que vous aviez pris
sur elle dans votre conversation, elle vous bat dans sa
lettre. Et puis, savez-vous ce qui arrive ? par cela seul
qu'on dispute, on ne veut pas céder. A force de chercher de bonnes raisons, on en trouve ; on les dit ; et
après on y tient, non pas tant parce qu'elles sont
bonnes que pour ne pas se démentir.

De plus, une remarque que je m'étonne que vous
n'ayez pas faite, c'est qu'il n'y a rien de si difficile en
amour, que d'écrire ce qu'on ne sent pas. Je dis écrire
d'une façon vraisemblable : ce n'est pas qu'on ne se
serve des mêmes mots ; mais on ne les arrange pas de
même, ou plutôt on les arrange, et cela suffit. Relisez
votre lettre ; il y règne un ordre qui vous décèle à
chaque phrase. Je veux croire que votre Présidente est
assez peu formée pour ne s'en pas apercevoir : mais
qu'importe ? l'effet n'en est pas moins manqué. C'est
le défaut des romans ; l'auteur se bat les flancs pour
s'échauffer, et le lecteur reste froid. *Héloïse* [3] est le seul
qu'on en puisse excepter ; et malgré le talent de
l'auteur, cette observation m'a toujours fait croire que
le fond en était vrai. Il n'en est pas de même en parlant. L'habitude de travailler son organe, y donne de
la sensibilité ; la facilité des larmes y ajoute encore :
l'expression du désir se confond dans les yeux avec

celles de la tendresse ; enfin le discours moins suivi amène plus aisément cet air de trouble et de désordre, qui est la véritable éloquence de l'amour ; et surtout la présence de l'objet aimé empêche la réflexion et nous fait désirer d'être vaincues [4].

Croyez-moi, Vicomte : on vous demande de ne plus écrire : profitez-en pour réparer votre faute et attendez l'occasion de parler. Savez-vous que cette femme a plus de force que je ne croyais ? Sa défense est bonne ; et sans la longueur de sa lettre, et le prétexte qu'elle vous donne pour rentrer en matière dans sa phrase de reconnaissance, elle ne se serait pas du tout trahie.

Ce qui me paraît encore devoir vous rassurer sur le succès, c'est qu'elle use trop de forces à la fois ; je prévois qu'elle les épuisera pour la défense du mot, et qu'il ne lui en restera plus pour celle de la chose.

Je vous renvoie vos deux lettres, et si vous êtes prudent, ce seront les dernières jusqu'après l'heureux moment. S'il était moins tard, je vous parlerais de la petite Volanges qui avance assez vite et dont je suis fort contente. Je crois que j'aurai fini avant vous, et vous devez en être bien heureux. Adieu pour aujourd'hui.

*De..., ce 24 août 17 ** [5].*

LETTRE XXXIV

LE VICOMTE DE VALMONT À LA MARQUISE
DE MERTEUIL

Vous parlez à merveille, ma belle amie : mais pourquoi vous tant fatiguer à prouver ce que personne n'ignore ? Pour aller vite en amour, il vaut mieux parler qu'écrire ; voilà, je crois, toute votre lettre. Eh mais ! ce sont les plus simples éléments de l'art de séduire. Je remarquerai seulement que vous ne faites qu'une exception à ce principe, et qu'il y en a deux.

Aux enfants qui suivent cette marche par timidité et se livrent par ignorance, il faut joindre les femmes beaux esprits, qui s'y laissent engager par amour-propre, et que la vanité conduit dans le piège. Par exemple, je suis bien sûr que la comtesse de B... qui répondit sans difficulté à ma première lettre, n'avait pas alors plus d'amour pour moi que moi pour elle ; et qu'elle ne vit que l'occasion de traiter un sujet qui devait lui faire honneur.

Quoi qu'il en soit, un avocat vous dirait que le principe ne s'applique pas à la question. En effet, vous supposez que j'ai le choix entre écrire et parler, ce qui n'est pas. Depuis l'affaire du 19, mon inhumaine, qui se tient sur la défense, a mis à éviter les rencontres, une adresse qui a déconcerté la mienne. C'est au point que si cela continue, elle me forcera à m'occuper sérieusement des moyens de reprendre cet avantage ; car assurément je ne veux être vaincu par elle en aucun genre. Mes lettres mêmes sont le sujet d'une petite guerre : non contente de n'y pas répondre, elle refuse de les recevoir. Il faut pour chacune une ruse nouvelle, et qui ne réussit pas toujours.

Vous vous rappelez par quel moyen simple j'avais remis la première [1] ; la seconde [2] n'offrit pas plus de difficulté. Elle m'avait demandé de lui rendre sa lettre : je lui donnai la mienne en place, sans qu'elle eût le moindre soupçon. Mais soit dépit d'avoir été attrapée, soit caprice, ou enfin soit vertu, car elle me forcera d'y croire, elle refusa obstinément la troisième. J'espère pourtant que l'embarras où a pensé la mettre la suite de ce refus, la corrigera pour l'avenir.

Je ne fus pas très étonné qu'elle ne voulût pas recevoir cette lettre que je lui offrais tout simplement ; c'eût été déjà accorder quelque chose, et je m'attends à une plus longue défense. Après cette tentative, qui n'était qu'un essai fait en passant, je mis une enveloppe à ma lettre ; et prenant le moment de la toilette, où madame de Rosemonde et la femme de chambre étaient présentes, je la lui envoyai par mon chasseur, avec ordre de lui dire que c'était le papier qu'elle m'avait demandé. J'avais bien deviné qu'elle craindrait l'explication scandaleuse que nécessiterait un refus : en effet elle prit la lettre ; et mon ambassadeur, qui avait ordre d'observer sa figure, et qui ne voit pas mal, n'aperçut qu'une légère rougeur et plus d'embarras que de colère.

Je me félicitais donc, bien sûr, ou qu'elle garderait cette lettre, ou que si elle voulait me la rendre, il faudrait qu'elle se trouvât seule avec moi ; ce qui me donnerait une occasion de lui parler. Environ une heure après, un de ses gens entre dans ma chambre et me remet, de la part de sa maîtresse, un paquet d'une autre forme que le mien, et sur l'enveloppe duquel je reconnais l'écriture tant désirée. J'ouvre avec précipitation... C'était ma lettre elle-même, non décachetée et pliée seulement en deux. Je soupçonne que la crainte que je ne fusse moins scrupuleux qu'elle sur le scandale, lui a fait employer cette ruse diabolique.

Vous me connaissez ; je n'ai pas besoin de vous peindre ma fureur. Il fallut pourtant reprendre son sang-froid, et chercher de nouveaux moyens. Voici le seul que je trouvai.

On va d'ici, tous les matins, chercher les lettres à la poste, qui est à environ trois quarts de lieue : on se sert, pour cet objet, d'une boîte couverte à peu près comme un tronc, dont le maître de la poste a une clef et madame de Rosemonde l'autre. Chacun y met ses lettres dans la journée, quand bon lui semble ; on les porte le soir à la poste, et le matin on va chercher celles qui sont arrivées. Tous les gens, étrangers ou autres, font ce service également. Ce n'était pas le tour de mon domestique ; mais il se chargea d'y aller, sous le prétexte qu'il avait affaire de ce côté.

Cependant j'écrivis ma lettre. Je déguisai mon écriture pour l'adresse, et je contrefis assez bien, sur l'enveloppe, le timbre de *Dijon*. Je choisis cette ville, parce que je trouvai plus gai, puisque je demandais les mêmes droits que le mari, d'écrire aussi du même lieu, et aussi parce que ma belle avait parlé toute la journée du désir qu'elle avait de recevoir des lettres de Dijon. Il me parut juste de lui procurer ce plaisir.

Ces précautions une fois prises, il était facile de faire joindre cette lettre aux autres. Je gagnais encore à cet expédient, d'être témoin de la réception : car l'usage est ici de se rassembler pour déjeuner et d'attendre l'arrivée des lettres avant de se séparer. Enfin elles arrivèrent.

Madame de Rosemonde ouvrit la boîte. « De Dijon », dit-elle, en donnant la lettre à madame de Tourvel. « Ce n'est pas l'écriture de mon mari », reprit celle-ci d'une voix inquiète, en rompant le cachet avec vivacité : le premier coup d'œil l'instruisit ; et il se fit une telle révolution sur sa figure que madame de Rosemonde s'en aperçut, et lui dit : « Qu'avez-vous ? » Je m'approchai aussi, en disant : « Cette lettre est donc bien terrible ? » La timide dévote n'osait lever les yeux, ne disait mot, et, pour sauver son embarras, feignait de parcourir l'épître, qu'elle n'était guère en état de lire. Je jouissais de son trouble ; et n'étant pas fâché de la pousser un peu : « Votre air plus tranquille, ajoutai-je, fait espérer que cette lettre vous a causé plus d'étonnement que de douleur. » La colère alors l'inspira mieux que n'eût pu faire la prudence. « Elle contient, répondit-elle, des choses qui m'offensent, et que je suis étonnée qu'on ait osé m'écrire. » — « Et qui donc ? » interrompit madame de Rosemonde. « Elle n'est pas signée », répondit la belle courroucée : « mais la lettre et son auteur m'inspirent un égal mépris. On m'obligera de ne m'en plus parler. » En disant ces mots, elle déchira l'audacieuse missive, en mit les morceaux dans sa poche, se leva, et sortit.

Malgré cette colère, elle n'en a pas moins eu ma lettre ; et je m'en remets bien à sa curiosité, du soin de l'avoir lue en entier.

Le détail de la journée me mènerait trop loin. Je joins à ce récit le brouillon de mes deux lettres [3] : vous serez aussi instruite que moi. Si vous voulez être au courant de ma correspondance, il faut vous accou-

tumer à déchiffrer mes minutes : car pour rien au
monde, je ne dévorerais l'ennui de les recopier. Adieu,
ma belle amie.

De..., ce 25 août 17 **.

LETTRE XXXV

LE VICOMTE DE VALMONT À LA PRÉSIDENTE
DE TOURVEL

Il faut vous obéir, Madame, il faut vous prouver
qu'au milieu des torts que vous vous plaisez à me croire,
il me reste au moins assez de délicatesse pour ne pas me
permettre un reproche, et assez de courage pour
m'imposer les plus douloureux sacrifices. Vous
m'ordonnez le silence et l'oubli ! eh bien ! je forcerai
mon amour à se taire ; et j'oublierai, s'il est possible, la
façon cruelle dont vous l'avez accueilli. Sans doute le
désir de vous plaire n'en donnait pas le droit ; et j'avoue
encore que le besoin que j'avais de votre indulgence,
n'était pas un titre pour l'obtenir : mais vous regardez
mon amour comme un outrage ; vous oubliez que si ce
pouvait être un tort, vous en seriez à la fois, et la cause et
l'excuse. Vous oubliez aussi, qu'accoutumé à vous
ouvrir mon âme, lors même que cette confiance pouvait
me nuire, il ne m'était plus possible de vous cacher les
sentiments dont je suis pénétré ; et ce qui fut l'ouvrage
de ma bonne foi, vous le regardez comme le fruit de
l'audace. Pour prix de l'amour le plus tendre, le plus
respectueux, le plus vrai, vous me rejetez loin de vous.
Vous me parlez enfin de votre haine... Quel autre ne se
plaindrait pas d'être traité ainsi ? Moi seul, je me soumets ; je souffre tout et ne murmure point ; vous frappez
et j'adore. L'inconcevable empire que vous avez sur moi
vous rend maîtresse absolue de mes sentiments ; et si
mon amour seul vous résiste, si vous ne pouvez le
détruire, c'est qu'il est votre ouvrage et non pas le mien.

Je ne demande point un retour dont jamais je ne me suis flatté. Je n'attends pas même cette pitié, que l'intérêt que vous m'aviez témoigné quelquefois pouvait me faire espérer. Mais je crois, je l'avoue, pouvoir réclamer votre justice.

Vous m'apprenez, Madame, qu'on a cherché à me nuire dans votre esprit. Si vous en eussiez cru les conseils de vos amis, vous ne m'eussiez pas même laissé approcher de vous : ce sont vos termes. Quels sont donc ces amis officieux ? Sans doute ces gens si sévères, et d'une vertu si rigide, consentent à être nommés ; sans doute ils ne voudraient pas se couvrir d'une obscurité qui les confondrait avec de vils calomniateurs ; et je n'ignorerai ni leur nom, ni leurs reproches. Songez, Madame, que j'ai le droit de savoir l'un et l'autre, puisque vous me jugez d'après eux. On ne condamne point un coupable sans lui dire son crime, sans lui nommer ses accusateurs. Je ne demande point d'autre grâce, et je m'engage d'avance à me justifier, à les forcer de se dédire.

Si j'ai trop méprisé, peut-être, les vaines clameurs d'un public dont je fais peu de cas, il n'en est pas ainsi de votre estime ; et quand je consacre ma vie à la mériter, je ne me la laisserai pas ravir impunément. Elle me devient d'autant plus précieuse, que je lui devrai sans doute cette demande que vous craignez de me faire, et qui me donnerait, dites-vous, *des droits à votre reconnaissance*. Ah ! loin d'en exiger, je croirai vous en devoir, si vous me procurez l'occasion de vous être agréable. Commencez donc à me rendre plus de justice, en ne me laissant plus ignorer ce que vous désirez de moi. Si je pouvais le deviner, je vous éviterais la peine de le dire. Au plaisir de vous voir, ajoutez le bonheur de vous servir, et je me louerai de votre indulgence. Qui[1] peut donc vous arrêter ? ce n'est pas, je l'espère, la crainte d'un refus ? je sens que je ne pourrais vous la pardonner. Ce n'en est pas un que de ne pas vous rendre votre lettre. Je désire plus que vous, qu'elle ne me soit plus nécessaire : mais accoutumé à vous croire une âme si douce, ce n'est que

dans cette lettre que je puis vous trouver telle que
vous voulez paraître. Quand je forme le vœu de vous
rendre sensible, j'y vois que plutôt que d'y consentir,
vous fuiriez à cent lieues de moi ; quand tout en vous
augmente et justifie mon amour, c'est encore elle qui
me répète que mon amour vous outrage ; et lorsqu'en
vous voyant, cet amour me semble le bien suprême,
j'ai besoin de vous lire, pour sentir que ce n'est qu'un
affreux tourment. Vous concevez à présent que mon
plus grand bonheur serait de pouvoir vous rendre
cette lettre fatale : me la demander encore serait
m'autoriser à ne plus croire ce qu'elle contient ; vous
ne doutez pas, j'espère, de mon empressement à vous
la remettre.

De..., ce 21 août 17 **.

LETTRE XXXVI

LE VICOMTE DE VALMONT À LA PRÉSIDENTE
DE TOURVEL

(Timbrée de Dijon [1] .)

Votre sévérité augmente chaque jour, Madame, et si
je l'ose dire, vous semblez craindre moins d'être
injuste que d'être indulgente. Après m'avoir
condamné sans m'entendre, vous avez dû sentir en
effet, qu'il vous serait plus facile de ne pas lire mes
raisons que d'y répondre. Vous refusez mes lettres
avec obstination ; vous me les renvoyez avec mépris.
Vous me forcez enfin de recourir à la ruse, dans le
moment même où mon unique but est de vous
convaincre de ma bonne foi. La nécessité où vous
m'avez mis de me défendre [2], suffira sans doute pour
en excuser les moyens. Convaincu d'ailleurs par la
sincérité de mes sentiments, que pour les justifier à
vos yeux il me suffit de vous les faire bien connaître,

j'ai cru pouvoir me permettre ce léger détour. J'ose croire aussi que vous me le pardonnerez ; et que vous serez peu surprise que l'amour soit plus ingénieux à se produire, que l'indifférence à l'écarter.

Permettez donc, Madame, que mon cœur se dévoile entièrement à vous. Il vous appartient, il est juste que vous le connaissiez.

J'étais bien éloigné, en arrivant chez madame de Rosemonde, de prévoir le sort qui m'y attendait. J'ignorais que vous y fussiez ; et j'ajouterai, avec la sincérité qui me caractérise, que quand je l'aurais su, ma sécurité n'en eût point été troublée : non que je ne rendisse à votre beauté la justice qu'on ne peut lui refuser ; mais accoutumé à n'éprouver que des désirs, à ne me livrer qu'à ceux que l'espoir encourageait, je ne connaissais pas les tourments de l'amour.

Vous fûtes témoin des instances que me fit madame de Rosemonde pour m'arrêter quelque temps. J'avais déjà passé une journée avec vous : cependant je ne me rendis, ou au moins je ne crus me rendre qu'au plaisir, si naturel et si légitime, de témoigner des égards à une parente respectable. Le genre de vie qu'on menait ici différait beaucoup sans doute de celui auquel j'étais accoutumé ; il ne m'en coûta rien de m'y conformer ; et, sans chercher à pénétrer la cause du changement qui s'opérait en moi, je l'attribuais uniquement encore à cette facilité de caractère, dont je crois vous avoir déjà parlé.

Malheureusement (et pourquoi faut-il que ce soit un malheur ?), en vous connaissant mieux je reconnus bientôt que cette figure enchanteresse, qui seule m'avait frappé, était le moindre de vos avantages ; votre âme céleste étonna, séduisit la mienne. J'admirais la beauté, j'adorai la vertu. Sans prétendre à vous obtenir, je m'occupai de vous mériter. En réclamant votre indulgence pour le passé, j'ambitionnai votre suffrage pour l'avenir. Je le cherchais dans vos discours, je l'épiais dans vos regards ; dans ces regards d'où partait un poison d'autant plus dangereux, qu'il était répandu sans dessein et reçu sans méfiance.

Alors je connus l'amour. Mais que j'étais loin de m'en plaindre ! résolu de l'ensevelir dans un éternel silence, je me livrais sans crainte comme sans réserve, à ce sentiment délicieux. Chaque jour augmentait son empire [3]. Bientôt le plaisir de vous voir se changea en besoin. Vous absentiez-vous un moment ? mon cœur se serrait de tristesse ; au bruit qui m'annonçait votre retour, il palpitait de joie. Je n'existais plus que par vous, et pour vous. Cependant, c'est vous-même que j'adjure : jamais dans la gaieté des folâtres jeux, ou dans l'intérêt d'une conversation sérieuse, m'échappa-t-il un mot qui pût trahir le secret de mon cœur [4] ?

Enfin un jour arriva où devait commencer mon infortune ; et par une inconcevable fatalité, une action honnête en devint le signal. Oui, Madame, c'est au milieu des malheureux que j'avais secourus, que, vous livrant à cette sensibilité précieuse qui embellit la beauté même et ajoute du prix à la vertu, vous achevâtes d'égarer un cœur que déjà trop d'amour enivrait. Vous vous rappelez, peut-être, quelle préoccupation s'empara de moi au retour ! Hélas ! je cherchais à combattre un penchant que je sentais devenir plus fort que moi.

C'est après avoir épuisé mes forces dans ce combat inégal, qu'un hasard, que je n'avais pu prévoir, me fit trouver seul avec vous. Là, je succombai, je l'avoue. Mon cœur trop plein ne put retenir ses discours ni ses larmes. Mais est-ce donc un crime ? et si c'en est un, n'est-il pas assez puni par les tourments affreux auxquels je suis livré ?

Dévoré par un amour sans espoir, j'implore votre pitié et ne trouve que votre haine : sans autre bonheur que celui de vous voir, mes yeux vous cherchent malgré moi, et je tremble de rencontrer vos regards. Dans l'état cruel où vous m'avez réduit, je passe les jours à déguiser mes peines et les nuits à m'y livrer ; tandis que vous, tranquille et paisible, vous ne connaissez ces tourments que pour les causer et vous en applaudir. Cependant, c'est vous qui vous plaignez, et c'est moi qui m'excuse.

Voilà pourtant, Madame, voilà le récit fidèle de ce que vous nommez mes torts, et que peut-être il serait plus juste d'appeler mes malheurs. Un amour pur et sincère, un respect qui ne s'est jamais démenti, une soumission parfaite ; tels sont les sentiments que vous m'avez inspirés. Je n'eusse pas craint d'en présenter l'hommage à la Divinité même. O vous, qui êtes son plus bel ouvrage, imitez-la dans son indulgence ! Songez à mes peines cruelles ; songez surtout, que, placé par vous entre le désespoir et la félicité suprême, le premier mot que vous prononcerez décidera pour jamais de mon sort.

De..., ce 23 août 17 **.

LETTRE XXXVII

LA PRÉSIDENTE DE TOURVEL À MADAME DE VOLANGES

Je me soumets, Madame, aux conseils que votre amitié me donne. Accoutumée à déférer en tout à vos avis, je le suis à croire qu'ils sont toujours fondés en raison. J'avouerai même que M. de Valmont doit être, en effet, infiniment dangereux, s'il peut à la fois feindre d'être ce qu'il paraît ici, et rester tel que vous le dépeignez. Quoi qu'il en soit, puisque vous l'exigez, je l'éloignerai de moi ; au moins j'y ferai mon possible : car souvent les choses, qui dans le fond devraient être les plus simples, deviennent embarrassantes par la forme.

Il me paraît toujours impraticable de faire cette demande à sa tante ; elle deviendrait également désobligeante, et pour elle, et pour lui. Je ne prendrais pas non plus, sans quelque répugnance, le parti de m'éloigner moi-même : car outre les raisons que je vous ai déjà mandées relatives à M. de Tourvel, si mon départ contrariait M. de Valmont, comme il est possible, n'aurait-il pas la facilité de me suivre à Paris ? et son retour, dont je serais, dont au moins je paraîtrais être l'objet, ne semblerait-il pas plus étrange qu'une rencontre à la campagne, chez une personne qu'on sait être sa parente et mon amie ?

Il ne me reste donc d'autre ressource que d'obtenir de lui-même qu'il veuille bien s'éloigner. Je sens que cette proposition est difficile à faire ; cependant, comme il me paraît avoir à cœur de me prouver qu'il a en effet plus d'honnêteté qu'on ne lui en suppose, je ne désespère pas de réussir. Je ne serai pas même fâchée de le tenter ; et d'avoir une occasion de juger si, comme il le dit souvent, les femmes vraiment honnêtes n'ont jamais eu, n'auront jamais à se plaindre de ses procédés. S'il part comme je le désire, ce sera en effet par égard pour moi : car je ne peux pas douter qu'il n'ait le projet de passer ici une grande partie de l'automne. S'il refuse ma demande et s'obstine à rester, je serai toujours à temps de partir moi-même, et je vous le promets.

Voilà, je crois, Madame, tout ce que votre amitié exigeait de moi : je m'empresse d'y satisfaire, et de vous prouver que malgré *la chaleur* que j'ai pu mettre à défendre M. de Valmont, je n'en suis pas moins disposée, non seulement à écouter, mais même à suivre les conseils de mes amis.

J'ai l'honneur d'être, etc.

De..., ce 25 août [1] *17* **.

LETTRE XXXVIII

LA MARQUISE DE MERTEUIL AU VICOMTE
DE VALMONT

Votre énorme paquet m'arrive à l'instant, mon cher Vicomte. Si la date en est exacte, j'aurais dû le recevoir vingt-quatre heures plus tôt [1] ; quoi qu'il en soit, si je prenais le temps de le lire, je n'aurais plus celui d'y répondre. Je préfère donc de vous en accuser seulement la réception, et nous causerons d'autre chose. Ce n'est pas que j'aie rien à vous dire pour mon compte ; l'automne [2] ne laisse à Paris presque point d'hommes qui aient figure humaine : aussi je suis, depuis un mois, d'une sagesse à périr, et tout autre que mon chevalier serait fatigué des preuves de ma constance. Ne pouvant m'occuper, je me distrais avec la petite Volanges ; et c'est d'elle que je veux vous parler.

Savez-vous que vous avez perdu plus que vous ne croyez, à ne pas vous charger de cet enfant ? elle est vraiment délicieuse ! cela n'a ni caractère ni principes ; jugez combien sa société sera douce et facile. Je ne crois pas qu'elle brille jamais par le sentiment ; mais tout annonce en elle les sensations les plus vives. Sans esprit et sans finesse, elle a pourtant une certaine fausseté naturelle, si l'on peut parler ainsi, qui quelquefois m'étonne moi-même, et qui réussira d'autant mieux, que sa figure offre l'image de la candeur et de l'ingénuité. Elle est naturellement très caressante, et je m'en amuse quelquefois : sa petite tête se monte avec une facilité incroyable ; et elle est alors d'autant plus plaisante, qu'elle ne sait rien, absolument rien, de ce qu'elle désire tant de savoir. Il lui en prend des impatiences tout à faire drôles ; elle rit, elle se dépite, elle pleure, et puis elle me prie de l'instruire, avec une bonne foi réellement séduisante. En vérité, je suis presque jalouse de celui à qui ce plaisir est réservé.

Je ne sais si je vous ai mandé que depuis quatre ou cinq jours j'ai l'honneur d'être sa confidente. Vous devinez bien que d'abord j'ai fait la sévère : mais aussitôt que je me suis aperçue qu'elle croyait m'avoir convaincue par ses mauvaises raisons, j'ai eu l'air de les prendre pour bonnes ; et elle est intimement persuadée qu'elle doit ce succès à son éloquence : il fallait cette précaution pour ne pas me compromettre. Je lui ai permis d'écrire et de dire *j'aime* ; et le jour même, sans qu'elle s'en doutât, je lui ai ménagé un tête-à-tête avec son Danceny. Mais figurez-vous qu'il est si sot encore, qu'il n'en a seulement pas obtenu un baiser. Ce garçon-là fait pourtant de fort jolis vers ! Mon

Dieu ! que ces gens d'esprit sont bêtes [3] ! celui-ci l'est au point qu'il m'en embarrasse ; car enfin, pour lui, je ne peux pas le conduire !

C'est à présent que vous me seriez bien utile. Vous êtes assez lié avec Danceny pour avoir sa confidence, et s'il vous la donnait une fois, nous irions grand train. Dépêchez donc votre Présidente, car enfin je ne veux pas que Gercourt s'en sauve : au reste, j'ai parlé de lui hier à la petite personne, et le lui ai si bien peint, que quand elle serait sa femme depuis dix ans, elle ne le haïrait pas davantage. Je l'ai pourtant beaucoup prêchée sur la fidélité conjugale ; rien n'égale ma sévérité sur ce point. Par là, d'une part, je rétablis auprès d'elle ma réputation de vertu, que trop de condescendance pourrait détruire ; de l'autre, j'augmente en elle la haine dont je veux gratifier son mari. Et enfin, j'espère qu'en lui faisant accroire qu'il ne lui est permis de se livrer à l'amour que pendant le peu de temps qu'elle a à rester fille, elle se décidera plus vite à n'en rien perdre.

Adieu, Vicomte ; je vais me mettre à ma toilette où je lirai votre volume.

De..., ce 27 août 17 **.

LETTRE XXXIX

CÉCILE VOLANGES À SOPHIE CARNAY

Je suis triste et inquiète, ma chère Sophie. J'ai pleuré presque toute la nuit. Ce n'est pas que pour le moment, je ne sois bien heureuse ; mais je prévois que cela ne durera pas.

J'ai été hier à l'Opéra avec madame de Merteuil ; nous y avons beaucoup parlé de mon mariage, et je n'en ai rien appris de bon. C'est M. le comte de Gercourt que je dois épouser, et ce doit être au mois d'octobre. Il est riche, il est homme de qualité, il est colonel du régiment de... Jusque-là tout va fort bien. Mais d'abord il est vieux : figure-toi qu'il a au moins trente-six ans ! et puis, madame de Merteuil dit qu'il est triste et sévère, et qu'elle craint que je ne sois pas heureuse avec lui. J'ai même bien vu qu'elle en était sûre, et qu'elle ne voulait pas me le dire, pour ne pas m'affliger. Elle ne m'a presque entretenue toute la soirée que des devoirs des femmes envers leurs maris : elle convient que M. de Gercourt n'est pas aimable de tout, et elle dit pourtant qu'il faudra que je l'aime. Ne m'a-t-elle pas dit aussi qu'une fois mariée, je ne devais plus aimer le chevalier Danceny ? comme si c'était possible ! Oh ! je t'assure bien que je l'aimerai toujours. Vois-tu, j'aimerais mieux plutôt ne pas me marier. Que ce M. de Gercourt s'arrange, je ne l'ai pas été chercher. Il est en Corse à présent, bien loin d'ici ; je voudrais qu'il y restât dix ans. Si je n'avais pas peur de rentrer au couvent, je dirais bien à Maman que je ne veux pas de ce mari-là ; mais ce serait encore pis. Je suis bien embarrassée. Je sens que je n'ai jamais tant aimé M. Danceny qu'à présent ; et quand je songe qu'il ne me reste plus qu'un mois à être comme je suis, les larmes me viennent aux yeux tout de suite ; je n'ai de consolation que dans l'amitié de madame de Merteuil ; elle a si bon cœur ! elle partage tous mes chagrins comme moi-même ; et puis elle est si aimable, que quand je suis avec elle, je n'y songe presque plus. D'ailleurs elle m'est bien utile ; car le peu que je sais, c'est elle qui me l'a appris : et elle est si bonne, que je lui dis tout ce que je pense, sans être honteuse du tout. Quand elle trouve que ce n'est pas bien, elle me gronde quelquefois ; mais c'est tout doucement, et puis je l'embrasse de tout mon cœur, jusqu'à ce qu'elle ne soit plus fâchée. Au moins celle-là, je peux bien l'aimer tant que je voudrai, sans qu'il y ait du mal, et ça me fait bien du plaisir. Nous sommes pourtant convenues que je n'aurais pas l'air de l'aimer tant devant le monde, et surtout devant maman, afin qu'elle ne se méfie de rien au sujet du chevalier Danceny. Je t'assure que si je pouvais toujours vivre comme je fais à présent, je crois que je serais bien heureuse. Il n'y a que ce vilain M. de Gercourt !... Mais je ne veux pas t'en parler davantage : car je redeviendrais triste. Au lieu de cela, je vais écrire au chevalier Danceny ; je ne lui parlerai que de mon amour et non de mes chagrins, car je ne veux pas l'affliger.

Adieu, ma bonne amie. Tu vois bien que tu aurais tort de te plaindre, et que j'ai beau être *occupée*, comme tu dis, qu'il ne m'en reste pas moins le temps de t'aimer et de t'écrire *.

De..., ce 27 août 17 **.

LETTRE XL

LE VICOMTE DE VALMONT À LA MARQUISE DE MERTEUIL

C'est peu pour mon inhumaine de ne pas répondre à mes lettres, de refuser de les recevoir ; elle veut me priver de sa vue, elle exige que je m'éloigne. Ce qui vous surprendra davantage, c'est que je me soumette à tant de rigueur. Vous allez me blâmer. Cependant je n'ai pas cru devoir perdre l'occasion de me laisser donner un ordre : persuadé, d'une part, que qui commande s'engage ; et de l'autre, que l'autorité illusoire que nous avons l'air de laisser prendre aux femmes, est un des pièges qu'elles évitent le plus difficilement. De plus, l'adresse que celle-ci a su mettre à éviter de se trouver seule avec moi, me plaçait dans une situation dangereuse, dont j'ai cru devoir sortir à quelque prix que ce fût : car étant sans cesse avec elle, sans pouvoir l'occuper de mon amour, il y avait lieu de craindre qu'elle ne s'accoutumât enfin à me voir sans trouble ; disposition dont vous savez assez combien il est difficile de revenir.

Au reste, vous devinez que je ne me suis pas soumis sans condition. J'ai même eu le soin d'en mettre une

---

* *On continue à supprimer les lettres de Cécile Volanges et du chevalier Danceny, qui sont peu intéressantes et n'annoncent aucun événement.*

impossible à accorder ; tant pour rester toujours maître de tenir ma parole, ou d'y manquer, que pour engager une discussion, soit de bouche, ou par écrit, dans un moment où ma belle est plus contente de moi, où elle a besoin que je le sois d'elle : sans compter que je serais bien maladroit, si je ne trouvais moyen d'obtenir quelque dédommagement de mon désistement à cette prétention, tout insoutenable qu'elle est.

Après vous avoir exposé mes raisons dans ce long préambule, je commence l'historique de ces deux derniers jours. J'y joindrai comme pièces justificatives, la lettre de ma belle et ma réponse. Vous conviendrez qu'il y a peu d'historiens aussi exacts que moi.

Vous vous rappelez l'effet que fit avant-hier matin ma lettre de *Dijon* ; le reste de la journée fut très orageux. La jolie prude arriva seulement au moment du dîner, et annonça une forte migraine ; prétexte dont elle voulut couvrir un des violents accès [1] d'humeur que femme puisse avoir. Sa figure en était vraiment altérée ; l'expression de douceur que vous lui connaissez s'était changée en un air mutin qui en faisait une beauté nouvelle. Je me promets bien de faire usage de cette découverte par la suite ; et de remplacer quelquefois la maîtresse tendre, par la maîtresse mutine.

Je prévis que l'après-dîner [2] serait triste ; et pour m'en sauver l'ennui, je prétextai des lettres à écrire, et me retirai chez moi. Je revins au salon sur les six heures [3] ; madame de Rosemonde proposa la promenade, qui fut acceptée. Mais au moment de monter en voiture, la prétendue malade, par une malice infernale, prétexta à son tour, et peut-être pour se venger de mon absence, un redoublement de douleurs, et me fit subir sans pitié le tête-à-tête de ma vieille tante. Je ne sais si les imprécations que je fis contre ce démon femelle furent exaucées, mais nous la trouvâmes couchée au retour.

Le lendemain au déjeuner, ce n'était plus la même femme. La douceur naturelle était revenue, et j'eus lieu de me croire pardonné. Le déjeuner était à peine fini, que la douce personne se leva d'un air dolent, et entra dans le parc ; je la suivis, comme vous pouvez croire. « D'où peut naître ce désir de promenade ? » lui dis-je en l'abordant. « J'ai beaucoup écrit ce matin, me répondit-elle, et ma tête est un peu fatiguée. » — « Je ne suis pas assez heureux, repris-je, pour avoir à me reprocher cette fatigue-là ? » — « Je vous ai bien écrit », répondit-elle encore, « mais j'hésite à vous donner ma lettre. Elle contient une demande, et vous ne m'avez pas accoutumée à en espérer le succès. » — « Ah ! je jure que s'il m'est possible... » — « Rien n'est plus facile », interrompit-elle ; « et quoique vous dussiez peut-être l'accorder comme justice, je consens à l'obtenir comme grâce. » En disant ces mots, elle me présenta sa lettre ; en la prenant, je pris aussi sa main, qu'elle retira, mais sans colère et avec plus d'embarras que de vivacité. « La chaleur est plus vive que je ne croyais », dit-elle ; « il faut rentrer. » Et elle reprit la route du château. Je fis de vains efforts pour lui persuader de continuer sa promenade, et j'eus besoin de me rappeler que nous pouvions être vus [4], pour n'y employer que de l'éloquence. Elle rentra sans proférer une parole, et je vis clairement que cette feinte promenade n'avait eu d'autre but que de me remettre sa lettre. Elle monta chez elle en rentrant, et je me retirai chez moi pour lire l'épître, que vous ferez bien de lire aussi, ainsi que ma réponse, avant d'aller plus loin...

LETTRE XLI

LA PRÉSIDENTE DE TOURVEL AU VICOMTE
DE VALMONT

Il semble, Monsieur, par votre conduite avec moi, que vous ne cherchiez qu'à augmenter, chaque jour, les sujets de plainte que j'avais contre vous. Votre obstination à vouloir m'entretenir, sans cesse, d'un sentiment que je ne veux ni dois écouter [1], l'abus que vous n'avez pas craint de faire de ma bonne foi, ou de ma timidité, pour me remettre vos lettres ; le moyen surtout, j'ose dire peu délicat, dont vous vous êtes servi pour me faire parvenir la dernière, sans craindre au moins l'effet d'une surprise qui pouvait me compromettre ; tout devrait donner lieu de ma part à des reproches aussi vifs que justement mérités. Cependant, au lieu de revenir sur ces griefs, je m'en tiens à vous faire une demande aussi simple que juste ; et si je l'obtiens de vous, je consens que tout soit oublié.

Vous-même m'avez dit, Monsieur, que je ne devais pas craindre un refus ; et quoique, par une inconséquence qui vous est particulière, cette phrase même soit suivie du seul refus que vous pouviez me faire *, je veux croire que vous n'en tiendrez pas moins aujourd'hui cette parole formellement donnée il y a si peu de jours.

Je désire donc que vous ayez la complaisance de vous éloigner de moi ; de quitter ce château, où un plus long séjour de votre part ne pourrait que m'exposer davantage au jugement d'un public toujours prompt à mal penser d'autrui, et que vous n'avez que trop accoutumé à fixer les yeux sur les femmes qui vous admettent dans leur société.

Avertie déjà, depuis longtemps, de ce danger par mes amis [3], j'ai négligé, j'ai même combattu leur avis tant que votre conduite à mon égard avait pu me faire croire que vous aviez bien voulu ne pas me confondre avec cette foule de femmes qui toutes ont eu à se plaindre de vous. Aujourd'hui que vous me traitez comme elles, que je ne peux plus l'ignorer, je dois au public, à mes amis, à moi-même, de suivre ce parti nécessaire. Je pourrais ajouter ici que vous ne gagneriez rien à refuser ma demande, décidée que je suis à partir moi-même, si vous vous obstiniez à rester : mais je ne cherche point à diminuer l'obligation que je vous aurai de cette complaisance, et je veux bien que vous sachiez qu'en nécessitant mon départ d'ici vous contrarieriez mes arrangements. Prouvez-moi donc, Monsieur, que comme vous me l'avez dit tant de fois,

* Voyez lettre XXXV [2].

les femmes honnêtes n'auront jamais à se plaindre de vous ; prouvez-moi, au moins, que quand vous avez des torts avec elles, vous savez les réparer.

Si je croyais avoir besoin de justifier ma demande vis-à-vis de vous, il me suffirait de vous dire que vous avez passé votre vie à la rendre nécessaire, et que pourtant il n'a pas tenu à moi de ne la jamais former. Mais ne rappelons pas des événements que je veux oublier, et qui m'obligeraient à vous juger avec rigueur, dans un moment où je vous offre l'occasion de mériter toute ma reconnaissance. Adieu, Monsieur ; votre conduite va m'apprendre avec quels sentiments je dois être, pour la vie, votre très humble, etc.

De..., ce 25 août 17 **.

LETTRE XLII

LE VICOMTE DE VALMONT À LA PRÉSIDENTE DE TOURVEL

Quelque dures que soient, Madame, les conditions que vous m'imposez, je ne refuse pas de les remplir. Je sens qu'il me serait impossible de contrarier aucun de vos désirs. Une fois d'accord sur ce point, j'ose me flatter qu'à mon tour, vous me permettrez de vous faire quelques demandes, bien plus faciles à accorder que les vôtres, et que pourtant je ne veux obtenir que de ma soumission parfaite à votre volonté.

L'une, que j'espère qui sera sollicitée par votre justice, est de vouloir bien me nommer mes accusateurs auprès de vous ; ils me font, ce me semble, assez de mal pour que j'aie le droit de les connaître : l'autre, que j'attends de votre indulgence, est de vouloir bien me permettre de vous renouveler quelquefois l'hommage d'un amour qui va plus que jamais mériter votre pitié.

Songez, Madame, que je m'empresse de vous obéir, lors même que je ne peux le faire qu'aux dépens de mon bonheur ; je dirai plus, malgré la persuasion où je suis, que vous ne désirez mon départ, que pour vous sauver le spectacle, toujours pénible, de l'objet de votre injustice.

Convenez-en, Madame, vous craignez moins un public trop accoutumé à vous respecter pour oser porter de vous un jugement désavantageux, que vous n'êtes gênée par la présence d'un homme qu'il vous est plus facile de punir que de blâmer. Vous m'éloignez de vous comme on détourne ses regards d'un malheureux qu'on ne veut pas secourir.

Mais tandis que l'absence va redoubler mes tourments, à quelle autre qu'à vous puis-je adresser mes plaintes ? de quelle autre puis-je attendre des consolations qui vont me devenir si nécessaires ? Me les refuserez-vous, quand vous seule causez mes peines ?

Sans doute vous ne serez pas étonnée non plus, qu'avant de partir j'aie à cœur de justifier auprès de vous, les sentiments que vous m'avez inspirés ; comme aussi que je ne trouve le courage de m'éloigner qu'en en recevant l'ordre de votre bouche.

Cette double raison me fait vous demander un moment d'entretien. Inutilement voudrions-nous y suppléer par lettres : on écrit des volumes et l'on explique mal ce qu'un quart d'heure de conversation suffit pour faire bien entendre. Vous trouverez facilement le temps de me l'accorder : car quelque empressé que je sois de vous obéir, vous savez que madame de Rosemonde est instruite de mon projet de passer chez elle une partie de l'automne, et il faudra au moins que j'attende une lettre pour pouvoir prétexter une affaire qui me force à partir.

Adieu, Madame ; jamais ce mot ne m'a tant coûté à écrire que dans ce moment où il me ramène à l'idée de notre séparation. Si vous pouviez imaginer ce qu'elle me fait souffrir, j'ose croire que vous me sauriez quelque gré de ma docilité. Recevez, au moins, avec plus d'indulgence, l'assurance et l'hommage de l'amour le plus tendre et le plus respectueux.

De..., ce 26 août [1] *17* **.**

SUITE DE LA LETTRE XL

DU VICOMTE DE VALMONT À LA MARQUISE
DE MERTEUIL

A présent, raisonnons, ma belle amie. Vous sentez comme moi que la scrupuleuse, l'honnête madame de Tourvel ne peut pas m'accorder la première de mes demandes, et trahir la confiance de ses amies, en me nommant mes accusateurs ; ainsi en promettant tout à cette condition, je ne m'engage à rien. Mais vous sentez aussi que ce refus qu'elle me fera, deviendra un titre pour obtenir tout le reste ; et qu'alors je gagne, en m'éloignant, d'entrer avec elle, et de son aveu, en correspondance réglée : car je compte pour peu le rendez-vous que je lui demande, et qui n'a presque d'autre objet que de l'accoutumer d'avance à n'en pas refuser d'autres quand ils me seront vraiment nécessaires.

La seule chose qui me reste à faire avant mon départ, est de savoir quels sont les gens qui s'occupent à me nuire auprès d'elle. Je présume que c'est son pédant de mari ; je le voudrais : outre qu'une défense conjugale est un aiguillon au désir, je serais sûr que du moment que ma belle aura consenti à m'écrire, je n'aurais plus rien à craindre de son mari, puisqu'elle se trouverait déjà dans la nécessité de le tromper.

Mais si elle a une amie assez intime pour avoir sa confidence, et que cette amie-là soit contre moi, il me paraît nécessaire de les brouiller, et je compte y réussir : mais avant tout il faut être instruit [1].

J'ai bien cru que j'allais l'être hier ; mais cette femme ne fait rien comme une autre. Nous étions chez elle, au moment où l'on vint avertir que le dîner était servi. Sa toilette se finissait seulement, et tout en se pressant, et en faisant des excuses, je m'aperçus qu'elle laissait la clef à son secrétaire ; et je connais son usage de ne pas ôter celle de son appartement. J'y rêvais pendant le dîner, lorsque j'entendis descendre sa femme de chambre : je pris mon parti aussitôt ; je feignis un saignement de nez, et sortis. Je volai au secrétaire ; mais je trouvai tous les tiroirs ouverts, et pas un papier écrit. Cependant on n'a pas d'occasion de les brûler dans cette saison. Que fait-elle des lettres qu'elle reçoit ? et elle en reçoit souvent. Je n'ai rien négligé [2] ; tout était ouvert, et j'ai cherché partout : mais je n'y ai rien gagné, que de me convaincre que ce dépôt précieux reste dans ses poches [3].

Comment l'en tirer ? depuis hier je m'occupe inutilement d'en trouver les moyens : cependant je ne peux en vaincre le désir. Je regrette de n'avoir pas le talent des filous. Ne devrait-il pas, en effet, entrer dans l'éducation d'un homme qui se mêle d'intrigues ? ne serait-il pas plaisant de dérober la lettre ou le portrait d'un rival, ou de tirer des poches d'une prude de quoi la démasquer ? Mais nos parents ne songent à rien ; et, moi j'ai beau songer à tout, je ne fais que m'apercevoir que je suis gauche, sans pouvoir y remédier.

Quoi qu'il en soit, je revins me mettre à table, fort mécontent. Ma belle calma pourtant un peu mon humeur, par l'air d'intérêt que lui donna ma feinte indisposition ; et je ne manquai pas de l'assurer que j'avais, depuis quelque temps, de violentes agitations qui altéraient ma santé. Persuadée comme elle est, que c'est elle qui les cause, ne devait-elle pas en conscience travailler à les calmer ? Mais, quoique dévote, elle est peu charitable ; elle refuse toute aumône amoureuse, et ce refus suffit bien, ce me semble, pour en autoriser le vol. Mais adieu ; car tout en causant avec vous, je ne songe qu'à ces maudites lettres.

De..., ce 27 août [4] 17 **.

LETTRE XLIII

LA PRÉSIDENTE DE TOURVEL AU VICOMTE
DE VALMONT

Pourquoi chercher, Monsieur, à diminuer ma reconnaissance ? Pourquoi ne vouloir m'obéir qu'à demi, et marchander en quelque sorte un procédé honnête ? Il ne vous suffit donc pas que j'en sente le prix ? Non seulement vous demandez beaucoup ; mais vous demandez des choses impossibles. Si en effet mes amis m'ont parlé de vous, ils ne l'ont pu faire que par intérêt pour moi : quand même ils se seraient trompés, leur intention n'en était pas moins bonne ; et vous me proposez de reconnaître cette marque d'attachement de leur part, en vous livrant leur secret ! J'ai déjà eu tort de vous en parler, et vous me le faites assez sentir en ce moment. Ce qui n'eût été que de la candeur avec tout autre, devient une étourderie avec vous, et me mènerait à une noirceur, si je cédais à votre demande. J'en appelle à vous-même, à votre honnêteté ; m'avez-vous crue capable de ce procédé ? avez-vous dû me le proposer ? non sans doute ; et je suis sûre, qu'en y réfléchissant mieux, vous ne reviendrez plus sur cette demande.

Celle que vous me faites de m'écrire n'est guère plus facile à accorder ; et si vous voulez être juste, ce n'est pas à moi que vous vous en prendrez. Je ne veux point vous offenser ; mais avec la réputation que vous vous êtes acquise, et que, de votre aveu même, vous méritez du moins en partie, quelle femme pourrait avouer être en correspondance avec vous ? et quelle femme honnête peut se déterminer à faire ce qu'elle sent qu'elle serait obligée de cacher ?

Encore si j'étais assurée que vos lettres fussent telles que je n'eusse jamais à m'en plaindre, que je pusse toujours me justifier à mes yeux de les avoir reçues ! peut-être alors le désir de vous prouver que c'est la raison et non la haine qui me guide, me ferait passer par-dessus ces considérations puissantes, et faire beaucoup plus que je ne devrais, en vous permettant de m'écrire quelquefois. Si en effet vous le désirez autant que vous me le dites, vous vous soumettrez volontiers à la seule condition qui puisse m'y faire consentir ; et si vous avez quelque reconnaissance de ce que je fais pour vous en ce moment, vous ne différerez plus de partir.

Permettez-moi de vous observer [1] à ce sujet, que vous avez reçu une lettre ce matin, et que vous n'en avez pas profité pour annoncer votre départ à madame de Rosemonde, comme vous me l'aviez promis. J'espère qu'à présent rien ne pourra vous empêcher de tenir votre parole. Je compte surtout que vous n'attendrez pas, pour cela, l'entretien que vous me demandez, auquel je ne veux absolument pas me prêter ; et qu'au lieu de l'ordre que vous prétendez vous être nécessaire, vous vous contenterez de la prière que je vous renouvelle. Adieu, Monsieur [2].

De..., ce 27 août [3] *17* **.

LETTRE XLIV

LE VICOMTE DE VALMONT À LA MARQUISE DE MERTEUIL

Partagez ma joie, ma belle amie ; je suis aimé ; j'ai triomphé de ce cœur rebelle. C'est en vain qu'il dissimule encore ; mon heureuse adresse a surpris son secret. Grâce à mes soins actifs, je sais tout ce qui m'intéresse : depuis la nuit, l'heureuse nuit d'hier, je me retrouve dans mon élément ; j'ai repris toute mon existence [1] ; j'ai dévoilé un double mystère d'amour et d'iniquité : je jouirai de l'un, je me vengerai de l'autre ; je volerai de plaisirs en plaisirs [2]. La seule idée que je m'en fais me transporte au point que j'ai quelque peine à rappeler ma prudence ; que j'en aurai peut-être à mettre de l'ordre dans le récit que j'ai à vous faire. Essayons cependant.

Hier même, après vous avoir écrit ma lettre, j'en reçus une de la céleste dévote. Je vous l'envoie ; vous y verrez qu'elle me donne, le moins maladroitement qu'elle peut, la permission de lui écrire : mais elle y presse mon départ, et je sentais bien que je ne pouvais le différer trop longtemps sans me nuire.

Tourmenté cependant du désir de savoir qui pouvait avoir écrit contre moi, j'étais encore incertain du parti que je prendrais. Je tentai de gagner la femme de chambre, et je voulus obtenir d'elle de me livrer les poches de sa maîtresse, dont elle pouvait s'emparer aisément le soir, et qu'il lui était facile de replacer le matin, sans donner le moindre soupçon. J'offris dix louis pour ce léger service : mais je ne trouvai qu'une bégueule, scrupuleuse ou timide, que mon éloquence ni mon argent ne purent vaincre. Je la prêchais encore, quand le souper sonna. Il fallut la laisser : trop heureux qu'elle voulût bien me promettre le secret, sur lequel même vous jugez que je ne comptais guère.

Jamais je n'eus plus d'humeur. Je me sentais compromis ; et je me reprochais, toute la soirée, ma démarche imprudente.

Retiré chez moi, non sans inquiétude, je parlai à mon chasseur, qui, en sa qualité d'amant heureux, devait avoir quelque crédit. Je voulais, ou qu'il obtînt de cette fille de faire ce que je lui avais demandé, ou au moins qu'il s'assurât de sa discrétion : mais lui, qui d'ordinaire ne doute de rien, parut douter du succès de cette négociation, et me fit à ce sujet une réflexion qui m'étonna par sa profondeur.

« Monsieur sait sûrement mieux que moi, me dit-il, que coucher avec une fille, ce n'est que lui faire ce qui lui plaît : de là, à lui faire faire ce que nous voulons, il y a souvent bien loin. »

Le bon sens du maraud quelquefois m'épouvante*

* PIRON, *Métromanie* [3].

« Je réponds d'autant moins de celle-ci, ajouta-t-il, que j'ai lieu de croire qu'elle a un amant, et que je ne la dois qu'au désœuvrement de la campagne. Aussi, sans mon zèle pour le service de monsieur, je n'aurais eu cela qu'une fois. » (C'est un vrai trésor que ce garçon !) « Quant au secret, ajouta-t-il encore, à quoi servira-t-il de lui faire promettre, puisqu'elle ne risquera rien à nous tromper ? lui en reparler, ne ferait que lui mieux apprendre qu'il est important, et par là lui donner plus d'envie d'en faire sa cour à sa maîtresse. »

Plus ces réflexions étaient justes, plus mon embarras augmentait. Heureusement le drôle était en train de jaser ; et comme j'avais besoin de lui, je le laissais faire. Tout en me racontant son histoire avec cette fille, il m'apprit que comme la chambre qu'elle occupe n'est séparée de celle de sa maîtresse que par une simple cloison, qui pouvait laisser entendre un bruit suspect, c'était dans la sienne qu'ils se rassemblaient chaque nuit. Aussitôt je formai mon plan ; je le lui communiquai, et nous l'exécutâmes avec succès.

J'attendis deux heures du matin ; et alors je me rendis, comme nous en étions convenus, à la chambre du rendez-vous, portant de la lumière avec moi, et sous prétexte d'avoir sonné plusieurs fois inutilement. Mon confident, qui joue ses rôles à merveille, donna une petite scène de surprise, de désespoir et d'excuse, que je terminai en l'envoyant me faire chauffer de l'eau, dont je feignis avoir besoin ; tandis que la scrupuleuse chambrière était d'autant plus honteuse, que le drôle qui avait voulu renchérir sur mes projets, l'avait déterminée à une toilette que la saison comportait, mais qu'elle n'excusait pas.

Comme je sentais que plus cette fille serait humiliée, plus j'en disposerais facilement, je ne lui permis de changer ni de situation ni de parure ; et après avoir ordonné à mon valet de m'attendre chez moi, je m'assis à côté d'elle sur le lit qui était fort en désordre, et je commençai ma conversation. J'avais besoin de garder l'empire que la circonstance me donnait sur elle : aussi conservai-je un sang-froid qui eût fait honneur à la continence de Scipion [4] ; et sans prendre la plus petite liberté avec elle, ce que pourtant sa fraîcheur et l'occasion semblaient lui donner le droit d'espérer, je lui parlai d'affaires aussi tranquillement que j'aurais pu faire avec un procureur [5].

Mes conditions furent que je garderais fidèlement le secret, pourvu que le lendemain, à pareille heure à peu près, elle me livrât les poches de sa maîtresse. « Au reste, ajoutai-je, je vous avais offert dix louis hier ; je vous les promets encore aujourd'hui. Je ne veux pas abuser de votre situation. » Tout fut accordé, comme vous pouvez croire ; alors je me retirai [6], et permis à l'heureux couple de réparer le temps perdu.

J'employais le mien à dormir ; et à mon réveil, voulant avoir un prétexte pour ne pas répondre à la lettre de ma belle avant d'avoir visité ses papiers, ce que je ne pouvais faire que la nuit suivante, je me décidai à aller à la chasse, où je restai presque tout le jour.

A mon retour, je fus reçu assez froidement. J'ai lieu de croire qu'on fut un peu piqué du peu d'empressement que je mettais à profiter du temps qui me restait ; surtout après la lettre plus douce que l'on m'avait écrite. J'en juge ainsi, sur ce que madame de Rosemonde m'ayant fait quelques reproches sur cette longue absence, ma belle reprit avec un peu d'aigreur : « Ah ! ne reprochons pas à M. de Valmont de se livrer au seul plaisir qu'il peut trouver ici. » Je me plaignis de cette injustice, et j'en profitai pour assurer que je me plaisais tant avec ces dames, que j'y sacrifiais une lettre très intéressante que j'avais à écrire. J'ajoutai que, ne pouvant trouver le sommeil depuis plusieurs nuits, j'avais voulu essayer si la fatigue me le rendrait ; et mes regards expliquaient assez et le sujet de ma lettre, et la cause de mon insomnie. J'eus soin

d'avoir toute la soirée une douceur mélancolique qui
me parut réussir assez bien, et sous laquelle je mas-
quai l'impatience où j'étais de voir arriver l'heure qui
devait me livrer le secret qu'on s'obstinait à me
cacher. Enfin nous nous séparâmes, et quelque temps
après, la fidèle femme de chambre vint m'apporter le
prix convenu de ma discrétion.

Une fois maître de ce trésor, je procédai à l'inventaire avec la prudence que vous me connaissez : car il
était important de remettre tout en place. Je tombai
d'abord sur deux lettres du mari, mélange indigeste de
détails de procès et de tirades d'amour conjugal, que
j'eus la patience de lire en entier, et où je ne trouvai
pas un mot qui eût rapport à moi. Je les replaçai avec
humeur : mais elle s'adoucit, en trouvant sous ma
main les morceaux de ma fameuse lettre de Dijon,
soigneusement rassemblés. Heureusement il me prit
fantaisie de la parcourir. Jugez de ma joie, en y apercevant les traces, bien distinctes, des larmes de mon
adorable dévote. Je l'avoue, je cédai à un mouvement
de jeune homme, et baisai cette lettre avec un transport dont je ne me croyais plus susceptible. Je conti-
nuai l'heureux examen ; je retrouvai toutes mes lettres
de suite, et par ordre de dates ; et ce qui me surprit
plus agréablement encore, fut de retrouver la première
de toutes, celle que je croyais m'avoir été rendue par
une ingrate, fidèlement copiée de sa main ; et d'une
écriture altérée et tremblante, qui témoignait assez la
douce agitation de son cœur pendant cette occupation.

Jusque-là j'étais tout entier à l'amour ; bientôt il fit
place à la fureur. Qui croyez-vous qui veuille me
perdre auprès de cette femme que j'adore ? quelle
furie supposez-vous assez méchante, pour tramer une
pareille noirceur ? Vous la connaissez : c'est votre
amie, votre parente, c'est madame de Volanges. Vous
n'imaginez pas quel tissu d'horreurs l'infernale
mégère lui a écrit sur mon compte. C'est elle, elle
seule, qui a troublé la sécurité de cette femme angélique ; c'est par ses conseils, par ses avis pernicieux,

que je me vois forcé de m'éloigner ; c'est à elle enfin
que l'on me sacrifie. Ah ! sans doute il faut séduire sa
fille : mais ce n'est pas assez, il faut la perdre ; et
puisque l'âge de cette maudite femme la met à l'abri
de mes coups, il faut la frapper dans l'objet de ses
affections.

Elle veut donc que je revienne à Paris ! elle m'y
force ! soit, j'y retournerai, mais elle gémira de mon
retour. Je suis fâché que Danceny soit le héros de cette
aventure, il a un fond d'honnêteté qui nous gênera :
cependant il est amoureux, et je le vois souvent ; on
pourra peut-être en tirer parti. Je m'oublie dans ma
colère, et je ne songe pas que je vous dois le récit de ce
qui s'est passé aujourd'hui. Revenons.

Ce matin, j'ai revu ma sensible prude. Jamais je ne
l'avais trouvée si belle. Cela devait être ainsi : le plus
beau moment d'une femme, le seul où elle puisse produire cette ivresse de l'âme, dont on parle toujours, et
qu'on éprouve si rarement, est celui où, assurés de son
amour, nous ne le sommes pas de ses faveurs ; et c'est
précisément le cas où je me trouvais. Peut-être aussi
l'idée que j'allais être privé du plaisir de la voir servait-
elle à l'embellir. Enfin, à l'arrivée du courrier, on m'a
remis votre lettre du 27 ; et pendant que je la lisais,
j'hésitais encore pour savoir si je tiendrais ma parole :
mais j'ai rencontré les yeux de ma belle, et il m'aurait
été impossible de lui rien refuser.

J'ai donc annoncé mon départ. Un moment après,
madame de Rosemonde nous a laissés seuls : mais
j'étais encore à quatre pas de la farouche personne,
que se levant avec l'air de l'effroi : « Laissez-moi, laissez-moi, Monsieur, m'a-t-elle dit ; au nom de Dieu,
laissez-moi. » Cette prière [7] fervente, qui décelait son
émotion, ne pouvait que m'animer davantage. Déjà
j'étais auprès d'elle, et je tenais ses mains qu'elle avait
jointes avec une expression tout à fait touchante ; là, je
commençais de tendres plaintes, quand un démon
ennemi ramena madame de Rosemonde. La timide
dévote, qui a en effet quelques raisons de craindre, en
a profité pour se retirer.

Je lui ai pourtant offert la main qu'elle a acceptée ;
et augurant bien de cette douceur, qu'elle n'avait pas
eue depuis longtemps, tout en recommençant mes
plaintes j'ai essayé de serrer la sienne. Elle a d'abord
voulu la retirer ; mais sur une instance plus vive, elle
s'est livrée d'assez bonne grâce, quoique sans
répondre ni à ce geste, ni à mes discours. Arrivé à la
porte de son appartement, j'ai voulu baiser cette main,
avant de la quitter. La défense a commencé par être
franche : mais un *songez donc que je pars*, prononcé
bien tendrement, l'a rendue gauche et insuffisante. A
peine le baiser a-t-il été donné, que la main a retrouvé
sa force pour échapper, et que la belle est entrée dans
son appartement où était sa femme de chambre. Ici
finit mon histoire.

Comme je présume que vous serez demain chez la
maréchale de..., où sûrement je n'irai pas vous trouver ; comme je me doute bien aussi qu'à notre première entrevue nous aurons plus d'une affaire à
traiter, et notamment celle de la petite Volanges, que
je ne perds pas de vue, j'ai pris le parti de me faire
précéder par cette lettre ; et toute longue qu'elle est, je
ne la fermerai qu'au moment de l'envoyer à la poste,
car au terme où j'en suis, tout peut dépendre d'une
occasion ; et je vous quitte pour aller l'épier.

P. S. à huit heures du soir [8].
Rien de nouveau ; pas le plus petit moment de
liberté : du soin même pour l'éviter. Cependant,
autant de tristesse que la décence en permettait, pour
le moins. Un autre événement qui peut ne pas être
indifférent, c'est que je suis chargé d'une invitation de
madame de Rosemonde à madame de Volanges, pour
venir passer quelque temps chez elle à la campagne.

Adieu, ma belle amie ; à demain ou après-demain
au plus tard.

De..., ce 28[9] *août 17* ★★[10].

LETTRE XLV

LA PRÉSIDENTE DE TOURVEL À MADAME
DE VOLANGES

M. de Valmont est parti ce matin, Madame ; vous m'avez paru tant désirer ce départ, que j'ai cru devoir vous en instruire. Madame de Rosemonde regrette beaucoup son neveu, dont il faut convenir qu'en effet la société est agréable : elle a passé toute la matinée à m'en parler avec la sensibilité que vous lui connaissez ; elle ne tarissait pas sur son éloge. J'ai cru lui devoir la complaisance de l'écouter sans la contredire, d'autant qu'il faut avouer qu'elle avait raison sur beaucoup de points. Je sentais de plus que j'avais à me reprocher d'être la cause de cette séparation, et je n'espère pas pouvoir la dédommager du plaisir dont je l'ai privée. Vous savez que j'ai naturellement peu de gaieté et le genre de vie que nous allons mener ici n'est pas fait pour l'augmenter.

Si je ne m'étais pas conduite d'après vos avis, je craindrais d'avoir agi un peu légèrement, car j'ai été vraiment peinée de la douleur de ma respectable amie ; elle m'a touchée au point que j'aurais volontiers mêlé mes larmes aux siennes.

Nous vivons à présent dans l'espoir que vous accepterez l'invitation que M. de Valmont doit vous faire, de la part de madame de Rosemonde, de venir passer quelque temps chez elle. J'espère que vous ne doutez pas du plaisir que j'aurai à vous y voir ; et en vérité vous nous devez ce dédommagement. Je serai fort aise de trouver cette occasion de faire une connaissance plus prompte avec mademoiselle de Volanges, et d'être à portée de vous convaincre de plus en plus des sentiments respectueux, etc.

*De..., ce 29 août 17 ** [1].*

LETTRE XLVI

LE CHEVALIER DANCENY À CÉCILE VOLANGES

Que vous est-il donc arrivé, mon adorable Cécile ? qui [1] a pu causer en vous un changement si prompt et si cruel ? que sont devenus vos serments de ne jamais changer ? Hier encore, vous les réitériez avec tant de plaisir ! qui peut aujourd'hui vous les faire oublier ? J'ai beau m'examiner, je ne puis en trouver la cause en moi, et il m'est affreux d'avoir à la chercher en vous. Ah ! sans doute vous n'êtes ni légère, ni trompeuse ; et même dans ce moment de désespoir, un soupçon outrageant ne flétrira point mon âme. Cependant, par quelle fatalité n'êtes-vous plus la même ? Non, cruelle, vous ne l'êtes plus ! La tendre Cécile, la Cécile que j'adore, et dont j'ai reçu les serments, n'aurait point évité mes regards, n'aurait point contrarié le hasard heureux qui me plaçait auprès d'elle ; ou si quelque raison que je ne peux concevoir l'avait forcée à me traiter avec tant de rigueur, elle n'eût pas au moins dédaigné de m'en instruire.

Ah ! vous ne savez pas, vous ne saurez jamais, ma Cécile, ce que vous m'avez fait souffrir aujourd'hui, ce que je souffre encore en ce moment. Croyez-vous donc que je puisse vivre et ne plus être aimé de vous ? Cependant, quand je vous ai demandé un mot, un seul mot, pour dissiper mes craintes, au lieu de me répondre, vous avez feint de craindre d'être entendue ; et cet obstacle qui n'existait pas alors vous l'avez fait naître aussitôt, par la place que vous avez choisie dans le cercle. Quand, forcé de vous quitter, je vous ai demandé l'heure à laquelle je pourrais vous revoir demain, vous avez feint de l'ignorer, et il a fallu que ce fût madame de Volanges qui m'en instruisît. Ainsi ce moment toujours si désiré qui doit me rapprocher de vous, demain ne fera naître en moi que de l'inquiétude ; et le plaisir de vous voir, jusqu'alors si cher à mon cœur, sera remplacé par la crainte de vous être importun.

Déjà, je le sens, cette crainte m'arrête, et je n'ose vous parler de mon amour. Ce *je vous aime*, que j'aimais tant à répéter quand je pouvais l'entendre à mon tour, ce mot si doux, qui suffisait à ma félicité, ne m'offre plus, si vous êtes changée, que l'image d'un désespoir éternel. Je ne puis croire pourtant que ce talisman de l'amour ait perdu toute sa puissance, et j'essaie de m'en servir encore *. Oui, ma Cécile, *je vous aime*. Répétez donc avec moi cette expression de mon bonheur. Songez que vous m'avez accoutumé à l'entendre, et que m'en priver, c'est me condamner à un tourment qui, de même que mon amour, ne finira qu'avec ma vie.

*De [2]..., ce 29 août 17 ***.*

LETTRE XLVII

LE VICOMTE DE VALMONT À LA MARQUISE DE MERTEUIL

Je ne vous verrai pas encore aujourd'hui, ma belle amie, et voici mes raisons, que je vous prie de recevoir avec indulgence.

Au lieu de revenir hier directement, je me suis arrêté chez la comtesse de ***, dont le château se trouvait presque sur ma route, et à qui j'ai demandé à dîner. Je ne suis arrivé à Paris que vers les sept heures, et je suis descendu à l'Opéra, où j'espérais que vous pouviez être.

L'opéra fini, j'ai été revoir mes amies du foyer ; j'y ai retrouvé mon ancienne Emilie, entourée d'une cour

---

* *Ceux qui n'ont pas eu l'occasion de sentir quelquefois le prix d'un mot, d'une expression, consacrés par l'amour, ne trouveront aucun sens dans cette phrase* [3].

nombreuse, tant en femmes qu'en hommes, à qui elle
donnait le soir même à souper à P... [1] Je ne fus pas
plutôt entré dans ce cercle, que je fus prié du souper,
par acclamation. Je le fus aussi par une petite figure
grosse et courte, qui me baragouina une invitation en
français de Hollande, et que je reconnus pour le véritable héros de la fête. J'acceptai.

J'appris, dans ma route, que la maison où nous
allions était le prix convenu des bontés d'Emilie pour
cette figure grotesque, et que ce souper était un véritable repas de noces. Le petit homme ne se possédait
pas de joie, dans l'attente du bonheur dont il allait
jouir ; il m'en parut si satisfait, qu'il me donna envie
de le troubler ; ce que je fis en effet.

La seule difficulté que j'éprouvai fut de décider
Emilie, que la richesse du bourgmestre rendait un peu
scrupuleuse. Elle se prêta pourtant, après quelques
façons, au projet que je donnai, de remplir de vin ce
petit tonneau à bière, et de le mettre ainsi hors de
combat pour toute la nuit.

L'idée sublime que nous nous étions formée d'un
buveur hollandais nous fit employer tous les moyens
connus. Nous réussîmes si bien, qu'au dessert il
n'avait déjà plus la force de tenir son verre : mais la
secourable Emilie et moi l'entonnions à qui mieux
mieux. Enfin, il tomba sous la table, dans une ivresse
telle, qu'elle doit au moins durer huit jours. Nous
nous décidâmes alors à le renvoyer à Paris ; et comme
il n'avait pas gardé sa voiture, je le fis charger dans la
mienne, et je restai à sa place. Je reçus ensuite les
compliments de l'assemblée, qui se retira bientôt
après, et me laissa maître du champ de bataille. Cette
gaieté, et peut-être ma longue retraite, m'ont fait
trouver Emilie si désirable, que je lui ai promis de
rester avec elle jusqu'à la résurrection du Hollandais.

Cette complaisance de ma part est le prix de celle
qu'elle vient d'avoir, de me servir de pupitre pour
écrire à ma belle dévote, à qui j'ai trouvé plaisant
d'envoyer une lettre [2] écrite du lit et presque d'entre
les bras d'une fille, interrompue même pour une infi-

délité complète, et dans laquelle je lui rends un
compte exact de ma situation et de ma conduite.
Emilie, qui a lu l'épître, en a ri comme une folle, et
j'espère que vous en rirez aussi.

Comme il faut que ma lettre soit timbrée de Paris,
je vous l'envoie ; je la laisse ouverte. Vous voudrez
bien la lire, la cacheter, et la faire mettre à la poste.
Surtout n'allez pas vous servir de votre cachet, ni
même d'aucun emblème amoureux ; une tête seulement. Adieu, ma belle amie.

P. S. Je trouve ma lettre ; j'ai décidé Emilie à aller
aux Italiens... Je profiterai de ce temps pour aller vous
voir. Je serai chez vous à six heures au plus tard ; et si
cela vous convient, nous irons ensemble sur les sept
heures chez madame de Volanges. Il sera décent que
je ne diffère pas l'invitation que j'ai à lui faire de la
part de madame de Rosemonde ; de plus, je serai bien
aise de voir la petite Volanges.

Adieu, la très belle dame. Je veux avoir tant de
plaisir à vous embrasser que le chevalier puisse en être
jaloux.

*De P..., ce 30 août 17 ** .*

LETTRE XLVIII

LE VICOMTE DE VALMONT À LA PRÉSIDENTE
DE TOURVEL

(Timbrée de Paris.)

C'est après une nuit orageuse, et pendant laquelle je
n'ai pas fermé l'œil ; c'est après avoir été sans cesse ou
dans l'agitation d'une ardeur dévorante, ou dans
l'entier anéantissement de toutes les facultés de mon
âme, que je viens chercher auprès de vous, Madame,
un calme dont j'ai besoin, et dont pourtant je n'espère
pas jouir encore. En effet, la situation où je suis en

vous écrivant, me fait connaître plus que jamais, la puissance irrésistible de l'amour ; j'ai peine à conserver assez d'empire sur moi pour mettre quelque ordre dans mes idées ; et déjà je prévois que je ne finirai pas cette lettre, sans être obligé de l'interrompre. Quoi ! ne puis-je donc espérer que vous partagerez quelque jour le trouble que j'éprouve en ce moment ? J'ose croire cependant que, si vous le connaissiez bien, vous n'y seriez pas entièrement insensible. Croyez-moi, Madame, la froide tranquillité, le sommeil de l'âme, image de la mort, ne mènent point au bonheur ; les passions actives peuvent seules y conduire ; et malgré les tourments que vous me faites éprouver, je crois pouvoir assurer sans crainte, que, dans ce moment, je suis plus heureux que vous. En vain m'accablez-vous de vos rigueurs désolantes, elles ne m'empêchent point de m'abandonner entièrement à l'amour et d'oublier, dans le délire qu'il me cause, le désespoir auquel vous me livrez. C'est ainsi que je veux me venger de l'exil auquel vous me condamnez. Jamais je n'eus tant de plaisir en vous écrivant ; jamais je ne ressentis, dans cette occupation, une émotion si douce et cependant si vive. Tout semble augmenter mes transports : l'air que je respire est plein de volupté ; la table même sur laquelle je vous écris, consacrée pour la première fois à cet usage, devient pour moi l'autel sacré de l'amour ; combien elle va s'embellir à mes yeux ! j'aurai tracé sur elle le serment de vous aimer toujours ! Pardonnez, je vous en supplie, au désordre de mes sens. Je devrais peut-être m'abandonner moins à des transports que vous ne partagez pas : il faut vous quitter un moment pour dissiper une ivresse qui s'augmente à chaque instant, et qui devient plus forte que moi.

Je reviens à vous, Madame, et sans doute j'y reviens toujours avec le même empressement. Cependant le sentiment du bonheur a fui loin de moi ; il a fait place à celui des privations cruelles. A quoi me sert-il de vous parler de mes sentiments, si je cherche en vain les moyens de vous convaincre ? après tant d'efforts réitérés, la confiance et la force m'abandonnent à la fois. Si je me retrace encore les plaisirs de l'amour, c'est pour sentir plus vivement le regret d'en être privé. Je ne me vois de ressource que dans votre indulgence, et je sens trop, dans ce moment, combien j'en ai besoin pour espérer de l'obtenir. Cependant, jamais mon amour ne fut plus respectueux, jamais il ne dut moins vous offenser ; il est tel, j'ose le dire, que la vertu la plus sévère ne devrait pas le craindre : mais je crains moi-même de vous entretenir plus longtemps de la peine que j'éprouve. Assuré que l'objet qui la cause ne la partage pas, il ne faut pas au moins abuser de ses bontés ; et ce serait le faire, que d'employer plus de temps à vous retracer cette douloureuse image. Je ne prends plus que celui de vous supplier de me répondre, et de ne jamais douter de la vérité de mes sentiments.

*Ecrite de P..., datée de Paris, ce 30 août 17 **.*

LETTRE XLIX

CÉCILE VOLANGES AU CHEVALIER DANCENY

Sans être ni légère, ni trompeuse, il me suffit, Monsieur, d'être éclairée sur ma conduite, pour sentir la nécessité d'en changer ; j'en ai promis le sacrifice à Dieu, jusqu'à ce que je puisse lui offrir aussi celui de mes sentiments pour vous, que l'état religieux dans lequel vous êtes rend plus criminels encore. Je sens bien que cela me fera de la peine, et je ne vous cacherai même pas que depuis avant-hier j'ai pleuré toutes les fois que j'ai songé à vous. Mais j'espère que Dieu me fera la grâce de me donner la force nécessaire pour vous oublier, comme je la lui demande soir et matin. J'attends même de votre amitié, et de votre honnêteté, que vous ne chercherez pas à me troubler dans la bonne résolution qu'on m'a inspirée, et dans laquelle je tâche de me maintenir. En conséquence, je vous demande d'avoir la complaisance de ne me plus écrire, d'autant que je vous préviens que je ne vous répondrais plus, et que vous me forceriez d'avertir maman de tout ce qui se passe : ce qui me priverait tout à fait du plaisir de vous voir.

Je n'en conserverai pas moins pour vous tout l'attachement qu'on puisse avoir, sans qu'il y ait du mal ; et c'est bien de toute mon âme que je vous souhaite toute sorte de bonheur. Je sens bien que vous allez ne plus m'aimer autant, et que peut-être vous en aimerez bientôt une autre mieux que moi. Mais ce sera une pénitence de plus, de la faute que j'ai commise en vous donnant mon cœur, que je ne devais donner qu'à Dieu, et à mon mari quand j'en aurai un. J'espère que la miséricorde divine aura pitié de ma faiblesse, et qu'elle ne me donnera de peine que ce que j'en pourrai supporter.

Adieu, Monsieur ; je peux bien vous assurer que s'il m'était permis d'aimer quelqu'un, ce ne serait jamais que vous que j'aimerais. Mais voilà tout ce que je peux vous dire, et c'est peut-être même plus que je ne devrais.

De..., ce 31 août 17 **.

LETTRE L

LA PRÉSIDENTE DE TOURVEL AU VICOMTE DE VALMONT

Est-ce donc ainsi, Monsieur, que vous remplissez les conditions auxquelles j'ai consenti à recevoir quelquefois de vos lettres ? Et puis-je ne *pas avoir à m'en plaindre*, quand vous ne m'y parlez que d'un sentiment auquel je craindrais encore de me livrer, quand même je le pourrais sans blesser tous mes devoirs ?

Au reste, si j'avais besoin de nouvelles raisons pour

conserver cette crainte salutaire, il me semble que je pourrais les trouver dans votre dernière lettre. En effet, dans le moment même où vous croyez faire l'apologie de l'amour, que faites-vous au contraire, que m'en montrer les orages redoutables ? qui peut vouloir d'un bonheur acheté au prix de la raison, et dont les plaisirs peu durables sont au moins suivis des regrets, quand ils ne le sont pas des remords ?

Vous-même, chez qui l'habitude de ce délire dangereux doit en diminuer l'effet, n'êtes-vous pas cependant obligé de convenir qu'il devient souvent plus fort que vous, et n'êtes-vous pas le premier à vous plaindre du trouble involontaire qu'il vous cause ? Quel ravage effrayant ne ferait-il donc pas sur un cœur neuf et sensible, qui ajouterait encore à son empire par la grandeur des sacrifices qu'il serait obligé de lui faire ?

Vous croyez, Monsieur, ou vous feignez de croire que l'amour mène au bonheur ; et moi, je suis si persuadée qu'il me rendrait malheureuse, que je voudrais n'entendre jamais prononcer son nom. Il me semble que d'en parler seulement altère la tranquillité ; et c'est autant par goût que par devoir, que je vous prie de vouloir bien garder le silence sur ce point.

Après tout, cette demande doit vous être bien facile à m'accorder à présent. De retour à Paris, vous y trouverez assez d'occasions d'oublier un sentiment qui peut-être n'a dû sa naissance qu'à l'habitude où vous êtes de vous occuper de semblables objets, et sa force qu'au désœuvrement de la campagne. N'êtes-vous donc pas dans ce même lieu, où vous m'aviez vue avec tant d'indifférence ? Y pouvez-vous faire un pas sans y rencontrer un exemple de votre facilité à changer et n'y êtes-vous pas entouré de femmes, qui toutes, plus aimables que moi, ont plus de droits à vos hommages ? Je n'ai pas la vanité qu'on reproche à mon sexe ; j'ai encore moins cette fausse modestie qui n'est qu'un raffinement de l'orgueil ; et c'est de bien bonne foi que je vous dis ici, que je me connais bien peu de moyens de plaire : je les aurais tous, que je ne les croirais pas suffisants pour vous fixer. Vous demander de ne plus vous occuper de moi, ce n'est donc que vous prier de faire aujourd'hui ce que déjà vous aviez fait, et ce qu'à coup sûr vous feriez encore dans peu de temps, quand même je vous demanderais le contraire.

Cette vérité, que je ne perds pas de vue, serait, à elle seule, une raison assez forte pour ne pas vouloir vous entendre. J'en ai mille autres encore : mais sans entrer dans cette longue discussion, je m'en tiens à vous prier, comme je l'ai déjà fait, de ne plus m'entretenir d'un sentiment que je ne dois pas écouter, et auquel je dois encore moins répondre.

De..., ce 1ᵉʳ septembre 17 **.

SECONDE PARTIE

LETTRE LI

LA MARQUISE DE MERTEUIL AU VICOMTE
DE VALMONT

En vérité, Vicomte, vous êtes insupportable. Vous me traitez avec autant de légèreté que si j'étais votre maîtresse. Savez-vous que je me fâcherai, et que j'ai dans ce moment une humeur effroyable ? Comment ! vous devez voir Danceny demain matin ; vous savez combien il est important que je vous parle avant cette entrevue ; et sans vous inquiéter davantage, vous me laissez vous attendre toute la journée, pour aller courir je ne sais où ? Vous êtes cause que je suis arrivée *indécemment* tard chez madame de Volanges, et que toutes les vieilles femmes m'ont trouvée *merveilleuse* [1]. Il m'a fallu leur faire des cajoleries toute la soirée pour les apaiser : car il ne faut pas fâcher les vieilles femmes ; ce sont elles qui font la réputation des jeunes.

A présent il est une heure du matin, et au lieu de me coucher, comme j'en meurs d'envie, il faut que je vous écrive une longue lettre, qui va redoubler mon sommeil par l'ennui qu'elle me causera. Vous êtes bien heureux que je n'aie pas le temps de vous gronder davantage. N'allez pas croire pour cela que je vous pardonne ; c'est seulement que je suis pressée. Ecoutez-moi donc, je me dépêche.

Pour peu que vous soyez adroit, vous devez avoir demain la confidence de Danceny. Le moment est favorable pour la confiance : c'est celui du malheur.

La petite fille a été à confesse ; elle a tout dit, comme
un enfant ; et depuis, elle est tourmentée à un tel
point de la peur du diable, qu'elle veut rompre absolument. Elle m'a raconté tous ses petits scrupules,
avec une vivacité qui m'apprenait assez combien sa
tête était montée. Elle m'a montré sa lettre de rupture, qui est une vraie capucinade. Elle a babillé une
heure [2] avec moi, sans me dire un mot qui ait le sens
commun. Mais elle ne m'en a pas moins embarrassée ; car vous jugez que je ne pouvais risquer de
m'ouvrir vis-à-vis d'une aussi mauvaise tête.

J'ai vu pourtant au milieu de tout ce bavardage,
qu'elle n'en aime pas moins son Danceny ; j'ai
remarqué même une de ces ressources qui ne manquent jamais à l'amour, et dont la petite fille est assez
plaisamment la dupe. Tourmentée par le désir de
s'occuper de son amant, et par la crainte de se damner
en s'en occupant, elle a imaginé de prier Dieu de le lui
faire oublier ; et comme elle renouvelle cette prière à
chaque instant du jour, elle trouve le moyen d'y
penser sans cesse.

Avec quelqu'un de plus *usagé* [3] que Danceny, ce
petit événement serait peut-être plus favorable que
contraire, mais le jeune homme est si Céladon [4], que,
si nous ne l'aidons pas, il lui faudra tant de temps
pour vaincre les plus légers obstacles, qu'il ne nous
laissera pas celui d'effectuer notre projet.

Vous avez bien raison ; c'est dommage, et je suis
aussi fâchée que vous, qu'il soit le héros de cette
aventure : mais que voulez-vous ? ce qui est fait est
fait ; et c'est votre faute. J'ai demandé à voir sa
réponse * ; elle m'a fait pitié. Il lui fait des raisonnements à perte d'haleine, pour lui prouver qu'un
sentiment involontaire ne peut pas être un crime :
comme s'il ne cessait pas d'être involontaire, du
moment qu'on cesse de le combattre ! Cette idée est
si simple, qu'elle est venue même à la petite fille. Il
se plaint de son malheur d'une manière assez tou-

---

* *Cette lettre ne s'est pas retrouvée* [5].

chante : mais sa douleur est si douce et paraît si forte
et si sincère, qu'il me semble impossible qu'une
femme qui trouve l'occasion de désespérer un
homme à ce point, et avec aussi peu de danger, ne
soit pas tentée de s'en passer la fantaisie. Il lui
explique enfin qu'il n'est pas moine comme la petite
le croyait [6] ; et c'est, sans contredit, ce qu'il fait de
mieux ; car, pour faire tant que de se livrer à l'amour
monastique, assurément MM. les chevaliers de Malte
ne mériteraient pas la préférence [7].

Quoi qu'il en soit, au lieu de perdre mon temps
en raisonnements qui m'auraient compromise, et
peut-être sans persuader, j'ai approuvé le projet de
rupture : mais j'ai dit qu'il était plus honnête, en
pareil cas, de dire ses raisons que de les écrire ; qu'il
était d'usage aussi de rendre les lettres et les autres
bagatelles qu'on pouvait avoir reçues ; et paraissant
entrer ainsi dans les vues de la petite personne, je l'ai
décidée à donner un rendez-vous à Danceny. Nous
en avons sur-le-champ concerté les moyens, et je me
suis chargée de décider la mère à sortir sans sa fille ;
c'est demain après-midi que sera cet instant décisif.
Danceny en est déjà instruit ; mais, pour Dieu, si
vous en trouvez l'occasion, décidez donc ce beau
berger à être moins langoureux ; et apprenez-lui,
puisqu'il faut lui tout dire, que la vraie façon de
vaincre les scrupules est de ne laisser rien à perdre
à ceux qui en ont.

Au reste, pour que cette ridicule scène ne se renou-
velât pas, je n'ai pas manqué d'élever quelques doutes
dans l'esprit de la petite fille, sur la discrétion des
confesseurs ; et je vous assure qu'elle paie à présent la
peur qu'elle m'a faite ; par celle qu'elle a que le sien
n'aille tout dire à sa mère. J'espère qu'après que j'en
aurai causé encore une fois ou deux avec elle, elle n'ira
plus raconter ainsi ses sottises au premier venu [*].

---

[*] *Le lecteur a dû deviner depuis longtemps par les mœurs de madame
de Merteuil, combien peu elle respectait la religion. On aurait supprimé
tout cet alinéa, mais on a cru qu'en montrant les effets, on ne devait pas
négliger d'en faire connaître les causes.*

Adieu, Vicomte ; emparez-vous de Danceny, et conduisez-le. Il serait honteux que nous ne fissions pas ce que nous voulons, de deux enfants. Si nous y trouvons plus de peine que nous ne l'avions cru d'abord, songeons, pour animer notre zèle, vous, qu'il s'agit de la fille de madame de Volanges, et moi, qu'elle doit devenir la femme de Gercourt. Adieu.

*De..., ce 2 septembre 17 **.*

LETTRE LII

LE VICOMTE DE VALMONT À LA PRÉSIDENTE
DE TOURVEL

Vous me défendez, Madame, de vous parler de mon amour ; mais où trouver le courage nécessaire pour vous obéir ? Uniquement occupé d'un sentiment qui devrait être si doux, et que vous rendez si cruel ; languissant dans l'exil où vous m'avez condamné ; ne vivant que de privations et de regrets ; en proie à des tourments d'autant plus douloureux, qu'ils me rappellent sans cesse votre indifférence ; me faudra-t-il encore perdre la seule consolation qui me reste ? et puis-je en avoir d'autre, que de vous ouvrir quelquefois une âme, que vous remplissez de trouble et d'amertume ? Détournerez-vous vos regards, pour ne pas voir les pleurs que vous faites répandre ? Refuserez-vous jusqu'à l'hommage des sacrifices que vous exigez ? Ne serait-il donc pas plus digne de vous, de votre âme honnête et douce, de plaindre un malheureux, qui ne l'est que pour vous, que de vouloir encore aggraver ses peines, par une défense à la fois injuste et rigoureuse.

Vous feignez de craindre l'amour, et vous ne voulez pas voir que vous seule causez les maux que vous lui reprochez. Ah ! sans doute, ce sentiment est pénible, quand l'objet qui l'inspire ne le partage point ; mais où trouver le bonheur, si un amour réciproque ne le procure pas ? L'amitié tendre, la douce confiance et la seule qui soit sans réserve, les peines adoucies, les plaisirs augmentés, l'espoir enchanteur, les souvenirs délicieux, où les trouver ailleurs que dans l'amour ? Vous le calomniez, vous qui, pour jouir de tous les biens qu'il vous offre, n'avez qu'à ne plus vous y refuser ; et moi j'oublie les peines que j'éprouve, pour m'occuper à le défendre.

Vous me forcez aussi à me défendre moi-même ; car tandis que je consacre ma vie à vous adorer, vous passez la vôtre à me chercher des torts : déjà vous me supposez léger et trompeur ; et abusant, contre moi, de quelques erreurs, dont moi-même je vous ai fait l'aveu, vous vous plaisez à confondre ce que j'étais alors, avec ce que je suis à présent. Non contente de m'avoir livré au tourment de vivre loin de vous, vous y joignez un persiflage cruel, sur des plaisirs auxquels vous savez assez combien vous m'avez rendu insensible. Vous ne croyez ni à mes promesses, ni à mes serments : eh bien ! il me reste un garant à vous offrir, qu'au moins vous ne suspecterez pas ; c'est vous-même. Je ne vous demande que de vous interroger de bonne foi ; si vous ne croyez pas à mon amour, si vous doutez un moment de régner seule sur mon âme, si vous n'êtes pas assurée d'avoir fixé ce cœur, en effet, jusqu'ici trop volage, je consens à porter la peine de cette erreur ; j'en gémirai, mais n'en appellerai point : mais si au contraire, nous rendant justice à tous deux, vous êtes forcée de convenir avec vous-même que vous n'avez, que vous n'aurez jamais de rivale, ne m'obligez plus, je vous supplie, à combattre des chimères, et laissez-moi au moins cette consolation de vous voir ne plus douter d'un sentiment qui, en effet, ne finira, ne peut finir qu'avec ma vie. Permettez-moi, Madame, de vous prier de répondre positivement à cet article de ma lettre.

Si j'abandonne cependant cette époque de ma vie,

qui paraît me nuire si cruellement auprès de vous, ce n'est pas qu'au besoin les raisons me manquassent pour la défendre.

Qu'ai-je fait, après tout, que ne pas résister au tourbillon dans lequel j'avais été jeté ? Entré dans le monde, jeune et sans expérience ; passé, pour ainsi dire, de mains en mains, par une foule de femmes, qui toutes se hâtent de prévenir par leur facilité une réflexion qu'elles sentent devoir leur être défavorable ; était-ce donc à moi de donner l'exemple d'une résistance qu'on ne m'opposait point ? ou devais-je me punir d'un moment d'erreur, et que souvent on avait provoqué, par une constance à coup sûr inutile, et dans laquelle on n'aurait vu qu'un ridicule ? Eh ! quel autre moyen qu'une prompte rupture, peut justifier d'un choix honteux !

Mais, je puis le dire, cette ivresse des sens, peutêtre même ce délire de la vanité, n'a point passé jusqu'à mon cœur. Né pour l'amour, l'intrigue pouvait le distraire, et ne suffisait pas pour l'occuper ; entouré d'objets séduisants mais méprisables, aucun n'allait jusqu'à mon âme : on m'offrait des plaisirs, je cherchais des vertus ; et moi-même enfin je me crus inconstant, parce que j'étais délicat et sensible.

C'est en vous voyant que je me suis éclairé : bientôt j'ai reconnu [1] que le charme de l'amour tenait aux qualités de l'âme ; qu'elles seules pouvaient en causer l'excès, et le justifier. Je sentis enfin qu'il m'était également impossible et de ne pas vous aimer, et d'en aimer une autre que vous.

Voilà, Madame, quel est ce cœur auquel vous craignez de vous livrer, et sur le sort de qui vous avez à prononcer : mais quel que soit le destin que vous lui réservez, vous ne changerez rien aux sentiments qui l'attachent à vous ; ils sont inaltérables comme les vertus qui les ont fait naître.

*De..., ce 3 septembre 17 **.*

LETTRE LIII

LE VICOMTE DE VALMONT À LA MARQUISE
DE MERTEUIL

J'ai vu Danceny, mais je n'en ai obtênu qu'une demi-confidence ; il s'est obstiné, surtout, à me taire le nom de la petite Volanges, dont il ne m'a parlé que comme d'une femme très sage, et même un peu dévote : à cela près, il m'a raconté avec assez de vérité son aventure, et surtout le dernier événement. Je l'ai échauffé autant que j'ai pu, et l'ai beaucoup plaisanté sur sa délicatesse et ses scrupules ; mais il paraît qu'il y tient, et je ne puis pas répondre de lui : au reste, je pourrai vous en dire davantage après-demain. Je le mène demain à Versailles [1], et je m'occuperai à le scruter pendant la route.

Le rendez-vous qui doit avoir eu lieu aujourd'hui, me donne aussi quelque espérance : il se pourrait que tout s'y fût passé à notre satisfaction ; et peut-être ne nous reste-t-il à présent qu'à en arracher l'aveu, et à en recueillir les preuves. Cette besogne vous sera plus facile qu'à moi : car la petite personne est plus confiante, ou, ce qui revient au même, plus bavarde, que son discret amoureux. Cependant j'y ferai mon possible.

Adieu, ma belle amie, je suis fort pressé ; je ne vous verrai ni ce soir, ni demain : si de votre côté vous avez su quelque chose, écrivez-moi un mot pour mon retour. Je reviendrai sûrement coucher à Paris.

*De..., ce 3 septembre 17**, au soir.*

LETTRE LIV

LA MARQUISE DE MERTEUIL AU VICOMTE
DE VALMONT

Oh ! oui ! c'est bien avec Danceny qu'il y a quelque
chose à savoir ! s'il vous l'a dit, il s'est vanté. Je ne
connais personne si bête en amour, et je me reproche
de plus en plus les bontés que nous avons pour lui.
Savez-vous que j'ai pensé être compromise par rapport à lui ! et que ce soit en pure perte ! Oh ! je m'en
vengerai, je le promets.

Quand j'arrivai hier pour prendre madame de
Volanges, elle ne voulait plus sortir ; elle se sentait
incommodée ; il me fallut toute mon éloquence pour
la décider, et je vis le moment que Danceny serait
arrivé avant notre départ ; ce qui eût été d'autant plus
gauche que madame de Volanges lui avait dit la veille
qu'elle ne serait pas chez elle. Sa fille et moi [1], nous
étions sur les épines. Nous sortîmes enfin ; et la petite
me serra la main si affectueusement en me disant
adieu, que malgré son projet de rupture, dont elle
croyait de bonne foi s'occuper encore, j'augurai des
merveilles de la soirée.

Je n'étais pas au bout de mes inquiétudes. Il y avait
à peine une demi-heure que nous étions chez madame
de*** que madame de Volanges se trouva mal en
effet, mais sérieusement mal ; et comme de raison, elle
voulait rentrer chez elle : moi, je le voulais d'autant
moins, que j'avais peur, si nous surprenions les jeunes
gens, comme il y avait tout à parier, que mes instances
auprès de la mère, pour la faire sortir, ne lui devins-
sent suspectes. Je pris le parti de l'effrayer sur sa santé,
ce qui heureusement n'est pas difficile ; et je la tins
une heure et demie, sans consentir à la ramener chez
elle, dans la crainte que je feignis d'avoir, du mouvement dangereux de la voiture. Nous ne rentrâmes

enfin qu'à l'heure convenue [2]. A l'air honteux que je remarquai en arrivant, j'avoue que j'espérai qu'au moins mes peines n'auraient pas été perdues.

Le désir que j'avais d'être instruite me fit rester auprès de madame de Volanges, qui se coucha aussitôt, et après avoir soupé auprès de son lit, nous la laissâmes de très bonne heure, sous le prétexte qu'elle avait besoin de repos ; et nous passâmes dans l'appartement de sa fille. Celle-ci a fait, de son côté, tout ce que j'attendais d'elle ; scrupules évanouis, nouveaux serments d'aimer toujours, etc., etc., elle s'est enfin exécutée de bonne grâce : mais le sot Danceny n'a pas passé d'une ligne le point où il était auparavant. Oh ! l'on peut se brouiller avec celui-là ; les raccommodements ne sont pas dangereux.

La petite assure pourtant qu'il voulait davantage, mais qu'elle a su se défendre Je parierais bien qu'elle se vante, ou qu'elle l'excuse ; je m'en suis même presque assurée. En effet, il m'a pris fantaisie de savoir à quoi m'en tenir sur la défense dont elle était capable ; et moi, simple femme, de propos en propos, j'ai monté sa tête au point... Enfin vous pouvez m'en croire, jamais personne ne fut plus susceptible d'une surprise des sens. Elle est vraiment aimable, cette chère petite ! Elle méritait un autre amant ; elle aura au moins une bonne amie, car je m'attache sincèrement à elle. Je lui ai promis de la former et je crois que je lui tiendrai parole. Je me suis souvent aperçue du besoin d'avoir une femme dans ma confidence, et j'aimerais mieux celle-là qu'une autre ; mais je ne puis en rien faire, tant qu'elle ne sera pas... ce qu'il faut qu'elle soit ; et c'est une raison de plus d'en vouloir à Danceny.

Adieu, Vicomte ; ne venez pas chez moi demain, à moins que ce ne soit le matin. J'ai cédé aux instances du chevalier, pour une soirée de petite maison.

*De..., ce 4 septembre 17**.*

LETTRE LV

CÉCILE VOLANGES À SOPHIE CARNAY

Tu avais raison, ma chère Sophie ; tes prophéties
réussissent mieux que tes conseils. Danceny, comme
tu l'avais prédit, a été plus fort que le confesseur, que
toi, que moi-même ; et nous voilà revenus exactement
où nous en étions. Ah ! je ne m'en repens pas ; et toi,
si tu m'en grondes ce sera faute de savoir le plaisir
qu'il y a à aimer Danceny. Il t'est bien aisé de dire
comme il faut faire, rien ne t'en empêche ; mais si tu
avais éprouvé combien le chagrin de quelqu'un qu'on
aime nous fait mal, comment sa joie devient la nôtre,
et comment il est difficile de dire non, quand c'est oui
que l'on veut dire, tu ne t'étonnerais plus de rien :
moi-même qui l'ai senti, bien vivement senti, je ne le
comprends pas encore. Crois-tu, par exemple, que je
puisse voir pleurer Danceny sans pleurer moi-même ?
Je t'assure bien que cela m'est impossible ; et quand il
est content, je suis heureuse comme lui. Tu auras
beau dire ; ce qu'on dit ne change pas ce qui est, et je
suis bien sûr que c'est comme ça.

Je voudrais te voir à ma place... Non, ce n'est pas là ce
que je veux dire, car sûrement je ne voudrais céder ma
place à personne : mais je voudrais que tu aimasses aussi
quelqu'un ; ce ne serait pas seulement pour que tu
m'entendisses mieux, et que tu me grondasses moins ;
car c'est qu'aussi tu serais plus heureuse, ou, pour mieux
dire, tu commencerais seulement alors à le devenir.

Nos amusements, nos rires, tout cela, vois-tu, ce ne
sont que des jeux d'enfants ; il n'en reste rien après
qu'ils sont passés. Mais l'amour, ah ! l'amour !... un
mot, un regard, seulement de le savoir là, eh bien ! c'est
le bonheur. Quand je vois Danceny, je ne désire plus
rien ; quand je ne le vois pas, je ne désire que lui. Je ne
sais comment cela se fait : mais on dirait que tout ce qui

me plaît lui ressemble. Quand il n'est pas avec moi, j'y
songe ; et quand je peux y songer tout à fait, sans
distraction, quand je suis toute seule, par exemple, je
suis encore heureuse ; je ferme les yeux, et tout de suite
je crois le voir ; je me rappelle ses discours, et je crois
l'entendre ; cela me fait soupirer ; et puis je sens un feu,
une agitation... Je ne saurais tenir en place. C'est
comme un tourment, et ce tourment-là fait un plaisir
inexprimable.

Je crois même que quand une fois on a de l'amour,
cela se répand jusque sur l'amitié. Celle que j'ai pour
toi n'a pourtant pas changé ; c'est toujours comme au
couvent : mais ce que je te dis, je l'éprouve avec
madame de Merteuil. Il me semble que je l'aime plus
comme Danceny que comme toi, et quelquefois je
voudrais qu'elle fût lui. Cela vient peut-être de ce que
ce n'est pas une amitié d'enfant comme la nôtre ; ou
bien de ce que je les vois si souvent ensemble, ce qui
fait que je me trompe. Enfin, ce qu'il y a de vrai, c'est
qu'à eux deux, ils me rendent bien heureuse [1] ; et
après tout, je ne crois pas qu'il y ait grand mal à ce
que je fais. Aussi je ne demanderais qu'à rester
comme je suis ; et il n'y a que l'idée de mon mariage
qui me fasse de la peine : car si M. de Gercourt est
comme on me l'a dit, et je n'en doute pas, je ne sais
pas ce que je deviendrai. Adieu, ma Sophie ; je t'aime
toujours bien tendrement.

De..., ce 4 septembre 17**.

LETTRE LVI

LA PRÉSIDENTE DE TOURVEL AU VICOMTE
DE VALMONT

A quoi vous servirait, Monsieur, la réponse que
vous me demandez ? Croire à vos sentiments, ne
serait-ce pas une raison de plus pour les craindre ? et

sans attaquer ni défendre leur sincérité, ne me suffit-il pas, ne doit-il pas vous suffire à vous-même, de savoir que je ne veux ni ne dois y répondre ?

Supposé que vous m'aimiez véritablement (et c'est seulement pour ne plus revenir sur cet objet, que je consens à cette supposition), les obstacles qui nous séparent en seraient-ils moins insurmontables ? et aurais-je autre chose à faire qu'à souhaiter que vous pussiez bientôt vaincre cet amour, et surtout à vous y aider de tout mon pouvoir, en me hâtant de vous ôter toute espérance ? Vous convenez vous-même que *ce sentiment est pénible quand l'objet qui l'inspire ne le partage point*. Or, vous savez assez qu'il m'est impossible de le partager, et quand même ce malheur m'arriverait, j'en serais plus à plaindre, sans que vous en fussiez plus heureux. J'espère que vous m'estimez assez pour n'en pas douter un instant. Cessez donc, je vous en conjure, cessez de vouloir troubler un cœur à qui la tranquillité est si nécessaire ; ne me forcez pas à regretter de vous avoir connu.

Chérie et estimée d'un mari que j'aime et respecte, mes devoirs et mes plaisirs se rassemblent dans le même objet. Je suis heureuse, je dois l'être. S'il existe des plaisirs plus vifs, je ne les désire pas ; je ne veux point les connaître. En est-il de plus doux que d'être en paix avec soi-même, de n'avoir que des jours sereins, de s'endormir sans trouble, et de s'éveiller sans remords ? Ce que vous appelez le bonheur, n'est qu'un tumulte des sens, un orage des passions dont le spectacle est effrayant, même à le regarder du rivage. Eh ! comment affronter ces tempêtes ? comment oser s'embarquer sur une mer couverte des débris de mille et mille naufrages ? Et avec qui ? Non, Monsieur, je reste à terre ; je chéris les liens qui m'y attachent. Je pourrais les rompre, que je ne le voudrais pas ; si je ne les avais, je me hâterais de les prendre.

Pourquoi vous attacher à mes pas ? pourquoi vous obstiner à me suivre ? Vos lettres, qui devaient être rares, se succèdent avec rapidité. Elles devaient être sages, et vous ne m'y parlez que de votre fol amour.

Vous m'entourez de votre idée, plus que vous ne le faisiez de votre personne. Ecarté sous une forme, vous vous reproduisez sous une autre. Les choses qu'on vous demande de ne plus dire, vous les redites seulement d'une autre manière. Vous vous plaisez à m'embarrasser par des raisonnements captieux ; vous échappez aux miens. Je ne veux plus vous répondre, je ne vous répondrai plus... Comme vous traitez les femmes que vous avez séduites ! avec quel mépris vous en parlez ! Je veux croire que quelques-unes le méritent : mais toutes sont-elles donc si méprisables ? Ah ! sans doute, puisqu'elles ont trahi leurs devoirs pour se livrer à un amour criminel. De ce moment, elles ont tout perdu, jusqu'à l'estime de celui à qui elles ont tout sacrifié. Ce supplice est juste, mais l'idée seule en fait frémir. Que m'importe, après tout ? pourquoi m'occuperais-je d'elles ou de vous ? de quel droit venez-vous troubler ma tranquillité ? Laissez-moi [1], ne me voyez plus ; ne m'écrivez plus, je vous en prie ; je l'exige. Cette lettre est la dernière que vous recevrez de moi.

*De..., ce 5 septembre 17**.*

LETTRE LVII

LE VICOMTE DE VALMONT À LA MARQUISE
DE MERTEUIL

J'ai trouvé votre lettre hier à mon arrivée. Votre colère m'a tout à fait réjoui. Vous ne sentiriez pas plus vivement les torts de Danceny, quand il les aurait eus vis-à-vis de vous. C'est sans doute par vengeance, que vous accoutumez sa maîtresse à lui faire de petites infidélités ; vous êtes un bien mauvais sujet ! Oui, vous êtes charmante, et je ne m'étonne pas qu'on vous résiste moins qu'à Danceny.

Enfin je le sais par cœur, ce beau héros de roman ! il n'a plus de secret pour moi. Je lui ai tant dit que

l'amour honnête était le bien suprême, qu'un sentiment valait mieux que dix intrigues, que j'étais moi-
même, dans ce moment, amoureux et timide ; il m'a
trouvé enfin une façon de penser si conforme à la
sienne, que dans l'enchantement où il était de ma
candeur, il m'a tout dit, et m'a juré une amitié sans
réserve. Nous n'en sommes guère plus avancés pour
notre projet.

D'abord, il m'a paru que son système était qu'une
demoiselle mérite beaucoup plus de ménagements
qu'une femme, comme ayant plus à perdre. Il trouve,
surtout, que rien ne peut justifier un homme de
mettre une fille dans la nécessité de l'épouser ou de
vivre déshonorée, quand la fille est infiniment plus
riche que l'homme, comme dans le cas où il se trouve.
La sécurité de la mère, la candeur de la fille, tout
l'intimide et l'arrête. L'embarras ne serait point de
combattre ses raisonnements, quelque vrais qu'ils
soient. Avec un peu d'adresse et aidé par la passion,
on les aurait bientôt détruits ; d'autant qu'ils prêtent
au ridicule, et qu'on aurait pour soi l'autorité de
l'usage. Mais ce qui empêche qu'il n'y ait de prise sur
lui, c'est qu'il se trouve heureux comme il est. En
effet, si les premiers amours paraissent, en général,
plus honnêtes, et comme on dit plus purs ; s'ils sont
au moins plus lents dans leur marche, ce n'est pas,
comme on le pense, délicatesse ou timidité, c'est que
le cœur, étonné par un sentiment inconnu, s'arrête
pour ainsi dire à chaque pas, pour jouir du charme
qu'il éprouve, et que ce charme est si puissant sur un
cœur neuf, qu'il l'occupe au point de lui faire oublier
tout autre plaisir. Cela est si vrai, qu'un libertin amoureux, si un libertin peut l'être, devient de ce moment
même moins pressé de jouir ; et qu'enfin, entre la
conduite de Danceny avec la petite Volanges, et la
mienne avec la prude madame de Tourvel, il n'y a que
la différence du plus au moins.

Il aurait fallu, pour échauffer notre jeune homme,
plus d'obstacles qu'il n'en a rencontrés ; surtout qu'il
eût eu besoin de plus de mystère, car le mystère mène

à l'audace. Je ne suis pas éloigné de croire que vous nous avez nui en le servant si bien ; votre conduite eût été excellente avec un homme *usagé*, qui n'eût eu que des désirs : mais vous auriez pu prévoir que pour un homme jeune, honnête et amoureux, le plus grand prix des faveurs est d'être la preuve de l'amour ; et que par conséquent, plus il serait sûr d'être aimé, moins il serait entreprenant. Que faire à présent ? Je n'en sais rien ; mais je n'espère pas que la petite soit prise avant le mariage, et nous en serons pour nos frais ; j'en suis fâché, mais je n'y vois pas de remède.

Pendant que je disserte ici, vous faites mieux avec votre chevalier. Cela me fait songer que vous m'avez promis une infidélité en ma faveur, j'en ai votre promesse par écrit et je ne veux pas en faire *un billet de la Châtre* [1]. Je conviens que l'échéance n'est pas encore arrivée : mais il serait généreux à vous de ne pas l'attendre ; et de mon côté, je vous tiendrais compte des intérêts. Qu'en dites-vous, ma belle amie ? est-ce que vous n'êtes pas fatiguée de votre constance ? Ce chevalier est donc bien merveilleux ? Oh ! laissez-moi faire ; je veux vous forcer de convenir que si vous lui avez trouvé quelque mérite, c'est que vous m'aviez oublié.

Adieu, ma belle amie ; je vous embrasse comme je vous désire ; je défie tous les baisers du chevalier d'avoir autant d'ardeur.

De..., ce 5 septembre 17 **.

LETTRE LVIII

LE VICOMTE DE VALMONT À LA PRÉSIDENTE
DE TOURVEL

Par où ai-je donc mérité, Madame, et les reproches que vous me faites, et la colère que vous me témoignez ? L'attachement le plus vif et pourtant le plus respectueux, la soumission la plus entière à vos moindres

volontés ; voilà en deux mots l'histoire de mes sentiments et de ma conduite. Accablé par les peines d'un
amour malheureux, je n'avais d'autre consolation que
celle de vous voir : vous m'avez ordonné de m'en
priver ; j'ai obéi sans me permettre un murmure. Pour
prix de ce sacrifice, vous m'avez permis de vous écrire,
et aujourd'hui vous voulez m'ôter cet unique plaisir. Me
le laisserai-je ravir, sans essayer de le défendre ? Non,
sans doute : eh ! comment ne serait-il pas cher à mon
cœur ? c'est le seul qui me reste, et je le tiens de vous.

Mes lettres, dites-vous, sont trop fréquentes !
Songez donc, je vous prie, que depuis dix jours que
dure mon exil, je n'ai passé aucun moment sans
m'occuper de vous, et que cependant vous n'avez reçu
que deux lettres de moi. *Je ne vous y parle que de mon
amour !* eh ! que puis-je dire, que ce que je pense ?
tout ce que j'ai pu faire a été d'en affaiblir l'expression ; et vous pouvez m'en croire, je ne vous en ai
laissé voir que ce qu'il m'a été impossible d'en cacher.
Vous me menacez enfin de ne plus me répondre. Ainsi
l'homme qui vous préfère à tout et qui vous respecte
encore plus qu'il ne vous aime, non contente de le
traiter avec rigueur, vous voulez y joindre le mépris !
Et pourquoi ces menaces et ce courroux ? qu'en avez-
vous besoin ? n'êtes-vous pas sûre d'être obéie, même
dans vos ordres injustes ? m'est-il donc possible de
contrarier aucun de vos désirs, et ne l'ai-je pas déjà
prouvé ? Mais abuserez-vous de cet empire que vous
avez sur moi ? Après m'avoir rendu malheureux, après
être devenue injuste, vous sera-t-il donc bien facile de
jouir de cette tranquillité que vous assurez vous être si
nécessaire [1] ? ne vous direz-vous jamais : il m'a laissée
maîtresse de son sort, et j'ai fait son malheur ? il
implorait mes secours, et je l'ai regardé sans pitié ?
Savez-vous jusqu'où peut aller mon désespoir ? non.

Pour calculer mes maux, il faudrait savoir à quel point
je vous aime, et vous ne connaissez pas mon cœur.

A quoi me sacrifiez-vous ? à des craintes chimériques [2]. Et qui vous les inspire ? un homme qui vous
adore ; un homme sur qui vous ne cesserez jamais

d'avoir un empire absolu. Que craignez-vous, que pouvez-vous craindre d'un sentiment que vous serez toujours maîtresse de diriger à votre gré ? Mais votre imagination se crée des monstres, et l'effroi qu'ils vous causent, vous l'attribuez à l'amour. Un peu de confiance, et ces fantômes disparaîtront.

Un sage a dit que pour dissiper ses craintes il suffisait presque toujours d'en approfondir la cause *. C'est surtout en amour que cette vérité trouve son application. Aimez, et vos craintes s'évanouiront. A la place des objets qui vous effrayent, vous trouverez un sentiment délicieux, un amant tendre et soumis ; et tous vos jours, marqués par le bonheur, ne vous laisseront d'autre regret que d'en avoir perdu quelques-uns dans l'indifférence. Moi-même, depuis que, revenu de mes erreurs, je n'existe plus que pour l'amour, je regrette un temps que je croyais avoir passé dans les plaisirs ; et je sens que c'est à vous seule qu'il appartient de me rendre heureux. Mais, je vous en supplie, que le plaisir que je trouve à vous écrire, ne soit plus troublé par la crainte de vous déplaire. Je ne veux pas vous désobéir : mais je suis à vos genoux, j'y réclame le bonheur que vous voulez me ravir, le seul que vous m'avez laissé ; je vous crie, écoutez mes prières, et voyez mes larmes ; ah ! Madame, me refuserez-vous ?

De..., ce 7 septembre 17**.

LETTRE LIX

LE VICOMTE DE VALMONT À LA MARQUISE
DE MERTEUIL

Apprenez-moi, si vous le savez, ce que signifie ce radotage de Danceny. Qu'est-il donc arrivé, et

---

* *On croit que c'est Rousseau dans* Emile, *mais la citation n'est pas exacte, et l'application qu'en fait Valmont est bien fausse ; et puis, madame de Tourvel avait-elle lu* E mile [3] *?*

qu'est-ce qu'il a perdu ? Sa belle s'est peut-être fâchée
de son respect éternel ? Il faut être juste, on se fâcherait à moins. Que lui dirai-je ce soir, au rendez-vous
qu'il me demande, et que je lui ai donné à tout
hasard ? Assurément je ne perdrai pas mon temps à
écouter ses doléances, si cela ne doit nous mener à
rien. Les complaintes amoureuses ne sont bonnes à
entendre qu'en récitatifs obligés [1], ou en grandes
ariettes. Instruisez-moi donc de ce qui est et de ce que
je dois faire, ou bien je déserte, pour éviter l'ennui que
je prévois. Pourrai-je causer avec vous ce matin ? Si
vous êtes *occupée* [2], au moins écrivez-moi un mot, et
donnez-moi les réclames [3] de mon rôle.

Où étiez-vous donc hier ? Je ne parviens plus à vous
voir. En vérité, ce n'était pas la peine de me retenir à
Paris au mois de septembre. Décidez-vous pourtant,
car je viens de recevoir une invitation fort pressante de
la comtesse de B***, pour aller la voir à la campagne ;
et, comme elle me le mande assez plaisamment, « son
mari a le plus beau bois du monde, qu'il conserve
soigneusement pour les plaisirs de ses amis ». Or, vous
savez que j'ai bien quelques droits, sur ce bois-là ; et
j'irai le revoir si je ne vous suis pas utile. Adieu,
songez que Danceny sera chez moi sur les quatre
heures.

*De..., ce 8 septembre 17**.*

LETTRE LX

LE CHEVALIER DANCENY AU VICOMTE DE VALMONT

(Incluse dans la précédente.)

Ah ! Monsieur, je suis désespéré, j'ai tout perdu. Je
n'ose confier au papier le secret de mes peines : mais
j'ai besoin de les répandre dans le sein d'un ami fidèle
et sûr [1]. A quelle heure pourrais-je vous voir, et aller

chercher auprès de vous des consolations et des conseils ? J'étais si heureux le jour où je vous ouvris mon âme ! A présent, quelle différence ! tout est changé pour moi. Ce que je souffre pour mon compte n'est encore que la moindre partie de mes tourments ; mon inquiétude sur un objet bien plus cher, voilà ce que je ne puis supporter. Plus heureux que moi, vous pourrez la voir, et j'attends de votre amitié que vous ne me refuserez pas cette démarche : mais il faut que je vous parle, que je vous instruise. Vous me plaindrez, vous me secourrez ; je n'ai d'espoir qu'en vous. Vous êtes sensible [2], vous connaissez l'amour, et vous êtes le seul à qui je puisse me confier ; ne me refusez pas vos secours.

Adieu, Monsieur ; le seul soulagement que j'éprouve dans ma douleur est de songer qu'il me reste un ami tel que vous. Faites-moi savoir, je vous prie, à quelle heure je pourrai vous trouver. Si ce n'est pas ce matin, je désirerais que ce fût de bonne heure dans l'après-midi.

*De..., ce 8 septembre 17 **.*

LETTRE LXI

CÉCILE VOLANGES À SOPHIE CARNAY

Ma chère Sophie, plains ta Cécile, ta pauvre Cécile ; elle est bien malheureuse ! Maman sait tout. Je ne conçois pas comment elle a pu se douter de quelque chose, et pourtant elle a tout découvert. Hier au soir, maman [1] me parut bien avoir un peu d'humeur ; mais je n'y fis pas grande attention ; et même en attendant que sa partie fût finie, je causai très gaiement avec madame de Merteuil qui avait soupé ici, et nous parlâmes [2] beaucoup de Danceny. Je ne crois pourtant pas qu'on ait pu nous entendre. Elle s'en alla, et je me retirai dans mon appartement.

Je me déshabillais, quand maman entra et fit sortir ma femme de chambre ; elle me demanda la clef de mon secrétaire. Le ton dont elle me fit cette demande me causa un tremblement si fort que je pouvais à peine me soutenir. Je faisais semblant de ne la pas trouver, mais enfin il fallut obéir. Le premier tiroir qu'elle ouvrit, fut justement celui où étaient les lettres du chevalier Danceny. J'étais si troublée, que quand elle me demanda ce que c'était, je ne sus lui répondre autre chose, sinon que ce n'était rien ; mais quand je la vis commencer à lire celle qui se présentait la première, je n'eus que le temps de gagner un fauteuil, et je me trouvai mal au point que je perdis connaissance. Aussitôt que je revins à moi, ma mère, qui avait appelé ma femme de chambre, se retira, en me disant de me coucher. Elle a emporté toutes les lettres de Danceny. Je frémis toutes les fois que je songe qu'il me faudra reparaître devant elle. Je n'ai fait que pleurer toute la nuit.

Je t'écris au point du jour, dans l'espoir que Joséphine viendra. Si je peux lui parler seule, je la prierai de remettre chez madame de Merteuil un petit billet que je vais lui écrire ; sinon, je le mettrai dans ta lettre, et tu voudras bien l'envoyer comme de toi. Ce n'est que d'elle que je puis recevoir quelque consolation. Au moins, nous parlerons de lui, car je n'espère plus le voir. Je suis bien malheureuse ! Elle aura peut-être la bonté de se charger d'une lettre pour Danceny. Je n'ose pas me confier à Joséphine pour cet objet, et encore moins à ma femme de chambre ; car c'est peut-être elle qui aura dit à ma mère que j'avais des lettres dans mon secrétaire.

Je ne t'écrirai pas plus longuement, parce que je veux avoir le temps d'écrire à madame de Merteuil, et aussi à Danceny, pour avoir ma lettre toute prête, si elle veut bien s'en charger. Après cela, je me recoucherai, pour qu'on me trouve au lit quand on entrera dans ma chambre. Je dirai que je suis malade, pour me dispenser de passer chez maman. Je ne mentirai pas beaucoup ; sûrement je souffre plus que si j'avais

la fièvre. Les yeux me brûlent à force d'avoir pleuré ;
et j'ai un poids sur l'estomac, qui m'empêche de respirer. Quand je songe que je ne verrai plus Danceny,
je voudrais être morte. Adieu, ma chère Sophie. Je ne
peux pas t'en dire davantage ; les larmes me suffo-
quent.

De..., ce 7 septembre 17 **.

(*Nota :* On a supprimé la lettre de Cécile Volanges à la Marquise [3],
parce qu'elle ne contenait que les mêmes faits de la lettre précédente et avec moins de détails. Celle au chevalier Danceny ne s'est
point retrouvée : on en verra la raison dans la lettre LXIII, de
madame de Merteuil au Vicomte.)

LETTRE LXII

MADAME DE VOLANGES AU CHEVALIER DANCENY

Après avoir abusé, Monsieur, de la confiance d'une
mère et de l'innocence d'un enfant, vous ne serez pas
surpris, sans doute, de ne plus être reçu dans une
maison où vous n'avez répondu aux preuves de
l'amitié la plus sincère, que par l'oubli de tous les
procédés. Je préfère de vous prier de ne plus venir
chez moi, à donner des ordres à ma porte, qui nous
compromettraient tous également, par les remarques
que les valets ne manqueraient pas de faire. J'ai droit
d'espérer que vous ne me forcerez pas de recourir à ce
moyen. Je vous préviens aussi que si vous faites à
l'avenir la moindre tentative pour entretenir ma fille
dans l'égarement où vous l'avez plongée, une retraite
austère et éternelle la soustraira à vos poursuites. C'est
à vous de voir, Monsieur, si vous craindrez aussi peu
de creuser son infortune, que vous avez peu craint de
tenter son déshonneur. Quant à moi, mon choix est
fait, et je l'en ai instruite.

Vous trouverez ci-joint le paquet de vos lettres. Je

compte que vous me renverrez en échange toutes celles de ma fille ; et que vous vous prêterez à ne laisser aucune trace d'un événement dont nous ne pourrions garder le souvenir, moi sans indignation, elle, sans honte, et vous sans remords. J'ai l'honneur d'être, etc.

De..., ce 7 septembre 17**.

LETTRE LXIII

LA MARQUISE DE MERTEUIL AU VICOMTE
DE VALMONT

Vraiment oui, je vous expliquerai le billet de Danceny. L'événement qui le lui a fait écrire est mon ouvrage, et c'est, je crois, mon chef-d'œuvre. Je n'ai pas perdu mon temps depuis votre dernière lettre, et j'ai dit comme l'architecte athénien : « Ce qu'il a dit, je le ferai [1]. »

Il lui faut donc des obstacles à ce beau héros de roman, et il s'endort dans la félicité ! oh ! qu'il s'en rapporte à moi, je lui donnerai de la besogne ; et je me trompe, ou son sommeil ne sera plus tranquille. Il fallait bien lui apprendre le prix du temps, et je me flatte qu'à présent il regrette celui qu'il a perdu. Il fallait, dites-vous aussi, qu'il eût besoin de plus de mystère ; eh bien ! ce besoin-là ne lui manquera plus. J'ai cela de bon, moi, c'est qu'il ne faut que me faire apercevoir de mes fautes ; je ne prends point de repos que je n'aie tout réparé. Apprenez donc ce que j'ai fait.

En rentrant chez moi avant-hier matin, je lus votre lettre ; je la trouvai lumineuse. Persuadée que vous aviez très bien indiqué la cause du mal, je ne m'occupai plus qu'à trouver le moyen de le guérir. Je commençai pourtant par me coucher ; car l'infatigable chevalier ne m'avait pas laissée dormir un moment, et je croyais avoir sommeil : mais point du tout ; tout entière à Danceny, le désir de le tirer de son indolence, ou de l'en punir, ne me permit pas de fermer l'œil, et ce ne fut qu'après avoir bien concerté mon plan, que je pus trouver deux heures de repos [2].

J'allai le soir même chez madame de Volanges, et, suivant mon projet, je lui fis confidence que je me croyais sûre qu'il existait entre sa fille et Danceny une liaison dangereuse [3]. Cette femme, si clairvoyante contre vous, était aveuglée au point qu'elle me répondit d'abord qu'à coup sûr je me trompais ; que sa fille était un enfant, etc., etc. Je ne pouvais pas lui dire tout ce que j'en savais ; mais je citai des regards, des propos, *dont ma vertu et mon amitié s'alarmaient*. Je parlai enfin presque aussi bien qu'aurait pu faire une dévote, et, pour frapper le coup décisif, j'allai jusqu'à dire que je croyais avoir vu donner et recevoir une lettre. Cela me rappelle, ajoutai-je, qu'un jour elle ouvrit devant moi un tiroir de son secrétaire, dans lequel je vis beaucoup de papiers, que sans doute elle conserve. Lui connaissez-vous quelque correspondance fréquente ? Ici la figure de madame de Volanges changea, et je vis quelques larmes rouler dans ses yeux. « Je vous remercie, ma digne amie, me dit-elle, en me serrant la main, je m'en éclaircirai. »

Après cette conversation, trop courte pour être suspecte, je me rapprochai de la jeune personne. Je la quittai bientôt après, pour demander à la mère de ne pas me compromettre vis-à-vis de sa fille, ce qu'elle me promit d'autant plus volontiers, que je lui fis observer combien il serait heureux que cet enfant prît assez de confiance en moi pour m'ouvrir son cœur, et me mettre à portée de lui donner *mes sages conseils* [4]. Ce qui m'assure qu'elle me tiendra sa promesse, c'est que je ne doute pas qu'elle ne veuille se faire honneur de sa pénétration auprès de sa fille. Je me trouvais, par là, autorisée à garder mon ton d'amitié avec la petite, sans paraître fausse aux yeux de madame de Volanges ; ce que je voulais éviter. J'y gagnais encore d'être, par la suite, aussi longtemps et aussi secrètement que je voudrais, avec la jeune personne, sans que la mère en prît jamais d'ombrage.

J'en profitai dès le soir même ; et après ma partie finie, je chambrai la petite dans un coin, et la mis sur le chapitre de Danceny, sur lequel elle ne tarit jamais. Je m'amusais à lui monter la tête sur le plaisir qu'elle aurait à le voir le lendemain ; il n'est sorte de folies que je ne lui aie fait dire [5]. Il fallait bien lui rendre en espérance ce que je lui ôtais en réalité ; et puis, tout cela devait lui rendre le coup plus sensible, et je suis persuadée que plus elle aura souffert, plus elle sera pressée de s'en dédommager à la première occasion. Il est bon, d'ailleurs, d'accoutumer aux grands événements [6], quelqu'un qu'on destine aux grandes aventures.

Après tout, ne peut-elle pas payer de quelques larmes le plaisir d'avoir son Danceny ? elle en raffole ! eh bien, je lui promets qu'elle l'aura, et plus tôt même qu'elle ne l'aurait eu sans cet orage. C'est un mauvais rêve dont le réveil sera délicieux ; et, à tout prendre, il me semble qu'elle me doit de la reconnaissance : au fait, quand j'y aurais mis un peu de malice, il faut bien s'amuser :

Les sots sont ici-bas pour nos menus plaisirs *

Je me retirai enfin, fort contente de moi. Ou Danceny, me disais-je, animé par les obstacles, va redoubler d'amour, et alors je le servirai de tout mon pouvoir ; ou si ce n'est qu'un sot, comme je suis tentée quelquefois de le croire, il sera désespéré, et se tiendra pour battu : or, dans ce cas, au moins me serai-je vengée de lui, autant qu'il était en moi ; chemin faisant j'aurai augmenté pour moi l'estime de la mère, l'amitié de la fille, et la confiance de toutes deux. Quant à Gercourt, premier objet de mes soins, je serais bien malheureuse ou bien maladroite, si, maîtresse de l'esprit de sa femme, comme je le suis et vas

* GRESSET, Le Méchant, *comédie* [7].

l'être plus encore, je ne trouvais pas mille moyens d'en
faire ce que je veux qu'il soit. Je me couchai dans ces
douces idées : aussi je dormis, et me réveillai fort tard.

A mon réveil, je trouvai deux billets, un de la mère,
et un de la fille ; et je ne pus m'empêcher de rire, en
trouvant dans tous deux littéralement cette même
phrase : *C'est de vous seule que j'attends quelque consolation* [8]. N'est-il pas plaisant, en effet, de consoler pour
et contre, et d'être le seul agent de deux intérêts directement contraires ? Me voilà comme la Divinité ; recevant les vœux opposés des aveugles mortels, et ne
changeant rien à mes décrets immuables. J'ai quitté
pourtant ce rôle auguste, pour prendre celui d'ange
consolateur ; et j'ai été, suivant le précepte, visiter mes
amis dans leur affliction.

J'ai commencé par la mère ; je l'ai trouvée d'une
tristesse, qui déjà vous venge en partie des contrariétés
qu'elle vous a fait éprouver de la part de votre belle
prude. Tout a réussi à merveille : ma seule inquiétude
était que madame de Volanges ne profitât de ce
moment pour gagner la confiance de sa fille ; ce qui
eût été bien facile, en n'employant, avec elle, que le
langage de la douceur et de l'amitié ; et en donnant
aux conseils de la raison, l'air et le ton de la tendresse
indulgente. Par bonheur, elle s'est armée de sévérité ;
elle s'est enfin si mal conduite, que je n'ai eu qu'à
applaudir. Il est vrai qu'elle a pensé rompre tous nos
projets, par le parti qu'elle avait pris de faire rentrer sa
fille au couvent : mais j'ai paré ce coup ; et je l'ai
engagée à en faire seulement la menace, dans le cas où
Danceny continuerait ses poursuites : afin de les
forcer tous deux à une circonspection que je crois
nécessaire pour le succès.

Ensuite j'ai été chez la fille. Vous ne sauriez croire
combien la douleur l'embellit ! Pour peu qu'elle prenne
de coquetterie, je vous garantis qu'elle pleurera souvent : pour cette fois, elle pleurait sans malice... Frappée
de ce nouvel agrément que je ne lui connaissais pas, et
que j'étais bien aise d'observer, je ne lui donnai d'abord
que de ces consolations gauches, qui augmentent plus

les peines qu'elles ne les soulagent ; et, par ce moyen, je l'amenai au point d'être véritablement suffoquée. Elle ne pleurait plus, et je craignis un moment les convulsions. Je lui conseillai de se coucher, ce qu'elle accepta ; je lui servis de femme de chambre : elle n'avait point fait de toilette, et bientôt ses cheveux épars tombèrent sur ses épaules et sur sa gorge entièrement découverts ; je l'embrassai ; elle se laissa aller dans mes bras, et ses larmes recommencèrent à couler sans effort. Dieu ! qu'elle était belle ! Ah ! si Magdeleine [9] était ainsi, elle dut être bien plus dangereuse pénitente que pécheresse.

Quand la belle désolée fut au lit, je me mis à la consoler de bonne foi. Je la rassurai d'abord sur la crainte du couvent. Je fis naître en elle l'espoir de voir Danceny en secret, et m'asseyant sur le lit : « S'il était là », lui dis-je ; puis brodant sur ce thème, je la reconduisis, de distraction en distraction, à ne plus se souvenir du tout qu'elle était affligée. Nous nous serions séparées parfaitement contentes l'une et l'autre, si elle n'avait voulu me charger d'une lettre pour Danceny ; ce que j'ai constamment refusé. En voici les raisons, que vous approuverez sans doute.

D'abord, celle que c'était me compromettre vis-à-vis de Danceny ; et si c'était la seule dont je pus me servir avec la petite, il y en avait beaucoup d'autres de vous à moi. Ne serait-ce pas risquer le fruit de mes travaux, que de donner sitôt à nos jeunes gens un moyen si facile d'adoucir leurs peines ? Et puis, je ne serais pas fâchée de les obliger à mêler quelques domestiques dans cette aventure ; car enfin si elle se conduit à bien, comme je l'espère, il faudra qu'elle se sache immédiatement après le mariage ; et il y a peu de moyens plus sûrs pour la répandre ; ou, si par miracle ils ne parlaient pas, nous parlerions, nous, et il sera plus commode de mettre l'indiscrétion sur leur compte.

Il faudra donc que vous donniez aujourd'hui cette idée à Danceny ; et comme je ne suis pas sûre de la femme de chambre de la petite Volanges, dont elle-même paraît se défier, indiquez-lui la mienne, ma fidèle Victoire. J'aurai soin que la démarche réussisse.

Cette idée me plaît d'autant plus, que la confidence ne sera utile qu'à nous, et point à eux : car je ne suis pas à la fin de mon récit.

Pendant que je me défendais de me charger de la lettre de la petite, je craignais à tout moment qu'elle ne me proposât de la mettre à la Petite-Poste [10] ; ce que je n'aurais guère pu refuser. Heureusement, soit trouble, soit ignorance de sa part, ou encore qu'elle tînt moins à la lettre qu'à la réponse, qu'elle n'aurait pas pu avoir par ce moyen, elle ne m'en a point parlé : mais pour éviter que cette idée ne lui vînt, ou au moins qu'elle ne pût s'en servir, j'ai pris mon parti sur-le-champ ; et en rentrant chez la mère, je l'ai décidée à éloigner sa fille pour quelque temps, à la mener à la campagne... Et où ? Le cœur ne vous bat pas de joie ?... Chez votre tante, chez la vieille Rosemonde. Elle doit l'en prévenir aujourd'hui : ainsi vous voilà autorisé à aller retrouver votre dévote qui n'aura plus à vous objecter le scandale du tête-à-tête ; et grâce à mes soins, madame de Volanges réparera elle-même le tort qu'elle vous a fait.

Mais écoutez-moi, et ne vous occupez pas si vivement de vos affaires, que vous perdiez celle-ci de vue ; songez qu'elle m'intéresse.

Je veux que vous vous rendiez le correspondant et le conseil des deux jeunes gens. Apprenez donc ce voyage à Danceny, et offrez-lui vos services. Ne trouvez de difficulté qu'à faire parvenir entre les mains de la belle, votre lettre de créance ; et levez cet obstacle sur-le-champ, en lui indiquant la voie de ma femme de chambre. Il n'y a point de doute qu'il n'accepte ; et vous aurez, pour prix de vos peines, la confidence d'un cœur neuf, qui est toujours intéressante. La pauvre petite ! comme elle rougira en vous remettant sa première lettre ! Au vrai, ce rôle de confident, contre lequel il s'est établi des préjugés, me paraît un très joli délassement, quand on est occupé d'ailleurs ; et c'est le cas où vous serez.

C'est de vos soins que va dépendre le dénouement de cette intrigue. Jugez du moment où il faudra réunir les acteurs. La campagne offre mille moyens ; et Danceny, à coup sûr, sera prêt à s'y rendre à votre premier signal. Une nuit, un déguisement, une fenêtre... que sais-je, moi ? Mais enfin, si la petite fille en revient telle qu'elle y aura été, je m'en prendrai à vous. Si vous jugez qu'elle ait besoin de quelque encouragement de ma part, mandez-le-moi. Je crois lui avoir donné une assez bonne leçon sur le danger de garder des lettres, pour oser lui écrire à présent ; et je suis toujours dans le dessein d'en faire mon élève.

Je crois avoir oublié de vous dire que ses soupçons au sujet de sa correspondance trahie s'étaient portés d'abord sur sa femme de chambre, et que je les ai détournés sur le confesseur. C'est faire d'une pierre deux coups.

Adieu, Vicomte ; voilà bien longtemps que je suis à vous écrire, et mon dîner en a été retardé : mais l'amour-propre et l'amitié dictaient ma lettre, et tous deux sont bavards. Au reste, elle sera chez vous à trois heures, et c'est tout ce qu'il vous faut.

Plaignez-vous de moi à présent, si vous l'osez ; et allez revoir, si vous en êtes tenté, le bois du comte de B***. Vous dites qu'il le garde pour le plaisir de ses amis ! Cet homme est donc l'ami de tout le monde ? Mais adieu, j'ai faim.

De..., ce 9 septembre [11] *17**.*

LETTRE LXIV

LE CHEVALIER DANCENY À MADAME DE VOLANGES

*(Minute jointe à la lettre LXVI du Vicomte
à la Marquise.)*

Sans chercher, Madame, à justifier ma conduite, et sans me plaindre de la vôtre, je ne puis que m'affliger d'un événement qui fait le malheur de trois personnes, toutes trois dignes d'un sort plus heureux. Plus sensible encore au chagrin d'en être la cause, qu'à celui d'en être la victime, j'ai souvent essayé, depuis hier, d'avoir l'honneur de vous répondre sans pouvoir en trouver la force. J'ai cependant tant de choses à vous dire, qu'il faut bien faire un effort sur soi-même ; et si cette lettre a peu d'ordre et de suite, vous devez sentir assez combien ma situation est douloureuse, pour m'accorder quelque indulgence.

Permettez-moi d'abord de réclamer contre la première phrase de votre lettre. Je n'ai abusé, j'ose le dire, ni de votre confiance ni de l'innocence de mademoiselle de Volanges ; j'ai respecté l'une et l'autre dans mes actions. Elles seules dépendaient de moi ; et quand vous me rendriez responsable d'un sentiment involontaire, je ne crains pas d'ajouter, que celui que m'a inspiré mademoiselle votre fille est tel, qu'il peut vous déplaire, mais non vous offenser. Sur cet objet qui me touche plus que je ne puis vous dire, je ne veux que vous pour juge, et mes lettres pour témoins.

Vous me défendez de me présenter chez vous à l'avenir, et sans doute je me soumettrai à tout ce qu'il vous plaira d'ordonner à ce sujet : mais cette absence subite et totale ne donnera-t-elle donc pas autant de prise aux remarques que vous voulez éviter, que l'ordre que, par cette raison même, vous n'avez point voulu donner à votre porte ? J'insisterai d'autant plus sur ce point, qu'il est bien plus important pour mademoiselle de Volanges que pour moi. Je vous supplie donc de peser attentivement toutes choses, et de ne pas permettre que votre sévérité altère votre prudence. Persuadé que l'intérêt seul de mademoiselle votre fille dictera vos résolutions, j'attendrai de nouveaux ordres de votre part.

Cependant, dans le cas où vous me permettriez de vous faire ma cour quelquefois, je m'engage, Madame (et vous pouvez compter sur ma promesse), à ne point abuser de ces occasions pour tenter de parler en particulier à mademoiselle de Volanges, ou de lui faire tenir aucune lettre. La crainte de ce qui pourrait compromettre sa réputation m'engage à ce sacrifice ; et le bonheur de la voir quelquefois m'en dédommagera.

Cet article de ma lettre est aussi la seule réponse que je puisse faire à ce que vous me dites, sur le sort que vous destinez à mademoiselle de Volanges, et que vous voulez rendre dépendant de ma conduite. Ce serait vous tromper, que de vous promettre davantage. Un vil séducteur peut plier ses projets aux circonstances, et calculer avec les événements : mais l'amour qui m'anime ne me permet que deux sentiments : le courage et la constance.

Qui, moi ! consentir à être oublié de mademoiselle de Volanges, à l'oublier moi-même ? non, non jamais ! Je lui serai fidèle ; elle en a reçu le serment, et je le renouvelle en ce jour. Pardon, Madame, je m'égare, il faut revenir.

Il me reste un autre objet à traiter avec vous ; celui des lettres que vous me demandez. Je suis vraiment peiné, d'ajouter un refus aux torts que vous me trouvez déjà : mais, je vous en supplie, écoutez mes raisons, et daignez vous souvenir, pour les apprécier, que la seule consolation au malheur d'avoir perdu votre amitié, est l'espoir de conserver votre estime.

Les lettres de mademoiselle de Volanges, toujours si précieuses pour moi, me le deviennent bien plus dans ce moment. Elles sont l'unique bien qui me reste ; elles seules me retracent encore un sentiment qui fait tout le charme de ma vie. Cependant, vous pouvez m'en croire, je ne balancerais pas un instant à vous en faire le sacrifice, et le regret d'en être privé céderait au désir de vous prouver ma déférence respectueuse ; mais des considérations puissantes me retiennent, et je m'assure que vous-même ne pourrez les blâmer.

Vous avez, il est vrai, le secret de mademoiselle de Volanges ; mais permettez-moi de le dire, je suis autorisé à croire que c'est l'effet de la surprise, et non de la confiance. Je ne prétends pas blâmer une démarche, qu'autorise, peut-être, la sollicitude maternelle. Je respecte vos droits, mais ils ne vont pas jusqu'à me dispenser de mes devoirs. Le plus sacré de tous est de ne jamais trahir la confiance qu'on nous accorde. Ce serait y manquer, que d'exposer aux yeux d'un autre les secrets d'un cœur qui n'a voulu les dévoiler qu'aux miens. Si mademoiselle votre fille consent à vous les confier, qu'elle parle ; ses lettres vous sont inutiles. Si elle veut, au contraire, renfermer son secret en elle-même, vous n'attendez pas, sans doute, que ce soit moi qui vous en instruise.

Quant au mystère dans lequel vous désirez que cet événement reste enseveli, soyez tranquille, Madame ; sur tout ce qui intéresse mademoiselle de Volanges, je peux défier le cœur même d'une mère. Pour achever de vous ôter toute inquiétude, j'ai tout prévu. Ce dépôt précieux, qui portait jusqu'ici pour suscription : *papiers à brûler* ; porte à présent : *papiers appartenant à madame de Volanges*. Ce parti que je prends doit vous prouver ainsi que mes refus ne portent pas sur la crainte que vous trouviez dans ces lettres un seul sentiment dont vous ayez personnellement à vous plaindre.

Voilà, Madame, une bien longue lettre. Elle ne le serait pas encore assez, si elle vous laissait le moindre doute de l'honnêteté de mes sentiments, du regret bien sincère de vous avoir déplu, et du profond respect avec lequel j'ai l'honneur d'être, etc.

De..., ce 9 septembre 17 **.

LETTRE LXV

LE CHEVALIER DANCENY À CÉCILE VOLANGES

(Envoyée ouverte à la marquise de Merteuil dans la lettre LXVI du Vicomte.)

O ma Cécile, qu'allons-nous devenir ? quel Dieu nous sauvera des malheurs qui nous menacent ? Que l'amour nous donne au moins le courage de les supporter ! Comment vous peindre mon étonnement, mon désespoir à la vue de mes lettres, à la lecture du billet de madame de Volanges ? qui a pu nous trahir ? sur qui tombent vos soupçons ? auriez-vous commis quelque imprudence ? que faites-vous à présent ? que vous a-t-on dit ? Je voudrais tout savoir, et j'ignore tout. Peut-être vous-même n'êtes-vous pas plus instruite que moi.

Je vous envoie le billet de votre maman, et la copie de ma réponse. J'espère que vous approuvez ce que je lui dis. J'ai bien besoin que vous approuviez aussi les démarches que j'ai faites depuis ce fatal événement, elles ont toutes pour but d'avoir de vos nouvelles, de vous donner des miennes ; et, que sait-on ? peut-être de vous revoir encore, et plus librement que jamais.

Concevez-vous, ma Cécile, quel plaisir de nous retrouver ensemble, de pouvoir nous jurer de nouveau un amour éternel, et de voir dans nos yeux, de sentir dans nos âmes que ce serment ne sera pas trompeur ? Quelles peines un moment si doux ne ferait-il pas oublier ? Hé bien ! j'ai l'espoir de le voir naître, et je le dois à ces mêmes démarches que je vous supplie d'approuver. Que dis-je ? je le dois aux soins consolateurs de l'ami le plus tendre ; et mon unique demande est que vous permettiez que cet ami soit aussi le vôtre.

Peut-être ne devais-je pas donner votre confiance sans votre aveu ? mais j'ai pour excuse le malheur et la nécessité. C'est l'amour qui m'a conduit ; c'est lui qui réclame votre indulgence, qui vous demande de pardonner une confidence nécessaire, et sans laquelle nous restions peut-être à jamais séparés *. Vous connaissez l'ami dont je vous parle ; il est celui de la femme que vous aimez le mieux. C'est le vicomte de Valmont.

Mon projet, en m'adressant à lui, était d'abord de le

---

* M. Danceny n'accuse pas vrai. Il avait déjà fait sa confidence à M. de Valmont avant cet événement. Voyez la lettre LVII [1].

prier d'engager madame de Merteuil à se charger d'une lettre pour vous. Il n'a pas cru que ce moyen pût réussir ; mais au défaut de la maîtresse, il répond de la femme de chambre, qui lui a des obligations. Ce sera elle qui vous remettra cette lettre, et vous pourrez lui donner votre réponse.

Ce secours ne nous sera guère utile, si, comme le croit M. de Valmont, vous partez incessamment pour la campagne. Mais alors c'est lui-même qui veut nous servir. La femme chez qui vous allez est sa parente. Il profitera de ce prétexte pour s'y rendre dans le même temps que vous ; et ce sera par lui que passera notre correspondance mutuelle. Il assure même que, si vous voulez vous laisser conduire, il nous procurera les moyens de nous y voir sans risquer de vous compromettre en rien.

A présent, ma Cécile, si vous m'aimez, si vous plaignez mon malheur, si, comme je l'espère, vous partagez mes regrets, refuserez-vous votre confiance à un homme qui sera notre ange tutélaire ? Sans lui, je serais réduit au désespoir de ne pouvoir même adoucir les chagrins que je vous cause. Ils finiront, je l'espère : mais, ma tendre amie, promettez-moi de ne pas trop vous y livrer, de ne point vous en laisser abattre. L'idée de votre douleur m'est un tourment insupportable. Je donnerais ma vie pour vous rendre heureuse ! Vous le savez bien. Puisse la certitude d'être adorée porter quelque consolation dans votre âme ! La mienne a besoin que vous m'assuriez que vous pardonnez à l'amour les maux qu'il vous fait souffrir.

Adieu, ma Cécile ; adieu, ma tendre amie.

De..., ce 9 septembre 17**.

LETTRE LXVI

LE VICOMTE DE VALMONT À LA MARQUISE DE MERTEUIL

Vous verrez, ma belle amie, en lisant les deux lettres ci-jointes, si j'ai bien rempli votre projet. Quoique toutes deux soient datées d'aujourd'hui, elles ont été écrites hier, chez moi, et sous mes yeux : celle à la petite fille, dit tout ce que nous voulions. On ne peut que s'humilier devant la profondeur de vos vues, si on en juge par le succès de vos démarches. Danceny est tout de feu ; et sûrement à la première occasion, vous n'aurez plus de reproches à lui faire. Si sa belle ingénue veut être docile, tout sera terminé peu de temps après son arrivée à la campagne ; j'ai cent moyens tout prêts. Grâce à vos soins me voilà bien décidément *l'ami de Danceny* ; il ne lui manque plus que d'être *Prince* *.

Il est encore bien jeune, ce Danceny ! croiriez-vous que je n'ai jamais pu obtenir de lui qu'il promît à la mère de renoncer à son amour ; comme s'il était bien gênant de promettre, quand on est décidé à ne pas tenir ! Ce serait tromper, me répétait-il sans cesse : ce scrupule n'est-il pas édifiant, surtout en voulant séduire la fille [1] ? Voilà bien les hommes ! tous également scélérats dans leurs projets, ce qu'ils mettent de faiblesse dans l'exécution, ils l'appellent probité.

C'est votre affaire d'empêcher que madame de Volanges ne s'effarouche des petites échappées que notre jeune homme s'est permises dans sa lettre [2] ; préservez-nous du couvent ; tâchez aussi de faire abandonner la demande des lettres de la petite. D'abord il ne les rendra point, il ne le veut pas, et je suis de son avis ; ici l'amour et la raison sont d'accord.

* *Expression relative à un passage d'un poème de M. de Voltaire* [3].

Je les ai lues ces lettres, j'en ai dévoré l'ennui. Elles peuvent devenir utiles. Je m'explique.

Malgré la prudence que nous y mettrons, il peut arriver un éclat ; il ferait manquer le mariage, n'est-il pas vrai, et échouer tous nos projets Gercourt ? Mais comme, pour mon compte, j'ai aussi à me venger de la mère, je me réserve en ce cas de déshonorer la fille[4]. En choisissant bien dans cette correspondance, et n'en produisant qu'une partie, la petite Volanges paraîtrait avoir fait toutes les premières démarches, et s'être absolument jetée à la tête. Quelques-unes des lettres pourraient même compromettre la mère, et *l'entacheraient*[5] au moins d'une négligence impardonnable[6]. Je sens bien que le scrupuleux Danceny se révolterait d'abord ; mais comme il serait personnellement attaqué, je crois qu'on en viendrait à bout. Il y a mille à parier contre un, que la chance ne tournera pas ainsi ; mais il faut tout prévoir.

Adieu, ma belle amie ; vous seriez bien aimable de venir souper demain chez la maréchale de *** ; je n'ai pas pu refuser.

J'imagine que je n'ai pas besoin de vous recommander le secret, vis-à-vis de madame de Volanges, sur mon projet de campagne ; elle aurait bientôt celui de rester à la ville : au lieu qu'une fois arrivée, elle ne repartira pas le lendemain ; et si elle nous donne seulement huit jours, je réponds de tout.

De..., ce 9 septembre 17**.

LETTRE LXVII[1]

LA PRÉSIDENTE DE TOURVEL AU VICOMTE DE VALMONT

Je ne voulais plus vous répondre, Monsieur, et peut-être l'embarras que j'éprouve en ce moment est-il lui-même une preuve qu'en effet je ne le devrais pas.

Cependant je ne veux vous laisser aucun sujet de plainte contre moi ; je veux vous convaincre que j'ai fait pour vous tout ce que je pouvais faire.

Je vous ai permis de m'écrire, dites-vous ? J'en conviens ; mais quand vous me rappelez cette permission, croyez-vous que j'oublie à quelles conditions elle vous fut donnée ? Si j'y eusse été aussi fidèle que vous l'avez été peu, auriez-vous reçu une seule réponse de moi ? Voilà pourtant la troisième ; et quand vous faites tout ce qu'il faut pour m'obliger à rompre cette correspondance, c'est moi qui m'occupe des moyens de l'entretenir. Il en est un, mais c'est le seul ; et si vous refusez de le prendre, ce sera, quoi que vous puissiez dire, me prouver assez combien peu vous y mettez de prix.

Quittez donc un langage que je ne puis ni ne veux entendre ; renoncez à un sentiment qui m'offense et m'effraie, et auquel, peut-être, vous devriez être moins attaché en songeant qu'il est l'obstacle qui nous sépare. Ce sentiment est-il donc le seul que vous puissiez connaître, et l'amour aura-t-il ce tort de plus à mes yeux, d'exclure l'amitié ? vous-même, auriez-vous celui de ne pas vouloir pour votre amie celle en qui vous avez désiré des sentiments plus tendres ? Je ne veux pas le croire : cette idée humiliante me révolterait, m'éloignerait de vous sans retour.

En vous offrant mon amitié, Monsieur, je vous donne tout ce qui est à moi, tout ce dont je puis disposer. Que pouvez-vous désirer davantage ? Pour me livrer à ce sentiment si doux, si bien fait pour mon cœur, je n'attends que votre aveu ; et la parole, que j'exige de vous, que cette amitié suffira à votre bonheur. J'oublierai tout ce qu'on a pu me dire ; je me reposerai sur vous du soin de justifier mon choix.

Vous voyez ma franchise, elle doit vous prouver ma confiance ; il ne tiendra qu'à vous de l'augmenter encore : mais je vous préviens que le premier mot d'amour la détruit à jamais, et me rend toutes mes craintes ; que surtout il deviendra pour moi le signal d'un silence éternel vis-à-vis de vous.

Si, comme vous le dites, vous êtes *revenu de vos erreurs*, n'aimerez-vous pas mieux être l'objet de l'amitié d'une femme honnête, que celui des remords d'une femme coupable ? Adieu, Monsieur ; vous sentez qu'après avoir parlé ainsi, je ne puis plus rien dire que vous ne m'ayez répondu.

De..., ce 9 septembre 17**.

LETTRE LXVIII

LE VICOMTE DE VALMONT À LA PRÉSIDENTE DE TOURVEL

Comment répondre, Madame, à votre dernière lettre ? Comment oser être vrai, quand ma sincérité peut me perdre auprès de vous ? N'importe, il le faut ; j'en aurai le courage. Je me dis, je me répète, qu'il vaut mieux vous mériter que vous obtenir ; et dussiez-vous me refuser toujours un bonheur que je désirerai sans cesse, il faut vous prouver au moins que mon cœur en est digne.

Quel dommage que, comme vous le dites, je sois *revenu de mes erreurs !* avec quels transports de joie j'aurais lu cette même lettre à laquelle je tremble de répondre aujourd'hui ! Vous m'y parlez avec *franchise*, vous me témoignez de la *confiance*, vous m'offrez enfin votre *amitié* : que de biens, Madame, et quels regrets de ne pouvoir en profiter ! Pourquoi ne suis-je plus le même ?

Si je l'étais en effet ; si je n'avais pour vous qu'un goût ordinaire, que ce goût léger, enfant de la séduction et du plaisir, qu'aujourd'hui pourtant on nomme amour, je me hâterais de tirer avantage de tout ce que je pourrais obtenir. Peu délicat sur les moyens, pourvu qu'ils me procurassent le succès, j'encouragerais votre franchise par le besoin de vous deviner ; je désirerais votre confiance dans le dessein de la trahir ; j'accepterais votre amitié dans l'espoir de l'égarer... Quoi ! Madame, ce tableau vous effraie ?... hé bien ! il serait pourtant tracé d'après moi, si je vous disais que je consens à n'être que votre ami...

Qui, moi ! je consentirais à partager avec quelqu'un un sentiment émané de votre âme ? Si jamais je vous le dis, ne me croyez plus. De ce moment je chercherai à vous tromper ; je pourrai vous désirer encore, mais à coup sûr je ne vous aimerai plus.

Ce n'est pas que l'aimable franchise, la douce confiance, la sensible amitié, soient sans prix à mes yeux... Mais l'amour ! l'amour véritable, et tel que vous l'inspirez, en réunissant tous ces sentiments, en leur donnant plus d'énergie, ne saurait se prêter, comme eux, à cette tranquillité, à cette froideur de l'âme, qui permet des comparaisons, qui souffre même des préférences. Non, Madame, je ne serai point votre ami ; je vous aimerai de l'amour le plus tendre, et même le plus ardent, quoique le plus respectueux. Vous pourrez le désespérer, mais non l'anéantir [1].

De quel droit prétendez-vous disposer d'un cœur dont vous refusez l'hommage ? Par quel raffinement de cruauté, m'enviez-vous jusqu'au bonheur de vous aimer ? Celui-là est à moi, il est indépendant de vous ; je saurai le défendre. S'il est la source de mes maux, il en est aussi le remède.

Non, encore une fois, non. Persistez dans vos refus cruels ; mais laissez-moi mon amour. Vous vous plaisez à me rendre malheureux ! eh bien ! soit ; essayez de lasser mon courage, je saurai vous forcer au moins à décider de mon sort ; et peut-être, quelque jour, vous me rendrez plus de justice. Ce n'est pas que j'espère vous rendre jamais sensible : mais sans être persuadée, vous serez convaincue, vous vous direz : Je l'avais mal jugé.

Disons mieux, c'est à vous que vous faites injustice. Vous connaître sans vous aimer, vous aimer sans être constant, sont tous deux également impossibles ;

et malgré la modestie qui vous pare, il doit vous être
plus facile de vous plaindre, que de vous étonner de
sentiments que vous faites naître. Pour moi, dont le
seul mérite est d'avoir su vous apprécier, je ne veux
pas le perdre ; et loin de consentir à vos offres insi-
dieuses, je renouvelle à vos pieds le serment de vous
aimer toujours.

*De..., ce 10 septembre 17**.*

LETTRE LXIX

CÉCILE VOLANGES AU CHEVALIER DANCENY

(Billet écrit au crayon, et recopié par Danceny.)

Vous me demandez ce que je fais ; je vous aime,
et je pleure. Ma mère ne me parle plus ; elle m'a ôté
papier, plumes et encre ; je me sers d'un crayon, qui
par bonheur m'est resté, et je vous écris sur un mor-
ceau de votre lettre. Il faut bien que j'approuve tout
ce que vous avez fait ; je vous aime trop pour ne pas
prendre tous les moyens d'avoir de vos nouvelles et
de vous donner des miennes. Je n'aimais pas M. de
Valmont, et je ne le croyais pas tant votre ami ; je
tâcherai de m'accoutumer à lui, et je l'aimerai à
cause de vous. Je ne sais pas qui est-ce qui nous a
trahis ; ce ne peut être que ma femme de chambre
ou mon confesseur. Je suis bien malheureuse : nous
partons demain pour la campagne ; j'ignore pour
combien de temps. Mon Dieu ! ne vous plus voir [1] !
Je n'ai plus de place. Adieu ; tâchez de me lire. Ces
mots tracés au crayon s'effaceront peut-être, mais
jamais les sentiments gravés dans mon cœur.

*De..., ce 10 septembre 17**.*

LETTRE LXX

LE VICOMTE DE VALMONT À LA MARQUISE
DE MERTEUIL

J'ai un avis important à vous donner, ma chère amie. Je soupai hier, comme vous savez, chez la maréchale de***, on y parla de vous, et j'en dis, non pas tout le bien que j'en pense, mais tout celui que je n'en pense pas. Tout le monde paraissait être de mon avis, et la conversation languissait, comme il arrive toujours quand on ne dit que du bien de son prochain, lorsqu'il s'éleva un contradicteur : c'était Prévan.

« A Dieu ne plaise, dit-il en se levant, que je doute de la sagesse de madame de Merteuil ! mais j'oserais croire qu'elle la doit plus à sa légèreté qu'à ses principes. Il est peut-être plus difficile de la suivre [1] que de lui plaire ; et comme on ne manque guère, en courant après une femme, d'en rencontrer d'autres sur son chemin, comme, à tout prendre, ces autres-là peuvent valoir autant et plus qu'elle ; les uns sont distraits par un goût nouveau, les autres s'arrêtent de lassitude ; et c'est peut-être la femme de Paris qui a eu le moins à se défendre. Pour moi, ajouta-t-il (encouragé par le sourire de quelques femmes), je ne croirai à la vertu de madame de Merteuil, qu'après avoir crevé six chevaux à lui faire ma cour. »

Cette mauvaise plaisanterie réussit, comme toutes celles qui tiennent à la médisance ; et pendant le rire qu'elle excitait, Prévan reprit sa place, et la conversation générale changea. Mais les deux comtesses de B***, auprès de qui était notre incrédule, en firent avec lui leur conversation particulière, qu'heureusement je me trouvais à portée d'entendre.

Le défi de vous rendre sensible a été accepté ; la parole de tout dire a été donnée ; et de toutes celles qui se donneraient dans cette aventure, ce serait sûrement la plus religieusement gardée. Mais vous voilà bien avertie, et vous savez le proverbe.

Il me reste à vous dire que ce Prévan, que vous ne connaissez pas, est infiniment aimable, et encore plus adroit. Que si quelquefois vous m'avez entendu dire le contraire, c'est seulement que je ne l'aime pas, que je me plais à contrarier ses succès, et que je n'ignore pas de quel poids est mon suffrage auprès d'une trentaine de nos femmes les plus à la mode.

En effet, je l'ai empêché longtemps, par ce moyen, de paraître sur ce que nous appelons le grand théâtre ; et il faisait des prodiges, sans en avoir plus de réputation. Mais l'éclat de sa triple aventure, en fixant les yeux sur lui, lui a donné cette confiance qui lui manquait jusque-là, et l'a rendu vraiment redoutable. C'est enfin aujourd'hui le seul homme, peut-être, que je craindrais de rencontrer sur mon chemin ; et votre intérêt à part, vous me rendrez un vrai service de lui donner quelque ridicule chemin faisant. Je le laisse en bonnes mains ; et j'ai l'espoir qu'à mon retour, ce sera un homme noyé.

Je vous promets en revanche, de mener à bien l'aventure de votre pupille, et de m'occuper d'elle autant que de ma belle prude.

Celle-ci vient de m'envoyer un projet de capitulation. Toute sa lettre annonce le désir d'être trompée. Il est impossible d'en offrir un moyen plus commode et aussi plus usé. Elle veut que je sois *son ami*. Mais moi, qui aime les méthodes nouvelles et difficiles, je ne prétends pas l'en tenir quitte à si bon marché ; et assurément je n'aurais pas pris tant de peine auprès d'elle, pour terminer par une séduction ordinaire.

Mon projet, au contraire, est qu'elle sente, qu'elle sente bien la valeur et l'étendue de chacun des sacrifices qu'elle me fera ; de ne pas la conduire si vite, que le remords ne puisse la suivre ; de faire expirer sa vertu dans une lente agonie ; de la fixer sans cesse sur ce désolant spectacle ; et de ne lui accorder le bonheur de m'avoir dans ses bras, qu'après l'avoir forcée à n'en plus dissimuler le désir. Au fait, je vaux bien peu, si je ne vaux pas la peine d'être demandé. Et puis-je me venger moins d'une femme hautaine, qui semble rougir d'avouer qu'elle adore ?

J'ai donc refusé la précieuse amitié, et m'en suis tenu à mon titre d'amant. Comme je ne me dissimule point que ce titre qui ne paraît d'abord qu'une dispute de mots est pourtant d'une importance réelle à obtenir, j'ai mis beaucoup de soin à ma lettre, et j'ai tâché d'y répandre ce désordre, qui peut seul peindre le sentiment. J'ai enfin déraisonné le plus qu'il m'a été possible : car sans déraisonnement, point de tendresse ; et, c'est, je crois, par cette raison que les femmes nous sont si supérieures dans les lettres d'amour.

J'ai fini la mienne par une cajolerie, et c'est encore une suite de mes profondes observations. Après que le cœur d'une femme a été exercé quelque temps, il a besoin de repos ; et j'ai remarqué qu'une cajolerie était, pour toutes, l'oreiller le plus doux à leur offrir.

Adieu, ma belle amie. Je pars demain. Si vous avez des ordres à me donner pour la comtesse de ***, je m'arrêterai chez elle, au moins pour dîner. Je suis fâché de partir sans vous voir. Faites-moi passer vos sublimes instructions, et aidez-moi de vos sages conseils, dans ce moment décisif.

Surtout, défendez-vous de Prévan ; et puissé-je un jour vous dédommager de ce sacrifice ! Adieu.

*De..., ce 11 septembre 17 **.*

LETTRE LXXI [1]

LE VICOMTE DE VALMONT À LA MARQUISE
DE MERTEUIL

Mon étourdi de chasseur n'a-t-il pas laissé mon portefeuille à Paris ! les lettres de ma belle, celles de Danceny pour la petite Volanges, tout est resté, et j'ai

besoin de tout. Il va partir pour réparer sa sottise ; et
tandis qu'il selle son cheval, je vous raconterai mon
histoire de cette nuit : car je vous prie de croire que je
ne perds pas mon temps.

L'aventure, par elle-même, est bien peu de chose ;
ce n'est qu'un réchauffé avec la vicomtesse de M...
Mais elle m'a intéressé par les détails. Je suis bien aise
d'ailleurs de vous faire voir que si j'ai le talent de
perdre les femmes, je n'ai pas moins, quand je veux,
celui de les sauver. Le parti le plus difficile, ou le plus
gai, est toujours celui que je prends ; et je ne me
reproche pas une bonne action, pourvu qu'elle
m'exerce [2] ou m'amuse.

J'ai donc trouvé la vicomtesse ici, et comme elle
joignait ses instances aux persécutions qu'on me faisait pour passer la nuit au château : « Eh bien ! j'y
consens, lui dis-je, à condition que je la passerai avec
vous. » — « Cela m'est impossible, me répondit-elle,
Vressac [3] est ici. » Jusque-là je n'avais cru que lui dire
une honnêteté : mais ce mot d'impossible me révolta
comme de coutume. Je me sentis humilié d'être
sacrifié à Vressac, et je résolus de ne le pas souffrir :
j'insistai donc.

Les circonstances ne m'étaient pas favorables. Ce
Vressac a eu la gaucherie de donner de l'ombrage au
vicomte ; en sorte que la vicomtesse ne peut plus le
recevoir chez elle : et ce voyage chez la bonne comtesse avait été concerté entre eux, pour tâcher d'y
dérober quelques nuits. Le vicomte avait même
d'abord montré de l'humeur d'y rencontrer Vressac ;
mais comme il est encore plus chasseur que jaloux, il
n'en est pas moins resté : et la comtesse, toujours telle
que vous la connaissez, après avoir logé la femme dans
le grand corridor, a mis le mari d'un côté et l'amant
de l'autre, et les a laissés s'arranger entre eux. Le
mauvais destin de tous deux a voulu que je fusse logé
vis-à-vis.

Ce jour-là même, c'est-à-dire hier, Vressac, qui,
comme vous pouvez croire, cajole le vicomte, chassait
avec lui, malgré son peu de goût pour la chasse, et

comptait bien se consoler la nuit, entre les bras de la
femme, de l'ennui que le mari lui causait tout le jour :
mais moi, je jugeai qu'il aurait besoin de repos, et je
m'occupai des moyens de décider sa maîtresse à lui
laisser le temps d'en prendre.

Je réussis, et j'obtins qu'elle lui ferait une querelle de
cette même partie de chasse, à laquelle, bien évidemment, il n'avait consenti que pour elle. On ne pouvait
prendre un plus mauvais prétexte : mais nulle femme
n'a mieux que la vicomtesse ce talent, commun à toutes,
de mettre l'humeur à la place de la raison, et de n'être
jamais si difficile à apaiser que quand elle a tort. Le
moment d'ailleurs n'était pas commode pour les explications ; et ne voulant qu'une nuit, je consentais qu'ils
se raccommodassent le lendemain.

Vressac fut donc boudé à son retour. Il voulut en
demander la cause, on le querella. Il essaya de se justifier ; le mari qui était présent, servit de prétexte pour
rompre la conversation ; il tenta enfin de profiter d'un
moment où le mari était absent, pour demander qu'on
voulût bien l'entendre le soir : ce fut alors que la
vicomtesse devint sublime. Elle s'indigna contre
l'audace des hommes qui, parce qu'ils ont éprouvé les
bontés d'une femme, croient avoir le droit d'en abuser
encore, même alors qu'elle a à se plaindre d'eux ; et
ayant changé de thèse par cette adresse, elle parla si
bien délicatesse et sentiment, que Vressac resta muet
et confus ; et que moi-même je fus tenté de croire
qu'elle avait raison : car vous saurez que comme ami
de tous deux, j'étais en tiers dans cette conversation.

Enfin, elle déclara positivement qu'elle n'ajouterait
pas les fatigues de l'amour à celles de la chasse, et
qu'elle se reprocherait de troubler d'aussi doux plaisirs. Le mari rentra. Le désolé Vressac, qui n'avait
plus la liberté de répondre, s'adressa à moi ; et après
m'avoir fort longuement conté ses raisons, que je
savais aussi bien que lui, il me pria de parler à la
vicomtesse, et je le lui promis. Je lui parlai en effet ;
mais ce fut pour la remercier, et convenir avec elle de
l'heure et des moyens de notre rendez-vous.

Elle me dit que logée entre son mari et son amant elle avait trouvé plus prudent d'aller chez Vressac, que de le recevoir dans son appartement ; et que, puisque je logeais vis-à-vis d'elle, elle croyait plus sûr aussi de venir chez moi ; qu'elle s'y rendrait aussitôt que sa femme de chambre l'aurait laissée seule ; que je n'avais qu'à tenir ma porte entrouverte, et l'attendre.

Tout s'exécuta comme nous en étions convenus ; et elle arriva chez moi vers une heure du matin.

> ... dans le simple appareil
> D'une beauté qu'on vient d'arracher au sommeil *

Comme je n'ai point de vanité, je ne m'arrête pas aux détails de la nuit : mais vous me connaissez, et j'ai été content de moi.

Au point du jour, il a fallu se séparer. C'est ici que l'intérêt commence. L'étourdie avait cru laisser sa porte entrouverte, nous la trouvâmes fermée, et la clef était restée en dedans : vous n'avez pas d'idée de l'expression de désespoir avec laquelle la vicomtesse me dit aussitôt : « Ah ! je suis perdue. » Il faut convenir qu'il eût été plaisant de la laisser dans cette situation : mais pouvais-je souffrir qu'une femme fût perdue pour moi, sans l'être par moi ? Et devais-je, comme le commun des hommes, me laisser maîtriser par les circonstances ? Il fallait donc trouver un moyen. Qu'eussiez-vous fait, ma belle amie ? Voici ma conduite, et elle a réussi.

J'eus bientôt reconnu que la porte en question pouvait s'enfoncer, en se permettant de faire beaucoup de bruit. J'obtins donc de la vicomtesse, non sans peine, qu'elle jetterait des cris perçants et d'effroi, comme *au voleur, à l'assassin*, etc., etc. Et nous convînmes qu'au premier cri, j'enfoncerais la porte, et qu'elle courrait à son lit. Vous ne sauriez croire combien il fallut de temps pour la décider, même après qu'elle eut consenti. Il fallut pourtant finir par là, et au premier coup de pied la porte céda.

---

* RACINE, tragédie de *Britannicus* [4].

La vicomtesse fit bien de ne pas perdre de temps ; car au même instant, le vicomte et Vressac furent dans le corridor ; et la femme de chambre accourut aussi à la chambre de sa maîtresse.

J'étais seul de sang-froid, et j'en profitai pour aller éteindre une veilleuse qui brûlait encore et la renverser par terre ; car jugez combien il eût été ridicule de feindre cette terreur panique, en ayant de la lumière dans sa chambre. Je querellai ensuite le mari et l'amant sur leur sommeil léthargique, en les assurant que les cris auxquels j'étais accouru, et mes efforts pour enfoncer la porte, avaient duré au moins cinq minutes.

La vicomtesse qui avait retrouvé son courage dans son lit, me seconda assez bien, et jura ses grands dieux qu'il y avait un voleur dans son appartement ; elle protesta avec plus de sincérité que de la vie elle n'avait eu tant de peur. Nous cherchions partout et nous ne trouvions rien, lorsque je fis apercevoir la veilleuse renversée, et conclus que, sans doute, un rat avait causé le dommage et la frayeur ; mon avis passa tout d'une voix, et après quelques plaisanteries rebattues sur les rats, le vicomte s'en alla le premier regagner sa chambre et son lit, en priant sa femme d'avoir à l'avenir des rats plus tranquilles.

Vressac resté seul avec nous, s'approcha de la vicomtesse pour lui dire tendrement que c'était une vengeance de l'amour ; à quoi elle répondit en me regardant : « Il était donc bien en colère, car il s'est beaucoup vengé, mais, ajouta-t-elle, je suis rendue de fatigue et je veux dormir. »

J'étais dans un moment de bonté ; et conséquence, avant de nous séparer, je plaidai la cause de Vressac, et j'amenai le raccommodement. Les deux amants s'embrassèrent, et je fus, à mon tour, embrassé par tous deux. Je ne me souciais plus des baisers de la vicomtesse : mais j'avoue que celui de Vressac me fit plaisir. Nous sortîmes ensemble ; et après avoir reçu ses longs remerciements, nous allâmes chacun nous remettre au lit.

Si vous trouvez cette histoire plaisante, je ne vous en demande pas le secret. A présent que je m'en suis amusé, il est juste que le public ait son tour. Pour le moment, je ne parle que de l'histoire, peut-être bientôt en dirons-nous autant de l'héroïne ?

Adieu, il y a une heure que mon chasseur attend ; je ne prends plus que le moment de vous embrasser, et de vous recommander surtout de vous garder de Prévan.

Du château de [5]*..., ce 13 septembre 17**.*

LETTRE LXXII

LE CHEVALIER DANCENY À CÉCILE VOLANGES

(Remise seulement le 14.)

O ma Cécile ! que j'envie le sort de Valmont ! demain il vous verra. C'est lui qui vous remettra cette lettre ; et moi, languissant loin de vous, je traînerai ma pénible existence entre les regrets et le malheur. Mon amie, ma tendre amie, plaignez-moi de mes maux ; surtout plaignez-moi des vôtres ; c'est contre eux que le courage m'abandonne.

Qu'il m'est affreux de causer votre malheur ! sans moi, vous seriez heureuse et tranquille. Me pardonnez-vous ? dites ! ah ! dites que vous me pardonnez ; dites-moi aussi que vous m'aimez, que vous m'aimerez toujours. J'ai besoin que vous me le répétiez. Ce n'est pas que j'en doute : mais il me semble que plus on en est sûr, et plus il est doux de se l'entendre dire. Vous m'aimez, n'est-ce pas ? oui, vous m'aimez de toute votre âme. Je n'oublie pas que c'est la dernière parole que je vous ai entendue prononcer. Comme je l'ai recueillie dans mon cœur ! comme elle s'y est profondément gravée ! et avec quels transports le mien y a répondu !

Hélas ! dans ce moment de bonheur, j'étais loin de prévoir le sort affreux qui nous attendait. Occupons-nous, ma Cécile, des moyens de l'adoucir. Si j'en crois mon ami il suffira, pour y parvenir, que vous preniez en lui une confiance qu'il mérite.

J'ai été peiné, je l'avoue, de l'idée désavantageuse que vous paraissez avoir de lui. J'y ai reconnu les préventions de votre maman : c'était pour m'y soumettre que j'avais négligé, depuis quelque temps, cet homme vraiment aimable, qui aujourd'hui fait tout pour moi ; qui enfin travaille à nous réunir, lorsque votre maman nous a séparés. Je vous en conjure, ma chère amie, voyez-le d'un œil plus favorable. Songez qu'il est mon ami, qu'il veut être le vôtre, qu'il peut me rendre le bonheur de vous voir. Si ces raisons ne vous ramènent pas, ma Cécile, vous ne m'aimez pas autant que je vous aime, vous ne m'aimez plus autant que vous m'aimiez. Ah ! si jamais vous deviez m'aimer moins [1]... Mais non, le cœur de ma Cécile est à moi ; il y est pour la vie ; et si j'ai à craindre les peines d'un amour malheureux, sa constance au moins me sauvera des tourments d'un amour trahi.

Adieu, ma charmante amie ; n'oubliez pas que je souffre, et qu'il ne tient qu'à vous de me rendre heureux, parfaitement heureux. Ecoutez le vœu de mon cœur, et recevez les plus tendres baisers de l'amour.

Paris, ce 11 septembre 17**.

LETTRE LXXIII

LE VICOMTE DE VALMONT À CÉCILE VOLANGES

(Jointe à la précédente.)

L'ami qui vous sert a su que vous n'aviez rien de ce qu'il vous fallait pour écrire, et il y a déjà pourvu. Vous trouverez dans l'antichambre de l'appartement que vous occupez, sous la grande armoire à main gauche, une provision de papier, de plumes et d'encre, qu'il renouvellera quand vous voudrez, et qu'il lui semble que vous pouvez laisser à cette même place si vous n'en trouvez pas de plus sûre.

Il vous demande de ne pas vous offenser, s'il a l'air de ne faire aucune attention à vous dans le cercle, et de ne vous y regarder que comme un enfant. Cette conduite lui paraît nécessaire pour inspirer la sécurité dont il a besoin, et pouvoir travailler plus efficacement au bonheur de son ami et au vôtre. Il tâchera de faire naître les occasions de vous parler, quand il aura quelque chose à vous apprendre ou à vous remettre ; et il espère y parvenir, si vous mettez du zèle à le seconder.

Il vous conseille aussi de lui rendre, à mesure, les lettres que vous aurez reçues, afin de risquer moins de vous compromettre.

Il finit par vous assurer que si vous voulez lui donner votre confiance, il mettra tous ses soins [1] à adoucir la persécution qu'une mère trop cruelle fait éprouver à deux personnes, dont l'une est déjà son meilleur ami, et l'autre lui paraît mériter l'intérêt le plus tendre.

Du château de..., ce 14 septembre 17 **.

LETTRE LXXIV

LA MARQUISE DE MERTEUIL AU VICOMTE
DE VALMONT

Eh ! depuis quand, mon ami, vous effrayez-vous si facilement ? ce Prévan est donc bien redoutable ? Mais voyez comme je suis simple et modeste ! Je l'ai rencontré souvent, ce superbe vainqueur ; à peine l'avais-je regardé ! Il ne fallait pas moins que votre lettre pour m'y faire faire attention. J'ai réparé mon injustice hier. Il était à l'Opéra, presque vis-à-vis de moi, je m'en suis occupée. Il est joli au moins, mais

très joli ; des traits fins et délicats ! il doit gagner à être
vu de près. Et vous dites qu'il veut m'avoir ! assurément il me fera honneur et plaisir. Sérieusement, j'en
ai fantaisie, et je vous confie ici que j'ai fait les premières démarches. Je ne sais pas si elles réussiront.
Voilà le fait.

Il était à deux pas de moi, à la sortie de l'Opéra et j'ai
donné, très haut, rendez-vous à la marquise de *** pour
souper le vendredi chez la maréchale. C'est, je crois, la
seule maison où je peux le rencontrer. Je ne doute pas
qu'il m'ait entendue... Si l'ingrat allait n'y pas venir ?
Mais, dites-moi donc, croyez-vous qu'il y vienne ?
Savez-vous que s'il n'y vient pas, j'aurai de l'humeur
toute la soirée ? Vous voyez qu'il ne trouvera pas tant de
difficulté à *me suivre* ; et ce qui vous étonnera davantage,
c'est qu'il en trouvera moins encore à *me plaire*. Il veut,
dit-il, crever six chevaux à me faire sa cour ! Oh ! je
sauverai la vie à ces chevaux-là. Je n'aurai jamais la
patience d'attendre si longtemps. Vous savez qu'il n'est
pas dans mes principes de faire languir, quand une fois
je suis décidée, et je le suis pour lui.

Oh ! çà, convenez qu'il y a plaisir à me parler raison !
Votre *avis important* n'a-t-il pas un grand succès ? Mais
que voulez-vous ? je végète depuis si longtemps ! Il y a
plus de six semaines que je ne me suis pas permis une
gaieté. Celle-là se présente ; puis-je me la refuser ? Le
sujet n'en vaut-il pas la peine ? en est-il de plus agréable,
dans quelque sens que vous preniez ce mot ?

Vous-même, vous êtes forcé de lui rendre justice ;
vous faites plus que le louer, vous en êtes jaloux. Eh
bien ! je m'établis juge entre vous deux : mais d'abord,
il faut s'instruire, et c'est ce que je veux faire. Je serai
juge intègre, et vous serez pesés tous deux dans la
même balance. Pour vous, j'ai déjà vos mémoires [1], et
votre affaire est parfaitement instruite. N'est-il pas
juste que je m'occupe à présent de votre adversaire ?
Allons, exécutez-vous de bonne grâce ; et, pour commencer, apprenez-moi je vous prie, quelle est cette
triple aventure dont il est le héros. Vous m'en parlez,
comme si je ne connaissais autre chose, et je n'en sais

pas le premier mot. Apparemment elle se sera passée pendant mon voyage à Genève, et votre jalousie vous aura empêché de me l'écrire. Réparez cette faute au plus tôt ; songez que *rien de ce qui l'intéresse ne m'est étranger* [2]. Il me semble bien qu'on en parlait encore à mon retour : mais j'étais occupée d'autre chose, et j'écoute rarement en ce genre tout ce qui n'est pas du jour ou de la veille.

Quand ce que je vous demande vous contrarierait un peu, n'est-ce pas le moindre prix que vous deviez aux soins que je me suis donnés pour vous ? ne sont-ce pas eux qui vous ont rapproché de votre Présidente, quand vos sottises vous en avaient éloigné ? n'est-ce pas encore moi qui ai remis entre vos mains, de quoi vous venger du zèle amer de madame de Volanges ? Vous vous êtes plaint si souvent du temps que vous perdiez à aller chercher vos aventures ! A présent vous les avez sous la main. L'amour, la haine, vous n'avez qu'à choisir, tout couche sous le même toit ; et vous pouvez, doublant votre existence, caresser d'une main et frapper de l'autre.

C'est même encore à moi [3], que vous devez l'aventure de la vicomtesse. J'en suis assez contente : mais, comme vous dites, il faut qu'on en parle : car si l'occasion a pu vous engager, comme je le conçois, à préférer pour le moment le mystère à l'éclat, il faut convenir pourtant que cette femme ne méritait pas un procédé si honnête.

J'ai d'ailleurs à m'en plaindre. Le chevalier de Belleroche la trouve plus jolie que je ne voudrais ; et par beaucoup de raisons, je serai bien aise d'avoir un prétexte pour rompre avec elle : or, il n'en est pas de plus commode, que d'avoir à dire : On ne peut plus voir cette femme-là.

Adieu, Vicomte ; songez que placé où vous êtes, le temps est précieux : je vais employer le mien à m'occuper du bonheur de Prévan.

Paris, ce 15 septembre 17**.

LETTRE LXXV

(*Nota :* Dans cette lettre, Cécile Volanges rend compte avec le plus grand détail de tout ce qui est relatif à elle dans les événements que le lecteur a vus à la fin de la première partie, Lettre LXI et suivantes [1]. On a cru devoir supprimer cette répétition. Elle parle enfin du vicomte de Valmont, et elle s'exprime ainsi.)

CÉCILE VOLANGES À SOPHIE CARNAY

Je t'assure que c'est un homme bien extraordinaire. Maman en dit beaucoup de mal ; mais le chevalier Danceny en dit beaucoup de bien, et je crois que c'est lui qui a raison. Je n'ai jamais vu d'homme aussi adroit. Quand il m'a rendu la lettre de Danceny, c'était au milieu de tout le monde, et personne n'en a rien vu ; il est vrai que j'ai eu bien peur parce que je n'étais prévenue de rien : mais à présent je m'y attendrai. J'ai déjà fort bien compris comment il voulait que je fisse pour lui remettre ma réponse. Il est bien facile de s'entendre avec lui, car il a un regard qui dit tout ce qu'il veut. Je ne sais pas comment il fait : il me disait dans le billet, dont je t'ai parlé, qu'il n'aurait pas l'air de s'occuper de moi devant maman : en effet, on dirait toujours qu'il n'y songe pas ; et pourtant toutes les fois que je cherche ses yeux, je suis sûre de les rencontrer tout de suite.

Il y a ici une bonne amie de maman, que je ne connaissais pas, qui a aussi l'air de ne guère aimer M. de Valmont, quoiqu'il ait bien des attentions pour elle. J'ai peur qu'il ne s'ennuie bientôt de la vie qu'on mène ici, et qu'il ne s'en retourne à Paris ; cela serait bien fâcheux. Il faut qu'il ait bien bon cœur d'être venu exprès pour rendre service à son ami et à moi ! Je voudrais bien lui en témoigner ma reconnaissance, mais je ne sais comment faire pour lui parler ; et quand j'en trouverais l'occasion, je serais si honteuse, que je ne saurais peut-être que lui dire.

Il n'y a que madame de Merteuil avec qui je parle librement, quand je parle de mon amour. Peut-être même qu'avec toi, à qui je dis tout, si c'était en causant, je serais embarrassée. Avec Danceny lui-même, j'ai souvent senti, comme malgré moi, une certaine crainte qui m'empêchait de lui dire tout ce que je pensais. Je me le reproche bien à présent, et je donnerais tout au monde pour trouver le moment de lui dire une fois, une seule fois, combien je l'aime. M. de Valmont lui a promis que si je me laissais conduire, il nous procurerait l'occasion de nous revoir. Je ferai bien assez ce qu'il voudra ; mais je ne peux pas concevoir que cela soit possible.

Adieu, ma bonne amie, je n'ai plus de place *.

*Du château de..., ce 14 septembre 17 **.*

LETTRE LXXVI

LE VICOMTE DE VALMONT À LA MARQUISE
DE MERTEUIL

Ou votre lettre est un persiflage, que je n'ai pas compris ; ou vous étiez, en me l'écrivant, dans un délire très dangereux. Si je vous connaissais moins, ma belle amie, je serais vraiment très effrayé ; et quoi que vous en puissiez dire, je ne m'effraierais pas trop facilement.

J'ai beau vous lire et vous relire, je n'en suis pas plus avancé ; car, de prendre votre lettre dans le sens naturel qu'elle présente, il n'y a pas moyen. Qu'avez-vous donc voulu dire ?

---

* *Mademoiselle de Volanges ayant, peu de temps après, changé de confidente, comme on le verra par la suite de ces lettres, on ne trouvera plus dans ce recueil aucune de celles qu'elle a continué d'écrire à son amie du couvent ; elles n'apprendraient rien au lecteur.*

Est-ce seulement qu'il était inutile de se donner tant
de soins contre un ennemi si peu redoutable ? mais,
dans ce cas, vous pourriez avoir tort. Prévan est réellement aimable ; il l'est plus que vous ne le croyez ; il
a surtout le talent très utile d'occuper beaucoup de
son amour, par l'adresse qu'il a d'en parler dans le
cercle, et devant tout le monde, en se servant de la
première conversation qu'il trouve. Il est peu de
femmes qui se sauvent alors du piège d'y répondre,
parce que toutes ayant des prétentions à la finesse,
aucune ne veut perdre l'occasion d'en montrer. Or,
vous savez assez que femme qui consent à parler
d'amour, finit bientôt par en prendre, ou au moins par
se conduire comme si elle en avait. Il gagne encore à
cette méthode, qu'il a réellement perfectionnée,
d'appeler souvent les femmes elles-mêmes en témoignage de leur défaite ; et cela, je vous en parle pour
l'avoir vu.

Je n'étais dans le secret que de la seconde main ; car
jamais je n'ai été lié avec Prévan : mais enfin nous y
étions six : et la comtesse de P *** , tout en se croyant
bien fine, et ayant l'air en effet, pour tout ce qui
n'était pas instruit, de tenir une conversation générale,
nous raconta dans le plus grand détail, et comme quoi
elle s'était rendue à Prévan [1], et tout ce qui s'était
passé entre eux. Elle faisait ce récit avec une telle
sécurité, qu'elle ne fut pas même troublée par un fou
rire qui nous prit à tous six en même temps ; et je me
souviendrai toujours qu'un de nous ayant voulu, pour
s'excuser, feindre de douter de ce qu'elle disait, ou
plutôt de ce qu'elle avait l'air de dire, elle répondit
gravement qu'à coup sûr nous n'étions aucun aussi
bien instruits qu'elle ; et elle ne craignit pas même de
s'adresser à Prévan, pour lui demander si elle s'était
trompée d'un mot.

J'ai donc pu croire cet homme dangereux pour tout
le monde : mais pour vous, Marquise, ne suffisait-il
pas qu'il fût *joli, très joli*, comme vous le dites vous-
même ? ou qu'il vous fît *une de ces attaques, que vous
vous plaisiez quelquefois à récompenser, sans autre motif*

que de les trouver bien faites ? ou que vous eussiez trouvé plaisant de vous rendre par une raison quelconque ? ou... que sais-je ? puis-je deviner les mille et mille caprices qui gouvernent la tête d'une femme, et par qui seuls vous tenez encore à votre sexe ? A présent que vous êtes avertie du danger, je ne doute pas que vous ne vous en sauviez facilement : mais pourtant fallait-il vous avertir. Je reviens donc à mon texte ; qu'avez-vous voulu dire ?

Si ce n'est qu'un persiflage sur Prévan, outre qu'il est bien long, ce n'était pas vis-à-vis de moi qu'il était utile ; c'est dans le monde qu'il faut lui donner quelque bon ridicule, et je vous renouvelle ma prière à ce sujet.

Ah ! je crois tenir le mot de l'énigme ! votre lettre est une prophétie, non de ce que vous ferez, mais de ce qu'il vous croira prête à faire au moment de la chute que vous lui préparez. J'approuve assez ce projet ; il exige pourtant de grands ménagements. Vous savez comme moi que, pour l'effet public, avoir un homme ou recevoir ses soins, est absolument la même chose, à moins que cet homme ne soit un sot ; et Prévan ne l'est pas, à beaucoup près. S'il peut gagner seulement une apparence, il se vantera, et tout sera dit. Les sots y croiront, les méchants auront l'air d'y croire : quelles seront vos ressources ? Tenez, j'ai peur. Ce n'est pas que je doute de votre adresse : mais ce sont les bons nageurs qui se noient.

Je ne me crois pas plus bête qu'un autre ! des moyens de déshonorer une femme, j'en ai trouvé cent, j'en ai trouvé mille : mais quand je me suis occupé de chercher comment elle pourrait s'en sauver, je n'en ai jamais vu la possibilité. Vous-même, ma belle amie, dont la conduite est un chef-d'œuvre, cent fois j'ai cru vous voir plus de bonheur que de bien joué.

Mais après tout, je cherche peut-être une raison à ce qui n'en a point. J'admire comment, depuis une heure, je traite sérieusement ce qui n'est, à coup sûr, qu'une plaisanterie de votre part. Vous allez vous moquer de moi ! Hé bien ! soit ; mais dépêchez-vous,

et parlons d'autre chose. D'autre chose ! je me
trompe, c'est toujours de la même ; toujours des
femmes à avoir ou à perdre, et souvent tous les deux.

J'ai ici, comme vous l'avez fort bien remarqué, de
quoi m'exercer dans les deux genres, mais non pas
avec la même facilité. Je prévois que la vengeance ira
plus vite que l'amour. La petite Volanges est rendue,
j'en réponds ; elle ne dépend plus que de l'occasion, et
je me charge de la faire naître. Mais il n'en est pas de
même de madame de Tourvel : cette femme est désolante, je ne la conçois pas ; j'ai cent preuves de son
amour, mais j'en ai mille de sa résistance ; et en vérité,
je crains qu'elle ne m'échappe.

Le premier effet qu'avait produit mon retour, me
faisait espérer davantage. Vous devinez que je voulais
en juger par moi-même ; et pour m'assurer de voir les
premiers mouvements, je ne m'étais fait précéder par
personne, et j'avais calculé ma route pour arriver pendant qu'on serait à table. En effet, je tombai des nues,
comme une divinité d'Opéra qui vient faire un
dénouement.

Ayant fait assez de bruit en entrant pour fixer les
regards sur moi, je pus voir du même coup d'œil la
joie de ma vieille tante, le dépit de madame de
Volanges, et le plaisir décontenancé de sa fille. Ma
belle, par la place qu'elle occupait, tournait le dos à la
porte. Occupée dans ce moment à couper quelque
chose, elle ne tourna seulement pas la tête : mais
j'adressai la parole à madame de Rosemonde ; et au
premier mot, la sensible dévote ayant reconnu ma
voix, il lui échappa un cri dans lequel je crus reconnaître plus d'amour que de surprise et d'effroi. Je
m'étais alors assez avancé pour voir sa figure : le
tumulte de son âme, le combat de ses idées et de ses
sentiments, s'y peignirent de vingt façons différentes.
Je me mis à table à côté d'elle ; elle ne savait exactement rien de ce qu'elle faisait ni de qu'elle disait. Elle
essaya de continuer de manger ; il n'y eut pas moyen :
enfin, moins d'un quart d'heure après, son embarras
et son plaisir devenant plus forts qu'elle, elle n'ima-

gina rien de mieux, que de demander permission de
sortir de table, et elle se sauva dans le parc, sous le
prétexte d'avoir besoin de prendre l'air. Madame de
Volanges voulut l'accompagner ; la tendre prude ne le
permit pas : trop heureuse, sans doute, de trouver un
prétexte pour être seule, et se livrer sans contrainte à
la douce émotion de son cœur.

J'abrégeai le dîner le plus qu'il me fut possible. A
peine avait-on servi le dessert, que l'infernale
Volanges, pressée apparemment du besoin de me
nuire, se leva de sa place pour aller trouver la charmante malade : mais j'avais prévu ce projet, et je le
traversai. Je feignis donc de prendre ce mouvement
particulier pour le mouvement général ; en m'étant
levé en même temps, la petite Volanges et le curé du
lieu se laissèrent entraîner par ce double exemple ; en
sorte que madame de Rosemonde se trouva seule à
table avec le vieux commandeur de T..., et tous deux
prirent aussi le parti d'en sortir. Nous allâmes donc
tous rejoindre ma belle, que nous trouvâmes dans le
bosquet près du château ; et comme elle avait besoin
de solitude et non de promenade, elle aima autant
revenir avec nous, que nous faire rester avec elle.

Dès que je fus assuré que madame de Volanges
n'aurait pas l'occasion de lui parler seule, je songeai à
exécuter vos ordres, et je m'occupai des intérêts de
votre pupille. Aussitôt après le café, je montai chez
moi, et j'entrai aussi chez les autres, pour reconnaître
le terrain ; je fis mes dispositions pour assurer la correspondance de la petite ; et après ce premier bienfait,
j'écrivis un mot pour l'en instruire et lui demander sa
confiance ; je joignis mon billet à la lettre de Danceny.
Je revins au salon. J'y trouvai ma belle établie sur une
chaise longue dans un abandon délicieux.

Ce spectacle, en éveillant mes désirs, anima mes
regards ; je sentis qu'ils devaient être tendres et pres-
sants, et je me plaçai de manière à pouvoir en faire
usage. Leur premier effet fut de faire baisser les grands
yeux modestes de la céleste prude. Je considérai
quelque temps cette figure angélique ; puis, parcou-

rant toute sa personne je m'amusais à deviner les contours et les formes à travers un vêtement léger, mais toujours importun. Après être descendu de la tête aux pieds, je remontais des pieds à la tête... Ma belle amie, le doux regard était fixé sur moi ; sur-le-champ il se baissa de nouveau, mais voulant en favoriser le retour, je détournai mes yeux. Alors s'établit entre nous cette convention tacite, premier traité de l'amour timide, qui, pour satisfaire le besoin mutuel de se voir, permet aux regards de se succéder en attendant qu'ils se confondent.

Persuadé que ce nouveau plaisir occupait ma belle tout entière, je me chargeai de veiller à notre commune sûreté : mais après m'être assuré qu'une conversation assez vive nous sauvait des remarques du cercle, je tâchai d'obtenir de ses yeux qu'ils parlassent franchement leur langage. Pour cela je surpris d'abord quelques regards ; mais avec tant de réserve, que la modestie n'en pouvait être alarmée ; et, pour mettre la timide personne plus à son aise, je paraissais moi-même aussi embarrassé qu'elle. Peu à peu nos yeux, accoutumés à se rencontrer, se fixèrent plus longtemps ; enfin ils ne se quittèrent plus, et j'aperçus dans les siens cette douce langueur, signal heureux de l'amour et du désir ; mais ce ne fut qu'un moment ; et bientôt revenue à elle-même, elle changea, non sans quelque honte, son maintien et son regard.

Ne voulant pas qu'elle pût douter que j'eusse remarqué ses divers mouvements, je me levai avec vivacité, en lui demandant, avec l'air de l'effroi si elle se trouvait mal. Aussitôt tout le monde vint l'entourer. Je les laissai tous passer devant moi ; et comme la petite Volanges, qui travaillait à la tapisserie auprès d'une fenêtre, eut besoin de quelque temps pour quitter son métier, je saisis ce moment pour lui remettre la lettre de Danceny.

J'étais un peu loin d'elle ; je jetai l'épître sur ses genoux. Elle ne savait en vérité qu'en faire. Vous auriez trop ri de son air de surprise et d'embarras ; pourtant je ne riais point, car je craignais que tant de gaucherie ne nous trahît. Mais un coup d'œil et un geste fortement prononcés, lui firent enfin comprendre qu'il fallait mettre le paquet dans sa poche.

Le reste de la journée n'eut rien d'intéressant. Ce qui s'est passé depuis amènera peut-être des événements dont vous serez contente, au moins pour ce qui regarde votre pupille ; mais il vaut mieux employer son temps à exécuter ses projets qu'à les raconter. Voilà d'ailleurs la huitième page que j'écris, et j'en suis fatigué ; ainsi, adieu.

Vous vous doutez bien, sans que je vous le dise, que la petite a répondu à Danceny *. J'ai eu aussi une réponse de ma belle, à qui j'avais écrit le lendemain de mon arrivée. Je vous envoie les deux lettres. Vous les lirez ou vous ne les lirez pas : car ce perpétuel rabâchage, qui déjà ne m'amuse pas trop, doit être bien insipide, pour toute personne désintéressée.

Encore une fois, adieu. Je vous aime toujours beaucoup ; mais je vous en prie, si vous me reparlez de Prévan, faites en sorte que je vous entende.

*Du château de..., ce 17 septembre 17 ***.

LETTRE LXXVII

LE VICOMTE DE VALMONT À LA PRÉSIDENTE
DE TOURVEL

D'où peut venir, Madame, le soin cruel que vous mettez à me fuir ? Comment se peut-il que l'empressement le plus tendre de ma part n'obtienne de la vôtre que des procédés qu'on se permettrait à peine envers l'homme dont on aurait le plus à se plaindre ? Quoi ! l'amour me ramène à vos pieds ; et quand un heureux hasard me place à côté de vous, vous aimez mieux feindre une indisposition, alarmer vos amis, que de consentir à rester près de moi ! Combien de

---

* *Cette lettre ne s'est pas retrouvée* [2].

fois hier n'avez-vous pas détourné vos yeux pour me
priver de la faveur d'un regard ? et si un seul instant
j'ai pu y voir moins de sévérité, ce moment a été si
court, qu'il semble que vous ayez voulu moins m'en
faire jouir, que me faire sentir ce que je perdais à en
être privé.

Ce n'est là, j'ose le dire, ni le traitement que mérite
l'amour, ni celui que peut se permettre l'amitié ; et
toutefois, de ces deux sentiments, vous savez si l'un
m'anime, et j'étais, ce me semble, autorisé à croire
que vous ne vous refusiez pas à l'autre. Cette amitié
précieuse, dont sans doute vous m'avez cru digne,
puisque vous avez bien voulu me l'offrir, qu'ai-je donc
fait pour l'avoir perdue depuis ? me serai-je nui par
ma confiance, et me punirez-vous de ma franchise ? ne
craignez-vous pas au moins d'abuser de l'une et de
l'autre ? En effet, n'est-ce pas dans le sein de mon
amie, que j'ai déposé le secret de mon cœur ? n'est-ce
pas vis-à-vis d'elle seule, que j'ai pu me croire obligé
de refuser des conditions qu'il me suffisait d'accepter,
pour me donner la facilité de ne les pas tenir, et peut-
être celle d'en abuser utilement ? Voudriez-vous enfin,
par une rigueur si peu méritée, me forcer à croire qu'il
n'eût fallu que vous tromper pour obtenir plus
d'indulgence ?

Je ne me repens point d'une conduite que je vous
devais, que je me devais à moi-même ; mais par quelle
fatalité, chaque action louable devient-elle pour moi le
signal d'un malheur nouveau ?

C'est après avoir donné lieu au seul éloge que vous
ayez encore daigné faire de ma conduite, que j'ai eu,
pour la première fois, à gémir du malheur de vous
avoir déplu. C'est après vous avoir prouvé ma soumission parfaite, en me privant du bonheur de vous voir,
uniquement pour rassurer votre délicatesse, que vous
avez voulu rompre toute correspondance avec moi,
m'ôter ce faible dédommagement d'un sacrifice que
vous aviez exigé, et me ravir jusqu'à l'amour qui seul
avait pu vous en donner le droit. C'est enfin après
vous avoir parlé avec une sincérité, que l'intérêt même

de cet amour n'a pu affaiblir, que vous me fuyez aujourd'hui comme un séducteur dangereux, dont vous auriez reconnu la perfidie.

Ne vous lasserez-vous donc jamais d'être injuste ? Apprenez-moi du moins quels nouveaux torts ont pu vous porter à tant de sévérité, et ne refusez pas de me dicter les ordres que vous voulez que je suive ; quand je m'engage à les exécuter, est-ce trop prétendre que de demander à les connaître ?

De..., ce 15 septembre 17**.

LETTRE LXXVIII

LA PRÉSIDENTE DE TOURVEL AU VICOMTE DE VALMONT

Vous paraissez, Monsieur, surpris de ma conduite, et peu s'en faut même que vous ne m'en demandiez compte, comme ayant le droit de la blâmer. J'avoue que je me serais crue plus autorisée que vous à m'étonner et à me plaindre ; mais depuis le refus contenu dans votre dernière réponse, j'ai pris le parti de me renfermer dans une indifférence qui ne laisse plus lieu aux remarques ni aux reproches. Cependant, comme vous me demandez des éclaircissements, et que, grâces au Ciel, je ne sens rien en moi qui puisse m'empêcher de vous les donner, je veux bien entrer encore une fois en explication avec vous.

Qui lirait vos lettres, me croirait injuste ou bizarre [1]. Je crois mériter que personne n'ait cette idée de moi ; il me semble surtout que vous étiez moins qu'un autre dans le cas de la prendre. Sans doute, vous avez senti qu'en nécessitant ma justification, vous me forciez à rappeler tout ce qui s'est passé entre nous. Apparemment vous avez cru n'avoir qu'à gagner à cet examen : comme, de mon côté, je ne crois pas avoir à y perdre, au moins à vos yeux, je ne crains pas de m'y livrer.

Peut-être est-ce, en effet, le seul moyen de connaître qui de nous deux a le droit de se plaindre de l'autre.

A compter, Monsieur, du jour de votre arrivée dans ce château, vous avouerez, je crois, qu'au moins votre réputation m'autorisait à user de quelque réserve avec vous, et que j'aurais pu, sans craindre d'être taxée d'un excès de pruderie, m'en tenir aux seules expressions de la politesse la plus froide. Vous-même m'eussiez traitée avec indulgence, et vous eussiez trouvé simple qu'une femme aussi peu formée n'eût pas même le mérite nécessaire pour apprécier le vôtre. C'était sûrement là le parti de la prudence ; et il m'eût d'autant moins coûté à suivre, que je ne vous cacherai pas que, quand madame de Rosemonde vint me faire part de votre arrivée, j'eus besoin de me rappeler mon amitié pour elle, et celle qu'elle a pour vous, pour ne pas lui laisser voir combien cette nouvelle me contrariait.

Je conviens volontiers que vous vous êtes montré d'abord sous un aspect plus favorable que je ne l'avais imaginé ; mais vous conviendrez à votre tour qu'il a bien peu duré, et que vous vous êtes bientôt lassé d'une contrainte, dont apparemment vous ne vous êtes pas cru suffisamment dédommagé par l'idée avantageuse qu'elle m'avait fait prendre de vous.

C'est alors qu'abusant de ma bonne foi, de ma sécurité, vous n'avez pas craint de m'entretenir d'un sentiment dont vous ne pouviez pas douter que je ne me trouvasse offensée ; et moi, tandis que vous ne vous occupiez qu'à aggraver vos torts en les multipliant, je cherchais un motif pour les oublier, en vous offrant l'occasion de les réparer, au moins en partie. Ma demande était si juste que vous-même ne crûtes pas devoir vous y refuser : mais vous faisant un droit de mon indulgence, vous en profitâtes pour me demander une permission, que, sans doute, je n'aurais pas dû accorder, et que pourtant vous avez obtenue. Des conditions qui y furent mises, vous n'en avez tenu aucune ; et votre correspondance a été telle, que cha-

cune de vos lettres me faisait un devoir de ne plus
vous répondre. C'est dans le moment même où votre
obstination me forçait à vous éloigner de moi que, par
une condescendance peut-être blâmable, j'ai tenté le
seul moyen qui pouvait me permettre de vous en rapprocher : mais de quel prix est à vos yeux un sentiment honnête ? Vous méprisez l'amitié ; et dans votre
folle ivresse, comptant pour rien les malheurs et la
honte, vous ne cherchez que des plaisirs et des victimes.

Aussi léger dans vos démarches, qu'inconséquent
dans vos reproches, vous oubliez vos promesses, ou
plutôt vous vous faites un jeu de les violer, et après
avoir consenti à vous éloigner de moi, vous revenez
ici sans y être rappelé ; sans égard pour mes prières,
pour mes raisons, sans avoir même l'attention de
m'en prévenir, vous n'avez pas craint de m'exposer
à une surprise dont l'effet, quoique bien simple assurément, aurait pu être interprété défavorablement
pour moi, par les personnes qui nous entouraient. Ce
moment d'embarras que vous aviez fait naître, loin
de chercher à en distraire, ou à le dissiper, vous avez
paru mettre tous vos soins à l'augmenter encore. A
table, vous choisissez précisément votre place à côté
de la mienne : une légère indisposition me force d'en
sortir avant les autres ; et au lieu de respecter ma
solitude, vous engagez tout le monde à venir la troubler. Rentrée au salon, si je fais un pas, je vous
trouve à côté de moi ; si je dis une parole, c'est toujours vous qui me répondez. Le mot le plus indifférent vous sert de prétexte pour ramener une
conversation que je ne voulais pas entendre, qui pouvait même me compromettre : car enfin, Monsieur,
quelque adresse que vous y mettiez, ce que je comprends, je crois que les autres peuvent aussi le comprendre.

Forcée ainsi par vous à l'immobilité et au silence,
vous n'en continuez pas moins de me poursuivre ; je
ne puis lever les yeux sans rencontrer les vôtres. Je suis
sans cesse obligée de détourner mes regards ; et par

une inconséquence bien incompréhensible, vous fixez sur moi ceux du cercle, dans un moment où j'aurais voulu pouvoir même me dérober aux miens.

Et vous vous plaignez de mes procédés ! et vous vous étonnez de mon empressement à vous fuir ! Ah ! blâmez-moi plutôt de mon indulgence, étonnez-vous que je ne sois pas partie au moment de votre arrivée. Je l'aurais dû peut-être, et vous me forcerez à ce parti violent mais nécessaire, si vous ne cessez enfin des poursuites offensantes [2]. Non, je n'oublie point, je n'oublierai jamais ce que je me dois, ce que je dois à des nœuds que j'ai formés, que je respecte et que je chéris ; et je vous prie de croire que, si jamais je me trouvais réduite à ce choix malheureux, de les sacrifier ou de me sacrifier moi-même, je ne balancerais pas un instant. Adieu, Monsieur.

*De..., ce 16 septembre 17** [3].*

LETTRE LXXIX

LE VICOMTE DE VALMONT À LA MARQUISE DE MERTEUIL

Je comptais aller à la chasse ce matin : mais il fait un temps détestable. Je n'ai pour toute lecture qu'un roman nouveau, qui ennuierait même une pensionnaire. On déjeunera au plus tôt dans deux heures : ainsi malgré ma longue lettre d'hier, je vais encore causer avec vous. Je suis bien sûr de ne pas vous ennuyer, car je vous parlerai *du très joli Prévan*. Comment n'avez-vous pas su sa fameuse aventure, celle qui a séparé les *inséparables ?* Je parie que vous vous la rappellerez au premier mot. La voici pourtant, puisque vous la désirez.

Vous vous souvenez que tout Paris s'étonnait que trois femmes, toutes trois jolies, ayant toutes trois les mêmes talents, et pouvant avoir les mêmes prétentions, restassent intimement liées entre elles depuis le moment de leur entrée dans le monde. On crut d'abord en trouver la raison dans leur extrême timidité : mais bientôt, entourées d'une cour nombreuse dont elles partageaient les hommages, et éclairées sur leur valeur par l'empressement et les soins dont elles étaient l'objet, leur union n'en devint pourtant que plus forte ; et l'on eût dit que le triomphe de l'une était toujours celui des deux autres. On espérait au moins que le moment de l'amour amènerait quelque rivalité. Nos agréables [1] se disputaient l'honneur d'être la pomme de discorde ; et moi-même, je me serais mis alors sur les rangs, si la grande faveur où la comtesse de... s'éleva dans ce même temps, m'eût permis de lui être infidèle avant d'avoir obtenu l'agrément que je demandais.

Cependant nos trois beautés, dans le même carnaval firent leur choix comme de concert ; et loin qu'il excitât les orages qu'on s'en était promis, il ne fit que rendre leur amitié plus intéressante, par le charme des confidences.

La foule des prétendants malheureux se joignit alors à celle des femmes jalouses, et la scandaleuse constance fut soumise à la censure publique. Les uns prétendaient que dans cette société des *inséparables* (ainsi la nomma-t-on alors), la loi fondamentale était la communauté de biens, et que l'amour même y était soumis ; d'autres assuraient que les trois amants, exempts de rivaux, ne l'étaient pas de rivales : on alla même jusqu'à dire qu'ils n'avaient été admis que par décence, et n'avaient obtenu qu'un titre sans fonction.

Ces bruits, vrais ou faux, n'eurent pas l'effet qu'on s'en était promis. Les trois couples, au contraire, sentirent qu'ils étaient perdus s'ils se séparaient dans ce moment ; ils prirent le parti de faire tête à l'orage. Le public, qui se lasse de tout, se lassa bientôt d'une satire infructueuse. Emporté par sa légèreté naturelle, il s'occupa d'autres objets : puis, revenant à celui-ci avec son inconséquence ordinaire, il changea la critique en éloge. Comme ici tout est de mode, l'enthou-

siasme gagna ; il devenait un vrai délire, lorsque
Prévan entreprit de vérifier ces prodiges, et de fixer sur
eux l'opinion publique et la sienne.

Il rechercha donc ces modèles de perfection. Admis
facilement dans leur société, il en tira un favorable
augure. Il savait assez que les gens heureux ne sont
pas d'un accès si facile. Il vit bientôt, en effet, que ce
bonheur si vanté était, comme celui des rois, plus
envié que désirable. Il remarqua que, parmi ces prétendus inséparables, on commençait à rechercher les
plaisirs du dehors, qu'on s'y occupait même de distraction ; et il en conclut que les liens d'amour ou
d'amitié étaient déjà relâchés ou rompus, et que ceux
de l'amour-propre et de l'habitude conservaient seuls
quelque force.

Cependant les femmes, que le besoin rassemblait,
conservaient entre elles l'apparence de la même inti-
mité : mais les hommes, plus libres dans leurs démarches, retrouvaient des devoirs à remplir ou des affaires
à suivre ; ils s'en plaignaient encore, mais ne s'en dis-
pensaient plus, et rarement les soirées étaient complètes.

Cette conduite de leur part fut profitable à l'assidu
Prévan, qui, placé naturellement auprès de la délaissée
du jour, trouvait à offrir alternativement, et selon les
circonstances, le même hommage aux trois amies. Il
sentit facilement que faire un choix entre elles, c'était
se perdre ; que la fausse honte de se trouver la première infidèle, effaroucherait la préférée ; que la vanité
blessée des deux autres, les rendrait ennemies du
nouvel amant, et qu'elles ne manqueraient pas de
déployer contre lui la sévérité des grands principes ;
enfin, que la jalousie ramènerait à coup sûr les soins
d'un rival qui pouvait être encore à craindre. Tout fût
devenu obstacle ; tout devenait facile dans son triple
projet ; chaque femme était indulgente, parce qu'elle y
était intéressée, chaque homme, parce qu'il croyait ne
pas l'être.

Prévan, qui n'avait alors qu'une seule femme à
sacrifier, fut assez heureux pour qu'elle prît de la célé-

brité. Sa qualité d'étrangère, et l'hommage d'un grand
prince assez adroitement refusé, avaient fixé sur elle
l'attention de la cour et de la ville ; son amant en
partageait l'honneur, et en profita auprès de ses nouvelles maîtresses. La seule difficulté était de mener de
front ces trois intrigues, dont la marche devait forcé-
ment se régler sur la plus tardive ; en effet, je tiens
d'un de ses confidents, que sa plus grande peine fut
d'en arrêter une, qui se trouva prête à éclore près de
quinze jours avant les autres.

Enfin le grand jour arriva. Prévan, qui avait obtenu
les trois aveux, se trouvait déjà maître des démarches,
et les régla comme vous allez voir. Des trois maris,
l'un était absent, l'autre partait le lendemain au point
du jour, le troisième était à la ville. Les inséparables
amies devaient souper chez la veuve future ; mais le
nouveau maître n'avait pas permis que les anciens serviteurs y fussent invités. Le matin même de ce jour, il
fait trois lots des lettres de sa belle, il accompagne l'un
du portrait qu'il avait reçu d'elle, le second d'un
chiffre amoureux qu'elle-même avait peint, le troisième d'une boucle de ses cheveux ; chacune reçut
pour complet ce tiers de sacrifice, et consentit, en
échange, à envoyer à l'amant disgracié, une lettre éclatante de rupture.

C'était beaucoup ; ce n'était pas assez. Celle dont le
mari était à la ville ne pouvait disposer que de la journée ; il fut convenu qu'une feinte indisposition la dis-
penserait d'aller souper chez son amie, et que la soirée
serait toute à Prévan : la nuit fut accordée par celle
dont le mari fut absent [2] : et le point du jour, moment
du départ du troisième époux, fut marqué par la dernière, pour l'heure du berger.

Prévan qui ne néglige rien, court ensuite chez la
belle étrangère, y porte et y fait naître l'humeur dont il
avait besoin, et n'en sort qu'après avoir établi une
querelle qui lui assure vingt-quatre heures de liberté.
Ses dispositions ainsi faites, il rentra chez lui, comptant prendre quelque repos ; d'autres affaires l'y atten-
daient.

Les lettres de rupture avaient été un coup de lumière pour les amants disgraciés : chacun d'eux ne pouvait douter qu'il n'eût été sacrifié à Prévan ; et le dépit d'avoir été joué, se joignant à l'humeur que donne presque toujours la petite humiliation d'être quitté, tous trois, sans se communiquer, mais comme de concert, avaient résolu d'en avoir raison, et pris le parti de la demander à leur fortuné rival.

Celui-ci trouva donc chez lui les trois cartels ; il les accepta loyalement : mais ne voulant perdre ni les plaisirs, ni l'éclat de cette aventure, il fixa les rendez-vous au lendemain matin, et les assigna tous les trois au même lieu et à la même heure. Ce fut à une des portes du bois de Boulogne.

Le soir venu, il courut sa triple carrière avec un succès égal ; au moins s'est-il vanté depuis, que chacune de ses nouvelles maîtresses avait reçu trois fois, le gage et le serment de son amour. Ici, comme vous le jugez bien, les preuves manquent à l'histoire ; tout ce que peut faire l'historien impartial, c'est de faire remarquer au lecteur incrédule, que la vanité et l'imagination exaltées peuvent enfanter des prodiges, et de plus, que la matinée qui devait suivre une si brillante nuit, paraissait devoir dispenser de ménagement pour l'avenir. Quoi qu'il en soit, les faits suivants ont plus de certitude.

Prévan se rendit exactement au rendez-vous qu'il avait indiqué ; il y trouva ses trois rivaux, un peu surpris de leur rencontre, et peut-être chacun d'eux déjà consolé en partie, en se voyant des compagnons d'infortune. Il les aborda d'un air affable et cavalier, et leur tint ce discours, qu'on m'a rendu fidèlement :

« Messieurs, leur dit-il, en vous trouvant rassemblés ici, vous avez deviné sans doute que vous aviez tous trois le même sujet de plainte contre moi. Je suis prêt à vous rendre raison. Que le sort décide, entre vous, qui des trois tentera le premier une vengeance à laquelle vous avez tous un droit égal. Je n'ai amené ici ni second, ni témoins. Je n'en ai point pris pour l'offense ; je n'en demande point pour la réparation. »

Puis cédant à son caractère joueur : « Je sais, ajouta-
t-il, qu'on gagne rarement *le sept et le va* [3] ; mais quel
que soit le sort qui m'attend, on a toujours assez vécu,
quand on a eu le temps d'acquérir l'amour des
femmes et l'estime des hommes. »

Pendant que ses adversaires étonnés se regardaient en
silence, et que leur délicatesse calculait peut-être que ce
triple combat ne laissait pas la partie égale, Prévan reprit
la parole : « Je ne vous cache pas, continua-t-il donc, que
la nuit que je viens de passer m'a cruellement fatigué. Il
serait généreux à vous de me permettre de réparer mes
forces. J'ai donné mes ordres pour qu'on tînt ici un
déjeuner prêt ; faites-moi l'honneur de l'accepter.
Déjeunons ensemble, et surtout déjeunons gaiement.
On peut se battre pour de semblables bagatelles ; mais
elles ne doivent pas, je crois, altérer notre humeur. »

Le déjeuner fut accepté. Jamais, dit-on, Prévan ne fut
plus aimable. Il eut l'adresse de n'humilier aucun de ses
rivaux ; de leur persuader que tous eussent eu facilement les mêmes succès, et surtout de les faire convenir
qu'ils n'en eussent pas plus que lui laissé échapper
l'occasion. Ces faits une fois avoués, tout s'arrangeait de
soi-même. Aussi le déjeuner n'était-il pas fini, qu'on y
avait déjà répété dix fois que de pareilles femmes ne
méritaient pas que d'honnêtes gens se battissent pour
elles. Cette idée amena la cordialité ; le vin la fortifia ; si
bien que peu de moments après, ce ne fut pas assez de
n'avoir plus de rancune, on se jura amitié sans réserve.

Prévan, qui sans doute aimait bien autant ce dénouement que l'autre, ne voulait pourtant y rien perdre de sa
célébrité. En conséquence, pliant adroitement ses projets aux circonstances : « En effet, dit-il aux trois
offensés, ce n'est pas de moi, mais de vos infidèles
maîtresses que vous avez à vous venger. Je vous en offre
l'occasion. Déjà je ressens, comme vous-mêmes, une
injure que bientôt je partagerais : car si chacun de vous
n'a pu parvenir à en fixer une seule, puis-je espérer de
les fixer toutes trois ? Votre querelle devient la mienne.
Acceptez pour ce soir, un souper dans ma petite maison,
et j'espère ne pas différer plus longtemps votre ven-

geance. » On voulut le faire expliquer : mais lui, avec ce
ton de supériorité que la circonstance l'autorisait à
prendre : « Messieurs, répondit-il, je crois vous avoir
prouvé que j'avais quelque esprit de conduite ; reposez-
vous sur moi. » Tous consentirent ; et après avoir
embrassé leur nouvel ami, ils se séparèrent jusqu'au
soir, en attendant l'effet de ses promesses.

Celui-ci, sans perdre de temps retourne à Paris, et va,
suivant l'usage, visiter ses nouvelles conquêtes. Il obtint
de toutes trois, qu'elles viendraient le soir même souper
en tête à tête à sa petite maison. Deux d'entre elles firent
bien quelques difficultés, mais que reste-t-il à refuser le
lendemain ? Il donna le rendez-vous à une heure de
distance, temps nécessaire à ses projets. Après ces préparatifs, il se retira, fit avertir les trois autres conjurés, et
tous quatre allèrent gaiement attendre leurs victimes.

On entend arriver la première. Prévan se présente
seul, la reçoit avec l'air de l'empressement, la conduit
jusque dans le sanctuaire dont elle se croyait la divinité ; puis, disparaissant sur un léger prétexte, il se fait
remplacer aussitôt par l'amant outragé.

Vous jugez que la confusion d'une femme qui n'a
point encore l'usage des aventures, rendait, en ce
moment, le triomphe bien facile : tout reproche qui ne
fut pas fait, fut compté pour une grâce ; et l'esclave
fugitive, livrée de nouveau à son ancien maître, fut
trop heureuse de pouvoir espérer son pardon, en
reprenant sa première chaîne. Le traité de paix se
ratifia dans un lieu plus solitaire, et la scène, restée
vide, fut alternativement remplie par les autres
acteurs, à peu près de la même manière, et surtout
avec le même dénouement.

Chacune des femmes pourtant se croyait encore
seule en jeu. Leur étonnement et leur embarras aug-
mentèrent, quand, au moment du souper, les trois
couples se réunirent ; mais la confusion fut au comble,
quand Prévan, qui reparut au milieu de tous, eut la
cruauté de faire aux trois infidèles des excuses, qui, en
livrant leur secret, leur apprenaient entièrement
jusqu'à quel point elles avaient été jouées.

Cependant on se mit à table, et peu après, la contenance revint ; les hommes se livrèrent, les femmes se soumirent. Tous avaient la haine dans le cœur ; mais les propos n'en étaient pas moins tendres : la gaieté éveilla le désir, qui, à son tour, lui prêta de nouveaux charmes. Cette étonnante orgie dura jusqu'au matin ; et quand on se sépara, les femmes durent se croire pardonnées : mais les hommes, qui avaient conservé leur ressentiment, firent dès le lendemain une rupture qui n'eut point de retour ; et non contents de quitter leurs légères maîtresses[4], ils achevèrent leur vengeance, en publiant leur aventure. Depuis ce temps, une d'elles est au couvent, et les deux autres languissent exilées dans leurs terres.

Voilà l'histoire de Prévan ; c'est à vous de voir si vous voulez ajouter à sa gloire, et vous atteler à son char de triomphe. Votre lettre m'a vraiment donné de l'inquiétude et j'attends avec impatience une réponse plus sage et plus claire à la dernière que je vous ai écrite.

Adieu, ma belle amie ; méfiez-vous des idées plaisantes ou bizarres qui vous séduisent toujours trop facilement. Songez que dans la carrière que vous courez, l'esprit ne suffit pas, qu'une seule imprudence y devient un mal sans remède. Souffrez enfin que la prudente amitié soit quelquefois le guide de vos plaisirs.

Adieu. Je vous aime pourtant comme si vous étiez raisonnable.

De..., ce 18 septembre 17**.

LETTRE LXXX [1]

LE CHEVALIER DANCENY À CÉCILE VOLANGES

Cécile, ma chère Cécile, quand viendra le temps de nous revoir ? qui m'apprendra à vivre loin de vous ? qui m'en donnera la force et le courage ? Jamais, non, jamais, je ne pourrai supporter cette

fatale absence. Chaque jour ajoute à mon malheur :
et n'y point voir de terme ! Valmont qui m'avait
promis des secours, des consolations, Valmont me
néglige, et peut-être m'oublie. Il est auprès de ce
qu'il aime ; il ne sait plus ce qu'on souffre quand on
en est éloigné. En me faisant passer votre dernière
lettre, il ne m'a point écrit. C'est lui pourtant qui
doit m'apprendre quand je pourrai vous voir et par
quel moyen. N'a-t-il donc rien à me dire ? Vous-
même, vous ne m'en parlez pas, serait-ce que vous
n'en partagez plus le désir ? Ah ! Cécile, Cécile, je
suis bien malheureux. Je vous aime plus que jamais :
mais cet amour, qui fait le charme de ma vie, en
devient le tourment.

Non, je ne peux plus vivre ainsi, il faut que je vous
voie, il le faut, ne fût-ce qu'un moment. Quand je me
lève, je me dis : Je ne la verrai pas. Je me couche en
disant : Je ne l'ai point vue. Les journées, si longues,
n'ont pas un moment pour le bonheur. Tout est privation, tout est regret, tout est désespoir ; et tous ces
maux me viennent d'où j'attendais tous mes plaisirs !
Ajoutez à ces peines mortelles, mon inquiétude sur les
vôtres, et vous aurez une idée de ma situation. Je
pense à vous sans cesse, et n'y pense jamais sans
trouble. Si je vous vois affligée, malheureuse, je
souffre de tous vos chagrins ; si je vous vois tranquille
et consolée, ce sont les miens qui redoublent. Partout
je trouve le malheur.

Ah ! qu'il n'en était pas ainsi, quand vous habitiez
les mêmes lieux que moi ! Tout alors était plaisir. La
certitude de vous voir embellissait même les moments
de l'absence ; le temps qu'il fallait passer loin de vous,
m'approchait de vous en s'écoulant. L'emploi que j'en
faisais ne vous était jamais étranger. Si je remplissais
des devoirs, ils me rendaient plus digne de vous ; si je
cultivais quelque talent, j'espérais vous plaire davantage. Lors même que les distractions du monde
m'emportaient loin de vous, je n'en étais point séparé.
Au spectacle, je cherchais à deviner ce qui vous aurait
plu ; un concert me rappelait vos talents et nos si

douces occupations. Dans le cercle, comme aux promenades, je saisissais la plus légère ressemblance. Je vous comparais à tout ; partout vous aviez l'avantage. Chaque moment du jour était marqué par un hommage nouveau, et chaque soir j'en apportais le tribut à vos pieds.

A présent, que me reste-t-il ? des regrets douloureux, des privations éternelles, et un léger espoir que le silence de Valmont diminue, que le vôtre change en inquiétude. Dix lieues seulement nous séparent, et cet espace si facile à franchir, devient pour moi seul un obstacle insurmontable ! et quand pour m'aider à le vaincre, j'implore mon ami, ma maîtresse, tous deux restent froids et tranquilles ! Loin de me secourir, ils ne me répondent même pas.

Qu'est donc devenue l'amitié active de Valmont ? que sont devenus, surtout, vos sentiments si tendres, et qui vous rendaient si ingénieuse pour trouver les moyens de nous voir tous les jours ? Quelquefois, je m'en souviens, sans cesser d'en avoir le désir, je me trouvais forcé de le sacrifier à des considérations, à des devoirs ; que ne me disiez-vous pas alors ? par combien de prétextes ne combattiez-vous pas mes raisons ! Et qu'il vous en souvienne, ma Cécile, toujours mes raisons cédaient à vos désirs. Je ne m'en fais point un mérite ; je n'avais pas même celui du sacrifice. Ce que vous désiriez d'obtenir, je brûlais de l'accorder. Mais enfin je demande à mon tour ; et quelle est cette demande ? de vous voir un moment, de vous renouveler et de recevoir le serment d'un amour éternel. N'est-ce donc plus votre bonheur comme le mien ? Je repousse cette idée désespérante, qui mettrait le comble à mes maux. Vous m'aimez, vous m'aimerez toujours ; je le crois, j'en suis sûr, je ne veux jamais en douter : mais ma situation est affreuse et je ne puis la soutenir plus longtemps. Adieu, Cécile.

Paris, ce 18 septembre 17**.

LETTRE LXXXI

LA MARQUISE DE MERTEUIL AU VICOMTE
DE VALMONT

Que vos craintes me causent de pitié ! Combien elles me prouvent ma supériorité sur vous ! et vous voulez m'enseigner, me conduire ? Ah ! mon pauvre Valmont, quelle distance il y a encore de vous à moi ! Non, tout l'orgueil de votre sexe ne suffirait pas pour remplir l'intervalle qui nous sépare. Parce que vous ne pourriez exécuter mes projets, vous les jugez impossibles ! Être orgueilleux et faible, il te sied bien de vouloir calculer mes moyens et juger de mes ressources ! Au vrai, Vicomte, vos conseils m'ont donné de l'humeur, et je ne puis vous le cacher.

Que pour masquer votre incroyable gaucherie auprès de votre Présidente, vous m'étaliez comme un triomphe d'avoir déconcerté un moment cette femme timide et qui vous aime, j'y consens ; d'en avoir obtenu un regard, un seul regard, je souris et vous le passe. Que sentant, malgré vous, le peu de valeur de votre conduite, vous espériez la dérober à mon attention, en me flattant de l'effort sublime de rapprocher deux enfants qui, tous deux, brûlent de se voir, et qui, soit dit en passant, doivent à moi seule l'ardeur de ce désir ; je le veux bien encore. Qu'enfin vous vous autorisiez de ces actions d'éclat, pour me dire d'un ton doctoral, qu'*il vaut mieux employer son temps à exécuter ses projets qu'à les raconter* ; cette vanité ne me nuit pas, et je la pardonne. Mais que vous puissiez croire que j'aie besoin de votre prudence, que je m'égarerais en ne déférant pas à vos avis, que je dois leur sacrifier un plaisir, une fantaisie : en vérité, Vicomte, c'est aussi vous trop enorgueillir de la confiance que je veux bien avoir en vous !

Et qu'avez-vous donc fait, que je n'aie surpassé mille fois ? Vous avez séduit, perdu même beaucoup de femmes : mais quelles difficultés avez-vous eues à vaincre ? quels obstacles à surmonter ? où est le mérite qui soit véritablement à vous ? Une belle figure [1], pur effet du hasard ; des grâces, que l'usage donne presque toujours, de l'esprit à la vérité, mais auquel du jargon suppléerait au besoin ; une impudence assez louable, mais peut-être uniquement due à la facilité de vos premiers succès ; si je ne me trompe, voilà tous vos moyens : car, pour la célébrité que vous avez pu acquérir, vous n'exigerez pas, je crois, que je compte pour beaucoup l'art de faire naître ou de saisir l'occasion d'un scandale.

Quant à la prudence, à la finesse, je ne parle pas de moi : mais quelle femme n'en aurait pas plus que vous ? Eh ! votre Présidente vous mène comme un enfant.

Croyez-moi, Vicomte, on acquiert rarement les qualités dont on peut se passer. Combattant sans risque, vous devez agir sans précaution. Pour vous autres hommes, les défaites ne sont que des succès de moins. Dans cette partie si inégale, notre fortune est de ne pas perdre, et votre malheur de ne pas gagner. Quand je vous accorderais autant de talents qu'à nous, de combien encore ne devrions-nous pas vous surpasser, par la nécessité où nous sommes d'en faire un continuel usage !

Supposons, j'y consens, que vous mettiez autant d'adresse à nous vaincre, que nous à nous défendre ou à céder, vous conviendrez au moins, qu'elle vous devient inutile après le succès. Uniquement occupé de votre nouveau goût, vous vous y livrez sans crainte, sans réserve : ce n'est pas à vous que sa durée importe.

En effet, ces liens réciproquement donnés et reçus, pour parler le jargon de l'amour, vous seul pouvez, à votre choix, les resserrer ou les rompre : heureuses encore, si dans votre légèreté, préférant le mystère à l'éclat, vous vous contentez d'un abandon humiliant, et ne faites pas de l'idole de la veille la victime du lendemain !

Descriptions d'elle

Mais qu'une femme infortunée sente la première le poids de sa chaîne, quels risques n'a-t-elle pas à courir, si elle tente de s'y soustraire, si elle ose seulement la soulever ? Ce n'est qu'en tremblant qu'elle essaie d'éloigner d'elle l'homme que son cœur repousse avec effort. S'obstine-t-il à rester, ce qu'elle accordait à l'amour, il faut le livrer à la crainte :

Ses bras s'ouvrent encore, quand son cœur est fermé.

Sa prudence doit dénouer avec adresse, ces mêmes liens que vous auriez rompus. A la merci de son ennemi, elle est sans ressource, s'il est sans générosité [2] : et comment en espérer de lui, lorsque, si quelquefois on le loue d'en avoir, jamais pourtant on ne le blâme d'en manquer ?

Sans doute, vous ne nierez pas ces vérités que leur évidence a rendues triviales. Si cependant vous m'avez vue, disposant des événements et des opinions, faire de ces hommes si redoutables le jouet de mes caprices ou de mes fantaisies ; ôter aux uns la volonté, aux autres la puissance de me nuire ; si j'ai su tour à tour, et suivant mes goûts mobiles, attacher à ma suite ou rejeter loin de moi

Ces tyrans [3] détrônés devenus mes esclaves * ;

si, au milieu de ces révolutions fréquentes, ma réputation s'est pourtant conservée pure ; n'avez-vous pas dû en conclure que, née pour venger mon sexe et maîtriser le vôtre, j'avais su me créer des moyens inconnus jusqu'à moi ?

Ah ! gardez vos conseils et vos craintes pour ces

---

* On ne sait si ce vers, ainsi que celui qui se trouve plus haut, Ses bras s'ouvrent encore, quand son cœur est fermé, sont des citations d'ouvrages peu connus ; ou s'ils font partie de la prose de madame de Merteuil. Ce qui le ferait croire, c'est la multitude de fautes de ce genre qui se trouvent dans toutes les lettres de cette correspondance. Celles du chevalier Danceny sont les seules qui en soient exemptes : peut-être que comme il s'occupait quelquefois de poésie, son oreille plus exercée lui faisait éviter plus facilement ce défaut.

femmes à délire, et qui se disent *à sentiment* [4] ; dont l'imagination exaltée ferait croire que la nature a placé leurs sens dans leur tête ; qui, n'ayant jamais réfléchi, confondent sans cesse l'amour et l'amant ; qui, dans leur folle illusion, croient que celui-là seul avec qui elles ont cherché le plaisir, en est l'unique dépositaire ; et vraies superstitieuses, ont pour le prêtre, le respect et la foi qui n'est dû qu'à la divinité.

Craignez encore pour celles qui, plus vaines que prudentes, ne savent pas au besoin consentir à se faire quitter.

Tremblez surtout pour ces femmes actives dans leur oisiveté, que vous nommez *sensibles*, et dont l'amour s'empare si facilement et avec tant de puissance ; qui sentent le besoin de s'en occuper encore, même lorsqu'elles n'en jouissent pas ; et s'abandonnant sans réserve à la fermentation de leurs idées, enfantent par elles ces lettres si douces [5], mais si dangereuses à écrire ; et ne craignent pas de confier ces preuves de leur faiblesse à l'objet qui les cause : imprudentes, qui, dans leur amant actuel, ne savent pas voir leur ennemi futur.

Mais moi, qu'ai-je de commun avec ces femmes inconsidérées ? quand m'avez-vous vue m'écarter des règles que je me suis prescrites, et manquer à mes principes ? je dis mes principes, et je le dis à dessein : car ils ne sont pas, comme ceux des autres femmes, donnés au hasard, reçus sans examen et suivis par habitude, ils sont le fruit [6] de mes profondes réflexions ; je les ai créés, et je puis dire que je suis mon ouvrage.

Entrée dans le monde dans le temps où, fille encore, j'étais vouée par état au silence et à l'inaction, j'ai su en profiter pour observer et réfléchir. Tandis qu'on me croyait étourdie ou distraite, écoutant peu à la vérité les discours qu'on s'empressait à me tenir, je recueillais avec soin ceux qu'on cherchait à me cacher.

Cette utile curiosité, en servant à m'instruire, m'apprit encore à dissimuler ; forcée souvent de cacher les objets de mon attention aux yeux de ceux

qui m'entouraient, j'essayai de guider les miens à mon
gré ; j'obtins dès lors de prendre à volonté ce regard
distrait que vous avez loué si souvent. Encouragée par
ce premier succès, je tâchai de régler de même les
divers mouvements de ma figure. Ressentais-je
quelque chagrin, je m'étudiais à prendre l'air de la
sérénité [7], même celui de la joie ; j'ai porté le zèle
jusqu'à me causer des douleurs volontaires, pour chercher pendant ce temps l'expression du plaisir. Je me
suis travaillée avec le même soin et plus de peine, pour
réprimer les symptômes d'une joie inattendue. C'est
ainsi que j'ai su prendre, sur ma physionomie, cette
puissance dont je vous ai vu quelquefois si étonné.

J'étais bien jeune encore, et presque sans intérêt :
mais je n'avais à moi que ma pensée, et je m'indignais
qu'on pût me la ravir ou me la surprendre contre ma
volonté. Munie de ces premières armes [8], j'en essayai
l'usage : non contente de ne plus me laisser pénétrer,
je m'amusais à me montrer sous des formes différentes ; sûre de mes gestes, j'observais mes discours ; je
réglais les uns et les autres, suivant les circonstances,
ou même seulement suivant mes fantaisies : dès ce
moment, ma façon de penser fut pour moi seule, et je
ne montrai plus que celle qu'il m'était utile de laisser
voir.

Ce travail sur moi-même avait fixé mon attention
sur l'expression des figures et le caractère des physio-
nomies ; et j'y gagnai ce coup d'œil pénétrant, auquel
l'expérience m'a pourtant appris à ne pas me fier
entièrement ; mais qui, en tout, m'a rarement
trompée.

Je n'avais pas quinze ans, je possédais déjà les
talents auxquels la plus grande partie de nos politiques
doivent leur réputation, et je ne me trouvais encore
qu'aux premiers éléments de la science que je voulais
acquérir.

Vous jugez bien que, comme toutes les jeunes filles,
je cherchais à deviner l'amour et ses plaisirs : mais
n'ayant jamais été au couvent, n'ayant point de bonne
amie, et surveillée par une mère vigilante [9], je n'avais

que des idées vagues et que je ne pouvais fixer ; la nature même, dont assurément je n'ai eu qu'à me louer depuis, ne me donnait encore aucun indice. On eût dit qu'elle travaillait en silence à perfectionner son ouvrage. Ma tête seule fermentait ; je ne désirais pas de jouir, je voulais savoir ; le désir de m'instruire m'en suggéra les moyens.

Je sentis que le seul homme avec qui je pouvais parler sur cet objet, sans me compromettre, était mon confesseur. Aussitôt je pris mon parti ; je surmontai ma petite honte ; et me vantant d'une faute que je n'avais pas commise, je m'accusai d'avoir fait *tout ce que font les femmes*. Ce fut mon expression ; mais en parlant ainsi je ne savais en vérité, quelle idée j'exprimais. Mon espoir ne fut ni tout à fait trompé, ni entièrement rempli ; la crainte de me trahir m'empêchait de m'éclairer : mais le bon père me fit le mal si grand, que j'en conclus que le plaisir devait être extrême ; et au désir de le connaître succéda celui de le goûter.

Je ne sais où ce désir m'aurait conduite ; et alors dénuée d'expérience, peut-être une seule occasion m'eût perdue : heureusement pour moi, ma mère m'annonça peu de jours après que j'allais me marier ; sur-le-champ la certitude de savoir éteignit ma curiosité, et j'arrivai vierge entre les bras de M. de Merteuil.

J'attendais avec sécurité le moment qui devait m'instruire, et j'eus besoin de réflexion pour montrer de l'embarras et de la crainte. Cette première nuit, dont on se fait pour l'ordinaire une idée si cruelle ou si douce, ne me présentait qu'une occasion d'expérience : douleur et plaisir, j'observai tout exactement, et ne voyais dans ces diverses sensations, que des faits à recueillir et à méditer.

Ce genre d'étude parvint bientôt à me plaire : mais fidèle à mes principes, et sentant, peut-être par instinct, que nul ne devait être plus loin de ma confiance que mon mari, je résolus, par cela seul que j'étais sensible, de me montrer impassible à ses yeux. Cette froideur apparente fut par la suite le fondement iné-

branlable de son aveugle confiance : j'y joignis, par
une seconde réflexion, l'air d'étourderie qu'autorisait
mon âge ; et jamais il ne me jugea plus enfant que
dans les moments où je le jouais avec plus d'audace.

Cependant, je l'avouerai, je me laissai d'abord
entraîner par le tourbillon du monde, et je me livrai
tout entière à ses distractions futiles. Mais au bout de
quelques mois, M. de Merteuil m'ayant menée à sa
triste campagne, la crainte de l'ennui fit revenir le
goût de l'étude ; et ne m'y trouvant entourée que de
gens dont la distance avec moi me mettait à l'abri de
tout soupçon, j'en profitai pour donner un champ plus
vaste à mes expériences. Ce fut là, surtout, que je
m'assurai que l'amour que l'on nous vante comme la
cause de nos plaisirs, n'en est au plus que le prétexte.

La maladie de M. de Merteuil vint interrompre de
si douces occupations ; il fallut le suivre à la ville, où il
venait chercher des secours. Il mourut, comme vous
savez, peu de temps après ; et quoique, à tout
prendre, je n'eusse pas à me plaindre de lui, je n'en
sentis pas moins vivement le prix de la liberté qu'allait
me donner mon veuvage, et je me promis bien d'en
profiter.

Ma mère comptait que j'entrerais au couvent, ou
reviendrais vivre avec elle [10]. Je refusai l'un et l'autre
parti ; et tout ce que j'accordai à la décence, fut de
retourner dans cette même campagne, où il me restait
bien encore quelques observations à faire.

Je les fortifiai par le secours de la lecture : mais ne
croyez pas qu'elle fût toute du genre que vous la supposez. J'étudiai nos mœurs dans les romans ; nos opinions dans les philosophes ; je cherchai même dans les
moralistes les plus sévères ce qu'ils exigeaient de nous,
et je m'assurai ainsi de ce qu'on pouvait faire, de ce
qu'on devait penser, et de ce qu'il fallait paraître. Une
fois fixée sur ces trois objets, le dernier seul présentait
quelques difficultés dans son exécution ; j'espérai les
vaincre et j'en méditai les moyens.

Je commençais à m'ennuyer de mes plaisirs rusti-
ques, trop peu variés pour ma tête active ; je sentais

un besoin de coquetterie qui me raccommoda avec
l'amour ; non pour le ressentir à la vérité, mais pour
l'inspirer et le feindre. En vain m'avait-on dit, et
avais-je lu qu'on ne pouvait feindre ce sentiment ; je
voyais pourtant que, pour y parvenir, il suffisait de
joindre à l'esprit d'un auteur, le talent d'un comédien.
Je m'exerçai dans les deux genres, et peut-être avec
quelque succès : mais au lieu de rechercher les vains
applaudissements du théâtre, je résolus d'employer à
mon bonheur ce que tant d'autres sacrifiaient à la
vanité.

Un an se passa dans ces occupations différentes.
Mon deuil me permettant alors de reparaître, je revins
à la ville avec mes grands projets ; je ne m'attendais
pas au premier obstacle que j'y rencontrai.

Cette longue solitude, cette austère retraite, avaient
jeté sur moi un vernis de pruderie qui effrayait nos
plus agréables ; ils se tenaient à l'écart, et me laissaient
livrée à une foule d'ennuyeux, qui tous prétendaient à
ma main. L'embarras n'était pas de les refuser ; mais
plusieurs de ces refus déplaisaient à ma famille, et je
perdais dans ces tracasseries intérieures le temps dont
je m'étais promis un si charmant usage. Je fus donc
obligée, pour rappeler les uns et éloigner les autres,
d'afficher quelques inconséquences, et d'employer à
nuire à ma réputation, le soin que je comptais mettre
à la conserver. Je réussis facilement, comme vous
pouvez croire. Mais n'étant emportée par aucune passion, je ne fis que ce que je jugeai nécessaire, et
mesurai avec prudence les doses de mon étourderie.

Dès que j'eus touché le but que je voulais atteindre,
je revins sur mes pas, et fis honneur de mon amende-
ment à quelques-unes de ces femmes qui, dans
l'impuissance d'avoir des prétentions à l'agrément, se
rejettent sur celles du mérite et de la vertu. Ce fut un
coup de partie [11] qui me valut plus que je n'avais
espéré. Ces reconnaissantes duègnes s'établirent mes
apologistes ; et leur zèle aveugle, pour ce qu'elles
appelaient leur ouvrage, fut porté au point qu'au
moindre propos qu'on se permettait sur moi, tout le

parti prude criait au scandale et à l'injure. Le même moyen me valut encore le suffrage de nos femmes à prétentions, qui, persuadées que je renonçais à courir la même carrière qu'elles, me choisirent pour l'objet de leurs éloges, toutes les fois qu'elles voulaient prouver qu'elles ne médisaient pas de tout le monde.

Cependant ma conduite précédente avait ramené les amants ; et pour me ménager entre eux et mes infidèles protectrices, je me montrai comme une femme sensible, mais difficile, à qui l'excès de sa délicatesse fournissait des armes contre l'amour.

Alors je commençai à déployer sur le grand théâtre, les talents que je m'étais donnés. Mon premier soin fut d'acquérir le renom d'invincible. Pour y parvenir, les hommes qui ne me plaisaient point furent toujours les seuls dont j'eus l'air d'accepter les hommages. Je les employais utilement à me procurer les honneurs de la résistance, tandis que je me livrais sans crainte à l'amant préféré. Mais, celui-là, ma feinte timidité ne lui a jamais permis de me suivre dans le monde ; et les regards du cercle ont été, ainsi, toujours fixés sur l'amant malheureux.

Vous savez combien je me décide vite : c'est pour avoir observé que ce sont presque toujours les soins antérieurs qui livrent le secret des femmes. Quoi qu'on puisse faire, le ton n'est jamais le même, avant ou après le succès. Cette différence n'échappe point à l'observateur attentif et j'ai trouvé moins dangereux de me tromper dans le choix, que de me laisser pénétrer. Je gagne encore par là d'ôter les vraisemblances, sur lesquelles seules on peut nous juger.

Ces précautions et celle de ne jamais écrire, de ne délivrer jamais aucune preuve de ma défaite, pouvaient paraître excessives, et ne m'ont jamais paru suffisantes. Descendue dans mon cœur, j'y ai étudié celui des autres. J'y ai vu qu'il n'est personne qui n'y conserve un secret qu'il lui importe qui ne soit point dévoilé : vérité que l'antiquité paraît avoir mieux connue que nous, et dont l'histoire de Samson pourrait n'être qu'un ingénieux emblème. Nouvelle Dalila, j'ai toujours, comme elle, employé ma puissance à surprendre ce secret important. Hé ! de combien de nos Samsons modernes, ne tiens-je pas la chevelure sous le ciseau ! et ceux-là, j'ai cessé de les craindre ; ce sont les seuls que je me sois permis d'humilier quelquefois. Plus souple avec les autres, l'art de les rendre infidèles pour éviter de leur paraître volage, une feinte amitié, une apparente confiance, quelques procédés généreux, l'idée flatteuse et que chacun conserve d'avoir été mon seul amant, m'ont obtenu leur discrétion. Enfin, quand ces moyens m'ont manqué, j'ai su, prévoyant mes ruptures, étouffer d'avance, sous le ridicule ou la calomnie, la confiance que ces hommes dangereux auraient pu obtenir.

Ce que je vous dis là, vous me le voyez pratiquer sans cesse ; et vous doutez de ma prudence ! Hé bien ! rappelez-vous le temps où vous me rendîtes vos premiers soins : jamais hommage ne me flatta autant : je vous désirais avant de vous avoir vu. Séduite par votre réputation, il me semblait que vous manquiez à ma gloire ; je brûlais de vous combattre corps à corps. C'est le seul de mes goûts qui ait jamais pris un moment d'empire sur moi. Cependant, si vous eussiez voulu me perdre, quels moyens eussiez-vous trouvés ? de vains discours qui ne laissent aucune trace après eux, que votre réputation même eût aidé à rendre suspects, et une suite de faits sans vraisemblance, dont le récit sincère aurait l'air d'un roman mal tissu.

A la vérité, je vous ai depuis livré tous mes secrets : mais vous savez quels intérêts nous unissent, et si de nous deux, c'est moi qu'on doit taxer d'imprudence *.

Puisque je suis en train de vous rendre compte, je veux le faire exactement. Je vous entends d'ici me dire que je suis au moins à la merci de ma femme de chambre ; en effet, si elle n'a pas le secret de mes sentiments, elle a celui de mes actions. Quand vous m'en parlâtes jadis, je vous répondis seulement que

---

* *On saura dans la suite, lettre CLII, non pas le secret de M. de Valmont, mais à peu près de quel genre il était ; et le lecteur sentira qu'on n'a pas pu l'éclaircir davantage sur cet objet.*

j'étais sûre d'elle ; et la preuve que cette réponse suffit alors à votre tranquillité, c'est que vous lui avez confié depuis, et pour votre compte, des secrets assez dangereux. Mais à présent que Prévan vous donne de l'ombrage, et que la tête vous en tourne, je me doute bien que vous ne me croyez plus sur parole. Il faut donc vous édifier.

Premièrement, cette fille est ma sœur de lait, et ce lien qui ne nous en paraît pas un, n'est pas sans force pour les gens de cet état : de plus, j'ai son secret, et mieux encore ; victime d'une folie de l'amour, elle était perdue si je ne l'eusse sauvée. Ses parents, tout hérissés d'honneur, ne voulaient pas moins que la faire enfermer. Ils s'adressèrent à moi. Je vis, d'un coup d'œil, combien leur courroux pouvait m'être utile. Je le secondai, et sollicitai l'ordre, que j'obtins. Puis passant tout à coup au parti de la clémence auquel j'amenai ses parents, et profitant de mon crédit auprès du vieux ministre, je les fis tous consentir à me laisser dépositaire de cet ordre, et maîtresse d'en arrêter ou demander l'exécution, suivant que je jugerais du mérite de la conduite future de cette fille. Elle sait donc que j'ai son sort entre les mains ; et quand, par impossible, ces moyens puissants ne l'arrêteraient point, n'est-il pas évident que sa conduite dévoilée et sa punition authentique ôteraient bientôt toute créance à ses discours [12] ?

A ces précautions que j'appelle fondamentales, s'en joignent mille autres, ou locales, ou d'occasion, que la réflexion et l'habitude font trouver au besoin ; dont le détail serait minutieux, mais dont la pratique est importante, et qu'il faut vous donner la peine de recueillir dans l'ensemble de ma conduite, si vous voulez parvenir à les connaître.

Mais de prétendre que je me sois donné tant de soins pour n'en pas retirer de fruits ; qu'après m'être autant élevée au-dessus des autres femmes par mes travaux pénibles, je consente à ramper comme elles dans ma marche, entre l'imprudence et la timidité ; que surtout je pusse redouter un homme au point de

ne plus voir mon salut que dans la fuite ? Non,
Vicomte ; jamais [13]. Il faut vaincre ou périr. Quant à
Prévan, je veux l'avoir et je l'aurai ; il veut le dire, et il
ne le dira pas : en deux mots, voilà notre roman.
Adieu [14].

*De..., ce 20 septembre 17 ***.*

LETTRE LXXXII

CÉCILE VOLANGES AU CHEVALIER DANCENY

Mon Dieu, que votre lettre m'a fait de peine !
J'avais bien besoin d'avoir tant d'impatience de la
recevoir ! J'espérais y trouver de la consolation, et
voilà que je suis plus affligée qu'avant de l'avoir reçue.
J'ai bien pleuré en la lisant : ce n'est pas cela que je
vous reproche ; j'ai déjà bien pleuré des fois à cause de
vous, sans que ça me fasse de la peine. Mais cette
fois-ci, ce n'est pas la même chose.

Qu'est-ce donc que vous voulez dire, que votre
amour devient un tourment pour vous, que vous ne
pouvez plus vivre ainsi, ni soutenir plus longtemps
votre situation ? Est-ce que vous allez cesser de
m'aimer, parce que cela n'est pas si agréable qu'autrefois ? Il me semble que je ne suis pas plus heureuse
que vous, bien au contraire ; et pourtant je ne vous
aime que davantage. Si M. de Valmont ne vous a pas
écrit, ce n'est pas ma faute ; je n'ai pas pu l'en prier,
parce que je n'ai pas été seule avec lui, et que nous
sommes convenus que nous ne nous parlerions jamais
devant le monde : et ça, c'est encore pour vous ; afin
qu'il puisse faire le plus tôt ce que vous désirez. Je ne
dis pas que je ne le désire pas aussi, et vous devez en
être bien sûr : mais comment voulez-vous que je
fasse ? Si vous croyez que c'est facile, trouvez donc le
moyen, je ne demande pas mieux.

Croyez-vous qu'il me soit bien agréable d'être

grondée tous les jours par maman, elle qui auparavant ne me disait jamais rien ; bien au contraire ? A présent, c'est pis que si j'étais au couvent. Je m'en consolais pourtant en songeant que c'était pour vous ; il y avait même des moments où je trouvais que j'en étais bien aise ; mais quand je vois que vous êtes fâché aussi, et ça sans qu'il y ait du tout de ma faute, je deviens plus chagrine que pour tout ce qui vient de m'arriver jusqu'ici.

Rien que pour recevoir vos lettres, c'est un embarras, que si M. de Valmont n'était pas aussi complaisant et aussi adroit qu'il l'est, je ne saurais comment faire ; et pour vous écrire, c'est plus difficile encore. De toute la matinée, je n'ose pas, parce que maman est tout près de moi, et qu'elle vient à tout moment dans ma chambre. Quelquefois je le peux l'après-midi ; sous prétexte de chanter ou de jouer de la harpe ; encore faut-il que j'interrompe à chaque ligne pour qu'on entende que j'étudie. Heureusement ma femme de chambre s'endort quelquefois le soir, et je lui dis que je me coucherai bien toute seule, afin qu'elle s'en aille et me laisse de la lumière. Et puis, il faut que je me mette sous mon rideau, pour qu'on ne puisse pas voir de clarté, et puis que j'écoute au moindre bruit pour pouvoir tout cacher dans mon lit, si on venait. Je voudrais que vous y fussiez, pour voir ! Vous verriez bien qu'il faut bien aimer pour faire ça. Enfin, il est bien vrai que je fais tout ce que je peux, et que je voudrais en pouvoir faire davantage.

Assurément, je ne refuse pas de vous dire que je vous aime et que je vous aimerai toujours ; jamais je ne l'ai dit de meilleur cœur ; et vous êtes fâché ! Vous m'aviez pourtant bien assuré, avant que je vous l'eusse dit, que cela suffisait pour vous rendre heureux. Vous ne pouvez pas le nier : c'est dans vos lettres. Quoique je ne les aie plus, je m'en souviens comme quand je les lisais tous les jours. Et parce que nous voilà absents, vous ne pensez plus de même ! Mais cette absence ne durera pas toujours, peut-être ! Mon Dieu, que je suis malheureuse ! et c'est bien vous qui en êtes cause !

A propos de vos lettres, j'espère que vous avez
gardé celles que maman m'a prises, et qu'elle vous a
renvoyées ; il faudra bien qu'il vienne un temps où je
ne serai plus si gênée qu'à présent, et vous me les
rendrez toutes. Comme je serai heureuse, quand je
pourrai les garder toujours, sans que personne ait rien
à y voir ! A présent, je les remets à M. de Valmont,
parce qu'il y aurait trop à risquer autrement : malgré
cela je ne lui en rends jamais, que cela ne me fasse
bien de la peine.

Adieu, mon cher ami ! Je vous aime de tout mon
cœur. Je vous aimerai toute ma vie. J'espère qu'à présent vous n'êtes plus fâché ; et si j'en étais sûre, je ne
le serais plus moi-même. Ecrivez-moi le plus tôt que
vous pourrez, car je sens que jusque-là je serai toujours triste.

Du château de..., ce 21 septembre 17**.

LETTRE LXXXIII

LE VICOMTE DE VALMONT À LA PRÉSIDENTE
DE TOURVEL

De grâce, Madame, renouons cet entretien si malheureusement rompu ! Que je puisse achever de vous
prouver combien je diffère de l'odieux portrait qu'on
vous avait fait de moi ; que je puisse, surtout, jouir
encore de cette aimable confiance que vous commen-
ciez à me témoigner ! Que de charmes vous savez
prêter à la vertu ! comme vous embellissez et faites
chérir tous les sentiments honnêtes ! Ah ! c'est là votre
séduction ; c'est la plus forte ; c'est la seule qui soit, à
la fois, puissante et respectable.

Sans doute il suffit de vous voir, pour désirer de
vous plaire ; de vous entendre dans le cercle, pour que
ce désir augmente. Mais celui qui a le bonheur de
vous connaître davantage, qui peut quelquefois lire

dans votre âme, cède bientôt à un plus noble enthousiasme, et pénétré de vénération comme d'amour, adore en vous l'image de toutes les vertus [1]. Plus fait qu'un autre, peut-être, pour les aimer et les suivre, entraîné par quelques erreurs qui m'avaient éloigné d'elles, c'est vous qui m'en avez rapproché, qui m'en avez de nouveau fait sentir tout le charme : me ferez-vous un crime de ce nouvel amour ? blâmerez-vous votre ouvrage ? Vous reprocheriez-vous même l'intérêt que vous pourriez y prendre ? Quel mal peut-on craindre d'un sentiment si pur, et quelles douceurs n'y aurait-il pas à le goûter ?

Mon amour vous effraie, vous le trouvez violent, effréné ? Tempérez-le par un amour plus doux ; ne refusez pas l'empire que je vous offre, auquel je jure de ne jamais me soustraire, et qui, j'ose le croire, ne serait pas entièrement perdu pour la vertu. Quel sacrifice pourrait me paraître pénible, sûr que votre cœur m'en garderait le prix ? Quel est donc l'homme assez malheureux pour ne pas savoir jouir des privations qu'il s'impose ; pour ne pas préférer un mot, un regard accordés, à toutes les jouissances qu'il pourrait ravir ou surprendre ! et vous avez cru que j'étais cet homme-là ! et vous m'avez craint ! Ah ! pourquoi votre bonheur ne dépend-il pas de moi ? comme je me vengerais de vous, en vous rendant heureuse. Mais ce doux empire, la stérile amitié ne le produit pas ; il n'est dû qu'à l'amour.

Ce mot vous intimide ! et pourquoi ? un attachement plus tendre, une union plus forte, une seule pensée, le même bonheur comme les mêmes peines, qu'y a-t-il donc là d'étranger à votre âme ? Tel est pourtant l'amour ! tel est au moins celui que vous inspirez et que je ressens ! C'est lui surtout, qui, calculant sans intérêt, sait apprécier les actions sur leur mérite et non sur leur valeur ; trésor inépuisable des âmes sensibles, tout devient précieux, fait par lui ou pour lui.

Ces vérités si faciles à saisir, si douces à pratiquer, qu'ont-elles donc d'effrayant ? Quelles craintes peut aussi vous causer un homme sensible, à qui l'amour ne permet plus un autre bonheur que le vôtre ? C'est aujourd'hui l'unique vœu que je forme : je sacrifierai tout pour le remplir, excepté le sentiment qui l'inspire ; et ce sentiment lui-même, consentez à le partager, et vous le réglerez à votre choix. Mais ne souffrons plus qu'il nous divise, lorsqu'il devrait nous réunir. Si l'amitié que vous m'avez offerte, n'est pas un vain mot ; si, comme vous me le disiez hier, c'est le sentiment le plus doux que votre âme connaisse ; que ce soit elle qui stipule entre nous, je ne la récuserai point : mais juge de l'amour, qu'elle consente à l'écouter ; le refus de l'entendre deviendrait une injustice, et l'amitié n'est point injuste.

Un second entretien n'aura pas plus d'inconvénients que le premier : le hasard peut encore en fournir l'occasion ; vous pourriez vous-même en indiquer le moment. Je veux croire que j'ai tort ; n'aimerez-vous pas mieux me ramener que me combattre, et doutez-vous de ma docilité ? Si ce tiers importun ne fût pas venu nous interrompre, peut-être serais-je déjà entièrement revenu à votre avis ; qui sait jusqu'où peut aller votre pouvoir ?

Vous le dirai-je ? cette puissance invincible, à laquelle je me livre sans oser la calculer, ce charme irrésistible, qui vous rend souveraine de mes pensées comme de mes actions, il m'arrive quelquefois de les craindre. Hélas ! cet entretien que je vous demande, peut-être est-ce à moi à le redouter ! peut-être après, enchaîné par mes promesses, me verrai-je réduit à brûler d'un amour que je sens bien qui ne pourra s'éteindre, sans oser même implorer votre secours ! Ah ! Madame, de grâce, n'abusez pas de votre empire ! Mais quoi ! si vous devez en être plus heureuse, si je dois vous en paraître plus digne de vous, quelles peines ne sont pas adoucies par ces idées consolantes ! Oui, je le sens ; vous parler encore, c'est vous donner contre moi de plus fortes armes ; c'est me soumettre plus entièrement à votre volonté. Il est plus aisé de se défendre contre vos lettres ; ce sont bien vos mêmes discours, mais vous n'êtes pas là pour leur prêter des forces. Cependant, le plaisir de vous entendre m'en fait braver le danger : au moins aurai-je ce bonheur d'avoir tout fait pour vous, même contre moi ; et mes sacrifices deviendront un hommage. Trop heureux de vous prouver de mille manières, comme je le sens de mille façons, que, sans m'en excepter, vous êtes, vous serez toujours l'objet le plus cher à mon cœur.

*Du château de..., ce 23 septembre 17** [2].*

LETTRE LXXXIV

LE VICOMTE DE VALMONT À CÉCILE VOLANGES

Vous avez vu combien nous avons été contrariés hier. De toute la journée je n'ai pas pu vous remettre la lettre que j'avais pour vous ; j'ignore si j'y trouverai plus de facilité aujourd'hui. Je crains de vous compromettre, en y mettant plus de zèle que d'adresse ; et je ne me pardonnerais pas une imprudence qui vous deviendrait si fatale, et causerait le désespoir de mon ami, en vous rendant éternellement malheureuse. Cependant je connais les impatiences de l'amour ; je sens combien il doit être pénible, dans votre situation, d'éprouver quelque retard à la seule consolation que vous puissiez goûter dans ce moment. A force de m'occuper des moyens d'écarter les obstacles, j'en ai trouvé un dont l'exécution sera aisée, si vous y mettez quelque soin.

Je crois avoir remarqué que la clef de la porte de votre chambre, qui donne sur le corridor, est toujours sur la cheminée de votre maman. Tout deviendrait facile avec cette clef, vous devez bien le sentir ; mais à son défaut, je vous en procurerai une semblable, et qui la suppléera. Il me suffira, pour y parvenir, d'avoir l'autre une heure ou deux à ma disposition. Vous

devez trouver aisément l'occasion de la prendre, et
pour qu'on ne s'aperçoive pas qu'elle manque, j'en
joins ici une à moi [1], qui est assez semblable, pour
qu'on n'en voie pas la différence, à moins qu'on ne
l'essaie ; ce qu'on ne tentera pas. Il faudra seulement
que vous ayez soin d'y mettre un ruban, bleu et passé,
comme celui qui est à la vôtre.

Il faudrait tâcher d'avoir cette clef pour demain ou
après-demain, à l'heure du déjeuner [2] ; parce qu'il
vous sera plus facile de me la donner alors, et qu'elle
pourra être remise à sa place pour le soir, temps où
votre maman pourrait y faire plus d'attention. Je
pourrai vous la rendre au moment du dîner, si nous
nous entendons bien.

Vous savez que quand on passe du salon à la salle à
manger, c'est toujours madame de Rosemonde qui
marche la dernière. Je lui donnerai la main. Vous
n'aurez qu'à quitter votre métier de tapisserie lentement, ou bien laisser tomber quelque chose, de façon
à rester en arrière : vous saurez bien alors prendre la
clef, que j'aurai soin de tenir derrière moi. Il ne faudra
pas négliger, aussitôt après l'avoir prise, de rejoindre
ma vieille tante, et de lui faire quelques caresses. Si
par hasard vous laissiez tomber cette clef, n'allez pas
vous déconcerter ; je feindrai que c'est moi, et je vous
réponds de tout.

Le peu de confiance que vous témoigne votre
maman, et ses procédés si durs envers vous, autorisent de reste cette petite supercherie. C'est au surplus le seul moyen de continuer à recevoir les lettres
de Danceny, et à lui faire passer les vôtres ; tout
autre est réellement trop dangereux, et pourrait
vous perdre tous deux sans ressource : aussi ma prudente amitié se reprocherait-elle de les employer
davantage.

Une fois maître de la clef, il nous restera quelques
précautions à prendre contre le bruit de la porte et de
la serrure : mais elles sont bien faciles. Vous trouverez,
sous la même armoire où j'avais mis votre papier, de
l'huile et une plume. Vous allez quelquefois chez vous

à des heures où vous y êtes seule : il faut profiter pour
huiler la serrure et les gonds. La seule attention à
avoir, est de prendre garde aux taches qui déposeraient contre vous. Il faudra aussi attendre que la nuit
soit venue, parce que, si cela se fait avec l'intelligence
dont vous êtes capable, il n'y paraîtra plus le lendemain matin.

Si pourtant on s'en aperçoit, n'hésitez pas à dire
que c'est le frotteur du château. Il faudrait, dans ce
cas, spécifier le temps, même les discours qu'il vous
aura tenus : comme par exemple, qu'il prend ce soin
contre la rouille, pour toutes les serrures dont on ne
fait pas usage. Car vous sentez qu'il ne serait pas vraisemblable que vous eussiez été témoin de ce tracas
sans en demander la cause. Ce sont ces petits détails
qui donnent la vraisemblance, et la vraisemblance
rend les mensonges sans conséquence, en ôtant le
désir de les vérifier.

Après que vous aurez lu cette lettre, je vous prie de
la relire, et même de vous en occuper : d'abord, c'est
qu'il faut bien savoir ce qu'on veut bien faire ; ensuite,
pour vous assurer que je n'ai rien omis. Peu accoutumé à employer la finesse pour mon compte, je n'en
ai pas grand usage ; il n'a pas même fallu moins que
ma vive amitié pour Danceny, et l'intérêt que vous
inspirez, pour me déterminer à me servir de ces
moyens, quelque innocents qu'ils soient. Je hais tout
ce qui a l'air de la tromperie ; c'est là mon caractère.
Mais vos malheurs m'ont touché au point que je tenterai tout pour les adoucir.

Vous pensez bien que, cette communication une
fois établie entre nous, il me sera plus facile de vous
procurer, avec Danceny, l'entretien qu'il désire.
Cependant ne lui parlez pas encore de tout ceci ;
vous ne feriez qu'augmenter son impatience, et le
moment de la satisfaire n'est pas encore tout à fait
venu. Vous lui devez, je crois, de la calmer plutôt
que de l'aigrir. Je m'en rapporte là-dessus à votre
délicatesse. Adieu, ma belle pupille : car vous êtes
ma pupille. Aimez un peu votre tuteur, et surtout

ayez avec lui de la docilité ; vous vous en trouverez
bien. Je m'occupe de votre bonheur, et soyez sûre
que j'y trouverai le mien.

*De..., ce 24 septembre 17** *[3].

LETTRE LXXXV

LA MARQUISE DE MERTEUIL AU VICOMTE
DE VALMONT

Enfin vous serez tranquille et surtout vous me rendrez justice. Ecoutez, et ne me confondez plus avec les
autres femmes. J'ai mis à fin mon aventure avec Prévan ; *à fin !* entendez-vous bien ce que cela veut dire ?
A présent vous allez juger qui de lui ou de moi pourra
se vanter. Le récit ne sera pas si plaisant que l'action :
aussi ne serait-il pas juste que, tandis que vous n'avez
fait que raisonner bien ou mal sur cette affaire, il vous
en revînt autant de plaisir qu'à moi, qui y donnais
mon temps et ma peine.

Cependant, si vous avez quelque grand coup à faire,
si vous devez tenter quelque entreprise où ce rival
dangereux vous paraisse à craindre, arrivez. Il vous
laisse le champ libre, au moins pour quelque temps ;
peut-être même ne se relèvera-t-il jamais du coup que
je lui ai porté.

Que vous êtes heureux de m'avoir pour amie ! Je
suis pour vous une fée bienfaisante. Vous languissez
loin de la beauté qui vous engage ; je dis un mot, et
vous vous retrouvez auprès d'elle. Vous voulez vous
venger d'une femme qui vous nuit ; je vous marque
l'endroit où vous devez frapper et la livre à votre discrétion. Enfin, pour écarter de la lice un concurrent
redoutable, c'est encore moi que vous invoquez, et je
vous exauce. En vérité, si vous ne passez pas votre vie
à me remercier, c'est que vous êtes un ingrat. Je
reviens à mon aventure et la reprends d'origine.

Le rendez-vous, donné si haut, à la sortie de l'Opéra *, fut entendu comme je l'avais espéré. Prévan s'y rendit ; et quand la maréchale lui dit obligeamment qu'elle se félicitait de le voir deux fois de suite à ses jours, il eut soin de répondre que depuis mardi soir [1] il avait défait mille arrangements, pour pouvoir ainsi disposer de cette soirée. *A bon entendeur, salut !* Comme je voulais pourtant savoir, avec plus de certitude, si j'étais ou non le véritable objet de cet empressement flatteur, je voulus forcer le soupirant nouveau de choisir entre moi et son goût dominant. Je déclarai que je ne jouerais point ; en effet, il trouva, de son côté, mille prétextes pour ne pas jouer ; et mon premier triomphe fut sur le lansquenet.

Je m'emparai de l'évêque de... pour ma conversation ; je le choisis à cause de sa liaison avec le héros du jour, à qui je voulais donner toute facilité de m'aborder. J'étais bien aise aussi d'avoir un témoin respectable qui pût, au besoin, déposer de ma conduite et de mes discours. Cet arrangement réussit.

Après les propos vagues et d'usage, Prévan s'étant bientôt rendu maître de la conversation, prit tour à tour différents tons, pour essayer celui qui pourrait me plaire. Je refusai celui du sentiment, comme n'y croyant pas ; j'arrêtai par mon sérieux sa gaieté qui me parut trop légère pour un début ; il se rabattit sur la délicate amitié ; et ce fut sous ce drapeau banal, que nous commençâmes notre attaque réciproque.

Au moment du souper, l'évêque ne descendait pas ; Prévan me donna donc la main, et se trouva naturellement placé à table à côté de moi. Il faut être juste ; il soutint avec beaucoup d'adresse notre conversation particulière, en ne paraissant s'occuper que de la conversation générale, dont il eut l'air de faire tous les frais. Au dessert, on parla d'une pièce nouvelle qu'on devait donner le lundi suivant aux Français. Je témoignai quelques regrets de n'avoir pas ma loge ; il m'offrit la sienne que je refusai d'abord, comme cela

* *Voyez la lettre LXXIV.*

se pratique : à quoi il répondit assez plaisamment que je ne l'entendais pas, qu'à coup sûr il ne ferait pas le sacrifice de sa loge à quelqu'un qu'il ne connaissait pas, mais qu'il m'avertissait seulement que madame la maréchale en disposerait. Elle se prêta à cette plaisanterie, et j'acceptai.

Remonté au salon, il demanda, comme vous pouvez croire, une place dans cette loge ; et comme la maréchale, qui le traite avec beaucoup de bonté, la lui promit *s'il était sage*, il en prit l'occasion d'une de ces conversations à double entente, pour lesquelles vous m'avez vanté son talent. En effet, s'étant mis à ses genoux, comme un enfant soumis, disait-il, sous prétexte de lui demander ses avis et d'implorer sa raison, il dit beaucoup de choses flatteuses et assez tendres, dont il m'était facile de me faire l'application. Plusieurs personnes ne s'étant pas remises au jeu l'après-souper, la conversation fut plus générale et moins intéressante : mais nos yeux parlèrent beaucoup. Je dis nos yeux : je devrais dire les siens ; car les miens n'eurent qu'un langage, celui de la surprise. Il dut penser que je m'étonnais et m'occupais excessivement de l'effet prodigieux qu'il faisait sur moi. Je crois que je le laissais fort satisfait ; je n'étais pas moins contente.

Le lundi suivant, je fus aux Français, comme nous en étions convenus. Malgré notre curiosité littéraire, je ne puis vous rien dire du spectacle, sinon que Prévan a un talent merveilleux pour la cajolerie, et que la pièce est tombée : voilà tout ce que j'y ai appris. Je voyais avec peine finir cette soirée, qui réellement me plaisait beaucoup ; et pour la prolonger, j'offris à la maréchale de venir souper chez moi : ce qui me fournit le prétexte de le proposer à l'aimable cajoleur, qui ne demanda que le temps de courir, pour se dégager, jusque chez les comtesses de P***. * Ce nom me rendit toute ma colère ; je vis clairement qu'il allait commencer les confidences : je me rappelai vos sages

* *Voyez la lettre LXX.*

conseils et me promis bien... de poursuivre l'aventure ;
sûre que je le guérirais de cette dangereuse indiscrétion.

Étranger dans ma société, qui ce soir-là était peu
nombreuse, il me devait les soins d'usage ; aussi,
quand on alla souper, m'offrit-il la main. J'eus la
malice, en l'acceptant, de mettre dans la mienne un
léger frémissement, et d'avoir, pendant ma marche,
les yeux baissés et la respiration haute. J'avais l'air de
pressentir ma défaite, et de redouter mon vainqueur.
Il le remarqua à merveille ; aussi le traître changea-t-il
sur-le-champ de ton et de maintien. Il était galant, il
devint tendre. Ce n'est pas que les propos ne fussent à
peu près les mêmes ; la circonstance y forçait : mais
son regard, devenu moins vif, était plus caressant ;
l'inflexion de sa voix plus douce ; son sourire n'était
plus celui de la finesse, mais du contentement. Enfin
dans ses discours, éteignant peu à peu le feu de la
saillie, l'esprit fit place à la délicatesse. Je vous le
demande, qu'eussiez-vous fait de mieux ?

De mon côté, je devins rêveuse, à tel point qu'on
fut forcé de s'en apercevoir, et quand on m'en fit le
reproche, j'eus l'adresse de m'en défendre maladroitement et de jeter sur Prévan un coup d'œil prompt,
mais timide et déconcerté, et propre à lui faire croire
que toute ma crainte était qu'il ne devinât la cause de
mon trouble.

Après souper, je profitai du temps où la bonne
maréchale contait une de ces histoires qu'elle conte
toujours, pour me placer sur mon ottomane, dans cet
abandon que donne une tendre rêverie. Je n'étais pas
fâchée que Prévan me vît ainsi ; il m'honora, en effet,
d'une attention toute particulière. Vous jugez bien que
mes timides regards n'osaient chercher les yeux de
mon vainqueur : mais dirigés vers lui d'une manière
plus humble, ils m'apprirent bientôt que j'obtenais
l'effet que je voulais produire. Il fallait encore lui persuader que je le partageais : aussi, quand la maréchale
annonça qu'elle allait se retirer, je m'écriai d'une voix
molle et tendre : « Ah Dieu ! j'étais si bien là ! » Je me

levai pourtant : mais avant de me séparer d'elle, je lui
demandai ses projets, pour avoir un prétexte de dire
les miens et de faire savoir que je resterais chez moi le
surlendemain. Là-dessus tout le monde se sépara.

Alors je me mis à réfléchir. Je ne doutais pas que
Prévan ne profitât de l'espèce de rendez-vous que je
venais de lui donner ; qu'il n'y vînt d'assez bonne
heure pour me trouver seule, et que l'attaque ne fût
vive : mais j'étais bien sûre aussi, d'après ma réputation, qu'il ne me traiterait pas avec cette légèreté que,
pour peu qu'on ait d'usage, on n'emploie qu'avec les
femmes à aventures, ou celles qui n'ont aucune expérience ; et je voyais mon succès certain s'il prononçait
le mot d'amour, s'il avait la prétention, surtout, de
l'obtenir de moi.

Qu'il est commode d'avoir affaire à vous autres *gens
à principes* ! quelquefois un brouillon d'amoureux vous
déconcerte par sa timidité, ou vous embarrasse par ses
fougueux transports ; c'est une fièvre qui, comme
l'autre, a ses frissons et son ardeur, et quelquefois
varie dans ses symptômes. Mais votre marche réglée
se devine si facilement ! L'arrivée, le maintien, le ton,
les discours, je savais tout dès la veille. Je ne vous
rendrai donc pas notre conversation que vous sup-
pléerez aisément. Observez seulement que, dans ma
feinte défense, je l'aidais de tout mon pouvoir :
embarras, pour lui donner le temps de parler ; mauvaises raisons, pour être combattues ; crainte et
méfiance, pour ramener les protestations ; et ce refrain
perpétuel de sa part, *je ne vous demande qu'un mot* ; et
ce silence de la mienne, qui semble ne le laisser
attendre que pour le faire désirer davantage ; au travers de tout cela une main cent fois prise, qui se retire
toujours et ne se refuse jamais. On passerait ainsi tout
un jour ; nous y passâmes une mortelle heure : nous y
serions peut-être encore si nous n'avions entendu
entrer un carrosse dans ma cour. Cet heureux contretemps rendit, comme de raison, ses instances plus
vives ; et moi, voyant le moment arrivé, où j'étais à
l'abri de toute surprise, après m'être préparée par un

long soupir, j'accordai le mot précieux. On annonça, et peu de temps après, j'eus un cercle assez nombreux.

Prévan me demanda de venir le lendemain matin, et j'y consentis : mais soigneuse de me défendre, j'ordonnai à ma femme de chambre de rester tout le temps de cette visite dans ma chambre à coucher, d'où vous savez qu'on voit tout ce qui se passe dans mon cabinet de toilette, et ce fut là que je le reçus. Libres dans notre conversation, et ayant tous deux le même désir, nous fûmes bientôt d'accord : mais il fallait se défaire de ce spectateur importun ; c'était où je l'attendais.

Alors, lui faisant à mon gré le tableau de ma vie intérieure, je lui persuadai aisément que nous ne trouverions jamais un moment de liberté ; et qu'il fallait regarder comme une espèce de miracle, celle dont nous avions joui hier, qui même laisserait encore des dangers trop grands pour m'y exposer, puisque à tout moment on pouvait entrer dans mon salon. Je ne manquai pas d'ajouter que tous ces usages s'étaient établis, parce que, jusqu'à ce jour, ils ne m'avaient jamais contrariée ; et j'insistai en même temps sur l'impossibilité de les changer, sans me compromettre aux yeux de mes gens. Il essaya de s'attrister, de prendre de l'humeur, de me dire que j'avais peu d'amour ; et vous devinez combien tout cela me touchait ! Mais voulant frapper le coup décisif, j'appelai les larmes à mon secours. Ce fut exactement le *Zaïre, vous pleurez* [2]. Cet empire qu'il se crut sur moi, et l'espoir qu'il en conçut de me perdre à son gré, lui tinrent lieu de tout l'amour d'Orosmane.

Ce coup de théâtre passé, nous revînmes aux arrangements. Au défaut du jour, nous nous occupâmes de la nuit : mais mon suisse devenait un obstacle insurmontable, et je ne permettais pas qu'on essayât de le gagner. Il me proposa la petite porte de mon jardin : mais je l'avais prévu, et j'y créai un chien qui, tranquille et silencieux le jour, était un vrai démon la nuit. La facilité avec laquelle j'entrai dans tous ces détails était bien propre à l'enhardir ; aussi vient-il à me proposer l'expédient le plus ridicule, et ce fut celui que j'acceptai.

D'abord, son domestique était sûr comme lui-même : en cela il ne trompait guère, l'un l'était bien autant que l'autre. J'aurais un grand souper chez moi ; il y serait, il prendrait son temps pour sortir seul. L'adroit confident appellerait la voiture, ouvrirait la portière ; et lui Prévan, au lieu de monter, s'esquive-rait adroitement. Son cocher ne pouvait s'en aperce-voir en aucune façon ; ainsi sorti pour tout le monde, et cependant resté chez moi, il s'agissait de savoir s'il pourrait parvenir à mon appartement. J'avoue que d'abord mon embarras fut de trouver, contre ce projet, d'assez mauvaises raisons pour qu'il pût avoir l'air de les détruire ; il y répondit par des exemples. A l'entendre, rien n'était plus ordinaire que ce moyen ; lui-même s'en était beaucoup servi ; c'était même celui dont il faisait le plus d'usage, comme le moins dangereux.

Subjuguée par ces autorités irrécusables, je convins avec candeur, que j'avais bien un escalier dérobé qui conduisait très près de mon boudoir ; que je pouvais y laisser la clef, et qu'il lui serait possible de s'y enfermer, et d'attendre, sans beaucoup de risques, que mes femmes fussent retirées ; et puis, pour donner plus de vraisemblance à mon consentement, le moment d'après je ne voulais plus, je ne revenais à consentir qu'à condition d'une soumission parfaite, d'une sagesse... Ah ! quelle sagesse ! Enfin je voulais bien lui prouver mon amour, mais non pas satisfaire le sien.

La sortie, dont j'oubliais de vous parler, devait se faire par la petite porte du jardin : il ne s'agissait que d'attendre le point du jour, le cerbère ne dirait plus mot. Pas une âme ne passe à cette heure-là, et les gens sont dans le plus fort du sommeil. Si vous vous étonnez de ce tas de mauvais raisonnements, c'est que vous oubliez notre situation réciproque. Qu'avions-nous besoin d'en faire de meilleurs ? Il ne demandait pas mieux que tout cela se sût, et moi, j'étais bien sûre

qu'on ne le saurait pas. Le jour fixé fut au surlendemain.

Remarquez que voilà une affaire arrangée, et que
personne n'a encore vu Prévan dans ma société. Je le
rencontre à souper chez une de mes amies, il lui offre
sa loge pour une pièce nouvelle, et j'y accepte une
place. J'invite cette femme à souper, pendant le spectacle et devant Prévan ; je ne puis presque pas me
dispenser de lui proposer d'en être. Il accepte et me
fait, deux jours après, une visite que l'usage exige. Il
vient, à la vérité, me voir le lendemain matin : mais,
outre que les visites du matin ne marquent plus, il ne
tient qu'à moi de trouver celle-ci trop leste ; et je le
remets en effet dans la classe des gens moins liés avec
moi, par une invitation écrite, pour un souper de cérémonie. Je puis bien dire comme Annette : *Mais voilà
tout, pourtant* [3] !

Le jour fatal arriva, ce jour où je devais perdre ma
vertu et ma réputation, je donnai mes instructions à
ma fidèle Victoire, et elle les exécuta comme vous le
verrez bientôt [4].

Cependant le soir vint. J'avais déjà beaucoup de
monde chez moi, quand on y annonça Prévan. Je le
reçus avec une politesse marquée, qui constatait mon
peu de liaison avec lui ; et je le mis à la partie de la
maréchale, comme étant celle par qui j'avais fait cette
connaissance. La soirée ne produisit rien qu'un très
petit billet, que le discret amoureux trouva moyen de
me remettre, et que j'ai brûlé suivant ma coutume. Il
m'y annonçait que je pouvais compter sur lui ; et ce
mot essentiel était entouré de tous les mots parasites,
d'amour, de bonheur, etc., qui ne manquent jamais de
se trouver à pareille fête.

A minuit, les parties étant finies, je proposai une
courte macédoine *. J'avais le double projet de favoriser l'évasion de Prévan, et en même temps de la faire

---

* *Quelques personnes ignorent peut-être qu'une macédoine est un
assemblage de plusieurs jeux de hasard, parmi lesquels chaque coupeur a
droit de choisir lorsque c'est à lui à tenir la main. C'est une des inventions
du siècle.*

remarquer ; ce qui ne pouvait pas manquer d'arriver, vu sa réputation de joueur. J'étais bien aise aussi qu'on pût se rappeler au besoin, que je n'avais pas été pressée de rester seule.

Le jeu dura plus que je n'avais pensé. Le Diable me tentait, et je succombai au désir d'aller consoler l'impatient prisonnier. Je m'acheminais ainsi à ma perte, quand je réfléchis qu'une fois rendue tout à fait, je n'aurais plus sur lui, l'empire de le tenir dans le costume de décence nécessaire à mes projets. J'eus la force de résister. Je rebroussai chemin, et revins, non sans humeur, reprendre place à ce jeu éternel. Il finit pourtant, et chacun s'en alla. Pour moi, je sonnai mes femmes, je me déshabillai fort vite, et les renvoyai de même.

Me voyez-vous, Vicomte, dans ma toilette légère, marchant d'un pas timide et circonspect, et d'une main mal assurée ouvrir la porte à mon vainqueur ? Il m'aperçut, l'éclair n'est pas plus prompt. Que vous dirai-je ? je fus vaincue, tout à fait vaincue, avant d'avoir pu dire un mot pour l'arrêter ou me défendre. Il voulut ensuite prendre une situation plus commode et plus convenable aux circonstances. Il maudissait sa parure, qui, disait-il, l'éloignait de moi, il voulait me combattre à armes égales : mais mon extrême timidité s'opposa à ce projet, et mes tendres caresses ne lui en laissèrent pas le temps. Il s'occupa d'autre chose.

Ses droits étaient doublés, et ses prétentions revinrent : mais alors : « Ecoutez-moi, lui dis-je ; vous aurez jusqu'ici un assez agréable récit à faire aux deux comtesses de P***, et à mille autres : mais je suis curieuse de savoir comment vous raconterez la fin de l'aventure. » En parlant ainsi, je sonnais de toutes mes forces. Pour le coup j'eus mon tour, et mon action fut plus vive que sa parole. Il n'avait encore que balbutié, quand j'entendis Victoire accourir, et appeler *les gens* qu'elle avait gardés chez elle, comme je le lui avais ordonné. Là, prenant mon ton de reine, et élevant la voix : « Sortez, Monsieur, continuai-je, et ne reparaissez jamais devant moi. » Là-dessus, la foule de mes gens entra.

Le pauvre Prévan perdit la tête, et croyant voir un guet-apens dans ce qui n'était au fond qu'une plaisanterie, il se jeta sur son épée. Mal lui en prit : car mon valet de chambre, brave et vigoureux, le saisit au corps et le terrassa. J'eus, je l'avoue, une frayeur mortelle. Je criai qu'on arrêtât, et ordonnai qu'on laissât sa retraite libre, en s'assurant seulement qu'il sortît de chez moi. Mes gens m'obéirent : mais la rumeur était grande parmi eux ; ils s'indignaient qu'on eût osé manquer à *leur vertueuse maîtresse*. Tous accompagnèrent le malheureux chevalier, avec bruit et scandale, comme je le souhaitais. La seule Victoire resta, et nous nous occupâmes pendant ce temps à réparer le désordre de mon lit.

Mes gens remontèrent toujours en tumulte ; et moi, *encore tout émue*, je leur demandai par quel bonheur ils s'étaient encore trouvés levés ; et Victoire me raconta qu'elle avait donné à souper à deux de ses amies, qu'on avait veillé chez elle, et enfin tout ce dont nous étions convenues ensemble. Je les remerciai tous, et les fis retirer, en ordonnant pourtant à l'un d'eux d'aller sur-le-champ chercher mon médecin. Il me parut que j'étais autorisée à craindre l'effet de *mon saisissement mortel* ; et c'était un moyen sûr de donner du cours et de la célébrité à cette nouvelle.

Il vint en effet, me plaignit beaucoup, et ne m'ordonna que du repos. Moi, j'ordonnai de plus à Victoire, d'aller le matin de bonne heure bavarder dans le voisinage.

Tout a si bien réussi, qu'avant midi, et aussitôt qu'il a été jour chez moi, ma dévote voisine était déjà au chevet de mon lit, pour savoir la vérité et les détails de cette horrible aventure. J'ai été obligée de me désoler avec elle, pendant une heure, sur la corruption du siècle. Un moment après, j'ai reçu de la maréchale le billet que je joins ici. Enfin, avant cinq heures, j'ai vu arriver, à mon grand étonnement, M... *. Il venait, m'a-t-il dit, me faire ses excuses, de ce qu'un officier

---

* Le commandant du corps dans lequel M. de Prévan servait.

de son corps avait pu me manquer à ce point. Il ne l'avait appris qu'à dîner chez la maréchale, et avait sur-le-champ envoyé ordre à Prévan de se rendre en prison. J'ai demandé grâce, et il me l'a refusée. Alors j'ai pensé que, comme complice, il fallait m'exécuter de mon côté, et garder au moins de rigides arrêts. J'ai fait fermer ma porte, et dire que j'étais incommodée.

C'est à ma solitude que vous devez cette longue lettre. J'en écrirai une à madame de Volanges, dont sûrement elle fera lecture publique et où vous verrez cette histoire telle qu'il faut la raconter.

J'oubliais de vous dire que Belleroche est outré, et veut absolument se battre avec Prévan. Le pauvre garçon ! heureusement j'aurai le temps de calmer sa tête. En attendant, je vais reposer la mienne, qui est fatiguée d'écrire. Adieu, Vicomte.

Du château de..., ce 25 septembre 17**, au soir [5].

LETTRE LXXXVI

LA MARÉCHALE DE *** À LA MARQUISE DE MERTEUIL

(Billet inclus dans la précédente.)

Mon Dieu ! qu'est-ce donc que j'apprends, ma chère Madame ? est-il possible que ce petit Prévan fasse de pareilles abominations ? et encore vis-à-vis de vous ! A quoi on est exposé ! on ne sera donc plus en sûreté chez soi ! En vérité, ces événements-là consolent d'être vieille. Mais de quoi je ne me consolerai jamais, c'est d'avoir été en partie cause de ce que vous avez reçu un pareil monstre chez vous. Je vous promets bien que si ce qu'on m'en a dit est vrai, il ne remettra plus les pieds chez moi ; c'est le parti que tous les honnêtes gens prendront avec lui, s'ils font ce qu'ils doivent.

On m'a dit que vous vous étiez trouvée bien mal, et

je suis inquiète de votre santé. Donnez-moi, je vous prie, de vos chères nouvelles ; ou faites-m'en donner par une de vos femmes, si vous ne le pouvez pas vous-même. Je ne vous demande qu'un mot pour me tranquilliser. Je serais accourue chez vous ce matin, sans mes bains que mon docteur ne me permet pas d'interrompre ; et il faut que j'aille cet après-midi à Versailles, toujours pour l'affaire de mon neveu [1].

Adieu, ma chère Madame ; comptez pour la vie sur ma sincère amitié.

Paris, ce 25 septembre 17** [2].

LETTRE LXXXVII

LA MARQUISE DE MERTEUIL À MADAME DE VOLANGES

Je vous écris de mon lit, ma chère bonne amie. L'événement le plus désagréable, et le plus impossible à prévoir, m'a rendue malade de saisissement et de chagrin. Ce n'est pas qu'assurément j'aie rien à me reprocher : mais il est toujours si pénible pour une femme honnête et qui conserve la modestie convenable à son sexe, de fixer sur elle l'attention publique, que je donnerais tout au monde pour avoir pu éviter cette malheureuse aventure, et que je ne sais encore, si je ne prendrai pas le parti d'aller à la campagne, attendre qu'elle soit oubliée. Voici ce dont il s'agit.

J'ai rencontré chez la maréchale de... un M. de Prévan que vous connaissez sûrement de nom, et que je ne connaissais pas autrement. Mais en le trouvant dans cette maison, j'étais bien autorisée, ce me semble, à le croire bonne compagnie. Il est assez bien fait de sa personne, et m'a paru ne pas manquer d'esprit. Le hasard et l'ennui du jeu me laissèrent seule de femme entre lui et l'évêque de..., tandis que tout le monde était occupé au lansquenet. Nous causâmes tous trois jusqu'au moment du souper. A table, une nouveauté dont on parla, lui donna l'occasion d'offrir sa loge à la maréchale, qui l'accepta ; et il fut convenu que j'y aurais une place. C'était pour lundi dernier, aux Français. Comme la maréchale venait souper chez moi au sortir du spectacle, je proposai à ce monsieur de l'y accompagner, et il y vint. Le sur-lendemain il me fit une visite qui se passa en propos d'usage, et sans qu'il y eût du tout rien de marqué. Le lendemain il vint me voir le matin, ce qui me parut bien un peu leste : mais je crus qu'au lieu de le lui faire sentir par ma façon de le recevoir, il valait mieux l'avertir par une politesse, que nous n'étions pas encore aussi intimement liés qu'il paraissait le croire. Pour cela je lui envoyai, le jour même, une invitation bien sèche et bien cérémonieuse, pour un souper que je donnais avant-hier. Je ne lui adressai pas la parole quatre fois dans toute la soirée ; et lui de son côté, se retira aussitôt sa partie finie. Vous conviendrez, que jusque-là rien n'a moins l'air de conduire à une aven-ture : on fit, après les parties, une macédoine qui nous mena jusqu'à près de deux heures ; et enfin je me mis au lit.

Il y avait au moins une mortelle demi-heure que mes femmes étaient retirées, quand j'entendis du bruit dans mon appartement. J'ouvris mon rideau avec beaucoup de frayeur, et vis un homme entrer par la porte qui conduit à mon boudoir. Je jetai un cri per-çant ; et je reconnus, à la clarté de ma veilleuse, ce M. de Prévan, qui, avec une effronterie inconcevable, me dit de ne pas m'alarmer ; qu'il allait m'éclaircir le mystère de sa conduite, et qu'il me suppliait de ne faire aucun bruit. En parlant ainsi, il allumait une bougie ; j'étais saisie au point que je ne pouvais parler. Son air aisé et tranquille me pétrifiait, je crois encore davantage. Mais il n'eut pas dit deux mots, que je vis quel était ce prétendu mystère ; et ma seule réponse fut, comme vous pouvez croire, de me pendre à ma sonnette.

Par un bonheur incroyable, tous les gens de l'office avaient veillé chez une de mes femmes, et n'étaient pas encore couchés. Ma femme de chambre, qui, en venant chez moi, m'entendit parler avec beaucoup de chaleur, fut effrayée, et appela tout ce monde-là. Vous jugez quel scandale ! Mes gens étaient furieux ; je vis le moment où mon valet de chambre tuait Prévan. J'avoue que, pour l'instant, je fus fort aise de me voir en force : en y réfléchissant aujourd'hui, j'aimerais mieux qu'il ne fût venu que ma femme de chambre ; elle aurait suffi, et j'aurais peut-être évité cet éclat qui m'afflige.

Au lieu de cela, le tumulte a réveillé les voisins, les gens ont parlé, et c'est depuis hier la nouvelle de tout Paris. M. de Prévan est en prison par ordre du commandant de son corps, qui a eu l'honnêteté de passer chez moi, pour me faire des excuses, m'a-t-il dit. Cette prison va encore augmenter le bruit : mais je n'ai jamais pu obtenir que cela fût autrement. La ville et la cour se sont fait écrire à ma porte, que j'ai fermée à tout le monde. Le peu de personnes que j'ai vues m'a dit qu'on me rendait justice, et que l'indignation publique était au comble contre M. de Prévan : assurément, il le mérite bien, mais cela n'ôte pas le désagrément de cette aventure.

De plus, cet homme a sûrement quelques amis, et ses amis doivent être méchants : qui sait, qui peut savoir ce qu'ils inventeront pour me nuire ? Mon Dieu, qu'une jeune femme est malheureuse ! elle n'a rien fait encore, quand elle s'est mise à l'abri de la médisance ; il faut qu'elle en impose même à la calomnie.

Mandez-moi, je vous prie, ce que vous auriez fait, ce que vous feriez à ma place ; enfin, tout ce que vous pensez. C'est toujours de vous que j'ai reçu les consolations les plus douces et les avis les plus sages ; c'est de vous aussi que j'aime le mieux à en recevoir.

Adieu, ma chère et bonne amie ; vous connaissez les sentiments qui m'attachent à vous pour jamais. J'embrasse votre aimable fille.

Paris, ce 26 septembre 17**.

TROISIÈME PARTIE

LETTRE LXXXVIII [1]

CÉCILE VOLANGES AU VICOMTE DE VALMONT

Malgré tout le plaisir que j'ai, Monsieur, à recevoir les lettres de M. le chevalier Danceny, et quoique je ne désire pas moins que lui, que nous puissions nous voir encore, sans qu'on puisse nous en empêcher, je n'ai pas osé cependant faire ce que vous me proposez. Premièrement, c'est trop dangereux ; cette clef que vous voulez que je mette à la place de l'autre lui ressemble bien assez à la vérité : mais pourtant, il ne laisse pas d'y avoir encore de la différence, et maman regarde à tout, et s'aperçoit de tout. De plus, quoiqu'on ne s'en soit pas encore servi depuis que nous sommes ici, il ne faut qu'un malheur ; et si on s'en apercevait, je serais perdue pour toujours. Et puis, il me semble aussi que ce serait mal ; faire comme cela une double clef : c'est bien fort ! Il est vrai que c'est vous qui auriez la bonté de vous en charger ; mais malgré cela, si on le savait, je n'en porterais pas moins le blâme et la faute, puisque ce serait pour moi que vous l'auriez faite. Enfin, j'ai voulu essayer deux fois de la prendre, et certainement cela serait bien facile, si c'était toute autre chose : mais je ne sais pas pourquoi je me suis toujours mise à trembler, et n'en ai jamais eu le courage. Je crois donc qu'il vaut mieux rester comme nous sommes.

Si vous avez toujours la bonté d'être aussi complaisant que jusqu'ici, vous trouverez toujours bien le moyen de me remettre une lettre. Même pour la dernière, sans le malheur qui a voulu que vous vous retourniez tout de suite dans un certain moment, nous aurions eu bien aisé [2]. Je sens bien que vous ne pouvez pas, comme moi, ne songer qu'à ça ; mais j'aime mieux avoir plus de patience et ne pas tant risquer. Je suis sûre que M. Danceny dirait comme moi : car toutes les fois qu'il voulait quelque chose qui me faisait trop de peine, il consentait toujours que cela ne fût pas.

Je vous remettrai, Monsieur, en même temps que cette lettre, la vôtre, celle de M. Danceny, et votre clef. Je n'en suis pas moins reconnaissante de toutes vos bontés. Je vous prie bien de me les continuer. Il est bien vrai que je suis bien malheureuse, et que sans vous je le serais encore bien davantage ; mais, après tout, c'est ma mère ; il faut bien prendre patience. Et pourvu que M. Danceny m'aime toujours, et que vous ne m'abandonniez pas, il viendra peut-être un temps plus heureux.

J'ai l'honneur d'être, Monsieur, avec bien de la reconnaissance, votre très humble et très obéissante servante.

De..., ce 26 septembre 17**.

LETTRE LXXXIX

LE VICOMTE DE VALMONT AU CHEVALIER DANCENY

Si vos affaires ne vont pas toujours aussi vite que vous le voudriez, mon ami, ce n'est pas tout à fait à moi qu'il faut vous en prendre. J'ai ici plus d'un obstacle à vaincre. La vigilance et la sévérité de madame de Volanges ne sont pas les seuls ; votre jeune amie m'en oppose aussi quelques-uns. Soit froideur, ou timidité, elle ne fait pas toujours ce que je lui conseille ; et je crois cependant savoir mieux qu'elle ce qu'il faut faire.

J'avais trouvé un moyen simple, commode et sûr de lui remettre vos lettres, et même de faciliter, par la suite, les entrevues que vous désirez : mais je n'ai pu la décider à s'en servir. J'en suis d'autant plus affligé, que je n'en vois pas d'autre pour vous rapprocher d'elle ; et que même pour votre correspondance, je crains sans cesse de nous compromettre tous trois. Or, vous jugez que je ne veux ni courir ce risque-là, ni vous y exposer l'un et l'autre.

Je serais pourtant vraiment peiné que le peu de confiance de votre petite amie m'empêchât de vous être utile ; peut-être feriez-vous bien de lui en écrire. Voyez ce que vous voulez faire, c'est à vous seul à décider ; car ce n'est pas assez de servir ses amis, il faut encore les servir à leur manière. Ce pourrait être aussi une façon de plus de vous assurer de ses sentiments pour vous ; car la femme qui garde une volonté à elle n'aime pas autant qu'elle le dit.

Ce n'est pas que je soupçonne votre maîtresse d'inconstance : mais elle est bien jeune : elle a grand'peur de sa maman, qui, comme vous le savez, ne cherche qu'à vous nuire ; et peut-être serait-il dangereux de rester trop longtemps sans l'occuper de vous. N'allez pas cependant vous inquiéter à un certain point [1], de ce que je vous dis là. Je n'ai dans le fond nulle raison de méfiance ; c'est uniquement la sollicitude de l'amitié.

Je ne vous écris pas plus longuement, parce que j'ai bien aussi quelques affaires pour mon compte. Je ne suis pas aussi avancé que vous : mais j'aime autant, et cela console ; et quand je ne réussirais pas pour moi, si je parviens à vous être utile, je trouverai que j'ai bien employé mon temps. Adieu, mon ami.

*Du château de..., ce 26 [2] septembre 17**.*

LETTRE XC

LA PRÉSIDENTE DE TOURVEL AU VICOMTE
DE VALMONT

Je désire beaucoup, Monsieur, que cette lettre ne vous fasse aucune peine ; ou, si elle doit vous en causer, qu'au moins elle puisse être adoucie par celle que j'éprouve en vous l'écrivant. Vous devez me connaître assez à présent pour être bien sûr que ma volonté n'est pas de vous affliger ; mais vous, sans doute, vous ne voudriez pas non plus me plonger dans un désespoir éternel. Je vous conjure donc, au nom de l'amitié tendre que je vous ai promise, au nom même des sentiments peut-être plus vifs, mais à coup sûr pas plus sincères, que vous avez pour moi, ne nous voyons plus ; partez ; et, jusque-là, fuyons surtout ces entretiens particuliers et trop dangereux, où, par une inconcevable puissance, sans jamais parvenir à vous dire ce que je veux, je passe mon temps à écouter ce que je ne devrais pas entendre.

Hier encore, quand vous vîntes me joindre dans le parc, j'avais bien pour unique objet de vous dire ce que je vous écris aujourd'hui ; et cependant qu'ai-je fait ? que m'occuper de votre amour ; ... de votre amour, auquel jamais je ne dois répondre ! Ah ! de grâce, éloignez-vous de moi.

Ne craignez pas que mon absence [1] altère jamais mes sentiments pour vous : comment parviendrais-je à les vaincre, quand je n'ai plus le courage de les combattre ? Vous le voyez, je vous dis tout, je crains moins d'avouer ma faiblesse, que d'y succomber : mais cet empire que j'ai perdu sur mes sentiments, je le conserverai sur mes actions ; oui, je le conserverai, j'y suis résolue ; fût-ce aux dépens de ma vie.

Hélas ! le temps n'est pas loin, où je me croyais bien sûre de n'avoir jamais de pareils combats à soutenir.

Je m'en félicitais ; je m'en glorifiais peut-être trop. Le Ciel a puni, cruellement puni cet orgueil : mais plein de miséricorde au moment même qu'il nous frappe, il m'avertit encore avant la chute [2] ; et je serais doublement coupable si je continuais à manquer de prudence, déjà prévenue que je n'ai plus de force.

Vous m'avez dit cent fois que vous ne voudriez pas d'un bonheur acheté par mes larmes. Ah ! ne parlons plus de bonheur, mais laissez-moi reprendre quelque tranquillité.

En accordant ma demande, quels nouveaux droits n'acquerrez-vous pas sur mon cœur ? Et ceux-là, fondés sur la vertu, je n'aurai point à m'en défendre. Combien je me plairai dans ma reconnaissance ! Je vous devrai la douceur de goûter sans remords un sentiment délicieux. A présent, au contraire, effrayée de mes sentiments, de mes pensées, je crains également de m'occuper de vous et de moi ; votre idée même m'épouvante : quand je ne peux la fuir, je la combats ; je ne l'éloigne pas, mais je la repousse.

Ne vaut-il pas mieux pour tous deux faire cesser cet état de trouble et d'anxiété ? O vous, dont l'âme toujours sensible, même au milieu de ses erreurs, est restée amie de la vertu, vous aurez égard à ma situation douloureuse, vous ne rejetterez pas ma prière ! Un intérêt plus doux, mais non moins tendre, succédera à ces agitations violentes : alors, respirant par vos bienfaits, je chérirai mon existence, et je dirai dans la joie de mon cœur : « Ce calme que je ressens, je le dois à mon ami. »

En vous soumettant à quelques privations légères, que je ne vous impose point, mais que je vous demande, croirez-vous donc acheter trop cher la fin de mes tourments ? Ah ! si, pour vous rendre heureux, il ne fallait que consentir à être malheureuse, vous pouvez m'en croire, je n'hésiterais pas un moment... Mais devenir coupable [3] !... non, mon ami, non, plutôt mourir mille fois.

Déjà assaillie par la honte, à la veille des remords, je redoute et les autres et moi-même ; je rougis dans le cercle, et frémis dans la solitude ; je n'ai plus qu'une vie de douleur ; je n'aurai de tranquillité que par votre consentement. Mes résolutions les plus louables ne suffisent pas pour me rassurer ; j'ai formé celle-ci dès hier, et cependant j'ai passé cette nuit dans les larmes.

Voyez votre amie, celle que vous aimez, confuse et suppliante, vous demander le repos et l'innocence. Ah Dieu ! sans vous, eût-elle jamais été réduite à cette humiliante demande ? Je ne vous reproche rien ; je sens trop par moi-même, combien il est difficile de résister à un sentiment impérieux. Une plainte n'est pas un murmure. Faites par générosité ce que je fais par devoir ; et à tous les sentiments que vous m'avez inspirés, je joindrai celui d'une éternelle reconnaissance. Adieu, adieu, Monsieur.

*De..., ce 27 septembre 17** [4].*

LETTRE XCI

LE VICOMTE DE VALMONT À LA PRÉSIDENTE
DE TOURVEL

Consterné par votre lettre, j'ignore encore, Madame, comment je pourrai y répondre. Sans doute, s'il faut choisir entre votre malheur et le mien, c'est à moi à me sacrifier, et je ne balance pas : mais de si grands intérêts méritent bien, ce me semble, d'être avant tout discutés et éclaircis ; et comment y parvenir, si nous ne devons plus nous parler ni nous voir ?

Quoi ! tandis que les sentiments les plus doux nous unissent, une vaine terreur suffira pour nous séparer, peut-être sans retour ! En vain l'amitié tendre, l'ardent amour, réclameront leurs droits ; leurs voix ne seront point entendues : et pourquoi ? quel est donc ce danger pressant qui vous menace ? Ah ! croyez-moi, de pareilles craintes, et si légèrement conçues, sont déjà, ce me semble, d'assez puissants motifs de sécurité.

Permettez-moi de vous le dire, je retrouve ici la trace des impressions défavorables, qu'on vous a données sur moi. On ne tremble point auprès de l'homme qu'on estime ; on n'éloigne pas, surtout, celui qu'on a jugé digne de quelque amitié : c'est l'homme dangereux qu'on redoute et qu'on fuit.

Cependant, qui fut jamais plus respectueux et plus soumis que moi ? Déjà, vous le voyez, je m'observe dans mon langage ; je ne me permets plus ces noms si doux, si chers à mon cœur, et qu'il ne cesse de vous donner en secret. Ce n'est plus l'amant fidèle et malheureux, recevant les conseils et les consolations d'une amie tendre et sensible ; c'est l'accusé devant son juge, l'esclave devant son maître. Ces nouveaux titres imposent sans doute de nouveaux devoirs ; je m'engage à les remplir tous. Ecoutez-moi, et si vous me condamnez, j'y souscris, et je pars. Je promets davantage ; préférez-vous ce despotisme qui juge sans entendre ? vous sentez-vous le courage d'être injuste ? ordonnez et j'obéis encore.

Mais ce jugement, ou cet ordre, que je l'entende de votre bouche. Et pourquoi ? m'allez-vous dire à votre tour. Ah ! que si vous faites cette question, vous connaissez peu l'amour et mon cœur ! N'est-ce donc rien que de vous voir encore une fois ? Eh ! quand vous porterez [1] le désespoir dans mon âme, peut-être un regard consolateur l'empêchera d'y succomber. Enfin s'il me faut renoncer à l'amour, à l'amitié, pour qui seuls j'existe, au moins vous verrez votre ouvrage, et votre pitié me restera : cette faveur légère, quand même je ne la mériterais pas, je me soumets, ce me semble, à la payer assez cher, pour espérer de l'obtenir.

Quoi ! vous allez m'éloigner de vous ! Vous consentez donc à ce que nous devenions étrangers l'un à l'autre ! que dis-je ? vous le désirez ; et tandis que vous m'assurez que mon absence [2] n'altérera point vos sentiments, vous ne pressez mon départ que pour travailler plus facilement à les détruire.

Déjà, vous me parlez de les remplacer par de la reconnaissance. Ainsi le sentiment qu'obtiendrait de vous un inconnu pour le plus léger service, votre ennemi même en cessant de vous nuire, voilà ce que vous m'offrez ! et vous voulez que mon cœur s'en contente ! Interrogez le vôtre : si votre amant, si votre ami, venaient un jour vous parler de leur reconnaissance, ne leur diriez-vous pas avec indignation : Retirez-vous, vous êtes des ingrats ?

Je m'arrête et réclame votre indulgence. Pardonnez l'expression d'une douleur que vous faites naître : elle ne nuira point à ma soumission parfaite. Mais je vous en conjure à mon tour, au nom de ces sentiments si doux, que vous-même vous réclamez, ne refusez pas de m'entendre ; et par pitié du moins pour le trouble mortel où vous m'avez plongé, n'en éloignez pas le moment.

Adieu, Madame.

De..., ce 27 septembre 17**, au soir.

LETTRE XCII

LE CHEVALIER DANCENY AU VICOMTE DE VALMONT

O mon ami ! votre lettre m'a glacé d'effroi. Cécile... O Dieu ! est-il possible ? Cécile ne m'aime plus. Oui, je vois cette affreuse vérité à travers le voile dont votre amitié l'entoure. Vous avez voulu me préparer à recevoir un coup mortel ; je vous remercie de vos soins, mais peut-on en imposer à l'amour ? Il court au-devant de ce qui l'intéresse ; il n'apprend pas son sort, il le devine. Je ne doute plus du mien : parlez-moi sans détour, vous le pouvez, et je vous en prie. Mandez-moi tout ; ce qui a fait naître vos soupçons, ce qui les a confirmés. Les moindres détails sont précieux.

Tâchez, surtout, de vous rappeler ses paroles. Un mot pour l'autre peut changer toute une phrase ; le même a quelquefois deux sens... Vous pouvez vous être trompé : hélas, je cherche à me flatter encore. Que vous a-t-elle dit ? me fait-elle quelque reproche ? au moins ne se défend-elle pas de ses torts ? J'aurais dû prévoir ce changement, par les difficultés que, depuis un temps, elle trouve à tout. L'amour ne connaît pas tant d'obstacles.

Quel parti dois-je prendre ? que me conseillez-vous ? Si je tentais de la voir ? cela est-il donc impossible ? L'absence est si cruelle, si funeste... et elle a refusé un moyen de me voir ! Vous ne me dites pas quel il était ; s'il y avait en effet trop de danger, elle sait bien que je ne veux pas qu'elle se risque trop. Mais aussi je connais votre prudence ; et pour mon malheur, je ne peux pas ne pas y croire.

Que vais-je faire à présent ? comment lui écrire ? Si je lui laisse voir mes soupçons, ils la chagrineront peut-être ; et s'ils sont injustes, me pardonnerais-je de l'avoir affligée ? Si je les lui cache, c'est la tromper, et je ne sais point dissimuler avec elle.

Oh ! si elle pouvait savoir ce que je souffre, ma peine la toucherait. Je la connais sensible ; elle a le cœur excellent et j'ai mille preuves de son amour. Trop de timidité, quelque embarras, elle est si jeune ! et sa mère la traite avec tant de sévérité ! Je vais lui écrire ; je me contiendrai ; je lui demanderai seulement de s'en remettre entièrement à vous. Quand même elle refuserait encore, elle ne pourra pas au moins se fâcher de ma prière ; et peut-être elle consentira.

Vous, mon ami, je vous fais mille excuses, et pour elle et pour moi. Je vous assure qu'elle sent le prix de vos soins, qu'elle en est reconnaissante. Ce n'est pas méfiance, c'est timidité. Ayez de l'indulgence ; c'est le plus beau caractère de l'amitié. La vôtre m'est bien précieuse, et je ne sais comment reconnaître tout ce que vous faites pour moi. Adieu, je vais écrire tout de suite.

Je sens toutes mes craintes revenir ; qui m'eût dit que jamais il m'en coûterait de lui écrire ! Hélas ! hier encore, c'était mon plaisir le plus doux.

Adieu, mon ami ; continuez-moi vos soins, et plaignez-moi beaucoup.

Paris, ce 27 septembre 17**.

LETTRE XCIII

LE CHEVALIER DANCENY À CÉCILE VOLANGES

(Jointe à la précédente.)

Je ne puis vous dissimuler combien j'ai été affligé en apprenant de Valmont le peu de confiance que vous continuez à avoir en lui. Vous n'ignorez pas qu'il est mon ami, qu'il est la seule personne qui puisse nous rapprocher l'un de l'autre : j'avais cru que ces titres seraient suffisants auprès de vous ; je vois avec peine que je me suis trompé. Puis-je espérer qu'au moins vous m'instruirez de vos raisons ? Ne trouverez-vous pas encore quelques difficultés qui vous en empêcheront ? Je ne puis cependant deviner, sans vous, le mystère de cette conduite. Je n'ose soupçonner votre amour, sans doute aussi vous n'oseriez trahir le mien. Ah ! Cécile !... Il est donc vrai que vous avez refusé un moyen de me voir ? un moyen *simple, commode et sûr** ? Et c'est ainsi que vous m'aimez ! Une si courte absence a bien changé vos sentiments. Mais pourquoi me tromper ? pourquoi me dire que vous m'aimez toujours, que vous m'aimez davantage ? Votre maman, en détruisant votre amour, a-t-elle aussi détruit votre candeur ? Si au moins elle vous a laissé quelque pitié, vous n'apprendrez pas sans peine les tourments

---

* *Danceny ne sait pas quel était ce moyen ; il répète seulement l'expression de Valmont.*

affreux que vous me causez. Ah ! je souffrirais moins pour mourir.

Dites-moi donc, votre cœur m'est-il fermé sans retour ? M'avez-vous entièrement oublié ? Grâce à vos refus, je ne sais, ni quand vous entendrez mes plaintes, ni quand vous y répondrez. L'amitié de Valmont avait assuré notre correspondance : mais vous, vous n'avez pas voulu ; vous la trouviez pénible, vous avez préféré qu'elle fût rare. Non, je ne croirai plus à l'amour, à la bonne foi. Eh ! qui peut-on croire, si Cécile m'a trompé ?

Répondez-moi donc : est-il vrai que vous ne m'aimez plus ? Non cela n'est pas possible ; vous vous faites illusion ; vous calomniez votre cœur. Une crainte passagère, un moment de découragement, mais que l'amour a bientôt fait disparaître ; n'est-il pas vrai, ma Cécile ? ah ! sans doute, et j'ai tort de vous accuser. Que je serais heureux d'avoir tort ! que j'aimerais à vous faire de tendres excuses, à réparer ce moment d'injustice par une éternité d'amour.

Cécile, Cécile, ayez pitié de moi ! Consentez à me voir, prenez-en tous les moyens ! Voyez ce que produit l'absence ! des craintes, des soupçons, peut-être de la froideur ! un seul regard, un seul mot et nous serons heureux. Mais quoi ! puis-je encore parler de bonheur ? peut-être est-il perdu pour moi, perdu pour jamais. Tourmenté par la crainte, cruellement pressé entre les soupçons injustes et la vérité plus cruelle, je ne puis m'arrêter à aucune pensée ; je ne conserve d'existence que pour souffrir et vous aimer. Ah Cécile ! vous seule avez le droit de me la rendre chère ; et j'attends du premier mot que vous prononcerez, le retour du bonheur ou la certitude d'un désespoir éternel.

Paris, ce 27 septembre 17**.

LETTRE XCIV

CÉCILE VOLANGES AU CHEVALIER DANCENY

Je ne conçois rien à votre lettre, sinon la peine qu'elle me cause. Qu'est-ce que M. de Valmont vous a donc mandé, et qu'est-ce qui a pu vous faire croire que je ne vous aimais plus ? Cela serait peut-être bien heureux pour moi, car sûrement j'en serais moins tourmentée ; et il est bien dur, quand je vous aime comme je fais, de voir que vous croyez toujours que j'ai tort, et qu'au lieu de me consoler, ce soit de vous que me viennent toujours les peines qui me font le plus de chagrin. Vous croyez que je vous trompe, et que je vous dis ce qui n'est pas ! vous avez là une jolie idée de moi ! Mais quand je serais menteuse comme vous me le reprochez, quel intérêt y aurais-je ? Assurément, si je ne vous aimais plus je n'aurais qu'à le dire, et tout le monde m'en louerait ; mais, par malheur, c'est plus fort que moi ; et il faut que ce soit pour quelqu'un qui ne m'en a pas d'obligation du tout !

Qu'est-ce que j'ai donc fait pour vous tant fâcher ? Je n'ai pas osé prendre une clef, parce que je craignais que maman ne s'en aperçût, et que cela ne me causât encore du chagrin, et à vous aussi à cause de moi ; et puis encore, parce qu'il me semble que c'est mal fait. Mais ce n'était que M. de Valmont qui m'en avait parlé ; je ne pouvais pas savoir si vous le vouliez ou non, puisque vous n'en saviez rien. A présent que je sais que vous le désirez, est-ce que je refuse de la prendre, cette clef ? je la prendrai dès demain ; et puis nous verrons ce que vous aurez encore à dire [1].

M. de Valmont a beau être votre ami, je crois que je vous aime bien autant qu'il peut vous aimer, pour le moins ; et cependant c'est toujours lui qui a raison, et moi j'ai toujours tort. Je vous assure que je suis bien fâchée. Ça vous est bien égal, parce que vous savez que je m'apaise tout de suite : mais à présent que j'aurai la clef, je pourrai vous voir quand je voudrai ; et je vous assure que je ne voudrai pas quand vous agirez comme ça. J'aime mieux avoir du chagrin qui me vienne de moi, que s'il me venait de vous : voyez ce que vous voulez faire.

Si vous vouliez, nous nous aimerions tant ! et au moins n'aurions-nous de peines que celles qu'on nous fait ! Je vous assure bien que si j'étais maîtresse [2], vous n'auriez jamais à vous plaindre de moi : mais si vous ne me croyez pas, nous serons toujours bien malheureux, et ce ne sera pas ma faute. J'espère que bientôt nous pourrons nous voir, et qu'alors nous n'aurons plus d'occasions de nous chagriner comme à présent.

Si j'avais pu prévoir ça, j'aurais pris cette clef tout de suite : mais, en vérité, je croyais bien faire. Ne m'en voulez donc pas, je vous en prie. Ne soyez plus triste, et aimez-moi toujours autant que je vous aime ; alors je serai bien contente. Adieu, mon cher ami.

Du château de..., ce 28 septembre 17**.

LETTRE XCV

CÉCILE VOLANGES AU VICOMTE DE VALMONT

Je vous prie, Monsieur, de vouloir bien avoir la bonté de me remettre cette clef que vous m'aviez donnée pour mettre à la place de l'autre ; puisque tout le monde le veut, il faut bien que j'y consente aussi.

Je ne sais pas pourquoi vous avez mandé à M. Danceny que je ne l'aimais plus : je ne crois pas vous avoir jamais donné lieu de le penser ; et cela lui a fait bien de la peine, et à moi aussi. Je sais bien que vous êtes son ami ; mais ce n'est pas une raison pour le chagriner, ni moi non plus. Vous me feriez bien plaisir de lui mander le contraire, la première fois que vous lui écrirez, et que vous en êtes sûr : car c'est en vous qu'il a le plus confiance ; et moi, quand j'ai dit une chose, et qu'on ne la croit pas, je ne sais plus comment faire.

Pour ce qui est de la clef, vous pouvez être tranquille ; j'ai bien retenu tout ce que vous me recommandiez dans votre lettre. Cependant, si vous l'avez encore, et que vous vouliez me la donner en même temps, je vous promets que j'y ferai bien attention. Si ce pouvait être demain en allant dîner, je vous donnerais l'autre clef après-demain à déjeuner, et vous me la remettriez de la même façon que la première. Je voudrais bien que cela ne fût pas long, parce qu'il y aurait moins de temps à risquer que maman ne s'en aperçût.

Et puis, quand une fois vous aurez cette clef-là, vous aurez bien la bonté de vous en servir aussi pour prendre mes lettres ; et comme cela, M. Danceny aura plus souvent de mes nouvelles. Il est vrai que ce sera bien plus commode qu'à présent ; mais c'est que d'abord, cela m'a fait trop peur : je vous prie de m'excuser, et j'espère que vous n'en continuerez pas moins d'être aussi complaisant que par le passé. J'en serai aussi toujours bien reconnaissante.

J'ai l'honneur d'être, Monsieur, votre très humble et très obéissante servante.

De..., ce 28 septembre 17** [1].

LETTRE XCVI

LE VICOMTE DE VALMONT À LA MARQUISE
DE MERTEUIL

Je parie bien que, depuis votre aventure, vous attendez chaque jour mes compliments et mes éloges ; je ne doute même pas que vous n'ayez pris un peu d'humeur de mon long silence : mais que voulez-vous ? j'ai toujours pensé que quand il n'y avait plus que des louanges à donner à une femme, on pouvait s'en reposer sur elle, et s'occuper d'autre chose. Cependant je vous remercie pour mon compte, et vous félicite pour le vôtre. Je veux bien même, pour vous rendre parfaitement heureuse, convenir que pour cette fois vous avez surpassé mon attente. Après cela, voyons si de mon côté j'aurai du moins rempli la vôtre en partie.

Ce n'est pas de madame de Tourvel dont je veux vous parler ; sa marche trop lente vous déplaît. Vous n'aimez que les affaires faites. Les scènes filées vous ennuient ; et moi, jamais je n'avais goûté le plaisir que j'éprouve dans ces lenteurs prétendues.

Oui, j'aime à voir, à considérer cette femme prudente, engagée, sans s'en être aperçue, dans un sentier qui ne permet plus de retour, et dont la pente rapide et dangereuse l'entraîne malgré elle, et la force à me suivre. Là, effrayée du péril qu'elle court, elle voudrait s'arrêter et ne peut se retenir. Ses soins et son adresse peuvent bien rendre ses pas moins grands ; mais il faut qu'ils se succèdent. Quelquefois, n'osant fixer le danger, elle ferme les yeux, et se laissant aller, s'abandonne à mes soins. Plus souvent, une nouvelle crainte ranime ses efforts : dans son effroi mortel, elle veut tenter encore de retourner en arrière ; elle épuise ses forces pour gravir péniblement un court espace ; et bientôt un magique pouvoir la replace plus près de ce danger, que vainement elle avait voulu fuir. Alors n'ayant plus que moi pour guide et pour appui, sans songer à me reprocher davantage une chute inévitable, elle m'implore pour la retarder. Les ferventes prières, les humbles supplications, tout ce que les mortels, dans leur crainte, offrent à la Divinité, c'est moi qui le reçois d'elle ; et vous voulez que, sourd à ses vœux, et détruisant moi-même le culte qu'elle me rend, j'emploie à la précipiter, la puissance qu'elle invoque pour la soutenir ! Ah ! laissez-moi du moins le temps d'observer ces touchants combats entre l'amour et la vertu.

Eh quoi ! ce même spectacle qui vous fait courir au théâtre avec empressement, que vous y applaudissez avec fureur, le croyez-vous moins attachant dans la réalité ? Ces sentiments d'une âme pure et tendre, qui redoute le bonheur qu'elle désire, et ne cesse pas de se défendre, même alors qu'elle cesse de résister, vous les écoutez avec enthousiasme : ne seraient-ils sans prix que pour celui qui les fait naître ? Voilà pourtant, voilà les délicieuses jouissances que cette femme céleste m'offre chaque jour ; et vous me reprochez d'en savourer les douceurs ! Ah ! le temps ne viendra que trop tôt, où, dégradée par sa chute, elle ne sera plus pour moi qu'une femme ordinaire.

Mais j'oublie, en vous parlant d'elle, que je ne voulais pas vous en parler. Je ne sais quelle puissance m'y attache, m'y ramène sans cesse, même alors que je l'outrage. Ecartons sa dangereuse idée ; que je redevienne moi-même pour traiter un sujet plus gai. Il s'agit de votre pupille, à présent devenue la mienne, et j'espère qu'ici vous allez me reconnaître.

Depuis quelques jours, mieux traité par ma tendre dévote, et par conséquent moins occupé d'elle, j'avais remarqué que la petite Volanges était en effet fort jolie ; et que s'il y avait de la sottise à en être amoureux comme Danceny, peut-être n'y en avait-il pas moins de ma part, à ne pas chercher auprès d'elle une distraction que ma solitude me rendait nécessaire. Il me parut juste aussi de me payer des soins que je me donnais pour elle : je me rappelais en outre que vous me l'aviez offerte, avant que Danceny eût rien à y prétendre ; et je me trouvais fondé à réclamer quelques droits, sur un bien qu'il ne possédait qu'à mon refus et par mon abandon. La jolie mine de la petite personne, sa bouche si fraîche, son air enfantin, sa gaucherie même fortifiaient ces sages réflexions ; je résolus d'agir en conséquence, et le succès a couronné l'entreprise.

Déjà vous cherchez par quel moyen j'ai supplanté si tôt l'amant chéri ; quelle séduction convient à cet âge, à cette inexpérience. Epargnez-vous tant de peine, je n'en ai employé aucune. Tandis que maniant avec adresse les armes de votre sexe, vous triomphiez par la finesse ; moi, rendant à l'homme ses droits imprescriptibles, je subjuguais par l'autorité. Sûr de saisir ma proie si je pouvais la joindre, je n'avais besoin de ruse que pour m'en approcher, et même celle dont je me suis servi ne mérite presque pas ce nom.

Je profitai de la première lettre que je reçus de Danceny pour sa belle, et après l'en avoir avertie par le signal convenu entre nous, au lieu de mettre mon adresse à la lui rendre, je la mis à n'en pas trouver le moyen : cette impatience que je faisais naître, je feignais de la partager, et après avoir causé le mal, j'indiquai le remède.

La jeune personne habite une chambre dont une porte donne sur le corridor ; mais comme de raison, la mère en avait pris la clef. Il ne s'agissait que de s'en rendre maître. Rien de plus facile dans l'exécution ; je ne demandais que d'en disposer deux heures, et je répondais d'en avoir une semblable. Alors correspondances, entrevues, rendez-vous nocturnes, tout devenait commode et sûr : cependant, le croiriez-vous ? l'enfant timide prit peur et refusa. Un autre s'en serait désolé ; moi, je n'y vis que l'occasion d'un plaisir plus piquant. J'écrivis à Danceny pour me plaindre de ce refus, et je fis si bien que notre étourdi n'eut de cesse qu'il n'eût obtenu, exigé même de sa craintive maîtresse, qu'elle accordât ma demande et se livrât toute à ma discrétion.

J'étais bien aise, je l'avoue, d'avoir ainsi changé de rôle, et que le jeune homme fît pour moi ce qu'il comptait que je ferais pour lui. Cette idée doublait, à mes yeux, le prix de l'aventure : aussi dès que j'ai eu la précieuse clef, me suis-je hâté d'en faire usage, c'était la nuit dernière.

Après m'être assuré que tout était tranquille dans le château ; armé de ma lanterne sourde, et dans la toilette que comportait l'heure et qu'exigeait la circonstance, j'ai rendu ma première visite à votre pupille. J'avais tout fait préparer (et cela par elle-même), pour pouvoir entrer sans bruit. Elle était dans son premier sommeil, et dans celui de son âge ; de

façon que je suis arrivé jusqu'à son lit, sans qu'elle se
soit réveillée. J'ai d'abord été tenté d'aller plus avant,
et d'essayer de passer pour un songe ; mais craignant
l'effet de la surprise et le bruit qu'elle entraîne, j'ai
préféré d'éveiller avec précaution la jolie dormeuse, et
suis en effet parvenu à prévenir le cri que je redoutais.

Après avoir calmé ses premières craintes, comme je
n'étais pas venu là pour causer, j'ai risqué quelques
libertés. Sans doute on ne lui a pas bien appris dans
son couvent, à combien de périls divers est exposée la
timide innocence, et tout ce qu'elle a à garder pour
n'être pas surprise : car, portant toute son attention,
toutes ses forces, à se défendre d'un baiser, qui n'était
qu'une fausse attaque, tout le reste était laissé sans
défense ; le moyen de n'en pas profiter ! J'ai donc
changé ma marche, et sur-le-champ j'ai pris poste. Ici
nous avons pensé être perdus tous deux : la petite fille,
tout effarouchée, a voulu crier de bonne foi ; heureusement sa voix s'est éteinte dans les pleurs. Elle s'était
jetée aussi au cordon de sa sonnette, mais mon
adresse a retenu son bras à temps.

« Que voulez-vous faire (lui ai-je dit alors), vous
perdre pour toujours ? Qu'on vienne, et que
m'importe ? à qui persuaderez-vous que je ne sois pas
ici de votre aveu ? Quel autre que vous m'aura fourni
le moyen de m'y introduire ? et cette clef que je tiens
de vous, que je n'ai pu avoir que par vous, vous char-
gerez-vous d'en indiquer l'usage ? » Cette courte
harangue n'a calmé ni la douleur, ni la colère, mais
elle a amené la soumission. Je ne sais si j'avais le ton
de l'éloquence ; au moins est-il vrai que je n'en avais
pas le geste [1]. Une main occupée pour la force, l'autre
pour l'amour, quel orateur pourrait prétendre à la
grâce en pareille situation ? Si vous vous la peignez
bien, vous conviendrez qu'au moins elle était favorable à l'attaque : mais moi, je n'entends rien à rien,
et, comme vous dites, la femme la plus simple, une
pensionnaire, me mène comme un enfant.

Celle-ci, tout en se désolant, sentait qu'il fallait
prendre un parti, et entrer en composition. Les prières

me trouvant inexorable, il a fallu passer aux offres.
Vous croyez que j'ai vendu bien cher ce poste important : non, j'ai tout promis pour un baiser. Il est vrai
que, le baiser pris, je n'ai pas tenu ma promesse : mais
j'avais de bonnes raisons. Etions-nous convenus qu'il
serait pris ou donné ? A force de marchander, nous
sommes tombés d'accord pour un second ; et celui-là,
il était dit qu'il serait reçu. Alors ayant guidé les bras
timides autour de mon corps, et la pressant de l'un
des miens plus amoureusement, le doux baiser a été
reçu en effet ; mais bien, mais parfaitement reçu : tellement enfin que l'amour n'aurait pas pu mieux faire.

Tant de bonne foi méritait récompense, aussi ai-je
aussitôt accordé la demande. La main s'est retirée ;
mais je ne sais par quel hasard je me suis trouvé moi-
même à sa place. Vous me supposez là bien empressé,
bien actif, n'est-il pas vrai ? point du tout. J'ai pris
goût aux lenteurs, vous dis-je. Une fois sûr d'arriver,
pourquoi tant presser le voyage ?

Sérieusement, j'étais bien aise d'observer une fois la
puissance de l'occasion, et je la trouvais ici dénuée de
tout secours étranger. Elle avait pourtant à combattre
l'amour, et l'amour soutenu par la pudeur ou la
honte, et fortifié surtout par l'humeur que j'avais
donnée, et dont on avait beaucoup pris. L'occasion
était seule ; mais elle était là, toujours offerte, toujours
présente, et l'amour était absent.

Pour assurer mes observations, j'avais la malice de
n'employer de force que ce qu'on en pouvait combattre. Seulement si ma charmante ennemie, abusant
de ma facilité, se trouvait prête à m'échapper, je la
contenais par cette même crainte, dont j'avais déjà
éprouvé les heureux effets. Hé bien ! sans autre soin,
la tendre amoureuse, oubliant ses serments, a cédé
d'abord et fini par consentir : non pas qu'après ce
premier moment les reproches et les larmes ne soient
revenus de concert ; j'ignore s'ils étaient vrais ou
feints : mais, comme il arrive toujours, ils ont cessé,
dès que je me suis occupé à y donner lieu de nouveau.
Enfin, de faiblesse en reproche, et de reproche en fai-

blesse, nous ne nous sommes séparés que satisfaits l'un de l'autre, et également d'accord pour le rendez-vous de ce soir [2].

Je ne me suis retiré chez moi qu'au point du jour, et j'étais rendu de fatigue et de sommeil : cependant j'ai sacrifié l'un et l'autre au désir de me trouver ce matin au déjeuner : j'aime, de passion, les mines de lende-main [3]. Vous n'avez pas d'idée de celle-ci. C'était un embarras dans le maintien ! une difficulté dans la mar-che ! des yeux toujours baissés, et si gros et si battus ! Cette figure si ronde s'était tant allongée ! rien n'était si plaisant. Et pour la première fois, sa mère, alarmée de ce changement extrême, lui témoignait un intérêt assez tendre ! et la Présidente aussi, qui s'empressait autour d'elle ! Oh ! pour ces soins-là ils ne sont que prêtés ; un jour viendra où on pourra les lui rendre, et ce jour n'est pas loin. Adieu, ma belle amie.

Du château de..., ce 1ᵉʳ octobre 17**.

LETTRE XCVII

CÉCILE VOLANGES À LA MARQUISE DE MERTEUIL

Ah ! mon Dieu, Madame, que je suis affligée ! que je suis malheureuse ! Qui me consolera dans mes pei-nes ? qui me conseillera dans l'embarras où je me trouve ? Ce M. de Valmont... et Danceny ! non, l'idée de Danceny me met au désespoir... Comment vous raconter ? comment vous dire ?... Je ne sais comment faire. Cependant mon cœur est plein... Il faut que je parle à quelqu'un, et vous êtes la seule à qui je puisse, à qui j'ose me confier. Vous avez tant de bonté pour moi ! Mais n'en ayez pas dans ce moment-ci ; je n'en suis pas digne : que vous dirai-je ? je ne le désire point. Tout le monde ici m'a témoigné de l'intérêt aujourd'hui... ils ont tous augmenté ma peine. Je sen-tais tant que je ne le méritais pas ! Grondez-moi au contraire ; grondez-moi bien, car je suis bien coupable : mais après, sauvez-moi ; si vous n'avez pas la bonté de me conseiller, je mourrai de chagrin.

Apprenez donc... ma main tremble, comme vous voyez, je ne peux presque pas écrire, je me sens le visage tout en feu... Ah ! c'est bien le rouge de la honte. Hé bien ! je la souffrirai ; ce sera la première punition de ma faute. Oui, je vous dirai tout.

Vous saurez donc que M. de Valmont, qui m'a remis jusqu'ici les lettres de M. Danceny, a trouvé tout d'un coup que c'était trop difficile ; il a voulu avoir une clef de ma chambre. Je puis bien vous assurer que je ne voulais pas [1] ; mais il a été en écrire à Danceny, et Danceny l'a voulu aussi ; et moi, ça me fait tant de peine quand je lui refuse quelque chose, surtout depuis mon absence qui le rend si malheureux, que j'ai fini par y consentir. Je ne prévoyais pas le malheur qui en arriverait.

Hier, M. de Valmont s'est servi de cette clef pour venir dans ma chambre, comme j'étais endormie ; je m'y attendais si peu, qu'il m'a fait bien peur en me réveillant ; mais comme il m'a parlé tout de suite, je l'ai reconnu, et je n'ai pas crié ; et puis l'idée m'est venue d'abord, qu'il venait peut-être m'apporter une lettre de Danceny. C'en était bien loin. Un petit moment après, il a voulu m'embrasser ; et pendant que je me défendais, comme c'est naturel, il a si bien fait, que je n'aurais pas voulu pour toute chose au monde [2]... mais, lui voulait un baiser auparavant. Il a bien fallu, car comment faire ? d'autant que j'avais essayé d'appeler, mais outre que je n'ai pas pu, il a bien su me dire que s'il venait quelqu'un, il saurait bien rejeter toute la faute sur moi ; et en effet, c'était bien facile, à cause de cette clef. Ensuite il ne s'est pas retiré davantage. Il en a voulu un second ; et celui-là, je ne savais pas ce qui en était, mais il m'a toute troublée ; et après, c'était encore pis qu'auparavant. Oh ! par exemple, c'est bien mal ça. Enfin après..., vous m'exempterez bien de dire le reste ; mais je suis malheureuse autant qu'on peut l'être.

Ce que je me reproche le plus, et dont pourtant il faut que je vous parle, c'est que j'ai peur de ne pas m'être défendue autant que je le pouvais. Je ne sais pas comment cela se faisait : sûrement, je n'aime pas M. de Valmont, bien au contraire ; et il y avait des moments où j'étais comme si je l'aimais... Vous jugez bien que ça ne m'empêchait pas de lui dire toujours que non : mais je sentais bien que je ne faisais pas comme je disais ; et ça, c'était comme malgré moi ; et puis aussi, j'étais bien troublée ! S'il est toujours aussi difficile que ça de se défendre, il faut y être bien accoutumée ! Il est vrai que M. de Valmont a des façons de dire, qu'on ne sait pas comment faire pour lui répondre : enfin, croiriez-vous que quand il s'en est allé, j'en étais comme fâchée, et que j'ai eu la faiblesse de consentir qu'il revînt ce soir : ça me désole encore plus que tout le reste.

Oh ! malgré ça, je vous promets bien que je l'empêcherai d'y venir. Il n'a pas été sorti, que j'ai bien senti que j'avais eu bien tort de lui promettre. Aussi, j'ai pleuré tout le reste du temps [3]. C'est surtout Danceny qui me faisait de la peine ! toutes les fois que je songeais à lui mes pleurs redoublaient que j'en étais suffoquée, et j'y songeais toujours..., et à présent encore, vous en voyez l'effet ; voilà mon papier tout trempé. Non, je ne me consolerai jamais, ne fût-ce qu'à cause de lui... Enfin, je n'en pouvais plus, et pourtant je n'ai pas pu dormir une minute. Et ce matin en me levant, quand je me suis regardée au miroir, je faisais peur, tant j'étais changée.

Maman s'en est aperçue dès qu'elle m'a vue et elle m'a demandé ce que j'avais. Moi, je me suis mise à pleurer tout de suite. Je croyais qu'elle m'allait gronder, et peut-être ça m'aurait fait moins de peine : mais, au contraire. Elle m'a parlé avec douceur ! Je ne le méritais guère. Elle m'a dit de ne pas m'affliger comme ça. Elle ne savait pas le sujet de mon affliction. Que je me rendrais malade ! Il y a des moments où je voudrais être morte. Je n'ai pas pu y tenir. Je me suis jetée dans ses bras en sanglotant, et en lui disant :

« Ah ! Maman, votre fille est bien malheureuse ! »
Maman n'a pas pu s'empêcher de pleurer un peu ; et
tout cela n'a fait qu'augmenter mon chagrin : heureusement elle ne m'a pas demandé pourquoi j'étais si
malheureuse, car je n'aurais su que lui dire.

Je vous en supplie, Madame, écrivez-moi le plus tôt
que vous pourrez, et dites-moi ce que je dois faire, car
je n'ai pas le courage de songer à rien, et je ne sais que
m'affliger. Vous voudrez bien m'adresser votre lettre
par M. de Valmont ; mais je vous en prie, si vous lui
écrivez en même temps, ne lui parlez pas que je vous
aie rien dit.

J'ai l'honneur d'être, Madame, avec toujours bien
de l'amitié, votre très humble et très obéissante servante...

Je n'ose pas signer cette lettre.

*Du château de..., ce 1ᵉʳ octobre 17**.*

LETTRE XCVIII

MADAME DE VOLANGES À LA MARQUISE DE MERTEUIL

Il y a bien peu de jours, ma charmante amie, que
c'était vous qui me demandiez des consolations et des
conseils : aujourd'hui, c'est mon tour ; et je vous fais
pour moi la même demande que vous me faisiez pour
vous. Je suis bien réellement affligée, et je crains de
n'avoir pas pris les meilleurs moyens pour éviter les
chagrins que j'éprouve.

C'est ma fille qui cause mon inquiétude. Depuis
mon départ je l'avais bien vue toujours triste et chagrine ; mais je m'y attendais, et j'avais armé mon cœur
d'une sévérité que je jugeais nécessaire. J'espérais que
l'absence, les distractions détruiraient bientôt un
amour que je regardais plutôt comme une erreur de
l'enfance, que comme une véritable passion. Cependant, loin d'avoir rien gagné depuis mon séjour ici, je

m'aperçois que cet enfant se livre de plus en plus à une mélancolie dangereuse ; et je crains, tout de bon, que sa santé ne s'altère. Particulièrement depuis quelques jours elle change à vue d'œil. Hier, surtout, elle me frappa, et tout le monde ici en fut vraiment alarmé.

Ce qui me prouve encore combien elle est affectée vivement, c'est que je la vois prête à surmonter la timidité qu'elle a toujours eue avec moi. Hier matin, sur la simple demande que je lui fis si elle était malade, elle se précipita dans mes bras en me disant qu'elle était bien malheureuse ; et elle pleura aux sanglots [1]. Je ne puis vous rendre la peine qu'elle m'a faite ; les larmes me sont venues aux yeux tout de suite et je n'ai eu que le temps de me détourner, pour empêcher qu'elle ne me vît. Heureusement j'ai eu la prudence de ne lui faire aucune question, et elle n'a pas osé m'en dire davantage : mais il n'en est pas moins clair que c'est cette malheureuse passion qui la tourmente.

Quel parti prendre pourtant, si cela dure ? ferai-je le malheur de ma fille ? tournerai-je contre elle les qualités les plus précieuses de l'âme, la sensibilité et la constance ? est-ce pour cela que je suis sa mère ? et quand j'étoufferais ce sentiment si naturel qui nous fait vouloir le bonheur de nos enfants ; quand je regarderais comme une faiblesse, ce que je crois, au contraire, le premier, le plus sacré de nos devoirs ; si je force son choix, n'aurai-je pas à répondre des suites funestes qu'il peut avoir ? Quel usage à faire de l'autorité maternelle, que de placer sa fille entre le crime et le malheur !

Mon amie, je n'imiterai pas ce que j'ai blâmé si souvent. J'ai pu, sans doute, tenter de faire un choix pour ma fille ; je ne faisais en cela que l'aider de mon expérience : ce n'était pas un droit que j'exerçais, je remplissais un devoir. J'en trahirais un, au contraire, en disposant d'elle au mépris d'un penchant que je n'ai pas su empêcher de naître et dont ni elle, ni moi ne pouvons connaître ni l'étendue ni la durée. Non, je ne souffrirai point qu'elle épouse celui-ci pour aimer celui-là, et j'aime mieux compromettre mon autorité que sa vertu.

Je crois donc que je vais prendre le parti le plus sage de retirer la parole que j'ai donnée à M. de Gercourt. Vous venez d'en voir les raisons ; elles me paraissent devoir l'emporter sur mes promesses. Je dis plus : dans l'état où sont les choses, remplir mon engagement, ce serait, véritablement le violer. Car enfin, si je dois à ma fille de ne pas livrer son secret à M. de Gercourt, je dois au moins à celui-ci de ne pas abuser de l'ignorance où je le laisse, et de faire pour lui, tout ce que je crois qu'il ferait lui-même, s'il était instruit. Irai-je, au contraire, le trahir indignement, quand il se livre à ma foi et, tandis qu'il m'honore en me choisissant pour sa seconde mère, le tromper dans le choix qu'il veut faire de la mère de ses enfants ? Ces réflexions si vraies et auxquelles je ne peux me refuser, m'alarment plus que je ne puis vous dire.

Aux malheurs qu'elles me font redouter, je compare ma fille, heureuse avec l'époux que son cœur a choisi, ne connaissant ses devoirs que par la douceur qu'elle trouve à les remplir ; mon gendre également satisfait et se félicitant, chaque jour, de son choix ; chacun d'eux ne trouvant de bonheur que dans le bonheur de l'autre, et celui de tous deux se réunissant pour augmenter le mien. L'espoir d'un avenir si doux, doit-il être sacrifié à de vaines considérations ? Et quelles sont celles qui me retiennent ? uniquement des vues d'intérêt. De quel avantage sera-t-il donc pour ma fille d'être née riche, si elle n'en doit pas moins être esclave de la fortune ?

Je conviens que M. de Gercourt est un parti meilleur, peut-être, que je ne devais l'espérer pour ma fille ; j'avoue même que j'ai été extrêmement flattée du choix qu'il a fait d'elle. Mais enfin, Danceny est d'une aussi bonne maison que lui ; il ne lui cède en rien pour les qualités personnelles ; il a sur M. de Gercourt l'avantage d'aimer et d'être aimé : il n'est pas riche à la vérité ; mais ma fille ne l'est-elle pas

assez pour eux deux ? Ah ! pourquoi lui ravir la satisfaction si douce d'enrichir ce qu'elle aime !

Ces mariages qu'on calcule au lieu de les assortir,
qu'on appelle de convenance, et où tout se convient
en effet, hors les goûts et les caractères, ne sont-ils pas
la source la plus féconde de ces éclats scandaleux qui
deviennent tous les jours plus fréquents ? J'aime
mieux différer : au moins j'aurai le temps d'étudier ma
fille que je ne connais pas. Je me sens bien le courage
de lui causer un chagrin passager, si elle en doit
recueillir un bonheur plus solide : mais de risquer de
la livrer à un désespoir éternel, cela n'est pas dans
mon cœur.

Voilà, ma chère amie, les idées qui me tourmentent,
et sur quoi je réclame vos conseils. Ces objets sévères
contrastent beaucoup avec votre aimable gaieté, et ne
paraissent guère de votre âge [2] : mais votre raison l'a
tant devancé ! Votre amitié d'ailleurs aidera votre prudence ; et je ne crains point que l'une ou l'autre se
refusent à la sollicitude maternelle qui les implore.

Adieu, ma charmante amie ; ne doutez jamais de la
sincérité de mes sentiments.

Du château de..., ce 2 octobre 17**.

LETTRE XCIX

LE VICOMTE DE VALMONT À LA MARQUISE
DE MERTEUIL

Encore de petits événements, ma belle amie ; mais
des scènes seulement, point d'actions. Ainsi, armez-
vous de patience ; prenez-en même beaucoup : car
tandis que ma Présidente marche à si petits pas, votre
pupille recule, et c'est bien pis encore. Hé bien ! j'ai le
bon esprit de m'amuser de ces misères-là. Véritablement je m'accoutume fort bien à mon séjour ici ; et je
puis dire que dans le triste château de ma vieille tante,

je n'ai pas éprouvé un moment d'ennui. Au fait, n'y ai-je pas jouissances, privations, espoir, incertitude ? Qu'a-t-on de plus sur un plus grand théâtre ? des spectateurs ? Hé ! laissez faire, ils ne me manqueront pas. S'ils ne me voient pas à l'ouvrage, je leur montrerai ma besogne faite ; ils n'auront plus qu'à admirer et applaudir. Oui, ils applaudiront ; car je puis enfin prédire, avec certitude, le moment de la chute de mon austère dévote. J'ai assisté ce soir à l'agonie de la vertu. La douce faiblesse va régner à sa place. Je n'en fixe pas l'époque plus tard qu'à notre première entrevue : mais déjà je vous entends crier à l'orgueil. Annoncer sa victoire, se vanter à l'avance ! Hé, là, là, calmez-vous ! Pour vous prouver ma modestie, je vais commencer par l'histoire de ma défaite...

En vérité, votre pupille est une petite personne bien ridicule ! C'est bien un enfant qu'il faudrait traiter comme tel, et à qui on ferait grâce en ne la mettant qu'en pénitence ! Croiriez-vous qu'après ce qui s'est passé avant-hier entre elle et moi, après la façon amicale dont nous nous sommes quittés hier matin ; lorsque j'ai voulu y retourner le soir, comme elle en était convenue, j'ai trouvé sa porte fermée en dedans ? Qu'en dites-vous ? on éprouve quelquefois de ces enfantillages-là la veille : mais le lendemain ! cela n'est-il pas plaisant [1] ?

Je n'en ai pourtant pas ri d'abord ; jamais je n'avais autant senti l'empire de mon caractère. Assurément j'allais à ce rendez-vous sans plaisir, et uniquement par procédé. Mon lit, dont j'avais grand besoin, me semblait, pour le moment, préférable à celui de tout autre, et je ne m'en étais éloigné qu'à regret. Cependant je n'ai pas eu plutôt trouvé un obstacle, que je brûlais de le franchir ; j'étais humilié, surtout, qu'un enfant m'eût joué. Je me retirai donc avec beaucoup d'humeur : et dans le projet de ne plus me mêler de ce sot enfant, ni de ses affaires, je lui avait écrit, sur-le-champ, un billet que je comptais lui remettre aujourd'hui, et où je l'évaluais à son juste prix. Mais, comme on dit, la nuit porte conseil ; j'ai trouvé ce matin que, n'ayant pas ici le choix des distractions, il fallait garder celle-là : j'ai donc supprimé le sévère billet. Depuis que j'y ai réfléchi, je ne reviens pas d'avoir eu l'idée de finir une aventure, avant d'avoir en main de quoi en perdre l'héroïne. Où nous mène pourtant un premier mouvement ! Heureux, ma belle amie, qui a su, comme vous, s'accoutumer [2] à n'y jamais céder ! Enfin j'ai différé ma vengeance ; j'ai fait ce sacrifice à vos vues sur Gercourt.

A présent que je ne suis plus en colère, je ne vois plus que du ridicule dans la conduite de votre pupille. En effet, je voudrais bien savoir ce qu'elle espère gagner par là ! pour moi je m'y perds : si ce n'est que pour se défendre, il faut convenir qu'elle s'y prend un peu tard. Il faudra bien qu'un jour elle me dise le mot de cette énigme ! J'ai grande envie de le savoir. C'est peut-être seulement qu'elle se trouvait fatiguée ? franchement cela se pourrait ; car sans doute elle ignore encore que les flèches de l'amour, comme la lance d'Achille, portent avec elles le remède aux blessures qu'elles font [3]. Mais non, à sa petite grimace de toute la journée, je parierais qu'il entre là-dedans du repentir... là... quelque chose... comme de la vertu... De la vertu !... c'est bien à elle qu'il convient d'en avoir ! Ah ! qu'elle la laisse à la femme véritablement née pour elle, la seule qui sache l'embellir, qui la ferait aimer !... Pardon, ma belle amie : mais c'est ce soir même que s'est passée, entre madame de Tourvel et moi, la scène dont j'ai à vous rendre compte, et j'en conserve encore quelque émotion. J'ai besoin de me faire violence pour me distraire de l'impression qu'elle m'a faite ; c'est même pour m'y aider, que je me suis mis à vous écrire. Il faut pardonner quelque chose à ce premier moment.

Il y a déjà quelques jours que nous sommes d'accord, madame de Tourvel et moi, sur nos sentiments ; nous ne disputons plus que sur les mots. C'était toujours, à la vérité, *son amitié* qui répondait à *mon amour* : mais ce langage de convention ne changeait pas le fond des choses ; et quand nous serions restés ainsi, j'en aurais peut-être été moins vite, mais non pas moins sûrement. Déjà même il n'était plus question de m'éloigner, comme elle le voulait d'abord ; et pour les entretiens que nous avons journellement, si je mets mes soins à lui en offrir l'occasion, elle met les siens à la saisir.

Comme c'est ordinairement à la promenade que se passent nos petits rendez-vous, le temps affreux qu'il a fait tout aujourd'hui, ne me laissait rien espérer : j'en étais même vraiment contrarié ; je ne prévoyais pas combien je devais gagner à ce contretemps.

Ne pouvant se promener, on s'est mis à jouer en sortant de table ; et comme je joue peu, et que je ne suis plus nécessaire, j'ai pris ce temps pour monter chez moi, sans autre projet que d'y attendre, à peu près, la fin de la partie.

Je retournais joindre le cercle, quand j'ai trouvé la charmante femme qui entrait dans son appartement, et qui, soit imprudence ou faiblesse, m'a dit de sa douce voix : « Où allez-vous donc ? Il n'y a personne au salon. » Il ne m'en a pas fallu davantage, comme vous pouvez croire, pour essayer d'entrer chez elle ; j'y ai trouvé moins de résistance que je ne m'y attendais. Il est vrai que j'avais eu la précaution de commencer la conversation à la porte, et de la commencer indifférente ; mais à peine avons-nous été établis, que j'ai ramené la véritable, et que j'ai parlé de *mon amour à mon amie*. Sa première réponse, quoique simple, m'a paru assez expressive : « Oh ! tenez, m'a-t-elle dit, ne parlons pas de cela ici » ; et elle tremblait. La pauvre femme ! elle se voit mourir.

Pourtant elle avait tort de craindre. Depuis quelque temps, assuré du succès un jour ou l'autre, et la voyant user tant de force dans d'inutiles combats, j'avais résolu de ménager les miennes, et d'attendre sans effort, qu'elle se rendît de lassitude. Vous sentez bien qu'ici il faut un triomphe complet, et que je ne veux rien devoir à l'occasion. C'était même d'après ce plan formé, et pour pouvoir être pressant, sans m'engager trop, que je suis revenu à ce mot d'amour, si obstinément refusé ; sûr qu'on me croyait assez d'ardeur, j'ai essayé un ton plus tendre. Ce refus ne me fâchait plus, il m'affligeait ; ma sensible amie ne me devait-elle pas quelques consolations ?

Tout en me consolant, une main était restée dans la mienne ; le joli corps était appuyé sur mon bras, et nous étions extrêmement rapprochés. Vous avez sûrement remarqué combien, dans cette situation, à mesure que la défense mollit, les demandes et les refus se passent de plus près ; comment la tête se détourne et les regards se baissent, tandis que les discours, toujours prononcés d'une voix faible, deviennent rares et entrecoupés. Ces symptômes précieux annoncent, d'une manière non équivoque, le consentement de l'âme : mais rarement a-t-il encore passé jusqu'aux sens ; je crois même qu'il est toujours dangereux de tenter alors quelque entreprise trop marquée [4] ; parce que cet état d'abandon n'étant jamais sans un plaisir très doux, on ne saurait forcer d'en sortir, sans causer une humeur qui tourne infailliblement au profit de la défense.

Mais, dans le cas présent, la prudence m'était d'autant plus nécessaire, que j'avais surtout à redouter l'effroi que cet oubli d'elle-même ne manquerait pas de causer à ma tendre rêveuse. Aussi cet aveu que je demandais, je n'exigeais pas même qu'il fût prononcé ; un regard pouvait suffire ; un seul regard, et j'étais heureux.

Ma belle amie, les beaux yeux se sont en effet levés sur moi, la bouche céleste a même prononcé : « Eh bien ! oui, je... » Mais tout à coup le regard s'est éteint, la voix a manqué, et cette femme adorable est tombée dans mes bras. A peine avais-je eu le temps de l'y recevoir, que se dégageant avec une force convulsive, la vue égarée, et les mains élevées vers le Ciel... « Dieu... ô mon Dieu, sauvez-moi », s'est-elle écriée ; et sur-le-champ, plus prompte que l'éclair, elle était à genoux à dix pas de moi. Je l'entendais prête à suffoquer. Je me suis avancé pour la secourir ;

mais elle, prenant mes mains qu'elle baignait de pleurs, quelquefois même embrassant mes genoux : « Oui, ce sera vous, disait-elle, ce sera vous qui me sauverez ! Vous ne voulez pas ma mort, laissez-moi ; sauvez-moi ; laissez-moi ; au nom de Dieu, laissez-moi ! » Et ces discours peu suivis s'échappaient à peine à travers des sanglots redoublés. Cependant elle me tenait avec une force qui ne m'aurait pas permis de m'éloigner ; alors rassemblant les miennes, je l'ai soulevée dans mes bras. Au même instant les pleurs ont cessé ; elle ne parlait plus ; tous ses membres se sont roidis, et de violentes convulsions ont succédé à cet orage.

J'étais, je l'avoue, vivement ému, et je crois que j'aurais consenti à sa demande, quand les circonstances ne m'y auraient pas forcé. Ce qu'il y a de vrai, c'est qu'après lui avoir donné quelques secours, je l'ai laissée comme elle m'en priait, et que je m'en félicite. Déjà j'en ai presque reçu le prix.

Je m'attendais qu'ainsi que le jour de ma première déclaration, elle ne se montrerait pas de la soirée. Mais vers les huit heures, elle est descendue au salon, et a seulement annoncé au cercle qu'elle s'était trouvée fort incommodée. Sa figure était abattue, sa voix faible, et son maintien composé ; mais son regard était doux, et souvent il s'est fixé sur moi. Son refus de jouer m'ayant même obligé de prendre sa place, elle a pris la sienne à mes côtés. Pendant le souper, elle est restée seule dans le salon. Quand on y est revenu, j'ai cru m'apercevoir qu'elle avait pleuré : pour m'en éclaircir, je lui ai dit qu'il me semblait qu'elle s'était encore ressentie de son incommodité ; à quoi elle m'a obligeamment répondu : « Ce mal-là ne s'en va pas si vite qu'il vient ! » Enfin quand on s'est retiré, je lui ai donné la main ; et à la porte de son appartement elle a serré la mienne avec force. Il est vrai que ce mouvement m'a paru avoir quelque chose d'involontaire : mais tant mieux ; c'est une preuve de plus de mon empire.

Je parierais qu'à présent elle est enchantée d'en être

là : tous les frais sont faits ; il ne reste plus qu'à jouir. Peut-être, pendant que je vous écris, s'occupe-t-elle déjà de cette douce idée ! et quand même elle s'occuperait, au contraire, d'un nouveau projet de défense, ne savons-nous pas bien ce que deviennent tous ces projets-là ? Je vous le demande, cela peut-il aller plus loin que notre prochaine entrevue ? Je m'attends bien, par exemple, qu'il y aura quelques façons pour l'accorder, mais bon ! le premier pas franchi, ces prudes austères savent-elles s'arrêter ? leur amour est une véritable explosion ; la résistance y donne plus de force. Ma farouche dévote courrait après moi, si je cessais de courir après elle.

Enfin, ma belle amie, incessamment j'arriverai chez vous, pour vous sommer de votre parole. Vous n'avez pas oublié sans doute ce que vous m'avez promis après le succès ; cette infidélité à votre chevalier ? êtes-vous prête ? pour moi je le désire comme si nous ne nous étions jamais connus. Au reste, vous connaître est peut-être une raison pour le désirer davantage :

> Je suis juste, et ne suis point galant *.

Aussi ce sera la première infidélité que je ferai à ma grave conquête ; et je vous promets de profiter du premier prétexte pour m'absenter vingt-quatre heures d'auprès d'elle. Ce sera sa punition, de m'avoir tenu si longtemps éloigné de vous. Savez-vous que voilà plus de deux mois que cette aventure m'occupe ? oui, deux mois et trois jours ; il est vrai que je compte demain, puisqu'elle ne sera véritablement consommée qu'alors. Cela me rappelle que mademoiselle de B*** a résisté les trois mois complets. Je suis bien aise de voir que la franche coquetterie a plus de défense que l'austère vertu.

Adieu, ma belle amie ; il faut vous quitter, car il est fort tard. Cette lettre m'a mené plus loin que je ne

---

* VOLTAIRE, Comédie de *Nanine* [5].

comptais ; mais comme j'envoie demain matin à Paris, j'ai voulu en profiter, pour vous faire partager un jour plus tôt la joie de votre ami.

Du château de..., ce 2 octobre 17**, au soir.

LETTRE C

LE VICOMTE DE VALMONT À LA MARQUISE DE MERTEUIL

Mon amie, je suis joué, trahi, perdu ; je suis au désespoir : madame de Tourvel est partie. Elle est partie, et je ne l'ai pas su ! et je n'étais pas là pour m'opposer à son départ, pour lui reprocher son indigne trahison ! Ah ! ne croyez pas que je l'eusse laissée partir ; elle serait restée ; oui, elle serait restée, eussé-je dû employer la violence. Mais quoi ! dans ma crédule sécurité, je dormais tranquillement ; je dormais, et la foudre est tombée sur moi. Non, je ne conçois rien à ce départ : il faut renoncer à connaître les femmes.

Quand je me rappelle la journée d'hier ! que dis-je ? la soirée même ! Ce regard si doux, cette voix si tendre ! et cette main serrée ! et pendant ce temps, elle projetait de me fuir ! O femmes, femmes ! plaignez-vous donc, si l'on vous trompe ! Mais oui, toute perfidie qu'on emploie est un vol qu'on vous fait.

Quel plaisir j'aurai à me venger ! je la retrouverai, cette femme perfide ; je reprendrai mon empire sur elle. Si l'amour m'a suffi pour en trouver les moyens, que ne sera-t-il pas, aidé de la vengeance ? Je la verrai encore à mes genoux, tremblante et baignée de pleurs, me criant merci de sa trompeuse voix ; et moi, je serai sans pitié.

Que fait-elle à présent ? que pense-t-elle ? Peut-être elle s'applaudit de m'avoir trompé ; et fidèle aux goûts de son sexe, ce plaisir lui paraît le plus doux.

Ce que n'a pu la vertu tant vantée, l'esprit de ruse l'a produit sans effort. Insensé ! je redoutais sa sagesse ; c'était sa mauvaise foi que je devais craindre.

Et être obligé de dévorer mon ressentiment ! n'oser montrer qu'une tendre douleur, quand j'ai le cœur rempli de rage ! me voir réduit à supplier encore une femme rebelle, qui s'est soustraite à mon empire ! devais-je donc être humilié à ce point ? et par qui ? par une femme timide, et qui jamais ne s'est exercée à combattre. A quoi me sert de m'être établi dans son cœur, de l'avoir embrasé de tous les feux de l'amour, d'avoir porté jusqu'au délire le trouble de ses sens ; si tranquille dans sa retraite, elle peut aujourd'hui s'enorgueillir de sa fuite plus que moi de mes victoires ? Et je le souffrirais ? mon amie, vous ne le croyez pas ; vous n'avez pas de moi cette humiliante idée !

Mais quelle fatalité m'attache à cette femme ? cent autres ne désirent-elles pas mes soins ? ne s'empresseront-elles pas d'y répondre ? quand même aucune ne vaudrait celle-ci, l'attrait de la variété, le charme des nouvelles conquêtes, l'éclat de leur nombre, n'offrent-ils pas des plaisirs assez doux ? Pourquoi courir après celui qui nous fuit, et négliger ceux qui se présentent ? Ah ! pourquoi ?... Je l'ignore, mais je l'éprouve fortement.

Il n'est plus pour moi de bonheur, de repos, que par la possession de cette femme que je hais et que j'aime avec une égale fureur. Je ne supporterai mon sort que du moment où je disposerai du sien. Alors tranquille et satisfait, je la verrai, à son tour, livrée aux orages que j'éprouve en ce moment ; j'en exciterai mille autres encore. L'espoir et la crainte, la méfiance et la sécurité, tous les maux inventés par la haine, tous les biens accordés par l'amour, je veux qu'ils remplissent son cœur, qu'ils y succèdent à ma volonté. Ce temps viendra... Mais que de travaux encore ! que j'en étais près hier, et qu'aujourd'hui je m'en vois éloigné ! Comment m'en rapprocher ? je n'ose tenter aucune démarche ; je sens que pour prendre un parti il faudrait être plus calme, et mon sang bout dans mes veines.

Ce qui redouble mon tourment, c'est le sang-froid avec lequel chacun répond ici à mes questions sur cet événement, sur sa cause, sur tout ce qu'il offre d'extraordinaire... Personne ne sait rien, personne ne désire de rien savoir : à peine en aurait-on parlé, si j'avais consenti qu'on parlât d'autre chose. Madame de Rosemonde, chez qui j'ai couru ce matin quand j'ai appris cette nouvelle, m'a répondu avec le froid de son âge, que c'était la suite naturelle de l'indisposition que madame de Tourvel avait eue hier ; qu'elle avait craint une maladie, et qu'elle avait préféré d'être chez elle : elle trouve cela tout simple, elle en aurait fait autant, m'a-t-elle dit : comme s'il pouvait y avoir quelque chose de commun entre elles deux ! entre elle, qui n'a plus qu'à mourir ; et l'autre, qui fait le charme et le tourment de ma vie !

Madame de Volanges, que d'abord j'avais soupçonnée d'être complice, ne paraît affectée que de n'avoir pas été consultée sur cette démarche. Je suis bien aise, je l'avoue, qu'elle n'ait pas eu le plaisir de me nuire. Cela me prouve encore qu'elle n'a pas, autant que je le craignais, la confiance de cette femme ; c'est toujours une ennemie de moins. Comme elle se féliciterait, si elle savait que c'est moi qu'on a fui ! comme elle se serait gonflée d'orgueil, si c'eût été par ses conseils ! comme son importance en aurait redoublé ! Mon Dieu ! que je la hais ! Oh ! je renouerai avec sa fille ; je veux la travailler à ma fantaisie : aussi bien, je crois que je resterai ici quelque temps ; au moins, le peu de réflexions que j'ai pu faire me porte à ce parti.

Ne croyez-vous pas, en effet, qu'après une démarche aussi marquée, mon ingrate doit redouter ma présence ? Si donc l'idée lui est venue que je pourrais la suivre, elle n'aura pas manqué de me fermer sa porte ; et je ne veux pas plus l'accoutumer à ce moyen, qu'en souffrir l'humiliation. J'aime mieux lui

annoncer au contraire que je reste ici ; je lui ferai
même des instances pour qu'elle y revienne ; et quand
elle sera bien persuadée de mon absence, j'arriverai
chez elle : nous verrons comment elle supportera cette
entrevue. Mais il faut la différer pour en augmenter
l'effet, et je ne sais encore si j'en aurai la patience : j'ai
eu, vingt fois dans la journée, la bouche ouverte pour
demander mes chevaux. Cependant je prendrai sur
moi ; je m'engage à recevoir votre réponse ici ; je vous
demande seulement, ma belle amie, de ne pas me la
faire attendre.

Ce qui me contrarierait le plus serait de ne pas
savoir ce qui se passe : mais mon chasseur qui est à
Paris, a des droits à quelque accès auprès de la femme
de chambre : il pourra me servir. Je lui envoie une
instruction et de l'argent. Je vous prie de trouver bon
que je joigne l'un et l'autre à cette lettre, et aussi
d'avoir soin de les lui envoyer par un de vos gens, avec
ordre de les lui remettre à lui-même. Je prends cette
précaution, parce que le drôle a l'habitude de n'avoir
jamais reçu les lettres que je lui écris, quand elles lui
prescrivent quelque chose qui le gêne ; et que, pour le
moment, il ne me paraît pas aussi épris de sa
conquête, que je voudrais qu'il le fût.

Adieu ma belle amie ; s'il vous vient quelque idée
heureuse, quelque moyen de hâter ma marche, faites-
m'en part. J'ai éprouvé plus d'une fois combien votre
amitié pouvait être utile ; je l'éprouve encore en ce
moment ; car je me sens plus calme depuis que je vous
écris ; au moins, je parle à quelqu'un qui m'entend, et
non aux automates près de qui je végète depuis ce
matin. En vérité, plus je vais, et plus je suis tenté de
croire qu'il n'y a que vous et moi dans le monde, qui
valions quelque chose.

Du château de..., ce 3 octobre 17**.

LETTRE CI

LE VICOMTE DE VALMONT À AZOLAN,

son chasseur.

(Jointe à la précédente.)

Il faut que vous soyez bien imbécile, vous qui êtes parti d'ici ce matin, de n'avoir pas su que madame de Tourvel en partait aussi ; ou, si vous l'avez su, de n'être pas venu m'en avertir. A quoi sert-il donc que vous dépensiez mon argent à vous enivrer avec les valets ; que le temps que vous devriez employer à me servir, vous le passiez à faire l'agréable auprès des femmes de chambre, si je n'en suis pas mieux informé de ce qui se passe ? Voilà pourtant de vos négligences ! Mais je vous préviens que s'il vous en arrive une seule dans cette affaire-ci, ce sera la dernière que vous aurez à mon service.

Il faut que vous m'instruisiez de tout ce qui se passe chez madame de Tourvel : de sa santé ; si elle dort ; si elle est triste ou gaie ; si elle sort souvent, et chez qui elle va ; si elle reçoit du monde chez elle, et qui y vient ; à quoi elle passe son temps, si elle a de l'humeur avec ses femmes, particulièrement avec celle qu'elle avait amenée ici ; ce qu'elle fait, quand elle est seule ; si quand elle lit, elle lit de suite, ou si elle interrompt sa lecture pour rêver ; de même quand elle écrit. Songez aussi à vous rendre l'ami de celui qui porte ses lettres à la poste. Offrez-vous souvent à lui, pour faire cette commission à sa place ; et quand il acceptera, ne faites partir que celles qui vous paraîtront indifférentes, et envoyez-moi les autres, surtout celles à madame de Volanges, si vous en rencontrez.

Arrangez-vous, pour être encore quelque temps l'amant heureux de votre Julie. Si elle en a un autre,

comme vous l'avez cru, faites-la consentir à se partager ; et n'allez pas vous piquer d'une ridicule délicatesse : vous serez dans le cas de bien d'autres, qui
valent mieux que vous. Si pourtant votre second se
rendait trop importun ; si vous vous aperceviez, par
exemple, qu'il occupât trop Julie pendant la journée,
et qu'elle en fût moins souvent auprès de sa maîtresse,
écartez-le par quelques moyens, ou cherchez-lui querelle : n'en craignez pas les suites, je vous soutiendrai.
Surtout ne quittez pas cette maison. C'est par l'assi-
duité qu'on voit tout, et qu'on voit bien. Si même le
hasard faisait renvoyer quelqu'un des gens, présentez-
vous pour le remplacer, comme n'étant plus à moi.
Dites, dans ce cas, que vous m'avez quitté pour chercher une maison plus tranquille et plus réglée. Tâchez
enfin de vous faire accepter. Je ne vous en garderai pas
moins à mon service pendant ce temps ; ce sera
comme chez la duchesse de *** ; et par la suite,
madame de Tourvel vous en récompensera de même.

Si vous aviez assez d'adresse et de zèle, cette instruction devrait suffire ; mais pour suppléer à l'un et à
l'autre, je vous envoie de l'argent. Le billet ci-joint
vous autorise, comme vous verrez, à toucher vingt-
cinq louis chez mon homme d'affaires ; car je ne doute
pas que vous ne soyez sans le sol. Vous emploierez de
cette somme ce qui sera nécessaire pour décider Julie
à établir une correspondance avec moi. Le reste servira à faire boire les gens. Ayez soin, autant que cela se
pourra, que ce soit chez le suisse de la maison, afin
qu'il aime à vous y voir venir. Mais n'oubliez pas que
ce ne sont pas vos plaisirs que je veux payer, mais vos
services.

Accoutumez Julie à observer tout et à tout rapporter, même ce qui lui paraîtrait minutieux. Il vaut
mieux qu'elle écrive dix phrases inutiles, que d'en
omettre une intéressante ; et souvent ce qui paraît
indifférent ne l'est pas. Comme il faut que je puisse
être instruit sur-le-champ, s'il arrivait quelque chose
qui vous parût mériter attention, aussitôt cette lettre
reçue, vous enverrez Philippe, sur le cheval de com-

mission, s'établir à... * ; il y restera jusqu'à nouvel ordre ; ce sera un relais en cas de besoin. Pour la correspondance courante, la poste suffira.

Prenez garde de perdre cette lettre. Relisez-la tous les jours, tant pour vous assurer de ne rien oublier, que pour être sûr de l'avoir encore. Faites enfin tout ce qu'il faut faire, quand on est honoré de ma confiance. Vous savez que si je suis content de vous, vous le serez de moi.

Du château de..., ce 3 octobre 17**.

LETTRE CII

LA PRÉSIDENTE DE TOURVEL À MADAME
DE ROSEMONDE

Vous serez bien étonnée [1], Madame, en apprenant que je pars de chez vous aussi précipitamment. Cette démarche va vous paraître bien extraordinaire : mais que votre surprise va redoubler encore quand vous en saurez les raisons ! Peut-être trouverez-vous qu'en vous les confiant, je ne respecte pas assez la tranquillité nécessaire à votre âge ; que je m'écarte même des sentiments de vénération qui vous sont dus à tant de titres ? Ah ! Madame, pardon : mais mon cœur est oppressé ; il a besoin d'épancher sa douleur dans le sein d'une amie également douce et prudente : quelle autre que vous pouvait-il choisir ? Regardez-moi comme votre enfant. Ayez pour moi les bontés maternelles ; je les implore. J'y ai peut-être quelques droits par mes sentiments pour vous.

Où est le temps où, tout entière à ces sentiments louables, je ne connaissais point ceux qui, portant dans l'âme le trouble mortel que j'éprouve, ôtent la

---

* *Village à moitié chemin de Paris au château de madame de Rosemonde.*

force de les combattre en même temps qu'ils en imposent le devoir ? Ah ! ce fatal voyage m'a perdue...

Que vous dirai-je enfin ? j'aime, oui, j'aime éperdument. Hélas ! ce mot que j'écris pour la première fois, ce mot si souvent demandé sans être obtenu, je payerais de ma vie la douceur de pouvoir une fois seulement le faire entendre à celui qui l'inspire ; et pourtant il faut le refuser sans cesse ! Il va douter encore de mes sentiments ; il croira avoir à s'en plaindre. Je suis bien malheureuse [2] ! Que ne lui est-il aussi facile de lire dans mon cœur que d'y régner ? Oui, je souffrirais moins, s'il savait tout ce que je souffre ; mais vous-même, à qui je le dis, vous n'en aurez encore qu'une faible idée.

Dans peu de moments, je vais le fuir et l'affliger. Tandis qu'il se croira encore près de moi, je serai déjà loin de lui : à l'heure où j'avais coutume de le voir chaque jour, je serai dans des lieux où il n'est jamais venu, où je ne dois pas permettre qu'il vienne. Déjà tous mes préparatifs sont faits ; tout est là, sous mes yeux ; je ne puis les reposer sur rien qui ne m'annonce ce cruel départ. Tout est prêt, excepté moi !... et plus mon cœur s'y refuse, plus il me trouve la nécessité de m'y soumettre.

Je m'y soumettrai sans doute, il vaut mieux mourir que de vivre coupable. Déjà, je le sens, je ne le suis que trop ; je n'ai sauvé que ma sagesse, la vertu s'est évanouie. Faut-il vous l'avouer, ce qui me reste encore, je le dois à sa générosité. Enivrée du plaisir de le voir, de l'entendre, de la douceur de le sentir auprès de moi, du bonheur plus grand de pouvoir faire le sien, j'étais sans puissance et sans force ; à peine m'en restait-il pour combattre, je n'en avais plus pour résister ; je frémissais de mon danger, sans pouvoir le fuir. Hé bien ! il a vu ma peine, et il a eu pitié de moi. Comment ne le chérirais-je pas ? je lui dois bien plus que la vie.

Ah ! si en restant auprès de lui je n'avais à trembler que pour elle, ne croyez pas que jamais je consentisse à m'éloigner ? Que m'est-elle sans lui, ne serais-je pas

trop heureuse de la perdre ? Condamnée à faire éternellement son malheur et le mien ; à n'oser ni me
plaindre, ni le consoler ; à me défendre chaque jour
contre lui, contre moi-même ; à mettre mes soins
à causer sa peine, quand je voudrais les consacrer
tous à son bonheur. Vivre ainsi n'est-ce pas mourir
mille fois ? voilà pourtant quel va être mon sort. Je
le supporterai cependant, j'en aurai le courage. O
vous, que je choisis pour ma mère, recevez-en le serment !

Recevez aussi celui que je fais de ne vous dérober
aucune de mes actions ; recevez-le, je vous en
conjure ; je vous le demande comme un secours dont
j'ai besoin : ainsi, engagée à vous dire tout, je
m'accoutumerai à me croire toujours en votre présence. Votre vertu remplacera la mienne. Jamais, sans
doute, je ne consentirai à rougir à vos yeux [3] ; et
retenue par ce frein puissant, tandis que je chérirai en
vous l'indulgente amie, confidente de ma faiblesse, j'y
honorerai encore l'ange tutélaire qui me sauvera de la
honte.

C'est bien en éprouver assez que d'avoir à faire
cette demande. Fatal effet d'une présomptueuse
confiance ! pourquoi n'ai-je pas redouté plutôt ce
penchant que j'ai senti naître ? Pourquoi me suis-je
flattée de pouvoir à mon gré le maîtriser ou le vaincre ? Insensée ! je connaissais bien peu l'amour !
Ah ! si je l'avais combattu avec plus de soin, peut-
être eût-il pris moins d'empire ! peut-être alors ce
départ n'eût pas été nécessaire ; ou même, en me
soumettant à ce parti douloureux, j'aurais pu ne pas
rompre entièrement une liaison qu'il eût suffi de
rendre moins fréquente ! Mais tout perdre à la fois !
et pour jamais ! O mon amie !... Mais quoi ! même
en vous écrivant, je m'égare encore dans des vœux
criminels. Ah ! partons, partons [4], et que du moins
ces torts involontaires soient expiés par mes sacrifices.

Adieu, ma respectable amie ; aimez-moi comme
votre fille, adoptez-moi pour telle ; et soyez sûre que,

malgré ma faiblesse, j'aimerais mieux mourir que de me rendre indigne de votre choix.

De..., ce 3 octobre 17**, à une heure du matin.

LETTRE CIII [1]

MADAME DE ROSEMONDE À LA PRÉSIDENTE DE TOURVEL

J'ai été, ma chère belle, plus affligée de votre départ que surprise de sa cause ; une longue expérience, et l'intérêt que vous inspirez, avaient suffi pour m'éclairer sur l'état de votre cœur ; et s'il faut tout dire, vous ne m'avez rien ou presque rien appris par votre lettre. Si je n'avais été instruite que par elle, j'ignorerais encore quel est celui que vous aimez ; car en me parlant de *lui* tout le temps, vous n'avez pas écrit son nom une seule fois. Je n'en avais pas besoin ; je sais bien qui c'est. Mais je le remarque, parce que je me suis rappelé que c'est toujours là le style de l'amour. Je vois qu'il en est encore comme au temps passé.

Je ne croyais guère être jamais dans le cas de revenir sur des souvenirs si éloignés de moi, et si étrangers à mon âge. Pourtant, depuis hier, je m'en suis vraiment beaucoup occupée, par le désir que j'avais d'y trouver quelque chose qui pût vous être utile. Mais que puis-je faire, que vous admirer et vous plaindre ? Je loue le parti sage que vous avez pris : mais il m'effraie, parce que j'en conclus que vous l'avez jugé nécessaire ; et quand on en est là, il est bien difficile de se tenir toujours éloignée de celui dont notre cœur nous rapproche sans cesse.

Cependant ne vous découragez pas. Rien ne doit être impossible à votre belle âme ; et quand vous devriez un jour avoir le malheur de succomber (ce qu'à Dieu ne plaise !), croyez-moi, ma chère belle,

réservez-vous au moins la consolation d'avoir combattu de toute votre puissance. Et puis, ce que ne peut
la sagesse humaine, la grâce divine l'opère quand il lui
plaît. Peut-être êtes-vous à la veille de ses secours ; et
votre vertu, éprouvée dans ces combats terribles, en
sortira plus pure, et plus brillante. La force que vous
n'avez pas aujourd'hui, espérez que vous la recevrez
demain. N'y comptez pas pour vous en reposer sur
elle, mais pour vous encourager à user de toutes les
vôtres.

En laissant à la Providence le soin de vous secourir
dans un danger contre lequel je ne peux rien, je me
réserve de vous soutenir et vous consoler autant qu'il
sera en moi. Je ne soulagerai pas vos peines, mais je
les partagerai. C'est à ce titre que je recevrai volontiers vos confidences. Je sens que votre cœur doit
avoir besoin de s'épancher. Je vous ouvre le mien ;
l'âge ne l'a pas encore refroidi au point d'être insensible à l'amitié. Vous le trouverez toujours prêt à
vous recevoir [2]. Ce sera un faible soulagement à vos
douleurs, mais au moins vous ne pleurerez pas seule :
et quand ce malheureux amour, prenant trop
d'empire sur vous, vous forcera d'en parler, il vaut
mieux que ce soit avec moi qu'avec *lui*. Voilà que je
parle comme vous ; et je crois qu'à nous deux nous
ne parviendrons pas à le nommer ; au reste, nous
nous entendons.

Je ne sais si je fais bien de vous dire qu'il m'a paru
vivement affecté de votre départ ; il serait peut-être
plus sage de ne vous en pas parler : mais je n'aime pas
cette sagesse qui afflige ses amis. Je suis pourtant
forcée de n'en pas parler plus longtemps. Ma vue
débile, et ma main tremblante, ne me permettent pas
de longues lettres, quand il faut les écrire moi-même.

Adieu donc, ma chère belle ; adieu, mon aimable
enfant ; oui, je vous adopte volontiers pour ma fille, et
vous avez bien tout ce qu'il faut pour faire l'orgueil et
le plaisir d'une mère.

*Du château de..., ce 3 octobre 17**.*

LETTRE CIV

LA MARQUISE DE MERTEUIL À MADAME DE VOLANGES

En vérité, ma chère et bonne amie, j'ai eu peine à me défendre d'un mouvement d'orgueil, en lisant votre lettre. Quoi ! vous m'honorez de votre entière confiance ! vous allez même jusqu'à me demander des conseils ! Ah ! je suis bien heureuse, si je mérite cette opinion favorable de votre part : si je ne la dois pas seulement à la prévention de l'amitié. Au reste, quel qu'en soi le motif, elle n'en est pas moins précieuse à mon cœur ; et l'avoir obtenue, n'est à mes yeux qu'une raison de plus, pour travailler davantage à la mériter. Je vais donc (mais sans prétendre vous donner un avis) vous dire librement ma façon de penser. Je m'en méfie, parce qu'elle diffère de la vôtre : mais quand je vous aurai exposé mes raisons, vous les jugerez ; et si vous les condamnez, je souscris d'avance à votre jugement. J'aurai au moins cette sagesse, de ne pas me croire plus sage que vous.

Si pourtant, et pour cette seule fois, mon avis se trouvait préférable, il faudrait en chercher la cause dans les illusions de l'amour maternel. Puisque ce sentiment est louable, il doit se trouver en vous. Qu'il se reconnaît bien en effet dans le parti que vous êtes tentée de prendre ! c'est ainsi que, s'il vous arrive d'errer quelquefois, ce n'est jamais que dans le choix des vertus.

La prudence est, à ce qu'il me semble, celle qu'il faut préférer, quand on dispose du sort des autres, et surtout quand il s'agit de le fixer par un lien indissoluble et sacré, tel que celui du mariage. C'est alors qu'une mère, également sage et tendre, doit comme vous le dites si bien, *aider sa fille de son expérience*. Or, je vous le demande, qu'a-t-elle à faire pour y parvenir ? sinon de distinguer, pour elle, entre ce qui plaît et ce qui convient.

Ne serait-ce donc pas avilir l'autorité maternelle, ne serait-ce pas l'anéantir, que de la subordonner à un goût frivole [1] dont la puissance illusoire ne se fait sentir qu'à ceux qui la redoutent, et disparaît sitôt qu'on la méprise ? Pour moi, je l'avoue, je n'ai jamais cru à ces passions entraînantes et irrésistibles, dont il semble qu'on soit convenu de faire l'excuse générale de nos dérèglements. Je ne conçois point comment un goût, qu'un moment voit naître et qu'un autre voit mourir, peut avoir plus de force que les principes inaltérables de pudeur, d'honnêteté et de modestie [2] ; et je n'entends pas plus qu'une femme qui les trahit puisse être justifiée par sa passion prétendue, qu'un voleur ne le serait par la passion de l'argent, ou un assassin par celle de la vengeance.

Eh ! qui peut dire n'avoir jamais eu à combattre ? Mais j'ai toujours cherché à me persuader que, pour résister, il suffisait de le vouloir ; et jusqu'alors au moins, mon expérience a confirmé mon opinion. Que serait la vertu, sans les devoirs qu'elle impose ? son culte est dans nos sacrifices, sa récompense dans nos cœurs [3]. Ces vérités ne peuvent être niées que par ceux qui ont intérêt de les méconnaître ; et qui, déjà dépravés, espèrent faire un moment d'illusion, en essayant de justifier leur mauvaise conduite par de mauvaises raisons.

Mais pourrait-on le craindre d'un enfant simple et timide ; d'un enfant né de vous, et dont l'éducation modeste et pure n'a pu que fortifier l'heureux naturel ? C'est pourtant à cette crainte, que j'ose dire humiliante pour votre fille, que vous voulez sacrifier le mariage avantageux que votre prudence avait ménagé pour elle ! J'aime beaucoup Danceny ; et depuis longtemps, comme vous savez, je vois peu M. de Gercourt ; mais mon amitié pour l'un, mon indifférence pour l'autre, ne m'empêchent point de sentir l'énorme différence qui se trouve entre ces deux partis.

Leur naissance est égale, j'en conviens ; mais l'un

est sans fortune, et celle de l'autre est telle que, même
sans naissance, elle aurait suffi pour le mener à tout.
J'avoue bien que l'argent ne fait pas le bonheur ; mais
il faut avouer aussi qu'il le facilite beaucoup. Mademoiselle de Volanges est, comme vous le dites, assez
riche pour deux : cependant, soixante mille livres de
rente dont elle va jouir ne sont pas déjà tant quand on
porte le nom de Danceny, quand il faut monter et
soutenir une maison qui y réponde. Nous ne sommes
plus au temps de madame de Sévigné. Le luxe
absorbe tout : on le blâme, mais il faut l'imiter ; et le
superflu finit par priver du nécessaire.

Quant aux qualités personnelles que vous comptez
pour beaucoup, et avec beaucoup de raison, assurément M. de Gercourt est sans reproche de ce côté ;
et à lui, ses preuves sont faites. J'aime à croire, et je
crois qu'en effet Danceny ne lui cède en rien ; mais
en sommes-nous aussi sûres ? Il est vrai qu'il a paru
jusqu'ici exempt des défauts de son âge, et que
malgré le ton du jour il montre un goût pour la
bonne compagnie qui fait augurer favorablement de
lui : mais qui sait, si cette sagesse apparente, il ne
la doit pas à la médiocrité de sa fortune ? Pour peu
qu'on craigne d'être fripon ou crapuleux, il faut de
l'argent pour être joueur et libertin, et l'on peut
encore aimer les défauts dont on redoute les excès.
Enfin il ne serait pas le millième qui aurait vu la
bonne compagnie uniquement faute de pouvoir
mieux faire.

Je ne dis pas (à Dieu ne plaise !) que je croie tout
cela de lui : mais ce serait toujours un risque à courir ;
et quels reproches n'auriez-vous pas à vous faire, si
l'événement n'était pas heureux ! Que répondriez-
vous à votre fille, qui vous dirait : « Ma mère, j'étais
jeune et sans expérience ; j'étais même séduite par une
erreur pardonnable à mon âge : mais le ciel, qui avait
prévu ma faiblesse, m'avait accordé une mère sage,
pour y remédier et m'en garantir. Pourquoi donc,
oubliant votre prudence, avez-vous consenti à mon
malheur ? était-ce à moi à me choisir un époux, quand

je ne connaissais rien de l'état du mariage ? Quand je
l'aurais voulu, n'était-ce pas à vous de vous y opposer ? Mais je n'ai jamais eu cette folle volonté. Décidée
à vous obéir, j'ai attendu votre choix avec une respectueuse résignation ; jamais je ne me suis écartée de la
soumission que je vous devais, et cependant je porte
aujourd'hui la peine qui n'est due qu'aux enfants
rebelles. Ah ! votre faiblesse m'a perdue... » Peut-être
son respect étoufferait-il ces plaintes ; mais l'amour
maternel les devinerait : et les larmes de votre fille,
pour être dérobées, n'en couleraient pas moins sur
votre cœur. Où chercherez-vous alors vos consolations [4] ? Sera-ce dans ce fol amour, contre lequel vous
auriez dû l'armer, et par qui au contraire vous vous
serez laissé séduire ?

J'ignore, ma chère amie, si j'ai contre cette passion
une prévention trop forte ; mais je la crois redoutable,
même dans le mariage. Ce n'est pas que je désapprouve qu'un sentiment honnête et doux vienne
embellir le lien conjugal, et adoucir en quelque sorte
les devoirs qu'il impose ; mais ce n'est pas à lui qu'il
appartient de le former ; ce n'est pas à l'illusion d'un
moment, à régler le choix de notre vie. En effet, pour
choisir, il faut comparer ; et comment le pouvoir,
quand un seul objet nous occupe ; quand celui-là
même on ne peut le connaître, plongé que l'on est
dans l'ivresse et l'aveuglement ?

J'ai rencontré, comme vous pouvez croire, plusieurs femmes atteintes de ce mal dangereux ; j'ai
reçu les confidences de quelques-unes. A les
entendre, il n'en est point dont l'amant ne soit un
être parfait : mais ces perfections chimériques n'existent que dans leur imagination. Leur tête exaltée ne
rêve qu'agréments et vertus ; elles en parent à plaisir
celui qu'elles préfèrent : c'est la draperie d'un Dieu,
portée souvent par un modèle abject : mais quel qu'il
soit, à peine l'en ont-elles revêtu, que, dupes de leur
propre ouvrage, elles se prosternent pour l'adorer.

Ou votre fille n'aime pas Danceny, ou elle éprouve
cette même illusion ; elle est commune à tous deux, si

leur amour est réciproque. Ainsi votre raison pour les unir à jamais se réduit à la certitude qu'ils ne se connaissent pas, qu'ils ne peuvent se connaître. Mais, me direz-vous, M. de Gercourt et ma fille se connaissent-ils davantage ? Non, sans doute ; mais au moins ne s'abusent-ils pas, ils s'ignorent seulement. Qu'arrive-t-il dans ce cas entre deux époux que je suppose honnêtes ? c'est que chacun d'eux étudie l'autre, s'observe vis-à-vis de lui, cherche et reconnaît bientôt ce qu'il faut qu'il cède de ses goûts et de ses volontés, pour la tranquillité commune. Ces légers sacrifices se font sans peine, parce qu'ils sont réciproques et qu'on les a prévus : bientôt ils font naître une bienveillance mutuelle ; et l'habitude, qui fortifie tous les penchants qu'elle ne détruit pas, amène peu à peu cette douce amitié, cette tendre confiance, qui, jointes à l'estime, forment, ce me semble, le véritable, le solide bonheur des mariages.

Les illusions de l'amour peuvent être plus douces ; mais qui ne sait aussi qu'elles sont moins durables ? et quels dangers n'amène pas le moment qui les détruit ! C'est alors que les moindres défauts paraissent choquants et insupportables, par le contraste qu'ils forment avec l'idée de perfection qui nous avait séduits. Chacun des deux époux croit cependant que l'autre seul a changé, et que lui vaut toujours ce qu'un moment d'erreur l'avait fait apprécier. Le charme qu'il n'éprouve plus, il s'étonne de ne le plus faire naître ; il en est humilié : la vanité blessée aigrit les esprits, augmente les torts, produit l'humeur, enfante la haine ; et de frivoles plaisirs sont payés enfin par de longues infortunes.

Voilà, ma chère amie, ma façon de penser sur l'objet qui nous occupe ; je ne la défends pas, je l'expose seulement ; c'est à vous à décider. Mais si vous persistez dans votre avis, je vous demande de me faire connaître les raisons qui auront combattu les miennes : je serai bien aise de m'éclairer auprès de vous, et surtout d'être rassurée sur le sort de votre aimable enfant, dont je désire bien ardemment le bonheur, et par mon amitié pour elle, et par celle qui m'unit à vous pour la vie.

Paris, ce 4 octobre 17**.

LETTRE CV

LA MARQUISE DE MERTEUIL À CÉCILE VOLANGES

Hé bien ! Petite, vous voilà donc bien fâchée, bien honteuse, et ce M. de Valmont est un méchant homme, n'est-ce pas ? Comment ! il ose vous traiter comme la femme qu'il aimerait le mieux ! Il vous apprend ce que vous mouriez d'envie de savoir ! En vérité, ces procédés-là sont impardonnables. Et vous, de votre côté, vous voulez garder votre sagesse pour votre amant (qui n'en abuse pas) ; vous ne chérissez de l'amour que les peines, et non les plaisirs ! Rien de mieux, et vous figurerez à merveille dans un roman. De la passion, de l'infortune, de la vertu par-dessus tout, que de belles choses ! Au milieu de ce brillant cortège, on s'ennuie quelquefois à la vérité, mais on le rend bien.

Voyez donc, la pauvre enfant, comme elle est à plaindre ! Elle avait les yeux battus le lendemain ! Et que diriez-vous donc, quand ce seront ceux de votre amant ? Allez, mon bel ange, vous ne les aurez pas toujours ainsi ; tous les hommes ne sont pas des Valmont. Et puis, ne plus oser lever ces yeux-là ! Oh ! par exemple, vous avez eu bien raison ; tout le monde y aurait lu votre aventure. Croyez-moi cependant, s'il en était ainsi, nos femmes et même nos demoiselles auraient le regard plus modeste.

Malgré les louanges que je suis forcée de vous donner, comme vous voyez, il faut convenir pourtant que vous avez manqué votre chef-d'œuvre ; c'était de tout dire à votre maman. Vous aviez si bien commencé ! déjà vous vous étiez jetée dans ses bras, vous sanglotiez, elle pleurait aussi ; quelle scène pathétique ! et quel dommage de ne l'avoir pas achevée ! Votre tendre mère, toute ravie d'aise, et pour aider à votre vertu, vous aurait cloîtrée pour toute votre vie ; et là vous auriez aimé Danceny tant que vous auriez voulu, sans rivaux et sans péché ; vous vous seriez désolée tout à votre aise ; et Valmont, à coup sûr, n'aurait pas été troubler votre douleur par de contrariants plaisirs.

Sérieusement peut-on, à quinze ans passés, être enfant comme vous l'êtes ? Vous avez bien raison de dire que vous ne méritez pas mes bontés. Je voulais pourtant être votre amie : vous en avez besoin peut-être avec la mère que vous avez, et le mari qu'elle veut vous donner ! Mais si vous ne vous formez pas davantage, que voulez-vous qu'on fasse de vous ? Que peut-on espérer, si ce qui fait venir l'esprit aux filles, semble au contraire vous l'ôter ?

Si vous pouviez prendre sur vous de raisonner un moment, vous trouveriez bientôt que vous devez vous féliciter au lieu de vous plaindre. Mais vous êtes honteuse, et cela vous gêne ! Hé ! tranquillisez-vous ; la honte que cause l'amour est comme sa douleur : on ne l'éprouve qu'une fois. On peut encore la feindre après ; mais on ne la sent plus. Cependant le plaisir reste, et c'est bien quelque chose. Je crois même avoir démêlé, à travers votre petit bavardage, que vous pourriez le compter pour beaucoup. Allons, un peu de bonne foi. Là, ce trouble qui vous empêchait de *faire comme vous disiez*, qui vous faisait trouver *si difficile de se défendre*, qui vous rendait *comme fâchée*, quand Valmont s'en est allé, était-ce bien la honte qui le causait ? ou si c'était le plaisir ? *et ses façons de dire auxquelles on ne sait comment répondre*, cela ne viendrait-il pas de *ses façons de faire* [1] ? Ah ! petite fille, vous mentez, et vous mentez à votre amie ! Cela n'est pas bien. Mais brisons là.

Ce qui pour tout le monde serait un plaisir, et pourrait n'être que cela, devient dans votre situation un véritable bonheur. En effet, placée entre une mère dont il vous importe d'être aimée, et un amant dont vous désirez de l'être toujours, comment ne voyez-vous pas que le seul moyen d'obtenir ces succès opposés, est de vous occuper d'un tiers ? Distraite par cette nouvelle aventure, tandis que vis-à-vis de votre amant vous aurez l'air de sacrifier à votre soumission pour elle un goût qui lui déplaît, vous acquerrez vis-à-vis de votre maman l'honneur d'une belle défense. En l'assurant sans cesse de votre amour, vous ne lui en accorderez pas les dernières preuves. Ces refus, si peu pénibles dans le cas où vous serez, il ne manquera pas de les mettre sur le compte de votre vertu ; il s'en plaindra peut-être, mais il vous en aimera davantage, et pour avoir le double mérite, aux yeux de l'un de sacrifier l'amour, à ceux de l'autre, d'y résister, il ne vous en coûtera que d'en goûter les plaisirs. Oh ! combien de femmes ont perdu leur réputation, qui l'eussent conservée avec soin, si elles avaient pu la soutenir par de pareils moyens !

Ce parti que je vous propose, ne vous paraît-il pas le plus raisonnable, comme le plus doux ? Savez-vous ce que vous avez gagné à celui que vous avez pris ? c'est que votre maman a attribué votre redoublement de tristesse à un redoublement d'amour, qu'elle en est outrée, et que pour vous en punir elle n'attend que d'en être plus sûre. Elle vient de m'en écrire ; elle tentera tout pour obtenir cet aveu de vous-même. Elle ira, peut-être, me dit-elle, jusqu'à vous proposer Danceny pour époux ; et cela, pour vous engager de parler. Et si, vous laissant séduire par cette trompeuse tendresse, vous répondiez, selon votre cœur, bientôt renfermée pour longtemps, peut-être pour toujours, vous pleureriez à loisir votre aveugle crédulité.

Cette ruse qu'elle veut employer contre vous, il faut la combattre par une autre. Commencez donc, en lui montrant moins de tristesse, à lui faire croire que vous songez moins à Danceny. Elle se le persuadera d'autant plus facilement, que c'est l'effet ordinaire de l'absence ; et elle vous en saura d'autant plus de gré, qu'elle y trouvera une occasion de s'applaudir de sa

prudence, qui lui a suggéré ce moyen. Mais si, conser-
vant quelque doute, elle persistait pourtant à vous
éprouver, et qu'elle vînt à vous parler de mariage, ren-
fermez-vous, en fille bien née, dans une parfaite soumission. Au fait, qu'y risquez-vous ? Pour ce qu'on
fait d'un mari, l'un vaut toujours bien l'autre ; et le
plus incommode est encore moins gênant qu'une
mère.

Une fois plus contente de vous, votre maman vous
mariera enfin ; et alors, plus libre dans vos démarches, vous pourrez, à votre choix, quitter Valmont
pour prendre Danceny, ou même les garder tous
deux. Car, prenez-y garde, votre Danceny est gentil :
mais c'est un de ces hommes qu'on a quand on veut
et tant qu'on veut ; on peut donc se mettre à l'aise
avec lui. Il n'en est pas de même de Valmont : on
le garde difficilement ; et il est dangereux de le
quitter. Il faut avec lui beaucoup d'adresse, ou,
quand on n'en a pas, beaucoup de docilité. Mais,
aussi, si vous pouviez parvenir à vous l'attacher
comme ami, ce serait là un bonheur ! il vous mettrait
tout de suite au premier rang de nos femmes à la
mode. C'est comme cela qu'on acquiert une consistance dans le monde, et non pas à rougir et à
pleurer, comme quand vos religieuses vous faisaient
dîner à genoux.

Vous tâcherez donc, si vous êtes sage, de vous rac-
commoder avec Valmont, qui doit être très en colère
contre vous ; et comme il faut savoir réparer ses sottises, ne craignez pas de lui faire quelques avances ;
aussi bien apprendrez-vous bientôt, que si les hommes
nous font les premières, nous sommes presque toujours obligées de faire les secondes. Vous avez un prétexte pour celles-ci : car il ne faut pas que vous gardiez
cette lettre ; et j'exige de vous de la remettre à Valmont aussitôt que vous l'aurez lue. N'oubliez pas
pourtant de la recacheter auparavant. D'abord, c'est
qu'il faut vous laisser le mérite de la démarche que
vous ferez vis-à-vis de lui, et qu'elle n'ait pas l'air de
vous avoir été conseillée ; et puis, c'est qu'il n'y a que

vous au monde, dont je sois assez l'amie pour vous
parler comme je fais.

Adieu, bel ange [2], suivez mes conseils, et vous me
manderez si vous vous en trouvez bien.

P.S. A propos, j'oubliais... un mot encore. Voyez
donc à soigner davantage votre style. Vous écrivez
toujours comme un enfant. Je vois bien d'où cela
vient ; c'est que vous dites tout ce que vous pensez, et
rien de ce que vous ne pensez pas. Cela peut passer
ainsi de vous à moi, qui devons n'avoir rien de caché
l'une pour l'autre : mais avec tout le monde ! avec
votre amant surtout ! vous auriez toujours l'air d'une
petite sotte. Vous voyez bien que, quand vous écrivez
à quelqu'un, c'est pour lui et non pas pour vous : vous
devez donc moins chercher à lui dire ce que vous
pensez, que ce qui lui plaît davantage.

Adieu, mon cœur : je vous embrasse au lieu de vous
gronder dans l'espérance que vous serez plus raisonnable.

Paris, ce 4 octobre 17**.

LETTRE CVI

LA MARQUISE DE MERTEUIL AU VICOMTE
DE VALMONT

A merveille Vicomte, et pour le coup, je vous aime
à la fureur [1] ! Au reste après la première de vos deux
lettres, on pouvait s'attendre à la seconde : aussi ne
m'a-t-elle point étonnée ; et tandis que déjà fier de vos
succès à venir, vous en sollicitiez la récompense, et
que vous me demandiez si j'étais prête, je voyais bien
que je n'avais pas tant besoin de me presser. Oui,
d'honneur ; en lisant le beau récit de cette scène
tendre, et qui vous avait si *vivement ému* ; en voyant
votre retenue, digne des plus beaux temps de notre

chevalerie, j'ai dit vingt fois [2] : Voilà une affaire manquée !

Mais c'est que cela ne pouvait pas être autrement.
Que voulez-vous que fasse une pauvre femme qui se
rend et qu'on ne prend pas ? Ma foi, dans ce cas-là, il
faut au moins sauver l'honneur ; et c'est ce qu'a fait
notre Présidente. Je sais bien que pour moi, qui ai
senti que la marche qu'elle a prise n'est vraiment pas
sans quelque effet, je me propose d'en faire usage,
pour mon compte, à la première occasion un peu
sérieuse qui se présentera : mais je promets bien que si
celui pour qui j'en ferai les frais, n'en profite pas
mieux que vous, il peut assurément renoncer à moi
pour toujours.

Vous voilà donc absolument réduit à rien et cela
entre deux femmes, dont l'une était déjà au lendemain, et l'autre ne demandait pas mieux que d'y être !
Hé bien ! vous allez croire que je me vante, et dire
qu'il est facile de prophétiser après l'événement ; mais
je peux vous jurer que je m'y attendais. C'est que
réellement vous n'avez pas le génie de votre état ; vous
n'en savez que ce que vous en avez appris, et vous
n'inventez rien. Aussi, dès que les circonstances ne se
prêtent plus à vos formules d'usage, et qu'il vous faut
sortir de la route ordinaire, vous restez court comme
un écolier. Enfin, un enfantillage, d'une part ; de
l'autre, un retour de pruderie, parce qu'on ne les
éprouve pas tous les jours suffisent pour vous déconcerter et vous ne savez ni les prévenir, ni y remédier.
Ah ! Vicomte ! Vicomte ! vous m'apprenez à ne pas
juger les hommes par leurs succès ; et bientôt, il
faudra dire de vous : Il fut brave un tel jour. Et quand
vous avez fait sottises sur sottises, vous recourez à
moi ! Il semble que je n'aie rien autre chose à faire que
de les réparer. Il est vrai que ce serait bien assez
d'ouvrage.

Quoi qu'il en soit, de ces deux aventures, l'une est
entreprise contre mon gré, et je ne m'en mêle point ;
pour l'autre, comme vous y avez mis quelque complaisance pour moi, j'en fais mon affaire. La lettre que je

joins ici, que vous lirez d'abord, et que vous remettrez ensuite à la petite Volanges, est plus que suffisante pour vous la ramener : mais, je vous en prie, donnez quelques soins à cet enfant, et faisons-en, de concert, le désespoir de sa mère et de Gercourt. Il n'y a pas à craindre de forcer les doses [3]. Je vois clairement que la petite personne n'en sera point effrayée ; et nos vues sur elle une fois remplies, elle deviendra ce qu'elle pourra.

Je me désintéresse entièrement sur son compte. J'avais eu quelque envie d'en faire au moins une intrigante subalterne, et de la prendre pour jouer *les seconds* sous moi : mais je vois qu'il n'y a pas d'étoffe ; elle a une sotte ingénuité qui n'a pas cédé même au spécifique [4] que vous avez employé, lequel pourtant n'en manque guère ; et c'est selon moi, la maladie la plus dangereuse que femme puisse avoir. Elle dénote, surtout, une faiblesse de caractère presque toujours incurable et qui s'oppose à tout ; de sorte que, tandis que nous nous occuperions à former cette petite fille pour l'intrigue, nous n'en ferions qu'une femme facile. Or, je ne connais rien de si plat que cette facilité de bêtise, qui se rend sans savoir ni comment ni pourquoi, uniquement parce qu'on l'attaque et qu'elle ne sait pas résister. Ces sortes de femmes ne sont absolument que des machines à plaisir.

Vous me direz qu'il n'y a qu'à n'en faire que cela, et que c'est assez pour nos projets. A la bonne heure ! mais n'oublions pas que de ces machines-là, tout le monde parvient bientôt à en connaître les ressorts et les moteurs ; ainsi, que pour se servir de celle-ci sans danger, il faut se dépêcher, s'arrêter de bonne heure, et la briser ensuite. A la vérité, les moyens ne nous manqueront pas pour nous en défaire, et Gercourt la fera toujours bien enfermer quand nous voudrons. Au fait quand il ne pourra plus douter de sa déconvenue, quand elle sera bien publique et bien notoire, que nous importe qu'il se venge, pourvu qu'il ne se console pas ? Ce que je dis du mari, vous le pensez sans doute de la mère ; ainsi cela vaut fait.

Ce parti que je crois le meilleur, et auquel je me suis arrêtée, m'a décidée à mener la jeune personne un peu vite, comme vous verrez par ma lettre ; cela rend aussi très important de ne rien laisser entre ses mains qui puisse nous compromettre, et je vous prie d'y avoir attention. Cette précaution une fois prise, je me charge du moral, le reste vous regarde. Si pourtant nous voyons par la suite que l'ingénuité se corrige, nous serons toujours à temps de changer de projet. Il n'en aurait pas moins fallu, un jour ou l'autre, nous occuper de ce que nous allons faire : dans aucun cas, nos soins ne seront perdus.

Savez-vous que les miens ont risqué de l'être, et que l'étoile de Gercourt a pensé l'emporter sur ma prudence ? madame de Volanges n'a-t-elle pas eu un moment de faiblesse maternelle ? ne voulait-elle pas donner sa fille à Danceny ? C'était là ce qu'annonçait cet intérêt plus tendre, que vous aviez remarqué *le lendemain*. C'est encore vous qui auriez été cause de ce beau chef-d'œuvre ! Heureusement la tendre mère m'en a écrit, et j'espère que ma réponse l'en dégoûtera. J'y parle tant vertu, et surtout je la cajole tant, qu'elle doit trouver que j'ai raison.

Je suis fâchée de n'avoir pas eu le temps de prendre copie de ma lettre, pour vous édifier sur l'austérité de ma morale. Vous verriez comme je méprise les femmes assez dépravées pour avoir un amant ! Il est si commode d'être rigoriste dans ses discours ! cela ne nuit jamais qu'aux autres, et ne nous gêne aucunement... Et puis je n'ignore pas que la bonne dame a eu ses petites faiblesses comme une autre, dans son jeune temps, et je n'étais pas fâchée de l'humilier au moins dans sa conscience ; cela me consolait un peu des louanges que je lui donnais contre la mienne. C'est ainsi que dans la même lettre, l'idée de nuire à Gercourt m'a donné le courage d'en dire du bien.

Adieu, Vicomte ; j'approuve beaucoup le parti que vous prenez de rester quelque temps où vous êtes. Je n'ai point de moyens pour hâter votre marche ; mais je vous invite à vous désennuyer avec notre commune pupille. Pour ce qui est de moi, malgré votre citation polie, vous voyez bien qu'il faut encore attendre ; et vous conviendrez, sans doute, que ce n'est pas ma faute.

*Paris, ce 4 octobre 17**.*

LETTRE CVII

AZOLAN AU VICOMTE DE VALMONT

MONSIEUR,

Conformément à vos ordres, j'ai été, aussitôt la réception de votre lettre, chez M. Bertrand, qui m'a remis les vingt-cinq louis, comme vous lui aviez ordonné. Je lui en avais demandé deux de plus pour Philippe, à qui j'avais dit de partir sur-le-champ, comme Monsieur me l'avait mandé, et qui n'avait pas d'argent ; mais Monsieur votre homme d'affaires n'a pas voulu, en disant qu'il n'avait pas d'ordre de ça de vous. J'ai donc été obligé de les donner de moi et Monsieur m'en tiendra compte, si c'est sa bonté.

Philippe est parti hier au soir. Je lui ai bien recommandé de ne pas quitter le cabaret, afin qu'on puisse être sûr de le trouver si on en a besoin.

J'ai été tout de suite après chez madame la Présidente pour voir mademoiselle Julie : mais elle était sortie, et je n'ai parlé qu'à La Fleur, de qui je n'ai pu rien savoir, parce que depuis son arrivée il n'avait été à l'hôtel qu'à l'heure des repas. C'est le second [1] qui a fait tout le service, et Monsieur sait bien que je ne connaissais pas celui-là. Mais j'ai commencé aujourd'hui.

Je suis retourné ce matin chez mademoiselle Julie, et elle a paru bien aise de me voir. Je l'ai interrogée sur la cause du retour de sa maîtresse ; mais elle m'a dit n'en rien savoir, et je crois qu'elle a dit vrai. Je lui ai reproché de ne pas m'avoir averti de son départ, et elle m'a assuré qu'elle ne l'avait su que le soir même en allant coucher Madame : si bien qu'elle a passé toute la nuit à ranger, et que la pauvre fille n'a pas dormi deux heures. Elle n'est sortie ce soir-là de la chambre de sa maîtresse qu'à une heure passée, et elle l'a laissée qui se mettait seulement à écrire.

Le matin, madame de Tourvel, en partant, a remis une lettre au concierge du château. Mademoiselle Julie ne sait pas pour qui : elle dit que c'était peut-être pour Monsieur ; mais Monsieur ne m'en parle pas.

Pendant tout le voyage, Madame a eu un grand capuchon sur sa figure, ce qui faisait qu'on ne pouvait la voir : mais mademoiselle Julie croit être sûre qu'elle a pleuré souvent. Elle n'a pas dit une parole pendant la route, et elle n'a pas voulu s'arrêter à... *, comme elle avait fait en allant ; ce qui n'a pas fait trop de plaisir à mademoiselle Julie, qui n'avait pas déjeuné. Mais, comme je lui ai dit, les maîtres sont les maîtres.

En arrivant, Madame s'est couchée ; mais elle n'est restée au lit que deux heures. En se levant, elle a fait venir son suisse, et lui a donné ordre de ne laisser entrer personne. Elle n'a point fait de toilette du tout. Elle s'est mise à table pour dîner ; mais elle n'a mangé qu'un peu de potage, et elle en est sortie tout de suite. On lui a porté son café chez elle et mademoiselle Julie est entrée en même temps. Elle a trouvé sa maîtresse qui rangeait des papiers dans son secrétaire, et elle a vu que c'était des lettres. Je parierais bien que ce sont celles de Monsieur ; et des trois qui lui sont arrivées dans l'après-midi, il y en a une qu'elle avait encore devant elle tout au soir ! Je suis bien sûr que c'est encore une de Monsieur. Mais pourquoi donc est-ce qu'elle s'en est allée comme ça ? ça m'étonne, moi ! au reste, sûrement que Monsieur le sait bien ! Et ce ne sont pas mes affaires.

Madame la Présidente est allée l'après-midi dans la bibliothèque, et elle y a pris deux livres qu'elle a emportés dans son boudoir : mais mademoiselle Julie

_____
* *Toujours le même village, à moitié chemin de la route.*

assure qu'elle n'a pas lu dedans un quart d'heure dans toute la journée, et qu'elle n'a fait que lire cette lettre, rêver et être appuyée sur sa main. Comme j'ai imaginé que Monsieur serait bien aise de savoir quels sont ces livres-là ; et que mademoiselle Julie ne le savait pas, je me suis fait mener aujourd'hui dans la bibliothèque, sous prétexte de la voir. Il n'y a de vide que pour deux livres : l'un est le second volume des *Pensées chrétiennes* ; et l'autre, le premier d'un livre, qui a pour titre *Clarisse* [2]. J'écris bien comme il y a : Monsieur saura peut-être ce que c'est.

Hier au soir, Madame n'a pas soupé ; elle n'a pris que du thé.

Elle a sonné de bonne heure ce matin ; elle a demandé ses chevaux tout de suite, et elle a été avant neuf heures, aux Feuillants [3], où elle a entendu la messe. Elle a voulu se confesser [4] ; mais son confesseur était absent, et il ne reviendra pas de huit à dix jours. J'ai cru qu'il était bon de mander cela à Monsieur.

Elle est rentrée ensuite, elle a déjeuné, et puis s'est mise à écrire, et elle y est restée jusqu'à près d'une heure. J'ai trouvé occasion de faire bientôt ce que Monsieur désirait le plus : car c'est moi qui ai porté les lettres à la poste. Il n'y en avait pas pour madame de Volanges : mais j'en envoie une à Monsieur, qui était pour M. le Président : il m'a paru que ça devait être la plus intéressante. Il y en avait une aussi pour Madame de Rosemonde ; mais j'ai imaginé que Monsieur la verrait toujours bien quand il voudrait, et je l'ai laissée partir. Au reste, Monsieur saura bien tout, puisque madame la Présidente lui écrit aussi. J'aurai par la suite toutes celles qu'il voudra ; car c'est presque toujours mademoiselle Julie qui les remet aux gens, et elle m'a assuré que, par amitié pour moi, et puis aussi pour Monsieur, elle ferait volontiers ce que je voudrais.

Elle n'a pas même voulu de l'argent que je lui ai offert : mais je pense bien que Monsieur voudra lui faire quelque petit présent ; et si c'est sa volonté, et qu'il veuille m'en charger, je saurai aisément ce qui lui fera plaisir.

J'espère que Monsieur ne trouvera pas que j'aie mis de la négligence à le servir, et j'ai bien à cœur de me justifier des reproches qu'il me fait. Si je n'ai pas su le départ de madame la Présidente, c'est au contraire mon zèle pour le service de Monsieur qui en est cause, puisque c'est lui qui m'a fait partir à trois heures du matin ; ce qui fait que je n'ai pas vu mademoiselle Julie la veille, au soir, comme de coutume, ayant été coucher au Tournebride [5], pour ne pas réveiller dans le château.

Quant à ce que Monsieur me reproche d'être souvent sans argent, d'abord c'est que j'aime à me tenir proprement, comme Monsieur peut voir ; et puis, il faut bien soutenir l'honneur de l'habit qu'on porte ; je sais bien que je devrais peut-être un peu épargner pour la suite ; mais je me confie entièrement dans la générosité de Monsieur, qui est si bon maître.

Pour ce qui est d'entrer au service de madame de Tourvel, en restant à celui de Monsieur, j'espère que Monsieur ne l'exigera pas de moi. C'était bien différent chez madame la duchesse ; mais assurément je n'irai pas porter la livrée, et encore une livrée de robe, après avoir eu l'honneur d'être chasseur de Monsieur. Pour tout ce qui est du reste, Monsieur peut disposer de celui qui a l'honneur d'être avec autant de respect que d'affection, son très humble serviteur.

ROUX AZOLAN, *chasseur* [6],

Paris, ce 5 octobre 17**, à onze heures du soir.

LETTRE CVIII

LA PRÉSIDENTE DE TOURVEL À MADAME DE ROSEMONDE

O mon indulgente mère ! que j'ai de grâces à vous rendre, et que j'avais besoin de votre lettre ! Je l'ai lue et relue sans cesse ; je ne pouvais pas m'en détacher. Je lui dois les seuls moments moins pénibles que j'aie passés depuis mon départ. Comme vous êtes bonne ! la sagesse, la vertu, savent donc compatir à la faiblesse ! vous avez pitié de mes maux ! ah ! si vous les connaissiez !... ils sont affreux. Je croyais avoir éprouvé les peines de l'amour [1], mais le tourment inexprimable, celui qu'il faut avoir senti pour en avoir l'idée, c'est de se séparer de ce qu'on aime, de s'en séparer pour toujours !... Oui, la peine qui m'accable aujourd'hui reviendra demain, après-demain, toute ma vie ! Mon Dieu, que je suis jeune encore, et qu'il me reste de temps à souffrir !

Etre soi-même l'artisan de son malheur ; se déchirer le cœur de ses propres mains ; et tandis qu'on souffre ces douleurs insupportables, sentir à chaque instant qu'on peut les faire cesser d'un mot et que ce mot soit un crime ! ah ! mon amie !...

Quand j'ai pris ce parti si pénible de m'éloigner de lui, j'espérais que l'absence augmenterait mon courage et mes forces : combien je me suis trompée ! il semble au contraire qu'elle ait achevé de les détruire. J'avais plus à combattre, il est vrai : mais même en résistant, tout n'était pas privation ; au moins je le voyais quelquefois ; souvent même, sans oser porter mes regards sur lui, je sentais les siens fixés sur moi : oui, mon amie, je le sentais, il semblait qu'ils réchauffassent mon âme ; et sans passer par mes yeux, ils n'en arrivaient pas moins à mon cœur. A présent, dans ma pénible solitude, isolée de tout ce qui m'est cher, tête à tête avec mon infortune, tous les moments de ma triste existence sont marqués par mes larmes, et rien n'en adoucit l'amertume, nulle consolation ne se mêle à mes sacrifices : et ceux que j'ai faits jusqu'à présent n'ont servi qu'à me rendre plus douloureux ceux qui me restent à faire.

Hier encore, je l'ai bien vivement senti. Dans les lettres qu'on m'a remises, il y en avait une de lui ; on était encore à deux pas de moi, que je l'avais reconnue entre les autres. Je me suis levée involontairement : je tremblais, j'avais peine à cacher mon émotion ; et cet état n'était pas sans plaisir. Restée seule le moment

d'après, cette trompeuse douceur s'est bientôt évanouie, et ne m'a laissé qu'un sacrifice de plus à faire.
En effet, pouvais-je ouvrir cette lettre, que pourtant je
brûlais de lire ? Par la fatalité qui me poursuit, les
consolations qui paraissent se présenter à moi ne font,
au contraire, que m'imposer de nouvelles privations [2] ;
et celles-ci deviennent plus cruelles encore, par l'idée
que M. de Valmont les partage.

Le voilà enfin, ce nom qui m'occupe sans cesse, et
que j'ai eu tant de peine à écrire ; l'espèce de reproche
que vous m'en faites, m'a véritablement alarmée. Je
vous supplie de croire qu'une fausse honte n'a point
altéré ma confiance en vous ; et pourquoi craindrais-je
de le nommer ? ah ! je rougis de mes sentiments, et
non de l'objet qui les cause. Quel autre que lui est
plus digne de les inspirer ! Cependant je ne sais pourquoi ce nom ne se présente point naturellement sous
ma plume ; et cette fois encore, j'ai eu besoin de
réflexion pour le placer. Je reviens à lui.

Vous me mandez qu'il vous a paru *vivement affecté
de mon départ*. Qu'a-t-il donc fait ? qu'a-t-il dit ? a-t-il
parlé de revenir à Paris ? Je vous prie de l'en détourner
autant que vous pourrez. S'il m'a bien jugée, il ne doit
pas m'en vouloir de cette démarche : mais il doit
sentir aussi que c'est un parti pris sans retour. Un de
mes plus grands tourments est de ne pas savoir ce
qu'il pense. J'ai bien encore là sa lettre..., mais vous
êtes sûrement de mon avis, je ne dois pas l'ouvrir [3].

Ce n'est que par vous, mon indulgente amie, que je
puis ne pas être entièrement séparée de lui. Je ne veux
pas abuser de vos bontés ; je sens à merveille que vos
lettres ne peuvent pas être longues : mais vous ne
refuserez pas deux mots à votre enfant ; un pour soutenir son courage, et l'autre pour l'en consoler. Adieu,
ma respectable amie.

Paris, ce 5 octobre 17**.

LETTRE CIX

CÉCILE VOLANGES À LA MARQUISE DE MERTEUIL

Ce n'est que d'aujourd'hui, Madame, que j'ai remis à M. de Valmont la lettre que vous m'avez fait l'honneur de m'écrire. Je l'ai gardée quatre jours, malgré les frayeurs que j'avais souvent qu'on ne la trouvât, mais je la cachais avec bien du soin ; et quand le chagrin me reprenait, je m'enfermais pour la relire [1].

Je vois bien que ce que je croyais un si grand malheur, n'en est presque pas un ; et il faut avouer qu'il y a bien du plaisir ; de façon que je ne m'afflige presque plus. Il n'y a que l'idée de Danceny qui me tourmente toujours quelquefois. Mais il y a déjà tout plein de moments où je n'y songe pas du tout ! aussi c'est que M. de Valmont est bien aimable !

Je me suis raccommodée avec lui depuis deux jours : ça m'a été bien facile ; car je ne lui avais encore dit que deux paroles, qu'il m'a dit que si j'avais quelque chose à lui dire, il viendrait le soir dans ma chambre, et je n'ai eu qu'à répondre que je le voulais bien. Et puis, dès qu'il y a été, il n'a pas paru plus fâché que si je ne lui avais jamais rien fait. Il ne m'a grondée qu'après, et encore bien doucement, et c'était d'une manière... Tout comme vous ; ce qui m'a prouvé qu'il avait aussi bien de l'amitié pour moi.

Je ne saurais vous dire combien il m'a raconté de drôles de choses et que je n'aurais jamais crues, particulièrement sur maman. Vous me feriez bien plaisir de me mander si tout ça est vrai. Ce qui est bien sûr, c'est que je ne pouvais pas me retenir de rire ; si bien qu'une fois j'ai ri aux éclats, ce qui nous a fait bien peur ; car maman aurait pu entendre ; et si elle était venue voir, qu'est-ce que je serais devenue ? C'est bien pour le coup qu'elle m'aurait remise au couvent !

Comme il faut être prudent, et que, comme

M. de Valmont m'a dit lui-même, pour rien au monde il ne voudrait risquer de me compromettre, nous sommes convenus que dorénavant il viendrait seulement ouvrir la porte, et que nous irions dans sa chambre. Pour là, il n'y a rien à craindre ; j'y ai déjà été hier, et actuellement que je vous écris, j'attends encore qu'il vienne. A présent Madame, j'espère que vous ne me gronderez plus.

Il y a pourtant une chose qui m'a bien surprise dans votre lettre ; c'est ce que vous me mandez pour quand je serai mariée, au sujet de Danceny et de M. de Valmont. Il me semble qu'un jour à l'Opéra vous me disiez au contraire qu'une fois mariée, je ne pouvais plus aimer que mon mari, et qu'il me faudrait même oublier Danceny : au reste, peut-être que j'avais mal entendu, et j'aime bien mieux que cela soit autrement, parce qu'à présent, je ne craindrai plus tant le moment de mon mariage. Je le désire même, puisque j'aurai plus de liberté ; j'espère qu'alors je pourrai m'arranger de façon à ne plus songer qu'à Danceny. Je sens bien que je ne serai véritablement heureuse qu'avec lui ; car à présent son idée me tourmente toujours et je n'ai de bonheur que quand je peux ne pas penser à lui, ce qui est bien difficile ; et dès que j'y pense, je redeviens chagrine tout de suite.

Ce qui me console un peu c'est que vous m'assurez que Danceny m'en aimera davantage ; mais en êtes-vous bien sûre ?... Oh ! oui, vous ne voudriez pas me tromper. C'est pourtant plaisant que ce soit Danceny que j'aime et que M. de Valmont... Mais, comme vous dites, c'est peut-être un bonheur ! Enfin, nous verrons.

Je n'ai pas trop entendu ce que vous me marquez au sujet de ma façon d'écrire. Il me semble que Danceny trouve mes lettres bien comme elles sont. Je sens pourtant bien que je ne dois rien lui dire de tout ce qui se passe avec M. de Valmont ; ainsi vous n'avez que faire de craindre.

Maman ne m'a point encore parlé de mon mariage : mais laissez faire ; quand elle m'en parlera, puisque c'est pour m'attraper, je vous promets que je saurai mentir.

Adieu, ma bien bonne amie ; je vous remercie bien, et je vous promets que je n'oublierai jamais toutes vos bontés pour moi. Il faut que je finisse, car il est près d'une heure ; ainsi M. de Valmont ne doit pas tarder.

Du château de..., ce 10 octobre 17**.

LETTRE CX

LE VICOMTE DE VALMONT À LA MARQUISE DE MERTEUIL

Puissances du Ciel, j'avais une âme pour la douleur : donnez-m'en une pour la félicité * *!* C'est, je crois, le tendre Saint-Preux qui s'exprime ainsi. Mieux partagé que lui, je possède à la fois les deux existences. Oui, mon amie, je suis, en même temps, très heureux et très malheureux ; et puisque vous avez mon entière confiance, je vous dois le double récit de mes peines et de mes plaisirs.

Sachez donc que mon ingrate dévote me tient toujours rigueur. J'en suis à ma quatrième lettre renvoyée. J'ai peut-être tort de dire la quatrième ; car ayant bien deviné dès le premier renvoi, qu'il serait suivi de beaucoup d'autres, et ne voulant pas perdre ainsi mon temps, j'ai pris le parti de mettre mes doléances en lieux communs, et de ne point dater : et depuis le second courrier, c'est toujours la même lettre qui va et vient ; je ne fais que changer d'enveloppe. Si ma belle finit comme finissent ordinairement les belles, et s'attendrit un jour, au moins de lassitude [2], elle gardera enfin la missive, et il sera temps alors de me remettre au courant. Vous voyez qu'avec ce nouveau genre de correspondance, je ne peux pas être parfaitement instruit.

---

* Nouvelle Héloïse [1].

J'ai découvert pourtant que la légère personne a changé de confidente ; au moins me suis-je assuré que, depuis son départ du château, il n'est venu aucune lettre d'elle pour madame de Volanges, tandis qu'il en est venu deux pour la vieille Rosemonde [3] ; et comme celle-ci ne nous en a rien dit, comme elle n'ouvre plus la bouche de *sa chère Belle*, dont auparavant elle parlait sans cesse, j'en ai conclu que c'était elle qui avait la confidence. Je présume que d'une part, le besoin de parler de moi, et de l'autre, la petite honte de revenir vis-à-vis de madame de Volanges sur un sentiment si longtemps désavoué, ont produit cette grande révolution. Je crains encore d'avoir perdu au change : car plus les femmes vieillissent, et plus elles deviennent rêches et sévères. La première lui aurait dit bien plus de mal de moi ; mais celle-ci lui en dira plus de l'amour ; et la sensible prude a bien plus de frayeur du sentiment que de la personne.

Le seul moyen de me mettre au fait, est, comme vous voyez, d'intercepter le commerce clandestin. J'en ai déjà envoyé l'ordre à mon chasseur ; et j'en attends l'exécution de jour en jour. Jusque-là, je ne puis rien faire qu'au hasard : aussi, depuis huit jours, je repasse inutilement tous les moyens connus, tous ceux des romans et de mes mémoires secrets ; je n'en trouve aucun qui convienne, ni aux circonstances de l'aventure, ni au caractère de l'héroïne. La difficulté ne serait pas de m'introduire chez elle, même la nuit, même encore de l'endormir, et d'en faire une nouvelle Clarisse [4] : mais après plus de deux mois de soins et de peines, recourir à des moyens qui me soient étrangers ! me traîner servilement sur la trace des autres, et triompher sans gloire !... Non, elle n'aura pas *les plaisirs du vice et les honneurs de la vertu* *. Ce n'est pas assez pour moi de la posséder, je veux qu'elle se livre. Or, il faut pour cela non seulement pénétrer jusqu'à elle, mais y arriver de son aveu ; la trouver seule et dans l'intention de m'écouter ; surtout, lui fermer les

* Nouvelle Héloïse [5].

yeux sur le danger, car si elle le voit, elle saura le surmonter ou mourir. Mais mieux je sais ce qu'il faut faire, plus j'en trouve l'exécution difficile ; et dussiez-vous encore vous moquer de moi, je vous avouerai que mon embarras redouble à mesure que je m'en occupe davantage.

La tête m'en tournerait, je crois, sans les heureuses distractions que me donne notre commune pupille ; c'est à elle que je dois d'avoir encore à faire autre chose que des élégies.

Croiriez-vous que cette petite fille était tellement effarouchée, qu'il s'est passé trois grands jours avant que votre lettre ait produit tout son effet ? Voilà comme une seule idée fausse peut gâter le plus heureux naturel !

Enfin, ce n'est que samedi qu'on est venu tourner autour de moi et me balbutier quelques mots ; encore prononcés si bas et tellement étouffés par la honte, qu'il était impossible de les entendre. Mais la rougeur qu'ils causèrent m'en fit deviner le sens. Jusque-là, je m'étais tenu fier : mais fléchi par un si plaisant repentir je voulus bien promettre d'aller trouver le soir même la jolie pénitente ; et cette grâce de ma part fut reçue avec toute la reconnaissance due à un si grand bienfait.

Comme je ne perds jamais de vue ni vos projets ni les miens, j'ai résolu de profiter de cette occasion pour connaître au juste la valeur de cet enfant, et aussi pour accélérer son éducation. Mais pour suivre ce travail avec plus de liberté j'avais besoin de changer le lieu de nos rendez-vous ; car un simple cabinet, qui sépare la cheminée de votre pupille de celle de sa mère, ne pouvait lui inspirer assez de sécurité, pour la laisser se déployer à l'aise. Je m'étais donc promis de faire *innocemment* quelque bruit, qui pût lui causer assez de crainte pour la décider à prendre, à l'avenir, un asile plus sûr ; elle m'a encore épargné ce soin.

La petite personne est rieuse ; et, pour favoriser sa gaieté, je m'avisai, dans nos entractes, de lui raconter toutes les aventures scandaleuses qui me passaient par la tête ; et pour les rendre plus piquantes et fixer davantage son attention, je les mettais toutes sur le compte de sa maman, que je me plaisais à chamarrer ainsi de vices et de ridicules.

Ce n'était pas sans motif que j'avais fait ce choix ; il encourageait mieux que tout autre ma timide écolière, et je lui inspirais en même temps le plus profond mépris pour sa mère. J'ai remarqué depuis longtemps, que si ce moyen n'est pas toujours nécessaire à employer pour séduire une jeune fille, il est indispensable, et souvent même le plus efficace, quand on veut la dépraver ; car celle qui ne respecte pas sa mère, ne se respectera pas elle-même : vérité morale que je crois si utile que j'ai été bien aise de fournir un exemple à l'appui du précepte.

Cependant votre pupille, qui ne songeait pas à la morale, étouffait de rire à chaque instant ; et enfin, une fois, elle pensa éclater. Je n'eus pas de peine à lui faire croire qu'elle avait fait *un bruit affreux.* Je feignis une grande frayeur, qu'elle partagea facilement. Pour qu'elle s'en ressouvînt mieux, je ne permis pas au plaisir de reparaître, et la laissai seule trois heures plus tôt que de coutume [6] : aussi convînmes-nous, en nous séparant, que dès le lendemain ce serait dans ma chambre que nous nous rassemblerions.

Je l'y ai déjà reçue deux fois ; et dans ce court intervalle l'écolière est devenue presque aussi savante que le maître. Oui, en vérité, je lui ai tout appris, jusqu'aux complaisances ! je n'ai excepté que les précautions.

Ainsi occupé toute la nuit, j'y gagne de dormir une grande partie du jour ; et comme la société actuelle du château n'a rien qui m'attire, à peine parais-je une heure au salon dans la journée. J'ai même, d'aujourd'hui, pris le parti de manger dans ma chambre, et je ne compte plus la quitter que pour de courtes promenades. Ces bizarreries passent sur le compte de ma santé. J'ai déclaré que j'étais *perdu de vapeurs* ; j'ai annoncé aussi un peu de fièvre. Il ne m'en coûte que de parler d'une voix lente et éteinte.

Quant au changement de ma figure, fiez-vous-en à votre pupille. *L'amour y pourvoira* ★.

J'occupe mon loisir, en rêvant aux moyens de reprendre sur mon ingrate les avantages que j'ai perdus, et aussi à composer une espèce de catéchisme de débauche, à l'usage de mon écolière. Je m'amuse à n'y rien nommer que par le mot technique ; et je ris d'avance de l'intéressante conversation que cela doit fournir entre elle et Gercourt la première nuit de leur mariage. Rien n'est plus plaisant que l'ingénuité avec laquelle elle se sert déjà du peu qu'elle sait de cette langue ! elle n'imagine pas qu'on puisse parler autrement. Cette enfant est réellement séduisante ! Ce contraste de la candeur naïve avec le langage de l'effronterie ne laisse pas de faire de l'effet ; et, je ne sais pourquoi, il n'y a plus que les choses bizarres qui me plaisent.

Peut-être je me livre trop à celle-ci, puisque j'y compromets mon temps et ma santé : mais j'espère que ma feinte maladie, outre qu'elle me sauvera de l'ennui du salon, pourra m'être encore de quelque utilité auprès de l'austère dévote, dont la vertu tigresse s'allie pourtant avec la douce sensibilité ! Je ne doute pas qu'elle ne soit déjà instruite de ce grand événement, et j'ai beaucoup d'envie de savoir ce qu'elle en pense ; d'autant plus que je parierais bien qu'elle ne manquera pas de s'en attribuer l'honneur. Je réglerai l'état de ma santé sur l'impression qu'il fera sur elle.

Vous voilà, ma belle amie, au courant de mes affaires comme moi-même. Je désire avoir bientôt des nouvelles plus intéressantes à vous apprendre ; et je vous prie de croire que, dans le plaisir que je m'en promets, je compte pour beaucoup la récompense que j'attends de vous.

*Du château de..., ce 11 octobre 17**.*

★ REGNARD, Folies amoureuses [7].

LETTRE CXI

LE COMTE DE GERCOURT À MADAME DE VOLANGES

Tout paraît, Madame, devoir être tranquille dans ce pays ; et nous attendons, de jour en jour, la permission de rentrer en France. J'espère que vous ne douterez pas que je n'aie toujours le même empressement à m'y rendre, et à y former les nœuds qui doivent m'unir à vous et à mademoiselle de Volanges. Cependant M. le duc de ***, mon cousin, et à qui vous savez que j'ai tant d'obligations, vient de me faire part de son rappel de Naples. Il me mande qu'il compte passer par Rome, et voir, dans sa route, la partie d'Italie qui lui reste à connaître. Il m'engage à l'accompagner dans ce voyage, qui sera environ de six semaines ou deux mois. Je ne vous cache pas qu'il me serait agréable de profiter de cette occasion ; sentant bien qu'une fois marié, je prendrai difficilement le temps de faire d'autres absences que celles que mon service exigera. Peut-être aussi serait-il plus convenable d'attendre l'hiver pour ce mariage ; puisque ce ne peut être qu'alors, que tous mes parents seront rassemblés à Paris ; et nommément M. le marquis de *** à qui je dois l'espoir de vous appartenir. Malgré ces considérations, mes projets à cet égard seront absolument subordonnés aux vôtres ; et pour peu que vous préfériez vos premiers arrangements, je suis prêt à renoncer aux miens. Je vous prie seulement de me faire savoir le plus tôt possible vos intentions à ce sujet. J'attendrai votre réponse ici, et elle seule réglera ma conduite.

Je suis avec respect, Madame, et avec tous les sentiments qui conviennent à un fils, votre très humble, etc.

LE COMTE DE GERCOURT.
*Bastia, ce 10 octobre 17**.*

LETTRE CXII

MADAME DE ROSEMONDE À LA PRÉSIDENTE
DE TOURVEL

(Dictée seulement.)

Je ne reçois qu'à l'instant même, ma chère Belle, votre lettre du 11 * et les doux reproches qu'elle contient. Convenez que vous aviez bien envie de m'en faire davantage ; et que si vous ne vous étiez pas ressouvenue que vous étiez *ma fille*, vous m'auriez réellement grondée. Vous auriez été pourtant bien injuste ! C'était le désir et l'espoir de pouvoir vous répondre moi-même, qui me faisait différer chaque jour, et vous voyez qu'encore aujourd'hui, je suis obligée d'emprunter la main de ma femme de chambre. Mon malheureux rhumatisme m'a reprise, il s'est niché cette fois sur le bras droit, et je suis absolument manchote. Voilà ce que c'est, jeune et fraîche comme vous êtes, d'avoir une si vieille amie ! on souffre de ses incommodités [1].

Aussitôt que mes douleurs me donneront un peu de relâche, je me promets bien de causer longuement avec vous. En attendant, sachez seulement que j'ai reçu vos deux lettres ; qu'elles auraient redoublé, s'il était possible, ma tendre amitié pour vous ; et que je ne cesserai jamais de prendre part, bien vivement, à tout ce qui vous intéresse.

Mon neveu est aussi un peu indisposé, mais sans aucun danger et sans qu'il faille en prendre aucune inquiétude ; c'est une incommodité légère, qui, à ce qu'il me semble, affecte plus son humeur que sa santé. Nous ne le voyons presque plus.

Sa retraite et votre départ ne rendent pas notre petit

---

* *Cette lettre ne s'est pas retrouvée.*

cercle plus gai. La petite Volanges, surtout, vous trouve furieusement à dire [2], et bâille, tant que la journée dure, à avaler ses poings. Particulièrement depuis quelques jours, elle nous fait l'honneur de s'endormir profondément toutes les après-dînées [3].

Adieu, ma chère Belle ; je suis pour toujours votre bien bonne amie, votre maman, votre sœur même, si mon grand âge me permettait ce titre. Enfin je vous suis attachée par tous les plus tendres sentiments.

Signé ADÉLAIDE, *pour madame* DE ROSEMONDE.

*Du château de..., ce 14 octobre 17 ** .*

LETTRE CXIII

LA MARQUISE DE MERTEUIL AU VICOMTE
DE VALMONT

Je crois devoir vous prévenir, Vicomte, qu'on commence à s'occuper de vous à Paris ; qu'on y remarque votre absence, et que déjà on en devine la cause. J'étais hier à un souper fort nombreux ; il y fut dit positivement que vous étiez retenu au village par un amour romanesque et malheureux : aussitôt la joie se peignit sur le visage de tous les envieux de vos succès et de toutes les femmes que vous avez négligées. Si vous m'en croyez, vous ne laisserez pas prendre consistance à ces bruits dangereux, et vous viendrez sur-le-champ les détruire par votre présence.

Songez que si une fois vous laissez perdre l'idée qu'on ne vous résiste pas, vous éprouverez bientôt qu'on vous résistera en effet plus facilement ; que vos rivaux vont aussi perdre de leur respect pour vous, et oser vous combattre : car lequel d'entre eux ne se croit pas plus fort que la vertu ? Songez surtout que dans la multitude des femmes que vous avez affichées, toutes celles que vous n'avez pas eues vont tenter de détromper le public, tandis que les autres s'efforceront de l'abuser. Enfin, il faut vous attendre à être apprécié peut-être autant au-dessous de votre valeur, que vous l'avez été au-dessus jusqu'à présent.

Revenez donc, Vicomte, et ne sacrifiez pas votre réputation à un caprice puéril. Vous avez fait tout ce que nous voulions de la petite Volanges ; et pour votre Présidente, ce ne sera pas apparemment en restant à dix lieues d'elle, que vous vous en passerez la fantaisie. Croyez-vous qu'elle ira vous chercher ? Peut-être ne songe-t-elle déjà plus à vous, ou ne s'en occupe-t-elle encore que pour se féliciter de vous avoir humilié. Au moins ici, pourrez-vous vous trouver quelque occasion de reparaître avec éclat, et vous en avez besoin ; et quand vous vous obstineriez à votre ridicule aventure, je ne vois pas que votre retour y puisse nuire... ; au contraire.

En effet, si votre Présidente *vous adore*, comme vous me l'avait tant dit et si peu prouvé, son unique consolation, son seul plaisir, doivent être à présent de parler de vous, de savoir ce que vous faites, ce que vous dites, ce que vous pensez, et jusqu'à la moindre des choses qui vous intéressent. Ces misères-là prennent du prix, en raison des privations qu'on éprouve. Ce sont les miettes de pain tombantes de la table du riche : celui-ci les dédaigne ; mais le pauvre les recueille avidement et s'en nourrit [1]. Or, la pauvre Présidente reçoit à présent toutes ces miettes-là ; et plus elle en aura, moins elle sera pressée de se livrer à l'appétit du reste.

De plus, depuis que vous connaissez sa confidente, vous ne doutez pas que chaque lettre d'elle ne contienne au moins un petit sermon, et tout ce qu'elle croit propre à *corroborer sa sagesse et fortifier sa vertu* *. Pourquoi donc laisser à l'une des ressources pour se défendre, et à l'autre pour vous nuire ?

Ce n'est pas que je sois du tout de votre avis sur la perte que vous croyez avoir faite au changement de

---

* On ne s'avise jamais de tout ! *comédie* [2].

confidente. D'abord, madame de Volanges vous hait, et la haine est toujours plus clairvoyante et plus ingénieuse que l'amitié. Toute la vertu de votre vieille tante ne l'engagera pas à médire un seul instant de son cher neveu ; car la vertu a aussi ses faiblesses. Ensuite vos craintes portent sur une remarque absolument fausse.

Il n'est pas vrai que *plus les femmes vieillissent, et plus elles deviennent rêches et sévères*. C'est de quarante à cinquante ans que le désespoir de voir leur figure se flétrir, la rage de se sentir obligées d'abandonner des prétentions et des plaisirs auxquels elles tiennent encore, rendent presque toutes les femmes bégueules et acariâtres. Il leur faut ce long intervalle pour faire en entier ce grand sacrifice : mais dès qu'il est consommé, toutes se partagent en deux classes.

La plus nombreuse, celle des femmes qui n'ont eu pour elles que leur figure et leur jeunesse, tombe dans une imbécile apathie, et n'en sort plus que pour le jeu et pour quelques pratiques de dévotion ; celle-là est toujours ennuyeuse, souvent grondeuse, quelquefois un peu tracassière, mais rarement méchante. On ne peut pas dire non plus que ces femmes soient ou ne soient pas sévères : sans idées et sans existence, elles répètent, sans le comprendre et indifféremment, tout ce qu'elles entendent dire, et restent par elles-mêmes absolument nulles.

L'autre classe, beaucoup plus rare, mais véritablement précieuse, est celle des femmes qui, ayant eu un caractère et n'ayant pas négligé de nourrir leur raison, savent se créer une existence, quand celle de la nature leur manque ; et prennent le parti de mettre à leur esprit, les parures qu'elles employaient avant pour leur figure. Celles-ci ont pour l'ordinaire le jugement très sain, et l'esprit à la fois solide, gai et gracieux. Elles remplacent les charmes séduisants par l'attachante bonté, et encore par l'enjouement dont le charme augmente en proportion de l'âge : c'est ainsi qu'elles parviennent en quelque sorte à se rapprocher de la jeunesse en s'en faisant aimer. Mais alors, loin d'être, comme vous le dites, *rêches et sévères*, l'habitude de l'indulgence, leurs longues réflexions sur la faiblesse humaine, et surtout les souvenirs de leur jeunesse, par lesquels seuls elles tiennent encore à la vie, les placeraient plutôt, peut-être, trop près de la facilité.

Ce que je peux vous dire enfin, c'est qu'ayant toujours recherché les vieilles femmes, dont j'ai reconnu de bonne heure l'utilité des suffrages, j'ai rencontré plusieurs d'entre elles [3] auprès de qui l'inclination me ramenait autant que l'intérêt. Je m'arrête là ; car à présent que vous vous enflammez si vite et si moralement, j'aurais peur que vous ne devinssiez subitement amoureux de votre vieille tante, et que vous ne vous enterrassiez avec elle dans le tombeau où vous vivez déjà depuis si longtemps. Je reviens donc.

Malgré l'enchantement où vous me paraissez être de votre petite écolière, je ne peux pas croire qu'elle entre pour quelque chose dans vos projets. Vous l'avez trouvée sous la main, vous l'avez prise : à la bonne heure ! mais ce ne peut pas être là un goût. Ce n'est même pas, à vrai dire, une entière jouissance : vous ne possédez absolument que sa personne [4] ! je ne parle pas de son cœur, dont je me doute bien que vous ne vous souciez guère : mais vous n'occupez seulement pas sa tête. Je ne sais pas si vous vous en êtes aperçu, mais moi j'en ai la preuve dans la dernière lettre qu'elle m'a écrite * ; je vous l'envoie pour que vous en jugiez. Voyez donc que quand elle parle de vous, c'est toujours M. *de Valmont* ; que toutes ses idées, même celles que vous lui faites naître, n'aboutissent jamais qu'à Danceny ; et lui, elle ne l'appelle pas Monsieur, c'est bien toujours *Danceny* seulement. Par là, elle le distingue de tous les autres ; et même en se livrant à vous, elle ne se familiarise qu'avec lui. Si une telle conquête vous paraît *séduisante*, si les plaisirs qu'elle donne *vous attachent*, assurément vous êtes modeste et peu difficile ! Que vous la gardiez, j'y consens ; cela entre même dans mes projets. Mais il me semble que

* *Voyez la lettre CIX.*

cela ne vaut pas de se déranger un quart d'heure ; il faudrait aussi avoir quelque empire, et ne lui permettre, par exemple, de se rapprocher de Danceny, qu'après le lui avoir fait un peu plus oublier.

Avant de cesser de m'occuper de vous, pour venir à moi, je veux encore vous dire que ce moyen de maladie que vous m'annoncez vouloir prendre, est bien connu et bien usé. En vérité, Vicomte, vous n'êtes pas inventif ! Moi, je me répète aussi quelquefois, comme vous allez voir ; mais je tâche de me sauver pas les détails, et surtout le succès me justifie. Je vais encore en tenter un, et courir une nouvelle aventure. Je conviens qu'elle n'aura pas le mérite de la difficulté ; mais au moins sera-ce une distraction, et je m'ennuie à périr.

Je ne sais pourquoi, depuis l'aventure de Prévan, Belleroche m'est devenu insupportable. Il a tellement redoublé d'attention, de tendresse, de *vénération*, que je n'y peux plus tenir. Sa colère, dans le premier moment, m'avait paru plaisante ; il a pourtant bien fallu la calmer, car c'eût été me compromettre que de le laisser faire : et il n'y avait pas moyen de lui faire entendre raison. J'ai donc pris le parti de lui montrer plus d'amour, pour en venir à bout plus facilement : mais lui, a pris cela au sérieux ; et depuis ce temps il m'excède pas son enchantement éternel. Je remarque surtout l'insultante confiance qu'il prend en moi, et la sécurité avec laquelle il me regarde comme à lui pour toujours. J'en suis vraiment humiliée. Il me prise donc bien peu, s'il croit valoir assez pour me fixer ! Ne me disait-il pas dernièrement que je n'aurais jamais aimé un autre que lui ? Oh ! pour le coup, j'ai eu besoin de toute ma prudence, pour ne pas le détromper sur-le-champ, en lui disant ce qui en était. Voilà, certes, un plaisant monsieur, pour avoir un droit exclusif ! Je conviens qu'il est bien fait et d'une assez belle figure : mais, à tout prendre, ce n'est, au fait, qu'un manœuvre d'amour. Enfin le moment est venu, il faut nous séparer.

J'essaie déjà depuis quinze jours, et j'ai employé,

tour à tour, la froideur, le caprice, l'humeur, les querelles ; mais le tenace personnage ne quitte pas prise ainsi : il faut donc prendre un parti plus violent, en conséquence je l'emmène à ma campagne. Nous partons après-demain. Il n'y aura avec nous que quelques personnes désintéressées et peu clairvoyantes, et nous y aurons presque autant de liberté que si nous y étions seuls. Là, je le surchargerai à tel point, d'amour et de caresses, nous y vivrons si bien l'un pour l'autre uniquement, que je parie bien qu'il désirera plus que moi la fin de ce voyage, dont il se fait un si grand bonheur ; et s'il n'en revient pas plus ennuyé de moi que je ne le suis de lui, dites, j'y consens, que je n'en sais pas plus que vous.

Le prétexte de cette espèce de retraite est de m'occuper sérieusement de mon grand procès, qui en effet se jugera enfin au commencement de l'hiver. J'en suis bien aise ; car il est vraiment désagréable d'avoir ainsi toute sa fortune en l'air. Ce n'est pas que je sois inquiète de l'événement ; d'abord j'ai raison, tous mes avocats me l'assurent ; et quand je ne l'aurais pas ! je serais donc bien maladroite, si je ne savais pas gagner un procès, où je n'ai pour adversaire que des mineurs encore en bas âge, et leur vieux tuteur ! Comme il ne faut pourtant rien négliger dans une affaire si importante, j'aurai effectivement avec moi deux avocats. Ce voyage ne vous paraît-il pas gai ? cependant s'il me fait gagner mon procès et perdre Belleroche, je ne regretterai pas mon temps.

A présent, Vicomte, devinez le successeur ; je vous le donne en cent. Mais bon ! ne sais-je pas que vous ne devinez jamais rien ? hé bien, c'est Danceny. Vous êtes étonné, n'est-ce pas ? car enfin je ne suis pas encore réduite à l'éducation des enfants ! Mais celui-ci mérite d'être excepté ; il n'a que les grâces de la jeunesse, et non la frivolité. Sa grande réserve dans le cercle est très propre à éloigner tous les soupçons, et on ne l'en trouve que plus aimable, quand il se livre, dans le tête-à-tête. Ce n'est pas que j'en aie déjà eu avec lui pour mon compte, je ne suis encore que sa confidente ; mais sous ce voile de l'amitié, je crois lui voir un goût très vif pour moi, et je sens que j'en prends beaucoup pour lui. Ce serait bien dommage que tant d'esprit et de délicatesse allassent se sacrifier et s'abrutir auprès de cette petite imbécile de Volanges ! J'espère qu'il se trompe en croyant l'aimer : elle est si loin de le mériter ! Ce n'est pas que je sois jalouse d'elle ; mais c'est que ce serait un meurtre ; et je veux en sauver Danceny. Je vous prie donc, Vicomte, de mettre vos soins à ce qu'il ne puisse se rapprocher de *sa Cécile* (comme il a encore la mauvaise habitude de la nommer). Un premier goût a toujours plus d'empire qu'on ne croit et je ne serais sûre de rien s'il la revoyait à présent ; surtout pendant mon absence. A mon retour, je me charge de tout et j'en réponds.

J'ai bien songé à emmener le jeune homme avec moi : mais j'en ai fait le sacrifice à ma prudence ordinaire ; et puis, j'aurais craint qu'il ne s'aperçût de quelque chose entre Belleroche et moi, et je serais au désespoir qu'il eût la moindre idée de ce qui se passe. Je veux au moins m'offrir à son imagination, pure et sans tache ; telle enfin qu'il faudrait être, pour être vraiment digne de lui.

*Paris, ce 15 octobre 17** ⁵.*

LETTRE CXIV

LA PRÉSIDENTE DE TOURVEL À MADAME DE ROSEMONDE

Ma chère amie, je cède à ma vive inquiétude ; et sans savoir si vous serez en état de me répondre, je ne puis m'empêcher de vous interroger. L'état de M. de Valmont, que vous me dites *sans danger*, ne me laisse pas autant de sécurité que vous paraissez en avoir. Il n'est pas rare que la mélancolie et le dégoût du monde

soient des symptômes avant-coureurs de quelque
maladie grave ; les souffrances du corps, comme celles
de l'esprit, font désirer la solitude ; et souvent on
reproche de l'humeur à celui dont on devrait seulement plaindre les maux.

Il me semble qu'il devrait au moins consulter
quelqu'un. Comment, étant malade vous-même,
n'avez-vous pas un médecin auprès de vous ? Le mien
que j'ai vu ce matin, et que je ne vous cache pas que j'ai
consulté indirectement, est d'avis que, dans les personnes naturellement actives, cette espèce d'apathie
subite n'est jamais à négliger ; et, comme il me disait
encore, les maladies ne cèdent plus au traitement,
quand elles n'ont pas été prises à temps. Pourquoi faire
courir ce risque à quelqu'un qui vous est si cher ?

Ce qui redouble mon inquiétude, c'est que, depuis
quatre jours, je ne reçois plus de nouvelles de lui. Mon
Dieu ! ne me trompez-vous point sur son état ? Pourquoi aurait-il cessé de m'écrire tout à coup ? Si c'était
seulement l'effet de mon obstination à lui renvoyer ses
lettres, je crois qu'il aurait pris ce parti plus tôt. Enfin,
sans croire aux pressentiments, je suis depuis quelques
jours d'une tristesse qui m'effraie. Ah ! peut-être suis-je
à la veille du plus grand des malheurs !

Vous ne sauriez croire, et j'ai honte de vous dire,
combien je suis peinée de ne plus recevoir ces mêmes
lettres, que pourtant je refuserais encore de lire. J'étais
sûre au moins qu'il était occupé de moi ! et je voyais
quelque chose qui venait de lui. Je ne les ouvrais pas, ces
lettres, mais je pleurais en les regardant : mes larmes
étaient plus douces et plus faciles ; et celles-là seules
dissipaient en partie l'oppression habituelle que
j'éprouve depuis mon retour. Je vous en conjure, mon
indulgente amie, écrivez-moi, vous-même, aussitôt que
vous le pourrez, et en attendant, faites-moi donner
chaque jour de vos nouvelles et des siennes.

Je m'aperçois qu'à peine je vous ai dit un mot pour
vous : mais vous connaissez mes sentiments, mon
attachement sans réserve, ma tendre reconnaissance
pour votre sensible amitié ; vous pardonnerez au

trouble où je suis, à mes peines mortelles, au tourment affreux d'avoir à redouter des maux dont peut-être je suis la cause. Grand Dieu ! cette idée désespérante me poursuit et déchire mon cœur ; ce malheur me manquait, et je sens que je suis née pour les éprouver tous.

Adieu, ma chère amie ; aimez-moi, plaignez-moi. Aurai-je une lettre de vous aujourd'hui ?

Paris, ce 16 octobre 17 **.

LETTRE CXV

LE VICOMTE DE VALMONT À LA MARQUISE
DE MERTEUIL

C'est une chose inconcevable, ma belle amie, comme aussitôt qu'on s'éloigne, on cesse facilement de s'entendre. Tant que j'étais auprès de vous, nous n'avions jamais qu'un même sentiment, une même façon de voir ; et parce que, depuis près de trois mois [1], je ne vous vois plus, nous ne sommes plus de même avis sur rien. Qui de nous deux a tort ? sûrement vous n'hésiteriez pas sur la réponse : mais moi, plus sage, ou plus poli, je ne décide pas. Je vais seulement répondre à votre lettre, et continuer de vous exposer ma conduite.

D'abord, je vous remercie de l'avis que vous me donnez des bruits qui courent sur mon compte ; mais je ne m'en inquiète pas encore : je me crois sûr d'avoir bientôt de quoi les faire cesser. Soyez tranquille, je ne reparaîtrai dans le monde que plus célèbre que jamais, et toujours plus digne de vous.

J'espère qu'on me comptera même pour quelque chose l'aventure de la petite Volanges, dont vous paraissez faire si peu de cas : comme si ce n'était rien, que d'enlever en une soirée, une jeune fille à son amant aimé, d'en user ensuite tant qu'on le veut et absolument comme de son bien, et sans plus d'embarras d'en obtenir ce qu'on n'ose pas même exiger de toutes les filles dont c'est le métier ; et cela, sans la déranger en rien de son tendre amour ; sans la rendre inconstante, pas même infidèle : car, en effet, je n'occupe seulement pas sa tête ! en sorte qu'après ma fantaisie passée, je la remettrai entre les bras de son amant, pour ainsi dire, sans qu'elle se soit aperçue de rien. Est-ce donc là une marche si ordinaire ? et puis croyez-moi, une fois sortie de mes mains, les principes que je lui donne, ne s'en développeront pas moins ; et je prédis que la timide écolière prendra bientôt un essor propre à faire honneur à son maître.

Si pourtant on aime mieux le genre héroïque, je montrerai la Présidente, ce modèle cité de toutes les vertus ! respectée même de nos plus libertins ! telle enfin qu'on avait perdu jusqu'à l'idée de l'attaquer ! je la montrerai, dis-je, oubliant ses devoirs et sa vertu, sacrifiant sa réputation et deux ans de sagesse, pour courir après le bonheur de me plaire, pour s'enivrer de celui de m'aimer, se trouvant suffisamment dédommagée de tant de sacrifices, par un mot, par un regard qu'encore elle n'obtiendra pas toujours. Je ferai plus, je la quitterai ; et je ne connais pas cette femme, ou je n'aurai point de successeur. Elle résistera au besoin de consolation, à l'habitude du plaisir, au désir même de la vengeance. Enfin, elle n'aura existé que pour moi et que sa carrière soit plus ou moins longue, j'en aurai seul ouvert et fermé la barrière. Une fois parvenu à ce triomphe, je dirai à mes rivaux : « Voyez mon ouvrage, et cherchez-en dans le siècle un second exemple ! »

Vous allez me demander d'où vient aujourd'hui cet excès de confiance ? c'est que depuis huit jours je suis dans la confidence de ma belle ; elle ne me dit pas ses secrets, mais je les surprends. Deux lettres d'elle à madame de Rosemonde m'ont suffisamment instruit, et je ne lirai plus les autres que par curiosité. Je n'ai absolument besoin, pour réussir, que de me rapprocher d'elle, et mes moyens sont trouvés. Je vais incessamment les mettre en usage.

Vous êtes curieuse, je crois ?... Mais non, pour vous punir de ne pas croire à mes inventions, vous ne les

saurez pas. Tout de bon, vous mériteriez que je vous
retirasse ma confiance, au moins pour cette aventure ;
en effet, sans le doux prix attaché par vous à ce succès,
je ne vous en parlerais plus. Vous voyez que je suis
fâché. Cependant, dans l'espoir que vous vous corri-
gerez, je veux bien m'en tenir à cette punition légère ; et
revenant à l'indulgence, j'oublie un moment mes
grands projets, pour raisonner des vôtres avec vous.

Vous voilà donc à la campagne, ennuyeuse comme
le sentiment, et triste comme la fidélité [2] ! Et ce
pauvre Belleroche ! vous ne vous contentez pas de lui
faire boire l'eau d'oubli, vous lui en donnez la question [3] ! Comment s'en trouve-t-il ? supporte-t-il bien
les nausées de l'amour ? Je voudrais pour beaucoup
qu'il ne vous en devînt que plus attaché ; je suis
curieux de voir quel remède plus efficace vous par-
viendriez à employer. Je vous plains, en vérité, d'avoir
été obligée de recourir à celui-là. Je n'ai fait qu'une
fois, dans ma vie, l'amour par procédé. J'avais certainement un grand motif, puisque c'était à la comtesse
de*** ; et vingt fois, entre ses bras, j'ai été tenté de lui
dire : « Madame, je renonce à la place que je sollicite [4], et permettez-moi de quitter celle que j'occupe. »
Ainsi, de toutes les femmes que j'aie eues, c'est la
seule dont j'ai vraiment plaisir à dire du mal.

Pour votre motif à vous, je le trouve, à vrai dire, d'un
ridicule rare ; et vous aviez raison de croire que je ne
devinerais pas le successeur. Quoi ! c'est pour Danceny
que vous vous donnez toute cette peine-là ! Eh ! ma
chère amie, laissez-le adorer *sa vertueuse Cécile*, et ne
vous compromettez pas dans ces jeux d'enfants. Laissez
les écoliers se former auprès des *bonnes* [5], ou jouer avec
les pensionnaires *à de petits jeux innocents*. Comment
allez-vous vous charger d'un novice qui ne saura ni vous
prendre, ni vous quitter, et avec qui il vous faudra tout
faire ? Je vous le dis sérieusement, je désapprouve ce
choix, et quelque secret qu'il restât, il vous humilierait
au moins à mes yeux et dans votre conscience.

Vous prenez, dites-vous, beaucoup de goût pour
lui : allons donc, vous vous trompez sûrement, et je

crois même avoir trouvé la cause de votre erreur. Ce beau dégoût de Belleroche vous est venu dans un temps de disette, et Paris ne vous offrant pas de choix, vos idées, toujours trop vives, se sont portées sur le premier objet que vous avez rencontré. Mais songez qu'à votre retour, vous pourrez choisir entre mille ; et si enfin vous redoutez l'inaction dans laquelle vous risquez de tomber en différant, je m'offre à vous pour amuser vos loisirs.

D'ici à votre arrivée, mes grandes affaires seront terminées de manière ou d'autre ; et sûrement, ni la petite Volanges, ni la Présidente elle-même, ne m'occuperont pas assez alors, pour que je ne sois pas à vous autant que vous le désireriez. Peut-être même, d'ici là, aurai-je déjà remis la petite fille aux mains de son discret amant. Sans convenir, quoi que vous en disiez, que ce ne soit pas une jouissance *attachante*, comme j'ai le projet qu'elle garde de moi toute sa vie une idée supérieure à celle de tous les autres hommes, je me suis mis, avec elle, sur un ton que je ne pourrais soutenir longtemps sans altérer ma santé ; et dès ce moment, je ne tiens plus à elle, que par le soin qu'on doit aux affaires de familles...

Vous ne m'entendez pas ? C'est que j'attends une seconde époque [6] pour confirmer mon espoir, et m'assurer que j'ai pleinement réussi dans mes projets. Oui, ma belle amie, j'ai déjà un premier indice que le mari de mon écolière ne courra pas le risque de mourir sans postérité ; et que le chef de la maison de Gercourt ne sera à l'avenir qu'un cadet de celle de Valmont. Mais laissez-moi finir, à ma fantaisie, cette aventure que je n'ai entreprise qu'à votre prière. Songez que si vous rendez Danceny inconstant, vous ôtez tout le piquant de cette histoire. Considérez enfin, que m'offrant pour le représenter auprès de vous, j'ai, ce me semble, quelques droits à la préférence.

J'y compte si bien, que je n'ai pas craint de contrarier vos vues, en concourant moi-même à augmenter la tendre passion du discret amoureux pour le premier et digne objet de son choix. Ayant donc trouvé hier votre pupille occupée à lui écrire, et l'ayant dérangée d'abord de cette douce occupation pour une autre plus douce encore, je lui ai demandé, après, de voir sa lettre ; et comme je l'ai trouvée froide et contrainte, je lui ai fait sentir que ce n'était pas ainsi qu'elle consolerait son amant, et je l'ai décidée à en écrire une autre sous ma dictée ; où, en imitant du mieux que j'ai pu son petit radotage, j'ai tâché de nourrir l'amour du jeune homme, par un espoir plus certain. La petite personne était toute ravie, me disait-elle, de se trouver parler si bien ; et dorénavant, je serai chargé de la correspondance. Que n'aurais-je pas fait pour ce Danceny ? J'aurai été à la fois son ami, son confident, son rival et sa maîtresse ! Encore, en ce moment, je lui rends le service de le sauver de vos liens dangereux ; oui, sans doute, dangereux, car vous posséder et vous perdre, c'est acheter un moment de bonheur par une éternité de regrets.

Adieu, ma belle amie ; ayez le courage de dépêcher Belleroche le plus que vous pourrez. Laissez là Danceny, et préparez-vous à retrouver, et à me rendre les délicieux plaisirs de notre première liaison.

P.S. Je vous fais compliment sur le jugement prochain du grand procès. Je serai fort aise que cet heureux événement arrive sous mon règne.

Du château de..., ce 19 octobre 17**.

LETTRE CXVI

LE CHEVALIER DANCENY À CÉCILE VOLANGES

Madame de Merteuil est partie ce matin pour la campagne ; ainsi, ma charmante Cécile, me voilà privé du seul plaisir qui me restait en votre absence, celui de parler de vous à votre amie et à la mienne. Depuis quelque temps, elle m'a permis de lui donner ce titre ; et j'en ai profité avec d'autant plus d'empressement, qu'il me semblait, par là, me rapprocher de vous davantage. Mon Dieu ! que cette femme est aimable ! et quel charme flatteur elle sait donner à l'amitié ! Il semble que ce doux sentiment s'embellisse et se fortifie chez elle de tout ce qu'elle refuse à l'amour. Si vous saviez comme elle vous aime, comme elle se plaît à m'entendre lui parler de vous !... C'est là sans doute ce qui m'attache autant à elle. Quel bonheur de pouvoir vivre uniquement pour vous deux, de passer sans cesse des délices de l'amour aux douceurs de l'amitié, d'y consacrer toute mon existence, d'être en quelque sorte le point de réunion de votre attachement réciproque ; et de sentir toujours que m'occupant du bonheur de l'une, je travaillerais également à celui de l'autre ! Aimez, aimez beaucoup, ma charmante amie, cette femme adorable. L'attachement que j'ai pour elle, donnez-y plus de prix encore, en le partageant. Depuis que j'ai goûté le charme de l'amitié, je désire que vous l'éprouviez à votre tour. Les plaisirs que je ne partage pas avec vous, il me semble n'en jouir qu'à moitié. Oui, ma Cécile, je voudrais entourer votre cœur de tous les sentiments les plus doux ; que chacun de ses mouvements vous fît éprouver une sensation de bonheur ; et je croirais encore ne pouvoir jamais vous rendre qu'une partie de la félicité que je tiendrais de vous.

Pourquoi faut-il que ces projets charmants ne soient qu'une chimère de mon imagination, et que la réalité ne m'offre au contraire que des privations douloureuses et indéfinies ? L'espoir que vous m'aviez donné de vous voir à cette campagne, je m'aperçois bien qu'il faut y renoncer. Je n'ai plus de consolation que celle de me persuader qu'en effet cela ne vous est pas possible. Et vous négligez de me le dire, de vous en affliger avec moi ! Déjà, deux fois, mes plaintes à ce sujet sont restées sans réponse. Ah Cécile ! Cécile, je crois bien que vous m'aimez de toutes les facultés de votre âme, mais votre âme n'est pas brûlante comme la mienne ! Que n'est-ce à moi à lever les obstacles ? Pourquoi ne sont-ce pas mes intérêts qu'il me faille ménager, au lieu des vôtres ? je saurais bientôt vous prouver que rien n'est impossible à l'amour.

Vous ne me mandez pas non plus quand doit finir cette absence cruelle : au moins, ici, peut-être vous verrais-je. Vos charmants regards ranimeraient mon âme abattue ; leur touchante expression rassurerait mon cœur, qui quelquefois en a besoin. Pardon, ma Cécile ; cette crainte n'est pas un soupçon. Je crois à votre amour, à votre constance. Ah ! je serais trop malheureux, si j'en doutais. Mais tant d'obstacles ! et toujours renouvelés ! Mon amie, je suis triste, bien triste. Il semble que ce départ de madame de Merteuil ait renouvelé en moi le sentiment de tous mes malheurs.

Adieu, ma Cécile ; adieu, ma bien-aimée. Songez que votre amant s'afflige, et que vous pouvez seule lui rendre le bonheur.

*Paris, ce 17 octobre 17**.*

LETTRE CXVII

CÉCILE VOLANGES AU CHEVALIER DANCENY

(Dictée par Valmont.)

Croyez-vous donc, mon bon ami, que j'aie besoin d'être grondée pour être triste, quand je sais que vous vous affligez ? et doutez-vous que je ne souffre autant que vous de toutes vos peines ? Je partage même celles que je vous cause volontairement ; et j'ai de plus que vous, de voir que vous ne me rendez pas justice. Oh ! cela n'est pas bien. Je vois bien ce qui vous fâche ; c'est que les deux dernières fois que vous m'avez demandé de venir ici je ne vous ai pas répondu à cela : mais cette réponse est-elle donc si aisée à faire ? Croyez-vous que je ne sache pas que ce que vous voulez est bien mal ? Et pourtant, si j'ai déjà tant de peine à vous refuser de loin, que serait-ce donc si vous étiez là ? Et puis, pour avoir voulu vous consoler un moment, je resterais affligée toute ma vie.

Tenez, je n'ai rien de caché pour vous, moi ; voilà mes raisons, jugez vous-même. J'aurais peut-être fait ce que vous voulez, sans ce que je vous ai mandé, que ce M. de Gercourt, qui cause tout notre chagrin, n'arrivera pas encore de sitôt ; et comme, depuis quelque temps, maman me témoigne beaucoup plus d'amitié ; comme, de mon côté, je la caresse le plus que je peux ; qui sait ce que je pourrai obtenir d'elle ? Et si nous pouvions être heureux sans que j'aie rien à me reprocher, est-ce que cela ne vaudrait pas bien mieux ? Si j'en crois ce qu'on m'a dit souvent, les hommes même n'aiment plus tant leurs femmes, quand elles les ont trop aimés avant de l'être. Cette crainte-là me retient encore plus que tout le reste. Mon ami, n'êtes-vous pas sûr de mon cœur, et ne sera-t-il pas toujours temps ?

Ecoutez, je vous promets que, si je ne peux pas éviter le malheur d'épouser M. de Gercourt, que je hais déjà tant avant de le connaître, rien ne me retiendra plus pour être à vous autant que je pourrai, et même avant tout. Comme je ne me soucie d'être aimée que de vous, et que vous verrez bien que si je fais mal, il n'y aura pas de ma faute, le reste me sera bien égal ; pourvu que vous me promettiez de m'aimer toujours autant que vous faites. Mais, mon ami, jusque-là, laissez-moi continuer comme je fais ; et ne me demandez plus une chose que j'ai de bonnes raisons pour ne pas faire, et que pourtant il me fâche de vous refuser.

Je voudrais bien aussi que M. de Valmont ne fût pas si pressant pour vous ; cela ne sert qu'à me rendre plus chagrine encore. Oh ! vous avez là un bien bon ami, je vous assure ! Il fait tout comme vous feriez vous-même. Mais adieu, mon cher ami ; j'ai commencé bien tard à vous écrire, et j'y ai passé une partie de la nuit. Je vas me coucher et réparer le temps perdu. Je vous embrasse, mais ne me grondez plus.

Du château de..., ce 18 octobre 17**.

LETTRE CXVIII

LE CHEVALIER DANCENY À LA MARQUISE
DE MERTEUIL

Si j'en crois mon almanach, il n'y a, mon adorable
amie, que deux jours que vous êtes absente ; mais si
j'en crois mon cœur, il y a deux siècles. Or, je le tiens
de vous-même, c'est toujours son cœur qu'il faut
croire ; il est donc bien temps que vous reveniez, et
toutes vos affaires doivent être plus que finies. Comment voulez-vous que je m'intéresse à votre procès, si,
perte ou gain, j'en dois également payer les frais par
l'ennui de votre absence ? Oh ! que j'aurais envie de
quereller ! et qu'il est triste, avec un si beau sujet
d'avoir de l'humeur, de n'avoir pas le droit d'en montrer [1] !

N'est-ce pas cependant une véritable infidélité, une
noire trahison, que de laisser votre ami loin de vous,
après l'avoir accoutumé à ne pouvoir plus se passer de
votre présence ? Vous aurez beau consulter vos avocats, ils ne vous trouveront pas de justification pour ce
mauvais procédé : et puis, ces gens-là ne disent que
des raisons, et des raisons ne suffisent pas pour
répondre à des sentiments.

Pour moi, vous m'avez tant dit que c'était par
raison que vous faisiez ce voyage, que vous m'avez
tout à fait brouillé avec elle. Je ne veux plus du tout
l'entendre ; pas même quand elle me dit de vous
oublier. Cette raison-là est pourtant bien raisonnable ;
et au fait, cela ne serait pas si difficile que vous pouviez le croire. Il suffirait seulement de perdre l'habitude de penser toujours à vous, et rien ici, je vous
assure, ne vous rappellerait à moi.

Nos plus jolies femmes, celles qu'on dit les plus
aimables, sont encore si loin de vous, qu'elles ne pourraient en donner qu'une bien faible idée. Je crois même

qu'avec des yeux exercés, plus on a cru d'abord qu'elles vous ressemblaient, plus on y trouve après de différence : elles ont beau faire, beau y mettre tout ce qu'elles savent, il leur manque toujours d'être vous, et c'est positivement là qu'est le charme. Malheureusement, quand les journées sont si longues, et qu'on est désoccupé, on rêve, on fait des châteaux en Espagne, on se crée sa chimère ; peu à peu l'imagination s'exalte : on veut embellir son ouvrage, on rassemble tout ce qui peut plaire, on arrive enfin à la perfection ; et dès qu'on en est là, le portrait ramène au modèle, et on est tout étonné de voir qu'on n'a fait que songer à vous.

Dans ce moment même, je suis encore la dupe d'une erreur à peu près semblable. Vous croyez peut-être que c'était pour m'occuper de vous, que je me suis mis à vous écrire ? point du tout : c'était pour m'en distraire. J'avais cent choses à vous dire, dont vous n'étiez pas l'objet, qui, comme vous savez, m'intéressent bien vivement ; et ce sont celles-là pourtant dont j'ai été distrait. Et depuis quand le charme de l'amitié distrait-il donc de celui de l'amour ? Ah ! si j'y regardais de bien près, peut-être aurais-je un petit reproche à me faire ! Mais, chut ! oublions cette légère faute de peur d'y retomber ; et que mon amie elle-même l'ignore.

Aussi pourquoi n'êtes-vous pas là pour me répondre, pour me ramener si je m'égare, pour me parler de ma Cécile, pour augmenter, s'il est possible, le bonheur que je goûte à l'aimer, par l'idée si douce que c'est votre amie que j'aime ? Oui, je l'avoue, l'amour qu'elle m'inspire m'est devenu plus précieux encore, depuis que vous avez bien voulu en recevoir la confidence. J'aime tant à vous ouvrir mon cœur, à occuper le vôtre de mes sentiments, à les y déposer sans réserve ! il me semble que je les chéris davantage, à mesure que vous daignez les recueillir ; et puis, je vous regarde et je me dis : C'est en elle qu'est renfermé tout mon bonheur.

Je n'ai rien de nouveau à vous apprendre sur ma situation. La dernière lettre que j'ai reçue *d'elle* augmente et assure mon espoir, mais le retarde encore.

Cependant ses motifs sont si tendres et si honnêtes, que je ne puis l'en blâmer ni m'en plaindre. Peut-être n'entendez-vous pas trop bien ce que je vous dis là ; mais pourquoi n'êtes-vous pas ici ? Quoiqu'on dise tout à son amie, on n'ose pas tout écrire. Les secrets de l'amour, surtout, sont si délicats, qu'on ne peut les laisser aller ainsi sur leur bonne foi. Si quelquefois on leur permet de sortir, il ne faut pas au moins les perdre de vue ; il faut en quelque sorte les voir entrer dans leur nouvel asile. Ah ! revenez donc, mon adorable amie ; vous voyez bien que votre retour est nécessaire. Oubliez enfin les *mille raisons* qui vous retiennent où vous êtes, ou apprenez-moi à vivre [2] où vous n'êtes pas.

J'ai l'honneur d'être, etc.

Paris, ce 19 octobre 17**.

LETTRE CXIX

MADAME DE ROSEMONDE À LA PRÉSIDENTE
DE TOURVEL

Quoique je souffre encore beaucoup, ma chère belle, j'essaie de vous écrire moi-même, afin de pouvoir vous parler de ce qui vous intéresse. Mon neveu garde toujours sa misanthropie.

Il envoie fort régulièrement savoir de mes nouvelles tous les jours ; mais il n'est pas venu une fois s'en informer lui-même, quoique je l'en aie fait prier : en sorte que je ne le vois pas plus que s'il était à Paris. Je l'ai pourtant rencontré ce matin, où je ne l'attendais guère. C'est dans ma chapelle, où je suis descendue pour la première fois depuis ma douloureuse incommodité. J'ai appris aujourd'hui que depuis quatre jours il y va régulièrement entendre la messe. Dieu veuille que cela dure !

Quand je suis entrée, il est venu à moi, et m'a félicitée fort affectueusement sur le meilleur état de ma santé. Comme la messe commençait, j'ai abrégé la conversation, que je comptais bien reprendre après ; mais il a disparu avant que j'aie pu le joindre. Je ne vous cacherai pas que je l'ai trouvé un peu changé. Mais, ma chère belle, ne me faites pas repentir de ma confiance en votre raison, par des inquiétudes trop vives ; et surtout soyez sûre que j'aimerais encore mieux vous affliger, que vous tromper.

Si mon neveu continue à me tenir rigueur, je prendrai le parti, aussitôt que je serai mieux, de l'aller voir dans sa chambre ; et je tâcherai de pénétrer la cause de cette singulière manie, dans laquelle je crois bien que vous êtes pour quelque chose. Je vous manderai ce que j'aurai appris. Je vous quitte, ne pouvant plus remuer les doigts : et puis, si Adélaïde savait que j'ai écrit, elle me gronderait toute la soirée. Adieu, ma chère belle.

Du château de..., ce 20 octobre 17**.

LETTRE CXX

LE VICOMTE DE VALMONT AU PÈRE ANSELME

(Feuillant du couvent de la rue Saint-Honoré.)

Je n'ai pas l'honneur d'être connu de vous, Monsieur : mais je sais la confiance entière qu'a en vous madame la présidente de Tourvel, et je sais de plus combien cette confiance est dignement placée. Je crois donc pouvoir sans indiscrétion m'adresser à vous, pour en obtenir un service bien essentiel, vraiment digne de votre saint ministère, et où l'intérêt de madame de Tourvel se trouve joint au mien.

J'ai entre les mains des papiers importants qui la concernent, qui ne peuvent être confiés à personne, et que je ne dois ni ne veux remettre qu'entre ses mains. Je n'ai aucun moyen de l'en instruire, parce que des raisons, que peut-être vous aurez sues d'elle, mais dont je ne crois pas qu'il me soit permis de vous instruire, lui ont fait prendre le parti de refuser toute correspondance avec moi : parti que j'avoue volontiers aujourd'hui ne pouvoir blâmer, puisqu'elle ne pouvait prévoir des événements auxquels j'étais moi-même bien loin de m'attendre, et qui n'étaient possibles qu'à la force plus qu'humaine qu'on est forcé d'y reconnaître.

Je vous prie donc, Monsieur, de vouloir bien l'informer de mes nouvelles résolutions, et de lui demander pour moi, une entrevue particulière, où je puisse au moins réparer, en partie, mes torts par mes excuses ; et, pour dernier sacrifice, anéantir à ses yeux les seules traces existantes d'une erreur ou d'une faute qui m'avait rendu coupable envers elle.

Ce ne sera qu'après cette expiation préliminaire, que j'oserai déposer à vos pieds l'humiliant aveu de mes longs égarements ; et implorer votre médiation pour une réconciliation bien plus importante encore, et malheureusement plus difficile. Puis-je espérer, Monsieur, que vous ne me refuserez pas des soins si nécessaires et si précieux ? et que vous daignerez soutenir ma faiblesse, et guider mes pas dans un sentier nouveau, que je désire bien ardemment de suivre, mais que j'avoue, en rougissant, ne pas connaître encore ?

J'attends votre réponse avec l'impatience du repentir qui désire de réparer, et je vous prie de me croire avec autant de reconnaissance que de vénération,

Votre très humble, etc.

P.S. Je vous autorise, Monsieur, au cas que vous le jugiez convenable, à communiquer cette lettre en entier à madame de Tourvel, que je me ferai toute ma vie un devoir de respecter, et en qui je ne cesserai jamais d'honorer celle dont le Ciel s'est servi pour ramener mon âme à la vertu, par le touchant spectacle de la sienne.

Du château de..., ce 22 octobre 17**.

LETTRE CXXI

LA MARQUISE DE MERTEUIL AU CHEVALIER DANCENY

J'ai reçu votre lettre, mon trop jeune ami ; mais avant de vous remercier, il faut que je vous gronde, et je vous préviens que si vous ne vous corrigez pas, vous n'aurez plus de réponse de moi. Quittez donc, si vous m'en croyez, ce ton de cajolerie, qui n'est plus que du jargon, dès qu'il n'est pas l'expression de l'amour. Est-ce donc là le style de l'amitié ? non, mon ami, chaque sentiment a son langage qui lui convient ; et se servir d'un autre, c'est déguiser la pensée qu'on exprime. Je sais bien que nos petites femmes n'entendent rien de ce qu'on peut leur dire, s'il n'est traduit, en quelque sorte, dans ce jargon d'usage ; mais je croyais mériter, je l'avoue, que vous me distinguassiez d'elles. Je suis vraiment fâchée, et peut-être plus que je ne devrais l'être, que vous m'ayez si mal jugée.

Vous ne trouverez donc dans ma lettre que ce qui manque à la vôtre, franchise et simplesse. Je vous dirai bien, par exemple, que j'aurais grand plaisir à vous voir, et que je suis contrariée de n'avoir auprès de moi que des gens qui m'ennuient, au lieu de gens qui me plaisent ; mais vous, cette même phrase, vous la traduisez ainsi : *Apprenez-moi à vivre où vous n'êtes pas* ; en sorte que quand vous serez, je suppose, auprès de votre maîtresse, vous ne sauriez pas y vivre que je n'y sois en tiers. Quelle pitié ! et ces femmes, *à qui il manque toujours d'être moi*, vous trouvez peut-être aussi que cela manque à votre Cécile ! voilà pourtant où conduit un langage qui, par l'abus qu'on en fait aujourd'hui, est encore au-dessous du jargon des compliments, et ne devient plus qu'un simple protocole, auquel on ne croit pas davantage, qu'au très humble serviteur !

Mon ami, quand vous m'écrivez, que ce soit pour

me dire votre façon de penser et de sentir, et non pour
m'envoyer des phrases que je trouverai, sans vous,
plus ou moins bien dites dans le premier roman du
jour. J'espère que vous ne vous fâcherez pas de ce que
je vous dis là, quand même vous y verriez un peu
d'humeur ; car je ne nie pas d'en avoir : mais pour
éviter jusqu'à l'air du défaut que je vous reproche, je
ne vous dirai pas que cette humeur est peut-être un
peu augmentée par l'éloignement où je suis de vous. Il
me semble qu'à tout prendre, vous valez mieux qu'un
procès et deux avocats, et peut-être même encore que
l'*attentif* Belleroche.

Vous voyez qu'au lieu de vous désoler de mon
absence, vous devriez vous en féliciter ; car jamais je
ne vous avais fait un aussi beau compliment. Je crois
que l'exemple me gagne, et que je veux dire aussi des
cajoleries : mais non, j'aime mieux m'en tenir à ma
franchise ; c'est donc elle seule qui vous assure de ma
tendre amitié, et de l'intérêt qu'elle m'inspire. Il est
fort doux d'avoir un jeune ami, dont le cœur est
occupé ailleurs. Ce n'est pas là le système de toutes les
femmes ; mais c'est le mien. Il me semble qu'on se
livre, avec plus de plaisir, à un sentiment dont on ne
peut rien avoir à craindre : aussi j'ai passé pour vous,
d'assez bonne heure peut-être, au rôle de confidente.
Mais vous choisissez vos maîtresses si jeunes, que vous
m'avez fait apercevoir pour la première fois, que je
commence à être vieille ! C'est bien fait à vous de vous
préparer ainsi une longue carrière de constance, et je
vous souhaite de tout mon cœur qu'elle soit réciproque.

Vous avez raison de vous rendre *aux motifs tendres et
honnêtes* qui, à ce que vous me mandez, *retardent votre
bonheur*. La longue défense est le seul mérite qui reste
à celles qui ne résistent pas toujours ; et ce que je
trouverais impardonnable à toute autre qu'à un enfant
comme la petite Volanges, serait de ne pas savoir fuir
un danger, dont elle a été suffisamment avertie par
l'aveu qu'elle a fait de son amour. Vous autres
hommes, vous n'avez pas d'idées de ce qu'est la vertu,

et de ce qu'il en coûte pour la sacrifier ! Mais pour peu qu'une femme raisonne, elle doit savoir qu'indépendamment de la faute qu'elle commet, une faiblesse est pour elle le plus grand des malheurs ; et je ne conçois pas qu'aucune s'y laisse jamais prendre, quand elle peut avoir un moment pour y réfléchir.

N'allez pas combattre cette idée, car c'est elle qui m'attache principalement à vous. Vous me sauverez des dangers de l'amour ; et quoique j'aie bien su sans vous m'en défendre jusqu'à présent, je consens à en avoir de la reconnaissance, et je vous en aimerai mieux et davantage.

Sur ce, mon cher Chevalier, je prie Dieu qu'il vous ait en sainte et digne garde.

*Du château de..., ce 22 octobre 17**.*

LETTRE CXXII

MADAME DE ROSEMONDE À LA PRÉSIDENTE
DE TOURVEL

J'espérais, mon aimable fille, pouvoir enfin calmer vos inquiétudes ; et je vois au contraire avec chagrin, que je vais les augmenter encore ! Calmez-vous cependant ; mon neveu n'est pas en danger : on ne peut pas même dire qu'il soit réellement malade. Mais il se passe sûrement en lui quelque chose d'extraordinaire. Je n'y comprends rien ; mais je suis sortie de sa chambre avec un sentiment de tristesse, peut-être même d'effroi, que je me reproche de vous faire partager, et dont cependant je ne puis m'empêcher de causer avec vous. Voici le récit de ce qui s'est passé : vous pouvez être sûre qu'il est fidèle ; car je vivrais quatre-vingts autres années, que je n'oublierais pas l'impression que m'a faite cette triste scène.

J'ai donc été ce matin chez mon neveu ; je l'ai trouvé écrivant, et entouré de différents tas de

papiers, qui avaient l'air d'être l'objet de son travail.
Il s'en occupait au point, que j'étais au milieu de sa
chambre, qu'il n'avait pas encore tourné la tête pour
savoir qui entrait. Aussitôt qu'il m'a aperçue, j'ai très
bien remarqué qu'en se levant il s'efforçait de composer sa figure, et peut-être même est-ce là ce qui m'y
a fait faire plus d'attention. Il était, à la vérité, sans
toilette et sans poudre ; mais je l'ai trouvé pâle et
défait, et ayant surtout la physionomie altérée. Son
regard, que nous avons vu si vif et si gai, était triste
et abattu ; enfin, soit dit entre nous, je n'aurais pas
voulu que vous le vissiez ainsi : car il avait l'air très
touchant, et très propre, à ce que je crois, à inspirer
cette tendre pitié, qui est un des plus dangereux
pièges de l'amour.

Quoique frappée de mes remarques, j'ai pourtant
commencé la conversation comme si je ne m'étais
aperçue de rien. Je lui ai d'abord parlé de sa santé, et
sans me dire qu'elle soit bonne, il ne m'a point articulé pourtant qu'elle fût mauvaise. Alors je me suis
plainte de sa retraite, qui avait un peu l'air d'une
manie, et je tâchais de mêler un peu de gaieté à ma
petite réprimande ; mais lui m'a répondu seulement,
d'un ton pénétré : « C'est un tort de plus, je l'avoue ;
mais il sera réparé avec les autres. » Son air, plus
encore que ses discours, a un peu dérangé mon
enjouement, et je me suis hâtée de lui dire qu'il mettait trop d'importance à un simple reproche de
l'amitié.

Nous nous sommes donc remis à causer tranquillement. Il m'a dit, peu de temps après, que peut-être
une affaire, *la plus grande affaire de sa vie*, le rappellerait bientôt à Paris : mais comme j'avais peur de la
deviner, ma chère belle, et que ce début ne me menât
à une confidence dont je ne voulais pas, je ne lui ai
fait aucune question, et je me suis contentée de lui
répondre que plus de dissipation serait utile à sa
santé. J'ai ajouté que, pour cette fois, je ne lui ferais
aucune instance, aimant mes amis pour eux-mêmes ;
c'est à cette phrase si simple, que serrant mes mains,

et parlant avec une véhémence que je ne puis vous rendre : « Oui, ma tante, m'a-t-il dit, aimez, aimez beaucoup un neveu qui vous respecte et vous chérit ; et, comme vous dites, aimez-le pour lui-même. Ne vous affligez pas de son bonheur, et ne troublez, par aucun regret, l'éternelle tranquillité dont il espère jouir bientôt. Répétez-moi que vous m'aimez, que vous me pardonnez ; oui, vous me pardonnerez ; je connais votre bonté : mais comment espérer la même indulgence de ceux que j'ai tant offensés ? » Alors il s'est baissé sur moi, pour me cacher, je crois, des marques de douleur, que le son de sa voix me décelait malgré lui.

Emue plus que je ne puis vous dire, je me suis levée précipitamment ; et sans doute il a remarqué mon effroi ; car sur-le-champ, se composant davantage : « Pardon, a-t-il repris, pardon, Madame, je sens que je m'égare malgré moi. Je vous prie d'oublier mes discours, et de vous souvenir seulement de mon profond respect. Je ne manquerai pas, a-t-il ajouté, d'aller vous en renouveler l'hommage avant mon départ. » Il m'a semblé que cette dernière phrase m'engageait à terminer ma visite ; et je me suis en allée, en effet.

Mais plus j'y réfléchis, et moins je devine ce qu'il a voulu dire. Quelle est cette affaire, *la plus grande de sa vie* ? à quel sujet me demande-t-il pardon ? d'où lui est venu cet attendrissement involontaire en me parlant ? Je me suis déjà fait ces questions mille fois ; sans pouvoir y répondre. Je ne vois même rien là qui ait rapport à vous : cependant, comme les yeux de l'amour sont plus clairvoyants que ceux de l'amitié, je n'ai voulu vous laisser rien ignorer de ce qui s'est passé entre mon neveu et moi.

Je me suis reprise à quatre fois pour écrire cette longue lettre, que je ferais plus longue encore, sans la fatigue que je ressens. Adieu, ma chère belle.

Du château de..., ce 25 octobre 17 **.

LETTRE CXXIII

LE PÈRE ANSELME AU VICOMTE DE VALMONT

J'ai reçu, monsieur le Vicomte, la lettre dont vous m'avez honoré ; et dès hier, je me suis transporté, suivant vos désirs, chez la personne en question. Je lui ai exposé l'objet et les motifs de la démarche que vous demandiez de faire auprès d'elle. Quelque attachée que je l'aie trouvée au parti sage qu'elle avait pris d'abord, sur ce que je lui ai remontré qu'elle risquait peut-être par son refus de mettre obstacle à votre heureux retour, et de s'opposer ainsi, en quelque sorte, aux vues miséricordieuses de la Providence, elle a consenti à recevoir votre visite, à condition toutefois, que ce sera la dernière, et m'a chargé de vous annoncer qu'elle serait chez elle jeudi prochain, 28 [1]. Si ce jour ne pouvait pas vous convenir, vous voudrez bien l'en informer et lui en indiquer un autre. Votre lettre sera reçue.

Cependant, monsieur le Vicomte, permettez-moi de vous inviter à ne pas différer sans de fortes raisons, afin de pouvoir vous livrer plus tôt et plus entièrement aux dispositions louables que vous me témoignez. Songez que celui qui tarde à profiter du moment de la grâce, s'expose à ce qu'elle lui soit retirée ; que si la bonté divine est infinie, l'usage en est pourtant réglé par la justice ; et qu'il peut venir un moment où le Dieu de miséricorde se change en un Dieu de vengeance.

Si vous continuez à m'honorer de votre confiance, je vous prie de croire que tous mes soins vous seront acquis, aussitôt que vous le désirerez : quelques grandes que soient mes occupations, mon affaire la plus importante sera toujours de remplir les devoirs du saint ministère, auquel je me suis particulièrement dévoué ; et le moment le plus beau de ma vie, celui où je verrai mes efforts prospérer par la bénédiction du Tout-Puissant. Faibles pécheurs que nous sommes, nous ne pouvons rien par nous-mêmes ! Mais le Dieu qui vous rappelle peut tout ; et nous devrons également à sa bonté, vous, le désir constant de vous rejoindre à lui, et moi, les moyens de vous y conduire. C'est avec son secours, que j'espère vous convaincre bientôt que la religion sainte peut donner seule, même en ce monde, le bonheur solide et durable qu'on cherche vainement dans l'aveuglement des passions humaines.

J'ai l'honneur d'être, avec une respectueuse considération, etc.

Paris, ce 25 octobre 17**.

LETTRE CXXIV

LA PRÉSIDENTE DE TOURVEL À MADAME
DE ROSEMONDE

Au milieu de l'étonnement où m'a jetée, Madame, la nouvelle que j'ai apprise hier, je n'oublie pas la satisfaction qu'elle doit vous causer, et je me hâte de vous en faire part. M. de Valmont ne s'occupe plus ni de moi ni de son amour ; et ne veut plus que réparer, par une vie plus édifiante, les fautes ou plutôt les erreurs de sa jeunesse. J'ai été informée de ce grand événement par le père Anselme, auquel il s'est adressé pour le diriger à l'avenir, et aussi pour lui ménager une entrevue avec moi, dont je juge que l'objet principal est de me rendre mes lettres qu'il avait gardées jusqu'ici, malgré la demande contraire que je lui en avais faite.

Je ne puis, sans doute, qu'applaudir à cet heureux changement, et m'en féliciter, si, comme il le dit, j'ai pu y concourir en quelque chose. Mais pourquoi fallait-il que j'en fusse l'instrument, et qu'il m'en coûtât le repos de ma vie ? Le bonheur de M. de Valmont ne pouvait-il arriver jamais que par mon infortune ? Oh ! mon indulgente amie, pardonnez-moi cette plainte. Je sais qu'il ne m'appartient pas de sonder les décrets de Dieu ; mais tandis que je lui demande sans cesse, et toujours vainement, la force de vaincre mon malheureux amour, il la prodigue à celui qui ne la lui demandait pas, et me laisse, sans secours, entièrement livrée à ma faiblesse.

Mais étouffons ce coupable murmure. Ne sais-je pas que l'enfant prodigue, à son retour, obtint plus de grâces de son père, que le fils qui ne s'était jamais absenté [1] ? Quel compte avons-nous à demander à celui qui ne nous doit rien ? Et quand il serait possible que nous eussions quelques droits auprès de lui, quels pourraient être les miens ? Me vanterais-je d'une sagesse, que déjà je ne dois qu'à Valmont ? Il m'a sauvée, et j'oserais me plaindre en souffrant pour lui ! Non : mes souffrances me seront chères, si son bonheur en est le prix. Sans doute il fallait qu'il revînt à son tour au Père commun. Le Dieu qui l'a formé devait chérir son ouvrage. Il n'avait point créé cet être charmant pour n'en faire qu'un réprouvé. C'est à moi de porter la peine de mon audacieuse imprudence ; ne devais-je pas sentir que, puisqu'il m'était défendu de l'aimer, je ne devais pas me permettre de le voir ?

Ma faute ou mon malheur est de m'être refusée trop longtemps à cette vérité. Vous m'êtes témoin, ma chère et digne amie, que je me suis soumise à ce sacrifice, aussitôt que j'en ai reconnu la nécessité : mais, pour qu'il fût entier, il y manquait que M. de Valmont ne le partageât point. Vous avouerai-je que cette idée est à présent ce qui me tourmente le plus ? Insupportable orgueil, qui adoucit les maux que nous éprouvons, par ceux que nous faisons souffrir ! Ah ! je vaincrai ce cœur rebelle, je l'accoutumerai aux humiliations.

C'est surtout pour y parvenir que j'ai enfin consenti à recevoir, jeudi prochain, la pénible visite de M. de Valmont. Là, je l'entendrai me dire lui-même que je ne lui suis plus rien, que l'impression faible et passagère que j'avais faite sur lui, est entièrement effacée ! Je verrai ses regards se porter sur moi, sans émotion, tandis que la crainte de déceler la mienne me fera baisser les yeux. Ces mêmes lettres qu'il refusa si longtemps à mes demandes réitérées, je les recevrai de son indifférence ; il me les remettra comme des objets inutiles, et qui ne l'intéressent plus ; et mes mains tremblantes, en recevant ce dépôt honteux, sentiront qu'il leur est remis d'une main ferme et tranquille ! Enfin, je le verrai s'éloigner... s'éloigner pour jamais, et mes regards qui le suivront, ne verront pas les siens se retourner sur moi !

Et j'étais réservée à tant d'humiliations ! Ah ! que du moins je me la rende utile, en me pénétrant par elle du sentiment de ma faiblesse. Oui, ces lettres qu'il ne se soucie plus de garder, je les conserverai précieusement. Je m'imposerai la honte de les relire chaque jour, jusqu'à ce que mes larmes en aient effacé les dernières traces ; et les siennes, je les brûlerai comme infectées du poison dangereux qui a corrompu mon âme. Oh ! qu'est-ce donc que l'amour, s'il nous fait regretter jusqu'aux dangers auxquels il nous expose ; si surtout, on peut craindre de le ressentir encore, même alors qu'on ne l'inspire plus ! Fuyons cette passion funeste, qui ne laisse de choix qu'entre la honte et le malheur, et souvent même les réunit tous deux ; et qu'au moins la prudence remplace la vertu.

Que ce jeudi est encore loin ! que ne puis-je consommer à l'instant ce douloureux sacrifice, et en oublier à la fois et la cause et l'objet ! Cette visite m'importune ; je me repens d'avoir promis. Hé ! qu'a-t-il besoin de me revoir encore ? que sommes-nous à présent l'un à l'autre ? S'il m'a offensée, je le lui pardonne. Je le félicite même de vouloir réparer ses torts ; je l'en loue. Je ferai plus, je l'imiterai ; et séduite par les mêmes erreurs, son exemple me ramènera. Mais quand son projet est de me fuir, pourquoi commencer par me chercher ? Le plus pressé pour chacun de nous, n'est-il pas d'oublier l'autre ? Ah ! sans doute, et ce sera dorénavant mon unique soin.

Si vous le permettez, mon aimable amie, ce sera auprès de vous que j'irai m'occuper de ce travail difficile. Si j'ai besoin de secours, peut-être même de consolation, je n'en veux recevoir que de vous. Vous seule savez m'entendre et parler à mon cœur. Votre précieuse amitié remplira toute mon existence. Rien ne me paraîtra difficile pour seconder les soins que vous voudrez bien vous donner. Je vous devrai ma tranquillité, mon bonheur, ma vertu ; et le fruit de vos bontés pour moi sera de m'en avoir enfin rendue digne.

Je me suis, je crois, beaucoup égarée dans cette lettre ; je le présume au moins par le trouble où je n'ai pas cessé d'être en vous écrivant. S'il s'y trouvait quelques sentiments dont j'aie à rougir, couvrez-les de votre indulgente amitié. Je m'en remets entièrement à elle. Ce n'est pas à vous que je veux dérober aucun des mouvements de mon cœur.

Adieu, ma respectable amie. J'espère, sous peu de jours, vous annoncer celui de mon arrivée.

*Paris, ce 25 octobre 17**.*

QUATRIÈME PARTIE

LETTRE CXXV

LE VICOMTE DE VALMONT À LA MARQUISE
DE MERTEUIL

La voilà donc vaincue, cette femme superbe qui avait osé croire qu'elle pourrait me résister ! Oui, mon amie, elle est à moi, entièrement à moi ; et depuis hier, elle n'a plus rien à m'accorder.

Je suis encore trop plein de mon bonheur, pour pouvoir l'apprécier, mais je m'étonne du charme inconnu que j'ai ressenti. Serait-il donc vrai que la vertu augmentât le prix d'une femme, jusque dans le moment même de sa faiblesse [1] ? Mais reléguons cette idée puérile avec les contes de bonnes femmes. Ne rencontre-t-on pas presque partout, une résistance plus ou moins bien feinte au premier triomphe ? et ai-je trouvé nulle part le charme dont je parle ? ce n'est pourtant pas non plus celui de l'amour ; car enfin, si j'ai eu quelquefois, auprès de cette femme étonnante, des moments de faiblesse qui ressemblaient à cette passion pusillanime, j'ai toujours su les vaincre et revenir à mes principes. Quand même la scène d'hier m'aurait, comme je le crois, emporté un peu plus loin que je ne comptais ; quand j'aurais, un moment, partagé le trouble et l'ivresse que je faisais naître : cette illusion passagère serait dissipée à présent ; et cependant le même charme subsiste. J'aurais même, je l'avoue, un plaisir assez doux à m'y livrer, s'il ne me causait quelque inquiétude. Serai-je donc, à mon âge, maîtrisé comme un écolier, par un sentiment involontaire et inconnu ? Non : il faut, avant tout, le combattre et l'approfondir.

Peut-être, au reste, en ai-je déjà entrevu la cause ! Je me plais au moins dans cette idée, et je voudrais qu'elle fût vraie.

Dans la foule des femmes auprès desquelles j'ai rempli jusqu'à ce jour le rôle et les fonctions d'amant, je n'en avais encore rencontré aucune qui n'eût, au moins, autant d'envie de se rendre, que j'en avais de l'y déterminer ; je m'étais même accoutumé à appeler *prudes* celles qui ne faisaient que la moitié du chemin, par opposition à tant d'autres, dont la défense provocante ne couvre jamais qu'imparfaitement les premières avances qu'elles ont faites.

Ici, au contraire, j'ai trouvé une première prévention défavorable et fondée depuis sur les conseils et les rapports d'une femme haineuse, mais clairvoyante ; une timidité naturelle et extrême, que fortifiait une pudeur éclairée ; un attachement à la vertu, que la religion dirigeait, et qui comptait déjà deux années de triomphe, enfin des démarches éclatantes, inspirées par ces différents motifs et qui toutes n'avaient pour but que de se soustraire à mes poursuites.

Ce n'est donc pas, comme dans mes autres aventures, une simple capitulation plus ou moins avantageuse, et dont il est plus facile de profiter que de s'enorgueillir ; c'est une victoire complète, achetée par une campagne pénible, et décidée par de savantes manœuvres. Il n'est donc pas surprenant que ce succès, dû à moi seul, m'en devienne plus précieux ; et le surcroît de plaisir que j'ai éprouvé dans mon triomphe, et que je ressens encore, n'est que la douce impression du sentiment de la gloire. Je chéris cette façon de voir, qui me sauve l'humiliation de penser que je puisse dépendre en quelque manière de l'esclave même que je me serais asservie ; que je n'aie pas en moi seul la plénitude de mon bonheur ; et que la faculté de m'en faire jouir dans toute son énergie soit réservée à telle ou telle femme, exclusivement à toute autre.

Ces réflexions sensées régleront ma conduite dans cette importante occasion ; et vous pouvez être sûre que je ne me laisserai pas tellement enchaîner, que je ne puisse toujours briser ces nouveaux liens, en me jouant et à ma volonté. Mais déjà je vous parle de ma rupture ; et vous ignorez encore par quels moyens j'en ai acquis le droit ; lisez donc, et voyez à quoi s'expose la sagesse, en essayant de secourir la folie. J'étudiais si attentivement mes discours et les réponses que j'obtenais, que j'espère vous rendre les uns et les autres avec une exactitude dont vous serez contente.

Vous verrez par les deux copies des lettres ci-jointes *, quel médiateur j'avais choisi pour me rapprocher de ma belle, et avec quel zèle le saint personnage s'est employé pour nous réunir. Ce qu'il faut vous dire encore, et que j'avais appris par une lettre interceptée suivant l'usage, c'est que la crainte et la petite humiliation d'être quittée, avaient un peu dérangé la prudence [2] de l'austère dévote ; et avaient rempli son cœur et sa tête de sentiments et d'idées qui, pour n'avoir pas le sens commun, n'en étaient pas moins intéressants. C'est après ces préliminaires, nécessaires à savoir, qu'hier jeudi 28, jour préfix et donné par l'ingrate, je me suis présenté chez elle en esclave timide et repentant, pour en sortir en vainqueur couronné.

Il était six heures du soir quand j'arrivai chez la belle recluse, car depuis son retour, sa porte était restée fermée à tout le monde. Elle essaya de se lever quand on m'annonça ; mais ses genoux tremblants ne lui permirent pas de rester dans cette situation : elle se rassit sur-le-champ. Comme le domestique qui m'avait introduit eut quelque service à faire dans l'appartement, elle en parut impatientée. Nous remplîmes cet intervalle par les compliments d'usage.

* Lettres CXX et CXXIII.

Mais pour ne rien perdre d'un temps dont tous les moments étaient précieux, j'examinais soigneusement le local ; et dès lors, je marquai de l'œil le théâtre de ma victoire. J'aurais pu en choisir un plus commode : car, dans cette même chambre, il se trouvait une ottomane. Mais je remarquai qu'en face d'elle était un portrait du mari ; et j'eus peur, je l'avoue, qu'avec une femme si singulière, un seul regard que le hasard dirigeait de ce côté, ne détruisît en un moment l'ouvrage de tant de soins. Enfin, nous restâmes seuls et j'entrai en matière [3].

Après avoir exposé, en peu de mots, que le père Anselme l'avait dû informer des motifs de ma visite, je me suis plaint du traitement rigoureux que j'avais éprouvé ; et j'ai particulièrement appuyé sur le *mépris* qu'on m'avait témoigné. On s'en est défendu, comme je m'y attendais ; et, comme vous vous y attendiez bien aussi, j'en ai fondé la preuve sur la méfiance et l'effroi que j'avais inspirés, sur la fuite scandaleuse qui s'en était suivie, le refus de répondre à mes lettres, celui même de les recevoir, etc., etc. Comme on commençait une justification qui aurait été bien facile, j'ai cru devoir l'interrompre ; et pour me faire pardonner cette manière brusque je l'ai couverte aussitôt par une cajolerie. « Si tant de charmes, ai-je donc repris, ont fait sur mon cœur une impression si profonde, tant de vertus n'en ont pas moins fait sur mon âme. Séduit, sans doute, par le désir de m'en rapprocher, j'avais osé m'en croire digne. Je ne vous reproche point d'en avoir jugé autrement ; mais je me punis de mon erreur. » Comme on gardait le silence de l'embarras, j'ai continué : « J'ai désiré, Madame, ou de me justifier à vos yeux, ou d'obtenir de vous le pardon des torts que vous me supposez ; afin de pouvoir au moins terminer, avec quelque tranquillité, des jours auxquels je n'attache plus de prix, depuis que vous avez refusé de les embellir. »

Ici, on a pourtant essayé de répondre. « Mon devoir ne me permettait pas... » Et la difficulté d'achever le mensonge que le devoir exigeait n'a pas permis de

finir la phrase. J'ai donc repris du ton le plus tendre :
« Il est donc vrai que c'est moi que vous avez fui ?
— Ce départ était nécessaire. — Et que vous m'éloignez de vous ? — Il le faut. — Et pour toujours ? — Je
le dois. » Je n'ai pas besoin de vous dire que pendant
ce court dialogue, la voix de la tendre prude était
oppressée, et que ses yeux ne s'élevaient pas jusqu'à
moi.

Je jugeai devoir animer un peu cette scène languis-
sante ; ainsi, me levant avec l'air du dépit : « Votre
fermeté, dis-je alors, me rend toute la mienne. Hé
bien ! oui, Madame, nous serons séparés, séparés
même plus que vous ne pensez : et vous vous félici-
terez à loisir de votre ouvrage. » Un peu surprise de ce
ton de reproche, elle voulut répliquer. « La résolution
que vous avez prise... dit-elle. — N'est que l'effet de
mon désespoir, repris-je avec emportement. Vous avez
voulu que je sois malheureux ; je vous prouverai que
vous avez réussi au-delà de vos souhaits. — Je désire
votre bonheur », répondit-elle. Et le son de sa voix
commençait à annoncer une émotion assez forte.
Aussi me précipitant à ses genoux, et du ton dramatique que vous me connaissez : « Ah ! cruelle, me
suis-je écrié, peut-il exister pour moi un bonheur que
vous ne partagiez pas ? Où donc le trouver loin de
vous ? Ah ! jamais ! jamais ! » J'avoue qu'en me livrant
à ce point j'avais beaucoup compté sur le secours des
larmes : mais soit mauvaise disposition, soit peut-être
seulement l'effet de l'attention pénible et continuelle
que je mettais à tout, il me fut impossible de pleurer.

Par bonheur je me ressouvins que pour subjuguer
une femme tout moyen était également bon ; et qu'il
suffisait de l'étonner par un grand mouvement, pour
que l'impression en restât profonde et favorable. Je
suppléai donc, par la terreur, à la sensibilité qui se
trouvait en défaut ; et pour cela, changeant seulement
l'inflexion de ma voix, et gardant la même posture :
« Oui, continuai-je, j'en fais le serment à vos pieds,
vous posséder ou mourir [4]. » En prononçant ces dernières paroles, nos regards se rencontrèrent. Je ne sais

ce que la timide personne vit ou crut voir dans les miens, mais elle se leva d'un air effrayé, et s'échappa de mes bras dont je l'avais entourée. Il est vrai que je ne fis rien pour la retenir : car j'avais remarqué plusieurs fois que les scènes de désespoir menées trop vivement, tombaient dans le ridicule dès qu'elles devenaient longues, ou ne laissaient que des ressources vraiment tragiques et que j'étais fort éloigné de vouloir prendre. Cependant, tandis qu'elle se dérobait à moi, j'ajoutai d'un ton bas et sinistre, mais de façon qu'elle pût m'entendre : « Hé bien ! la mort ! »

Je me relevai alors ; et gardant un moment le silence, je jetais sur elle, comme au hasard, des regards farouches qui, pour avoir l'air d'être égarés, n'en étaient pas moins clairvoyants et observateurs. Le maintien mal assuré, la respiration haute, la contraction de tous les muscles, les bras tremblants, et à demi élevés, tout me prouvait assez que l'effet était tel que j'avais voulu le produire ; mais, comme en amour rien ne se finit que de très près, et que nous étions alors assez loin l'un de l'autre, il fallait avant tout se rapprocher. Ce fut pour y parvenir, que je passai le plus tôt possible à une apparente tranquillité, propre à calmer les effets de cet état violent, sans en affaiblir l'impression.

Ma transition fut : « Je suis bien malheureux. J'ai voulu vivre pour votre bonheur, et je l'ai troublé. Je me dévoue pour votre tranquillité, et je la trouble encore. » Ensuite d'un air composé, mais contraint : « Pardon, Madame ; peu accoutumé aux orages des passions, je sais mal en réprimer les mouvements. Si j'ai eu tort de m'y livrer, songez au moins que c'est pour la dernière fois. Ah ! calmez-vous, calmez-vous, je vous en conjure. » Et pendant ce long discours je me rapprochais insensiblement. « Si vous voulez que je me calme, répondit la belle effarouchée, vous-même soyez donc plus tranquille. — Hé bien ! oui, je vous le promets », lui dis-je. J'ajoutai d'une voix plus faible : « Si l'effort est grand, au moins ne doit-il pas être long. Mais, repris-je aussitôt d'un air égaré, je suis venu, n'est-il pas vrai, pour vous rendre vos lettres ?

De grâce, daignez les reprendre. Ce douloureux sacrifice me reste à faire : ne me laissez rien qui puisse
affaiblir mon courage. » Et tirant de ma poche le précieux recueil : « Le voilà, dis-je, ce dépôt trompeur des
assurances de votre amitié ! Il m'attachait à la vie,
reprenez-le. Donnez ainsi vous-même le signal qui
doit me séparer de vous pour jamais. »

Ici l'amante craintive céda entièrement à sa tendre
inquiétude. « Mais, Monsieur de Valmont, qu'avez-
vous, et que voulez-vous dire ? la démarche que vous
faites aujourd'hui n'est-elle pas volontaire ? n'est-ce
pas le fruit de vos propres réflexions ? et ne sont-ce
pas elles qui vous ont fait approuver vous-même le
parti nécessaire que j'ai suivi par devoir ? — Hé bien !
ai-je repris, ce parti a décidé le mien. — Et quel est-il ?
— Le seul qui puisse, en me séparant de vous, mettre
un terme à mes peines. — Mais, répondez-moi, quel
est-il ? » Là, je la pressai de mes bras, sans qu'elle se
défendît aucunement ; et jugeant, par cet oubli des
bienséances, combien l'émotion était forte et puissante : « Femme adorable, lui dis-je en risquant
l'enthousiasme, vous n'avez pas l'idée de l'amour que
vous inspirez ; vous ne saurez jamais jusqu'à quel
point vous fûtes adorée, et de combien ce sentiment
m'était plus cher que mon existence ! Puissent tous
vos jours être fortunés et tranquilles ; puissent-ils
s'embellir de tout le bonheur dont vous m'avez privé !
Payez au moins ce vœu sincère par un regret, par une
larme ; et croyez que le dernier de mes sacrifices ne
sera pas le plus pénible à mon cœur. Adieu. »

Tandis que je parlais ainsi, je sentais son cœur palpiter avec violence ; j'observais l'altération de la figure ;
je voyais, surtout, les larmes la suffoquer, et ne couler
cependant que rares et pénibles. Ce ne fut qu'alors, que
je pris le parti de feindre de m'éloigner ; aussi, me
retenant avec force : « Non, écoutez-moi, dit-elle vivement. — Laissez-moi, répondis-je. — Vous m'écou-
terez, je le veux. — Il faut vous fuir, il le faut ! — Non ! »
s'écria-t-elle... A ce dernier mot, elle se précipita ou
plutôt tomba évanouie entre mes bras. Comme je dou-

tais encore d'un si heureux succès, je feignis un grand effroi ; mais tout en m'effrayant, je la conduisais, ou la portais vers le lieu précédemment désigné pour le champ de ma gloire ; et en effet elle ne revint à elle que soumise et déjà livrée à son heureux vainqueur.

Jusque-là, ma belle amie, vous me trouverez, je crois, une pureté de méthode qui vous fera plaisir ; et vous verrez que je ne me suis écarté en rien des vrais principes de cette guerre, que nous avons remarqué souvent être si semblable à l'autre. Jugez-moi donc comme Turenne ou Frédéric. J'ai forcé à combattre l'ennemi qui ne voulait que temporiser ; je me suis donné, par de savantes manœuvres, le choix du terrain et celui des dispositions ; j'ai su inspirer la sécurité à l'ennemi, pour le joindre plus facilement dans sa retraite ; j'ai su y faire succéder la terreur, avant d'en venir au combat ; je n'ai rien mis au hasard, que par la considération d'un grand avantage en cas de succès, et la certitude des ressources en cas de défaite ; enfin, je n'ai engagé l'action qu'avec une retraite assurée, par où je pusse couvrir et conserver tout ce que j'avais conquis précédemment. C'est, je crois, tout ce qu'on peut faire ; mais je crains, à présent, de m'être amolli comme Annibal dans les délices de Capoue. Voilà ce qui s'est passé depuis.

Je m'attendais bien qu'un si grand événement ne se passerait pas sans les larmes et le désespoir d'usage ; et si je remarquai d'abord un peu plus de confusion, et une sorte de recueillement, j'attribuai l'un et l'autre à l'état de prude : aussi, sans m'occuper de ces légères différences que je croyais purement locales, je suivais simplement la grande route des consolations ; bien persuadé que, comme il arrive d'ordinaire, les sensations aideraient le sentiment, et qu'une seule action ferait plus que tous les discours, que pourtant je ne négligeais pas. Mais je trouvai une résistance vraiment effrayante, moins encore par son excès que par la forme sous laquelle elle se montrait.

Figurez-vous une femme assise, d'une raideur immobile, et d'une figure invariable ; n'ayant l'air ni de penser, ni d'écouter, ni d'entendre ; dont les yeux fixes laissent échapper des larmes assez continues, mais qui coulent sans effort. Telle était madame de Tourvel, pendant mes discours ; mais si j'essayais de ramener son attention vers moi par une caresse, par le geste même le plus innocent, à cette apparente apathie succédaient aussitôt la terreur, la suffocation, les convulsions, les sanglots, et quelques cris par intervalle, mais sans un mot articulé.

Ces crises revinrent plusieurs fois, et toujours plus fortes ; la dernière même fut si violente, que j'en fus entièrement découragé et craignis un moment d'avoir remporté une victoire inutile. Je me rabattis sur les lieux communs d'usage ; et dans le nombre se trouva celui-ci : « Et vous êtes dans le désespoir, parce que vous avez fait mon bonheur ? » A ce mot, l'adorable femme se tourna vers moi ; et sa figure, quoique encore un peu égarée, avait pourtant déjà repris son expression céleste. « Votre bonheur, me dit-elle ! » Vous devinez ma réponse. « Vous êtes donc heureux ? » Je redoublai les protestations. « Et heureux par moi ! » J'ajoutai les louanges et les tendres propos. Tandis que je parlais, tous ses membres s'assouplirent ; elle retomba avec mollesse appuyée sur son fauteuil ; et m'abandonnant une main que j'avais osé prendre : « Je sens, dit-elle, que cette idée me console et me soulage. »

Vous jugez qu'ainsi remis sur la voie, je ne la quittai plus ; c'était réellement la bonne, et peut-être la seule. Aussi quand je voulus tenter un second succès, j'éprouvai d'abord quelque résistance, et ce qui s'était passé auparavant me rendait circonspect : mais ayant appelé à mon secours cette même idée de mon bonheur, j'en ressentis bientôt les favorables effets : « Vous avez raison, me dit la tendre personne ; et je ne puis plus supporter mon existence, qu'autant qu'elle servira à vous rendre heureux. Je m'y consacre tout entière : dès ce moment je me donne à vous, et vous n'éprouverez de ma part ni refus, ni regrets. » Ce fut avec cette candeur naïve ou sublime, qu'elle me livra sa personne et ses charmes, et qu'elle augmenta mon bonheur en le parta-

geant. L'ivresse fut complète et réciproque ; et, pour la
première fois, la mienne survécut au plaisir. Je ne sortis
de ses bras que pour tomber à ses genoux, pour lui jurer
un amour éternel ; et, il faut tout avouer, je pensais ce
que je disais. Enfin, même après nous être séparés, son
idée ne me quittait point, et j'ai eu besoin de me
travailler pour m'en distraire.

Ah ! pourquoi n'êtes-vous pas ici, pour balancer au
moins le charme [5] de l'action par celui de la récompense ? Mais je ne perdrai rien pour attendre, n'est-il
pas vrai ? et j'espère pouvoir regarder, comme
convenu entre nous, l'heureux arrangement que je
vous ai proposé dans ma dernière lettre. Vous voyez
que je m'exécute, et que, comme je vous l'ai promis,
mes affaires seront assez avancées pour pouvoir vous
donner une partie de mon temps. Dépêchez-vous
donc de renvoyer votre pesant Belleroche, et laissez
là le doucereux Danceny pour ne vous occuper que
de moi. Mais que faites-vous donc tant à cette campagne que vous ne me répondez seulement pas ?
Savez-vous que je vous gronderais volontiers ? Mais
le bonheur porte à l'indulgence. Et puis je n'oublie
pas qu'en me replaçant au nombre de vos soupirants
je dois me soumettre, de nouveau, à vos petites fantaisies. Souvenez-vous cependant que le nouvel
amant ne veut rien perdre des anciens droits de
l'ami.

Adieu, comme autrefois... *Oui, adieu, mon ange ! Je
t'envoie tous les baisers de l'amour.*

P.S. Savez-vous que Prévan, au bout de son mois
de prison, a été obligé de quitter son corps ? C'est
aujourd'hui la nouvelle de tout Paris. En vérité, le
voilà cruellement puni d'un tort qu'il n'a pas eu, et
votre succès est complet !

Paris, ce 29 octobre 17 **.

LETTRE CXXVI

MADAME DE ROSEMONDE À LA PRÉSIDENTE
DE TOURVEL

Je vous aurais répondu plus tôt, mon aimable enfant, si la fatigue de ma dernière lettre ne m'avait rendu mes douleurs, ce qui m'a encore privée tous ces jours-ci de l'usage de mon bras. J'étais bien pressée de vous remercier des bonnes nouvelles que vous m'avez données de mon neveu, et je ne l'étais pas moins de vous en faire pour votre compte, de sincères félicitations. On est forcé de reconnaître véritablement là un coup de la Providence [1], qui, en touchant l'un, a aussi sauvé l'autre. Oui, ma chère belle, Dieu qui ne voulait que vous éprouver, vous a secourue au moment où vos forces étaient épuisées ; et malgré votre petit murmure, vous avez, je crois, quelques actions de grâces à lui rendre. Ce n'est pas que je ne sente fort bien qu'il vous eût été plus agréable que cette résolution vous fût venue la première, et que celle de Valmont n'en eût été que la suite ; il semble même, humainement parlant, que les droits de notre sexe en eussent été mieux conservés, et nous ne voulons en perdre aucun ! Mais qu'est-ce que ces considérations légères, auprès des objets importants qui se trouvent remplis ? Voit-on celui qui se sauve du naufrage, se plaindre de n'avoir pas eu le choix des moyens ?

Vous éprouverez bientôt, ma chère fille, que les peines que vous redoutez s'allégeront d'elles-mêmes ; et quand elles devraient subsister toujours et dans leur entier, vous n'en sentiriez pas moins qu'elles seraient encore plus faciles à supporter que les remords du crime et le mépris de soi-même. Inutilement, vous aurais-je parlé plus tôt avec cette apparente sévérité : l'amour est un sentiment indépendant, que la prudence peut faire éviter, mais qu'elle ne saurait vain-

cre ; et qui, une fois né, ne meurt que de sa belle mort
ou du défaut absolu d'espoir. C'est ce dernier cas,
dans lequel vous êtes, qui me rend le courage et le
droit de vous dire librement mon avis. Il est cruel
d'effrayer un malade désespéré, qui n'est plus susceptible que de consolations et de palliatifs : mais il est
sage d'éclairer un convalescent sur les dangers qu'il a
courus, pour lui inspirer la prudence dont il a besoin,
et la soumission aux conseils qui peuvent encore lui
être nécessaires.

Puisque vous me choisissez pour votre médecin,
c'est comme tel que je vous parle, et que je vous dis
que les petites incommodités que vous ressentez à présent, et qui peut-être exigent quelques remèdes, ne
sont pourtant rien en comparaison de la maladie
effrayante dont voilà la guérison assurée. Ensuite
comme votre amie, comme l'amie d'une femme raisonnable et vertueuse, je me permettrai d'ajouter que
cette passion, qui vous avait subjuguée, déjà si malheureuse par elle-même, le devenait encore plus par
son objet. Si j'en crois ce qu'on m'en dit, mon neveu,
que j'avoue aimer peut-être avec faiblesse, et qui
réunit en effet beaucoup de qualités louables à beaucoup d'agréments, n'est ni sans danger pour les
femmes, ni sans torts vis-à-vis d'elles, et met presque
un prix égal à les séduire et à les perdre. Je crois bien
que vous l'auriez converti. Jamais personne sans doute
n'en fut plus digne : mais tant d'autres s'en sont flat-
tées de même, dont l'espoir a été déçu, que j'aime
bien mieux que vous n'en soyez pas réduite à cette
ressource.

Considérez à présent, ma chère belle, qu'au lieu de
tant de dangers que vous auriez eu à courir, vous
aurez, outre le repos de votre conscience et votre
propre tranquillité, la satisfaction d'avoir été la princi-
pale cause de l'heureux retour de Valmont. Pour moi,
je ne doute pas que ce ne soit, en grande partie,
l'ouvrage de votre courageuse résistance, et qu'un
moment de faiblesse de votre part n'eût peut-être
laissé mon neveu dans un égarement éternel. J'aime à

penser ainsi, et désire vous voir penser de même ; vous y trouverez vos premières consolations et moi, de nouvelles raisons de vous aimer davantage.

Je vous attends ici sous peu de jours, mon aimable fille, comme vous me l'annoncez. Venez retrouver le calme et le bonheur dans les mêmes lieux où vous l'aviez perdu ; venez surtout vous réjouir avec votre tendre mère, d'avoir si heureusement tenu la parole que vous lui aviez donnée, de ne rien faire qui ne fût digne d'elle et de vous !

Du château de..., ce 30 octobre 17 **.

LETTRE CXXVII

LA MARQUISE DE MERTEUIL AU VICOMTE
DE VALMONT

Si je n'ai pas répondu, Vicomte, à votre lettre du 19, ce n'est pas que je n'en aie eu le temps ; c'est tout simplement qu'elle m'a donné de l'humeur, et que je ne lui ai pas trouvé le sens commun. J'avais donc cru n'avoir rien de mieux à faire, que de la laisser dans l'oubli ; mais puisque vous revenez sur elle, que vous paraissez tenir aux idées qu'elle contient, et que vous prenez mon silence pour un consentement, il faut vous dire clairement mon avis.

J'ai pu avoir quelquefois la prétention de remplacer à moi seule tout un sérail ; mais il ne m'a jamais convenu d'en faire partie. Je croyais que vous saviez cela. Au moins à présent, que vous ne pouvez plus l'ignorez, vous jugerez facilement combien votre proposition a dû me paraître ridicule. Qui, moi ! je sacrifierais un goût, et encore un goût nouveau, pour m'occuper de vous ? Et pour m'en occuper comment ? en attendant à mon tour, et en esclave soumise, les sublimes faveurs de votre *Hautesse*. Quand, par exemple, vous voudrez vous distraire un moment de *ce charme inconnu* que *l'adorable, la céleste* madame de Tourvel, vous a fait seule éprouver ou quand vous craindrez de compromettre, auprès *de l'attachante Cécile*, l'idée supérieure que vous êtes bien aise qu'elle conserve de vous : alors descendant jusqu'à moi, vous y viendrez chercher des plaisirs, moins vifs à la vérité, mais sans conséquence ; et vos précieuses bontés quoique un peu rares, suffiront de reste à mon bonheur !

Certes, vous êtes riche en bonne opinion de vous-même : mais apparemment je ne le suis pas en modestie ; car j'ai beau me regarder, je ne peux pas me trouver déchue jusque-là. C'est peut-être un tort que j'ai ; mais je vous préviens que j'en ai beaucoup d'autres encore.

J'ai surtout celui de croire que *l'écolier, le doucereux* Danceny, uniquement occupé de moi, me sacrifiant, sans s'en faire un mérite, une première passion, avant même qu'elle ait été satisfaite, et m'aimant enfin comme on aime à son âge, pourrait, malgré ses vingt ans, travailler plus efficacement que vous à mon bonheur et à mes plaisirs. Je me permettrai même d'ajouter, que, s'il me venait en fantaisie de lui donner un adjoint, ce ne serait pas vous, au moins pour le moment.

Et par quelles raisons, m'allez-vous demander ? Mais d'abord il pourrait fort bien n'y en avoir aucune : car le caprice qui vous ferait préférer, peut également vous faire exclure. Je veux pourtant bien, par politesse, vous motiver mon avis. Il me semble que vous auriez trop de sacrifices à me faire ; et moi, au lieu d'en avoir la reconnaissance que vous ne manqueriez pas d'en attendre, je serais capable de croire que vous m'en devriez encore ! Vous voyez bien, qu'aussi éloignés l'un de l'autre par notre façon de penser, nous ne pouvons nous rapprocher d'aucune manière ; et je crains qu'il ne me faille beaucoup de temps, mais beaucoup, avant de changer de sentiment. Quand je serai corrigée, je vous promets de vous avertir. Jusque-là croyez-moi, faites d'autres arrangements, et gardez vos baisers, vous avez tant à les placer mieux !...

Adieu, comme autrefois, dites-vous ? Mais autrefois, ce me semble, vous faisiez un peu plus de cas de moi ; vous ne m'aviez pas destinée tout à fait aux troisièmes rôles ; et surtout vous vouliez bien attendre que j'eusse dit oui, avant d'être sûr de mon consentement. Trouvez donc bon qu'au lieu de vous dire aussi, adieu comme autrefois, je vous dise, adieu comme à présent.

Votre servante, monsieur le Vicomte.

Du château de..., ce 31 octobre 17**.

LETTRE CXXVIII

LA PRÉSIDENTE DE TOURVEL
À MADAME DE ROSEMONDE

Je n'ai reçu qu'hier, Madame, votre tardive réponse. Elle m'aurait tuée sur-le-champ, si j'avais eu encore mon existence en moi : mais un autre en est possesseur : et cet autre est M. de Valmont. Vous voyez que je ne vous cache rien. Si vous devez ne me plus trouver digne de votre amitié, je crains moins encore de la perdre que de la surprendre. Tout ce que je puis vous dire, c'est que, placée par M. de Valmont entre sa mort ou son bonheur, je me suis décidée pour ce dernier parti. Je ne m'en vante, ni ne m'en accuse : je dis simplement ce qui est.

Vous sentirez aisément, d'après cela, quelle impression a dû me faire votre lettre, et les vérités sévères qu'elle contient. Ne croyez pas cependant qu'elle ait pu faire naître un regret en moi, ni qu'elle puisse jamais me faire changer de sentiment ni de conduite. Ce n'est pas que je n'aie des moments cruels : mais quand mon cœur est le plus déchiré, quand je crains de ne pouvoir plus supporter mes tourments, je me dis : Valmont est heureux ; et tout disparaît devant cette idée, ou plutôt elle change tout en plaisir.

C'est donc à votre neveu que je me suis consacrée ;

c'est pour lui que je me suis perdue. Il est devenu le centre unique de mes pensées, de mes sentiments, de mes actions. Tant que ma vie sera nécessaire à son bonheur, elle me sera précieuse, et je la trouverai fortunée. Si quelque jour il en juge autrement... il n'entendra de ma part ni plainte ni reproche. J'ai déjà osé fixer les yeux sur ce moment fatal et mon parti est pris.

Vous voyez à présent combien peu doit m'affecter la crainte que vous paraissez avoir, qu'un jour M. de Valmont ne me perde : car avant de le vouloir, il aura donc cessé de m'aimer ; et que me feront alors de vains reproches que je n'entendrai pas ? Seul, il sera mon juge. Comme je n'aurai vécu que pour lui, ce sera en lui que reposera ma mémoire ; et s'il est forcé de reconnaître que je l'aimais, je serai suffisamment justifiée.

Vous venez, Madame, de lire dans mon cœur. J'ai préféré le malheur de perdre votre estime par ma franchise, à celui de m'en rendre indigne par l'avilissement du mensonge. J'ai cru devoir cette entière confiance à vos anciennes bontés pour moi. Ajouter un mot de plus pourrait vous faire soupçonner que j'ai l'orgueil d'y compter encore, quand au contraire, je me rends justice, en cessant d'y prétendre. Je suis avec respect, Madame, votre très humble et très obéissante servante.

Paris, ce 1er novembre 17 **.

LETTRE CXXIX

LE VICOMTE DE VALMONT À LA MARQUISE DE MERTEUIL

Dites-moi donc, ma belle amie, d'où peut venir ce ton d'aigreur et de persiflage qui règne dans votre dernière lettre ? Quel est donc ce crime que j'ai commis, apparemment sans m'en douter, et qui vous donne tant d'humeur ? J'ai eu l'air, me reprochez-vous, de compter sur votre consentement avant de l'avoir obtenu : mais je croyais que ce qui pourrait paraître de la présomption pour tout le monde, ne pouvait jamais être pris, de vous à moi, que pour de la confiance : et depuis quand ce sentiment nuit-il à l'amitié ou à l'amour ? En réunissant l'espoir au désir, je n'ai fait que céder à l'impulsion naturelle, qui nous fait nous placer toujours le plus près possible du bonheur que nous cherchons ; et vous avez pris pour l'effet de l'orgueil ce qui ne l'était que de mon empressement. Je sais fort bien que l'usage a introduit, dans ce cas, un doute respectueux : mais vous savez aussi que ce n'est qu'une forme, un simple protocole ; et j'étais, ce me semble, autorisé à croire que ces précautions minutieuses n'étaient plus nécessaires entre nous.

Il me semble même que cette marche franche et libre, quand elle est fondée sur une ancienne liaison, est bien préférable à l'insipide cajolerie, qui affadit si souvent l'amour. Peut-être, au reste, le prix que je trouve à cette manière, ne vient-il que de celui que j'attache au bonheur qu'elle me rappelle : mais par là même, il me serait plus pénible encore de vous voir en juger autrement.

Voilà pourtant le seul tort que je me connaisse : car je n'imagine pas que vous ayez pu penser sérieusement, qu'il existât une femme dans le monde, qui me parût préférable à vous ; et encore moins, que j'aie pu vous apprécier aussi mal que vous feignez de le croire. Vous vous êtes regardée, me dites-vous, à ce sujet, et vous ne vous êtes pas trouvée déchue à ce point. Je le crois bien, et cela prouve seulement que votre miroir est fidèle. Mais n'auriez-vous pas pu en conclure avec plus de facilité et de justice, qu'à coup sûr je n'avais pas jugé ainsi de vous ?

Je cherche vainement une cause à cette étrange idée. Il me semble pourtant qu'elle tient, de plus ou moins près, aux éloges que je me suis permis de donner à d'autres femmes. Je l'infère au moins de votre affectation à relever les épithètes *d'adorable, de céleste, d'attachante*, dont je me suis servi en vous parlant de madame de Tourvel, ou de la petite Volanges. Mais ne savez-vous pas que ces mots, plus souvent pris au hasard que par réflexion, expriment moins le cas que l'on fait de la personne, que la situation dans laquelle on se trouve quand on en parle ? Et si, dans le moment même où j'étais si vivement affecté ou par l'une ou par l'autre, je ne vous en désirais pourtant pas moins ; si je vous donnais une préférence marquée sur toutes deux, puisque enfin je ne pouvais renouveler notre première liaison qu'au préjudice des deux autres, je ne crois pas qu'il y ait là si grand sujet de reproche.

Il ne me sera pas plus difficile de me justifier sur le *charme inconnu* dont vous me paraissez aussi un peu choquée : car d'abord, de ce qu'il est inconnu, il ne s'ensuit pas qu'il soit plus fort. Hé ! qui pourrait l'emporter sur les délicieux plaisirs que vous seule savez rendre toujours nouveaux, comme toujours plus vifs ? J'ai donc voulu dire seulement que celui-là était d'un genre que je n'avais pas encore éprouvé ; mais sans prétendre lui assigner de classe ; et j'avais ajouté, ce que je répète aujourd'hui, que, quel qu'il soit, je saurai le combattre et le vaincre. J'y mettrai bien plus de zèle encore, si je peux voir dans ce léger travail un hommage à vous offrir.

Pour la petite Cécile, je crois bien inutile de vous en parler. Vous n'avez pas oublié que c'est à votre demande que je me suis chargé de cette enfant, et je n'attends que votre congé pour m'en défaire. J'ai pu remarquer son ingénuité et sa fraîcheur ; j'ai pu même la croire un moment *attachante*, parce que, plus ou moins, on se complaît toujours un peu dans son ouvrage : mais assurément, elle n'a assez de consistance en aucun genre, pour fixer en rien l'attention.

A présent, ma belle amie, j'en appelle à votre justice, à vos premières bontés pour moi ; à la longue et parfaite amitié, à l'entière confiance qui depuis ont resserré nos liens : ai-je mérité le ton rigoureux que vous prenez avec moi ? Mais qu'il vous sera facile de m'en dédommager quand vous voudrez ! Dites seulement un mot, et vous verrez si tous les charmes et tous les attachements me retiendront ici, non pas un jour, mais une minute. Je volerai à vos pieds et dans vos bras, et je vous prouverai, mille fois et de mille manières, que vous êtes, que vous serez toujours, la véritable souveraine de mon cœur.

Adieu, ma belle amie ; j'attends votre réponse avec beaucoup d'empressement.

*Paris, ce 3 novembre 17**.*

LETTRE CXXX

MADAME DE ROSEMONDE À LA PRÉSIDENTE DE TOURVEL

Et pourquoi, ma chère belle, ne voulez-vous plus être ma fille ? pourquoi semblez-vous m'annoncer que toute correspondance va être rompue entre nous ? Est-ce pour me punir de n'avoir pas deviné ce qui était contre toute vraisemblance ? ou me soupçonnez-vous de vous avoir affligée volontairement ? Non, je connais trop bien votre cœur, pour croire qu'il pense ainsi du mien. Aussi la peine que m'a faite votre lettre est-elle bien moins relative à moi qu'à vous-même !

O ma jeune amie ! je vous le dis avec douleur ; mais vous êtes bien trop digne d'être aimée, pour que jamais l'amour vous rende heureuse. Hé ! quelle femme vraiment délicate et sensible n'a pas trouvé l'infortune dans ce même sentiment qui lui promettait tant de bonheur ! Les hommes savent-ils apprécier la femme qu'ils possèdent ?

Ce n'est pas que plusieurs ne soient honnêtes dans leurs procédés, et constants dans leur affection : mais, parmi ceux-là même, combien peu savent encore se mettre à l'unisson de notre cœur ! Ne croyez pas, ma chère enfant, que leur amour soit semblable au nôtre. Ils éprouvent bien la même ivresse ; souvent même ils y mettent plus d'emportement : mais ils ne connaissent pas cet empressement inquiet, cette sollicitude délicate, qui produit en nous ces soins tendres et continus, et dont l'unique but est toujours l'objet aimé. L'homme jouit du bonheur qu'il ressent, et la femme de celui qu'elle procure. Cette différence, si essentielle et si peu remarquée, influe pourtant, d'une manière bien sensible, sur la totalité de leur conduite respective. Le plaisir de l'un est de satisfaire des désirs, celui de l'autre est surtout de les faire naître. Plaire n'est pour lui qu'un moyen de succès ; tandis que pour elle, c'est le succès lui-même. Et la coquetterie, si souvent reprochée aux femmes, n'est autre chose que l'abus de cette façon de sentir, et par là même en prouve la réalité. Enfin, ce goût exclusif, qui caractérise particulièrement l'amour, n'est dans l'homme qu'une préférence, qui sert, au plus, à augmenter un plaisir, qu'un autre objet affaiblirait peut-être, mais ne détruirait pas ; tandis que dans les femmes, c'est un sentiment profond, qui non seulement anéantit tout désir étranger, mais qui, plus fort que la nature, et soustrait à son empire, ne leur laisse éprouver que répugnance et dégoût, là même où semble devoir naître la volupté.

Et n'allez pas croire que des exceptions plus ou moins nombreuses, et qu'on peut citer, puissent s'opposer avec succès à ces vérités générales ! Elles ont pour garant la voix publique, qui, pour les hommes seulement, a distingué l'infidélité de l'inconstance : distinction dont ils se prévalent, quand ils devraient en être humiliés ; et qui, pour notre sexe, n'a jamais été adoptée que par ces femmes dépravées qui en sont la honte, et à qui tout moyen paraît bon, qu'elles espèrent pouvoir les sauver du sentiment pénible de leur bassesse.

J'ai cru, ma chère belle, qu'il pourrait vous être utile d'avoir ces réflexions à opposer aux idées chimériques d'un bonheur parfait dont l'amour ne manque jamais d'abuser notre imagination : espoir trompeur, auquel on tient encore, même alors qu'on se voit forcé de l'abandonner, et dont la perte irrite et multiplie les chagrins déjà trop réels, inséparables d'une passion vive ! Cet emploi d'adoucir vos peines, ou d'en diminuer le nombre est le seul que je veuille, que je puisse remplir en ce moment. Dans les maux sans remèdes, les conseils ne peuvent plus porter que sur le régime. Ce que je vous demande seulement, c'est de vous souvenir que plaindre un malade, ce n'est pas le blâmer. Eh ! qui sommes-nous, pour nous blâmer les uns les autres ? Laissons le droit de juger, à celui-là seul qui lit dans les cœurs ; et j'ose même croire qu'à ses yeux paternels, une foule de vertus peut racheter une faiblesse.

Mais, je vous en conjure, ma chère amie, défendez-vous surtout de ces résolutions violentes, qui annoncent moins la force qu'un entier découragement : n'oubliez pas qu'en rendant un autre possesseur de votre existence pour me servir de votre expression, vous n'avez pas pu cependant frustrer vos amis de ce qu'ils en possédaient à l'avance, et qu'ils ne cesseront jamais de réclamer.

Adieu, ma chère fille ; songez quelquefois à votre tendre mère et croyez que vous serez toujours, et pardessus tout, l'objet de ses plus chères pensées.

Du château de..., ce 4 novembre 17 ★ ★ [1].

LETTRE CXXXI

LA MARQUISE DE MERTEUIL AU VICOMTE
DE VALMONT

A la bonne heure, Vicomte ; et je suis plus contente de vous cette fois-ci que l'autre ; mais à présent, causons de bonne amitié et j'espère vous convaincre que, pour vous comme pour moi, l'arrangement que vous paraissez désirer serait une véritable folie.

N'avez-vous pas encore remarqué que le plaisir, qui est bien en effet l'unique mobile de la réunion des deux sexes, ne suffit pourtant pas pour former une liaison entre eux ? et que, s'il est précédé du désir qui rapproche, il n'est pas moins suivi du dégoût qui repousse ? C'est une loi de la nature, que l'amour seul peut changer ; et de l'amour, en a-t-on quand on veut ? Il en faut pourtant toujours : et cela serait vraiment fort embarrassant, si on ne s'était pas aperçu qu'heureusement il suffisait qu'il en existât d'un côté. La difficulté est devenue par là de moitié moindre, et même sans qu'il y ait eu beaucoup à perdre ; en effet, l'un jouit du bonheur d'aimer, l'autre de celui de plaire, un peu moins vif à la vérité, mais auquel se joint le plaisir de tromper, ce qui fait équilibre ; et tout s'arrange.

Mais dites-moi, Vicomte, qui de nous deux se chargera de tromper l'autre ? Vous savez l'histoire de ces deux fripons qui se reconnurent en jouant : « Nous ne nous ferons rien, se dirent-ils, payons les cartes par moitié » ; et ils quittèrent la partie. Suivons, croyez-moi, ce prudent exemple, et ne perdons pas ensemble un temps que nous pouvons si bien employer ailleurs.

Pour vous prouver qu'ici votre intérêt me décide autant que le mien, et que je n'agis ni par humeur, ni par caprice, je ne vous refuse pas le prix convenu entre nous : je sens à merveille que pour une seule soirée nous nous suffirons de reste ; et je ne doute même pas que nous ne sachions assez l'embellir pour ne la voir finir qu'à regret. Mais n'oublions pas que ce regret est nécessaire au bonheur ; et quelque douce que soit notre illusion, n'allons pas croire qu'elle puisse être durable.

Vous voyez que je m'exécute à mon tour, et cela, sans que vous vous soyez encore mis en règle avec moi ; car enfin je devais avoir la première lettre de la céleste prude ; et pourtant, soit que vous y teniez encore, soit que vous ayez oublié les conditions d'un marché, qui vous intéresse peut-être moins que vous ne voulez me le faire croire, je n'ai rien reçu, absolument rien. Cependant, ou je me trompe, ou la tendre dévote doit beaucoup écrire : car que ferait-elle quand elle est seule ? elle n'a sûrement pas le bon esprit de se distraire. J'aurais donc, si je voulais, quelques petits reproches à vous faire ; mais je les passe sous silence, en compensation d'un peu d'humeur que j'ai eu peut-être dans ma dernière lettre [1].

A présent, vicomte, il ne me reste plus qu'à vous faire une demande et elle est encore autant pour vous que pour moi : c'est de différer un moment que je désire peut-être autant que vous, mais dont il me semble que l'époque doit être retardée jusqu'à mon retour à la ville. D'une part, nous n'aurions pas ici la liberté nécessaire ; et, de l'autre, j'y aurais quelque risque à courir : car il ne faudrait qu'un peu de jalousie, pour me rattacher de plus belle ce triste Belleroche, qui pourtant ne tient plus qu'à un fil. Il en est déjà à se battre les flancs pour m'aimer ; c'est au point, qu'à présent je mets autant de malice que de prudence dans les caresses dont je le surcharge. Mais, en même temps, vous voyez bien que ce ne serait pas là un sacrifice à vous faire ! une infidélité réciproque rendra le charme bien plus puissant [2].

Savez-vous que je regrette quelquefois que nous en soyons réduits à ces ressources ! Dans le temps où nous nous aimions car je crois que c'était de l'amour, j'étais heureuse [3] ; et vous, Vicomte !... Mais pourquoi s'occuper encore d'un bonheur qui ne peut revenir ? Non, quoi que vous en disiez, c'est un retour impossible. D'abord, j'exigerais des sacrifices que sûrement vous ne pourriez ou ne voudriez pas me faire, et qu'il se peut bien que je ne mérite pas ; et puis, comment vous fixer ? Oh ! non, non, je ne veux seulement pas m'occuper de cette idée ; et malgré le plaisir que je trouve en ce moment à vous écrire [4], j'aime mieux vous quitter brusquement.

Adieu, Vicomte.

Du château de..., ce 6 novembre 17**.

LETTRE CXXXII

LA PRÉSIDENTE DE TOURVEL À MADAME
DE ROSEMONDE

Pénétrée, Madame, de vos bontés pour moi, je m'y livrerais tout entière, si je n'étais retenue, en quelque sorte, par la crainte de les profaner en les acceptant. Pourquoi faut-il, quand je les vois si précieuses, que je sente en même temps que je n'en suis plus digne ? Ah ! j'oserai du moins vous en témoigner ma reconnaissance ; j'admirerai, surtout, cette indulgence de la vertu, qui ne connaît nos faiblesses que pour y compatir, et dont le charme puissant conserve sur les cœurs un empire si doux et si fort, même à côté du charme de l'amour.

Mais puis-je mériter encore une amitié qui ne suffit plus à mon bonheur ? Je dis de même de vos conseils ; j'en sens le prix et ne puis les suivre. Et comment ne croirais-je pas à un bonheur parfait, quand je l'éprouve en ce moment ? Oui, si les hommes sont tels que vous le dites, il faut les fuir, ils sont haïssables ; mais qu'alors Valmont est loin de leur ressembler ! S'il a comme eux cette violence de passion, que vous nommez emportement, combien n'est-elle pas surpassée en lui par l'excès de sa délicatesse ! O mon amie ! vous me parlez de partager mes peines, jouissez donc de mon bonheur ; je le dois à l'amour, et de combien encore l'objet en augmente le prix ! Vous aimez votre neveu, dites-vous, peut-être avec faiblesse ? ah ! si vous le connaissiez comme moi ! je l'aime avec idolâtrie, et bien moins encore qu'il ne le mérite. Il a pu sans doute être entraîné dans quelques erreurs, il en convient lui-même ; mais qui jamais connut comme lui le véritable amour ? Que puis-je vous dire de plus ? il le ressent tel qu'il l'inspire.

Vous allez croire que c'est là *une de ces idées chimé-*

riques dont l'amour ne manque jamais d'abuser notre ima-
gination ; mais dans ce cas, pourquoi serait-il devenu
plus tendre, plus empressé, depuis qu'il n'a plus rien à
obtenir ? Je l'avouerai, je lui trouvais auparavant un air
de réflexion, de réserve, qui l'abandonnait rarement et
qui souvent me ramenait, malgré moi, aux fausses et
cruelles impressions qu'on m'avait données de lui.
Mais depuis qu'il peut se livrer sans contrainte aux
mouvements de son cœur, il semble deviner tous les
désirs du mien. Qui sait si nous n'étions pas nés l'un
pour l'autre ! si ce bonheur ne m'était pas réservé,
d'être nécessaire au sien ! Ah ! si c'est une illusion,
que je meure donc avant qu'elle finisse. Mais non ; je
veux vivre pour le chérir, pour l'adorer. Pourquoi ces-
serait-il de m'aimer ? Quelle autre femme rendrait-il
plus heureuse que moi ? Et, je le sens par moi-même,
ce bonheur qu'on fait naître, est le plus fort lien, le
seul qui attache véritablement. Oui, c'est ce sentiment
délicieux qui anoblit l'amour, qui le purifie en quelque
sorte, et le rend vraiment digne d'une âme tendre et
généreuse, telle que celle de Valmont.

Adieu, ma chère, ma respectable, mon indulgente
amie. Je voudrais en vain vous écrire plus longtemps ;
voici l'heure où il a promis de venir, et toute autre
idée m'abandonne. Pardon ! mais vous voulez mon
bonheur, et il est si grand dans ce moment, que je
suffis à peine à le sentir.

*Paris, ce 7 novembre 17**.*

LETTRE CXXXIII

LE VICOMTE DE VALMONT À LA MARQUISE
DE MERTEUIL

Quels sont donc, ma belle amie, ces sacrifices que
vous jugez que je ne ferais pas, et dont pourtant le prix
serait de vous plaire ? Faites-les-moi connaître seule-

ment, et si je balance à vous les offrir, je vous permets d'en refuser l'hommage. Eh ! comment me jugez-vous depuis quelque temps, si, même dans votre indulgence, vous doutez de mes sentiments ou de mon énergie ? Des sacrifices que je ne voudrais ou ne pourrais pas faire ! Ainsi, vous me croyez amoureux, subjugué ? et le prix que j'ai mis au succès, vous me soupçonnez de l'attacher à la personne ? Ah ! grâces au Ciel, je n'en suis pas encore réduit là, et je m'offre à vous le prouver. Oui, je vous le prouverai, quand même ce devrait être envers madame de Tourvel. Assurément, après cela, il ne doit pas vous rester de doute.

J'ai pu, je crois, sans me compromettre, donner quelque temps à une femme, qui a au moins le mérite d'être d'un genre qu'on rencontre rarement. Peut-être aussi la saison morte dans laquelle est venue cette aventure m'a fait m'y livrer davantage ; et encore à présent, qu'à peine le grand courant commence à reprendre, il n'est pas étonnant qu'elle m'occupe presque en entier. Mais songez donc qu'il n'y a guère que huit jours que je jouis du fruit de trois mois de soins. Je me suis si souvent arrêté davantage à ce qui valait bien moins, et ne m'avait pas tant coûté !... et jamais vous n'en avez rien conclu contre moi.

Et puis, voulez-vous savoir la véritable cause de l'empressement que j'y mets ? la voici. Cette femme est naturellement timide ; dans les premiers temps [1], elle doutait sans cesse de son bonheur, et ce doute suffisait pour le troubler : en sorte que je commence à peine à pouvoir remarquer jusqu'où va ma puissance en ce genre. C'est une chose que j'étais pourtant curieux de savoir ; et l'occasion ne s'en trouve pas si facilement qu'on le croit.

D'abord, pour beaucoup de femmes, le plaisir est toujours le plaisir, et n'est jamais que cela ; et auprès de celles-là, de quelque titre qu'on nous décore, nous ne sommes jamais que des facteurs, de simples commissionnaires, dont l'activité fait tout le mérite, et parmi lesquels, celui qui fait le plus, est toujours celui qui fait le mieux.

Dans une autre classe, peut-être la plus nombreuse aujourd'hui, la célébrité de l'amant, le plaisir de l'avoir enlevé à une rivale, la crainte de se le voir enlever à son tour, occupent les femmes presque tout entières : nous entrons bien, plus ou moins, pour quelque chose dans l'espèce de bonheur dont elles jouissent ; mais il tient plus aux circonstances qu'à la personne. Il leur vient par nous, et non de nous.

Il fallait donc trouver, pour mon observation, une femme délicate et sensible, qui fît son unique affaire de l'amour, et qui, dans l'amour même, ne vît que son amant ; dont l'émotion, loin de suivre la route ordinaire, partît toujours du cœur, pour arriver aux sens ; que j'ai vue par exemple (et je ne parle pas du premier jour) sortir du plaisir tout éplorée, et le moment d'après retrouver la volupté dans un mot qui répondait à son âme. Enfin, il fallait qu'elle réunît encore cette candeur naturelle, devenue insurmontable par l'habitude de s'y livrer, et qui ne lui permet de dissimuler aucun des sentiments de son cœur. Or, vous en conviendrez, de telles femmes sont rares ; et je puis croire que sans celle-ci, je n'en aurais peut-être jamais rencontré.

Il ne serait donc pas étonnant qu'elle me fixât plus longtemps qu'une autre, et si le travail que je veux faire sur elle, exige que je la rende heureuse, parfaitement heureuse, pourquoi m'y refuserais-je, surtout quand cela me sert, au lieu de me contrarier ? Mais de ce que l'esprit est occupé, s'ensuit-il que le cœur soit esclave ? non, sans doute. Aussi le prix que je ne me défends pas de mettre à cette aventure, ne m'empêchera pas d'en courir d'autres, ou même de la sacrifier à de plus agréables.

Je suis tellement libre, que je n'ai seulement pas négligé la petite Volanges, à laquelle pourtant je tiens si peu. Sa mère la ramène à la ville dans trois jours ; et moi, depuis hier, j'ai su assurer mes communications : quelque argent au portier, et quelques fleurettes à sa femme, en ont fait l'affaire. Concevez-vous que Danceny n'ait pas su trouver ce moyen si simple ? et puis, qu'on dise que l'amour rend ingénieux ! il abrutit au contraire ceux qu'il domine. Et je ne saurais pas m'en défendre ! Ah ! soyez tranquille. Déjà je vais, sous peu de jours, affaiblir, en la partageant, l'impression peut-être trop vive que j'ai éprouvée ; et si un simple partage ne suffit pas, je les multiplierai.

Je n'en serai pas moins prêt à remettre la jeune pensionnaire à son discret amant, dès que vous le jugerez à propos. Il me semble que vous n'avez plus de raison pour l'en empêcher ; et moi, je consens à rendre ce service signalé au pauvre Danceny. C'est, en vérité, le moins que je lui doive pour tous ceux qu'il m'a rendus. Il est actuellement dans la grande inquiétude de savoir s'il sera reçu chez madame de Volanges ; je le calme le plus que je peux, en l'assurant que, de façon ou d'autre, je ferai son bonheur au premier jour : et en attendant, je continue à me charger de la correspondance, qu'il veut reprendre à l'arrivée de *sa Cécile*. J'ai déjà six lettres de lui, et j'en aurai bien encore une ou deux avant l'heureux jour. Il faut que ce garçon-là soit bien désœuvré !

Mais laissons ce couple enfantin, et revenons à nous ; que je puisse m'occuper uniquement de l'espoir si doux que m'a donné votre lettre. Oui, sans doute vous me fixerez, et je ne vous pardonnerais pas d'en douter. Ai-je donc jamais cessé d'être constant pour vous ? Nos liens ont été dénoués, et non pas rompus ; notre prétendue rupture ne fut qu'une erreur de notre imagination : nos sentiments, nos intérêts, n'en sont pas moins restés unis. Semblable au voyageur, qui revient détrompé, je reconnaîtrai comme lui, que j'avais laissé le bonheur pour courir après l'espérance et je dirai comme d'Harcourt :

Plus je vis d'étrangers, plus j'aimai ma patrie *.

Ne combattez donc plus l'idée ou plutôt le sentiment qui vous ramène à moi ; et après avoir essayé de tous les plaisirs dans nos courses différentes, jouissons

* DE BELLOI, tragédie du *Siège de Calais* [2].

du bonheur de sentir qu'aucun d'eux n'est comparable à celui que nous avions éprouvé, et que nous retrouverons plus délicieux encore !

Adieu, ma charmante amie. Je consens à attendre votre retour : mais pressez-le donc, et n'oubliez pas combien je le désire.

Paris, ce 8 novembre 17**.

LETTRE CXXXIV

LA MARQUISE DE MERTEUIL AU VICOMTE DE VALMONT

En vérité Vicomte, vous êtes bien comme les enfants, devant qui il ne faut rien dire, et à qui on ne peut rien montrer qu'ils ne veuillent s'en emparer aussitôt ! Une simple idée qui me vient, à laquelle même je vous avertis que je ne veux pas m'arrêter, parce que je vous en parle, vous en abusez pour y ramener mon attention [1] ; pour m'y fixer, quand je cherche à m'en distraire ; et me faire, en quelque sorte, partager malgré moi vos désirs étourdis ! Est-il donc généreux à vous de me laisser supporter seule tout le fardeau de la prudence ? Je vous le redis, et me le répète plus souvent encore, l'arrangement que vous me proposez est réellement impossible. Quand vous y mettriez toute la générosité que vous me montrez en ce moment, croyez-vous que je n'aie pas aussi ma délicatesse, et que je veuille accepter des sacrifices qui nuiraient à votre bonheur ?

Or, est-il vrai, Vicomte, que vous vous faites illusion sur le sentiment qui vous attache à madame de Tourvel ? C'est de l'amour, ou il n'en exista jamais : vous le niez bien de cent façons : mais vous le prouvez de mille. Qu'est-ce, par exemple, que ce subterfuge dont vous vous servez vis-à-vis de vous-même (car je vous crois sincère avec moi), qui vous fait rapporter à l'envie d'observer le désir que vous ne pouvez ni cacher ni combattre, de garder cette femme ? Ne dirait-on pas que jamais vous n'en avez rendu une autre heureuse, parfaitement heureuse ? Ah ! si vous en doutez, vous avez bien peu de mémoire ! Mais non, ce n'est pas cela. Tout simplement votre cœur abuse votre esprit, et le fait se payer de mauvaises raisons : mais moi, qui ai un grand intérêt à ne pas m'y tromper, je ne suis pas si facile à contenter.

C'est ainsi qu'en remarquant votre politesse, qui vous a fait supprimer soigneusement tous les mots que vous vous êtes imaginé m'avoir déplu, j'ai vu cependant que, peut-être sans vous en apercevoir, vous n'en conserviez pas moins les mêmes idées. En effet, ce n'est plus l'adorable, la céleste madame de Tourvel, mais c'est *une femme étonnante, une femme délicate et sensible*, et cela, à l'exclusion de toutes les autres ; *une femme rare enfin*, et telle *qu'on n'en rencontrerait pas une seconde*. Il en est de même de ce charme inconnu qui n'est pas *le plus fort*. Hé bien ! soit : mais puisque vous ne l'aviez jamais trouvé jusque-là, il est bien à croire que vous ne le trouveriez pas davantage à l'avenir, et la perte que vous feriez n'en serait pas moins irréparable. Ou ce sont là, Vicomte, des symptômes assurés d'amour, ou il faut renoncer à en trouver aucun.

Soyez assuré, que pour cette fois, je vous parle sans humeur. Je me suis promis de n'en plus prendre ; j'ai trop bien reconnu qu'elle pouvait devenir un piège dangereux. Croyez-moi, ne soyons qu'amis, et restons-en là. Sachez-moi gré seulement de mon courage à me défendre : oui, de mon courage ; car il en faut quelquefois, même pour ne pas prendre un parti qu'on sent être mauvais.

Ce n'est donc plus que pour vous ramener à mon avis par persuasion, que je vais répondre à la demande que vous me faites sur les sacrifices que j'exigerais et que vous ne pourriez pas faire. Je me sers à dessein de ce mot *exiger*, parce que je suis sûre que, dans un moment, vous m'allez en effet trouver trop exigeante : mais tant mieux ! Loin de me fâcher de vos refus, je vous en remercierai. Tenez, ce n'est pas avec vous que je veux dissimuler, j'en ai peut-être besoin.

J'exigerais donc, voyez la cruauté ! que cette rare, cette étonnante madame de Tourvel ne fût plus pour vous qu'une femme ordinaire, une femme telle qu'elle est seulement : car il ne faut pas s'y tromper ; ce charme qu'on croit trouver dans les autres, c'est en nous qu'il existe ; et c'est l'amour seul qui embellit tant l'objet aimé. Ce que je vous demande là, tout impossible que cela soit, vous feriez peut-être bien l'effort de me le promettre, de me le jurer même ; mais, je l'avoue, je n'en croirais pas de vains discours. Je ne pourrais être persuadée que par l'ensemble de votre conduite.

Ce n'est pas tout encore, je serais capricieuse. Ce sacrifice de la petite Cécile, que vous m'offrez de si bonne grâce, je ne m'en soucierais pas du tout. Je vous demanderais au contraire de continuer ce pénible service, jusqu'à nouvel ordre de ma part ; soit que j'aimasse à abuser ainsi de mon empire ; soit que, plus indulgente ou plus juste, il me suffît de disposer de vos sentiments, sans vouloir contrarier vos plaisirs. Quoi qu'il en soit, je voudrais être obéie ; et mes ordres seraient bien rigoureux !

Il est vrai qu'alors je me croirais obligée de vous remercier ; que sait-on ? peut-être même de vous récompenser. Sûrement, par exemple j'abrégerais une absence qui me deviendrait insupportable. Je vous reverrais enfin, Vicomte, et je vous reverrais... comment ?... Mais vous vous souvenez que ceci n'est plus qu'une conversation, un simple récit d'un projet impossible, et je ne veux pas l'oublier toute seule...

Savez-vous que mon procès m'inquiète un peu ? J'ai voulu enfin connaître au juste quels étaient mes moyens ; mes avocats me citent bien quelques lois, et surtout beaucoup d'*autorités*, comme ils les appellent : mais je n'y vois pas autant de raison et de justice. J'en suis presque à regretter d'avoir refusé l'accommodement. Cependant je me rassure, en songeant que le procureur [2] est adroit, l'avocat éloquent, et la plaideuse jolie. Si ces trois moyens devaient ne plus valoir, il faudrait changer tout le train des affaires, et que deviendrait le respect pour les anciens usages ?

Ce procès est actuellement la seule chose qui me retienne ici. Celui de Belleroche est fini : hors de Cour, dépens compensés [3]. Il en est à regretter le bal de ce soir ; c'est bien le regret d'un désœuvré ! Je lui rendrai sa liberté entière, à mon retour à la ville. Je lui fais ce douloureux sacrifice, et je m'en console par la générosité qu'il y trouve.

Adieu, Vicomte, écrivez-moi souvent : le détail de vos plaisirs me dédommagera au moins en partie des ennuis que j'éprouve.

Du château de..., ce 11 novembre 17**.

LETTRE CXXXV

LA PRÉSIDENTE DE TOURVEL À MADAME
DE ROSEMONDE

J'essaie de vous écrire, sans savoir encore si je le pourrai. Ah ! Dieu, quand je songe qu'à ma dernière lettre c'était l'excès de mon bonheur qui m'empêchait de la continuer ! C'est celui de mon désespoir qui m'accable à présent ; qui ne me laisse de force que pour sentir mes douleurs, et m'ôte celles de les exprimer.

Valmont... Valmont ne m'aime plus, il ne m'a jamais aimée. L'amour ne s'en va pas ainsi. Il me trompe, il me trahit, il m'outrage. Tout ce qu'on peut réunir d'infortunes, d'humiliations, je les éprouve, et c'est de lui qu'elles me viennent.

Et ne croyez pas que ce soit un simple soupçon : j'étais si loin d'en avoir ! Je n'ai pas le bonheur de pouvoir douter. Je l'ai vu ! que pourrait-il me dire pour se justifier ?... Mais que lui importe ! il ne le tentera seulement pas... Malheureuse ! que lui feront tes reproches et tes larmes ? c'est bien de toi qu'il s'occupe !...

Il est donc vrai qu'il m'a sacrifiée, livrée même... et à qui ?... une vile créature... Mais que dis-je ? Ah ! j'ai perdu jusqu'au droit de la mépriser. Elle a trahi moins de devoirs, elle est moins coupable que moi. Oh ! que la peine est douloureuse, quand elle s'appuie sur le remords ! Je sens mes tourments qui redoublent. Adieu, ma chère amie ; quelque indigne que je me sois rendue de votre pitié, vous en aurez cependant pour moi, si vous pouvez vous former l'idée de ce que je souffre.

Je viens de relire ma lettre, et je m'aperçois qu'elle ne peut vous instruire de rien ; je vais donc tâcher d'avoir le courage de vous raconter ce cruel événement. C'était hier ; je devais pour la première fois, depuis mon retour, souper hors de chez moi. Valmont vint me voir à cinq heures ; jamais il ne m'avait paru si tendre. Il me fit connaître que mon projet de sortir le contrariait, et vous jugez que j'eus bientôt celui de rester chez moi. Cependant, deux heures après, et tout à coup, son air et son ton changèrent sensiblement. Je ne sais s'il me sera échappé quelque chose qui aura pu lui déplaire ; quoi qu'il en soit, peu de temps après, il prétendit se rappeler une affaire qui l'obligeait de me quitter, et il s'en alla : ce ne fut pourtant pas sans m'avoir témoigné des regrets très vifs, qui me parurent tendres, et qu'alors je crus sincères.

Rendue à moi-même, je jugeai plus convenable de ne pas me dispenser de mes premiers engagements, puisque j'étais libre de les remplir. Je finis ma toilette, et montai en voiture. Malheureusement mon cocher me fit passer devant l'Opéra, et je me trouvai dans l'embarras de la sortie ; j'aperçus à quatre pas devant moi, et dans la file à côté de la mienne, la voiture de Valmont. Le cœur me battit aussitôt, mais ce n'était pas de crainte ; et la seule idée qui m'occupait, était le désir que ma voiture avançât. Au lieu de cela, ce fut la sienne qui fut forcée de reculer, et qui se trouva à côté de la mienne. Je m'avançai sur-le-champ : quel fut mon étonnement, de trouver à ses côtés une fille, bien connue pour telle ! Je me retirai, comme vous pouvez penser, et c'en était déjà bien assez pour navrer mon cœur : mais ce que vous

aurez peine à croire, c'est que cette même fille, apparemment instruite par une odieuse confidence, n'a pas
quitté la portière de la voiture, ni cessé de me regarder,
avec des éclats de rire à faire scène.

Dans l'anéantissement où j'en fus, je me laissai
pourtant conduire dans la maison où je devais souper :
mais il me fut impossible d'y rester ; je me sentais, à
chaque instant, prête à m'évanouir, et surtout je ne
pouvais retenir mes larmes.

En rentrant, j'écrivis à M. de Valmont, et lui
envoyai ma lettre aussitôt ; il n'était pas chez lui. Voulant, à quelque prix que ce fût, sortir de cet état de
mort, ou le confirmer à jamais, je renvoyai avec ordre
de l'attendre : mais avant minuit mon domestique
revint, en me disant que le cocher, qui était de retour,
lui avait dit que son maître ne rentrerait pas de la nuit.
J'ai cru ce matin n'avoir plus autre chose à faire qu'à
lui redemander mes lettres, et le prier de ne plus
revenir chez moi. J'ai en effet donné des ordres en
conséquence ; mais sans doute, ils étaient inutiles. Il
est près de midi [1] ; il ne s'est point encore présenté, et
je n'ai pas même reçu un mot de lui.

A présent, ma chère amie, je n'ai plus rien à
ajouter : vous voilà instruite, et vous connaissez mon
cœur. Mon seul espoir est de n'avoir pas longtemps
encore à affliger votre sensible amitié.

Paris, ce 15 novembre 17**.

LETTRE CXXXVI

LA PRÉSIDENTE DE TOURVEL AU VICOMTE
DE VALMONT

Sans doute, Monsieur, après ce qui s'est passé hier,
vous ne vous attendez plus à être reçu chez moi et
sans doute aussi vous le désirez fort peu ! Ce billet a
donc moins pour objet de vous prier de n'y plus venir,

que de vous redemander des lettres qui n'auraient jamais dû exister ; et qui, si elles ont pu vous intéresser un moment, comme des preuves de l'aveuglement que vous aviez fait naître, ne peuvent que vous être indifférentes à présent qu'il est dissipé, et qu'elles n'expriment plus qu'un sentiment que vous avez détruit.

Je reconnais et j'avoue [1] que j'ai eu tort de prendre en vous une confiance, dont tant d'autres avant moi avaient été les victimes ; en cela je n'accuse que moi seule : mais je croyais au moins n'avoir pas mérité d'être livrée, par vous, au mépris et à l'insulte. Je croyais qu'en vous sacrifiant tout, et perdant pour vous seul mes droits à l'estime des autres et à la mienne, je pouvais m'attendre cependant à ne pas être jugée par vous plus sévèrement que par le public, dont l'opinion sépare encore, par un immense intervalle, la femme faible de la femme dépravée. Ces torts, qui seraient ceux de tout le monde, sont les seuls dont je vous parle. Je me tais sur ceux de l'amour ; votre cœur n'entendrait pas le mien. Adieu, Monsieur.

Paris, ce 15 novembre 17**.

LETTRE CXXXVII

LE VICOMTE DE VALMONT À LA PRÉSIDENTE DE TOURVEL

On vient seulement, Madame, de me rendre votre lettre ; j'ai frémi en la lisant, et elle me laisse à peine la force d'y répondre. Quelle affreuse idée avez-vous donc de moi ! Ah ! sans doute, j'ai des torts ; et tels que je ne me les pardonnerai de ma vie, quand même vous les couvririez de votre indulgence. Mais que ceux que vous me reprochez ont toujours été loin de mon âme ! Qui, moi ! vous humilier ! vous avilir ! quand je vous respecte autant que je vous chéris ; quand je n'ai connu l'orgueil, que du moment où vous m'avez jugé digne de vous. Les apparences vous ont déçue ; et je conviens qu'elles ont pu être contre moi : mais n'aviez-vous donc pas dans votre cœur ce qu'il fallait pour les combattre ? et ne s'est-il pas révolté à la seule idée qu'il pouvait avoir à se plaindre du mien ? Vous l'avez cru cependant ! Ainsi, non seulement vous m'avez jugé capable de ce délire atroce, mais vous avez même craint de vous y être exposée par vos bontés pour moi. Ah ! si vous vous trouvez dégradée à ce point par votre amour, je suis donc moi-même bien vil à vos yeux ?

Oppressé par le sentiment douloureux que cette idée me cause, je perds à la repousser, le temps que je devrais employer à la détruire. J'avouerai tout ; une autre considération me retient encore. Faut-il donc retracer des faits que je voudrais anéantir, et fixer votre attention et la mienne sur un moment d'erreur que je voudrais racheter du reste de ma vie, dont je suis encore à concevoir la cause, et dont le souvenir doit faire à jamais mon humiliation et mon désespoir ? Ah ! si, en m'accusant, je dois exciter votre colère, vous n'aurez pas au moins à chercher loin votre vengeance ; il vous suffira de me livrer à mes remords.

Cependant, qui le croirait ? cet événement a pour première cause le charme tout-puissant que j'éprouve auprès de vous. Ce fut lui qui me fit oublier trop longtemps une affaire importante, et qui ne pouvait se remettre. Je vous quittai trop tard, et ne trouvai plus la personne que j'allais chercher. J'espérais la rejoindre à l'Opéra, et ma démarche fut pareillement infructueuse. Emilie que j'y trouvai, que j'ai connue dans un temps où j'étais bien loin de connaître ni vous ni l'amour, Emilie n'avait pas sa voiture, et me demanda de la remettre chez elle à quatre pas de là. Je n'y vis aucune conséquence, et j'y consentis. Mais ce fut alors que je vous rencontrai ; et je sentis sur-le-champ que vous seriez portée à me juger coupable.

La crainte de vous déplaire ou de vous affliger est

si puissante sur moi, qu'elle dut être et fut en effet bientôt remarquée. J'avoue même qu'elle me fit tenter d'engager cette fille à ne pas se montrer ; cette précaution de la délicatesse a tourné contre l'amour. Accoutumée, comme toutes celles de son état, à n'être sûre d'un empire toujours usurpé, que par l'abus qu'elles se permettent d'en faire, Emilie se garda bien d'en laisser échapper une occasion si éclatante. Plus elle voyait mon embarras s'accroître, plus elle affectait de se montrer ; et sa folle gaieté, dont je rougis que vous ayez pu un moment vous croire l'objet, n'avait de cause que la peine cruelle que je ressentais, qui elle-même venait encore de mon respect et de mon amour.

Jusque-là, sans doute, je suis plus malheureux que coupable ; et ces torts, *qui seraient ceux de tout le monde, et les seuls dont vous me parlez*, ces torts n'existant pas, ne peuvent m'être reprochés. Mais vous vous taisez en vain sur ceux de l'amour : je ne garderai pas sur eux le même silence ; un trop grand intérêt m'oblige à le rompre.

Ce n'est pas que, dans la confusion où je suis de cet inconcevable égarement, je puisse, sans une extrême douleur, prendre sur moi d'en rappeler le souvenir. Pénétré de mes torts, je consentirais à en porter la peine, ou j'attendrais mon pardon du temps, de mon éternelle tendresse et de mon repentir. Mais comment pouvoir me taire, quand ce qui me reste à vous dire importe à votre délicatesse ?

Ne croyez pas que je cherche un détour pour excuser ou pallier ma faute ; je m'avoue coupable. Mais je n'avoue point, je n'avouerai jamais que cette erreur humiliante puisse être regardée comme un tort de l'amour. Eh ! que peut-il y avoir de commun entre une surprise des sens, entre un moment d'oubli de soi-même, que suivent bientôt la honte et le regret, et un sentiment pur, qui ne peut naître que dans une âme délicate et s'y soutenir que par l'estime, et dont enfin le bonheur est le fruit ! Ah ! ne profanez pas ainsi l'amour. Craignez surtout de vous profaner vous-même, en réunissant sous un même point de vue, ce qui jamais ne peut se confondre. Laissez les femmes viles et dégradées redouter une rivalité qu'elles sentent malgré elles pouvoir s'établir, et éprouver les tourments d'une jalousie également cruelle et humiliante : mais, vous, détournez vos yeux de ces objets qui souilleraient vos regards ; et pure comme la Divinité, comme elle aussi punissez l'offense sans la ressentir.

Mais quelle peine m'imposerez-vous, qui me soit plus douloureuse que celle que je ressens ? qui puisse être comparée au regret de vous avoir déplu, au désespoir de vous avoir affligée, à l'idée accablante de m'être rendu moins digne de vous ? Vous vous occupez de punir ! et moi, je vous demande des consolations : non que je les mérite ; mais parce qu'elles me sont nécessaires, et qu'elles ne peuvent me venir que de vous.

Si, tout à coup, oubliant mon amour et le vôtre, et ne mettant plus de prix à mon bonheur, vous voulez au contraire me livrer à une douleur éternelle, vous en avez le droit ; frappez : mais si, plus indulgente, ou plus sensible, vous vous rappelez encore ces sentiments si tendres qui unissaient nos cœurs ; cette volupté de l'âme, toujours renaissante et toujours plus vivement sentie ; ces jours si doux, si fortunés, que chacun de nous devait à l'autre ; tous ces biens de l'amour et que lui seul procure ! peut-être préférez-vous le pouvoir de les faire renaître à celui de les détruire. Que vous dirai-je enfin ? j'ai tout perdu, et tout perdu par ma faute ; mais je puis tout recouvrer par vos bienfaits. C'est à vous à décider maintenant. Je n'ajoute plus qu'un mot. Hier encore, vous me juriez que mon bonheur était bien sûr tant qu'il dépendrait de vous ! Ah ! Madame, me livrerez-vous aujourd'hui à un désespoir éternel ?

Paris, ce 15 novembre 17**.

LETTRE CXXXVIII

LE VICOMTE DE VALMONT À LA MARQUISE
DE MERTEUIL

Je persiste, ma belle amie : non, je ne suis point amoureux ; et ce n'est pas ma faute, si les circonstances me forcent d'en jouer le rôle. Consentez seulement, et revenez ; vous verrez bientôt par vous-même, combien je suis sincère. J'ai fait mes preuves hier, et elles ne peuvent être détruites par ce qui se passe aujourd'hui.

J'étais donc chez la tendre prude, et j'y étais bien sans aucune autre affaire : car la petite Volanges, malgré son état, devait passer toute la nuit au bal précoce de madame V***. Le désœuvrement m'avait fait désirer d'abord de prolonger cette soirée ; et j'avais même, à ce sujet, exigé un petit sacrifice ; mais à peine fut-il accordé, que le plaisir que je me promettais fut troublé par l'idée de cet amour que vous vous obstinez à me croire, ou au moins à me reprocher ; en sorte que je n'éprouvai plus d'autre désir, que celui de pouvoir à la fois m'assurer et vous convaincre que c'était, de votre part, pure calomnie.

Je pris donc un parti violent ; et sous un prétexte assez léger, je laissai là ma belle, toute surprise, et sans doute encore plus affligée. Mais moi, j'allai tranquillement joindre Emilie à l'Opéra ; et elle pourrait vous rendre compte, que jusqu'à ce matin que nous nous sommes séparés, aucun regret n'a troublé nos plaisirs.

J'avais pourtant un assez beau sujet d'inquiétude si ma parfaite indifférence ne m'en avait sauvé : car vous saurez que j'étais à peine à quatre maisons de l'Opéra, et ayant Emilie dans ma voiture, que celle de l'austère dévote vint exactement ranger la mienne, et qu'un embarras survenu nous laissa près d'un demi-quart d'heure à côté l'un de l'autre. On se voyait comme à midi, et il n'y avait pas moyen d'échapper.

Mais ce n'est pas tout ; je m'avisai de confier à Emilie que c'était la femme à la lettre. (Vous vous rappellerez peut-être cette folie-là, et qu'Emilie était le pupitre *.) Elle qui ne l'avait pas oubliée, et qui est rieuse, n'eut de cesse qu'elle n'eût considéré tout à son aise *cette vertu*, disait-elle, et cela, avec des éclats de rire d'un scandale à en donner de l'humeur.

Ce n'est pas tout encore ; la jalouse femme n'envoya-t-elle pas, chez moi, dès le soir même ? Je n'y étais pas : mais, dans son obstination, elle y envoya une seconde fois, avec ordre de m'attendre. Moi, dès que j'avais été décidé à rester chez Emilie, j'avais envoyé ma voiture, sans autre ordre au cocher que de venir me reprendre ce matin ; et comme en arrivant chez moi, il y trouva l'amoureux messager, il crut tout simple de lui dire que je ne rentrerais pas de la nuit. Vous devinez bien l'effet de cette nouvelle, et qu'à mon retour, j'ai trouvé mon congé signifié avec toute la dignité que comportait la circonstance.

Ainsi cette aventure, interminable, selon vous, aurait pu, comme vous voyez, être finie de ce matin ; si même elle ne l'est pas, ce n'est point, comme vous l'allez croire, que je mette du prix à la continuer : c'est que, d'une part, je n'ai pas trouvé décent de me laisser quitter ; et, de l'autre, que j'ai voulu vous réserver l'honneur de ce sacrifice [2].

J'ai donc répondu au sévère billet par une grande épître de sentiments ; j'ai donné de longues raisons, et je me suis reposé sur l'amour, du soin de les faire trouver bonnes. J'ai déjà réussi. Je viens de recevoir un second billet [3], toujours bien rigoureux, et qui confirme l'éternelle rupture, comme cela devait être ; mais dont le ton n'est pourtant plus le même. Surtout, on ne veut plus me voir : ce parti pris y est annoncé quatre fois de la manière la plus irrévocable. J'en ai conclu qu'il n'y avait pas un moment à perdre pour

* *Lettres XLVII et XLVIII* [1].

me présenter. J'ai déjà envoyé mon chasseur, pour
s'emparer du suisse ; et dans un moment, j'irai moi-
même faire signer mon pardon : car dans les torts de
cette espèce, il n'y a qu'une seule formule qui porte
absolution générale, et celle-là ne s'expédie qu'en présence.

Adieu, ma charmante amie ; je cours tenter ce
grand événement.

Paris, ce 15 novembre 17**.

LETTRE CXXXIX

LA PRÉSIDENTE DE TOURVEL À MADAME
DE ROSEMONDE

Que je me reproche, ma sensible amie, de vous
avoir parlé trop et trop tôt de mes peines passagères !
je suis cause que vous vous affligez à présent ; ces
chagrins qui vous viennent de moi durent encore, et
moi, je suis heureuse. Oui, tout est oublié, pardonné ;
disons mieux, tout est réparé. A cet état de douleur et
d'angoisses, ont succédé le calme et les délices. O joie
de mon cœur, comment vous exprimer ! Valmont est
innocent ; on n'est point coupable avec autant
d'amour. Ces torts graves, offensants, que je lui reprochais avec tant d'amertume, il ne les avait pas et si, sur
un seul point, j'ai eu besoin d'indulgence, n'avais-je
donc pas aussi mes injustices à réparer ?

Je ne vous ferai point le détail des faits ou des raisons qui le justifient ; peut-être même l'esprit les
apprécierait mal : c'est au cœur seul qu'il appartient
de les sentir. Si pourtant vous deviez me soupçonner
de faiblesse, j'appellerais votre jugement à l'appui du
mien. Pour les hommes, dites-vous vous-même, l'infidélité n'est pas l'inconstance.

Ce n'est pas que je ne sente que cette distinction,
qu'en vain l'opinion autorise, n'en blesse pas moins la

délicatesse : mais de quoi se plaindrait la mienne, quand celle de Valmont en souffre plus encore ? Ce même tort que j'oublie, ne croyez pas qu'il se le pardonne ou s'en console ; et pourtant, combien n'a-t-il pas réparé cette légère faute par l'excès de son amour et celui de mon bonheur !

Ou ma félicité est plus grande, ou j'en sens mieux le prix depuis que j'ai craint de l'avoir perdue : mais ce que je puis vous dire, c'est que, si je me sentais la force de supporter encore des chagrins aussi cruels que ceux que je viens d'éprouver je ne croirais pas en acheter trop cher le surcroît de bonheur que j'ai goûté depuis. O ! ma tendre mère, grondez votre fille inconsidérée, de vous avoir affligée par trop de précipitation ; grondez-la d'avoir jugé témérairement et calomnié celui qu'elle ne devait pas cesser d'adorer ; mais en la reconnaissant imprudente, voyez-la heureuse, et augmentez sa joie en la partageant.

Paris, ce 16 novembre 17**, au soir.

LETTRE CXL

LE VICOMTE DE VALMONT À LA MARQUISE DE MERTEUIL

Comment donc se fait-il, ma belle amie, que je ne reçoive point de réponse de vous ? Ma dernière lettre pourtant me paraissait en mériter une ; et depuis trois jours que je devrais l'avoir reçue, je l'attends encore ! Je suis fâché au moins ; aussi ne vous parlerai-je pas du tout de mes grandes affaires.

Que le raccommodement ait eu son plein effet ; qu'au lieu de reproches et de méfiance, il n'ait produit que de nouvelles tendresses ; que ce soit moi actuellement qui reçoive les excuses et les réparations dues à ma candeur soupçonnée ; je ne vous en dirai mot : et sans l'événement imprévu de la nuit dernière, je ne vous écrirais pas du tout. Mais comme celui-là regarde votre pupille, et que vraisemblablement elle ne sera pas dans le cas de vous en informer elle-même, au moins de quelque temps, je me charge de ce soin.

Par des raisons que vous devinerez, ou que vous ne devinerez pas, madame de Tourvel ne m'occupait plus depuis quelques jours, et comme ces raisons-là ne pouvaient exister chez la petite Volanges, j'en étais devenu plus assidu auprès d'elle. Grâce à l'obligeant portier, je n'avais aucun obstacle à vaincre : et nous menions, votre pupille et moi, une vie commode et réglée. Mais l'habitude amène la négligence : les premiers jours nous n'avions jamais pris assez de précautions pour notre sûreté, nous tremblions encore derrière les verrous. Hier, une incroyable distraction a causé l'accident dont j'ai à vous instruire ; et si, pour mon compte, j'en ai été quitte pour la peur, il en coûte plus cher à la petite fille.

Nous ne dormions pas, mais nous étions dans le repos et l'abandon qui suivent la volupté, quand nous avons entendu la porte de la chambre s'ouvrir tout à coup. Aussitôt je saute à mon épée, tant pour ma défense que pour celle de notre commune pupille ; je m'avance et ne vois personne : mais en effet la porte était ouverte. Comme nous avions de la lumière, j'ai été à la recherche, et n'ai trouvé âme qui vive. Alors je me suis rappelé que nous avions oublié nos précautions ordinaires ; et sans doute la porte poussée seulement, ou mal fermée, s'était ouverte d'elle-même.

En allant rejoindre ma timide compagne pour la tranquilliser, je ne l'ai plus trouvée dans son lit ; elle était tombée, ou s'était sauvée dans sa ruelle : enfin, elle y était étendue sans connaissance, et sans autre mouvement que d'assez fortes convulsions. Jugez de mon embarras ! Je parvins pourtant à la remettre dans son lit, et même à la faire revenir ; mais elle s'était blessée dans sa chute, et elle ne tarda pas à en ressentir les effets.

Des maux de reins, de violentes coliques, des symptômes moins équivoques encore, m'ont eu bientôt éclairé sur son état : mais, pour le lui apprendre, il a fallut lui dire d'abord celui où elle était auparavant ; car elle ne s'en doutait pas. Jamais peut-être, jusqu'à elle, on n'avait conservé tant d'innocence, en faisant si bien tout ce qu'il fallait pour s'en défaire ! Oh ! celle-là ne perd pas son temps à réfléchir !

Mais elle en perdait beaucoup à se désoler, et je sentais qu'il fallait prendre un parti. Je suis donc convenu avec elle que j'irais sur-le-champ chez le médecin et le chirurgien de la maison, et qu'en les prévenant qu'on allait venir les chercher, je leur confierais le tout, sous le secret ; qu'elle, de son côté, sonnerait sa femme de chambre ; qu'elle lui ferait ou ne lui ferait pas sa confidence, comme elle voudrait ; mais qu'elle enverrait chercher du secours, et défendrait surtout qu'on réveillât madame de Volanges : attention délicate et naturelle d'une fille qui craint d'inquiéter sa mère.

J'ai fait mes deux courses et mes deux confessions le plus lestement que j'ai pu, et de là, je suis rentré chez moi, d'où je ne suis pas encore sorti ; mais le chirurgien, que je connaissais d'ailleurs, est venu à midi me rendre compte de l'état de la malade. Je ne m'étais pas trompé ; mais il espère que s'il ne survient pas d'accident, on ne s'apercevra de rien dans la maison. La femme de chambre est du secret ; le médecin a donné un nom à la maladie ; et cette affaire s'arrangera comme mille autres, à moins que par la suite il ne nous soit utile qu'on en parle.

Mais y a-t-il encore quelque intérêt commun entre vous et moi ? Votre silence m'en ferait douter ; je n'y croirais même plus du tout, si le désir que j'en ai ne me faisait chercher tous les moyens d'en conserver l'espoir.

Adieu, ma belle amie ; je vous embrasse, rancune tenante.

Paris, ce 21 novembre 17**.

LETTRE CXLI

LA MARQUISE DE MERTEUIL AU VICOMTE
DE VALMONT

Mon Dieu, Vicomte, que vous me gênez par votre obstination ! Que vous importe mon silence ? croyez-vous, si je le garde, que ce soit faute de raisons pour me défendre. Ah ! plût à Dieu ! Mais non, c'est seulement qu'il m'en coûte de vous les dire.

Parlez-moi vrai ; vous faites-vous illusion à vous-même, ou cherchez-vous à me tromper ? la différence entre vos discours et vos actions, ne me laisse de choix qu'entre ces deux sentiments : lequel est le véritable ? Que voulez-vous donc que je vous dise, quand moi-même je ne sais que penser ?

Vous paraissez vous faire un grand mérite de votre dernière scène avec la Présidente ; mais qu'est-ce donc qu'elle prouve pour votre système, ou contre le mien ? Assurément je ne vous ai jamais dit que vous aimiez assez cette femme pour ne pas la tromper, pour n'en pas saisir toutes les occasions qui vous paraî-traient agréables ou faciles ; je ne doutais même pas qu'il ne vous fût à peu près égal de satisfaire avec une autre, avec la première venue, jusqu'aux désirs que celle-ci seule aurait fait naître ; et je ne suis pas sur-prise que, pour un libertinage d'esprit qu'on aurait tort de vous disputer, vous ayez fait une fois par projet, ce que vous aviez fait mille autres par occasion. Qui ne sait que c'est là le simple courant du monde, et votre usage à tous, tant que vous êtes, depuis le scé-lérat jusqu'aux *espèces* [1] ? Celui qui s'en abstient aujourd'hui passe pour romanesque ; et ce n'est pas là, je crois, le défaut que je vous reproche.

Mais ce que j'ai dit, ce que j'ai pensé, ce que je pense encore, c'est que vous n'en avez pas moins de l'amour pour votre Présidente ; non pas, à la vérité, de l'amour bien pur ni bien tendre, mais de celui que vous pouvez avoir ; de celui, par exemple, qui fait trouver à une femme les agréments ou les qualités qu'elle n'a pas ; qui la place dans une classe à part, et met toutes les autres en second ordre ; qui vous tient encore attaché à elle, même alors que vous l'outragez ; tel enfin que je conçois qu'un sultan peut le ressentir pour sa sultane favorite, ce qui ne l'empêche pas de lui préférer souvent une simple odalisque [2]. Ma comparaison me paraît d'autant plus juste, que, comme lui, jamais vous n'êtes ni l'amant ni l'ami d'une femme ; mais toujours son tyran ou son esclave. Aussi suis-je bien sûre que vous vous êtes bien humilié, bien avili, pour rentrer en grâce avec ce bel objet ! et trop heureux d'y être parvenu, dès que vous croyez le moment arrivé d'obtenir votre pardon, vous me quittez *pour ce grand événement*.

Encore dans votre dernière lettre, si vous ne m'y parlez pas de cette femme uniquement, c'est que vous ne voulez m'y rien dire *de vos grandes affaires* ; elles vous semblent si importantes, que le silence que vous gardez à ce sujet, vous semble une punition pour moi. Et c'est après ces mille preuves de votre préférence décidée pour une autre, que vous me demandez tranquillement s'il y a encore *quelque intérêt commun entre vous et moi ?* Prenez-y garde, Vicomte ! si une fois je réponds, ma réponse sera irrévocable ; et craindre de la faire en ce moment, c'est peut-être déjà en dire trop. Aussi je n'en veux absolument plus parler.

Tout ce que je peux faire, c'est de vous raconter une histoire. Peut-être n'aurez-vous pas le temps de la lire, ou celui d'y faire assez d'attention pour la bien entendre ? libre à vous. Ce ne sera, au pis aller, qu'une histoire de perdue.

Un homme de ma connaissance s'était empêtré, comme vous, d'une femme qui lui faisait peu d'honneur. Il avait bien, par intervalle, le bon esprit de sentir que, tôt ou tard, cette aventure lui ferait tort : mais quoiqu'il en rougît, il n'avait pas le courage de rompre. Son embarras était d'autant plus grand, qu'il s'était vanté à ses amis d'être entièrement libre ; et qu'il n'ignorait pas que le ridicule qu'on a, augmente toujours en proportion qu'on s'en défend. Il passait ainsi sa vie, ne cessant de faire des sottises, et ne cessant de dire après : *Ce n'est pas ma faute.* Cet homme avait une amie qui fut tentée un moment de le livrer au public en cet état d'ivresse, et de rendre ainsi son ridicule ineffaçable ; mais pourtant, plus généreuse que maligne, ou peut-être encore par quelque autre motif, elle voulut tenter un dernier moyen, pour être, à tout événement, dans le cas de dire comme son ami : *Ce n'est pas ma faute.* Elle lui fit donc parvenir sans aucun autre avis, la lettre qui suit, comme un remède dont l'usage pourrait être utile à son mal.

« On s'ennuie de tout, mon ange, c'est une loi de la nature ; ce n'est pas ma faute.

« Si donc, je m'ennuie aujourd'hui d'une aventure qui m'a occupé entièrement depuis quatre mortels mois, ce n'est pas ma faute.

« Si, par exemple, j'ai eu juste autant d'amour que toi de vertu, et c'est sûrement beaucoup dire, il n'est pas étonnant que l'un ait fini en même temps que l'autre. Ce n'est pas ma faute.

« Il suit de là, que depuis quelque temps je t'ai trompée : mais aussi, ton impitoyable tendresse m'y forçait en quelque sorte ! Ce n'est pas ma faute.

« Aujourd'hui, une femme que j'aime éperdument exige que je te sacrifie. Ce n'est pas ma faute.

« Je sens bien que voilà une belle occasion de crier au parjure : mais si la Nature n'a accordé aux hommes que la constance, tandis qu'elle donnait aux femmes l'obstination, ce n'est pas ma faute.

« Crois-moi, choisis un autre amant, comme j'ai fait une autre maîtresse. Ce conseil est bon, très bon ; si tu le trouves mauvais, ce n'est pas ma faute.

« Adieu, mon ange, je t'ai prise avec plaisir, je te quitte sans regret : je te reviendrai peut-être. Ainsi va le monde. Ce n'est pas ma faute. »

De vous dire, Vicomte, l'effet de cette dernière tentative, et ce qui s'en est suivi, ce n'est pas le moment : mais je vous promets de vous le dire dans ma première lettre. Vous y trouverez aussi mon *ultimatum* sur le renouvellement du traité que vous me proposez. Jusque-là, adieu tout simplement...

A propos, je vous remercie de vos détails sur la petite Volanges ; c'est un article à réserver jusqu'au lendemain du mariage, pour la gazette de médisance. En attendant, je vous fais mon compliment de condoléance sur la perte de votre postérité. Bonsoir, Vicomte.

Du château de..., ce 24 novembre 17**.

LETTRE CXLII

LE VICOMTE DE VALMONT À LA MARQUISE DE MERTEUIL

Ma foi, ma belle amie, je ne sais si j'ai mal lu ou mal entendu, et votre lettre, et l'histoire que vous m'y faites, et le petit modèle épistolaire qui y était compris. Ce que je puis vous dire, c'est que ce dernier m'a paru original et propre à faire de l'effet : aussi je l'ai copié tout simplement, et tout simplement encore, je l'ai envoyé à la céleste Présidente. Je n'ai pas perdu un moment, car la tendre missive a été expédiée dès hier au soir. Je l'ai préféré ainsi, parce que d'abord je lui avais promis de lui écrire hier ; et puis aussi, parce que j'ai pensé qu'elle n'aurait pas trop de toute la nuit, pour se recueillir et méditer *sur ce grand événement*, dussiez-vous une seconde fois me reprocher l'expression.

J'espérais pouvoir vous renvoyer ce matin la réponse de ma bien-aimée : mais il est près de midi, et je n'ai encore rien reçu. J'attendrai jusqu'à cinq heures ; et si alors je n'ai pas eu de nouvelles, j'irai en chercher moi-même ; car, surtout en procédés [1], il n'y a que le premier pas qui coûte.

A présent, comme vous pouvez croire, je suis fort empressé d'apprendre la fin de l'histoire de cet homme de votre connaissance, si véhémentement soupçonné de ne savoir pas, au besoin, sacrifier une femme. Ne se sera-t-il pas corrigé ? et sa généreuse amie ne lui aura-t-elle pas fait grâce ?

Je ne désire pas moins de recevoir votre *ultimatum* : comme vous dites si politiquement ! Je suis curieux, surtout, de savoir si, dans cette dernière démarche, vous trouverez encore de l'amour. Ah ! sans doute, il y en a, et beaucoup ! Mais pour qui ? Cependant, je ne prétends rien faire valoir, et j'attends tout de vos bontés.

Adieu, ma charmante amie ; je ne fermerai cette lettre qu'à deux heures, dans l'espoir de pouvoir y joindre la réponse désirée.

A deux heures après midi.

Toujours rien, l'heure me presse beaucoup ; je n'ai pas le temps d'ajouter un mot : mais cette fois, refuserez-vous encore les plus tendres baisers de l'amour ?

Paris, ce 27 novembre 17**.

LETTRE CXLIII

LA PRÉSIDENTE DE TOURVEL À MADAME
DE ROSEMONDE

Le voile est déchiré, Madame, sur lequel était peinte l'illusion de mon bonheur. La funeste vérité m'éclaire, et ne me laisse voir qu'une mort assurée et prochaine, dont la route m'est tracée entre la honte et le remords. Je la suivrai... je chérirai mes tourments s'ils abrègent mon existence. Je vous envoie la lettre que j'ai reçue hier ; je n'y joindrai aucune réflexion, elle les porte avec elle. Ce n'est plus le temps de se plaindre, il n'y a plus qu'à souffrir. Ce n'est pas de pitié que j'ai besoin, c'est de force.

Recevez, Madame, le seul adieu que je ferai, et exaucez ma dernière prière ; c'est de me laisser à mon sort, de m'oublier entièrement, de ne plus me compter sur la terre. Il est un terme dans le malheur, où l'amitié même augmente nos souffrances et ne peut les guérir. Quand les blessures sont mortelles, tout secours devient inhumain. Tout autre sentiment m'est étranger, que celui du désespoir. Rien ne peut plus me convenir, que la nuit profonde où je vais ensevelir ma honte. J'y pleurerai mes fautes, si je puis pleurer encore ! car, depuis hier, je n'ai pas versé une larme. Mon cœur flétri n'en fournit plus.

Adieu, Madame. Ne me répondez point. J'ai fait le serment sur cette lettre cruelle de n'en plus recevoir aucune.

Paris, ce 27 novembre 17 **.

LETTRE CXLIV

LE VICOMTE DE VALMONT À LA MARQUISE DE MERTEUIL [1]

Hier, à trois heures du soir [2], ma belle amie, impatienté de n'avoir pas de nouvelles, je me suis présenté chez la belle délaissée ; on m'a dit qu'elle était sortie. Je n'ai vu, dans cette phrase qu'un refus de me recevoir, qui ne m'a ni fâché ni surpris ; et je me suis retiré, dans l'espérance que cette démarche engagerait au moins une femme si polie, à m'honorer d'un mot de réponse. L'envie que j'avais de la recevoir, m'a fait passer exprès chez moi vers les neuf heures, et je n'y ai rien trouvé. Etonné de ce silence, auquel je ne m'attendais pas, j'ai chargé mon chasseur d'aller aux informations, et de savoir si la sensible personne était morte ou mourante. Enfin, quand je suis rentré, il m'a appris que madame de Tourvel était sortie en effet à onze heures du matin, avec sa femme de chambre; qu'elle s'était fait conduire au couvent de..., et qu'à sept heures du soir, elle avait renvoyé sa voiture et ses gens, en faisant dire qu'on ne l'attendît pas chez elle [3]. Assurément, c'est se mettre en règle. Le couvent est le véritable asile d'une veuve; et si elle persiste dans une résolution si louable, je joindrai à toutes les obligations que je lui ai déjà celle de la célébrité que va prendre cette aventure.

Je vous le disais bien, il y a quelque temps, que malgré vos inquiétudes, je ne reparaîtrais sur la scène du monde que brillant d'un nouvel éclat. Qu'ils se montrent donc, ces critiques sévères, qui m'accusaient d'un amour romanesque et malheureux; qu'ils fassent des ruptures plus promptes et plus brillantes : mais non, qu'ils fassent mieux; qu'ils se présentent comme consolateurs, la route leur est tracée. Hé bien ! qu'ils osent seulement tenter cette carrière que j'ai parcourue en entier; et si l'un d'eux obtient le moindre succès, je lui cède la première place. Mais ils éprouveront tous, que quand j'y mets du soin, l'impression que je laisse est ineffaçable. Ah ! sans doute, celle-ci le sera; et je compterais pour rien tous mes autres triomphes, si jamais je devais avoir auprès de cette femme un rival préféré.

Ce parti qu'elle a pris flatte mon amour-propre, j'en conviens : mais je suis fâché qu'elle ait trouvé en elle une force suffisante pour se séparer autant de moi. Il n'y aura donc entre nous deux, d'autres obstacles que ceux que j'aurais mis moi-même ! Quoi ! si je voulais me rapprocher d'elle, elle pourrait ne le plus vouloir; que dis-je ? ne le pas désirer, n'en plus faire son suprême bonheur ! Est-ce donc ainsi qu'on aime ? et croyez-vous, ma belle amie, que je doive le souffrir ? Ne pourrais-je pas par exemple, et ne vaudrait-il pas mieux tenter de ramener cette femme au point de prévoir la possibilité d'un raccommodement, qu'on désire toujours tant qu'on l'espère ? je pourrais essayer cette démarche sans y mettre d'importance, et par consé-

quent, sans qu'elle vous donnât d'ombrage. Au
contraire ! ce serait un simple essai que nous ferions
de concert ; et quand même je réussirais, ce ne serait
qu'un moyen de plus de renouveler, à votre volonté,
un sacrifice qui a paru vous être agréable. A présent
ma belle amie, il me reste à en recevoir le prix, et tous
mes vœux sont pour votre retour. Venez donc vite
retrouver votre amant, vos plaisirs, vos amis, et le courant des aventures.

Celle de la petite Volanges a tourné à merveille.
Hier, que mon inquiétude ne me permettait pas de
rester en place, j'ai été, dans mes courses différentes,
jusque chez madame de Volanges. J'ai trouvé votre
pupille déjà dans le salon, encore dans le costume de
malade, mais en pleine convalescence, et n'en étant
que plus fraîche et plus intéressante. Vous autres
femmes, en pareil cas, vous seriez restées un mois
sur votre chaise longue : ma foi, vive les demoiselles !
Celle-ci m'a en vérité donné envie de savoir si la guérison était parfaite.

J'ai encore à vous dire que cet accident de la petite
fille a pensé rendre fou votre *sentimentaire* [4] Danceny.
D'abord, c'était de chagrin ; aujourd'hui c'est de joie.
Sa Cécile était malade ! Vous jugez que la tête tourne
dans un tel malheur. Trois fois par jour il envoyait
savoir des nouvelles, et n'en passait aucun sans s'y
présenter lui-même ; enfin il a demandé, par une belle
épître à la maman, la permission d'aller la féliciter sur
la convalescence d'un objet si cher et madame de
Volanges y a consenti : si bien que j'ai trouvé le jeune
homme établi comme par le passé, à un peu de fami-
liarité près qu'il n'osait encore se permettre.

C'est de lui-même que j'ai su ces détails ; car je suis
sorti en même temps que lui, et je l'ai fait jaser. Vous
n'avez pas l'idée de l'effet que cette visite lui a causé.
C'est une joie, ce sont des désirs, des transports
impossibles à rendre. Moi qui aime les grands mouvements, j'ai achevé de lui faire perdre la tête, en l'assurant que sous très peu de jours, je le mettrais à même
de voir sa belle de plus près encore.

En effet, je suis décidé à la lui remettre, aussitôt après mon expérience faite. Je veux me consacrer à vous tout entier ; et puis, vaudrait-il la peine que votre pupille fût aussi mon élève, si elle ne devait tromper que son mari ? Le chef-d'œuvre est de tromper son amant et surtout son premier amant ! car pour moi, je n'ai pas à me reprocher d'avoir prononcé le mot d'amour.

Adieu, ma belle amie ; revenez donc au plus tôt jouir de votre empire sur moi, en recevoir l'hommage et m'en payer le prix.

Paris, ce 28 novembre 17**.

LETTRE CXLV [1]

LA MARQUISE DE MERTEUIL AU VICOMTE
DE VALMONT

Sérieusement, Vicomte, vous avez quitté la Présidente ? vous lui avez envoyé la lettre que je vous avais faite pour elle. En vérité, vous êtes charmant ; et vous avez surpassé mon attente ! J'avoue de bonne foi que ce triomphe me flatte plus que tous ceux que j'ai pu obtenir jusqu'à présent. Vous allez trouver peut-être que j'évalue bien haut cette femme, que naguère j'appréciais si peu ; point du tout : mais c'est que ce n'est pas sur elle que j'ai remporté cet avantage ; c'est sur vous : voilà le plaisant et ce qui est vraiment délicieux.

Oui, Vicomte, vous aimiez beaucoup madame de Tourvel, et même vous l'aimez encore ; vous l'aimez comme un fou : mais parce que je m'amusais à vous en faire honte, vous l'avez bravement sacrifiée. Vous en auriez sacrifié mille, plutôt que de souffrir une plaisanterie. Où nous conduit pourtant la vanité ! Le sage [2] a bien raison, quand il dit qu'elle est l'ennemie du bonheur.

Où en seriez-vous à présent, si je n'avais voulu que vous faire une malice ? Mais je suis incapable de tromper, vous le savez bien ; et dussiez-vous, à mon tour, me réduire au désespoir et au couvent, j'en cours les risques, et je me rends à mon vainqueur.

Cependant si je capitule, c'est en vérité pure faiblesse : car si je voulais, que de chicanes n'aurais-je pas encore à faire ! et peut-être le mériteriez-vous ? J'admire, par exemple, avec quelle finesse ou quelle gaucherie vous me proposez en douceur de vous laisser renouer avec la Présidente. Il vous conviendrait beaucoup, n'est-ce pas, de vous donner le mérite de cette rupture sans y perdre les plaisirs de la jouissance ? Et comme alors cet apparent sacrifice n'en serait plus un pour vous, vous m'offrez de le renouveler à ma volonté ! Par cet arrangement, la céleste dévote se croirait toujours l'unique choix de votre cœur, tandis que je m'enorgueillirais d'être la rivale préférée ; nous serions trompées toutes deux, mais vous seriez content, et qu'importe le reste ?

C'est dommage qu'avec tant de talent pour les projets vous en ayez si peu pour l'exécution ; et que par une seule démarche inconsidérée, vous ayez mis vous-même un obstacle invincible à ce que vous désirez le plus.

Quoi ! vous aviez l'idée de renouer, et vous avez pu écrire ma lettre ! Vous m'avez donc crue bien gauche à mon tour ! Ah ! croyez-moi, Vicomte, quand une femme frappe dans le cœur d'une autre, elle manque rarement de trouver l'endroit sensible, et la blessure est incurable. Tandis que je frappais celle-ci, ou plutôt que je dirigeais vos coups, je n'ai pas oublié que cette femme était ma rivale, que vous l'aviez trouvée un moment préférable à moi, et qu'enfin, vous m'aviez placée au-dessous d'elle. Si je me suis trompée dans ma vengeance, je consens à en porter la faute. Ainsi, je trouve bon que vous tentiez tous les moyens : je vous y invite même, et vous promets de ne pas me fâcher de vos succès, si vous parvenez à en avoir. Je suis si tranquille sur cet objet, que je ne veux plus m'en occuper. Parlons d'autre chose.

Par exemple, de la santé de la petite Volanges. Vous m'en direz des nouvelles positives à mon retour, n'est-il pas vrai ? Je serai bien aise d'en avoir. Après cela, ce sera à vous de juger s'il vous conviendra mieux de remettre la petite fille à son amant, ou de tenter de devenir une seconde fois le fondateur d'une nouvelle branche des Valmont, sous le nom de Gercourt. Cette idée m'avait paru assez plaisante, et en vous laissant le choix, je vous demande pourtant de ne pas prendre de parti définitif, sans que nous en ayons causé ensemble. Ce n'est pas vous remettre à un temps éloigné, car je serai à Paris incessamment. Je ne peux pas vous dire positivement le jour ; mais vous ne doutez pas que, dès que je serai arrivée, vous n'en soyez le premier informé.

Adieu, Vicomte ; malgré mes querelles, mes malices et mes reproches, je vous aime toujours beaucoup, et je me prépare à vous le prouver. Au revoir, mon ami.

Du château de..., ce 29 novembre 17**.

LETTRE CXLVI

LA MARQUISE DE MERTEUIL AU CHEVALIER DANCENY

Enfin, je pars, mon jeune ami, et demain au soir, je serai de retour à Paris. Au milieu de tous les embarras qu'entraîne un déplacement, je ne recevrai personne. Cependant, si vous avez quelque confidence bien pressée à me faire, je veux bien vous excepter de la règle générale ; mais je n'excepterai que vous : ainsi, je vous demande le secret sur mon arrivée. Valmont même n'en sera pas instruit.

Qui m'aurait dit, il y a quelque temps, que bientôt vous auriez ma confiance exclusive, je ne l'aurais pas cru. Mais la vôtre a entraîné la mienne. Je serais tentée de croire que vous y avez mis de l'adresse, peut-être même de la séduction. Cela serait bien mal au moins !

Au reste, elle ne serait pas dangereuse à présent ; vous avez vraiment bien autre chose à faire ! Quand l'héroïne est en scène on ne s'occupe guère de la confidente [1].

Aussi n'avez-vous seulement pas eu le temps de me faire part de vos nouveaux succès. Quand votre Cécile [2] était absente, les jours n'étaient pas assez longs pour écouter vos tendres plaintes. Vous les auriez faites aux échos, si je n'avais pas été là pour les entendre. Quand depuis elle a été malade, vous m'avez même encore honorée du récit de vos inquiétudes ; vous aviez besoin de quelqu'un à qui les dire. Mais à présent, que celle que vous aimez est à Paris, qu'elle se porte bien, et surtout que vous la voyez quelquefois, elle suffit à tout, et vos amis ne vous sont plus rien.

Je ne vous en blâme pas ; c'est la faute de vos vingt ans. Depuis Alcibiade jusqu'à vous, ne sait-on pas que les jeunes gens n'ont jamais connu l'amitié que dans leurs chagrins ? Le bonheur les rend quelquefois indiscrets, mais jamais confiants. Je dirai bien comme Socrate : *J'aime que mes amis viennent à moi quand ils sont malheureux* * ; mais en sa qualité de philosophe, il se passait bien d'eux quand ils ne venaient pas. En cela, je ne suis pas tout à fait si sage que lui, et j'ai senti votre silence avec toute la faiblesse d'une femme.

N'allez pourtant pas me croire exigeante : il s'en faut bien que je le sois ! Le même sentiment qui me fait remarquer ces privations, me les fait supporter avec courage, quand elles sont la preuve ou la cause du bonheur de mes amis. Je ne compte donc sur vous pour demain au soir, qu'autant que l'amour vous laissera libre et désoccupé, et je vous défends de me faire le moindre sacrifice.

Adieu, Chevalier ; je me fais une vraie fête de vous revoir : viendrez-vous ?

*Du château de..., ce 29 [4] novembre 17**.*

---

* MARMONTEL, Conte moral d'Alcibiade [3].

LETTRE CXLVII

MADAME DE VOLANGES À MADAME DE ROSEMONDE

Vous serez sûrement aussi affligée que je le suis, ma digne amie, en apprenant l'état où se trouve madame de Tourvel ; elle est malade depuis hier : sa maladie a pris si vivement, et se montre avec des symptômes si graves, que j'en suis vraiment alarmée.

Une fièvre ardente, un transport violent et presque continuel, une soif qu'on ne peut apaiser, voilà tout ce qu'on remarque. Les médecins disent ne pouvoir rien pronostiquer encore ; et le traitement sera d'autant plus difficile, que la malade refuse avec obstination toute espèce de remèdes : c'est au point qu'il a fallu la tenir de force pour la saigner ; et il a fallu depuis en user de même deux autres fois pour lui remettre sa bande, que dans son transport, elle veut toujours arracher.

Vous qui l'avez vue, comme moi, si peu forte, si timide et si douce, concevez-vous donc que quatre personnes puissent à peine la contenir, et que pour peu qu'on veuille lui représenter quelque chose, elle entre dans des fureurs inexprimables ? Pour moi, je crains qu'il n'y ait plus que du délire [1], et que ce soit une vraie aliénation d'esprit.

Ce qui augmente ma crainte à ce sujet, c'est ce qui s'est passé avant-hier.

Ce jour-là, elle arriva vers les onze heures du matin, avec sa femme de chambre, au couvent de... Comme elle a été élevée dans cette Maison, et qu'elle a conservé l'habitude d'y entrer quelquefois, elle y fut reçue comme à l'ordinaire, et elle parut à tout le monde tranquille et bien portante. Environ deux heures après, elle s'informa si la chambre qu'elle occupait, étant pensionnaire, était vacante, et sur ce qu'on lui répondit que oui, elle demanda d'aller la revoir ; la prieure l'y accompagna avec quelques autres religieuses. Ce fut alors qu'elle déclara qu'elle revenait s'établir dans cette chambre, que, disait-elle, elle n'aurait jamais dû quitter ; et qu'elle ajouta qu'elle n'en sortirait *qu'à la mort* : ce fut son expression.

D'abord on ne sut que dire : mais le premier étonnement passé, on lui représenta que sa qualité de femme mariée ne permettait pas de la recevoir sans une permission particulière. Cette raison ni mille autres n'y firent rien ; et dès ce moment, elle s'obstina, non seulement à ne pas sortir du couvent, mais même de sa chambre. Enfin, de guerre lasse, à sept heures du soir, on consentit qu'elle y passât la nuit. On renvoya sa voiture et ses gens [2], et on remit au lendemain à prendre un parti.

On assure que pendant toute la soirée, loin que son air ou son maintien eussent rien d'égaré, l'un et l'autre étaient composés et réfléchis ; que seulement elle tomba quatre ou cinq fois dans une rêverie si profonde, qu'on ne parvenait pas à l'en tirer en lui parlant ; et que, chaque fois, avant d'en sortir, elle portait les deux mains à son front qu'elle avait l'air de serrer avec force : sur quoi une des religieuses, qui étaient présentes, lui ayant demandé si elle souffrait de la tête, elle la fixa longtemps avant de répondre, et lui dit enfin : « Ce n'est pas là qu'est le mal ! » Un moment après, elle demanda qu'on la laissât seule, et pria qu'à l'avenir on ne lui fît plus de question.

Tout le monde se retira, hors sa femme de chambre, qui devait heureusement coucher dans la même chambre qu'elle, faute d'autre place.

Suivant le rapport de cette fille, sa maîtresse a été assez tranquille jusqu'à onze heures du soir. Elle a dit alors vouloir se coucher : mais, avant d'être entièrement déshabillée, elle se mit à marcher dans sa chambre, avec beaucoup d'action et de gestes fréquents. Julie, qui avait été témoin de ce qui s'était passé dans la journée, n'osa lui rien dire, et attendit en silence pendant près d'une heure. Enfin, madame de Tourvel l'appela deux fois coup sur coup ; elle n'eut que le temps d'accourir, et sa maîtresse tomba dans ses bras, en disant : « Je n'en peux plus. » Elle se laissa conduire à son lit, et ne voulut rien prendre, ni qu'on allât chercher aucun secours. Elle se fit mettre seulement de l'eau auprès d'elle, et elle ordonna à Julie de se coucher.

Celle-ci assure être restée jusqu'à deux heures du matin sans dormir, et n'avoir entendu, pendant ce temps, ni mouvement ni plaintes. Mais elle dit avoir été réveillée à cinq heures par les discours de sa maîtresse, qui parlait d'une voix forte et élevée ; et qu'alors lui ayant demandé si elle n'avait besoin de rien, et n'obtenant point de réponse, elle prit de la lumière, et alla au lit de madame de Tourvel, qui ne la reconnut point ; mais qui, interrompant tout à coup les propos sans suite qu'elle tenait, s'écria vivement : « Qu'on me laisse seule, qu'on me laisse dans les ténèbres ; ce sont les ténèbres qui me conviennent. » J'ai remarqué hier par moi-même que cette phrase lui revient souvent.

Enfin, Julie profita de cette espèce d'ordre, pour sortir et aller chercher du monde et des secours : mais madame de Tourvel a refusé l'un et l'autre, avec les fureurs et les transports qui sont revenus si souvent depuis.

L'embarras où cela a mis tout le couvent a décidé la prieure à m'envoyer chercher hier à sept heures du matin... Il ne faisait pas jour. Je suis accourue sur-le-champ. Quand on m'a annoncée à madame de Tourvel, elle a paru reprendre sa connaissance, et a répondu : « Ah ! oui, qu'elle entre. » Mais quand j'ai été près de son lit, elle m'a regardée fixement, a pris vivement ma main, qu'elle a serrée, et m'a dit d'une voix forte, mais sombre : « Je meurs pour ne vous avoir pas crue. » Aussitôt après, se cachant les yeux, elle est revenue à son discours le plus fréquent : « Qu'on me laisse seule, etc. » ; et toute connaissance s'est perdue.

Ce propos qu'elle m'a tenu, et quelques autres échappés dans son délire, me font craindre que cette cruelle maladie n'ait une cause plus cruelle encore.

Mais respectons les secrets de notre amie, et conten-tons-nous de plaindre son malheur.

Toute la journée d'hier a été également orageuse, et partagée entre des accès de transports effrayants et des moments d'un abattement léthargique, les seuls où elle prend et donne quelque repos. Je n'ai quitté le chevet de son lit qu'à neuf heures du soir, et je vais y retourner ce matin pour toute la journée. Sûrement je n'abandonnerai pas ma malheureuse amie : mais ce qui est désolant, c'est son obstination à refuser tous les soins et tous les secours.

Je vous envoie le bulletin de cette nuit que je viens de recevoir, et qui, comme vous le verrez, n'est rien moins que consolant. J'aurai soin de vous les faire passer tous exactement.

Adieu, ma digne amie, je vais retrouver la malade. Ma fille, qui heureusement est presque rétablie, vous présente son respect.

*Paris, ce 29 novembre 17**.*

LETTRE CXLVIII

LE CHEVALIER DANCENY À LA MARQUISE
DE MERTEUIL

O vous, que j'aime ! ô toi, que j'adore ! ô vous, qui avez commencé mon bonheur ! ô toi, qui l'as comblé ! Amie sensible, tendre amante, pourquoi le souvenir de ta douleur vient-il troubler le charme que j'éprouve ? Ah ! Madame, calmez-vous, c'est l'amitié qui vous le demande. O ! mon amie, sois heureuse, c'est la prière de l'amour.

Hé ! quels reproches avez-vous donc à vous faire ? croyez-moi, votre délicatesse vous abuse. Les regrets qu'elle vous cause, les torts dont elle m'accuse, sont également illusoires ; et je sens dans mon cœur qu'il n'y a eu, entre nous deux, d'autre séducteur que l'amour. Ne crains donc plus de te livrer aux sentiments que tu inspires, de te laisser pénétrer de tous les feux que tu fais naître ! Quoi ! pour avoir été éclairés plus tard, nos cœurs en seraient-ils moins purs ? non, sans doute. C'est au contraire la séduction, qui, n'agissant jamais que par projets, peut combiner sa marche et ses moyens, et prévoir au loin les événements. Mais l'amour véritable ne permet pas ainsi de méditer et de réfléchir : il nous distrait de nos pensées par nos sentiments ; son empire n'est jamais plus fort que quand il est inconnu ; et c'est dans l'ombre et le silence qu'il nous entoure de liens qu'il est également impossible d'apercevoir et de rompre.

C'est ainsi qu'hier même, malgré la vie émotion que me causait l'idée de votre retour, malgré le plaisir extrême que je sentis en vous voyant, je croyais pourtant n'être encore appelé ni conduit que par la paisible amitié : ou plutôt, entièrement livré aux doux sentiments de mon cœur, je m'occupais bien peu d'en démêler l'origine ou la cause. Ainsi que moi, ma tendre amie, tu éprouvais, sans le connaître, ce charme impérieux qui livrait nos âmes aux douces impressions de la tendresse ; et tous deux nous n'avons reconnu l'Amour, qu'en sortant de l'ivresse où ce Dieu nous avait plongés.

Mais cela même nous justifie au lieu de nous condamner. Non, tu n'as pas trahi l'amitié, et je n'ai pas davantage abusé de ta confiance. Tous deux, il est vrai, nous ignorions nos sentiments ; mais cette illusion, nous l'éprouvions seulement sans chercher à la faire naître. Ah ! loin de nous en plaindre, ne songeons qu'au bonheur qu'elle nous a procuré ; et sans le troubler par d'injustes reproches, ne nous occupons qu'à l'augmenter encore par le charme de la confiance et de la sécurité. O ! mon amie ! que cet espoir est cher à mon cœur ! Oui, désormais délivrée de toute crainte, et tout entière à l'amour, tu partageras mes désirs, mes transports, le délire de mes sens, l'ivresse de mon âme ; et chaque instant de nos jours fortunés sera marqué par une volupté nouvelle.

Adieu, toi que j'adore ! Je te verrai ce soir, mais te trouverai-je seule ? Je n'ose l'espérer. Ah ! tu ne le désires pas autant que moi.

Paris, ce 1ᵉʳ décembre 17**.

LETTRE CXLIX

MADAME DE VOLANGES À MADAME DE ROSEMONDE

J'ai espéré hier, presque toute la journée, ma digne amie, pouvoir vous donner ce matin des nouvelles plus favorables de la santé de notre chère malade : mais depuis hier au soir cet espoir est détruit, et il ne me reste que le regret de l'avoir perdu. Un événement, bien indifférent en apparence, mais bien cruel par les suites qu'il a eues, a rendu l'état de la malade au moins aussi fâcheux qu'il était auparavant, si même il n'a pas empiré.

Je n'aurais rien compris à cette révolution subite, si je n'avais reçu hier l'entière confidence de notre malheureuse amie. Comme elle ne m'a pas laissé ignorer que vous étiez instruite aussi de toutes ses infortunes, je puis vous parler sans réserve sur sa triste situation.

Hier matin, quand je suis arrivée au couvent, on me dit que la malade dormait depuis plus de trois heures ; et son sommeil était si profond et si tranquille, que j'eus peur un moment qu'il ne fût léthargique. Quelque temps après, elle se réveilla, et ouvrit elle-même les rideaux de son lit. Elle nous regarda tous avec l'air de la surprise ; et comme je me levais pour aller à elle, elle me reconnut, me nomma, et me pria d'approcher. Elle ne me laissa le temps de lui faire aucune question, et me demanda où elle était, ce que nous faisions là, si elle était malade, et pourquoi elle n'était pas chez elle ? Je crus d'abord que c'était un nouveau délire, seulement plus tranquille que le précédent : mais je m'aperçus qu'elle entendait fort bien mes réponses. Elle avait en effet retrouvé sa tête mais non pas sa mémoire.

Elle me questionna, avec beaucoup de détail, sur tout ce qui lui était arrivé depuis qu'elle était au couvent, où elle ne se souvenait pas d'être venue. Je lui répondis exactement, en supprimant seulement ce qui aurait pu la trop effrayer : et lorsque à mon tour je lui demandai comment elle se trouvait, elle me répondit qu'elle ne souffrait pas dans ce moment ; mais qu'elle avait été bien tourmentée pendant son sommeil, et qu'elle se sentait fatiguée. Je l'engageai à se tranquilliser et à parler peu ; après quoi, je refermai en partie ses rideaux, que je laissai entrouverts, et je m'assis auprès de son lit. Dans le même temps, on lui proposa un bouillon qu'elle prit et qu'elle trouva bon.

Elle resta ainsi environ une demi-heure, durant laquelle elle ne parla que pour me remercier des soins que je lui avais donnés ; et elle mit dans ses remerciements l'agrément et la grâce que vous lui connaissez. Ensuite elle garda pendant quelque temps un silence absolu, qu'elle ne rompit que pour dire : « Ah ! oui, je me ressouviens d'être venue ici », et un moment après elle s'écria douloureusement : « Mon amie, mon amie, plaignez-moi ; je retrouve tous mes malheurs. » Comme alors je m'avançai vers elle, elle saisit ma main, et s'y appuyant la tête : « Grand Dieu ! continua-t-elle, ne puis-je donc mourir ? » Son expression, plus encore que ses discours, m'attendrit jusqu'aux larmes ; elle s'en aperçut à ma voix, et me dit : « Vous me plaignez ! Ah ! si vous connaissiez !... » Et puis s'interrompant : « Faites qu'on nous laisse seules, et je vous dirai tout. »

Ainsi que je crois vous l'avoir marqué, j'avais déjà des soupçons sur ce qui devait faire le sujet de cette confidence ; et craignant que cette conversation, que je prévoyais devoir être longue et triste, ne nuisît peut-être à l'état de notre malheureuse amie, je m'y refusai d'abord, sous prétexte qu'elle avait besoin de repos : mais elle insista, et je me rendis à ses instances. Dès que nous fûmes seules, elle m'apprit tout ce que déjà vous avez su d'elle, et que par cette raison je ne vous répéterai point.

Enfin, en me parlant de la façon cruelle dont elle avait été sacrifiée, elle ajouta : « Je me croyais bien sûr d'en mourir, et j'en avais le courage ; mais de survivre à mon malheur et à ma honte, c'est ce qui m'est impossible. » Je tentai de combattre ce découragement ou plutôt ce désespoir, avec les armes de la religion, jusqu'alors si puissantes sur elle ; mais je sentis bientôt que je n'avais pas assez de force pour ces fonctions augustes, et je m'en tins à lui proposer d'appeler le père Anselme, que je sais avoir toute sa confiance. Elle y consentit et parut même le désirer beaucoup. On l'envoya chercher en effet, et il vint sur-le-champ [1]. Il resta fort longtemps avec la malade, et dit en sortant, que si les médecins en jugeaient comme lui, il croyait qu'on pouvait différer la cérémonie des sacrements ; qu'il reviendrait le lendemain.

Il était environ trois heures après midi, et jusqu'à cinq, notre amie fut assez tranquille : en sorte que nous avions tous repris de l'espoir. Par malheur, on apporta alors une lettre pour elle. Quand on voulut la lui remettre, elle répondit d'abord n'en vouloir recevoir aucune et personne n'insista. Mais de ce moment, elle parut plus agitée. Bientôt après, elle demanda d'où venait cette lettre ; elle n'était pas timbrée : qui l'avait apportée ? on l'ignorait : de quelle part on l'avait remise ? on ne l'avait pas dit aux tourières. Ensuite elle garda quelque temps le silence ; après quoi, elle recommença à parler, mais ses propos sans suite nous apprirent seulement que le délire était revenu.

Cependant, il y eut encore un intervalle tranquille, jusqu'à ce qu'enfin elle demanda qu'on lui remît la lettre qu'on avait apportée pour elle. Dès qu'elle eut jeté les yeux dessus, elle s'écria : « De lui ! grand Dieu ! » et puis d'une voix forte mais oppressée : « Reprenez-la, reprenez-la. » Elle fit sur-le-champ fermer les rideaux de son lit, et défendit que personne approchât : mais presque aussitôt nous fûmes bien obligés de revenir auprès d'elle. Le transport avait repris plus violent que jamais, et il s'y était joint des convulsions vraiment effrayantes. Ces accidents n'ont plus cessé de la soirée ; et le bulletin de ce matin m'apprend que la nuit n'a pas été moins orageuse. Enfin, son état est tel, que je m'étonne qu'elle n'y ait pas déjà succombé, et je ne vous cache point qu'il ne me reste que bien peu d'espoir.

Je suppose que cette malheureuse lettre est de M. de Valmont ; mais que peut-il encore oser lui dire ? Pardon, ma chère amie, je m'interdis toute réflexion : mais il est bien cruel de voir périr si malheureusement une femme, jusqu'alors si heureuse et si digne de l'être.

Paris, ce 2 décembre 17 **.

LETTRE CL

LE CHEVALIER DANCENY À LA MARQUISE
DE MERTEUIL

En attendant le bonheur de te voir, je me livre, ma tendre amie, au plaisir de t'écrire ; et c'est en m'occupant de toi, que je charme le regret d'en être éloigné. Te tracer mes sentiments, me rappeler les tiens, est pour mon cœur une vraie jouissance ; et c'est par elle que le temps même des privations m'offre encore mille biens précieux à mon amour. Cependant, s'il faut t'en croire, je n'obtiendrai point de réponse de toi : cette lettre même sera la dernière ; et nous nous priverons d'un commerce qui, selon toi, est dangereux, *et dont nous n'avons pas besoin.* Sûrement je t'en croirai, si tu persistes : car que peux-tu vouloir, que par cette raison même je ne le veuille aussi ? Mais avant de te décider entièrement, ne permettras-tu pas que nous en causions ensemble ?

Sur l'article des dangers, tu dois juger seule : je ne

puis rien calculer, et je m'en tiens à te prier de veiller à ta sûreté, car je ne puis être tranquille quand tu seras inquiète. Pour cet objet, ce n'est pas nous deux qui ne sommes qu'un, c'est toi qui es nous deux.

Il n'en est pas de même *sur le besoin* ; ici nous ne pouvons avoir qu'une même pensée ; et si nous différons d'avis, ce ne peut être que faute de nous expliquer ou de nous entendre. Voici donc ce que je crois sentir.

Sans doute, une lettre paraît bien peu nécessaire, quand on peut se voir librement. Que dirait-elle, qu'un mot, un regard, ou même le silence, n'exprimassent cent fois mieux encore ? Cela me paraît si vrai, que dans le moment où tu me parlas de ne plus nous écrire, cette idée glissa facilement sur mon âme ; elle la gêna peut-être, mais ne l'affecta point. Tel à peu près, quand voulant donner un baiser sur ton cœur, je rencontre un ruban ou une gaze, je l'écarte seulement, et n'ai cependant pas le sentiment d'un obstacle.

Mais depuis, nous nous sommes séparés ; et dès que tu n'as plus été là, cette idée de lettre est revenue me tourmenter. Pourquoi, me suis-je dit, cette privation de plus ? Quoi ! pour être éloigné, n'a-t-on plus rien à se dire ? Je suppose que favorisé par les circonstances, on passe ensemble une journée entière ; faudra-t-il prendre le temps de causer sur celui de jouir ? Oui, de jouir, ma tendre amie ; car auprès de toi, les moments même du repos fournissent encore une jouissance délicieuse. Enfin, quel que soit le temps, on finit par se séparer, et, puis, on est si seul ! C'est alors qu'une lettre est si précieuse ; si on ne la lit pas, du moins on la regarde... Ah ! sans doute, on peut regarder une lettre sans la lire, comme il me semble que la nuit j'aurais encore quelque plaisir à toucher ton portrait...

Ton portrait, ai-je dit ? Mais une lettre est le portrait de l'âme. Elle n'a pas, comme une froide image, cette stagnance si éloignée de l'amour ; elle se prête à tous nos mouvements : tour à tour elle s'anime, elle jouit, elle se repose... Tes sentiments me sont tous si précieux ! me priveras-tu d'un moyen de les recueillir ?

Es-tu donc sûre que le besoin de m'écrire ne te tourmentera jamais ? Si dans la solitude, ton cœur se dilate ou s'oppresse, si un mouvement de joie passe jusqu'à ton âme, si une tristesse involontaire vient la troubler un moment ; ce ne sera donc pas dans le sein de ton ami, que tu répandras ton bonheur ou ta peine ? tu auras donc un sentiment qu'il ne partagera pas ? tu le laisseras donc, rêveur et solitaire, s'égarer loin de toi ? Mon amie... ma tendre amie ! Mais c'est à toi qu'il appartient de prononcer. J'ai voulu discuter seulement, et non pas te séduire ; je ne t'ai dit que des raisons, j'ose croire que j'eusse été plus fort par des prières. Je tâcherai donc, si tu persistes, de ne pas m'affliger ; je ferai mes efforts pour me dire ce que tu m'aurais écrit ; mais tiens, tu le dirais mieux que moi ; et j'aurai surtout plus de plaisir à l'entendre.

Adieu, ma charmante amie ; l'heure approche enfin où je pourrai te voir : je te quitte bien vite, pour t'aller retrouver plus tôt.

*Paris, ce 3 décembre 17 **.*

LETTRE CLI

LE VICOMTE DE VALMONT À LA MARQUISE DE MERTEUIL

Sans doute, Marquise, que vous ne me croyez pas assez peu d'usage, pour penser que j'aie pu prendre le change sur le tête-à-tête où je vous ai trouvée ce soir, et sur *l'étonnant hasard* qui avait conduit Danceny chez vous ! Ce n'est pas que votre physionomie exercée n'ait su prendre à merveille l'expression du calme et de la sérénité, ni que vous vous soyez trahie par aucune de ces phrases qui quelquefois échappent au trouble ou au repentir. Je conviens même encore que vos regards dociles vous ont parfaitement servie ; et que s'ils avaient su se faire croire aussi bien que se faire entendre, loin que j'eusse pris ou conservé le moindre soupçon, je n'aurais pas douté un moment du chagrin extrême que vous causait *ce tiers importun* [1]. Mais, pour ne pas déployer en vain d'aussi grands talents, pour en obtenir le succès que vous vous en promettiez, pour produire enfin l'illusion que vous cherchiez à faire naître, il fallait donc auparavant former votre amant novice avec plus de soin.

Puisque vous commencez à faire des éducations, apprenez à vos élèves à ne pas rougir et se déconcerter à la moindre plaisanterie : à ne pas nier si vivement, pour une seule femme, les mêmes choses dont ils se défendent avant tant de mollesse pour toutes les autres. Apprenez-leur encore à savoir entendre l'éloge de leur maîtresse, sans se croire obligés d'en faire les honneurs ; et si vous leur permettez de vous regarder dans le cercle, qu'ils sachent au moins auparavant déguiser ce regard de possession si facile à reconnaître, et qu'ils confondent si maladroitement avec celui de l'amour. Alors vous pourrez les faire paraître dans vos exercices publics, sans que leur conduite fasse tort à leur sage institutrice ; et moi-même, trop heureux de concourir à votre célébrité, je vous promets de faire et de publier les programmes de ce nouveau collège.

Mais jusque-là je m'étonne, je l'avoue, que ce soit moi que vous ayez entrepris de traiter comme un écolier. Oh ! qu'avec toute autre femme, je serais bientôt vengé ! que je m'en ferais de plaisir ! et qu'il surpasserait aisément celui qu'elle aurait cru me faire perdre ! Oui, c'est bien pour vous seule que je peux préférer la réparation à la vengeance ; et ne croyez pas que je sois retenu par le moindre doute, par la moindre incertitude ; je sais tout.

Vous êtes à Paris depuis quatre jours ; et chaque

jour vous avez vu Danceny, et vous n'avez vu que lui seul. Aujourd'hui même votre porte était encore fermée ; et il n'a manqué à votre suisse, pour m'empêcher d'arriver jusqu'à vous, qu'une assurance égale à la vôtre. Cependant je ne devais pas douter, me mandiez-vous, d'être le premier informé de votre arrivée ; de cette arrivée dont vous ne pourriez pas encore me dire le jour, tandis que vous m'écriviez la veille de votre départ. Nierez-vous ces faits, ou tenterez-vous de vous en excuser ? L'un et l'autre sont également impossibles ; et pourtant je me contiens encore ! Reconnaissez là votre empire ; mais croyez-moi, contente de l'avoir éprouvé, n'en abusez pas plus longtemps. Nous nous connaissons tous deux, Marquise ; ce mot doit vous suffire.

Vous sortez demain toute la journée, m'avez-vous dit ? À la bonne heure, si vous sortez en effet ; et vous jugez que je le saurai. Mais enfin, vous rentrerez le soir ; et pour notre difficile réconciliation nous n'aurons pas trop de temps jusqu'au lendemain. Faites-moi donc savoir si ce sera chez vous, ou *là-bas* que se feront nos expiations nombreuses et réciproques. Surtout, plus de Danceny. Votre mauvaise tête s'était remplie de son idée ; et je peux n'être pas jaloux de ce délire de votre imagination : mais songez que de ce moment, ce qui n'était qu'une fantaisie, deviendrait une préférence marquée. Je ne me crois pas fait pour cette humiliation, et je ne m'attends pas à la recevoir de vous.

J'espère même que ce sacrifice ne vous en paraîtra pas un. Mais quand il vous coûterait quelque chose, il me semble que je vous ai donné un assez bel exemple ! qu'une femme sensible et belle, qui n'existait que pour moi, qui dans ce moment même meurt peut-être d'amour et de regret, peut bien valoir un jeune écolier, qui, si vous voulez, ne manque ni de figure ni d'esprit, mais qui n'a encore ni usage ni consistance.

Adieu, Marquise ; je ne vous dis rien de mes sentiments pour vous. Tout ce que je puis faire en ce

moment, c'est de ne pas scruter mon cœur. J'attends
votre réponse. Songez en la faisant, songez bien que
plus il vous est facile de me faire oublier l'offense que
vous m'avez faite, plus un refus de votre part, un
simple délai, la graverait dans mon cœur en traits inef-
façables.

Paris, ce 3 décembre 17**, au soir.

LETTRE CLII

LA MARQUISE DE MERTEUIL AU VICOMTE
DE VALMONT

Prenez donc garde, Vicomte, et ménagez davantage mon extrême timidité ! Comment voulez-vous
que je supporte l'idée accablante d'encourir votre
indignation, et surtout que je ne succombe pas à la
crainte de votre vengeance ? d'autant que, comme
vous savez, si vous me faisiez une noirceur, il me
serait impossible de vous la rendre. J'aurais beau
parler, votre existence n'en serait ni moins brillante
ni moins paisible. Au fait, qu'auriez-vous à redouter ?
d'être obligé de partir, si on vous en laissait le temps.
Mais ne vit-on pas chez l'étranger comme ici ? et à
tout prendre, pourvu que la cour de France vous
laissât tranquille à celle où vous vous fixeriez, ce ne
serait pour vous que changer le lieu de vos triomphes [1]. Après avoir tenté de vous rendre votre sang-
froid par ces considérations morales, revenons à nos
affaires.

Savez-vous, Vicomte, pourquoi je ne me suis jamais
remariée ? ce n'est assurément pas faute d'avoir trouvé
assez de partis avantageux ; c'est uniquement pour
que personne n'ait le droit de trouver à redire à mes
actions. Ce n'est même pas que j'aie craint de ne pouvoir plus faire mes volontés, car j'aurais bien toujours
fini par là ; mais c'est qu'il m'aurait gêné que

quelqu'un eût eu seulement le droit de s'en plaindre ; c'est qu'enfin je ne voulais tromper que pour mon plaisir, et non par nécessité. Et voilà que vous m'écrivez la lettre la plus maritale qu'il soit possible de voir ! Vous ne m'y parlez que de torts de mon côté, et de grâces du vôtre ! Mais comment donc peut-on manquer à celui à qui on ne doit rien ? Je ne saurais le concevoir !

Voyons ; de quoi s'agit-il tant ? Vous avez trouvé Danceny chez moi, et cela vous a déplu ? à la bonne heure : mais qu'avez-vous pu en conclure ? ou que c'était l'effet du hasard, comme je vous le disais, ou celui de ma volonté, comme je ne vous le disais pas. Dans le premier cas, votre lettre est injuste ; dans le second, elle est ridicule : c'était bien la peine d'écrire ! Mais vous êtes jaloux, et la jalousie ne raisonne pas. Hé bien ! je vais raisonner pour vous.

Ou vous avez un rival, ou vous n'en avez pas. Si vous en avez un, il faut plaire pour lui être préféré ; si vous n'en avez pas, il faut encore plaire pour éviter d'en avoir. Dans tous les cas, c'est la même conduite à tenir : ainsi, pourquoi vous tourmenter ? pourquoi, surtout, me tourmenter moi-même ? Ne savez-vous donc plus être le plus aimable ? et n'êtes-vous plus sûr de vos succès ? Allons donc, Vicomte, vous vous faites tort. Mais ce n'est pas cela ; c'est qu'à vos yeux, je ne vaux pas que vous vous donniez tant de peine. Vous désirez moins mes bontés, que vous ne voulez abuser de votre empire. Allez, vous êtes un ingrat. Voilà bien, je crois, du sentiment ! et pour peu que je continuasse, cette lettre pourrait devenir fort tendre ; mais vous ne le méritez pas.

Vous ne méritez pas davantage que je me justifie. Pour vous punir de vos soupçons, vous les garderez : ainsi, sur l'époque de mon retour, comme sur les visites de Danceny, je ne vous dirai rien. Vous vous êtes donné bien de la peine pour vous en instruire, n'est-il pas vrai ? Hé bien ! en êtes-vous plus avancé ? Je souhaite que vous y ayez trouvé beaucoup de plaisir ; quant à moi, cela n'a pas nui au mien.

Tout ce que je peux donc répondre à votre menaçante lettre, c'est qu'elle n'a eu ni le don de me plaire, ni le pouvoir de m'intimider ; et que pour le moment je suis on ne peut pas moins disposée à vous accorder vos demandes.

Au vrai, vous accepter tel que vous vous montrez aujourd'hui, ce serait vous faire une infidélité réelle. Ce ne serait pas là renouer avec mon ancien amant ; ce serait en prendre un nouveau, et qui ne vaut pas l'autre à beaucoup près. Je n'ai pas assez oublié le premier pour m'y tromper ainsi. Le Valmont que j'aimais était charmant. Je veux bien convenir même que je n'ai pas rencontré d'homme plus aimable. Ah ! je vous en prie, Vicomte, si vous le retrouvez, amenez-le-moi ; celui-là sera toujours bien reçu.

Prévenez-le cependant que, dans aucun cas, ce ne serait ni pour aujourd'hui ni pour demain. Son *Ménechme* [2] lui a fait un peu tort ; et en me pressant trop, je craindrais de m'y tromper ; ou bien, peut-être ai-je donné parole à Danceny pour ces deux jours-là ? Et votre lettre m'a appris que vous ne plaisantiez pas, quand on manquait à sa parole. Vous voyez donc qu'il faut attendre.

Mais que vous importe ? vous vous vengerez toujours bien de votre rival. Il ne fera pas pis à votre maîtresse que vous ferez à la sienne, et après tout, une femme n'en vaut-elle pas une autre ? ce sont vos principes. Celle même qui *serait tendre et sensible, qui n'existerait que pour vous et qui mourrait enfin d'amour et de regret*, n'en serait pas moins sacrifiée à la première fantaisie, à la crainte d'être plaisanté un moment ; et vous voulez qu'on se gêne ? Ah ! cela n'est pas juste.

Adieu, Vicomte ; redevenez donc aimable. Tenez, je ne demande pas mieux que de vous trouver charmant ; et dès que j'en serai sûre, je m'engage à vous le prouver. En vérité, je suis trop bonne.

Paris, ce 4 décembre 17**.

LETTRE CLIII

LE VICOMTE DE VALMONT À LA MARQUISE
DE MERTEUIL

Je réponds sur-le-champ à votre lettre, et je tâcherai d'être clair ; ce qui n'est pas facile avec vous, quand une fois vous avez pris le parti de ne pas entendre.

De longs discours n'étaient pas nécessaires pour établir que chacun de nous ayant en main tout ce qu'il faut pour perdre l'autre, nous avons un égal intérêt à nous ménager mutuellement : aussi, ce n'est pas de cela dont il s'agit. Mais encore entre le parti violent de se perdre, et celui, sans doute meilleur, de rester unis comme nous l'avons été, de le devenir davantage encore en reprenant notre première liaison, entre ces deux partis, dis-je, il y en a mille autres à prendre. Il n'était donc pas ridicule de vous dire, et il ne l'est pas de vous répéter que, de ce jour même, je serai ou votre amant ou votre ennemi.

Je sens à merveille que ce choix vous gêne ; qu'il vous conviendrait mieux de tergiverser ; et je n'ignore pas que vous n'avez jamais aimé à être placée ainsi entre le oui et le non : mais vous devez sentir aussi que je ne puis vous laisser sortir de ce cercle étroit, sans risquer d'être joué ; et vous avez dû prévoir que je ne le souffrirais pas. C'est maintenant à vous à décider ; je peux vous laisser le choix mais non pas rester dans l'incertitude.

Je vous préviens seulement que vous ne m'abuserez pas par vos raisonnements, bons ou mauvais ; que vous ne me séduirez pas davantage par quelques cajoleries dont vous chercheriez à parer vos refus, et qu'enfin, le moment de la franchise est arrivé. Je ne demande pas mieux que de vous donner l'exemple ; et je vous déclare avec plaisir, que je préfère la paix et l'union : mais s'il faut rompre l'une ou l'autre [1], je crois en avoir le droit et les moyens.

J'ajoute donc que le moindre obstacle mis de votre part sera pris de la mienne pour une véritable déclaration de guerre : vous voyez que la réponse que je vous demande n'exige ni longues ni belles phrases. Deux mots suffisent.

Paris, ce 4 décembre 17**.

RÉPONSE DE LA MARQUISE DE MERTEUIL
écrite au bas de la même lettre.

Hé bien ! la guerre [2].

LETTRE CLIV

MADAME DE VOLANGES À MADAME
DE ROSEMONDE

Les bulletins vous instruisent mieux que je ne pourrais le faire, ma chère amie, du fâcheux état de notre malade. Tout entière aux soins que je lui donne, je ne prends sur eux le temps de vous écrire, qu'autant qu'il y a d'autres événements que ceux de la maladie. En voici un, auquel certainement je ne m'attendais pas. C'est une lettre que j'ai reçue de M. de Valmont, à qui il a plu de me choisir pour sa confidente, et même pour sa médiatrice auprès de madame de Tourvel, pour qui il avait aussi joint une lettre à la mienne. J'ai renvoyé l'une en répondant à l'autre. Je vous fais passer cette dernière, et je crois que vous jugerez comme moi, que je ne pouvais ni ne devais rien faire de ce qu'il me demande. Quand je l'aurais voulu, notre malheureuse amie n'aurait pas été en état de m'entendre. Son délire est continuel. Mais que direz-vous de ce désespoir de M. de Valmont ? D'abord faut-il y croire, ou veut-il seulement tromper tout le monde, et jusqu'à la fin * ? Si pour cette fois il est sincère, il peut bien dire qu'il a lui-même fait son malheur. Je crois qu'il sera peu content de ma réponse : mais j'avoue que tout ce qui me fixe sur cette malheureuse aventure, me soulève de plus en plus contre son auteur.

Adieu, ma chère amie ; je retourne à mes tristes soins, qui le deviennent bien davantage encore par le peu d'espoir que j'ai de les voir réussir. Vous connaissez mes sentiments pour vous.

Paris, ce 5 décembre 17**.

LETTRE CLV

LE VICOMTE DE VALMONT AU CHEVALIER DANCENY

J'ai passé deux fois chez vous, mon cher Chevalier : mais depuis que vous avez quitté le rôle d'amant pour celui d'homme à bonnes fortunes, vous êtes, comme de raison, devenu introuvable [1]. Votre valet de chambre m'a assuré cependant que vous rentreriez chez vous ce soir ; qu'il avait ordre de vous attendre : mais moi, qui suis instruit de vos projets, j'ai très bien compris que vous ne rentreriez que pour un moment, pour prendre le costume de la chose, et que sur-le-champ vous recommenceriez vos courses victorieuses. A la bonne heure, et je ne puis qu'y applaudir : mais peut-être, pour ce soir, allez-vous être tenté de changer leur direction. Vous ne savez encore que la moitié de vos affaires ; il faut vous mettre au courant de l'autre, et puis vous vous déciderez. Prenez donc le temps de lire ma lettre. Ce ne sera pas vous distraire de vos plaisirs, puisque au

---

* *C'est parce qu'on n'a rien trouvé dans la suite de cette correspondance qui pût résoudre ce doute, qu'on a pris le parti de supprimer la lettre de M. de Valmont [1].*

contraire elle n'a d'autre objet que de vous donner le choix entre eux.

Si j'avais eu votre confiance entière, si j'avais su par vous la partie de vos secrets que vous m'avez laissée à deviner, j'aurais été instruit à temps ; et mon zèle, moins gauche, ne gênerait pas aujourd'hui votre marche. Mais partons du point où nous sommes. Quelque parti que vous preniez, votre pis aller ferait toujours bien le bonheur d'un autre.

Vous avez un rendez-vous pour cette nuit, n'est-il pas vrai ? avec une femme charmante et que vous adorez ? car à votre âge, quelle femme n'adore-t-on pas, au moins les huit premiers jours ! Le lieu de la scène doit encore ajouter à vos plaisirs. Une petite maison délicieuse, *et qu'on n'a prise que pour vous* [2], doit embellir la volupté, des charmes de la liberté, et de ceux du mystère. Tout est convenu ; on vous attend : et vous brûlez de vous y rendre ! voilà ce que nous savons tous deux, quoique vous ne m'en ayez rien dit. Maintenant, voici ce que vous ne savez pas, et qu'il faut que je vous dise.

Depuis mon retour à Paris, je m'occupais des moyens de vous rapprocher de mademoiselle de Volanges, je vous l'avais promis ; et encore la dernière fois que je vous en parlai, j'eus lieu de juger par vos réponses, je pourrais dire par vos transports, que c'était m'occuper de votre bonheur. Je ne pouvais pas réussir à moi seul dans cette entreprise assez difficile : mais après avoir préparé les moyens, j'ai remis le reste au zèle de votre jeune maîtresse. Elle a trouvé, dans son amour, des ressources qui avaient manqué à mon expérience : enfin votre malheur veut qu'elle ait réussi. Depuis deux jours, m'a-t-elle dit ce soir, tous les obstacles sont surmontés, et votre bonheur ne dépend plus que de vous.

Depuis deux jours aussi, elle se flattait de vous apprendre cette nouvelle elle-même, et malgré l'absence de sa maman, vous auriez été reçu ; mais vous ne vous êtes seulement pas présenté ! et pour vous dire tout, soit caprice ou raison, la petite per-

sonne m'a paru un peu fâchée de ce manque
d'empressement de votre part. Enfin, elle a trouvé le
moyen de me faire aussi parvenir jusqu'à elle, et m'a
fait promettre de vous rendre le plus tôt possible la
lettre que je joins ici. A l'empressement qu'elle y a
mis, je parierais bien qu'il y est question d'un rendez-
vous pour ce soir. Quoi qu'il en soit, j'ai promis sur
l'honneur et sur l'amitié, que vous auriez la tendre
missive dans la journée, et je ne puis ni ne veux manquer à ma parole.

A présent, jeune homme, quelle conduite allez-vous
tenir ? Placé entre la coquetterie et l'amour, entre le
plaisir et le bonheur, quel va être votre choix ? Si je
parlais au Danceny d'il y a trois mois, seulement à
celui d'il y a huit jours, bien sûr de son cœur, je le
serais de ses démarches : mais le Danceny
d'aujourd'hui, arraché par les femmes, courant les
aventures, et devenu, suivant l'usage, un peu scélérat,
préférera-t-il une jeune fille timide, qui n'a pour elle
que sa beauté, son innocence et son amour, aux agréments d'une femme parfaitement *usagée* [3] !

Pour moi, mon cher ami, il me semble que, même
dans vos nouveaux principes, que j'avoue bien être
aussi un peu les miens, les circonstances me déci-
deraient pour la jeune amante. D'abord, c'en est une
de plus, et puis la nouveauté, et encore la crainte de
perdre le fruit de vos soins en négligeant de le
cueillir ; car enfin, de ce côté, ce serait véritablement
l'occasion manquée, et elle ne revient pas toujours,
surtout pour une première faiblesse : souvent, dans
ce cas, il ne faut qu'un moment d'humeur, un
soupçon jaloux, moins encore, pour empêcher le plus
beau triomphe. La vertu qui se noie se raccroche
quelquefois aux branches ; et une fois réchappée, elle
se tient sur ses gardes, et n'est plus facile à surprendre.

Au contraire, de l'autre côté, que risquez-vous ? pas
même une rupture ; une brouillerie tout au plus, où
l'on achète de quelques soins le plaisir d'un raccommodement. Quel autre parti reste-t-il à une femme

déjà rendue, que celui de l'indulgence ? Que gagne-rait-elle à la sévérité ? la perte de ses plaisirs, sans profit pour sa gloire.

Si, comme je le suppose, vous prenez le parti de l'amour, qui me paraît aussi celui de la raison, je crois qu'il est de la prudence de ne point vous faire excuser au rendez-vous manqué ; laissez-vous attendre tout simplement : si vous risquez de donner une raison, on sera peut-être tenté de la vérifier. Les femmes sont curieuses et obstinées ; tout peut se découvrir : je viens, comme vous savez, d'en être moi-même un exemple. Mais si vous laissez l'espoir, comme il sera soutenu par la vanité, il ne sera perdu que longtemps après l'heure propre aux informations : alors demain vous aurez à choisir l'obstacle insurmontable qui vous aura retenu ; vous aurez été malade, mort s'il le faut, ou toute autre chose dont vous serez également déses-péré, et tout se raccommodera.

Au reste, pour quelque côté que vous vous décidiez, je vous prie seulement de m'en instruire ; et comme je n'y ai pas d'intérêt, je trouverai toujours que vous avez bien fait. Adieu, mon cher ami.

Ce que j'ajoute encore, c'est que je regrette madame de Tourvel ; c'est que je suis au désespoir d'être séparé d'elle ; c'est que je paierais de la moitié de ma vie le bonheur de lui consacrer l'autre. Ah ! croyez-moi, on n'est heureux que par l'amour [4].

Paris, ce 5 décembre 17**.

LETTRE CLVI

CÉCILE VOLANGES AU CHEVALIER DANCENY

(Jointe à la précédente.)

Comment se fait-il, mon cher ami, que je cesse de vous voir, quand je ne cesse pas de le désirer ? n'en avez-vous plus autant d'envie que moi ? Ah ! c'est bien à présent que je suis triste ! plus triste que quand nous étions séparés tout à fait. Le chagrin que j'éprouvais par les autres, c'est à présent de vous qu'il me vient, et cela fait bien plus de mal.

Depuis quelques jours, maman n'est jamais chez elle, vous le savez bien ; et j'espérais que vous essayeriez de profiter de ce temps de liberté : mais vous ne songez seulement pas à moi ; je suis bien malheureuse ! Vous me disiez tant que c'était moi qui aimais le moins ! je savais bien le contraire, et en voilà bien la preuve. Si vous étiez venu pour me voir, vous m'auriez vue en effet : car moi, je ne suis pas comme vous ; je ne songe qu'à ce qui peut nous réunir. Vous méritiez bien que je ne vous dise rien de tout ce que j'ai fait pour ça, et qui m'a donné tant de peine : mais je vous aime trop, et j'ai tant d'envie de vous voir, que je ne peux m'empêcher de vous le dire. Et puis, je verrai bien après si vous m'aimez réellement !

J'ai si bien fait que le portier est dans nos intérêts, et qu'il m'a promis que toutes les fois que vous viendriez, il vous laisserait toujours entrer comme s'il ne vous voyait pas : et nous pouvons bien nous fier à lui, car c'est un bien honnête homme. Il ne s'agit donc plus que d'empêcher qu'on ne vous voie dans la maison ; et ça, c'est bien aisé, en n'y venant que le soir, et quand il n'y aura plus rien à craindre du tout. Par exemple, depuis que maman sort tous les jours, elle se couche tous les jours [1] à onze heures ; ainsi nous aurions bien du temps.

Le portier m'a dit que, quand vous voudriez venir comme ça, au lieu de frapper à la porte, vous n'auriez qu'à frapper à sa fenêtre, et qu'il ouvrirait tout de suite ; et puis, vous trouverez bien le petit escalier ; et comme vous ne pourrez pas avoir de la lumière, je laisserai la porte de ma chambre entrouverte, ce qui vous éclairera toujours un peu. Vous prendrez bien garde de ne pas faire du bruit ; surtout en passant auprès de la petite porte de maman. Pour celle de ma femme de chambre, c'est égal, parce qu'elle m'a promis qu'elle ne se réveillerait pas ; c'est aussi une bien bonne fille ! et pour vous en aller, ça sera tout de même. A présent, nous verrons si vous viendrez.

Mon Dieu, pourquoi donc le cœur me bat-il si fort en vous écrivant ? Est-ce qu'il doit m'arriver quelque malheur, ou si c'est l'espérance de vous voir qui me trouble comme ça ? Ce que je sens bien, c'est que je ne vous ai jamais tant aimé, et que jamais je n'ai tant désiré de vous le dire. Venez donc, mon ami, mon cher ami ; que je puisse vous répéter cent fois que je vous aime, que je vous adore, que je n'aimerais jamais que vous.

J'ai trouvé moyen de faire dire à M. de Valmont que j'avais quelque chose à lui dire ; et lui, comme il est bien bon ami, il viendra sûrement demain, et je le prierai de vous remettre ma lettre tout de suite. Ainsi je vous attendrai demain au soir, et vous viendrez, sans faute, si vous ne voulez pas que votre Cécile soit bien malheureuse.

Adieu, mon cher ami ; je vous embrasse de tout mon cœur.

Paris, ce 4 décembre 17**, au soir [2].

LETTRE CLVII

LE CHEVALIER DANCENY AU VICOMTE DE VALMONT

Ne doutez, mon cher Vicomte, ni de mon cœur, ni de mes démarches : comment résisterais-je à un désir de ma Cécile ? Ah ! c'est bien elle, elle seule que j'aime, que j'aimerai toujours ! son ingénuité, sa tendresse, ont un charme pour moi, dont j'ai pu avoir la faiblesse de me laisser distraire, mais que rien n'effacera jamais. Engagé dans une autre aventure, pour ainsi dire sans m'en être aperçu, souvent le souvenir de Cécile est venu me troubler jusque dans les plus doux plaisirs ; et peut-être mon cœur ne lui a-t-il jamais rendu d'hommage plus vrai, que dans le moment même où je lui étais infidèle. Cependant, mon ami, ménageons sa délicatesse et cachons-lui mes torts ; non pour la surprendre, mais pour ne pas l'affliger. Le bonheur de Cécile est le vœu le plus ardent que je forme ; jamais je ne me pardonnerais une faute qui lui aurait coûté une larme.

J'ai mérité, je le sens, la plaisanterie que vous me faites sur ce que vous appelez mes nouveaux principes : mais vous pouvez m'en croire, ce n'est point par eux que je me conduis dans ce moment ; et dès demain je suis décidé à le prouver. J'irai m'accuser à celle même qui a causé mon égarement, et qui l'a partagé ; je lui dirai : « Lisez dans mon cœur ; il a pour vous l'amitié la plus tendre ; l'amitié unie au désir ressemble tant à l'amour !... Tous deux nous nous sommes trompés ; mais susceptible d'erreur, je ne suis point capable de mauvaise foi. » Je connais mon amie ; elle est honnête autant qu'indulgente ; elle fera plus que me pardonner, elle m'approuvera. Elle-même se reprochait souvent d'avoir trahi l'amitié ; souvent sa délicatesse effrayait son amour : plus sage que moi, elle fortifiera dans mon âme ces craintes utiles, que je cherchais témérairement à étouffer dans la sienne. Je lui devrai d'être meilleur, comme à vous d'être plus heureux. O mes amis ! partagez ma reconnaissance. L'idée de vous devoir mon bonheur en augmente le prix.

Adieu, mon cher Vicomte. L'excès de ma joie ne m'empêche point de songer à vos peines, et d'y prendre part. Que ne puis-je vous être utile ! Madame de Tourvel reste donc inexorable ? On la dit aussi bien malade. Mon Dieu, que je vous plains ! Puisse-t-elle reprendre à la fois de la santé et de l'indulgence, et faire à jamais votre bonheur ! Ce sont les vœux de l'amitié ; j'ose espérer qu'ils seront exaucés par l'amour.

Je voudrais causer plus longtemps avec vous ; mais l'heure me presse, et peut-être Cécile m'attend déjà.

Paris, ce 5 décembre 17** [1].

LETTRE CLVIII

(A son réveil.)

LE VICOMTE DE VALMONT À LA MARQUISE
DE MERTEUIL

Eh bien, Marquise, comment vous trouvez-vous des plaisirs de la nuit dernière ? n'en êtes-vous pas un peu fatiguée ? Convenez donc que Danceny est charmant ! il fait des prodiges, ce garçon-là. Vous n'attendiez pas cela de lui, n'est-il pas vrai ? Allons, je me rends justice, un pareil rival méritait bien que je lui fusse sacrifié. Sérieusement, il est plein de bonnes qualités ! Mais surtout, que d'amour, de constance, de délicatesse ! Ah ! si jamais vous êtes aimée de lui comme l'est sa Cécile, vous n'aurez point de rivales à craindre : il vous l'a prouvé cette nuit. Peut-être à force de coquetterie, une autre femme pourra vous l'enlever un moment ; un jeune homme ne sait guère se refuser à des agaceries provocantes : mais un seul mot de l'objet aimé suffit, comme vous voyez, pour dissiper cette illusion ; ainsi il ne vous manque plus que d'être cet objet-là, pour être parfaitement heureuse.

Sûrement vous ne vous y tromperez pas ; vous avez le tact trop sûr pour qu'on puisse le craindre. Cependant l'amitié qui nous unit, aussi sincère de ma part que bien reconnue de la vôtre, m'a fait désirer pour vous l'épreuve de cette nuit ; c'est l'ouvrage de mon zèle ; il a réussi : rien n'était plus facile.

Au fait, que m'en a-t-il coûté ? un léger sacrifice, et quelque peu d'adresse. J'ai consenti à partager avec le jeune homme les faveurs de sa maîtresse : mais enfin il y avait bien autant de droit que moi ; et je m'en souciais si peu ! La lettre que la jeune personne lui a écrite, c'est bien moi qui l'ai dictée ; mais c'était seulement pour gagner du temps, parce que nous avions à l'employer mieux. Celle que j'y ai jointe, oh ! ce n'était rien, presque rien ; quelques réflexions de l'amitié pour guider le choix du nouvel amant : mais en honneur, elles étaient inutiles ; il faut dire la vérité, il n'a pas balancé un moment.

Et puis, dans sa candeur, il doit aller chez vous aujourd'hui vous raconter tout ; et sûrement ce récit-là vous fera grand plaisir ! il vous dira : *Lisez dans mon cœur* ; il me le mande : et vous voyez bien que cela raccommode tout. J'espère qu'en y lisant ce qu'il voudra, vous y lirez peut-être aussi que les amants si jeunes ont leurs dangers ; et encore, qu'il vaut mieux m'avoir pour ami que pour ennemi.

Adieu, Marquise ; jusqu'à la première occasion.

Paris, ce 6 décembre 17**.

LETTRE CLIX

LA MARQUISE DE MERTEUIL AU VICOMTE DE VALMONT

(Billet.)

Je n'aime pas qu'on ajoute de mauvaises plaisanteries à de mauvais procédés ; ce n'est pas plus ma manière que mon goût. Quand j'ai à me plaindre de quelqu'un, je ne le persifle pas ; je fais mieux : je me venge. Quelque content de vous que vous puissiez être en ce moment, n'oubliez point que ce ne serait pas la première fois que vous vous seriez applaudi d'avance, et tout seul dans l'espoir d'un triomphe qui vous serait échappé à l'instant même où vous vous en félicitiez. Adieu.

Paris, ce 6 décembre 17**.

LETTRE CLX [1]

MADAME DE VOLANGES À MADAME DE ROSEMONDE

Je vous écris de la chambre de votre [2] malheureuse amie, dont l'état est à peu près toujours le même. Il doit y avoir cet après-midi une consultation de quatre médecins. Malheureusement, c'est, comme vous le savez, plus souvent une preuve de danger qu'un moyen de secours.

Il paraît cependant que la tête est un peu revenue la nuit dernière. La femme de chambre m'a informée ce matin, qu'environ vers minuit, sa maîtresse l'a fait appeler ; qu'elle a voulu être seule avec elle, et qu'elle lui a dicté une assez longue lettre. Julie a ajouté, que, tandis qu'elle était occupée à en faire l'enveloppe, madame de Tourvel avait repris le transport : en sorte que cette fille n'a pas su à qui il fallait mettre l'adresse. Je me suis étonnée d'abord que la lettre elle-même n'ait pas suffi pour le lui apprendre : mais sur ce qu'elle m'a répondu qu'elle craignait de se tromper, et que cependant sa maîtresse lui avait bien recommandé de la faire partir sur-le-champ, j'ai pris sur moi d'ouvrir le paquet.

J'y ai trouvé l'écrit que je vous envoie, qui en effet ne s'adresse à personne pour s'adresser à trop de monde. Je croirais cependant que c'est à M. de Valmont que notre malheureuse amie a voulu écrire d'abord ; mais qu'elle a cédé sans s'en apercevoir, au désordre de ses idées. Quoi qu'il en soit, j'ai jugé que cette lettre ne devait être rendue à personne. Je vous l'envoie, parce que vous y verrez mieux que je ne pourrais vous le dire, quelles sont les pensées qui occupent la tête de notre malade. Tant qu'elle restera aussi vivement affectée, je n'aurai guère d'espérance. Le corps se rétablit difficilement, quand l'esprit est si peu tranquille.

Adieu, ma chère et digne amie. Je vous félicite d'être éloignée du triste spectacle que j'ai continuellement sous les yeux.

Paris, ce 6 décembre 17**.

LETTRE CLXI

LA PRÉSIDENTE DE TOURVEL À...

(Dictée par elle et écrite par sa femme de chambre.)

Etre cruel et malfaisant, ne te lasseras-tu point de me persécuter ? Ne te suffit-il pas de m'avoir tourmentée, dégradée, avilie, veux-tu me ravir jusqu'à la paix du tombeau ? Quoi ! dans ce séjour de ténèbres où l'ignominie m'a forcée de m'ensevelir, les peines sont-elles sans relâche, l'espérance est-elle méconnue ? Je n'implore point une grâce que je ne mérite point : pour souffrir sans me plaindre, il me suffira que mes souffrances n'excèdent pas mes forces. Mais ne rends pas mes tourments insupportables. En me laissant mes douleurs, ôte-moi le cruel souvenir des biens que j'ai perdus. Quand tu me les as ravis, n'en retrace plus à mes yeux la désolante image. J'étais innocente et tranquille : c'est pour t'avoir vu que j'ai perdu le repos ; c'est en t'écoutant que je suis devenue criminelle. Auteur de mes fautes, quel droit as-tu de les punir ?

Où sont les amis qui me chérissaient, où sont-ils ? mon infortune les épouvante. Aucun n'ose m'approcher. Je suis opprimée, et ils me laissent sans secours ! Je meurs, et personne ne pleure sur moi. Toute consolation m'est refusée. La pitié s'arrête sur les bords de l'abîme où le criminel se plonge. Les remords le déchirent, et ses cris ne sont pas entendus !

Et toi, que j'ai outragé ; toi, dont l'estime ajoute à mon supplice ; toi, qui seul enfin aurais le droit de te

venger, que fais-tu loin de moi ? Viens punir une
femme infidèle. Que je souffre enfin des tourments
mérités. Déjà je me serais soumise à ta vengeance :
mais le courage m'a manqué pour t'apprendre ta
honte. Ce n'était point dissimulation, c'était respect.
Que cette lettre au moins t'apprenne mon repentir. Le
ciel a pris ta cause ; il te venge d'une injure que tu as
ignorée. C'est lui qui a lié ma langue et retenu mes
paroles ; il a craint que tu ne me remisses une faute
qu'il voulait punir. Il m'a soustraite à ton indulgence,
qui aurait blessé sa justice [1].

Impitoyable dans sa vengeance, il m'a livrée à
celui-là même qui m'a perdue. C'est à la fois, pour lui
et par lui que je souffre. Je veux le fuir, en vain, il me
suit ; il est là ; il m'obsède sans cesse. Mais qu'il est
différent de lui-même ! Ses yeux n'expriment plus que
la haine et le mépris. Sa bouche ne profère que
l'insulte et le reproche. Ses bras ne m'entourent que
pour me déchirer. Qui me sauvera de sa barbare
fureur ?

Mais quoi ! c'est lui... Je ne me trompe pas ; c'est
lui que je revois. Oh ! mon aimable ami ! reçois-moi
dans tes bras ; cache-moi dans ton sein : oui, c'est toi,
c'est bien toi ! Quelle illusion funeste m'avait fait te
méconnaître ? combien j'ai souffert dans ton absence !
Ne nous séparons plus, ne nous séparons jamais. Laisse-moi respirer. Sens mon cœur, comme il palpite !
Ah ! ce n'est plus de crainte, c'est la douce émotion de
l'amour. Pourquoi te refuser à mes tendres caresses [2] ?
Tourne vers moi tes doux regards ! Quels sont ces
liens que tu cherches à rompre ? pourquoi [3] prépares-tu cet appareil de mort ? qui peut altérer ainsi tes
traits ? que fais-tu ? Laisse-moi : je frémis ! Dieu ! c'est
ce monstre encore ! Mes amies, ne m'abandonnez pas.
Vous qui m'invitiez à le fuir, aidez-moi à le combattre ; et vous qui, plus indulgente, me promettiez de
diminuer mes peines, venez donc auprès de moi. Où
êtes-vous toutes deux ? S'il ne m'est plus permis de
vous revoir, répondez au moins à cette lettre ; que je
sache que vous m'aimez encore.

Laisse-moi donc, cruel ! quelle nouvelle fureur t'anime ? Crains-tu qu'un sentiment doux ne pénètre jusqu'à mon âme ? Tu redoubles mes tourments ; tu me forces de te haïr. Oh ! que la haine est douloureuse ! comme elle corrode le cœur qui la distille ! Pourquoi me persécutez-vous ? que pouvez-vous encore avoir à me dire ? ne m'avez-vous pas mise dans l'impossibilité de vous écouter, comme de vous répondre ? N'attendez plus rien de moi. Adieu, Monsieur.

*Paris, ce 5 décembre 17**.*

LETTRE CLXII

LE CHEVALIER DANCENY AU VICOMTE DE VALMONT

Je suis instruit, Monsieur, de vos procédés envers moi. Je sais aussi que, non content de m'avoir indignement joué, vous ne craignez pas de vous en vanter, de vous en applaudir. J'ai vu la preuve de votre trahison écrite de votre main. J'avoue que mon cœur en a été navré, et que j'ai ressenti quelque honte d'avoir autant aidé moi-même à l'odieux abus que vous avez fait de mon aveugle confiance ; pourtant je ne vous envie pas ce honteux avantage ; je suis seulement curieux de savoir si vous les conserverez tous également sur moi. J'en serai instruit, si, comme je l'espère, vous voulez bien vous trouver demain, entre huit et neuf heures du matin, à la porte du bois de Vincennes, village de Saint-Mandé. J'aurai soin d'y faire trouver tout ce qui sera nécessaire pour les éclaircissements qui me restent à prendre avec vous.

LE CHEVALIER DANCENY.

*Paris, ce 6 décembre 17**, au soir.*

LETTRE CLXIII

M. BERTRAND À MADAME DE ROSEMONDE

MADAME,

C'est avec bien du regret que je remplis le triste devoir de vous annoncer une nouvelle qui va vous causer un si cruel chagrin. Permettez-moi de vous inviter d'abord à cette pieuse résignation que chacun a si souvent admirée en vous, et qui peut seule nous faire supporter les maux dont est semée notre misérable vie.

Monsieur votre neveu... Mon Dieu! faut-il que j'afflige tant une si respectable dame! Monsieur votre neveu a eu le malheur de succomber dans un combat singulier qu'il a eu ce matin avec M. le chevalier Danceny. J'ignore entièrement le sujet de la querelle : mais il paraît, par le billet que j'ai trouvé encore dans la poche de M. le Vicomte, et que j'ai l'honneur de vous envoyer; il paraît, dis-je, qu'il n'était pas l'agresseur. Et il faut que ce soit lui que le Ciel ait permis qui succombât!

J'étais chez M. le Vicomte à l'attendre, à l'heure même où on l'a ramené à l'hôtel. Figurez-vous mon effroi, en voyant Monsieur votre neveu porté par deux de ses gens, et tout baigné dans son sang. Il avait deux coups d'épée dans le corps, et il était déjà bien faible. M. Danceny était aussi là, et même il pleurait. Ah! sans doute, il doit pleurer, mais il est bien temps de répandre des larmes, quand on a causé un malheur irréparable!

Pour moi, je ne me possédais pas; et malgré le peu que je suis, je ne lui en disais pas moins ma façon de penser. Mais c'est là que M. le Vicomte s'est montré véritablement grand. Il m'a ordonné de me taire; et celui-là même qui était son meurtrier, il lui a pris la main, l'a appelé son ami, l'a embrassé devant nous tous, et nous a dit : « Je vous ordonne, d'avoir pour Monsieur, tous les égards qu'on doit à un brave et galant homme. » Il lui a de plus fait remettre, devant moi, des papiers fort volumineux, que je ne connais pas, mais auxquels je sais bien qu'il attachait beaucoup d'importance. Ensuite il a voulu qu'on les laissât seuls ensemble pendant un moment. Cependant j'avais envoyé chercher tout de suite tous les secours, tant spirituels que temporels : mais, hélas ! le mal était sans remède. Moins d'une demi-heure après, M. le Vicomte était sans connaissance. Il n'a pu recevoir que l'extrême-onction ; et la cérémonie était à peine achevée qu'il a rendu son dernier soupir.

Bon Dieu, quand j'ai reçu dans mes bras à sa naissance ce précieux appui d'une maison si illustre, aurais-je pu prévoir que ce serait dans mes bras qu'il expirerait, et que j'aurais à pleurer sa mort ? Une mort si précoce et si malheureuse ! Mes larmes coulent malgré moi ; je vous demande pardon, Madame, d'oser ainsi mêler mes douleurs aux vôtres : mais dans tous les états, on a un cœur et de la sensibilité ; et je serais bien ingrat, si je ne pleurais pas toute ma vie un seigneur qui avait tant de bontés pour moi, qui m'honorait de tant de confiance.

Demain, après l'enlèvement du corps, je ferai mettre les scellés partout, et vous pouvez vous en reposer entièrement sur mes soins. Vous n'ignorez pas, Madame, que ce malheureux événement finit la substitution, et rend vos dispositions entièrement libres. Si je puis vous être de quelque utilité, je vous prie de vouloir bien me faire passer vos ordres : je mettrai tout mon zèle à les exécuter ponctuellement.

Je suis avec le plus profond respect, Madame, votre très humble, etc.

BERTRAND.

Paris, ce 7 décembre 17**.

LETTRE CLXIV

MADAME DE ROSEMONDE À M. BERTRAND

Je reçois votre lettre à l'instant même, mon cher Bertrand, et j'apprends par elle l'affreux événement dont mon neveu a été la malheureuse victime. Oui, sans doute j'aurai des ordres à vous donner ; et ce n'est que pour eux que je peux m'occuper d'autre chose que de ma mortelle affliction.

Le billet de M. Danceny, que vous m'avez envoyé, est une preuve bien convaincante que c'est lui qui a provoqué le duel, et mon intention est que vous en rendiez plainte sur-le-champ, et en mon nom. En pardonnant à son ennemi, à son meurtrier, mon neveu a pu satisfaire à sa générosité naturelle ; mais moi, je dois venger à la fois sa mort, l'humanité et la religion. On ne saurait trop exciter la sévérité des lois contre ce reste de barbarie, qui infecte encore nos mœurs ; et je ne crois pas que ce puisse être dans ce cas, que le pardon des injures nous soit prescrit. J'attends donc que vous suiviez cette affaire avec tout le zèle et toute l'activité dont je vous connais capable, et que vous devez à la mémoire de mon neveu.

Vous aurez soin, avant tout, de voir M. le président de*** de ma part, et d'en conférer avec lui. Je ne lui écris pas, pressée que je suis de me livrer tout entière à ma douleur. Vous lui ferez mes excuses et lui communiquerez cette lettre.

Adieu, mon cher Bertrand ; je vous loue et vous remercie de vos bons sentiments, et suis pour la vie toute à vous.

*Du château de..., ce 8 décembre 17**.*

LETTRE CLXV

MADAME DE VOLANGES À MADAME DE ROSEMONDE

Je vous sais déjà instruite, ma chère et digne amie, de la perte que vous venez de faire ; je connaissais votre tendresse pour M. de Valmont, et je partage bien sincèrement l'affliction que vous devez ressentir. Je suis vraiment peinée d'avoir à ajouter de nouveaux regrets à ceux que vous éprouvez déjà : mais, hélas ! il ne vous reste non plus que des larmes à donner à notre malheureuse amie. Nous l'avons perdue, hier, à onze heures du soir. Par une fatalité attachée à son sort, et qui semblait se jouer de toute prudence humaine, ce court intervalle qu'elle a survécu à M. de Valmont lui a suffi pour en apprendre la mort ; et, comme elle a dit elle-même, pour n'avoir pu succomber sous le poids de ses malheurs qu'après que la mesure en a été comblée.

En effet, vous avez su que depuis plus de deux jours elle était absolument sans connaissance ; et encore hier matin, quand son médecin arriva, et que nous nous approchâmes de son lit, elle ne nous reconnut ni l'un ni l'autre, et nous ne pûmes obtenir ni une parole, ni le moindre signe. Hé bien ! à peine étions-nous revenus à la cheminée, et pendant que le médecin m'apprenait le triste événement de la mort de M. de Valmont, cette femme infortunée a retrouvé toute sa tête, soit que la nature seule ait produit cette révolution, soit qu'elle ait été causée par ces mots répétés de *M. de Valmont* et de *mort,* qui ont pu rappeler à la malade les seules idées dont elle s'occupait depuis longtemps.

Quoi qu'il en soit, elle ouvrit précipitamment les rideaux de son lit en s'écriant : « Quoi ! que dites-vous ? M. de Valmont est mort ? » J'espérais lui faire croire qu'elle s'était trompée ; et je l'assurai d'abord qu'elle avait mal entendu : mais loin de se laisser persuader ainsi, elle exigea du médecin qu'il recommençât ce cruel récit ; et sur ce que je voulus essayer encore de la dissuader, elle m'appela et me dit à voix basse : « Pourquoi vouloir me tromper ? n'était-il pas déjà mort pour moi ! » Il a donc fallu céder.

Notre malheureuse amie a écouté d'abord d'un air assez tranquille, mais bientôt après, elle a interrompu le récit, en disant : « Assez, j'en ai assez. » Elle a demandé sur-le-champ qu'on fermât ses rideaux ; et lorsque le médecin a voulu s'occuper ensuite des soins de son état, elle n'a jamais voulu souffrir qu'il approchât d'elle.

Dès qu'il a été sorti, elle a pareillement renvoyé sa garde et sa femme de chambre ; et quand nous avons été seules, elle m'a priée de l'aider à se mettre à genoux sur son lit, et de l'y soutenir. Là, elle est restée quelque temps en silence, et sans autre expression que celle de ses larmes qui coulaient abondamment. Enfin, joignant ses mains et les élevant vers le Ciel : « Dieu tout-puissant », a-t-elle dit d'une voix faible, mais fervente, « je me soumets à ta justice : mais pardonne à Valmont. Que mes malheurs, que je reconnais avoir mérités, ne lui soient pas un sujet de reproche, et je bénirai ta miséricorde ! » Je me suis permis, ma chère et digne amie, d'entrer dans ces détails sur un sujet que je sens bien devoir renouveler et aggraver vos douleurs, parce que je ne doute pas que cette prière de madame de Tourvel ne porte cependant une grande consolation dans votre âme.

Après que notre amie eut proféré ce peu de mots, elle se laissa retomber dans mes bras ; et elle était à peine replacée dans son lit, qu'il lui prit une faiblesse qui fut longue, mais qui céda pourtant aux secours ordinaires. Aussitôt qu'elle eut repris connaissance, elle me demanda d'envoyer chercher le père Anselme, et elle ajouta : « C'est à présent le seul médecin dont j'ai besoin ; je sens que mes maux vont bientôt finir. » Elle se plaignait beaucoup d'oppression, et elle parlait difficilement.

Peu de temps après, elle me fit remettre, par sa femme de chambre, une cassette que je vous envoie, qu'elle me dit contenir des papiers à elle, et qu'elle me chargea de vous faire passer aussitôt après sa mort *. Ensuite elle me parla de vous, et de votre amitié pour elle, autant que sa situation le lui permettait, et avec beaucoup d'attendrissement [1].

Le père Anselme arriva vers les quatre heures, et resta près d'une heure seul avec elle. Quand nous rentrâmes, la figure de la malade était calme et sereine ; mais il était facile de voir que le père Anselme avait beaucoup pleuré. Il resta pour assister aux dernières cérémonies de l'Eglise. Ce spectacle, toujours si imposant et si douloureux, le devenait encore plus par le contraste que formait la tranquille résignation de la malade, avec la douleur profonde de son vénérable confesseur qui fondait en larmes à côté d'elle. L'attendrissement devint général ; et celle que tout le monde pleurait fut la seule qui ne se pleura point.

Le reste de la journée se passa dans les prières usitées, qui ne furent interrompues que par les fréquentes faiblesses de la malade. Enfin, vers les onze heures du soir, elle me parut plus oppressée et plus souffrante. J'avançai ma main pour chercher son bras ; elle eut encore la force de la prendre, et la posa sur son cœur. Je n'en sentis plus le battement ; et en effet, notre malheureuse amie expira dans le moment même.

Vous rappelez-vous, ma chère amie, qu'à votre dernier voyage ici, il y a moins d'un an, causant ensemble de quelques personnes dont le bonheur nous paraissait plus ou moins assuré, nous nous arrêtâmes avec complaisance sur le sort de cette même femme, dont aujourd'hui nous pleurons à la fois les malheurs et la mort ! Tant de vertus, de qualités louables et d'agréments ; un caractère si doux et si facile ; un mari

---

* *Cette cassette contenait toutes les lettres relatives à son aventure avec M. de Valmont.*

qu'elle aimait, et dont elle était adorée ; une société où elle se plaisait, et dont elle faisait les délices ; de la figure, de la jeunesse, de la fortune ; tant d'avantages réunis, ont donc été perdus par une seule imprudence ! O Providence ! sans doute il faut adorer tes secrets ; mais combien ils sont incompréhensibles ! Je m'arrête, je crains d'augmenter votre tristesse, en me livrant à la mienne.

Je vous quitte et vais passer chez ma fille, qui est un peu indisposée. En apprenant de moi, ce matin, cette mort si prompte de deux personnes de sa connaissance, elle s'est trouvée mal, et je l'ai fait mettre au lit. J'espère cependant que cette légère incommodité n'aura pas de suite. A cet âge-là, on n'a pas encore l'habitude des chagrins, et leur impression en devient plus vive et plus forte. Cette sensibilité si active est, sans doute, une qualité louable ; mais combien tout ce qu'on voit chaque jour nous apprend à la craindre ! Adieu, ma chère et digne amie.

Paris, ce 9 décembre 17**.

LETTRE CLXVI

M. BERTRAND À MADAME DE ROSEMONDE

MADAME,

En conséquence des ordres que vous m'avez fait l'honneur de m'adresser, j'ai eu celui de voir M. le président de ***, et je lui ai communiqué votre lettre, en le prévenant que, suivant vos désirs, je ne ferais rien que par ses conseils. Ce respectable magistrat m'a chargé de vous observer que la plainte que vous êtes dans l'intention de rendre contre M. le chevalier Danceny, compromettrait également la mémoire de Monsieur votre neveu, et que son honneur se trouverait nécessairement entaché par l'arrêt de la Cour, ce qui serait sans doute un grand malheur. Son avis est donc qu'il faut bien se garder de faire aucune démarche ; et que s'il y en avait à faire, ce serait au contraire pour tâcher de prévenir que le ministère public ne prît connaissance de cette malheureuse aventure, qui n'a déjà que trop éclaté.

Ces observations m'ont paru pleines de sagesse, et je prends le parti d'attendre de nouveaux ordres de votre part.

Permettez-moi de vous prier, Madame, de vouloir bien, en me les faisant passer, y joindre un mot sur l'état de votre santé [1] pour laquelle je redoute extrêmement le triste effet de tant de chagrins. J'espère que vous pardonnerez cette liberté à mon attachement et à mon zèle.

Je suis avec respect, Madame, votre, etc.

Paris, ce 10 décembre 17**.

LETTRE CLXVII

ANONYME À M. LE CHEVALIER DANCENY

Monsieur,

J'ai l'honneur de vous prévenir que ce matin, au parquet de la Cour, il a été question parmi MM. les gens du Roi de l'affaire que vous avez eue ces jours derniers avec M. le vicomte de Valmont, et qu'il est à craindre que le Ministère public n'en rende plainte. J'ai cru que cet avertissement pourrait vous être utile, soit pour que vous fassiez agir vos protections, pour arrêter ces suites fâcheuses ; soit au cas que vous n'y puissiez parvenir, pour vous mettre dans le cas de prendre vos sûretés personnelles.

Si même vous me permettez un conseil, je crois que vous feriez bien, pendant quelque temps, de vous montrer moins que vous ne l'avez fait depuis quelques jours. Quoique ordinairement on ait de l'indulgence pour ces sortes d'affaires, on doit néanmoins toujours ce respect à la loi.

Cette précaution devient d'autant plus nécessaire, qu'il m'est revenu qu'une madame de Rosemonde, qu'on m'a dite tante de M. de Valmont, voulait rendre plainte contre vous ; et qu'alors la Partie publique ne pourrait pas se refuser à sa réquisition. Il serait peut-être à propos que vous pussiez faire parler à cette dame.

Des raisons particulières m'empêchent de signer cette lettre. Mais je compte que, pour ne pas savoir de qui elle vous vient, vous n'en rendrez pas moins justice au sentiment qui l'a dictée.

J'ai l'honneur d'être, etc.

Paris, ce 10 décembre 17**.

LETTRE CLXVIII

MADAME DE VOLANGES À MADAME DE ROSEMONDE

Il se répand ici, ma chère et digne amie, sur le compte de madame de Merteuil, des bruits bien étonnants et bien fâcheux. Assurément, je suis loin d'y croire, et je parierais bien que ce n'est qu'une affreuse calomnie : mais je sais trop combien les méchancetés, même les moins vraisemblables, prennent aisément consistance ; et combien l'impression qu'elles laissent s'efface difficilement, pour ne pas être très alarmée de celles-ci, toutes faciles que je les crois à détruire. Je désirerais, surtout, qu'elles pussent être arrêtées de bonne heure, et avant d'être plus répandues. Mais je n'ai su qu'hier, fort tard, ces horreurs qu'on commence seulement à débiter ; et quand j'ai envoyé ce matin chez madame de Merteuil, elle venait de partir pour la campagne où elle doit passer deux jours. On n'a pas pu me dire chez qui elle était allée. Sa seconde femme, que j'ai fait venir me parler, m'a dit que sa maîtresse lui avait seulement donné ordre de l'attendre jeudi prochain ; et aucun des gens qu'elle a laissés ici, n'en sait davantage. Moi-même, je ne présume pas où elle peut être : je ne me rappelle personne de sa connaissance qui reste aussi tard à la campagne.

Quoi qu'il en soit, vous pourrez, à ce que j'espère, me procurer, d'ici à son retour, des éclaircissements qui peuvent lui être utiles, car on fonde ces odieuses histoires sur des circonstances de la mort de M. de Valmont, dont apparemment vous aurez été instruite si elles sont vraies, ou dont au moins il vous sera facile de vous faire informer ; ce que je vous demande en grâce. Voici ce qu'on publie, ou, pour mieux dire, ce qu'on murmure encore ; mais qui ne tardera sûrement pas à éclater davantage.

On dit donc que la querelle survenue entre M. de Valmont et le chevalier Danceny est l'ouvrage de madame de Merteuil, qui les trompait également tous deux ; que, comme il arrive presque toujours, les deux rivaux ont commencé par se battre, et ne sont venus qu'après aux éclaircissements ; que ceux-ci ont produit une réconciliation sincère ; et que, pour achever de faire connaître madame de Merteuil au chevalier Danceny, et aussi pour se justifier entièrement, M. de Valmont a joint à ses discours une foule de lettres, formant une correspondance régulière qu'il entretenait avec elle, et où celle-ci raconte sur elle-même, et dans le style le plus libre, les anecdotes les plus scandaleuses.

On ajoute que Danceny, dans sa première indignation, a livré ces lettres à qui a voulu les voir, et qu'à présent elles courent Paris. On en cite particulièrement deux * : l'une où elle fait l'histoire entière de sa vie et de ses principes, et qu'on dit le comble de l'horreur ; l'autre, qui justifie entièrement M. de Prévan, dont vous vous rappelez l'histoire, par

---

* Lettres LXXXI et LXXXV de ce recueil.

la preuve qui s'y trouve qu'il n'a fait au contraire que céder aux avances les plus marquées de madame de Merteuil et que le rendez-vous était convenu avec elle.

J'ai heureusement les plus fortes raisons de croire que ces imputations sont aussi fausses qu'odieuses. D'abord, nous savons toutes deux que M. de Valmont n'était sûrement pas occupé de madame de Merteuil, et j'ai tout lieu de croire que Danceny ne s'en occupait pas davantage ; ainsi, il me paraît démontré qu'elle n'a pu être, ni le sujet, ni l'auteur de la querelle. Je ne comprends pas non plus quel intérêt aurait eu madame de Merteuil, que l'on suppose d'accord avec M. de Prévan, à faire une scène qui ne pouvait jamais être que désagréable par son éclat, et qui pouvait devenir très dangereuse pour elle, puisqu'elle se faisait par là un ennemi irréconciliable, d'un homme qui se trouvait maître d'une partie de son secret, et qui avait alors beaucoup de partisans. Cependant, il est à remarquer que, depuis cette aventure, il ne s'est pas élevé une seule voix en faveur de Prévan, et que, même de sa part, il n'y a eu aucune réclamation.

Ces réflexions me porteraient à le soupçonner l'auteur des bruits qui courent aujourd'hui, et à regarder ces noirceurs comme l'ouvrage de la haine et de la vengeance d'un homme qui, se voyant perdu, espère par ce moyen répandre au moins des doutes, et causer peut-être une diversion utile. Mais de quelque part que viennent ces méchancetés, le plus pressé est de les détruire. Elles tomberaient d'elles-mêmes, s'il se trouvait, comme il est vraisemblable, que MM. de Valmont et Danceny ne se fussent point parlé depuis leur malheureuse affaire, et qu'il n'y eût pas eu de papiers remis.

Dans mon impatience de vérifier ces faits, j'ai envoyé ce matin chez M. Danceny ; il n'est pas non plus à Paris. Ses gens ont dit à mon valet de chambre qu'il était parti cette nuit, sur un avis qu'il avait reçu hier, et que le lieu de son séjour était un secret. Apparemment il craint les suites de son affaire. Ce n'est donc que par vous, ma chère et digne amie, que je puis avoir les détails qui m'intéressent, et qui peuvent devenir si nécessaires à madame de Merteuil. Je vous renouvelle ma prière de me les faire parvenir le plus tôt possible.

P.S. L'indisposition de ma fille n'a eu aucune suite ; elle vous présente son respect.

Paris, ce 11 décembre 17**.

LETTRE CLXIX

LE CHEVALIER DANCENY À MADAME DE ROSEMONDE

Madame,

Peut-être, trouverez-vous la démarche que je fais aujourd'hui, bien étrange : mais je vous en supplie, écoutez-moi avant de me juger, et ne voyez ni audace ni témérité, où il n'y a que respect et confiance. Je ne me dissimule pas les torts que j'ai vis-à-vis de vous ; et je ne me les pardonnerais de ma vie, si je pouvais penser un moment qu'il m'eût été possible d'éviter de les avoir. Soyez même bien persuadée, Madame, que pour me trouver exempt de reproches, je ne le suis pas de regrets ; et je peux ajouter encore avec sincérité, que ceux que je vous cause entrent pour beaucoup dans ceux que je ressens. Pour croire à ces sentiments dont j'ose vous assurer, il doit vous suffire de vous rendre justice, et de savoir que, sans avoir l'honneur d'être connu de vous, j'ai pourtant celui de vous connaître.

Cependant, quand je gémis de la fatalité qui a causé à la fois vos chagrins et mes malheurs, on veut me faire craindre que, tout entière à votre vengeance, vous ne cherchiez les moyens de la satisfaire, jusque dans la sévérité des lois.

Permettez-moi d'abord de vous observer à ce sujet, qu'ici votre douleur vous abuse, puisque mon intérêt sur ce point est essentiellement lié à celui de M. de Valmont, et qu'il se trouverait enveloppé lui-même dans la condamnation que vous auriez provoquée contre moi. Je croirais donc, Madame, pouvoir au contraire compter plutôt de votre part sur des secours que sur des obstacles, dans les soins que je pourrais être obligé de prendre pour que ce malheureux événement restât enseveli dans le silence.

Mais cette ressource de complicité, qui convient également au coupable et à l'innocent, ne peut suffire à ma délicatesse : en désirant de vous écarter comme partie, je vous réclame comme mon juge. L'estime des personnes qu'on respecte est trop précieuse, pour que je me laisse ravir la vôtre sans la défendre, et je crois en avoir les moyens.

En effet, si vous convenez que la vengeance est permise, disons mieux, qu'on se la doit, quand on a été trahi dans son amour, dans son amitié, et, surtout, dans sa confiance ; si vous en convenez, mes torts vont disparaître à vos yeux. N'en croyez pas mes discours mais lisez, si vous en avez le courage, la correspondance que je dépose entre vos mains *. La quantité de lettres qui s'y trouvent en original paraît rendre authentiques celles dont il n'existe que des copies. Au reste, j'ai reçu ces papiers, tels que j'ai l'honneur de vous les adresser, de M. de Valmont lui-même. Je n'y ai rien ajouté, et je n'en ai distrait que deux lettres que je me suis permis de publier.

L'une était nécessaire à la vengeance commune de M. de Valmont et de moi, à laquelle nous avions

---

* *C'est de cette correspondance, de celle remise pareillement à la mort de madame de Tourvel, et des lettres confiées aussi à madame de Rose-monde par madame de Volanges, qu'on a formé le présent recueil, dont les originaux subsistent entre les mains des héritiers de madame de Rose-monde.*

droit tous deux, et dont il m'avait expressément chargé. J'ai cru de plus, que c'était rendre service à la société, que de démasquer une femme aussi réellement dangereuse que l'est madame de Merteuil, et qui, comme vous pouvez le voir, est la seule, la véritable cause de tout ce qui s'est passé entre M. de Valmont et moi.

Un sentiment de justice m'a porté à publier la seconde pour la justification de M. de Prévan, que je connais à peine, mais qui n'avait aucunement mérité le traitement rigoureux qu'il vient d'éprouver, ni la sévérité des jugements du public, plus redoutable encore, et sous laquelle il gémit depuis ce temps, sans avoir rien pour s'en défendre.

Vous ne trouverez donc que la copie de ces deux lettres, dont je me dois de garder les originaux. Pour tout le reste, je ne crois pas pouvoir remettre en de plus sûres mains un dépôt qu'il m'importe peut-être qui ne soit pas détruit, mais dont je rougirais d'abuser. Je crois, Madame, en vous confiant ces papiers, servir aussi bien les personnes qu'ils intéressent, qu'en les leur remettant à elles-mêmes ; et je leur sauve l'embarras de les recevoir de moi, et de me savoir instruit d'aventures, que sans doute elles désirent que tout le monde ignore.

Je crois devoir vous prévenir à ce sujet, que cette correspondance ci-jointe, n'est qu'une partie d'une collection bien plus volumineuse, dont M. de Valmont l'a tirée en ma présence, et que vous devez retrouver à la levée des scellés, sous le titre, que j'ai vu, de *Compte ouvert entre la marquise de Merteuil et le vicomte de Valmont*. Vous prendrez, sur cet objet, le parti que vous suggérera votre prudence.

Je suis avec respect, Madame, etc.

P.S. Quelques avis que j'ai reçus, et les conseils de mes amis m'ont décidé à m'absenter de Paris pour quelque temps : mais le lieu de ma retraite, tenu secret pour tout le monde, ne le sera pas pour vous. Si vous m'honorez d'une réponse, je vous prie de l'adresser à la Commanderie de..., par P..., et sous le couvert de M. le commandeur de***. C'est de chez lui que j'ai l'honneur de vous écrire.

*Paris, ce 12 décembre 17**.*

LETTRE CLXX

MADAME DE VOLANGES À MADAME DE ROSEMONDE

Je marche, ma chère amie, de surprise en surprise, et de chagrin en chagrin. Il faut être mère, pour avoir l'idée de ce que j'ai souffert hier toute la matinée ; et si mes plus cruelles inquiétudes ont été calmées depuis, il me reste encore une vive affliction, et dont je ne prévois pas la fin.

Hier, vers dix heures du matin, étonnée de ne pas avoir encore vu ma fille, j'envoyai ma femme de chambre pour savoir ce qui pouvait occasionner ce retard. Elle revint le moment d'après fort effrayée, et m'effraya bien davantage, en m'annonçant que ma fille n'était pas dans son appartement ; et que depuis le matin, sa femme de chambre ne l'y avait pas trouvée. Jugez de ma situation ! Je fis venir tous mes gens, et surtout mon portier : tous me jurèrent ne rien savoir et ne pouvoir rien m'apprendre sur cet événement. Je passai aussitôt dans la chambre de ma fille. Le désordre qui y régnait m'apprit bien qu'apparemment elle n'était sortie que le matin : mais je n'y trouvai d'ailleurs aucun éclaircissement. Je visitai ses armoires, son secrétaire ; je trouvai tout à sa place et toutes ses hardes [1], à la réserve de la robe avec laquelle elle était sortie. Elle n'avait seulement pas pris le peu d'argent qu'elle avait chez elle.

Comme elle n'avait appris qu'hier tout ce qu'on dit de madame de Merteuil, qu'elle lui est fort attachée, et au point même qu'elle n'avait fait que pleurer toute la soirée ; comme je me rappelais aussi qu'elle ne savait pas que madame de Merteuil était à la campagne, ma première idée fut qu'elle avait voulu voir son amie, et qu'elle avait fait l'étourderie d'y aller seule. Mais le temps qui s'écoulait sans qu'elle revînt, me rendit toutes mes inquiétudes. Chaque moment augmentait ma peine, et tout en brûlant de m'instruire, je n'osais pourtant prendre aucune information, dans la crainte de donner de l'éclat à une démarche, que peut-être je voudrais après pouvoir cacher à tout le monde. Non, de ma vie je n'ai tant souffert !

Enfin, ce ne fut qu'à deux heures passées, que je reçus à la fois une lettre de ma fille, et une de la Supérieure du couvent de... La lettre de ma fille disait seulement qu'elle avait craint que je ne m'opposasse à la vocation qu'elle avait de se faire religieuse, et qu'elle n'avait osé m'en parler : le reste n'était que des excuses sur ce qu'elle avait pris, sans ma permission, ce parti, que je ne désapprouverais sûrement pas, ajoutait-elle, si je connaissais ses motifs, que pourtant elle me priait de ne pas lui demander.

La Supérieure me mandait qu'ayant vu arriver une jeune personne seule, elle avait d'abord refusé de la recevoir ; mais que l'ayant interrogée, et ayant appris qui elle était, elle avait cru me rendre service, en commençant par donner asile à ma fille, pour ne pas l'exposer à de nouvelles courses, auxquelles elle paraissait déterminée. La Supérieure, en m'offrant comme de raison de me remettre ma fille, si je la redemandais, m'invite, suivant son état, à ne pas m'opposer à une vocation qu'elle appelle si décidée ; elle me disait encore n'avoir pas pu m'informer plus tôt de cet événement, par la peine qu'elle avait eue à me faire écrire par ma fille, dont le projet était que tout le monde ignorât où elle s'était retirée. C'est une cruelle chose que la déraison des enfants !

J'ai été sur-le-champ à ce couvent ; et après avoir vu

la Supérieure, je lui ai demandé de voir ma fille ; celle-ci n'est venue qu'avec peine, et bien tremblante. Je lui ai parlé devant les religieuses et je lui ai parlé seule ; tout ce que j'en ai pu tirer au milieu de beaucoup de larmes, est qu'elle ne pouvait être heureuse qu'au couvent ; j'ai pris le parti de lui permettre d'y rester, mais sans être encore au rang des postulantes, comme elle demandait. Je crains que la mort de madame de Tourvel et celle de M. de Valmont n'aient trop affecté cette jeune tête. Quelque respect que j'aie pour la vocation religieuse, je ne verrais pas sans peine, et même sans crainte, ma fille embrasser cet état. Il me semble que nous avons déjà assez de devoirs à remplir, sans nous en créer de nouveaux ; et encore, que ce n'est guère à cet âge que nous savons ce qui nous convient.

Ce qui redouble mon embarras, c'est le retour très prochain de M. de Gercourt ; faudra-t-il rompre ce mariage si avantageux ? Comment donc faire le bonheur de ses enfants, s'il ne suffit pas d'en avoir le désir et d'y donner tous ses soins ? Vous m'obligerez beaucoup de me dire ce que vous feriez à ma place ; je ne peux m'arrêter à aucun parti ; je ne trouve rien de si effrayant que d'avoir à décider du sort des autres, et je crains également de mettre dans cette occasion-ci, la sévérité d'un juge ou la faiblesse d'une mère.

Je me reproche sans cesse d'augmenter vos chagrins, en vous parlant des miens ; mais je connais votre cœur : la consolation que vous pourriez donner aux autres, deviendrait pour vous la plus grande que vous pussiez recevoir.

Adieu, ma chère et digne amie : j'attends vos deux réponses avec bien de l'impatience.

Paris, ce 13 décembre 17 **.

LETTRE CLXXI

MADAME DE ROSEMONDE AU CHEVALIER DANCENY

Après ce que vous m'avez fait connaître, Monsieur, il ne reste qu'à pleurer et qu'à se taire. On regrette de vivre encore, quand on apprend de pareilles horreurs ; on rougit d'être femme, quand on en voit une capable de semblables excès.

Je me prêterai volontiers, Monsieur, pour ce qui me concerne, à laisser dans le silence et l'oubli tout ce qui pourrait avoir trait et donner suite à ces tristes événements. Je souhaite même qu'ils ne vous causent jamais d'autres chagrins que ceux inséparables du malheureux avantage que vous avez remporté sur mon neveu. Malgré ses torts, que je suis forcée de reconnaître, je sens que je ne me consolerai jamais de sa perte : mais mon éternelle affliction sera la seule vengeance que je me permettrai de tirer de vous ; c'est à votre cœur à en apprécier l'étendue.

Si vous permettez à mon âge une réflexion qu'on ne fait guère au vôtre, c'est que, si on était éclairé sur son véritable bonheur, on ne le chercherait jamais hors des bornes prescrites par les Lois et la Religion.

Vous pouvez être sûr que je garderai fidèlement et volontiers le dépôt que vous m'avez confié ; mais je vous demande de m'autoriser à ne le remettre à personne, pas même à vous, Monsieur, à moins qu'il ne devienne nécessaire à votre justification. J'ose croire que vous ne vous refuserez pas à cette prière et que vous n'êtes plus à sentir qu'on gémit souvent de s'être livré même à la plus juste vengeance.

Je ne m'arrête pas dans mes demandes, persuadée que je suis de votre générosité et de votre délicatesse ; il serait bien digne de toutes deux de remettre aussi entre mes mains les lettres de mademoiselle de Volanges, qu'apparemment vous avez conservées, et qui sans doute ne vous intéressent plus. Je sais que cette jeune personne a de grands torts avec vous : mais je ne pense pas que vous songiez à l'en punir ; et ne fût-ce que par respect pour vous-même, vous n'avilirez pas l'objet que vous avez tant aimé. Je n'ai donc pas besoin d'ajouter que les égards que la fille ne mérite pas, sont au moins bien dus à la mère, à cette femme respectable, vis-à-vis de qui vous n'êtes pas sans avoir beaucoup à réparer : car enfin, quelque illusion qu'on cherche à se faire par une prétendue délicatesse de sentiments, celui qui le premier tente de séduire un cœur encore honnête et simple se rend par là même le premier fauteur de sa corruption, et doit être à jamais comptable des excès et des égarements qui la suivent.

Ne vous étonnez pas, Monsieur, de tant de sévérité de ma part ; elle est la plus grande preuve que je puisse vous donner de ma parfaite estime. Vous y acquerrez de nouveaux droits encore, en vous prêtant, comme je le désire, à la sûreté d'un secret, dont la publicité vous ferait tort à vous-même, et porterait la mort dans un cœur maternel, que déjà vous avez blessé. Enfin, Monsieur, je désire de rendre ce service à mon amie ; et si je pouvais craindre que vous me refusassiez cette consolation, je vous demanderais de songer auparavant que c'est la seule que vous m'ayez laissée.

J'ai l'honneur d'être, etc.

Du château de..., ce 15 décembre 17**.

LETTRE CLXXII

MADAME DE ROSEMONDE À MADAME DE VOLANGES

Si j'avais été obligée, ma chère amie, de faire venir et d'attendre de Paris les éclaircissements que vous me demandez concernant madame de Merteuil, il ne me serait pas possible de vous les donner encore ; et sans doute, je n'en aurais reçu que de vagues et d'incertains : mais il m'en est venu que je n'attendais pas, que je n'avais pas lieu d'attendre ; et ceux-là n'ont que trop de certitude. O mon amie ! combien cette femme vous a trompée !

Je répugne à entrer dans aucun détail sur cet amas d'horreurs ; mais quelque chose qu'on en débite, assurez-vous qu'on est encore au-dessous de la vérité. J'espère, ma chère amie, que vous me connaissez assez pour me croire sur ma parole, et que vous n'exigerez de moi aucune preuve. Qu'il vous suffise de savoir qu'il en existe une foule, que j'ai dans ce moment même entre les mains.

Ce n'est pas sans une peine extrême, que je vous fais la même prière de ne pas m'obliger à motiver le conseil que vous me demandez, relativement à mademoiselle de Volanges. Je vous invite à ne pas vous opposer à la vocation qu'elle montre. Sûrement nulle raison ne peut autoriser à forcer de prendre cet état, quand le sujet n'y est pas appelé ; mais quelquefois c'est un grand bonheur qu'il le soit ; et vous voyez que votre fille elle-même vous dit que vous ne la désapprouveriez pas, si vous connaissiez ses motifs. Celui qui nous inspire nos sentiments, sait mieux que notre vaine sagesse ce qui convient à chacun ; et souvent, ce qui paraît un acte de sa sévérité, en est au contraire un de sa clémence.

Enfin, mon avis, que je sens bien qui vous affligera, et que par là même vous devez croire que je ne vous donne pas sans y avoir beaucoup réfléchi, est que vous laissiez mademoiselle de Volanges au couvent, puisque ce parti est de son choix ; que vous encouragiez, plutôt que de contrarier, le projet qu'elle paraît avoir formé ; et que dans l'attente de son exécution, vous n'hésitiez pas à rompre le mariage que vous aviez arrêté.

Après avoir rempli ces pénibles devoirs de l'amitié, et dans l'impuissance où je suis d'y joindre aucune consolation, la grâce qui me reste à vous demander, ma chère amie, est de ne plus m'interroger sur rien qui ait rapport à ces tristes événements : laissons-les dans l'oubli qui leur convient ; et sans chercher d'inutiles et d'affligeantes lumières, soumettons-nous aux décrets de la Providence, et croyons à la sagesse de ses vues, lors même qu'elle ne nous permet pas de les comprendre. Adieu, ma chère amie.

Du château de..., ce 15 décembre 17**.

LETTRE CLXXIII

MADAME DE VOLANGES À MADAME DE ROSEMONDE

Oh ! mon amie ! de quel voile effrayant vous enveloppez le sort de ma fille ! et vous paraissez craindre que je ne tente de le soulever ! Que me cache-t-il donc qui puisse affliger davantage le cœur d'une mère, que les affreux soupçons auxquels vous me livrez ? Plus je connais votre amitié, votre indulgence, et plus mes tourments redoublent : vingt fois, depuis hier, j'ai voulu sortir de ces cruelles incertitudes, et vous demander de m'instruire sans ménagement et sans détour ; et chaque fois j'ai frémi de crainte, en songeant à la prière que vous me faites de ne pas vous interroger. Enfin, je m'arrête à un parti qui me laisse encore quelque espoir ; et j'attends de votre amitié que vous ne vous refuserez pas à ce que je désire : c'est de me répondre si j'ai à peu près compris ce que vous pouviez avoir à me dire ; de ne pas craindre de m'apprendre tout ce que l'indulgence maternelle peut couvrir, et qui n'est pas impossible à réparer. Si mes malheurs excèdent cette mesure, alors je consens à vous laisser en effet ne vous expliquer que par votre silence : voici donc ce que j'ai su déjà, et jusqu'où mes craintes peuvent s'étendre.

Ma fille a montré avoir quelque goût pour le chevalier Danceny, et j'ai été informée qu'elle a été jusqu'à recevoir des lettres de lui, et même jusqu'à lui répondre ; mais je croyais être parvenue à empêcher que cette erreur d'un enfant n'eût aucune suite dangereuse : aujourd'hui que je crains tout, je conçois qu'il serait possible que ma surveillance eût été trompée, et je redoute que ma fille, séduite, n'ait mis le comble à ses égarements.

Je me rappelle encore plusieurs circonstances qui peuvent fortifier cette crainte. Je vous ai mandé que ma fille s'était trouvée mal à la nouvelle du malheur arrivé à M. de Valmont ; peut-être cette sensibilité avait-elle seulement pour objet l'idée des risques que M. Danceny avait courus dans ce combat. Quand depuis elle a tant pleuré en apprenant tout ce qu'on disait de madame de Merteuil, peut-être ce que j'ai cru la douleur de l'amitié, n'était que l'effet de la jalousie, ou du regret de trouver son amant infidèle. Sa dernière démarche peut encore, ce me semble, s'expliquer par le même motif. Souvent on se croit appelée à Dieu, par cela seul qu'on se sent révoltée contre les hommes. Enfin, en supposant que ces faits soient vrais, et que vous en soyez instruite, vous aurez pu, sans doute, les trouver suffisants pour autoriser le conseil rigoureux que vous me donnez.

Cependant, s'il était ainsi, en blâmant ma fille, je croirais pourtant lui devoir encore de tenter tous les moyens de lui sauver les tourments et les dangers d'une vocation illusoire et passagère. Si M. Danceny n'a pas perdu tout sentiment d'honnêteté, il ne se refusera pas à réparer un tort dont lui seul est l'auteur, et je peux croire enfin que le mariage de ma fille est assez avantageux, pour qu'il puisse en être flatté, ainsi que sa famille.

Voilà, ma chère et digne amie, le seul espoir qui me reste ; hâtez-vous de le confirmer, si cela vous est possible. Vous jugez combien je désire que vous me répondiez, et quel coup affreux me porterait votre silence *.

* Cette lettre est restée sans réponse [1].

J'allais fermer ma lettre, quand un homme de ma connaissance est venu me voir, et m'a raconté la cruelle scène que madame de Merteuil a essuyée avant-hier. Comme je n'ai vu personne tous ces derniers jours, je n'avais rien su de cette aventure ; en voilà le récit, tel que je le tiens d'un témoin oculaire.

Madame de Merteuil, en arrivant de la campagne, avant-hier jeudi, s'est fait descendre à la Comédie-Italienne, où elle avait sa loge ; elle y était seule, et, ce qui dut lui paraître extraordinaire, aucun homme ne s'y présenta pendant tout le spectacle. A la sortie, elle entra, suivant son usage, au petit salon, qui était déjà rempli de monde ; sur-le-champ il s'éleva une rumeur, mais dont apparemment elle ne se crut pas l'objet. Elle aperçut une place vide sur l'une des banquettes, et elle alla s'y asseoir ; mais aussitôt toutes les femmes qui y étaient déjà, se levèrent comme de concert, et l'y laissèrent absolument seule. Ce mouvement marqué d'indignation générale fut applaudi de tous les hommes, et fit redoubler les murmures, qui, dit-on, allèrent jusqu'aux huées.

Pour que rien ne manquât à son humiliation, son malheur voulut que M. de Prévan, qui ne s'était montré nulle part depuis son aventure, entrât dans le même moment dans le petit salon. Dès qu'on l'aperçut, tout le monde, hommes et femmes, l'entoura et l'applaudit ; et il se trouva, pour ainsi dire, porté devant madame de Merteuil, par le public qui faisait cercle autour d'eux. On assure que celle-ci a conservé l'air de ne rien voir et de ne rien entendre, et qu'elle n'a pas changé de figure ! mais je crois ce fait exagéré. Quoi qu'il en soit, cette situation, vraiment ignominieuse pour elle, a duré jusqu'au moment où on a annoncé sa voiture ; et à son départ, les huées scandaleuses ont encore redoublé. Il est affreux de se trouver parente de cette femme. M. de Prévan a été, le même soir, fort accueilli de tous ceux des officiers de son corps qui se trouvaient là, et on ne doute pas qu'on ne lui rende bientôt son emploi et son rang.

La même personne qui m'a fait ce détail m'a dit que madame de Merteuil avait pris la nuit suivante une très forte fièvre, qu'on avait cru d'abord être l'effet de la situation violente où elle s'était trouvée ; mais qu'on sait depuis hier au soir, que la petite vérole s'est déclarée confluente [2] et d'un très mauvais caractère. En vérité, ce serait, je crois, un bonheur pour elle d'en mourir. On dit encore que toute cette aventure lui fera peut-être beaucoup de tort pour son procès, qui est près d'être jugé, et dans lequel on prétend qu'elle avait besoin de beaucoup de faveur.

Adieu, ma chère et digne amie. Je vois bien dans tout cela les méchants punis ; mais je n'y trouve nulle consolation pour leurs malheureuses victimes.

Paris, ce 18 décembre 17 **.

LETTRE CLXXIV

LE CHEVALIER DANCENY À MADAME DE ROSEMONDE [1]

Vous avez raison, Madame, et sûrement je ne vous refuserai rien de ce qui dépendra de moi, et à quoi vous paraîtrez attacher quelque prix. Le paquet que j'ai l'honneur de vous adresser contient toutes les lettres de mademoiselle de Volanges. Si vous les lisez, vous ne verrez peut-être pas sans étonnement qu'on puisse réunir tant d'ingénuité et tant de perfidie. C'est, au moins, ce qui m'a frappé le plus dans la dernière lecture que je viens d'en faire.

Mais surtout, peut-on se défendre de la plus vive indignation contre madame de Merteuil, quand on se rappelle avec quel affreux plaisir elle a mis tous ses soins à abuser de tant d'innocence et de candeur ?

Non, je n'ai plus d'amour. Je ne conserve rien d'un sentiment si indignement trahi ; et ce n'est pas lui qui me fait chercher à justifier mademoiselle de

Volanges. Mais cependant, ce cœur si simple, ce
caractère si doux et si facile, ne se seraient-ils pas
portés au bien, plus aisément encore qu'ils ne se sont
laissés entraîner vers le mal ? Quelle jeune personne,
sortant de même du couvent, sans expérience et
presque sans idées, et ne portant dans le monde,
comme il arrive presque toujours alors, qu'une égale
ignorance du bien et du mal ; quelle jeune personne,
dis-je, aurait pu résister davantage à de si coupables artifices ? Ah ! pour être indulgent, il suffit de
réfléchir à combien de circonstances indépen-
dantes de nous, tient l'alternative effrayante de la
délicatesse, ou de la dépravation de nos sentiments.
Vous me rendiez donc justice, madame, en pensant
que les torts de mademoiselle de Volanges, que j'ai
sentis bien vivement, ne m'inspirent pourtant aucune
idée de vengeance. C'est bien assez d'être obligé
de renoncer à l'aimer ! il m'en coûterait trop de la
haïr.

Je n'ai eu besoin d'aucune réflexion pour désirer
que tout ce qui la concerne, et qui pourrait lui nuire,
restât à jamais ignoré de tout le monde. Si j'ai paru
différer quelque temps de remplir vos désirs à cet
égard, je crois pouvoir ne pas vous en cacher le motif ;
j'ai voulu auparavant être sûr que je ne serais point
inquiété sur les suites de ma malheureuse affaire.
Dans un temps où je demandais votre indulgence, où
j'osais même croire y avoir quelques droits, j'aurais
craint d'avoir l'air de l'acheter en quelque sorte par
cette condescendance de ma part ; et, sûr de la pureté
de mes motifs, j'ai eu, je l'avoue, l'orgueil de vouloir
que vous ne pussiez en douter. J'espère que vous pardonnerez cette délicatesse, peut-être trop susceptible,
à la vénération que vous m'inspirez, au cas que je fais
de votre estime.

Le même sentiment me fait vous demander, pour
dernière grâce, de vouloir bien me faire savoir si vous
jugez que j'aie rempli tous les devoirs qu'ont pu
m'imposer les malheureuses circonstances dans lesquelles je me suis trouvé. Une fois tranquille sur ce

point, mon parti est pris ; je pars pour Malte : j'irai y
faire avec plaisir, et y garder religieusement des vœux
qui me sépareront d'un monde dont, si jeune encore,
j'ai déjà eu tant à me plaindre ; j'irai enfin chercher à
perdre, sous un Ciel étranger, l'idée de tant d'horreurs
accumulées, et dont le souvenir ne pourrait
qu'attrister et flétrir mon âme.

Je suis avec respect, Madame, votre très humble,
etc.

Paris, ce 26 décembre 17**.

LETTRE CLXXV

MADAME DE VOLANGES À MADAME DE ROSEMONDE

Le sort de madame de Merteuil paraît enfin
rempli, ma chère et digne amie, et il est tel que ses
plus grands ennemis sont partagés entre l'indignation
qu'elle mérite, et la pitié qu'elle inspire. J'avais bien
raison de dire que ce serait peut-être un bonheur
pour elle de mourir de sa petite vérole. Elle en est
revenue, il est vrai, mais affreusement défigurée ; et
elle y a particulièrement perdu un œil. Vous jugez
bien que je ne l'ai pas revue : mais on m'a dit qu'elle
était vraiment hideuse.

Le marquis de ***, qui ne perd pas l'occasion de
dire une méchanceté, disait hier [1], en parlant d'elle,
que la maladie l'avait retournée, et qu'à présent son
âme était sur sa figure. Malheureusement [2] tout le
monde trouva que l'expression était juste.

Un autre événement vient d'ajouter encore à ses
disgrâces et à ses torts. Son procès a été jugé avant-
hier et elle l'a perdu tout d'une voix. Dépens, dom-
mages et intérêts, restitution des fruits, tout a été
adjugé aux mineurs : en sorte que le peu de sa fortune
qui n'était pas compromis dans ce procès est absorbé,
et au-delà, par les frais.

Aussitôt qu'elle a appris cette nouvelle, quoique malade encore, elle a fait ses arrangements, et est partie seule dans la nuit et en poste. Ses gens disent, aujourd'hui, qu'aucun d'eux n'a voulu la suivre. On croit qu'elle a pris la route de la Hollande.

Ce départ fait plus crier encore que tout le reste ; en ce qu'elle a emporté ses diamants, objet très considérable, et qui devait rentrer dans la succession de son mari ; son argenterie, ses bijoux ; enfin, tout ce qu'elle a pu ; et qu'elle laisse après elle pour près de 50 000 livres de dettes. C'est une véritable banqueroute.

La famille doit s'assembler demain pour voir à prendre des arrangements avec les créanciers. Quoique parente bien éloignée, j'ai offert d'y concourir : mais je ne me trouverai pas à cette assemblée, devant assister à une cérémonie plus triste encore. Ma fille prend demain un habit de postulante. J'espère que vous n'oublierez pas, ma chère amie, que dans ce grand sacrifice que je fais, je n'ai d'autre motif, pour m'y croire obligée, que le silence que vous avez gardé vis-à-vis de moi.

M. Danceny a quitté Paris, il y a près de quinze jours. On dit qu'il va passer à Malte, et qu'il a le projet de s'y fixer. Il serait peut-être encore temps de le retenir ?... Mon amie !... ma fille est donc bien coupable ?... Vous pardonnerez sans doute à une mère de ne céder que difficilement à cette affreuse certitude.

Quelle fatalité s'est donc répandue autour de moi depuis quelque temps, et m'a frappée dans les objets les plus chers ! Ma fille, et mon amie [3] !

Qui pourrait ne pas frémir en songeant aux malheurs que peut causer une seule liaison dangereuse ? et quelles peines ne s'éviterait-on point en y réfléchissant davantage ! Quelle femme ne fuirait pas au premier propos d'un séducteur ? Quelle mère pourrait, sans trembler, voir une autre personne qu'elle parler à sa fille ? Mais ces réflexions tardives n'arrivent jamais qu'après l'événement ; et l'une des plus importantes vérités, comme aussi peut-être des plus généralement reconnues, reste étouffée et sans usage dans le tourbillon de nos mœurs inconséquentes.

Adieu, ma chère et digne amie ; j'éprouve en ce moment que notre raison, déjà si insuffisante pour prévenir nos malheurs, l'est encore davantage pour nous en consoler * [4].

Paris, ce 14 janvier 17**.

* *Des raisons particulières et des considérations que nous nous ferons toujours un devoir de respecter nous forcent de nous arrêter ici.*

Nous ne pouvons, dans ce moment, ni donner au lecteur la suite des aventures de mademoiselle de Volanges, ni lui faire connaître les sinistres événements qui ont comblé les malheurs ou achevé la punition de madame de Merteuil.

Peut-être quelque jour nous sera-t-il permis de compléter cet ouvrage ; mais nous ne pourrons prendre aucun engagement à ce sujet : et quand nous le pourrions, nous croirions encore devoir auparavant consulter le goût du public, qui n'a pas les mêmes raisons que nous de s'intéresser à cette lecture.

Note de l'Editeur.

NOTES

Le numéro de page renvoie au début de la lettre indiquée

Page 69. Le titre.

1. Sur *Ms.* Laclos avait d'abord inscrit *Le Danger des liaisons* : c'est aussi le titre inscrit sur le contrat avec le libraire Durand. C'était déjà celui d'un roman de Mme de Saint-Aubin, publié en 1763. Pour cette raison ou pour une autre, il barre les quatre mots, et leur substitue, au-dessus : *Les Liaisons dangereuses.* Les deux expressions se rencontrent dans le texte du roman. Lettre XXII, Mme de Tourvel, pour défendre Valmont auprès de Mme de Volanges, attribue les « erreurs » de celui-ci à ses mauvaises fréquentations : il ne serait qu'un exemple de plus du « danger des liaisons ». En réponse, Mme de Volanges unit les deux formules dans la même phrase : quand Valmont « ne serait qu'un exemple du danger des liaisons, en serait-il moins lui-même une liaison dangereuse ? » (lettre XXXII). Lettre LXIII, la marquise de Merteuil a confié à Mme de Volanges qu'il existe « entre sa fille et Danceny une liaison dangereuse ».

2. *Ms.* porte « par M.C... D.L.C. », ce qui correspond à une orthographe De La Clos.

3. *Ms.* « J'ai vu les mœurs de ce siècle... » Laclos citait de mémoire la première Préface de *La Nouvelle Héloïse* : « Il faut des spectacles dans les grandes villes, et des romans aux peuples corrompus. J'ai vu les mœurs de mon temps, et j'ai publié ces lettres. » L'édition originale rétablit le texte exact.

Page 74. Préface du rédacteur.

1. établir. Après ce mot, Laclos avait écrit sur *Ms.* le passage suivant, ultérieurement barré : « Un ouvrage qui dévoilerait les différents tours des fripons et des [*un mot illisible*] escrocs et ferait connaître [*barré* les moyens dont ils se servent] les ressources qu'ils emploient soit pour venir à leurs fins, soit pour ne pas être soupçonnés et reconnus, serait, je crois, utile aux honnêtes gens, en ce qu'il leur faciliterait le moyen de se défendre et leur inspirerait surtout une méfiance salutaire. Or ce que ferait un tel ouvrage contre les fripons considérés dans l'acception opposée à celle d'honnêtes gens, ces lettres pourront le faire en partie contre les scélérats considérés dans l'acception contraire à celle de gens honnêtes. »

2. correspondance. Fiction ? Ou bien Laclos aurait-il réellement, avant de publier son roman, consulté « une bonne mère » qui aurait rendu cette sentence ? Les attestations ultérieures des évêques de Pavie et de Pezzaro montrent en tout cas qu'une telle appréciation était conforme à l'état d'esprit de certains parmi les gens « honnêtes » de l'époque.

PREMIÈRE PARTIE

Page 79. Lettre I.

1. Laclos écrit toujours « Cécile Volanges » ou « la petite Volanges », mais toujours aussi « Mlle de Volanges ».

2. *in fiocchi.* « En grande toilette. » Beaumarchais venait de faire un sort à l'expression dans le quatrième *Mémoire* contre Goëzman : il montrait le conseiller allant « *in fiocchi*, habit noir boutonné, cheveux longs bien poudrés, gants blancs et bouquet à la main, menant sur le poing sa commère à l'église », pour assister en qualité de parrain au baptême d'un enfant naturel, où il signait d'un faux nom.

3. *dîner.* Le contexte nous rappelle qu'au XVIIIe siècle le mot « dîner » continue à désigner le repas pris vers midi.

4. *Ms.* « Autre pensionnaire du même couvent dont il sera parlé dans la suite. » Laclos a renoncé à faire intervenir comme personnage du roman cette compagne de pension.

5. *Ms., barré* « En effet, le Mr. pendant ce temps avait sorti ses mesures, ma chère amie, c'était ».

6. Dans *Ms.* le lieu et la date figurent en tête de chaque lettre.

Page 81. Lettre II.

1. *Ms., barré* « dont vous n'êtes pas l'héritier ». La « substitution » des biens de Mme de Rosemonde à Valmont signifie au contraire qu'il est le seul héritier de sa tante : dans les deux cas, il était inutile qu'il s'attardât auprès de la vieille dame pour lui faire sa cour.

2. *la cousine de Gercourt.* Mme de Merteuil se trouve être la cousine de Mme de Volanges ; elle deviendrait ainsi cousine par alliance de son ancien amant Gercourt.

3. *écrites.* Selon Saint-Simon, cité par Littré, le duc d'Orléans, régent, « ne nommait jamais » ses compagnons de débauche « autrement que ses roués ». Par cette note, Laclos reporte vers un passé déjà lointain, sans cependant préciser, « l'époque où ces lettres ont été écrites ».

4. *un sot.* Mme de Merteuil joue sur l'acception particulière de « sot », signifiant un mari trompé. Voir le mot d'Arnolphe dans *L'Ecole des femmes* de Molière, acte I, scène 1 :

Épouser une sotte est pour n'être point sot.

Page 84. Lettre III.

1. *parente et amie de ma mère.* Mme de Merteuil, d'après la lettre précédente.

2. *Ms., barré* « Ma maman n'a pourtant pas eu l'air fâchée et elle m'a dit en souriant : Je crois que vous dormirez plus commodément dans votre lit ; vous pouvez vous retirer. »

Page 85. Lettre IV.

1. *Ms.* « le plus grand projet qu'un conquérant ait jamais pu former. »

2. *le myrte et le laurier*. Le myrte était chez les Anciens le symbole de l'amour. La couronne de laurier, comme on sait, récompense le combattant victorieux. Voir Corneille, *Médée*, acte IV, scène 2 :

Votre époux à son myrte ajoute ce laurier.

3. Dans cette lettre et dans la lettre V (p. 87), Laclos, désignant la Présidente en sa qualité, n'accole pas la particule à son nom. Il en usera autrement dans toute la suite du roman.

4. Laclos cite de mémoire l'épître dédicatoire *A Monseigneur le Dauphin* du premier recueil des *Fables* de La Fontaine :

Et si de t'agréer je n'emporte le prix...

5. *un grand procès*. On comprend que le président de Tourvel est attiré en Bourgogne non pour exercer les fonctions d'un président au parlement de Dijon, mais pour plaider comme partie dans un « grand procès » où ses intérêts sont engagés. C'est apparemment au parlement de Paris qu'il siège en qualité de président. Sa femme, élevée dans un couvent parisien, mariée par Mme de Volanges, n'est nullement une provinciale.

6. Le whisk ou whist, ancêtre du bridge.

7. *Ms.*, barré « Ma [vieille] revêche parente m'a beaucoup [rabaché] répété qu'elle n'espérait pas que je lui sacrifiasse quelques jours, [qu'elle savait bien] que les grands-parents étaient trop ennuyeux, que dans son temps on avait des égards, mais qu'à présent, etc., etc. Au lieu de lui répondre qu'elle avait raison, comme je le pensais, comme je le lui ai même prouvé quelquefois, profondément occupé du projet que je formais alors, je la laissais dire, et elle dirait encore, si après m'être excusé pour le passé sur les affaires qui entraînent, je ne lui avais offert de lui prouver par un séjour de quelque temps mon attachement sincère et mon empressement à lui faire ma cour. »

Page 87. Lettre V.

1. *corps* désigne au XVIIIᵉ siècle, soit le corset, soit comme ici le corsage. La prude Mme de Tourvel ne suit pas la mode qui autorise de généreux décolletés.

2. Mme de Tourvel habite, sur la paroisse de Saint-Roch, le quartier le plus riche de Paris. La grand-messe en cette église attire un public mondain, ce qui explique sans doute la présence de Mme de Merteuil et de Valmont. En qualité de dévote, la Présidente y fait la quête accompagnée d'un pieux paroissien. Mais qu'est ce « panier de quatre aunes » qu'elle a « toujours... sur la tête de quelqu'un » ? Un panier pour la quête ? En ce cas, le mot propre serait « corbeille », et quatre aunes font 4,50 m... Il s'agit plutôt d'une robe à panier. L'exagération caricaturale du propos prétend confirmer que la Présidente ne sait pas s'habiller (ce genre de robe ne convient pas pour la quête où l'on est obligé de se pencher), et que son maintien est des plus gauches.

3. *une espèce*. Le mot, explique Diderot (*Le Neveu de Rameau*, éd. J. Fabre, Droz, p. 90), « marque la médiocrité et le dernier degré du mépris ».

4. *faire l'amour*. L'expression au XVIIIᵉ siècle signifie seulement courtiser, ou parler d'amour.

Page 91. Lettre VI.

1. *Ms., souligné* « Oh ! non, ce n'est pas cela. »

Page 93. Lettre VII.

1. *chevalier de Malte.* Cécile se trompe : Danceny, cadet sans fortune, doit devenir chevalier de Malte, voué au célibat. Mais il ne l'est pas encore (voir lettre LI). Il ne prononcera ses vœux qu'après le dénouement (lettre CLXXIV).

Page 97. Lettre IX.

1. Cette indication permettrait de dater l'action du roman de 1768. En effet, après la cession de la Corse à la France par la république de Gênes (15 mai 1768), des opérations militaires à partir de l'été de 1768 devaient aboutir à la défaite de Pascal Paoli à Ponte Novo (8 mai 1769). Mais une telle date ne s'accorderait pas avec des suggestions renvoyant à une époque bien antérieure (notes du « rédacteur » des lettres II et VI).

Page 98. Lettre X.

1. La vivacité de l'attaque ne doit pas dissimuler combien le reproche est peu justifié ; de même que, plus loin, l'invitation : « écrivez-moi plus souvent que vous ne faites ». Cette lettre est datée du 12 août : la lettre précédente de Valmont (lettre VI) était du 9 ; la Marquise a dû la recevoir le 10 ou le 11. N'ayant pas encore répondu elle-même, il est invraisemblable qu'au bout d'un ou deux jours seulement elle accuse Valmont de la négliger. Mais dans *Ms.* la lettre VI était datée du 7 août : date impossible puisque la lettre VI répondait à la lettre V, également du 7 août. En corrigeant, Laclos réduit l'intervalle entre VI et X de cinq jours à trois, mais il omet de corriger en conséquence le début de X.

2. *Ms.* « voilà huit jours », chiffre insuffisant, puisque d'après la lettre II Valmont est chez Mme de Rosemonde depuis la fin de juillet.

3. La *petite maison* est au XVIIIᵉ siècle une résidence isolée, à la périphérie de la ville ou dans un village proche, où pouvaient se tenir des rendez-vous galants ou des parties de débauche, sans attirer l'attention.

4. *à la porte de mon jardin.* La marquise de Merteuil habite donc à Paris un hôtel particulier comportant un jardin qui s'ouvre sur une autre rue.

5. Trois classiques de la littérature érotique : *Le Sopha*, roman de Crébillon fils (1740) ; plutôt que le roman de Rousseau (qui eût été indiqué en italique), les *Lettres d'Héloïse* à Abélard, souvent rééditées au XVIIIᵉ siècle ; les contes en vers de La Fontaine.

Page 103. Lettre XI.

1. *Ms., barré* « et souvent même en tête-à-tête ».

2. *le savoir.* En fait Mme de Tourvel « désire le savoir » : deux jours plus tard (lettre XV), Valmont s'aperçoit qu'elle le fait suivre dans ses sorties matinales.

3. *Ms.* « Du château de... 13 août 1778. »

Page 107. Lettre XIV.

1. *Ms.* « Je ne conçois pas cela [...] cela m'a fait bien plaisir. » Laclos substitue dans l'édition les « ça » caractéristiques du « petit radotage » de Cécile.

Page 108. Lettre XV.

1. Entre cette phrase et la suivante, *Ms.* intercale ceci : « Laissez-moi l'espoir de retrouver ces moments où nous savions fixer le bonheur, sans l'enchaîner par le secours des illusions, où après avoir détaché le bandeau de l'amour, nous le forcions à éclairer de son flambeau des plaisirs dont il était jaloux. »

Page 109. Lettre XVI.

1. *Ms.* « Placez ici les lettres 20, 21, 22 et 23, puis revenez à la lettre 19, puis à la lettre 16. » Ce déplacement est réalisé dans l'édition, avec les changements de dates qu'il exige. Nous indiquons les deux dispositifs dans le tableau suivant (chiffres arabes pour les lettres de *Ms.*, chiffres romains pour les lettres de l'édition) :

Ms.	Edition
16, 18 août	XXI, 20 août
17, 18 août	XXII, 20 août
18, 19 août	XXIII, 21 août
19, 19 août	XX, 20 août
20, 19 août	XVI, 19 août
21, 18 août	XVII, 18 août
22, 21 août	XVIII, 20 août
23, 21 août	XIX, 20 août
24, 19 août	XXIV, 20 août

L'intention de Laclos est de présenter d'abord les lettres ayant trait à Cécile (20-23, XVI-XIX), afin de faire mieux valoir par le parallélisme l'entreprise de Valmont auprès de la Présidente. Il corrige ainsi l'erreur de *Ms.*, où deux lettres de Valmont à Mme de Merteuil (15 et 16, devenues XV et XXI) se suivaient.

Page 113. Lettre XVIII.

1. *Ms.*, barré « est partie, et elle ne reviendra pas de deux jours. »

Page 116. Lettre XX.

1. *Ms.*, en note « Cette lettre, qui répond à la lettre 15 (XV), s'est croisée avec les lettres 17 et 18 (XXII et XXIII). On a préféré de la placer après pour que le lecteur connût la situation du vicomte de Valmont quand il la reçut. » Rappelons que XX est dans *Ms.* la lettre 19.

Page 119. Lettre XXI.

1. Il est difficile de traduire en notre monnaie les livres, francs ou louis du XVIII° siècle. Laurent Versini, dans son édition (*Œuvres*, p. 1203), évalue à « environ 700 de nos francs 1979 » les 56 livres de l'impôt que le paysan était incapable de payer.

2. *dix louis.* « Soit environ 3 000 de nos francs 1979 » (Laurent Versini, *ibid.*, p. 1204). Un louis vaut 24 livres.

3. *Ms.* « Cette femme vaut bien 10 louis, et l'ayant payée d'avance, j'aurai le droit d'en disposer à ma fantaisie, sans avoir de reproche à me faire. »

Page 121. Lettre XXII.

1. La note, absente de *Ms.*, a été ajoutée par Laclos sur le texte imprimé.

2. *danger des liaisons.* Mme de Tourvel veut dire que Valmont a été victime de ses mauvaises fréquentations, ce qui tend à l'innocenter.

Page 123. Lettre XXIII.

1. *un prône.* Le curé, par routine professionnelle, lit le journal du même ton monocorde avec lequel il débite chaque dimanche son « prône », cette partie de la messe où un desservant de paroisse annonce les baptêmes, les mariages, les décès, les cérémonies diverses.

2. *Ms.*, barré « Je sais, dit-elle, une nouvelle qui n'est pas dans la gazette et qui mériterait plus d'y être que toutes celles qui y sont. »

3. *le dîner* étant, on le sait, le repas du milieu de la journée, il s'agit d'une promenade de l'après-midi.

4. Dans *Ms.* une première rédaction de ce qui suit a été *barrée* « J'observerai seulement qu'en y revenant la belle Présidente était fort rêveuse et ne dit pas quatre mots. En descendant de voiture Mme de Rosemonde passe dans son appartement. Il faisait déjà nuit. Deux bougies éclairaient fort mal ce grand salon dans lequel je me trouvai seul avec Mme de Tourvel. Elle s'y promenait lentement, et c'est en me promenant à côté d'elle que se tint cette conversation que je puis vous rendre mot pour mot, et dans laquelle vous distinguerez facilement les interlocuteurs sans que je prenne le soin de les nommer. Nous avions déjà fait [*barré* deux fois] toute la longueur du salon sans proférer une parole. Elle marchait les yeux baissés et je l'observais sans pouvoir la deviner, lorsqu'enfin j'ouvris la scène. Je cherchai »...

5. Vient ensuite sur *Ms.* une phrase *barrée* « Mais j'oublie que mon récit n'est pas achevé : où en étions-nous ? »

6. *Ms.* « Du château de... le 28 (*surchargé en* 19) août 17.., 3 heures du matin. »

Page 129. Lettre XXIV.

1. *Ms.* « 19 août 17.. ». Le changement de date résulte des remaniements signalés lettre XVI, n. 1.

Page 129. Lettre XXV.

1. *Ms., barré* « J'ai peu de temps à moi et beaucoup à écrire. Je vous envoie le brouillon de ma lettre et l'original de celle de la Présidente ; vous verrez par là où j'en suis ; j'y joins le bulletin d'hier. »

2. *Ms.* « 20 août 17.. ». Voir lettres XVI, n. 1, et XXIV, n. 1.

Page 132. Lettre XXVI.

1. *Ms., barré* « tandis que [*barré* dans vos projets cruels vous la placiez] vous ne cherchiez qu'à la placer entre le mépris et le malheur. Moi, vous aimer, souffrir que vous m'aimiez, permettre que vous me parliez de votre amour ! ô mon Dieu, écoutez [*barré* le vœu que je forme] ma prière : envoyez-moi la mort avant que ce malheur m'arrive. »

2. Mais un peu plus tard, lettre XLIV, Valmont découvrira que Mme de Tourvel a « fidèlement copié de sa main [...] d'une écriture altérée et tremblante » cette lettre, avant de la renvoyer.

3. *Ms.* « le 19 août 17.. ». La nouvelle date résulte du décalage chronologique des lettres XXIV, XXV.

Page 135. Lettre XXVIII.

1. *Ms., en note* « Cette lettre est celle dont Cécile Volanges envoie copie à Mme de Merteuil ; comme elle redit en partie les mêmes choses que les deux précédentes, on a cru qu'elle suffisait pour ne pas grossir inutilement ce recueil. »

2. *Ms., barré* « Vous voyez si j'avais raison de vous dire que l'amitié était un sentiment froid qui ne suffisait pas au bonheur. Si votre cœur plus tendre ou moins timide osait se livrer à l'amour, si j'avais été assez heureux pour vous en inspirer, vous seriez plus sensible à ma peine. »

Page 141. Lettre XXXII.

1. *liaison.* L'emploi du mot par Mme de Volanges en fait clairement apparaître la signification : une « liaison » est la relation sociale qui s'établit entre des personnes qui se fréquentent.

Page 143. Lettre XXXIII.

1. Dans le langage de certains jeux, comme le tric-trac ou le billard, « faire une école » signifiait : oublier de marquer un point, ou marquer mal à propos. D'où, dans une acception plus générale, « faire une école » signifie commettre une erreur. On lit dans *Ms., barré* « le trait d'écolier ».

2. *Ms.* « qu'elle doit coucher avec vous ? »

3. *Julie ou la Nouvelle Héloïse* (1761), le roman par lettres de J.-J. Rousseau, que Laclos déclare être « le plus beau des ouvrages produits sous le titre de roman » (*Œuvres*, p. 469).

4. *Ms.* « Voilà pourquoi le drame le plus médiocre, et qu'on ne saurait lire, ne manque presque jamais son effet au théâtre. »

5. *Ms.* « Du 22 août 177. » Le changement de date dans l'édition

est la conséquence du changement de date de la lettre XXV, à laquelle celle-ci répond. On remarque que les trois chiffres 177. situeraient la lettre dans la décennie de 1770.

Page 146. Lettre XXXIV.

1. *la première.* La lettre XXIV.

2. *la seconde.* La lettre XXXV. La troisième lettre, non lue par Mme de Tourvel, ne figure pas dans le recueil.

3. *mes deux lettres.* Les lettres XXXV et XXXVI.

Page 150. Lettre XXXV.

1. *Qui.* Tour classique, où « qui » a le sens neutre : « Qu'est-ce donc qui peut vous arrêter ? »

Page 151. Lettre XXXVI.

1. *Timbrée de Dijon.* Cette précision manque dans *Ms.*

2. *Ms.* « me défendre [*barré* sera, j'espère, une excuse suffisante à vos yeux. Sans elle, je ne me pardonnerais pas d'employer avec vous le plus léger détour] ».

3. *Ms.* ajoute, *barré* « je n'existai plus que par vous et pour vous. »

4. *Ms.* ajoute, *barré* « Non, je me plaisais à vous rendre un culte aussi secret que pur. » La formule sera replacée plus bas, après des indications qui la préparent et la justifient.

Page 155. Lettre XXXVII.

1. *Ms.* « 24 août 17.. ».

Page 155. Lettre XXXVIII.

1. *vingt-quatre heures plus tôt.* La lettre de Valmont (XXXIV), du 25 août, aurait dû arriver le 26, et non le 27, date de celle-ci. Ce qui indique qu'une lettre envoyée du château de Mme de Rosemonde met normalement vingt-quatre heures pour parvenir à son destinataire à Paris.

2. *l'automne.* Nous sommes le 27 août : calendrier classique selon lequel l'automne est la saison des récoltes, et non la saison romantique des feuilles qui tombent et de la nature qui meurt. A la fin du mois d'août, les hommes de la bonne société séjournent encore à la campagne : ainsi Valmont, qui a l'intention d'y passer « une grande partie de l'automne » (lettre XXXVII). Il ne reste à Paris que ces « hommes » qui n'ont pas « figure humaine » : les domestiques, les gens du peuple. Parmi eux la marquise de Merteuil ne peut trouver de partenaire pour « s'occuper ».

3. *que ces gens d'esprit sont bêtes !* Le mot se retrouve dans *Le Mariage de Figaro*, acte I, scène 1. Beaumarchais possédait la première édition des *Liaisons dangereuses* (l'exemplaire appartient encore aux archives familiales). A Suzanne qui s'exclame : « Que les gens d'esprit sont bêtes ! » Figaro répond : « On le dit » — aveu discret de l'emprunt.

Page 160. Lettre XL.

1. C'est le texte de *Ms.* et des deux éditions originales : il n'est pas nécessaire de corriger en « un des plus violents accès ».

2. *l'après-dîner.* L'après-midi.

3. *sur les six heures. Ms.* « sur les 7 heures ».

4. *Ms., barré* « que nous étions à la vue du château ».

Page 161. Lettre XLI.

1. *Ms.* « un sentiment, que je vous ai assez fait connaître ne pas vouloir écouter ».

2. *Ms.* omet la note.

3. *Ms.* « Avertie déjà, depuis longtemps, par mes amis, [*barré* de la nécessité de vous fuir ou de vous éloigner] ».

Page 164. Lettre XLII.

1. *Ms.* « 25 août ».

Page 165. Suite de la Lettre XL.

1. Dans *Ms.* la lettre devait d'abord se terminer à partir d'ici par ces phrases, *barrées* « et ce seul objet va m'occuper pendant le peu de jours que j'ai à passer ici. Adieu, ma belle amie. J'aurai bientôt le plaisir de vous revoir et, n'en déplaise à mon inhumaine, je sens que j'en serai fort aise. »

2. Dans *Ms.* la version définitive remplace une premier version, *barrée* « Je ne veux rien négliger. Je n'ai pas craint d'aller [*barré* même] jusque dans sa garde-robe, et je m'y suis assuré, comme je m'y attendais, que ce n'était pas là leur usage. Me voilà donc à peu près convaincu que ce dépôt précieux », etc.

3. *Ms., barré* « qui en effet sont énormes. Mais ».

4. *Ms.* « 26 août ».

Page 168. Lettre XLIII.

1. *vous observer*, au sens de « vous faire observer », tour du XVIIIᵉ siècle blâmé par Littré (exemples chez L. Racine, J.-J. Rousseau), se retrouvera dans les lettres CLXVI, CLXIX.

2. *Ms. en note, barré* « On n'a pas trouvé de réponse à cette lettre. »

3. *Ms.* « 26 août ».

Page 168. Lettre XLIV.

1. *Ms., barré* « Je jouis d'une double existence », remplacé par le texte définitif.

2. *Ms., barré* « Je nage dans la joie ».

3. Dans *La Métromanie*, comédie de Piron (1738), acte II, scène 8, Damis, le personnage atteint de la manie de rimer, prononce ce vers à propos de son valet Mondor.

4. *la continence de Scipion.* Référence attestant la solidité de la culture classique de Valmont (et de Laclos). Selon Tite-Live,

XXVI, 50, Scipion l'Africain ayant pris Carthagène (209 av. J.-C.) rendit à son fiancé une jeune fille d'une très grande beauté, au lieu de la prendre pour lui-même.

5. *un procureur.* C'est, au XVIIIᵉ siècle, l'homme de loi chargé des intérêts d'un particulier.

6. *Ms.* « et je me retirais, quand je m'aperçus que mon valet avait emporté mon flambeau au lieu du sien, ce qui donna occasion à une gaieté de ma part. Je priai la belle de me conduire et de m'éclairer. Elle voulut faire au moins auparavant un commencement de toilette : mais je l'assurai qu'après ce qui venait de se passer, nous pouvions être sans façon et, tant bien que mal, il lui fallut [*barré* bien] se prêter à cette plaisanterie. Elle vint ainsi jusque chez moi, et là, je la remis à son tendre amant, en permettant à l'heureux couple d'aller réparer le temps perdu. »

7. Dans *Ms.* le texte définitif a remplacé une première version, *barrée* « Cette prière, faite avec plus de ferveur que d'amour, ne m'avait pas empêché de la joindre, et même de l'arrêter et de saisir ses mains. »

8. *à huit heures du soir. Ms.* « A 9 heures du soir ».

9. *Ms., barré* « 29 ».

10. Dans *Ms.*, Laclos note : « Passez à la lettre 48. » Cette lettre 48 est la lettre XLV de l'édition. Initialement elle venait donc après les lettres de Danceny à Cécile (XLVI), de Valmont à Mme de Merteuil (XLVII), de Valmont à Mme de Tourvel (XLVIII).

Page 175. Lettre XLV.

1. *Ms.* en note : « Revenez à la lettre 45. » La lettre 45 désignée par la note est la lettre XLVI qui suit.

Page 176. Lettre XLVI.

1. Voir lettre XXXV, n. 1 : « Qu'est-ce qui a pu causer », et plus bas : « Qu'est-ce qui peut »...

2. *Ms.* « Paris, ce 29 août 17.. ».

3. *Ms.* omet la note.

Page 178. Lettre XLVII.

1. *P...* On peut conjecturer que l'initiale désigne un village proche de Paris : Pantin ou Passy.

2. *Ms.* « une lettre [*barré* de désespoir] ».

SECONDE PARTIE

Page 187. Lettre LI.

1. Les italiques d'*indécemment* et de *merveilleuse* indiquent une sorte de discours indirect. Mme de Merteuil fait écho au « jargon » à la mode des amies de Mme de Volanges : elle prend ainsi ses distances par rapport à un langage qui n'est pas le sien.

2. *Ms., barré* « bavardé deux heures ».

3. *usagé*. Le même mot, pour désigner quelqu'un qui a l'expérience des aventures galantes, sera employé, lettre LVII, encore à propos de Danceny, et appliqué, lettre CLV, à Mme de Merteuil elle-même. Les italiques, dans les trois cas, marquent qu'il appartient au « jargon ».

4. *Céladon*. Le héros de *L'Astrée*, modèle de l'amoureux parfaitement respectueux de l'objet aimé.

5. *Ms.* omet la note.

6. Danceny n'étant pas encore lié par des vœux, le mariage auquel songera un moment Mme de Volanges reste possible.

7. Allusion à la réputation de vigueur amoureuse traditionnellement attachée à d'autres ordres monastiques, comme celui des cordeliers ou franciscains.

Page 192. Lettre LII.

1. *Ms., barré* « Bientôt je reconnus que j'étais digne d'aimer une femme vertueuse et sensible ; l'excès de mon amour suffisait. »

Page 193. Lettre LIII.

1. *Je le mène demain à Versailles.* C'est dans tout le roman l'unique voyage de Valmont à Versailles. Encore n'y reste-t-il qu'une journée.

Page 194. Lettre LIV.

1. *Sa fille et moi. Ms.* « La petite et moi ».

2. *Ms.* « à l'heure convenue entre la petite et moi ; et à l'air honteux que je lui vis »...

Page 197. Lettre LV.

1. *Ms., barré* « ils disent tous deux qu'on peut l'être encore davantage ; mais alors il y aurait du mal et je risquerais de me perdre. Aussi je veux rester comme je suis. »

Page 199. Lettre LVI.

1. *Ms., barré* « Laissez-moi, Monsieur, laissez-moi. »

Page 201. Lettre LVII.

1. *un billet de La Châtre.* Mot de Ninon de Lenclos, fréquemment cité et passé en proverbe au XVIIIᵉ siècle. Un des amants de Ninon, le marquis de La Châtre, avait obtenu d'elle, en partant pour la guerre, un engagement écrit de fidélité. Chaque fois qu'elle violait sa promesse, Ninon s'écriait : « Ah ! le bon billet qu'a La Châtre ! » (Voir Emile Magne, *Ninon de Lenclos*, Paris, Emile-Paul, 1948, p. 168.)

Page 202. Lettre LVIII.

1. *Ms., barré* « Aime-t-on la vertu sans craindre les remords, et pourriez-vous n'en pas éprouver, en songeant à moi ? »

2. *Ms.*, *barré* « Et qui peut vous les inspirer ? Ah ! livrez-vous sans crainte au doux sentiment qui m'anime. »

3. Les termes effectivement ne sont pas littéralement dans l'*Emile*, livre II : à propos des frayeurs nocturnes, Rousseau écrit : « La cause du mal trouvée indique le remède. En toute chose, l'habitude tue l'imagination. » Il raconte ensuite comment, étant enfant, il surmonta sa terreur le soir où le pasteur Lambercier l'envoya chercher au temple, dans une totale obscurité, la Bible restée sur le pupitre. Selon la remarque du prétendu « rédacteur », il est vraisemblable que Mme de Tourvel, n'ayant pas d'enfant et tout à fait ignorante de la « philosophie », n'a pas lu l'*Emile*. On note qu'en revanche Valmont a fait cette lecture, pourtant assez étrangère à la sphère de ses intérêts.

Page 204. Lettre LIX.

1. Selon le *Dictionnaire de musique* de Rousseau, le « récitatif obligé » entremêle le chant et les « traits de symphonie » : il « oblige pour ainsi dire le récitant et l'orchestre l'un envers l'autre, de sorte qu'ils doivent être attentifs et s'attendre mutuellement. »

2. Au sens particulier qu'a le mot « occupé » dans le vocabulaire galant. Voir notamment la fin de la lettre II.

3. Dans les textes distribués à chaque acteur, les « réclames » sont les derniers mots de la réplique précédente, avertissant l'acteur que son tour est venu d'intervenir.

Page 204. Lettre LX.

1. *Ms.* « un ami sûr et sensible ».
2. *Ms.* « Vous êtes indulgent. »

Page 205. Lettre LXI.

1. *Ms.* « Mme de Merteuil avait soupé ici avec quelques autres personnes ; maman », etc.

2. *Ms.* « avec Mme de Merteuil et nous parlâmes », etc.

3. *Ms.* donne, *barré*, un début de rédaction de cette lettre de Cécile à Mme de Merteuil, numérotée 62, datée du 9 septembre 17.. : « C'est bien à présent, Madame, que j'ai besoin de votre amitié. Je n'attends plus de consolation que de vous. »

Page 208. Lettre LXIII.

1. « *Ce qu'il a dit, je le ferai.* » L'anecdote vient de Plutarque, *Instructions pour ceux qui manient affaires d'Etat*, où elle est destinée à prouver que l'homme politique doit être bon orateur. Mais Laclos l'emprunte à Rousseau, *La Nouvelle Héloïse*, IV, Lettre II, qui la citait comme ici pour opposer au bavard l'homme d'action laconique.

2. *Ms.* continue ainsi : « Tel on nous raconte que le maréchal de Saxe, après avoir fait les dispositions d'une bataille pour le lendemain, s'endormit d'un sommeil tranquille. »

3. *une liaison dangereuse.* Voir la note sur le titre du roman, p. 514.

4. *Ms.*, après « mes sages conseils », *barré* « toujours plus efficaces que ceux d'une mère, parce qu'ils sont moins suspects. »

5. *Ms.* « tarit jamais. Il n'est sorte de folie que je ne lui aie fait dire. Je m'amusais à lui monter la tête sur le plaisir qu'elle aurait à le voir le lendemain. Il fallait bien ».

6. *Ms.* « aux grands mouvements ».

7. Vers du « méchant » Cléon, à l'acte II, scène I, de la comédie de Gresset, *Le Méchant* (1747).

8. *C'est de vous seule que j'attends quelque consolation.* Voir lettre LXI, note 3.

9. *Magdeleine.* Apparemment Mme de Merteuil pense moins aux textes évangéliques (*Luc*, VI, 36-40, XVIII, 2, XXIII, 27-29 ; *Matthieu*, XXVII, 55 ; *Jean*, XX, 1-18) qu'aux nombreuses œuvres de peintres faisant valoir la beauté de Marie Magdeleine pécheresse ou repentante (Véronèse, Titien, le Corrège, Rubens...).

10. La *Petite-Poste*, ancêtre de ce que sera le service des pneumatiques, avait été établie à Paris en 1760.

11. *Ms.* « 8 septembre ». Laurent Versini, édition citée, page 1253, a remarqué que la date du 9 septembre était impossible, puisque c'est le 8 septembre que Valmont dicte les lettres LXIV et LXV, par lesquelles il exécute le projet proposé ici par Mme de Merteuil. Le « 9 septembre » est sans doute une faute d'impression des éditions originales.

Page 218. Lettre LXV.

1. *Ms.* omet la note.

Page 220. Lettre LXVI.

1. *Ms.* « en voulant coucher avec la fille. »

2. *Ms.*, barré « de la petite fermentation de sentiments que notre jeune homme a mise dans sa lettre ».

3. *Ms.* « Allusion à un passage du poème de *La Pucelle d'Orléans* par [barré M. de] Voltaire. » L'allusion devait être limpide pour Valmont et Mme de Merteuil. Mais Laclos avait le sentiment qu'elle pouvait échapper à certains de ses lecteurs. D'où la note. Il renvoie au chant I, vers 56-60, de la *Pucelle* de Voltaire. Il y est question du conseiller Bonneau, qui prêtait son château pour abriter les amours de Charles VII et d'Agnès Sorel :

Il eut l'emploi, qui certes n'est pas mince,
Et qu'à la cour où tout se peint en beau,
Nous appelons être l'ami du prince,
Et qu'à la ville, et surtout en province,
Les gens grossiers ont nommé maquereau.

Une note de Voltaire sur ce passage donne à penser qu'à l'époque de Louis XV l'expression « l'ami du prince » désignait couramment les pourvoyeurs des plaisirs royaux.

4. *Ms.* « Que sait-on ? Il peut s'engager un procès. Alors en choisissant bien », etc.

5. *l'entacheraient.* Selon le dictionnaire de Féraud, cité par Laurent Versini, le verbe était un archaïsme revenant à la mode : d'où les italiques de Laclos.

6. *Ms.* donne ici une note : « Le lecteur ne sera point à même de

juger de la vérité de cette observation ; on a mieux aimé le laisser dans le doute que de grossir ce recueil d'une multitude de lettres presque toutes mal écrites, et que Valmont avait raison de trouver ennuyeuses. Au reste, la possibilité d'un pareil abus peut se remarquer dans presque toutes les correspondances d'amour. »

Page 221. Lettre LXVII.

1. Dans *Ms.*, cette lettre LXVII est la lettre 64. Il en résulte que LXIV, LXV, LXVI, étaient les lettres 65, 66, 67. Ainsi placée, la lettre 64 avait l'inconvénient de séparer la lettre LXIII, où la marquise de Merteuil expose son plan à Valmont, des lettres LXIV, LXV, LXVI, où Valmont exécute ce plan. De plus, la lettre de Mme de Tourvel, LXVII-64, se trouvait fort éloignée de la réponse de Valmont, lettre LXVIII.

Page 224. Lettre LXVIII.

1. *Ms.*, *barré*, après « anéantir » : « Je me plais dans mon amour comme vous dans vos rigueurs. »

Page 225. Lettre LXIX.

1. *Ms.* « ne plus vous voir ».

Page 226. Lettre LXX.

1. Ce qui veut dire qu'il est difficile de « suivre » Mme de Merteuil parce qu'elle se dérobe, très rapidement, avec « légèreté » : il faut la poursuivre « en courant ». Prévan promet donc de « crever six chevaux » pour lui faire sa cour. Cette métaphore filée est la « mauvaise plaisanterie » relevée par Valmont.

Page 228. Lettre LXXI.

1. Avant cette lettre, *Ms.* place une page de titre : « *Les Liaisons dangereuses*, 2ᵉ partie ». Ce qui correspond à la conception d'un roman en deux parties, la coupure étant marquée au moment où Valmont revient au château de Mme de Rosemonde pour achever la conquête de la présidente de Tourvel. La disproportion des deux parties dans *Ms.* laisse supposer que le roman a pris à partir de cette lettre LXXI un développement plus étendu que Laclos ne l'avait initialement prévu.

2. Dans *Ms.*, « m'occupe » est corrigé en « m'exerce ».

3. *Vressac.* Dans *Ms.*, le personnage porte le nom de Pressac. Un personnage de Crébillon fils, dans *Les Egarements du cœur et de l'esprit*, se nomme Versac.

4. *Britannicus*, acte II, scène 2, vers prononcés par Néron qui a épié l'arrivée de Junie en toilette de nuit, après qu'elle eut été enlevée par son ordre.

5. *Ms.* « Du château de P... »

Page 234. Lettre LXXII.

1. *Ms.* « Ah ! si vous deviez m'aimer moins, il me serait bien plus facile d'en mourir que de m'en consoler. »

Page 235. Lettre LXXIII.

1. *Ms.*, *barré* « Il mettra tous ses soins à favoriser le succès d'un sentiment naissant auquel il prend déjà le plus grand intérêt. »

Page 236. Lettre LXXIV.

1. Au XVIII�e siècle, dans un procès, chaque partie remettait au juge des « mémoires », ou « mémoires à consulter », exposant le bien-fondé de sa cause.
2. Transposition de la célèbre formule de Térence, dans sa comédie de l'*Heautontimorouménos* : « Je suis homme, et rien de ce qui est humain ne m'est étranger. »
3. *Ms.* « C'est encore à moi, puisque c'est à votre voyage que vous devez l'aventure de la vicomtesse. »

Page 238. Lettre LXXV.

1. *Ms.* « que le lecteur a vus à la fin de la première partie ». Cette rédaction, renvoyant au découpage du texte dans *Ms.* (où la première partie se termine avec la lettre 70), a été reprise par erreur dans la première édition, en quatre parties : la faute y est corrigée dans l'*errata*. Mais elle se lit encore dans l'exemplaire de la deuxième édition que nous avons collationné.

Page 240. Lettre LXXVI.

1. *Ms.*, *barré* « elle avait couché avec lui ».
2. *Ms.* « Cette lettre qui ne contenait que des faits déjà connus a paru devoir être supprimée. »

Page 247. Lettre LXXVIII.

1. *Ms.*, *barré* « Cependant pour quel autre aurais-je eu jamais autant d'indulgence que pour vous ? »
2. *Ms.*, *barré* « Je ne resterai point auprès d'un homme qui a refusé mon amitié. »
3. *Ms.*, à la suite de cette lettre, contient l'annonce suivante, *barrée* : « De Cécile Volanges au chevalier Danceny. Du château de..., le 15 septembre 17.. » Laclos a renoncé à écrire la réponse de Cécile à la lettre LXXII de Danceny. Cette lettre manquante est cette « dernière lettre » de la jeune fille à laquelle celui-ci se réfère dans LXXX.

Page 251. Lettre LXXIX.

1. *Ms.* « nos plus agréables ».
2. Tel est le texte de la 2ᵉ édition et de *Ms.* La première édition imprime : « était absent ». Mais l'*errata* corrige : « fut absent ».
3. Au jeu du pharaon, *le sept et le va* consiste à jouer sur une carte sept fois la mise.
4. *Ms.* « leurs infidèles maîtresses ».

Page 257. Lettre LXXX.

1. Dans *Ms.*, les lettres précédentes sont écrites sur des feuillets de papier blanc. A partir de la lettre LXXX jusqu'à la fin, Laclos

utilise un papier bleuté de format légèrement plus grand. L'écriture devient encore plus serrée.

Page 261. Lettre LXXXI.

1. *Ms.*, *barré* « Une jolie figure ».
2. *Ms.*, *barré* « s'il est sans générosité, elle est sans ressource ».
3. *Ms.*, *barré* « Ces sultans ». Dans *Ms.*, cet alexandrin et le précédent ne sont pas détachés du reste du texte. On n'a pas jusqu'ici identifié les « ouvrages peu connus » dont ils seraient des « citations ». On peut donc penser qu'ils « font partie de la prose de Mme de Merteuil » : pastiches du style de la tragédie, naturels, chez des habitués du théâtre, tels que Mme de Merteuil et Laclos.
4. *Ms.*, *barré* « ces femmes inconsidérées, que vous nommez sentimentaires ». L'adjectif « sentimentaire », supprimé ici, reparaîtra appliqué à Danceny dans la lettre CXLIV.
5. *Ms.* « ces lettres brûlantes, si douces ».
6. Dans *Ms.*, ce passage, jusqu'à la fin du paragraphe, est ajouté en marge.
7. *Ms.* « l'air de la sécurité ».
8. *Ms.*, *barré* « ces premières armes, que je m'étais forgées uniquement pour ma défense, je fus bientôt tentée de m'en servir pour l'attaque ».
9. Dans *Ms.*, « surveillée par une mère vigilante », une première fois barrée dans le texte, a été ensuite rajouté en interligne.
10. *Ms.*, *barré* « Mes grands-parents comptaient que je retournerais au couvent ou retournerais avec eux. »
11. *un coup de partie.* Au jeu, un coup décisif qui fait gagner la partie.
12. *Ms.*, *barré* « à ce qu'une pareille espèce aurait pu dire ».
13. *Ms.* « Non, Vicomte, je n'y consentirai jamais », *corrigé en* « Non, Vicomte ; jamais. »
14. *Ms.* « Adieu, Vicomte », *corrigé en* « Adieu ».

Page 274. Lettre LXXXIII.

1. *Ms.* ajoute : « C'est là ce que j'ai éprouvé, vous ne l'ignorez pas. »
2. *Ms.* « ce 23 septembre 1780 ».

Page 277. Lettre LXXXIV.

1. *Ms.*, *barré* « Je joins ici celle de ma chambre ».
2. *Ms.*, *barré* « à l'heure du dîner. Vous ne trouverez pas de difficulté pour me la remettre ; vous savez que Mme de Rosemonde passe toujours à manger » *(sic)*. *Remplacé par* « vous savez que c'est toujours Mme de Rosemonde qui passe la dernière ; je lui donnerai la main ; vous n'aurez qu'à quitter votre métier de tapisserie assez lentement pour rester derrière moi, et comme cette bonne femme ne se retourne jamais, vous me remettrez ». *Barré aussi, et remplacé par* « à l'heure du déjeuner, parce qu'il vous sera plus facile de me la donner alors [*barré* que quand on se rend du salon à la salle à manger], et qu'elle pourra être remise à sa place. »
3. *Ms.* « 24 septembre 178. ».

Page 280. Lettre LXXXV.

1. *Ms.*, *barré* « vendredi ».

2. Dans la tragédie de Voltaire, *Zaïre*, acte IV, scène 2, Orosmane, croyant que la jeune fille aime Nérestan, lui signifie son congé, lorsque celle-ci par ses pleurs lui prouve son erreur. Il s'interrompt soudain : «... Zaïre, vous pleurez ? »

3. Mais voilà tout, pourtant ! Réplique de la comédie de Favart, *Annette et Lubin* (1762).

4. *Ms.*, *barré* « Elles consistaient à rassembler chez elle après souper tous les gens de l'office, à trouver un moyen pour les engager à veiller, à attendre aussi le moment où je sonnerais, à accourir au premier coup de sonnette, et à appeler tous les gens, aussitôt qu'elle serait censée avoir entendu quelque bruit dans mon appartement. » Laclos préféra retrancher des précisions qui supprimaient maladroitement l'effet de surprise.

5. Tel est le texte des deux éditions originales, évidemment fautif, puisque Mme de Merteuil écrit de son hôtel parisien. *Ms.* donne : « Paris, le 25 septembre 1780, 7 heures du soir. »

Page 290. Lettre LXXXVI.

1. *Ms.*, *barré* « pour la signature du contrat de mariage de ma nièce. »

2. *Ms.* « Paris, le 25 septembre 1780. »

TROISIÈME PARTIE

Page 295. Lettre LXXXVIII.

1. Dans *Ms.*, à la place des deux lettres LXXXVIII et LXXXIX, ayant trait à l'intrigue Danceny-Cécile, venaient les deux lettres XC et XCI, de l'intrigue Valmont-Mme de Tourvel. Dans l'édition, Laclos intervertit l'ordre, considérant que les deux lettres préparant la séduction de Cécile devaient apparaître comme un préambule à l'entreprise autrement dramatique de la conquête de la Présidente par le même Valmont.

2. *nous aurions eu bien aisé.* Tour populaire, selon Laurent Versini, convenant au langage peu châtié de Cécile, comme dans la même lettre l'expression : « il ne faut qu'un malheur ».

Page 297. Lettre LXXXIX.

1. *Ms.* « N'allez pas [*barré* cependant] vous inquiéter trop de ce que je vous dis. » « A un certain point », ajouté dans l'édition, appartient au jargon des « petits-maîtres ».

2. *Ms.* « 27 », *corrigé en* « 26 ».

Page 298. Lettre XC.

1. *Ms.* « votre absence ». D'après la réponse de Valmont, lettre XCI, variante 2, le texte de l'édition « mon absence » semble être une faute d'impression.

2. *Ms.*, « avant ma chute ».

3. *Ms.*, après « devenir coupable », *barré* « Oh ! mon Dieu, je vous le promets. »

4. *Ms.* « 1780 », *corrigé en* « 17.. ».

Page 301. Lettre XCI.

1. *Ms.* « quand votre bouche portera ». La correction de l'édition fait disparaître une répétition fâcheuse.

2. *Ms.* « votre absence », *corrigé en* « mon absence ».

Page 306. Lettre XCIV.

1. *Ms.* « de la prendre ? [*barré* sûrement je la prendrai, il en arrivera ce qui pourra] ».

2. *Ms.* « si j'étais ma maîtresse ».

Page 308. Lettre XCV.

1. *Ms.* ajoute : « P.S. Quand vous aurez cette clef, je vous prie de prendre garde que personne ne la voie, car ce serait bien dangereux. »

Page 312. Lettre XCVI.

1. *Ms.* « est-il vrai qu'elle n'était pas embellie par le geste. [*barré* Un bras] Une main », etc.

2. *Ms.*, *barré* « Celui-ci sera moins intéressant. Je crois pourtant que je m'y rendrai. »

3. *Ms.* « du lendemain ».

Page 315. Lettre XCVII.

1. *Ms.* « je ne le voulais pas ».

2. *Ms.* « pour toute chose au monde qu'il resta [*sic*] comme ça ».

3. *Ms.* après « tout le reste du temps », *barré* « Je n'en pouvais plus et pourtant je n'ai pas pu dormir une minute, et ce matin en me levant, quand je me suis regardée au miroir, je me faisais peur tant j'étais changée. » Cette dernière indication est reprise plus loin.

Page 318. Lettre XCVIII.

1. *Ms.*, *barré* « quel spectacle pour une mère ».

2. *Ms.* « de votre âge. Mais vous êtes tant au-dessus de lui. Votre amitié », etc.

Page 321. Lettre XCIX.

1. *Ms.* plaçait ici, dans un premier temps, avec quelques variantes, le passage : « je voudrais bien savoir [...] de la vertu ! c'est bien à elle d'en avoir ! » Laclos l'a barré et repris plus loin.

2. *Ms.* « s'accoutumer de bonne heure à n'y jamais céder. »

3. Au début du siège de Troie, Achille ayant blessé de sa lance l'un des ennemis, Ulysse fabriqua avec la rouille de cette même lance un onguent qui guérit la plaie. Laclos, en tant que militaire, avait pu remarquer ce remède étonnant aux blessures de guerre. En

revanche, on ne s'attendait guère de la part de Valmont à un tel trait d'érudition.

4. *Ms.* essaie une rédaction différente, finalement *barrée* « Pour la même raison, on aime mieux dans ce moment accorder de légères faveurs que revenir à soi pour s'occuper à se défendre ; tel à peu près dans un demi-sommeil on chassera un insecte importun de peur de se réveiller entièrement. »

5. Le vers, que Laclos cite de mémoire, est faux. Dans *Nanine ou le Préjugé vaincu*, comédie de Voltaire (1749), acte I, scène 7, le comte d'Olban conclut l'éloge de l'héroïne par ce décasyllabe :

Et je suis juste, et ne suis point galant.

Page 333. Lettre CII.

1. *Ms.* donne une première rédaction, *barrée* « Vous allez être bien étonnée, Madame, [*barrée* en ouvrant cette lettre] en apprenant que je suis partie de chez vous aussi précipitamment. Mais que votre surprise va s'augmenter encore »...

2. Cf. lettre XCVII, Cécile, après sa séduction par Valmont : « Que je suis malheureuse ! » La répétition souligne le parallélisme entre les deux victimes du libertin.

3. *Ms.* « à rougir [*barré* devant vous et je préférerai le malheur à la honte] ».

4. *Ms.*, *barré* « fuyons un homme dangereux ».

Page 336. Lettre CIII.

1. Dans *Ms.* venait ici la séquence des trois lettres de Mme de Merteuil : à Mme de Volanges (CIV, dans *Ms.* 103), à Cécile (CV, dans *Ms.* 104), à Valmont (CVI, dans *Ms.* 105). La présente lettre CIII était la lettre 106, datée du 4 octobre (surchargé en 3). Laclos a préféré donner immédiatement après la lettre de Mme de Tourvel la réponse affectueuse de la vieille dame.

2. *Ms.* « Venez avec confiance vous y reposer de vos cruelles agitations [*barré* vous me raconterez vos peines ; je ne vous consolerai pas]. »

Page 339. Lettre CIV.

1. *Ms.* « un goût frivole, enfant du caprice et père du délire ».

2. *Ms.*, *barré* « qui se trouvent dans toutes les [*barré* femmes] âmes bien nées ».

3. Sur *Ms.* Laclos a barré l'amorce d'une considération rousseauiste : « Je sens qu'à mesure que les mœurs se sont perdues ».

4. *Ms.*, *barré* « Eh ! croyez-moi, mon amie, la seule vraiment puissante, c'est de pouvoir se dire : J'ai fait tout ce qui était en moi pour éviter mon malheur. Peut-être, ma chère amie, ai-je contre cette passion », etc.

Page 344. Lettre CV.

1. Mme de Merteuil met en italique les expressions reprises de la lettre de Cécile (XCVII). L'édition les ayant réparties au hasard dans ce passage, nous suivons la disposition correcte de *Ms.*

2. Sur *Ms.*, la première rédaction, « petite », est *barrée et remplacée par* « bel ange ».

Page 347. Lettre CVI.

1. Dans *Ms.* une première rédaction a été *barrée* « Comme j'étais injuste en lisant la première de vos deux lettres. Elle me donnait de l'humeur et je m'impatientais. Je ne prévoyais pas combien elle ajouterait au plaisir que m'a fait la seconde, en voyant que j'avais tout deviné. Jugez de ma joie en voyant que tout était arrivé comme je l'avais prévu. En vérité tout en lisant le beau récit », etc.

2. Sur *Ms.*, après « j'ai dit vingt fois », *barré* « Cette femme va lui échapper. Comment pouvait-elle faire autrement ? Elle s'est rendue. La pauvre femme s'est rendue et n'a même pas profité. »

3. Dans *Ms.*, première rédaction, *barrée*, de la suite : « D'abord c'est que je vois clairement que la petite personne n'en sera pas effrayée ; et puis si elle ne se forme pas de façon à nous être utile pour autre chose, c'est que nos vues une fois remplies, elle deviendra ce qu'elle pourra. Le parti que j'ai pris sur elle m'a décidée à la mener un peu vite, comme vous verrez par ma lettre. Je crois, d'ailleurs, que c'est la méthode qui lui convient le mieux ; elle a une sorte d'ingénuité qui n'a pas cédé même au spécifique que vous avez employé et qui pourtant n'en manque guère ; il est important de la détruire ; sans cela nous n'en ferions qu'une femme facile et ce n'est pas la peine. »

4. *spécifique.* Terme de médecine couramment usité au XVIIIe siècle dans le sens de « remède spécifique ». Ainsi, Rousseau dans *Les Confessions* (livre V) écrit que le génépi passe pour être le « spécifique » de la pleurésie.

Page 351. Lettre CVII.

1. *le second.* Dans la domesticité nombreuse au service de Mme de Tourvel, le second valet a remplacé le premier valet La Fleur, absent.

2. Les *Pensées chrétiennes* sont évidemment un livre de piété, non identifié. Le second ouvrage n'est autre que le roman de Richardson, *Lettres anglaises ou Histoire de miss Clarisse Harlowe* ; Mme de Tourvel le lit sans doute dans la traduction de l'abbé Prévost, Londres, chez Nourse, 1751, qui compte six volumes.

3. Le couvent des Feuillants, où siégera un club pendant la Révolution, était situé entre la rue Saint-Honoré et la terrasse des Tuileries. La suscription de la lettre CXX confirme que le confesseur de Mme de Tourvel, le Père Anselme, est « feuillant au couvent de la rue Saint-Honoré ».

4. *Ms., barré* « et où elle s'est confessée. Mlle Julie m'a dit que c'est bien sûr. »

5. Littré définit, sans référence, le tourne-bride comme un « cabaret établi auprès d'une maison de campagne, pour recevoir les domestiques et les chevaux qui y viennent ».

6. *Ms., barré* « P.S. C'est de la chambre de Mlle Julie que je me fais l'honneur d'écrire à Monsieur. Elle est à présent à coucher sa

maîtresse ; et si je n'ajoute rien à ma lettre, c'est qu'il n'y aura rien eu de nouveau et qui mérite l'attention de Monsieur. »

Page 351. Lettre CVIII.

1. *Ms.* « les peines de l'amour. Hélas ! je ne le connais presque que par elles. »

2. *Ms.* « Par la fatalité qui me poursuit [*barré* le bonheur se présente à moi sous toutes les formes, et c'est uniquement pour me faire éprouver toutes les privations] ».

3. *je ne dois pas l'ouvrir.* En conséquence, Laclos ne donne pas cette lettre, apparemment détruite sans avoir été lue.

Page 357. Lettre CIX.

1. *je m'enfermais pour la relire.* De même la Présidente a lu et relu (lettre CVIII) ce que lui écrivait sa confidente et consolatrice, Mme de Rosemonde. Laclos fait apparaître Cécile comme l'ombre caricaturale de Mme de Tourvel.

Page 359. Lettre CX.

1. C'est le début de la lettre V de la première partie de *La Nouvelle Héloïse* : Saint-Preux répond à la déclaration d'amour que lui a adressée Julie (lettre IV : « Il faut donc l'avouer enfin ce fatal secret »...).

2. *Ms.* « Si ma belle [*barré* se lasse un jour de payer des ports inutiles] ».

3. Les lettres CII et CVIII.

4. *une nouvelle Clarisse.* Lovelace, le brutal héros de Richardson, finit par violer Clarisse, l'ayant endormie par de l'opium.

5. *Ms.* ajoute : « Ce M. de Valmont paraît aimer à citer J.-J. Rousseau, et toujours en le profanant par l'abus qu'il en fait. » Valmont se réfère ici à la lettre IX de la première partie : « J'entends : les plaisirs du vice et l'honneur de la vertu vous feraient un seul agréable. » Julie répond aux plaintes de Saint-Preux lui reprochant de refuser toute faveur.

6. On a signalé ici une inadvertance de Laclos. La visite de Valmont à Cécile, dans la nuit du 10 au 11 octobre, est seulement la seconde qu'il rend à la jeune fille. On ne voit pas comment celui-ci, écrivant le 11, a pu, comme il le raconte plus loin, recevoir « déjà deux fois » Cécile dans sa chambre après la nuit du 10-11 octobre.

7. La comédie de Regnard, qui date de 1704, était encore jouée assez souvent à l'époque de Laclos. Le mot se trouve acte II, scène 11 et scène 12.

Page 365. Lettre CXII.

1. *Ms., barré* « comme une fleur de printemps qui se presse d'éclore, et que l'hiver trop voisin vient attrister dans ses beaux jours ».

2. *vous trouve furieusement à dire* signifie que Cécile regrette « furieusement » (mot du « jargon ») l'absence de Mme de Tourvel. Expression de la langue classique, dérivée de « trouver à dire » au

sens de « trouver à blâmer ». Littré cite *Le Misanthrope*, acte V, scène 4 : « Je vous trouve à dire plus que je ne voudrais dans toutes les parties où l'on m'entraîne. »

3. Sur *Ms.* « après-midi » est *corrigé en* « après-dînées ».

Page 367. Lettre CXIII.

1. Allusion à la parabole évangélique, Luc, XVI, 21 : le pauvre Lazare se nourrit des miettes tombées de la table du mauvais riche.

2. *Ms.* « *On ne s'avise jamais de tout*, op. com. » La pièce en un acte de Sedaine et Montigny (1761) est en effet, comme l'écrit *Ms.*, un opéra-comique, et non une comédie. *On ne s'avise jamais de tout* avait connu un renouveau d'actualité en 1775, lorsqu'on accusa Beaumarchais de l'avoir plagié dans son *Barbier de Séville* : il avait répondu (*Lettre modérée*, en tête de l'édition du *Barbier*) que l'auteur de la critique était « un homme qui ne s'est jamais avisé de rien ». Une fois de plus, Laclos cite de mémoire : à la scène 5 du texte de Sedaine et Montigny, un docteur Tue énumère les mixtures propres à « substanter la vertu et corroborer la sagesse » des femmes.

3. *Ms.* « j'en ai rencontré beaucoup ».

4. *Ms.* « vous ne possédez absolument que son corps ».

5. *Ms.* « Paris, 15 octobre 1781 ».

Page 374. Lettre CXV.

1. *Ms.* « depuis [*ajouté* près de] trois mois [*barré* et demi] je ne vous [*barré* ai pas, ou presque pas vue] vois plus. »

2. *Ms.* « ennuyeuse comme une [*barré* églogue] idylle, et ennuyeuse comme un lecteur ».

3. Après l'allusion mythologique à l'eau du Léthé, ce fleuve des Enfers qui faisait oublier le passé aux ombres qui en buvaient, Valmont se réfère à la procédure de la question par l'eau : on forçait le suspect à ingurgiter d'énormes quantités de liquide ; d'où les « nausées » mentionnées ensuite.

4. C'est la seule indication d'une « place » que Valmont aurait sollicitée par des services galants (avec un sous-entendu grivois sur le mot « place ») auprès d'une dame influente à Versailles. L'a-t-il obtenue ? On ne voit pas qu'il occupe quelque emploi que ce soit, même purement honorifique.

5. *Ms.* « auprès de leurs bonnes », *corrigé en* « auprès des *Bonnes* ».

6. *j'attends une seconde époque.* On a fait observer que la première rencontre de Valmont et de Cécile datant du 30 septembre, il ne peut, le 18 octobre, faire état de la constatation alléguée ici.

Page 382. Lettre CXVIII.

1. *Ms.* « Oh ! que je dirais volontiers comme le Misanthrope : Perdez votre procès, et soyez-moi fidèle. » Réminiscence de deux vers de Molière. Alceste déclare à Célimène, acte II, scène I :

> Perdez votre procès, Madame, avec constance,
> Et ne ménagez point un rival qui m'offense.

2. *Ms.* « ou rendez-m'en une qui m'apprenne à vivre où vous n'êtes pas. »

Page 392. Lettre CXXIII.

1. Laurent Versini relève que c'est en 1779 que le 28 octobre tombe un jeudi.

Page 394. Lettre CXXIV.

1. *Ms.* « Ne sais-je pas que [*barré* le retour de l'enfant prodigue causa plus de joie à son père que la conduite modérée du fils qui était resté auprès de lui ?] »

QUATRIÈME PARTIE

Page 399. Lettre CXXV.

1. *Ms.* « jusque dans le moment même où elle cesse d'en avoir ? [*barré* et que celle qui ne fait que se rendre fût plus près de la volupté que celle qui se donne ?] ».
2. *Ms.* « la pruderie de l'austère dévote ». « Prudence » dans l'édition est peut-être une faute d'impression.
3. *Ms.* « Nous restâmes seuls, et [*barré* pressé d'entrer en matière, je commençai ainsi : Vous êtes instruite, Madame, du sujet important qui m'amène auprès de vous. — Le Père Anselme m'a dit, Monsieur, quels étaient vos motifs, et je ne peux que les approuver. — Votre approbation me flatte sans doute infiniment, mais j'ai besoin surtout de votre indulgence pour ma conduite passée, et c'est elle particulièrement que je viens réclamer. — Je ne me suis jamais plainte que vous m'ayez offensée.] »
4. *Ms.* « vous posséder ou mourir. [*barré* A l'instant même je m'étais mis à genoux ; j'avais bien senti que la farouche personne avait essayé de se lever et de se dérober à moi, mais la force avait manqué.] »
5. *Ms.* « le mérite de l'action ».

Page 409. Lettre CXXVI.

1. *Ms.* « un coup de la grâce », *corrigé en* « un coup de la Providence ».

Page 419. Lettre CXXX.

1. *Ms.* « 4 novembre 1780 », *corrigé en* « 4 novembre 17.. ».

Page 421. Lettre CXXXI.

1. *Ms.* « dans ma dernière lettre. [*barré* Je désire d'ailleurs que le jour qui doit nous réunir ne soit troublé d'aucun nuage.] »
2. *Ms.* « bien plus piquant ».
3. *Ms.* « Dans le temps où nous étions uniquement occupés l'un de l'autre, j'étais heureuse », *corrigé en* « où nous nous aimions, car je crois que c'était de l'amour, j'étais heureuse ».

4. *Ms.* « le plaisir que je trouve [*barré* malgré moi] en ce moment à vous écrire ».

Page 424. Lettre CXXXIII.

1. *Ms.* « tous les premiers jours ».

2. La tragédie de Du Belloi, *Le Siège de Calais,* exaltant les sentiments patriotiques, avait été un grand succès en 1765. Le comte d'Harcourt, Français au service du roi d'Angleterre, revient par patriotisme et par amour dans le camp du roi de France. Il justifie ainsi son changement, acte II, scène 3 :

Ah ! de ses fils absents, la France est plus chérie :
Plus je vis d'étrangers, plus j'aimai ma patrie.

Page 427. Lettre CXXXIV.

1. L'édition donne « mon intention », sans doute une faute d'impression ; nous rétablissons le texte de *Ms.* « attention ».

2. *le procureur.* Sous l'Ancien Régime, il remplissait à peu près les fonctions qui sont celles de l'avoué. Voir aussi lettre XLIV, note 5.

3. *hors de Cour, dépens compensés.* Ce qui veut dire que le tribunal a renoncé à juger, et que les frais engagés par chaque partie restent à la charge de celle-ci.

Page 432. Lettre CXXXV.

1. *Ms.* « Il est plus de midi ».

Page 433. Lettre CXXXVI.

1. *Ms.* « Je reconnais [*barré* que dans la rivalité que vous avez établie, ce n'est pas à moi que doit rester l'avantage] ».

Page 438. Lettre CXXXVIII.

1. *Ms.* omet la note.

2. *Ms.* « vous réserver l'hommage de ce sacrifice ».

3. *un second billet.* Laclos n'a pas donné ce billet.

Page 443. Lettre CXLI.

1. *espèces.* Le mot a déjà été employé dans la lettre V, où il visait Mme de Tourvel.

2. *Ms.* « une simple [*barré* esclave] odalisque ».

Page 446. Lettre CXLII.

1. *Ms.* « surtout en fait de procédés ».

Page 448. Lettre CXLIV.

1. *Ms.,* barré « Le vicomte de Valmont à la présidente Tourvel ». Il semble donc que Laclos avait pensé appuyer les tentatives de Valmont pour renouer avec Mme de Tourvel par une lettre qui aurait pris place ici.

2. *Ms.* « Hier à cinq heures du soir », ce qui était l'heure annoncée dans la lettre CXLII. Laclos dans l'édition a voulu marquer l'impatience de Valmont.

3. Laclos, si soucieux de préciser les dates des lettres de son roman (le millésime excepté), apporte autant de soin à fixer ici l'horaire de la journée décisive du 27 novembre. Lorsque Valmont écrit à Mme de Merteuil la lettre CXLII, il est « près de midi » : il annonce qu'il attendra la réponse de la Présidente jusqu'à 5 heures. Mais dès 2 heures il expédie la lettre CXLII et à 3 heures, n'y tenant plus, il se rend à la porte de Mme de Tourvel. A 9 heures du soir il revient chez lui, dans l'espoir d'y trouver une lettre. Enfin Azolan envoyé aux nouvelles apprend que la Présidente est sortie de chez elle à 11 heures du matin pour se rendre au couvent de..., d'où elle a renvoyé ses gens à 7 heures du soir. Une chronologie aussi minutieusement détaillée trahit « l'inquiétude » où Valmont est plongé par le silence de Mme de Tourvel, auquel il « ne s'attendait pas ».

4. *Ms.* « votre [*barré* tendre amoureux] sentimentaire ». Laclos a déjà employé ce néologisme dans un passage barré de la lettre LXXXI.

Page 451. Lettre CXLV.

1. Dans *Ms.* cette lettre porte le numéro 147. La lettre 145 de *Ms.* devient dans l'édition la lettre CXLVII. Laclos a eu certainement raison de rapprocher de la lettre de Valmont la réponse cyniquement ironique de la Marquise, et de placer à la suite de cette lettre, où elle déclare ignorer la date de son retour, celle du même jour à Danceny où elle fixe à celui-ci un rendez-vous à Paris le lendemain soir.

2. *Le sage.* Laurent Versini propose de reconnaître dans ce « sage » Rousseau, qui, dans *La Nouvelle Héloïse*, cinquième partie, lettre III, dit effectivement quelque chose d'approchant.

Page 454. Lettre CXLVI.

1. *Ms.* « de la confidente. [*barré* Je ne compte donc pas trop sur vous pour demain] ».

2. *Ms.* souligne « votre Cécile ».

3. « Alcibiade ou le moi », dans les *Contes moraux* de Marmontel (1755). Selon son habitude, Laclos cite de mémoire, le texte exact étant : « J'aime bien qu'on vienne à moi dans l'adversité ».

4. *Ms.* « ce 30 novembre », *corrigé en* « ce 29 novembre ».

Page 455. Lettre CXLVII.

1. *Ms.* « Je crains qu'il y ait plus que du délire ».

2. Mme de Volanges complète ici, en ce qui a trait à la Présidente, l'emploi du temps du 27 novembre (voir lettre CXLIV, note 3). Ainsi est expliqué pourquoi Mme de Tourvel attendit jusqu'à 7 heures du soir pour renvoyer ses gens. Ensuite vient l'horaire de la nuit.

Page 462. Lettre CXLIX.

1. *Ms.* « sur-le-champ. [*barré* Mais ce qui me ferait craindre qu'il n'en eût pourtant pas obtenu tout ce qu'il aurait désiré] ».

Page 466. Lettre CLI.

1. *ce tiers importun.* Traduction française de l'italien *il terzo incommodo* : ce qui explique que le mot soit en caractères italiques.

Page 468. Lettre CLII.

1. Mme de Merteuil précise ici l'allusion de la lettre LXXXI, au « secret de M. de Valmont », par lequel elle tient son ancien amant : apparemment une affaire politique, pouvant entraîner la prison ou l'exil.

2. Référence à la comédie de Plaute, *Les Ménechmes*, fondée sur la ressemblance de deux jumeaux.

Page 472. Lettre CLIII.

1. *Ms.* « l'un et l'autre ».

2. *Ms.* « La guerre », *corrigé en* « Hé bien ! la guerre ».

Page 473. Lettre CLIV.

1. *Ms.* contient cette lettre de Valmont à Mme de Volanges : elle est datée du 4 décembre 17.., et porte le numéro 155. Laclos l'a barrée. De sorte que la lettre suivante, de Valmont à Danceny, porte ce même numéro 155. Laclos n'a pas rédigé l'ultime lettre de Valmont à Mme de Tourvel qui est censée être jointe à la lettre à Mme de Volanges.

Page 473. Lettre CLV.

1. *Ms.* « introuvable. [*barré* Je prends donc le parti de vous écrire et je chargerai] ».

2. *et qu'on n'a prise que pour vous.* C'est ce que la Marquise avait l'habitude de dire à chacun de ses amants. « Je ne l'ai eue que pour vous », avait-elle assuré à Belleroche (lettre X). L'italique cite ce même propos qu'elle n'a pas manqué de tenir à Danceny.

3. A travers le sens classique du mot : « qui a de l'usage » (cf. lettre LI) s'insinue le sens moderne : « qui a beaucoup servi ».

4. *Ms.* « Ah ! croyez-moi, [*barré* il n'y a de bonheur que dans l'amour] on n'est heureux que par l'amour. »

Page 477. Lettre CLVI.

1. *Ms.* « tous les soirs ».

2. *Ms.* omet « au soir ».

Page 479. Lettre CLVII.

1. *Ms.* « Paris, 5 décembre 17.. au soir ».

Page 482. Lettre CLX.

1. Dans *Ms.*, après la lettre 159, Laclos a noté : « Passez à la lettre 161 », c'est-à-dire à la lettre CLX, numérotée 161 dans *Ms.*, CLXI y étant la lettre 160. Laclos faisait donc d'abord lire en premier lieu la lettre délirante de Mme de Tourvel, puis celle de Mme de Volanges.

Il a préféré en définitive inverser l'ordre, la lettre de Mme de Volanges préparant à la lecture de celle de Mme de Tourvel.

2. *Ms.* « notre » ; « votre » dans l'édition originale et dans la deuxième édition est probablement une faute d'impression.

Page 484. Lettre CLXI.

1. *Ms.* « ta justice. [*barré* Malheureuse, quel prestige a pu te séduire ainsi ? Où est-il cet homme charmant, cet assemblage de toutes les perfections ? Je le voyais ainsi. Maintenant il ne m'offre plus que la difformité du vice]. »

2. *Ms.* « Pourquoi te refuses-tu à mes tendres caresses ? »

3. *Ms.* « Pour qui prépares-tu cet appareil de mort ? »

Page 491. Lettre CLXV.

1. Ce paragraphe, destiné à expliquer comment toutes les lettres du roman se trouveront réunies entre les mains de Mme de Rose-monde, a été ajouté en marge dans *Ms.*

Page 493. Lettre CLXVI.

1. *Ms.* et la première édition : « votre chère santé ».

Page 500. Lettre CLXX.

1. On se rappellera que le mot *hardes* pour désigner les vêtements n'a au XVIIIe siècle aucune nuance péjorative.

Page 507. Lettre CLXXIII.

1. *Ms.* omet cette note.

2. Selon Littré, la petite vérole confluente est « celle où les boutons sont si rapprochés qu'ils se touchent et se confondent, par opposition à la variole discrète ».

Page 509. Lettre CLXXIV.

1. Sur *Ms.* Laclos a barré successivement « à la marquise de Merteuil », « à Madame de Volanges ».

Page 511. Lettre CLXXV.

1. *Ms.* « disait hier en parlant [*barré* dans un cercle fort nombreux que c'était une femme que la maladie avait retournée et que son âme] ».

2. *Ms.* « Malheureusement [*barré* il faut convenir que l'expression est juste] ».

3. *Ms.* ajoute en interligne : « Ma fille et mon amie ! » Dans la première rédaction l'exclamation se plaçait un peu plus loin : « une seule liaison dangereuse ! ma fille, mon amie ! tristes exemples de cette cruelle vérité, je consacre le reste de ma vie à vous pleurer ! et quelles peines », etc.

4. Dans *Ms.* la lettre CLXXV est suivie du mot « Fin ». La « Note de l'éditeur » est rajoutée, d'une écriture autre que celle de Laclos, sur un feuillet blanc collé après coup au bas de la page.

ORIENTATIONS BIBLIOGRAPHIQUES

I. ÉDITIONS.

Laclos. Œuvres complètes, texte établi, présenté et annoté par Laurent VERSINI, Bibliothèque de la Pléiade, 1979. Ce volume, qui remplace celui de Maurice Allem dans la même collection, rassemble pour la première fois tous les écrits de Laclos. Laurent Versini accompagne les textes d'un commentaire copieux, riche de vues suggestives. Il donne ici la première édition intégralement critique des *Liaisons dangereuses*.

Parmi les innombrables éditions du roman, on distinguera :

— celle de Jean MISTLER, Éditions du Rocher, Monaco, 1948, pour l'introduction et le choix des variantes ;

— celle de Yves LE HIR, Classiques Garnier, 1961, qui présente l'originalité de reproduire le texte du manuscrit.

II. OUVRAGES DE BASE.

DARD (Émile), *Le Général Choderlos de Laclos, auteur des « Liaisons dangereuses » (1741-1803)*, Perrin, 1905, réédité en 1920, 1936 : biographie solidement documentée.

DELMAS (A. et Y.), *A la recherche des « Liaisons dangereuses »*, Mercure de France, 1964 : historique de la fortune et de la « réception » de l'œuvre depuis sa publication.

POISSON (Georges), *Choderlos de Laclos ou l'obstination*, Grasset, 1985 : biographie apportant nombre d'éléments nouveaux, par rapport à celle d'Émile Dard.

VERSINI (Laurent), *Laclos et la tradition, essai sur les sources et la technique des « Liaisons dangereuses »*, Klincksieck, 1968 : l'ouvrage, à partir d'un recensement critique de toute la tradition romanesque du XVIIIᵉ siècle ayant abouti aux *Liaisons dangereurses*, présente des études approfondies de la technique romanesque, du style, et du rousseauisme de Laclos.

III. ÉTUDES GÉNÉRALES SUR LACLOS
ET « LES LIAISONS DANGEREUSES ».

BELAVAL (Yvon), *Choderlos de Laclos*, « Ecrivains d'hier et d'aujourd'hui », Seghers, 1972.
BLANC (Henri), *« Les Liaisons dangereuses » de Choderlos de Laclos*, « Poche critique », Hachette, 1972.
CAUSSY (Fernand), *Laclos*, Mercure de France, 1905.
FREE (Lloyd R.), « A profile to the writer and his novel », en tête du volume collectif publié par Lloyd R. Free, *Laclos. Critical approaches to « Les Liaisons dangereuses »*, Madrid, « Studia humanitatis », José Porrua Turanzas, 1978, p. 3-43.
GIRAUDOUX (Jean), « Choderlos de Laclos », *La Nouvelle Revue française*, 1ᵉʳ décembre 1932, repris dans *Littérature*, Grasset, 1941, p. 57-75.
MALRAUX (André), « Laclos », *Tableau de la littérature française XVIIᵉ-XVIIIᵉ siècles*, Gallimard, 1939, repris dans *Le Triangle noir*, Gallimard, 1970, p. 23-51.
POMEAU (René), *Laclos ou le paradoxe*, Hachette, 1993.
ROSBOTTOM (Ronald R.), *Choderlos de Laclos*, Boston, Twayne Publishers, 1978.
VAILLAND (Roger), *Laclos par lui-même*, « Ecrivains de toujours », Le Seuil, 1953.

IV. ÉTUDES PARTICULIÈRES.

1. Structure et style.

EHRARD (Jean), « La société des *Liaisons dangereuses* : l'espace et le temps », *Le Siècle de Voltaire*, Oxford, The Voltaire Foundation, 1987.
FELLOWS (Otis), « Naissance et mort du roman épistolaire français », *Dix-huitième siècle*, 1972, p. 17-38.
MYLNE (Vivienne), « Restif de la Bretonne and Laclos. The culmination of the letter-novel », *The Eighteenth Century French Novel*, Manchester, 1965, p. 221-244.

PIZZORUSSO (Arnaldo), « La Struttura delle *Liaisons dangereuses* », *Studi sulla letteratura dell'età preromantica in Francia*, Pisa, 1956.

POULET (Georges), « Chamfort et Laclos », *Etudes sur le temps humain*, II, *La Distance intérieure*, p. 56-80, Plon, 1952.

ROELENS (Maurice), « Le Texte et ses conditions d'existence ; l'exemple des *Liaisons dangereuses* », *Littérature*, février 1971, p. 73-81.

ROUSSET (Jean), « *Les Liaisons dangereuses* », *Forme et signification*, p. 93-99, Corti, 1963.

SEYLAZ (Jean-Luc), « *Les Liaisons dangereuses* » *et la création romanesque chez Laclos*, Genève, Droz, et Paris, Minard, 1958.

THELANDER (Dorothy R.), *Laclos and the epistolary novel*, Genève, Droz, 1963.

TODOROV (Tzvetan), « Les catégories du récit littéraire » (étude portant sur *Les Liaisons dangereuses*), *Communications*, n° 8, p. 125-151, Le Seuil, 1966.

VERSINI (Laurent), « L'épistolier ou la préméditation », *Cahiers de l'Association internationale des études françaises*, n° 29, 1977, p. 187-203.

VERSINI (Laurent), *Le Roman épistolaire*, Presses universitaires de France, 1979 (le chapitre VIII traite des *Liaisons dangereuses*).

VERSINI (Laurent), « Quelques enseignements du manuscrit des *Liaisons dangereuses* », *Mélanges offerts au professeur A. Lanly*, Publications de l'Université de Nancy II, 1980, p. 531-540.

2. Les personnages.

ALDRIDGE (Alfred O.), *Essai sur les personnages des « Liaisons dangereuses », en tant que types littéraires*, « Archives des lettres modernes », 1960, 3, Minard.

BECKER-THEYE (Beltz), *The Seducer as Mythic Figure in Richardson, Laclos and Kierkegaard*, New York and London, Garland, 1988.

BRAY (Bernard), « Tartuffe mâle et femelle », *Molière and the Commonwealth of letters*, Jackson, University Press of Missisipi, 1975, p. 118-124.

COULET (Henri), « Analyse et sentiment dans *Les Liaisons dangereuses* », *Le Siècle de Voltaire*, Oxford, The Voltaire Foundation, 1987.

DEMORIS (René), « La symbolique du nom de personne dans *Les Liaisons dangereuses* », *Littérature*, décembre 1979, p. 104-119.

MICHAËL (Colette Verger), « Cécile et les dangers de l'innocence : de "bouton de rose" à "machine à plaisir" » *Studies*, t. CCLX, Oxford, 1989.

MUNRO (James S.), « Studies in subconscious motivation in Laclos and Marivaux », *Studies on Voltaire and the eighteenth century*, t. 89, p. 1153-1168, Banbury, 1972.

RUNTE (Roseann), « Authors and actors : the characters in *Les Liaisons dangereuses* », *Laclos. Critical approaches...*, Madrid, 1978, p. 123-136.

THERRIEN (Madeleine B.), *Les Liaisons dangereuses. Une interprétation psychologique*, SEDES, 1973.

VARTANIAN (Aram), « The marquise de Merteuil : a case of mistaken identity », *L'Esprit créateur*, Winter 1963, p. 172-180.

3. Le féminisme.

AURY (Dominique), « La révolte de Mme de Merteuil », *Cahiers de la Pléiade*, n° X11, printemps-été 1951, p. 91-101.

IMBROSCIO (Carmelina), « Amici veri e falsi della donna : Restif e Laclos », *Spicilegio moderno*, n° 1, Pisa, 1972, p. 73-84.

JATON (Anne-Marie), « *Les Liaisons dangereuses* : une odyssée de la conscience sexuée », *Saggi e ricerche di letteratura francese*, Roma, Bulzoni editore, vol. XVI, 1977, p. 301-350.

LEVAYER (Paul-Edouard), « La lettre LXXXI des *Liaisons dangereuses* », *Lendemains 13, Zeitschrift für Frankreichforschung + Französischestadium*, Pahl-Rugenstein Verlag, Februar 1979, p. 85-92.

STACKELBERG (Jürgen von), « Le féminisme de Laclos », *Mélanges offerts à Roland Mortier*, Genève, Droz, 1980, p. 271-284.

4. Le point de vue moral.

CROCKER (Lester G.), « The status of evil in *Les Liaisons dangereuses* », *Laclos. Critical approaches...*, Madrid, 1978.

DIACONOFF (Suellen), *Eros and power in « Les Liaisons dangereuses » : a study in Evil*, Genève-Paris, Droz, 1979.

FRIEDRICH (Hugo), « Immoralismus und Tugendideal in den *Liaisons dangereuses* », *Romanische Forschungen*, 1935, p. 317-342.

GRESHOFF (C. J.), « The moral structure of *Les Liaisons dangereuses* », *French Review*, 1964, p. 383-399.

IMBROSCIO (Carmelina), « L'alienazione nelle *Liaisons dangereuses*, e il sonno dei giusti », *Studi sull'uguaglianza*, Pisa, Editrice Libreria Goliardica, 1975, p. 107-123.

KNUFMANN (Helmut), *Das Böse in den « Liaisons dangereuses »
des Choderlos de Laclos*, Munich, Wilhelm Fink, 1965.

MEAD (William), « *Les Liaisons dangereuses* and moral use-
fulness », *PMLA*, 1960, p. 563-570.

MICHAËL (Colette Verger), *Laclos, les milieux philosophiques
et le mal*, éditions Akpagnon, Lomé, Togo, 1985.

PAPPAS (John), « Le moralisme des *Liaisons dangereuses* »,
Dix-huitième siècle, 1970, p. 265-296.

VERNIERE (Paul), « *Les Liaisons dangereuses* : d'une morale
des faits à une morale de la signification », *Studies in eighteenth century French Literature*, Exeter, 1975, p. 295-305.

5. Etudes diverses.

BELCIKOWSKI (Christine), *Poétique des « Liaisons dangereuses »*, Corti, 1972.

BROOKS (Peter), *The Novel of worldliness*, Princeton, 1969.

BRUN (Max), « Bibliographie des éditions des *Liaisons dangereuses* portant le millésime 1782 », *Le Livre et l'Estampe*,
n° 33, 1963, p. 1-64.

CAZENOBE (Colette), « De Lenclos à Laclos : une étape vers
Les Liaisons dangereuses », *Revue d'histoire littéraire de la
France*, mars-avril 1985.

CAZENOBE (Colette), *Le Système du libertinage de Crébillon à
Laclos*, *Studies*, t. CCLXXXII, Oxford, The Voltaire
Foundation, 1991.

DURANTON (Henri), « *Les Liaisons dangereuses* ou le miroir
ennemi », *Revue des sciences humaines*, 1974, n° 153,
p. 125-143.

DURANTON (Henri), « Laclos a-t-il lu Proust ? », *Le Siècle de
Voltaire*, Oxford, The Voltaire Foundation, 1987.

FABRE (Jean), « *Les Liaisons dangereuses*, roman de l'ironie »,
Mélanges offerts à Jacques Vier, Klincksieck, 1974, p. 651-
672.

GUY (Basil), « The Prince de Ligne, Laclos and the *Liaisons
dangereuses* : two notes », *The Romantic Review*, december
1964, p. 260-267.

KEUNEMAN (Katrine), « Le monde conservateur des *Liaisons
dangereuses* », *Australian Journal of French studies*, january-
april 1979, p. 288-294.

KOPPEN (Erwin), *Laclos's « Liaisons dangereuses » in der Kritik
(1782-1850)*, Wiesbaden, Franz Steiner, 1961.

MAY (Georges), « The witticisms of Monsieur de Valmont »,
L'Esprit créateur, Winter 1963, p. 181-187.

POISSON (Georges), « Choderlos de Laclos et l'établissement des épreuves militaires de Meudon, 1793 », dans

Des Ballons pour la République, Orangerie de Meudon 1989.

POISSON (Georges), « Un consul français à Alep et à Smyrne sous la Révolution : Jean-Charles Choderlos de Laclos », *Symposium sur le bicentenaire de la Révolution française et la Turquie*, Konya, 1991.

POMEAU (René), « Le mariage de Laclos », *Revue d'histoire littéraire de la France*, janvier-mars 1964, p. 60-72.

POMEAU (René), « D'*Ernestine* aux *Liaisons dangereuses* : le dessein de Laclos », *Revue d'histoire littéraire de la France*, mai-août 1968, p. 618-632.

PROUST (Jacques), « Les maîtres sont les maîtres », *Romanistiche Zeitschrift für Literaturgeschichte*, 1977, Heft 2, p. 145-172.

VADIM (Roger), *Les Liaisons dangereuses de 1960. Un film de Roger Vadim*, Julliard, 1960.

VERSINI (Laurent), « Laclos reconsidéré d'après la correspondance complète », *Mélanges offerts à Jean Fabre*, Klincksieck, 1974, p. 547-560.

VERSINI (Laurent), « *Les Liaisons dangereuses*, à la scène et à l'écran », Mélanges offerts à Jacques Robichez, SEDES, 1987.

WALTER (Eric), « Choderlos de Laclos, l'homme noir, généalogie d'une légende », *Grandes Figures de la Révolution française en Picardie*, Chauny, 1989.

WILLEMETZ (Gérard), « La véritable deuxième édition originale des *Liaisons dangereuses* », *Bulletin du bibliophile*, 1957, n° 2, p. 45-52.

Laclos et le libertinage 1782-1982, Actes du colloque du bicentenaire des *Liaisons dangereuses*, Université de Picardie, 1983.

La Revue d'histoire littéraire de la France, juillet-août 1982, a publié un numéro spécial sur Laclos.

SOMMAIRE BIOGRAPHIQUE

1741 (18 octobre) : Pierre-Ambroise Choderlos de Laclos naît à Amiens.

1756-1763 : Guerre de Sept Ans.

1759 : Laclos entre à l'Ecole d'artillerie de La Fère.

1763 : Il est affecté au régiment de Toul.

1765 : Promu lieutenant.

1766 : En garnison à Strasbourg.

1769 : En garnison à Grenoble.

1775 : En garnison à Besançon.

1777 : Installe à Valence une école d'artillerie.

1777 (19 juillet) : Débuts littéraires : son *Ernestine*, opéra-comique tiré d'un roman de Mme Riccoboni, est sifflé.

1778 (6 février) : Traité d'alliance entre la France et les Insurgents d'Amérique, contre l'Angleterre.

1779 (30 avril) : Laclos est détaché à l'île d'Aix.

1780 (janvier-juin) : En permission à Paris.

1781 (décembre) : En permission à Paris, pour six mois.

1782 (23 mars) : Publication des *Liaisons dangereuses*.

1783 : Laclos, affecté à La Rochelle pour la construction de l'Arsenal, séduit Marie-Soulange Duperré, fille d'un « commissaire des guerres ».

1784 (1ᵉʳ mai) : Dans un village des environs. Mlle Duperré donne le jour à un fils : celui-ci, officier comme son père, tombera au champ d'honneur pendant la campagne de France, en 1814.

1784 : Sujet de concours proposé par l'Académie de Châlons-sur-Marne : « Quels seraient les meilleurs moyens de perfectionner l'éducation des femmes ? » Laclos commence à rédiger une réponse ; ses notes seront publiées en 1904.

1785 (22 juin) : Laclos membre de l'Académie de La Rochelle.

1786 (3 mai) : Epouse Mlle Duperré et reconnaît son fils. Publie une *Lettre à MM. de l'Académie française sur l'éloge de Vauban*, qui lui vaut un blâme du ministre de la Guerre.

1788 : Quitte l'armée et entre au service du duc d'Orléans comme « secrétaire des commandements ». Naissance de Soulange, second enfant de Laclos.

1789 : Laclos « âme du parti d'Orléans ».
(21 octobre) : Accompagne le duc d'Orléans à Londres.

1790 (10 juillet) : Le duc d'Orléans et Laclos rentrent à Paris.
(21 novembre) : Membre du club des Jacobins. Publie le *Journal des amis de la Constitution*.

1792 (septembre) : Commissaire du ministère de la Guerre à Châlons-sur-Marne, s'efforce de coordonner les mouvements des armées de Luckner, Kellermann et Dumouriez.
(novembre) : A Toulouse, chef d'état-major de l'armée des Pyrénées avec le grade de général.

1793 (1ᵉʳ avril) : Après la trahison de Dumouriez, arrêté comme orléaniste.
(10 mai) : Consigné chez lui, sous la surveillance d'un garde.
(août-octobre) : Expériences sur le « boulet creux » à La Fère et à Meudon.
(5 novembre) : Nouvelle arrestation.
(7 novembre) : Exécution du duc d'Orléans.

1794 (9 avril) : Croyant son exécution imminente, Laclos écrit une lettre d'adieu à sa femme.
(3 décembre) : Libéré.

1795 : Adresse au Comité de Salut public un mémoire *De la guerre et de la paix*.
(4 juin) : Naissance de Charles, son troisième enfant. N'ayant pas obtenu sa réintégration dans l'armée, il est nommé secrétaire général des Hypothèques.

1800 (16 janvier) : Partisan de Bonaparte, il est réintégré dans l'armée, sur ordre du Premier Consul, avec le grade de général d'artillerie.
(mai) : Affecté à l'armée du Rhin, il est pour la première fois engagé dans des opérations militaires.
(août) : Affecté à l'armée d'Italie. Campagne dans la plaine du Pô, jusqu'à Milan.

1801 (août) : De retour à Paris. Siège dans le Comité d'artillerie.

1803 (avril) : Affecté à Tarente, quartier général des armées françaises d'Italie du Sud.
(5 septembre) : Mort de Laclos. Sa tombe, dans une île de la rade de Tarente, fut violée et détruite en 1815, lors du retour des Bourbons.

TABLE

GF Flammarion

the untold scandal
film coréen —

GF Flammarion

03/09/20928-IX-2003 – Impr. MAURY Eurolivres, 45300 Manchecourt.
N° d'édition FG075836. – Juin 1996. – Printed in France.